国家出版基金项目

四川省社会科学后期资助项目（编号SC18H004）

国家出版基金项目
NATIONAL PUBLICATION FOUNDATION

楚辞研究史

毛庆 著

长江出版传媒
湖北人民出版社

图书在版编目（CIP）数据

楚辞研究史 / 毛庆著. — 武汉：湖北人民出版社,2023.10
ISBN 978-7-216-10603-0

Ⅰ. ①楚… Ⅱ. ①毛… Ⅲ. ①楚辞研究—文学史—中国
Ⅳ. ①I207.223

中国国家版本馆CIP数据核字（2023）第011718号

责任编辑：朱小丹
封面设计：刘舒扬
责任校对：范承勇
责任印制：肖迎军

出版发行：湖北人民出版社　　　　　地址：武汉市雄楚大道268号
印刷：湖北新华印务有限公司　　　　邮编：430070
开本：787毫米×1092毫米　1/16　　印张：40.75
字数：603千字　　　　　　　　　　插页：6
版次：2023年10月第1版　　　　　　印次：2023年10月第1次印刷
书号：ISBN 978-7-216-10603-0　　　定价：198.00元

本社网址：http://www.hbpp.com.cn
本社旗舰店：http://hbrmcbs.tmall.com
读者服务部电话：027-87679656
投诉举报电话：027-87679757
（图书如出现印装质量问题，由本社负责调换）

目　录

上 编

楚辞研究思想史

第一章　各阶段楚辞研究概况①

第一节　汉魏六朝楚辞研究概况

一、两汉时期

首先看西汉。

这一时期无专著又极为重要者,首推司马迁。司马迁(前145?—前87?),字子长,夏阳龙门(今陕西韩城)人②。其父司马谈,曾任太史令,立志作史书,未遂而卒。司马迁继承父志,决心撰写史书。其间他因李陵兵败投降匈奴事,答武帝之问而直言获罪,被论处死刑。为遂其志,忍辱含垢接受腐刑,终完成此伟大史学著作。

---

① 这是本书第一章,构设最早,考虑最多。然而真正开始动笔写,却是在本编其他两章已完成,中、下编基本成形后。这是因为,笔者试图尽力克服这类著作"概况"之通病——重复和遗漏。既力图全面而避免挂漏,又尽量简练而避免繁复。为此就得采取"详略照应"之法,后面详细者此章或简或略,后面简略者此章或细或详,由此定下"三详一略"(凡无专著,且后面论之甚少,而又于研究史有意义者详;有专著,然已亡佚,但于研究史有意义者详;有专著存世,但"下编"无专评者详;有专著存世,且"下编"有专评者略)、"前后照应"(凡重要问题本章尽量提及,并言明后面何编、何章、何节有专论或评价)原则。

本章重于客观性的陈述,重于概貌的介绍,至于研究性的探讨、评论、分析、思考等,均于后面各章涉及。

② 司马迁生年主要有两说:景帝中元五年(前145),武帝建元六年(前135);卒年已难以确考。出生地亦有两说:夏阳龙门(今陕西韩城)和山西河津。此处均取通行说法。

他的《史记·屈原列传》①是有关屈原生平、行止之最重要史料,现录取几段于下:

> 屈原者,名平,楚之同姓也。为楚怀王左徒。博闻强志,明于治乱,娴于辞令。入则与王图议国事,以出号令;出则接遇宾客,应对诸侯。王甚任之。
>
> 上官大夫与之同列,争宠而心害其能。怀王使屈原造为宪令,屈平属草稿未定。上官大夫见而欲夺之,屈平不与,因谗之曰:"王使屈平为令,众莫不知,每一令出,平伐其功,(曰)以为'非我莫能为也'。"王怒而疏屈平。
>
> …………
>
> 明年,秦割汉中地与楚以和。楚王曰:"不愿得地,愿得张仪而甘心焉。"张仪闻,乃曰:"以一仪而当汉中地,臣请往如楚。"如楚,又因厚币用事者臣靳尚,而设诡辩于怀王之宠姬郑袖。怀王竟听郑袖,复释去张仪。是时屈平既疏,不复在位,使于齐,顾反,谏怀王曰:"何不杀张仪?"怀王悔,追张仪不及。
>
> …………
>
> 屈原至于江滨,被发行吟泽畔。颜色憔悴,形容枯槁。渔父见而问之曰:"子非三闾大夫欤?何故而至此?"屈原曰:"举世混浊而我独清,众人皆醉而我独醒,是以见放。"渔父曰:"夫圣人者,不凝滞于物而能与世推移。举世混浊,何不随其流而扬其波?众人皆醉,何不铺其糟而啜其醨?何故怀瑾握瑜而自令见放为?"屈原曰:"吾闻之,新沐者必弹冠,新浴者必振衣,人又谁能以身之察察,受物之汶汶者乎!宁赴常流而葬乎江鱼腹中耳,又安能以皓皓之白,而蒙世之温蠖乎!"乃作《怀沙》之赋……于是怀石遂自沉汨罗以死。
>
> 屈原既死之后,楚有宋玉、唐勒、景差之徒者,皆好辞而以赋见称;然皆

---

① 此传全名为《屈原贾生列传》,但一般习惯简称《屈原列传》。

祖屈原之从容辞令,终莫敢直谏。其后楚日以削,数十年竟为秦所灭。

在司马迁笔下,屈原是一位才华横溢、明于治乱的能臣,《屈原列传》则记录了不少他治国的事迹。在重大国事决策中,凡楚王不听屈原的,均"败"得很惨。除对屈原治国才能记叙的偏重外,撰写该传时司马迁还有很强的情感投入,加之他对屈原之"怨"试图做出合乎情理的深刻解答,致使《屈原列传》从史料角度看显得过于简略。这些前人论述已多,此处便不赘述。

仍需说明的是,《屈原列传》直接录有两段材料。一段是刘安的《离骚传》(以下将在介绍刘安部分录出),后来班固的《楚辞序》和刘勰《文心雕龙·辨骚》中,均有节引,足证为刘安所作。不过,究竟引入了《离骚传》的哪些文字,尚有不同看法。一般认为,是从"屈平之作《离骚》"起,至"虽与日月争光可也"止;而汤炳正先生认为,应从"离骚者,犹离忧也"起,至"虽与日月争光可也"止①。本书后面所引刘安《离骚传》,仍依从一般看法。

还有一个问题,即作品文字的差异问题。《屈原列传》所录《怀沙》一文,与今本王逸《楚辞章句》所收对照,据李中华、朱炳祥《楚辞学史》统计,不同之处有四十处之多,《屈原列传》还多出了"曾唫恒悲兮,永叹慨兮。世既莫吾知兮,人心不可谓兮"四句②。而《屈原列传》引《渔父》从开头至"又安能以皓皓之白,而蒙世俗之温蠖乎"一段,异文亦多。所以如此,学者多认为是传本不同所致。

至于司马迁在楚辞研究思想和研究路径、方法方面之贡献,本编第三章第二节、中编第二章第一节均有详细论述,此处便不赘言。

西汉时期无专著而又涉及屈原的较重要者,有贾谊(前201—前168)。他的《吊屈原赋》③,在史料方面和古代文学史上具有极重要的价值,在楚辞学史上也具有较重要地位。而对屈原的民族情感,贾谊则从才能施展的角度出发,表

---

① 见汤炳正《〈屈原列传〉新探》,《文史》1962年第1辑。汤先生还认为后面从"虽放流,眷顾楚国"起,至"王之不明,岂足福哉"止,亦应属刘安《离骚传》,且两段均是后人在整理《史记》时窜入。
② 李中华、朱炳祥:《楚辞学史》,武汉:武汉出版社,1996年,第30页。不过,多出来的四句每句句尾均有"兮"字,不合屈骚常例,即使句子没错,"兮"字也多了两个。
③《史记·屈原贾生列传》。

示出某种程度的不理解——"瞻九州而相君兮,何必怀此都也?"这一观点对其他热爱、崇敬屈原者,也往往有些影响,如司马迁在《屈原列传》后的"太史公曰"中写道:"及见贾生吊之,又怪屈原以彼其材,游诸侯,何国不容,而自令若是。读《鵩鸟赋》,同死生,轻去就,又爽然自失矣。"其他从研究史的意义上考察,较为一般,故不多作介绍。

还有东方朔(前154—前93),他模仿屈骚以代屈原作的口气撰有《七谏》,因其开头第一句便有"平生于国兮,长于原野"①,有的人便认为"国"指国都,屈原应是江陵人。不管此观点是否成立,东方朔的《七谏》都具有史料价值。当然从研究史方面看,意义就一般了。

再就是董仲舒(前179—前104)。他的《士不遇赋》,感叹屈原与伍子胥不能像卞随、务光、伯夷、叔齐那样"将远游而终古"②,在楚辞研究史上意义一般。

至于汉文帝、景帝时的严助和朱买臣,皆因能"说"楚辞而得重用。据《汉书·艺文志》著录,他们均有赋作,但无楚辞著作。他们"说"楚辞,当然不是今天意义上的说说而已,而是有自己的心得,可惜都未能记录流传下来。

当时有专著且在楚辞研究史上有重要意义的,当推"二刘"——刘安、刘向。

刘安(前179—前122),汉高祖刘邦之孙,袭封为淮南王,都寿春,寿春曾为楚故都。刘安招致宾客,共著有《淮南子》。其父曾为文帝逼死,刘安自己也因企图谋反之罪名被诛③。刘安在楚辞研究史上之最大贡献是撰述《离骚传》:

> 《国风》好色而不淫,《小雅》怨诽而不乱,若《离骚》者,可谓兼之矣。上

---

① 〔宋〕洪兴祖撰,白化文等点校:《楚辞补注》,北京:中华书局,1983年,第235页。按:此两句后王逸注曰:"言屈原少生于楚国,与君同朝,长大见远,弃于山野,伤有始而无终也。"而同段其后有"王不察其长利兮,卒见弃乎原野"两句,王逸注曰:"言怀王不察己忠谋可以安国利民,反信谗言,终弃我于原野而不还也。"据此,则"长于原野"为"最终见弃于原野"之意,则"国"是否为"国都","生于"是否为"出生于",均值得商榷。

② 《古文苑》卷三。

③ 所谓刘安谋反,估计是个冤案。从当时的实力与各方面条件来看,刘安不可能也无力谋反,只是他大力延揽宾客,笼络人才,曾达数千人之多,引起了雄猜的汉武帝的疑心而已。

称帝喾,下道齐桓,中述汤、武,以刺世事。明道德之广崇,治乱之条贯,靡不毕见。其文约,其辞微,其志洁,其行廉,其称文小而其指极大,举类迩而见义远。其志洁,故其称物芳;其行廉,故死而不容。自疏濯淖污泥之中,蝉蜕于浊秽,以浮游尘埃之外,不获世之滋垢,皭然泥而不滓者也。推此志也,虽与日月争光可也。

据《汉书·淮南王安传》:"初,安入朝,献所作《内篇》,新出,上爱秘之。使为《离骚传》,旦受诏,日食时上。"这说明刘安对此文之主旨,早已成竹在胸,不然不可能这么快写出。又据该传,写作时间大约为公元前139年。

那么,何谓《离骚传》? 主要有三种说法。一说《离骚传》即为《离骚赋》,东汉的高诱、荀悦,一直到清代的王念孙,均持此说[①];二说《离骚传》即《离骚经章句》,因王逸《楚辞章句·叙》曰"至于孝武帝,恢廓道训,使淮南王安作《离骚经章句》",后来有一种看法便认为二者是一回事[②];第三种说法是《离骚传》现存文字为全部《离骚传》之简约说明,蒋天枢曰:"审孟坚辞意,盖所谓《离骚传》者本已奏进,武帝于《离骚》全篇大旨,犹有未喻,故别招安约言其旨意而敷陈之。"[③]蒋天枢的说法,也有一定道理。

笔者意见与蒋天枢的比较接近。不过,"传"与"诂训"不同,"传"有说明、引申、发扬之意,认定刘安先奏进给武帝的就是《离骚传》,似于义未惬。刘安上奏武帝的,当是《离骚经章句》,而《离骚传》,应相当于题解。细察《离骚传》,恰与此义相合。至于班固于《楚辞序》中所言刘安注解的"五子以失家巷,谓五子胥也"等错误[④],应是指刘安在《离骚经章句》中的解释。然而何以接在《离骚传》后一并讲,恐是到班固之时,《离骚经章句》已残存不多,或已与《离骚传》混为一篇。

---

① 荀悦言见《汉纪·孝武帝纪》,高诱语出《淮南子·叙目》,王念孙说见《读书杂志·汉书》"《离骚》"条。
② 如李中华、朱炳祥《楚辞学史》:"《离骚传》或《离骚经章句》都是对《离骚》所做的解释说明,可能是同一著作的不同称谓。"
③ 蒋天枢:《论楚辞章句》,《楚辞论文集》,西安:陕西人民出版社,1982年,第221页。
④ 详见本编第二章第一节《所谓"班固贬损屈原"的再考察》,此处不再展开。

刘安《离骚传》在楚辞研究史上极为重要,它标志着楚辞研究史的开端。这些作用及意义,本编第三章第二节《汉魏六朝楚辞研究思想》和中编第一章第二节《内容与形式的全面拓展——两汉经学及方法对楚辞研究之影响》等处有详细论述,此处便不再重复。

下面谈谈刘向。刘向(前77—前6),字子政,本名更生,汉成帝时更名为"向"。沛郡丰邑(今江苏丰县)人。汉宗室楚元王五世孙,宣帝时任辇郎,曾言黄金可成,因不验而下狱,免死。后任散骑、谏大夫、给事中。元帝时任散骑、宗正、给事中,又因弹劾宦官弘恭、石显,两次下狱,免官多年。成帝时,官光禄大夫,反对外戚王凤专权,屡受打击。曾于秘阁校书多年,成果斐然,对我国典籍的保存传播卓有贡献。年七十二而卒,《汉书》有传①。

刘向最好的文章是《谏营昌陵疏》②,谏阻汉成帝建昌陵、延陵,并引古代薄葬、厚葬之成败实例作对比,言辞峻切,气骨铮铮,竟直指成帝说出"是故德弥厚者葬弥薄,知愈深者葬愈微,无德寡知,其葬愈厚",足见其耿直敢言、不惧强权的秉性。

刘向在楚辞学史、楚辞研究史上有两大卓越贡献。

一是将楚辞编辑成集。在刘向编书之前,屈骚就已在社会上和民间广为流传,《史记·屈原列传》记载:"屈原既死之后,楚有宋玉、唐勒、景差之徒者,皆好辞而以赋见称;然皆祖屈原之从容辞令,终莫敢直谏。"这说明屈原的作品,宋玉他们都能看到。本节前面已提及,汉文帝、景帝时,严助、朱买臣皆因能说讲楚辞而得贵幸。而淮南王不但自己能"说"楚辞,招揽的数千人宾客中也多有熟悉楚辞者。应该说此时楚辞已有了较完整的文本形态,而且本子不止一种(这点前面已谈过)。最后经刘向校定辑成十六卷本,上奏成帝保存下来。但后来王逸的《楚辞章句》逐渐通行于世,原刘向辑的白文《楚辞》反而渐渐亡佚;今天的白文《楚辞》本,多从《楚辞章句》本中辑出。然而不论后世流传情况如何,刘向对楚辞学史、楚辞研究史之贡献极大,特别是楚辞学史。《楚辞》标志着楚辞学的

---

① 见《汉书·楚元王传》。
② 亦名《谏营起昌陵疏》,见《汉书·楚元王传》。

诞生,而由此也出现了学术史上一种特殊现象——研究史的开端早于专学史!

不过,定刘向辑书为楚辞学之滥觞,并不是没有问题。因《楚辞》一书,在刘向以前就已流传。王逸《楚辞章句·叙》就说:"楚人高其行义,玮其文采,以相教传。"所教传者,当有原本,这原本很可能是屈原自己所定。因据笔者考证,《九章》就经过屈原亲手整理①。而《史记·屈原列传》所引屈骚原文,多与《楚辞章句》本有异,足见司马迁与王逸所据为两种不同本子。淮南王刘安都寿春,寿春为楚国晚期都城,他应会看到屈骚的早期本子。

再者,楚辞之名也并非起自刘向。《史记·酷吏列传》:"始长史朱买臣,会稽人也。读《春秋》。庄助使人言买臣,买臣以楚辞与助俱幸,侍中,为太中大夫。"《汉书·严朱吾丘主父徐严终王贾传》:"宣帝时修武帝故事……征能为楚辞九江被公,召见诵读。"这些材料均说明,在刘向之前,楚辞已经定名。

然而,刘向以前诸本,早都亡佚;买臣及九江被公等所诵楚辞,除屈骚外,还包含哪些作品,今已无法确指。根据现有材料,仍只能得出刘向辑《楚辞》为楚辞学之开端。

刘向对楚辞学、楚辞研究的第二大贡献是撰有《新序·节士》,兹录部分文字如下:

> 屈原者,名平,楚之同姓大夫。有博通之知,清洁之行,怀王用之。秦欲吞灭诸侯,并兼天下,屈原为楚,东使于齐,以结强党。秦国患之,使张仪之楚,货楚贵臣上官大夫、靳尚之属,上及令尹子兰、司马子椒,内赂夫人郑袖,共谮屈原。屈原遂放于外,乃作《离骚》。……
>
> 是时怀王悔不用屈原之策,以至于此,于是复用屈原。屈原使齐还,闻张仪已去,大为王言张仪之罪,怀王使人追之不及。后秦嫁女于楚,与怀王欢,为蓝田之会。屈原以为秦不可信,愿勿会,群臣皆以为可会,怀王遂会,果见囚拘,客死于秦,为天下笑。怀王子顷襄王亦知群臣谄误怀王,不察其

---

① 关于这点,可参阅本书下编第一部分之《论屈原对〈九章〉的整体构想及整理》,原载于《文学遗产》2004年第6期。

罪,反听群谗之口,复放屈原。

……屈原曰:"世皆醉,我独醒;世皆浊,我独清。吾独('独'字衍)闻之,新浴者必振衣,新沐者必弹冠,又恶能以其泠泠,更世事之嘿嘿者哉!吾宁投渊而死。"遂自投湘水汨罗之中而死。

将《新序·节士》与《史记·屈原列传》对照,会发现对屈原的出身、才能、品格的描述完全相同:屈原为楚之同姓,才智卓绝,品性高洁……对其事迹的记述也基本相同:在重大决策上,凡是不听屈原的,楚国和怀王就要吃大亏、上大当,如联齐抗秦、谏杀张仪、蓝田之会等;最后楚国国力大衰,怀王也客死秦国……最终屈原是自沉汨罗而死。

两篇文献在细节上略有不同。如《屈原列传》记载屈原是一疏一放,而《新序·节士》是两次放逐;与渔父的对话文字也略有不同……只是细节的不同丝毫不影响《新序·节士》的重要地位,作为《史记·屈原列传》的姊妹篇,正是这些细节之不同,证明刘向所采信的一些材料与《屈原列传》来源不同,足证屈原的基本特点和事迹完全可信;而将之与刘向校定的《楚辞》相对照,屈原的基本作品也完全可信,这就使那各种怀疑论调基本等同于梦呓。

西汉最后一位需提及的,是扬雄。

扬雄(前53—18),字子云,蜀郡成都(今四川成都)人。他口吃,不善言谈,好学深思,恬淡沉静。早年作赋慕司马相如,后游京师,成帝时任为郎,给事黄门,历成、哀、平三朝而不得升迁。王莽新时,他以资历升大夫,后校书天禄阁,甄寻、刘棻"符命案"触怒王莽,受株连投阁几死。扬雄晚年清静淡泊,贫困自守。

据王逸《楚辞章句·天问》叙曰:"至于刘向、扬雄,援引传记,以解说之,亦不能详悉。"这说明刘向、扬雄均对《天问》作过注解。扬雄还曾仿诸经典为文,并自序曰:"经莫大于《易》,故作《太玄》。传莫大于《论语》,作《法言》。史篇莫善于《仓颉》,作《训纂》。箴莫善于《虞箴》,作《州箴》。赋莫深于《离骚》,反而广之。"①这说明他心目中将《离骚》与最高经典同等对待。加之他认为"屈原文过相如"(《汉书·扬雄传》),称《离骚》为"昌辞"(见《反离骚》),并奉屈原为"圣哲"。足见他对屈原的尊崇。然而他的《反离骚》一文,历来评价不一,争论不休,本编第二章特用一节(《扬雄〈反离骚〉诸问题再辨》),专门探讨这个问题,此处便不再多论。

下面再看东汉。

东汉班彪、梁竦、应奉等,均有悼骚、感骚之作②,这些在楚辞学史上有一定价值,但于楚辞研究史则意义一般,故只提及即可。当时有楚辞专著但书已亡佚的,则有贾逵、马融、班固。

贾逵(30—101),字景伯,扶风平陵(今陕西咸阳西北)人。东汉著名学者,曾与班固共于秘阁校书,著有《春秋左氏传解诂》三十篇、《国语解诂》二十一篇,为汉明帝所重。据王逸《楚辞章句·离骚》叙曰:"而班固、贾逵复以所见改易前疑,各作《离骚经章句》。其余十五卷(按:亦作篇),阙而不说。又以壮为状,义多乖异,事不要括。"这说明班、贾当时均有《离骚经章句》,后均亡佚。然南宋时洪兴祖《楚辞补注》在《离骚》"女媭之婵媛兮"句下注曰:"贾侍中说,楚人谓女曰媭,前汉有吕媭,取此为名。"在"羿淫游以佚畋兮"句下注曰:"贾逵云,羿之先祖也,为先王射官。帝喾时有羿,尧时亦有羿,羿是善射之号。此羿,商时诸侯,有穷后也。"由此可知,至少在南宋时,还可看到贾逵《离骚经章句》的残卷。

马融(79—166),字季长,右扶风茂陵(今陕西兴平东北)人。东汉著名学者,博通典籍,号为"通儒"。然达生任性,不拘儒家礼数。常坐高堂,施绛纱帐,前授生徒,后列女乐。曾注《论语》《诗》《易》《老子》《淮南子》等。《后汉书·马融传》言其曾注《离骚》。但洪兴祖《楚辞补注·大招》"曼鹔鹴只"句下,注曰"马融曰:其羽如纨,高首而修颈"。这说明马融可能注了全本《楚辞》,而不是只注《离骚》。注本今已亡佚。

班固(32—92),字孟坚,扶风安陵(今陕西咸阳东北)人。东汉著名史学家、

---

① 《汉书·扬雄传赞》。
② 班彪《悼离骚》今存,梁竦《悼骚赋》见《后汉书·梁统传》,应奉《感骚》见《后汉书·应奉传》。

文学家,博通典籍,学无常师,崇尚儒术而不为章句。继承父班彪之志撰写汉史,曾被人告发私撰国史而下狱,后靠其弟班超诣阙上书,力辩得救。汉明帝奇其书,擢为兰台令史,得以完成《汉书》。建初四年(79),章帝召集诸儒于白虎观讲论五经,班固受诏录记其事,成《白虎通义》。和帝永元元年(89),随大将军窦宪出击匈奴,大破之,撰《燕然山铭》,刻石记功。永元四年,和帝逼令窦宪自杀,班固被免官。同年,因教诸子、家奴不严,被借故下狱,死于狱中。

据前引王逸《楚辞章句·离骚》叙曰,班固亦著有《离骚经章句》,后亡佚。但他所著之两"序"——《离骚赞序》和《楚辞序》,全文今存。有趣的是,在评价屈原的主要观点上两"序"几乎完全对立。由此引来后人聚讼不已,直至今天仍然如此,由此形成研究史上一桩公案。而不论对此公案持何种观点者,均认定班固写这两"序"时是出自真心。然而,笔者经仔细研究后认定,班固对屈原始终是敬佩景仰的,《离骚赞序》和《汉书》中对屈原的评价代表了他的观点;而《楚辞序》则是不得已而为之,是表面出自班固之手而实质体现汉明帝意图的代言书。为此,笔者特于本编第二章专辟一节(《所谓"班固贬损屈原"的再考察》),详细论证之。

东汉最后也是最重要的一位要提及的,是王逸。

不过,最后最重要的一位研究者,此处介绍也最简单。他的《楚辞章句》是两汉唯一存留至今的注本,也是整个楚辞研究史最早最完全的文本,还是存留至今作为章句样本的两本书(另一本是赵岐的《孟子章句》)之一。也正因如此,本编第三章第二节《汉魏六朝楚辞研究思想》、中编第一章第二节《内容与形式的全面拓展——两汉经学及方法对楚辞研究之影响》、下编第二部分《十部重要著作评介》之一,均有相应内容的详细介绍,按照本章所确定的"三详一略"原则,这里便不再重复介绍。

二、魏晋时期

这一时期无著作但在研究史上有一定意义的,有曹丕、挚虞、陆云等人。

曹丕(187—226),曹操次子,字子桓,曾作五官中郎将、副丞相,后继曹操为魏王,不久废汉自立,世称魏文帝。而作为专制帝王的曹丕,又是诗人与文论

家,为建安文学主将之一。其《典论·论文》为中国文学思想史的经典之作,其中有一段论及屈原与司马相如赋之优劣:

> 或问:"屈原、相如之赋孰愈?"曰:"优游案衍,屈原之尚也;穷侈极妙,相如之长也。然原据托譬喻,其意周旋,绰有余度矣。长卿、子云,意未能及已。"①

《典论》大约为曹丕当魏太子时所作。本书前面在介绍扬雄时说过,扬雄虽仰慕司马相如,然仍肯定"屈原文过相如"。实际这是当时文人、学者的一个共识。王逸则更是说:"终没以来,名儒博达之士著造词赋,莫不拟则其仪表,祖式其模范,取其要妙,窃其华藻,所谓金相玉质,百世无匹,名垂罔极,永不刊灭者矣。"②这些见解与材料,问者不会不知,故问者这是明知故问。因曹丕当时贵为魏太子,称帝取汉代之,只是一个时间问题。问者想试试这位未来帝王对屈原和屈骚的态度——因东汉以来帝王们似乎是对"显暴君过"者极为不满。本编第二章第一节就针对汉明帝对班固的"启发",暗里压使班固改变对屈原的态度——尽管这改变是表面上的——而做过详细分析。

　　未来帝王曹丕的回答也很巧妙,他基本是从文学角度作答。从描述手法、作品风格方面比较,他认为二人各有所长:屈原"优游案衍",相如"穷侈极妙",而确定屈原之所长为"据托譬喻,其意周旋,绰有余度矣"。如果仅从文学技巧上看,曹丕的判断有部分是对的。然而就总体文学风貌、成就、地位观察,相如与屈原相比本来就不在一个层次。曹丕的用心则很明显——要将对屈原的理解引导到有利于君王的方向上去。屈骚的譬喻确实高妙(以今天的文学概念分析,其中大多属于象征),然"其意周旋"却非其显著特色,并且这样一来,屈骚那"放言无惮"、直斥君王的"文胆"和爆发式的抒情方式等特色,全都被掩盖了。因而,从实质上看,这是一个未来君王通过对屈原、屈骚的评价,而对文人、学者

---

① 《典论》已佚,《文选》《典论·论文》无该段,此据《北堂书钞》卷一百录之。
② 《楚辞章句·离骚》叙曰。

就如何看待文化、文学现象作出的引导和"明示"。由此其在楚辞研究史上具有特殊的认识意义。

挚虞(？—311),字仲治,京兆长安(今陕西西安市西北)人,少师事皇甫谧,才学博赡,一生著述不辍。据《晋书·挚虞传》,有《文章流别集》三十卷、《文章流别论》二卷,今佚,有残卷存世。《文章流别论》亦论及楚辞:

> 前世为赋者有孙卿、屈原,尚颇有古诗之义,至宋玉,则多淫浮之病矣。楚辞之赋,赋之善者也。故扬子称赋莫深于《离骚》。贾谊之作,则屈原俦也。古诗之赋,以情义为主,以事类为佐;今之赋,以事形为本,以义正为助。情义为主,则言省而文有例矣;事形为本,则言富而辞无常矣。①

从现存《文章流别论》残卷来看,挚虞文学思想基本还是承继儒家文学观念而来。他将前代之赋分为"古诗之赋"和"今人之赋",定荀子、屈原、贾谊之赋为古诗之赋,宋玉(估计还有司马相如、扬雄)之赋为今人之赋。荀子、贾谊之赋,成就自然不能与屈原比肩,宋玉之赋也不能以"多淫浮之病"概之,不过挚虞指出的两类赋之不同,即赋有"以情义为主"与"以事形为本"的区别,这对以后刘勰一类的文论家产生了积极影响。而且,能够形成自己较完整的文学思想或理论体系,再将楚辞放到自己的体系中观察,挚虞好像是首创者——至少从现有材料来看是如此。

在这方面,与挚虞相近或相像,又无楚辞专著者,还有陆云。

陆云(262—303),字士龙,吴郡吴县华亭(今上海松江)人。陆机之弟。吴亡后闭门勤学十年,后与兄陆机同入洛。曾任中书侍郎、清河内史等职。太安二年(303),因兄陆机河桥兵败受牵连,被成都王司马颖杀害。有《陆士龙集》存世,《晋书》有传。陆云有《与兄平原书》三十五封,多讨论文学创作及相关理论问题,可说是较系统地记载了陆云的文学思想。其中亦有论及楚辞者:

---

① 〔唐〕欧阳询等:《艺文类聚》卷五十六,《四库全书》本。

> 尝闻汤仲叹《九歌》。昔读楚辞,意不大爱之。项日视之,实自清绝滔
> 滔,故自是识者。古今来为如此种文,此为宗矣。视《九章》时有善语,大类
> 是秽文,不难举意。①

陆云文学思想的核心是"清",文意、文字都以"清"为上,这思想与陆机有很大不同。他以前读楚辞(实际是屈骚),因屈骚文思高邈壮阔,语言雄奇瑰丽,不合他"清省"的标准,故"意不大爱之"。但后来读多了,渐渐发现屈骚实际是"清绝滔滔"的,终于认识到"古今来为如此种文,此为宗矣"。其实,他是终于认识到,不论他肯定与否,屈骚之成就都无法否定,只能努力将之纳入他的体系中。至于说《九章》"大类是秽文",恐并非出自陆云真心。《九章》中多有直斥君王、"放言无惮"之诗句。他作为亡国之臣,又深知司马氏集团猜忌阴刻,对《九章》当然不敢高度肯定,只能违心得出这种矛盾的评价。

就楚辞研究史意义而言,陆云同挚虞相似,都是先构筑有自己的成系统的思想理论,然后以之观察、评价屈骚,并尽力将其纳入自己的体系中。只是,从文学思想理论史角度观察,二人的理论尚欠成熟,也不够深刻、全面,因而还很难深刻、准确认识到屈骚在整个文学史上的地位。这一任务只有等待后来刘勰来完成了。

晋代有楚辞专著但亡佚了的,有皇甫谧、郭璞。

皇甫谧(215—282),字士安,自号玄晏先生,安定朝那(今甘肃灵台境内)人。清心寡欲,好学不倦,人称"书淫"。为晋武帝所看重,多次征辟不就。《晋书》有传。撰有《帝王世纪》《高士传》《列女传》多种,洪兴祖《楚辞补注》引其说多条,估计曾撰有楚辞著作,今已亡佚。今可见皇甫谧的楚辞见解,存于《三都赋序》②中:

> 至于战国,王道陵迟,《风》《雅》寝顿,于是贤人失志,辞赋作焉。是以

---

① 〔西晋〕陆云撰,黄葵点校:《陆云集》卷八,北京:中华书局,1988年,第139页。
② 《三都赋》为左思所作。赋成后,左思请皇甫谧作《序》。皇甫谧高度肯定该作,于是士人竞相抄写,弄得"洛阳纸贵"。《序》,见《文选》卷四十五《三都赋序》。

孙卿、屈原之属,遗文炳然,辞义可观。存其所感,咸有古诗之意。皆因文以寄其心,托理以全其制,赋之首也。及宋玉之徒,淫文放发,言过于实,夸竞之兴,体失之渐,《风》《雅》之则,于是乎乖。

皇甫谧的这段议论,基本还是承汉儒的观念而来。"这序的主要观点,并没有超越汉人的赋论,大抵承接讽喻之说,并且从这一基点出发,评论了赋的流变,观点也并未超越汉人评论的范围。"[1]这看法无疑是对的。不过,这里涉及楚辞研究史上一个长期争论的问题:屈原作品究竟是赋还是诗? 在皇甫谧、挚虞等看来,它是赋,所以与汉代大多数学者观点相近。值得注意的是陆云,他在《与兄平原书》中的上述那番话,说明他觉得屈原作品是一种独立文体,所以才说"古今来为如此种文,此为宗矣"。在那封信中,陆云还有一段话:

思兄常欲其作诗文,独未作此曹语。若消息小佳,愿兄可试作之。兄复不作者,恐此文独行千载。间尝谓此曹语不好,视《九歌》正自可叹息。王褒作《九怀》,亦极佳,恐犹自继。真玄盛称《九辩》意甚不爱。

这里陆云鼓动陆机作屈骚一类作品。他说如陆机不作,"恐此文独行千载",其语虽极尽奉承之意,然也足以证明他认为屈骚是与赋不同之文体。不然,此时陆机已作赋多篇,不能说其未作了。

关于屈原作品是赋还是诗的问题,至今仍在讨论中,本书中编第三章第一节还将涉及,此处便不多言了。

郭璞(276—324),字景纯,河东闻喜(今山西闻喜)人。好学博通,精研经学、阴阳五行、天文卜筮等。随晋室南渡后,曾任王导幕参军,又升尚书郎。后任王敦记室参军,因试图借卜筮阻止王敦谋反,被王敦所杀。谋反平定后,追赠弘农太守。《晋书》有传。

郭璞著述颇丰,曾注释《尔雅》《方言》《穆天子传》等。文学上亦成就不凡。

---

① 罗宗强:《魏晋南北朝文学思想史》,北京:中华书局,1996年,第103页。

其《游仙诗》为玄言诗代表作,《江赋》为山水赋作之翘楚,与木华《海赋》称为姊妹篇。郭璞在楚辞研究史上最大的贡献,是开辟了多学科研究楚辞之途径,其中尤以语言学研究最为杰出。他作有《楚辞音》,从语音学角度研究楚辞,可惜亡佚了,《隋书·经籍志》、新旧《唐书·艺文志》均存有目录。只是《隋书》作三卷、《唐书》作十卷。而具体以语言学研究楚辞有何特点,本书中编第四章第二节将详细论述,这里便不再介绍。

三、南北朝时期①

这一时期楚辞研究,呈现出与两汉魏晋不同的特点。一是这一时期对楚辞发表过意见的学者,似乎都没有楚辞专著,却大多有别的学术专著,其中有些还存留至今。由此,上两阶段分述的标准,这阶段就不适用了。二是这一时期否定屈骚的声音,才真正开始出现。否定者并未体会到班固困窘的处境和言不由衷的"表态",使人们误认为他们是对班固观点的继承。三是这一时期有一个有趣的现象,即梁朝两位皇帝一位太子都高度评价过屈原、屈骚,此现象不仅前无古人(魏代只有曹丕一人),也后无来者。四是这一时期最重要的现象,是开始注重从文体、风格、艺术特色方面,研究楚辞的文类特点及对文学史上的影响。下面就从这一特点着手进行概述。

首先要介绍的,是钟嵘。

钟嵘(468?—518),字仲伟,颍川长社(今河南长葛东)人。通晓《周易》,喜研诗歌理论,亦擅长写作。齐永元中为司徒行参军。入梁后,官至西中郎将晋安王记室,至终。《梁书》《南史》之《文学传》有传。今存其《诗品》,为中国文学思想史、理论史上重要著作。

《诗品》专论五言诗,对魏晋南朝一百二十位诗人进行了品评,以"三品"分出次第,对其中一些诗人还作了寻源辨流的工作。将这些分散的"寻辨"判断归纳起来,可得如下:

---

① 本节标题为"汉魏六朝",六朝不包括北朝,而因下文述及北朝颜之推,故此小节标题称"南北朝"。然又因北朝仅有颜之推一人,为整节题目简省,故仍作"汉魏六朝"。而这也是学界的通例,如余冠英《汉魏六朝诗选》,包括北朝诗;瞿蜕园《汉魏六朝赋选》,包括北朝赋。

　　源于《诗经》一派

　　　　《诗经》：国风：古诗—刘桢—左思

　　　　　　　　曹植：谢灵运

　　　　　　　　　　　陆机—颜延之：谢超宗

　　　　　　　　　　　　　　　　　丘灵鞠

　　　　　　　　　　　　　　　　　刘祥

　　　　　　　　　　　　　　　　　檀超

　　　　　　　　　　　　　　　　　钟宪

　　　　　　　　　　　　　　　　　颜则

　　　　　　　　　　　　　　　　　顾则心

　　　　　　小雅：阮籍

　　源于楚辞一派

　　　　楚辞：李陵：班姬

　　　　　　　曹丕：应璩—陶潜

　　　　　　　　　嵇康

　　　　　　　王粲：潘岳—郭璞

　　　　　　　　　张协—鲍照—沈约

　　　　　　　　　刘琨

　　　　　　　　　卢谌

　　　　　　　　　张华：谢混—谢朓—江淹

　　　　　　　　　　　谢瞻

　　　　　　　　　　　袁淑

　　　　　　　　　　　王微

　　　　　　　　　　　王僧达

　　由上列可知，《诗经》一派除古诗外，有十二位诗人；楚辞一派有二十二位诗人。共三十六人。钟嵘身处齐梁时代，能看到很多我们今天看不到的诗作，而且他力抗当时颓靡诗风,铁笔论诗,评价多中肯,颇得后世好评。但他的源流分类,还是有些问题,而且《诗经》一派的诗人也并非未受屈骚影响,楚辞一派也未全受屈骚影响。关于这些问题,笔者在拙著《屈骚艺术研究》中作过详细探讨①,现只将结论摘录如下:

> 钟嵘《诗品》所开列的流派名单,几乎囊括了魏晋南朝所有重要诗人,基本代表了这一时代诗坛的风貌。以此图表为基础所作的分析说明,如同对汉诗、赋一样,屈骚对魏晋南朝诗歌产生了巨大的影响。这种影响突出的部分是在艺术方面,即抒情特点、表现手法、语言风格以及诗歌题材等。这一时期的诗人几乎没有不受屈骚影响的,他们总是要从中寻取模式,得到启发,吸取营养,积累经验,只不过程度的深浅和数量的多寡不同罢了。

钟嵘在楚辞研究史以及中国诗歌史上的贡献则在于:他从诗歌源头上将屈骚与《诗经》并列,从艺术影响上肯定了屈原"诗祖"的地位,并从影响的力度上使楚辞成为"非经典化"的经典,从此"风骚并称"的中国诗歌传统得以完全奠立,再无人能撼动!

钟嵘在艺术源头上将"风""骚"并列,而另一人则在文学总体论上将屈骚与先秦经典并列,这个人就是刘勰。

刘勰(约465—约532),字彦和,祖籍东莞郡莒县(今属山东),世居京口(今江苏镇江)。幼孤贫,笃志好学,终身未娶。依沙门僧祐十余年。当时佛寺亦是文化典籍保存之所,遂得博通佛儒,精研文学。刘勰历经宋、齐、梁三朝,曾任临川王记室、南康王记室兼东宫通事舍人,受知于昭明太子。后弃官出家于定林寺,法名慧地,未及一年辞世。《梁书》有传。

刘勰所著之《文心雕龙》,为中国古代文论之集大成者,堪称皇皇巨著。全书五十篇,分总论、文体论、创作论、批评论、文学史论等,其中总论五篇,分别是

---

① 可参见拙作《屈骚艺术研究》(湖北人民出版社2006年版)第八章第二节第一小节《从钟嵘〈诗品〉入手的可能性与局限性》。

《原道》《征圣》《宗经》《正纬》《辨骚》。有部分学者认为，《辨骚》不应属于总论，而应属文体论;而对文中说屈原"乃雅颂之博徒"之"博徒"，其义也一直有争论。对这两个重要问题，本编第二章第三节《〈文心雕龙·辨骚〉诸问题再议》作了详细探讨，而刘勰建构的文学体系与楚辞研究的关系，将在中编第三章第一节《文学理论体系构建与楚辞研究》中讨论。这里只说几个简单结论。一是《辨骚》肯定属于《文心雕龙》的总论部分。如果不属总论，那刘勰的文学理论体系就不完整了，《文心雕龙》也就不能称之为理论巨著。二是"博徒"其意既非"低贱之人"，也非"微贱之人"，释为"博雅通达之传人"也欠准确，应是指"出于雅颂正途又独辟蹊径之豪雄"。三是正因为刘勰以卓越完备成体系的理论去研究楚辞，并以体系性思维去分析屈骚，才能于两汉魏晋直至唐代的一千二百年间居于楚辞研究的高峰。而这一研究反过来也促成其理论体系雄踞于这一时代之高峰。

还有一位以作品分类对楚辞研究有贡献的，就是萧统。

萧统(501—531)，字德施，南兰陵(今江苏常州西北)人。梁武帝萧衍长子，简文帝萧纲长兄，曾被立为太子，未继位而卒，谥号昭明。《梁书》有传。曾有《文集》二十卷，已亡佚，今存《昭明太子文集》，乃明人辑校。其他如《古今诗苑英华》等，亦均亡佚。

萧统曾与门人共同选辑了一部《文选》①，为先秦至梁文学第一部选集。《文选》将选辑作品分为赋、诗、颂、赞、论、檄等多种类别，其中将楚辞单独作为"骚"类，录入屈原的《离骚》、《九歌》(六首)、《九章》(一首)、《卜居》、《渔父》，宋玉的《九辩》(五段)、《招魂》②，以及刘安的《招隐士》。

关于《文选》的分体，有三十七类、三十八类、三十九类之说。近年台湾学者李立信提出"《文选》分三体七十五类"之说，其见解新颖且言之成理③。但即使只分三体，"骚类"也应属于诗歌，而与赋相区别。《文选》编成后，不久即产生了

---

① 这是取通常说法，而近年《文选》专家力之力主"《文选》为萧统一人之力独自编成"。可见力之《关于〈文选〉的编者问题》，《昭明文选论考》，桂林:广西师范大学出版社，2020年，第99—113页。
② 《招魂》究竟为屈原所作还是宋玉所作，至今仍有争论，《文选》将其划归宋玉。宋玉《九辩》应为九段，《文选》将"段"作"首"，恐不确。
③ 李立信:《〈昭明文选〉分三体七十五类说》，台北:文史哲出版社，2017年。

很大影响,有所谓"《文选》烂,秀才半"的文坛俗语。杜甫也说"熟精《文选》理"①,自隋唐以后,《文选》成为文人必学教材,从此楚辞便从这一途径成为文人的必修科目,影响既广且深,可以说沾溉文人创作一千多年。从这一意义上说,它的贡献绝不亚于《楚辞章句》。

介绍了萧统,再来谈谈他的两个弟弟——萧纲、萧绎,这就进入到第三点的概述。萧绎(508—555),字世诚,梁武帝第七子,封湘东王,出为荆州刺史。552年,剿平侯景之乱后,于江陵即位,即梁元帝。554年,西魏攻陷江陵,萧绎尽焚所藏十四万卷图书,后被杀。事迹见《梁书·元帝本纪》《南史·梁本纪》。

萧绎著述较多,《隋书·经籍志》著录《梁元帝集》五十二卷、《梁元帝小集》十卷。萧绎即位后曾自号金楼子,故著书名《金楼子》。其著作至明代后渐佚,现有《金楼子》乃是从《永乐大典》中辑出。而萧绎对楚辞的主要观点,则见于《金楼子·立言》:

> 古人之学者有二,今人之学者有四。夫子门徒,传相师受,通圣人之经者,谓之儒。屈原、宋玉、枚乘、长卿之徒,止于辞赋,则谓之文。②

接下来萧绎对"今之学者有四"作了一番论述,其中特别谈了"文"与"笔"之区别。按他的区分,不论是古是今,屈骚都属于"文"类。这就与两汉的学者刘安、王逸等有明显区别,刘安、王逸是将屈骚与经并列的。不过不能简单地将其看成是降低了屈原的地位。因自曹丕开始,就将"文章"提到"经国之大业,不朽之盛事"的地位③,已经可与"经"并列。萧绎的不当则在于,屈原作品虽与宋玉、枚乘、司马相如同属"文"类,然屈原在文学史、思想史、精神史上的地位,却不是宋玉、枚乘、司马相如可以比拟的。

梁朝还有一位帝王,其议论也涉及楚辞,他就是萧纲。萧纲(503—551),字

---

① 〔唐〕杜甫:《宗武生日》,〔清〕仇兆鳌详注:《杜诗详注》,上海:上海古籍出版社,1992年,第582页。
② 〔梁〕萧绎:《金楼子》卷四《立言篇九下》,《四库全书》本。
③ 曹丕《典论·论文》中之"文章",多属文学类。

世缵,梁武帝第三子,萧绎之兄,萧统之弟。封晋安郡王,历任徐州、扬州等地刺史,后立为太子。549年,侯景破台城,梁武帝死,萧纲即位。551年,被侯景所废,囚禁后遇害。事迹见《梁书·简文帝纪》《南史·梁本纪》。

萧纲著述甚多,《隋书·经籍志》载其文集八十五卷,《梁书·本纪》载其著有《昭明太子传》《诸王传》《老子义》等近五百卷,称"并行于世",今多已亡佚。其论及楚辞者为《与湘东王萧绎书》:

> 吾辈亦无所游赏,止事批阅,性既好文,时复短咏。虽是庸音,不能阁笔,有惭技痒,更同故态。比见京师文体,懦钝殊常,竞学浮疏,争为阐缓。玄冬修夜,思所不得。既殊比兴,正背《风》《骚》。若夫六典三礼,所施则有地;吉凶嘉宾,用之则有所。未闻吟咏情性,反拟《内则》之篇;操笔写志,更摹《酒诰》之作。迟迟春日,翻学《归藏》;湛湛江水,遂同《大传》。①

看来萧纲与萧绎、萧统的文学观念相通,即认为经是经,文是文,文自有特点,不必摹仿经。若硬行摹仿,那就"既殊比兴,正背《风》《骚》"——将《风》《骚》标为文学之最高典范。"迟迟春日"出自《诗经·豳风·七月》,"湛湛江水"出自《楚辞·招魂》,这里以"迟迟春日"代指《风》,而以"湛湛江水"代指《骚》②,意谓作诗作文当以《风》《骚》为准,不必强摹五经。

齐、梁间高度评价屈原等作家的还有沈约:

> 周室既衰,风流弥著。屈原、宋玉,导清源于前,贾谊、相如,振芳尘于后。英辞润金石,高义薄云天。

此文出自沈约《宋书·谢灵运传论》,评价虽高,然略显失准。"英辞润金石",四人当之无愧;至于"高义薄云天",则只有屈原一人能当了。不过沈约此文,重在论

---

① 《梁书·庾於陵列传》。

② "骚"本指屈原《离骚》,延伸为可代指整个屈原作品,再扩大一点也可代指杰出楚辞作品。如《文心雕龙·辨骚》就将宋玉《九辩》等也纳入。

述文学流变,后面并提出了有名的声律理论①,这点小疵,并不影响它成为文学理论史上的名作。

下面再谈南北朝楚辞研究的第二特点,即这一时期否定屈骚的声音,才真正开始出现。这方面,南朝可以裴子野为代表。裴子野(469—530),字几原,河东闻喜(今山西闻喜)人。少好学,善属文,特留心于文学理论。梁武帝时,官著作郎兼中书通事舍人。《梁书》《南史》有传。著有文集二十卷、《宋略》二十卷,均佚。现存文论《雕虫论》,其中有一段文字论及楚辞:

> 古者四始六艺,总而为诗。既形四方之风,且彰君子之志,劝美惩恶,王化本焉。后之作者,思存枝叶,繁华蕴藻,用以自通。若悱恻芳芬,楚骚为之祖;靡漫容与,相如扣其音。由是随声逐影之俦,弃指归而无执。赋诗歌颂,百帙五车,蔡邕等之俳优,扬雄悔为童子。②

细读整篇《雕虫论》,裴子野的文学思想总体是承儒家观点而来,他痛感南朝文风萎靡,情趣低下,从而猛烈抨击,甚至篇末引荀子之言,指出此为"乱代之征",不可谓眼光不犀利,批评不严厉。但他在批评南朝文学靡靡之音的同时,连文章之文采和文辞之华丽都一概否定,甚至还认为这是从屈原、宋玉、司马相如等人导出,这就未免矫枉过正——"泼洗澡水连孩子也泼出去了"。而且,"雕虫"出自扬雄"雕虫小技,壮夫不为"③,故仅从文章题目来看,就有轻视辞赋之倾向。

有一种观点认为,裴子野并未否定屈骚:"然后从骚赋以后的发展情况,划清两条不同的道路:在辞赋方面,有'悱恻芳芬'的楚骚,在五言诗方面,有苏、李和'伟其风力'的曹、刘,这是继承《三百篇》的传统的;而相如以下辞赋,则是'靡

---

① 即"传论"中所言:"夫五色相宜,八音协畅,由乎玄黄律吕,各适物宜。欲使宫吕相变,低昂互节。若前有浮声,则后需切响,一简之内,音韵尽殊,两句之中,轻重悉异。妙达此旨,始可言文。"

② 《文苑英华》卷七四二。

③ 《法言·吾子》。

漫容与','弃指归而无执'。"①能看到《雕虫论》将屈原之赋与相如之赋相区别，二者各自引导出不同诗歌流派，这无疑是对的。但由此认定裴子野肯定了屈骚一支继承了《三百篇》的传统，否定的只是相如引导的一支，那就属于误读了。《雕虫论》明言"后之作者，思存枝叶，繁华蕴藻，用以自通"，屈原、宋玉、司马相如无疑都属于"后之作者，思存枝叶"的，仍然在否定之列，只不过否定的程度不同罢了。

《雕虫论》的观点这里没必要多做论驳，因为他不能算真正的文学研究。裴子野论文尚质，而且他所认为的"文章"，有些并不属文学作品(此时文学作品已经与一般史传文章有了区别)。将它们拿来与屈、宋诗赋并论，自然就会觉得屈骚、"宋赋""繁华蕴藻"。这见解与刘勰相差甚远，也不及萧统等人，此处就不多论了。

否定屈原者，北朝则有颜之推。有关情况，本编第三章第二节《汉魏六朝楚辞研究思想》已作了较详细的论评，这里也一并简省了。

四、小结

两汉是中华文化史上极其重要的时期。不管我们是肯定，还是否定；是赞扬，还是批判，两汉都为中华文化搭建了基本构架。如果说，先秦时代为中华文化打下了基桩和支柱，那么两汉就为这文化搭上了若干横梁。可以毫不夸张地说，楚辞学——更准确地说是屈学——就是这横梁中的一根②。

两汉是楚辞学的发轫期，这也是毫无疑问的。几乎所有学者都认为，是刘安第一个抽掉了楚辞学车轮下的轫木③，若换一个说法，是他的《离骚传》宣告了楚辞学的诞生。对此，笔者以前也是赞同的，但现在看来有点问题，因为现在这方面细化了。与此相关的概念就有屈原、屈骚、屈学、屈学史、屈学研究史、楚

---

① 郭绍虞主编：《中国历代文论选》第1册，上海：上海古籍出版社，1979年，第326—327页。
② 经过多年研究和思索，笔者认定：儒、道、屈为中华文化精神层面的三根支柱。详情可参拙著《屈原与中华文化和民族精神》(四川大学出版社2008年版)第二章《屈原与中华文化》。
③ 轫，止车木，阻在马车车轮下三角形的木头。"发轫"，刘熙《释名》："发，拨也，拨使开也。"故"发轫"即是拨开或抽掉车轮下的这根木头。《离骚》"朝发轫于苍梧兮"，《文选》李善注："轫，支轮木也。"有些注者注"轫"为"车闸"或"刹车"，都是不准确的。

辞、楚辞学、楚辞学史、楚辞研究史等。即使如《导言》所述,目前我们还暂时将屈学包容于楚辞学中,屈学研究史暂时包容于楚辞研究史中,那楚辞学史与楚辞研究史还是有区别。刘安的《离骚传》只能说是宣告了楚辞研究史的诞生。因为,尽管王逸于《楚辞章句·叙》中曰:"至于孝武帝,恢廓道训,使淮南王安作《离骚经章句》,则大义粲然。后世雄俊,莫不瞻仰。"又《汉书·淮南王传》载:"(武帝)使为《离骚传》,旦受诏,日食时上。"但《离骚经章句》是否包括了屈原的全部作品,因该著已亡佚,无法判断。只可以推测《离骚传》与《离骚经章句》有关系,或许就是《离骚经章句》的纲要。因而,仅凭《离骚传》就可以断定,这是现存史料中对屈骚最早的研究,却不敢说它宣告了楚辞学的诞生。因作为一门专学的基本材料,还欠缺太多。

那么,是谁开始了楚辞学的建构呢?前已论及,当然是刘向。一般说来,专学建立在前,研究开始在后;而楚辞却是研究开始于前,专学建立在后,这不能不说是一种特殊现象。

本编第三章第五节《演进的脉络与反思》中,我们将大致勾勒出两千余年楚辞研究运动的全部轨迹。在三起三落的轨迹图中,西汉楚辞研究从一开始就居于第一个高峰,然后平稳向前发展,形成高原形态。其间魏晋南北朝社会一直处于动荡之中,然如后文提及的那样——楚辞研究并未下落,反而在稳定发展中显示出各时期的特色。这是令人欣慰的现象,其中的原因很值得我们探索和寻味。

第一,它说明,研究史运动有着自身的规律,也就是说,其形成、稳定、发展、前行等主要由内因决定,是决定性的因素。外部因素只是变化的条件。楚辞的内核是屈骚,而屈骚在艺术、品格、思想乃至精神上,本身就处于巅峰地位。若外部条件不具备,它就藏而不露;一旦条件具备,它就发展、显现出来。

第二,是当时之文化条件。文化条件属于外因,外因是变化条件,而若没有这变化条件,内因就变化、发展不起来。当内因确定后,若要问这发展为何是此时此地,而不是别时别地,那就要看外因了。外因有各种各样,是千变万化的,而对于文学艺术——具体而言对于楚辞来说——文化是外因中第一条件。汉代主流文化是楚文化,而屈骚又是楚文化中最灿烂、最辉煌之部分,正因如此,对屈骚及楚辞的研究,一旦形成便起势极高。

第三，外因条件中，专学所属之整体学科状况也极为重要。楚辞属于文学学科。而文学在汉魏六朝时期一直处于发展中，有时社会愈动荡，经济愈凋敝，人民愈痛苦，相应的文学却反而取得很高成就，建安文学就是一例。并且，如果照一些学者同意的——日本学者铃木虎雄首创的观点——魏晋时代是文学自觉的时代①，那么文学就从魏晋时期开始独立出来，至南朝更得到进一步发展，这一外因当然又有利于楚辞研究的发展。

第四，尽管有的人不同意这观点——帝王对文学发展的作用，笔者还是认为这点不能忽视。在"专制帝制社会"中②，帝王拥有最大最强的权力。他的好尚对国民、对时代都会产生很大影响，所谓"城中好高髻，四方高一尺"，说的就是这种现象。汉朝以武帝时期为顶峰，刘彻这位雄才大略的帝王"爱骚"，能读讲楚辞者多受重用；曹丕为开国皇帝，他将屈原推尊为赋家第一；萧纲、萧绎两皇帝文艺素养极高，他们对楚辞也给予极高评价，虽在位时间极短，对当时文艺和学术之影响却也不小。四位帝王的喜爱和推尊，形成一股合力，对楚辞学及其研究产生极大影响，共同助力其研究居于当时学术之高峰。

除此四者外，还有其他原因，如相邻学科的发展、哲理思想之变化等，但重要性均不及这四点，这里也就略而不谈了。

第二节　唐宋楚辞研究概况

中国古代文学教学在分段上，历来主要有三分法与四分法两种③。这两种分法各有优劣，很难说哪一种有绝对优势，因而至今各高校中文专业，仍是有的

---

① 日本学者铃木虎雄1920年首次提出"魏的时代是中国文学的自觉时代"，鲁迅1927年在厦门大学的演讲《魏晋风度及文章与药及酒之关系》中，承继其观点，只不过将"魏"改成了"曹丕"，现在同意这一观点的学者多将其拓展为"魏晋时代"。
② 笔者在许多场合明确提出：我国只有西周社会是封建领主社会，而从秦至清的社会都是"专制帝制社会"。可参见拙著《六十年读书一得·误会的历史》，成都：四川大学出版社，2020年，第150—151页。
③ 三分法为先秦汉魏六朝、唐宋、元明清；四分法为先秦两汉、魏晋至唐、宋元、明清。

用三分法,有的用四分法。不过对于楚辞研究史来说,若要做概述,还是三分法较好,因为它正好符合了楚辞研究史三次波浪起伏的轨迹。下面本节就将唐宋合为一段,首先介绍唐代楚辞研究史。

一、唐五代时期

首先说明一下,唐代有些诗人在诗歌和文章中明确地贬低屈原,而直到现代,许多学者只是以刘安、司马迁等高度赞誉屈原之言语简单反驳之,极少有人根据这些诗人的作品,根据他们的思想、理论、主张进行分析,从而作出有力的辩驳。有感于此,笔者特进行了认真、细致的辨析,揭示了他们文学思想与文学主张的矛盾,文学主张与创作中实际追求的矛盾,此一时之言与彼一时之语的矛盾,明确指出这些言论并非是他们的真实思想,完全不必当真。读者可见本编第二章第四节《唐代几位杰出诗人为何贬低屈原》,此处便不多言。

唐代无专著而对楚辞有评、注者,可以李善、"五臣"和陆善经为代表。

前已述及,《文选》盛行于唐代,而几种本子中又以李善注影响最大。不过,李善对《文选》中之《离骚》并未作注,而是将王逸注原文照录,故可略而不论。《文选》李善注流行后,玄宗开元年间工部侍郎吕延祚,召集吕延济、刘良、张铣、吕向、李周翰五人重新为《文选》作注,这就是《五臣注文选》。"五臣"之名,其实并不确切,当时刘良、张铣、吕向、李周翰并无官职,吕延济只是个县尉,似乎也够不上"臣"的级别。再后来,有人将李善注与"五臣注"合为一本刊行,这便是《六臣注文选》。该本大行于世,李善本便渐渐亡佚,以致现在的李善注本还是从该本中分离出来的。五臣注每节先录王逸注文,然后再加己注,总的来说明白易懂。然五臣注错误较多,王逸注错的,他们沿袭之;王逸注对的,他们有的也理解错了。这里只略举一例。《离骚》"指九天以为正兮,夫唯灵修之故也",王逸注曰:"言己将从忠策,内虑之心上指九天,告语神明,使平正之。唯用怀王之故,欲自尽也。"王逸所说"自尽",是毫无保留、尽言直谏之意。而五臣之一的吕向则注曰:"言我指天欲为君行正平之道。而君不用我,故将欲自尽。"[①]将王逸

---

① 《六臣注文选》卷三十二《骚上》,《四部丛刊》本。

解释的"进尽忠言"误解为"自杀",完全弄错了意思。著名楚辞学者游国恩特别在《离骚纂义》中指出:"五臣吕向竟误为自杀之意,其谬甚矣。"①而宋代苏轼对五臣注整体评价甚低:"所谓五臣者,真俚儒之荒陋者也。"②不过《四库全书总目提要》曰:"其疏通文义,亦间有可采。唐人著述传世已稀,不必竟废之也。"③就古籍保存之意义而言,"提要"所言不无道理,而若从楚辞研究史着眼,则五臣注不占重要地位。

除李善和"五臣",还有陆善经。陆善经,或名该,善经为字。两唐书无传,大约为吴郡吴人,约生于武则天久视元年(700)以前。陆氏熟谙经史、小学,尤精于礼仪,曾为河南曹仓参军。开元间,他与王仲丘等共纂《大唐开元礼》,张九龄荐其修《唐六典》,后迁集贤院直学士,有《孟子注》七卷。日本金泽文库藏古写本《文选集注》残卷(疑为唐写本)有陆善经注,其《离骚》注亦是依据王逸注作梳理解说,此与五臣注相同,然而更为平实稳妥,语言简明清晰,错误也较少,有的地方比王逸注更明确或更准确,也有的实际提出一种新的训解。如"解佩纕以结言兮,吾令蹇修以为理",王逸注曰:

> 纕,佩带也。蹇修,伏羲氏之臣也。理,分理也,述理意也。言己既见宓妃,则解我佩带之玉,以结言语,使古贤蹇修而为媒理也。

陆善经注曰:

> 言先解佩玉以结诚言,令其蹇然修饰以达分理,冀宓妃之从己也。④

比较两个注解:王逸释"纕"为"佩带",单字相释并无误,然"佩"字即为衍字,且

---

① 游国恩:《离骚纂义》,北京:中华书局,1980年,第76页。按:关于五臣注的疏误,李中华、朱炳祥之《楚辞学史》(武汉出版社1996年版,第84—85页)所举较详,读者可参看。

② 〔宋〕苏轼:《仇池笔记》卷上《三殇》,《四库全书》本。

③ 《四库全书总目提要》"《六臣注文选》六十卷"。

④ 崔富章、李大明主编:《楚辞集校集释》,《楚辞学文库》,武汉:湖北教育出版社,2003年,第481页。

于文意未惬。下文又言"则解我佩带之玉",这倒是说准确了,但如此则"玉"又无着落。实际上,"佩纕"就是指代"佩玉",以今天的修辞法而言,就是"借代",以部分代全体。陆善经当然没有今天的修辞概念,但精于礼仪的他,实质就是这样运用的。再看"结言",王逸释为"以结言语",陆善经释为"以结诚言",自然更明白准确。至于"謇修",王逸释为"古贤",陆善经释为行为——"謇然修饰",看似王逸的合理,而陆氏解释尚不能全然否定。历来不以"古贤"释"謇修"者,如蒋骥、章太炎、闻一多等,其源综归于陆氏。而游国恩也认为章太炎之释"其说较王氏为长"①。再如,《离骚》"依前圣以节中兮,喟凭心而历兹",王逸释下句为:"喟然舒愤懑之心,历数前世成败之道,而为此词也。"而陆善经释为:"而被放流,经历于此,故抚心而叹。"②王逸训"历"为"历数",显然失准,而陆善经训"历兹"为"经历于此",明显要准确一些。

当然陆善经注也有错误。有的是沿袭王逸注之误,有的则是新注释之误。如"索胡绳之纚纚",胡绳与前三句之木根、薜荔、菌桂对应,明显也应是芳香植物一类,但陆氏释其为"冠缨",则显系失误。不过,总的来看,陆善经《文选·离骚注》要优于五臣注,对其后研究之影响也大于五臣注。惜其残缺不全,不然定会是《离骚》的权威注本之一。

有成书而如今残缺不全的,还有未存著者之《楚辞释文》。该书《隋书·经籍志》、两《唐书·艺文志》均无著录。晁公武《郡斋读书志》卷四、陈振孙《直斋书录解题》卷十五有著录(陈本作《离骚释文》,当即《楚辞释文》),然均无著者名。现存《楚辞释文》,只以条目形式存在于洪兴祖《楚辞补注》中。

关于《楚辞释文》之作者,于今主要有三种意见。

一是以余嘉锡为代表的王勉说,余氏曰:"余曾遍考群书,皆无所得,近始于《宋史·艺文志》集类检得之。其宋遵度《群书丽藻》之后,徐锴《赋苑》之前,有王勉《楚辞章句》二卷、《楚辞释文》一卷、《离骚韵》二卷。则此书作者姓名,具有可

---

① 游国恩主编:《天问纂义》,北京:中华书局,1982年,第308页。
② 崔富章、李大明主编:《楚辞集校集释》,《楚辞学文库》,武汉:湖北教育出版社,2003年,第327页。

考。"①大多数学者,如姜亮夫、李大明等均认同此说②,此说遂成当今主流观点。

二是仍主无名氏说,现代学者饶宗颐、刘永骥,当代学者周建忠及日本学者竹治贞夫等坚持之。因《宋史·艺文志》"总集类"记载:"宋遵度《群书丽藻》一千卷,《目》五十卷。王勉《楚辞章句》二卷,《楚辞释文》一卷,《离骚约》二卷。徐锴《赋苑》二百卷,《目》一卷。"竹治贞夫、周建忠等指出,《宋志》著录体例——凡第二部典籍与第一部典籍是同一作者的,用"又"字连接。如"晁补之《续离骚》二十卷,又《变离骚》二十卷";如果没有"又"字连接,则属于无名氏撰述,只因与前书同类,故连类并举。如"徐陵《玉台新咏》十卷,《广玉台集》三十卷",《广玉台集》三十卷作者不是徐陵,而是无名氏③。

三是著者为陆善经,日本学者竹治贞夫倡之。竹治贞夫从宋人钱杲之的《离骚集传》找到几条"证据":"在这部书的《离骚》本文的校语中,引用'陆氏释文'一条,引用'陆氏'三条,这四条校语和洪兴祖《考异》引用的《释文》完全相同,如果钱氏《集传》的记载可信,《楚辞释文》的作者应该是'陆氏'。"然后又根据一些资料推论出"陆氏"是陆善经④。

笔者赞同第二种观点,即《楚辞释文》之作者仍为无名氏。因《宋史·艺文志》并非僻书,笔者亦多次查阅过,竹治贞夫和周建忠等指出是对的,"王勉《楚辞章句》二卷,《楚辞释文》一卷"之记载,中间没有"又"字,明记王勉所作为《楚辞章句》,《楚辞释文》为无名氏。余嘉锡明显失察,这条材料不能作证,反而是《楚辞释文》为无名氏所作之证据。况且,陈振孙云:"《楚辞释文》一卷,古本,无名氏。洪氏(洪兴祖)得之吴郡林虑德祖,其篇次不与今本同。"⑤晁公武、陈振

① 余嘉锡:《四库提要辨证》卷二十《楚辞类》,北京:中华书局,1980年。

② 关于认同者,可参阅姜亮夫《楚辞书目五种》,上海:上海古籍出版社,1993年,第277页;李大明《楚辞文献学史论考》,成都:巴蜀书社,1997年,第206页。

③ 可见[日]竹治贞夫《关于〈楚辞释文〉的作者问题》,赵晓兰译,《成都大学学报(社会科学版)》1993年第1期;周建忠等《〈释文〉的纠结与〈楚辞〉的篇次》,《职大学报》2016年第5期。

④ [日]竹治贞夫:《关于〈楚辞释文〉的作者问题》,赵晓兰译,《成都大学学报(社会科学版)》1993年第1期。按:竹治贞夫只是"推测""倡发"为陆善民作,并非取消以前坚持为"无名氏"作之意见。

⑤ 〔宋〕陈振孙:《直斋书录解题》卷十五,《四库全书》本。

孙、林德祖、洪兴祖都看到了《楚辞释文》原本,都言不知作者,那么,钱杲之《离骚集传》的"陆氏释文",要么是另一本书,要么是误闻,更不能由此推出作者为陆善经。

关于《楚辞释文》,几乎在每一重要问题上学界都有分歧。对于这些分歧,这里不太可能像上面那样较详细地介绍,只能将基本分歧与笔者的观点简介如下。洪兴祖《楚辞补注》所引条目,游国恩辑为七十七条,姜亮夫为一百一十八条,李大明为一百三十余条,以李大明的为确。《楚辞释文》最引人注意的,是它的目录篇次。洪兴祖《楚辞补注》目录页,每篇下均注有"释文第×"字样,如《离骚》"释文第一"、《九歌》"释文第三"、《九辩》"释文第二"……《郡斋读书志》《直斋书录解题》也都记载,《楚辞释文》篇目是《离骚》第一、《九辩》第二、《九歌》第三,而王逸《楚辞章句》篇目次序为《离骚》第一、《九歌》第二,《九辩》排在第八。加之王逸在《九章》中有的地方注云"皆解于《九辩》"中,又对《九歌》《九章》之"九"不注,却在《九辩》中对"九"详加注释,于是许多学者认为《楚辞释文》乃《楚辞章句》之旧本,甚至有的学者据此断定《九辩》为屈原所作,明焦竑于《焦氏笔乘》、清吴汝纶于《古文辞类纂评注》中即如此言。

笔者认为,《楚辞释文》有很重要的资料价值,但不应据此作过度之论。首先应肯定,《九辩》为宋玉所作,外证有王逸《楚辞章句》、萧统《文选》,内证《九辩》本文即可肯定非屈原所作(此处不便展开论述)。而《楚辞释文》很难断定为古本,也非《楚辞章句》旧本,问世时间即使不是五代,也超不出唐。仅就其注音而言,《楚辞释文》用"某某切",而不用"某某反"。从古汉语语音史来看,唐以前一般用"反",唐以后避讳"反"字,则改为用"切"。顾炎武更是说唐中叶以后用"切",这就更晚了。故《楚辞释文》不可能是王逸《楚辞章句》的旧本。《四库提要》从版本方面考察,也认为:"必谓《释文》为旧本,亦未可信。"还有一点,《楚辞释文》的篇次,《招隐士》在《招魂》之前,然《楚辞章句》中《招隐士》在《招魂》之后。王逸释"招"字,在《招魂》中,其后《招隐士》则不释。若按上述道理,则《楚辞释文》的这一篇次有误。这里有误,又焉知将《九辩》排于第二无误?

由此,《楚辞释文》可以作重要参考,但不能定为古本并作为绝对依据。至于注释,也是有参考价值,这点已有一些学者举例指出①,此处便不多言。

唐代完整留存至今可称为楚辞著作的,只有柳宗元的《天对》。

柳宗元(773—819),字子厚,河东解县(今山西运城西南)人,故被称柳河东。少即聪明颖悟,贞元九年(793)中进士,后登博学鸿词科,曾任集贤殿正字、蓝田县尉、监察御史里行(见习御史)等职。后参加王叔文集团改革(史称"永贞革新"),擢为礼部员外郎。半年后革新失败,与刘禹锡等八人同时被贬,史称"八司马事件"。柳宗元被贬永州(今湖南永州),十年后奉召回京,不到一月又与刘禹锡等四人再次被贬,元和十年(815)至元和十四年任柳州刺史,十一月病卒。有《柳柳州集》,唐书有传。

柳宗元是中唐著名文学家、思想家,并与韩愈同为古文运动的干将,同为唐宋八大家之一员,著述颇丰。在楚辞研究方面,与之有关的是《吊屈原文》与《天对》。

现存柳集中有三篇吊文:《吊苌弘文》《吊屈原文》《吊乐毅文》。三篇吊文所吊对象有着共同特点,即文主竭忠尽智、不避艰险地为君为国,却都最终不被信任而遭遇失败:苌弘被周人杀死,屈原投江,乐毅奔赵。三篇吊文,以《吊屈原文》投入情感最深,也最为有名:

> 后先生盖千祀兮,余再逐而浮湘。求先生之汨罗兮,揽蘅若以荐芳。愿荒忽之顾怀兮,冀陈辞而有明。先生之不从世兮,惟道是就,支离抢攘兮,遭世孔疚。……
>
> 何先生之凛凛兮,厉针石而从之。但仲尼之去鲁兮,曰吾行之迟迟。柳下惠之直道兮,又焉往而可施?今夫世之议夫子兮,曰胡隐忍而怀斯?惟达人之卓轨兮,故僻陋之所疑。委故都以从利兮,吾知先生之不忍。立而视其覆坠兮,又非先生之所志。穷与达固不渝兮,夫唯服道以守义。②

---

① 可参见李大明《楚辞文献学史论考》,成都:巴蜀书社,1997年,第209—212页。
② 《柳宗元集》,北京:中华书局,1979年,第517页。

柳宗元一腔热血,与王叔文、刘禹锡等鼎力革新,反遭残酷打击,几次被贬。他的心与屈原贴得最近,也最理解屈原的心理,他肯定屈原是"惟道是就""唯服道以守义",嘲笑那些指斥屈原不隐忍的人是"僻陋之所疑"。理解屈原不愿离故都投奔他国是因"不忍",而坐视故国"覆坠"又非其"所志",故只能在故国正道直行。可以说,在历代诗、赋、文中,《吊屈原文》是最准确明晰地道出了屈原守土不移之爱国精神,以及"九死不悔"追求真理的高尚情志的雄文之一①。

《天对》作于柳宗元被贬之时,大约在永州。柳宗元天道观与屈原相通,他深感《天问》难懂,士人读之不易;又深憾一直无人作答,使屈原的雄文无人回应;更为了表达自己的哲理思想,于是便作此文。由于柳宗元知识渊博、能言善辩,韩愈夸他"俊杰廉悍,议论证据今古,出入经史百子,踔厉风发,率常屈其座人。名声大振,一时皆慕与之交"②。他的名著《封建论》问世后,虽前代多有人论述"封建"(分封建制)问题,然均不及其切中肯綮,故苏轼说:"宗元之论出,而诸子之论废矣。虽圣人复起,不能易也。"③同样,《天对》问世后,再无人作同类著作,只有杨万里写过《天问天对解》。

《天对》是一篇杰出著作,研究者可以通过柳宗元对《天问》问题的回答,再对照其他相关论述,可以更准确、更明晰地把握他思想的内核,以及在基本的重大的问题上的观点。例如,通过他对屈原"问天"诸问句的回答,可以探明其以元气论为主的唯物宇宙观;通过对"鲧禹治水"诸问句的回答,可以肯定他对当时中唐官场腐败、藩镇割据等弊病的极度不满……如此种种,足证《天对》对研究柳宗元的思想观念之重要。不过,从楚辞研究史角度观察,就很难取得如此地位了,其主要原因在于,柳宗元未能深入理解创作屈原《天问》之真正用心。

屈骚中以《天问》最难解,其难解不仅在于字句及本事,更在于那"放言无惮"的诸多问题里,所潜藏浸润着的屈原的卓越思想和深层心理。下面以《天问》"鲧禹治水"一段说明之。

---

① 《吊屈原文》,作者虽名为"文",实际应属"骚",或属"骚赋"。
② 《韩昌黎全集·柳子厚墓志铭》,上海:世界书局,1935年,第407页。
③ 《东坡志林》卷五《秦废封建》,《四库全书》本。

> 不任汨鸿,师何以尚之? 佥曰何忧,何不课而行之?

根据王逸、洪兴祖、朱熹等的注释,意思是:尧知道鲧不能胜任治理洪水之责,而众人却为何推举他? 大家都说不必忧虑,何不让鲧治水试试? 而《天对》对曰:

> 惟鲧诡诡,邻圣而孽。恒师厖目,乃尚其圮。后惟师之难,瞋颐使试。①

这意思是说,鲧性固执,常与人争吵,与尧虽有亲缘却很坏。众人很久都未看清他,于是推举了这败坏族类之人。尧难以拒绝众人意见,只好勉强答应试试。

从这个回答来看,就知柳宗元误解了屈原的意思,也可能有意与之对立。因我们知道,屈原对鲧是高度同情的。在《天问》后面还有表现对鲧同情之句,而且在《离骚》中也借女媭之口说道:"鲧婞直以亡身兮,终然夭乎羽之野。"《九章·惜诵》亦言:"行婞直而不豫兮,鲧功用而不就。"这些都说明屈原认为鲧是因刚直敢言而遭祸,与儒家典籍传记的鲧为恶臣相反。柳宗元显然还是继承的儒家观点。这还只是字句及历史事实层面,属于直接理解层面,若进入到更深的思想、心理层面,可以说柳宗元就完全未理解屈原发问的意义了。

屈原在《天问》中究竟想问什么,这是历来学者想探明的问题,当然也是楚辞研究史上的千古之问。笔者经四十多年研究最终断定:屈原是在追问人类在认知决策上的不解痼结,一些从古至今直至将来恐怕也解决不了的痼结,相当于终极之问! 大家知道,屈原"博闻强志,明于治乱,娴于辞令。入则与王图议国事,以出号令;出则接遇宾客,应对诸侯。王甚任之"②。这就是说,屈原有着非凡的治国理政及处理外交事务之才能,相当长一段时间处于楚国最高决策层。他深知决策过程之艰难,这里面不仅有着各种利害关系的权衡,更有着人类在决策认知层面的痼结在起作用。

即以以上六句为例。尧知道鲧的能力不足以胜任治水,可众人一致举荐

---

① 〔唐〕柳宗元:《天对》,《柳河东集》卷十四,《四库全书》本。
② 《史记·屈原列传》。

他,还说让鲧试一下没关系。尧只能服从众人的意见——要知道他虽被后人尊为帝,却不是后来历史上的帝王,他只是部落长,不能完全置众人意见于不顾。实在说,尧这是无可奈何的选择。这就体现出人类在决策问题上的一种无奈:客观地说,个体与群体的意见都会有对有错,在这点上也不能以出现概率的多寡来肯定某一方——关键一刻之重要往往胜过若干年。俗话"三个臭皮匠,顶个诸葛亮",也只能是俗话而已。没有治国用兵才能的一千个"臭皮匠",也顶不了一个"诸葛亮"。这道理其实谁都懂,我们常说:"真理往往掌握在少数人手里。"然而到了关键时刻,在关键问题上,往往又是少数服从多数——尽管许多时候正确决策在少数人手里。因此,这一痼结人类今天仍然未能解决。如果用今天的习惯性语言来表述,鲧是在群众意见与个人意见对立的背景下被推到前台的。尧服从了群众意见,为部落利益勇敢地承担了风险,由此也种下了祸根。

由上论述可知,柳宗元不仅对鲧之认识与屈原不同,而且完全未能理解这四句所问之深层意义。再看接下的六句:

> 鸱龟曳衔,鲧何听焉? 顺欲成功,帝何刑焉? 永遏在羽山,夫何三年不施?[1]

这意思是说,鸱龟衔草拉泥,示意鲧以堵法治理洪水,鲧为何听取? 既听取,顺其意可成,帝尧为何加刑于他? 永远把他禁闭在羽山,为何三年还不放?[2]《天对》则曰:

> 盗堙息壤,招帝震怒。赋刑在下,而投弃于羽。方陟元子,以胤功定地。胡离厥考,而鸱龟肆喙?[3]

这回答与屈原所问亦有一定距离。前四句应是据《山海经·海内经》之"鲧禹治

---

[1][3] 〔唐〕柳宗元:《天对》,《柳河东集》卷十四,《四库全书》本。

[2] 此几句歧义颇多。如头两句王逸认为是鲧被杀后,听任鸱龟噬其躯体,而此处取洪兴祖、朱熹之说。其他几句亦如此。

水"而发,在这神话里,鲧类似于西方神话的普罗米修斯,但与屈原所言不是一回事。后四句取王逸之说而答之,意为鲧的大儿子被尧提拔重用,以治理洪水,划定疆界,怎会让鲧之遗体摆陈在那儿任鸱龟啃啄呢?

这还只是表层的疏离,若论深层含义,柳宗元就完全未体会到了。因在这八句诗里,屈原问到了人类认知决策上的两个痼结:第一个,取得成功客观所需时间与人们主观要求难以统一,即是说,人们要求他完成任务的时间与客观上需要的时间往往有相当差距。这一痼结人类今天同样没有解决。鲧用阻与堵的办法治水,自有他的道理,可能还与众人商量过,有些人说鲧用错了方法,应该疏导而不应堵,未免失之武断。眼前就有实例,黄河大堤不是堵吗,长江大堤不也是堵吗?史料证明,人类在中华大地繁衍前,黄河、长江就是通向大海的,人类在它们两岸筑堤怎能说不是办法呢? 不过鲧的堵的办法,需要时间长,客观事实证明九年是不够的,也许需要十几年、二十几年——这里第二个痼结又出现了:办任何事情总得有一个期限,不能无限期拖下去。如果以前有类似的事务倒还好办,难的是开创性的工作是难有参照系的,只能有一个估计,可谁都不能保证估计给予的时间能满足客观所需的时间——历史上无数杰出人物往往就牺牲在这个矛盾中! 鲧就是其中之一。

这第二个痼结人类今天解决了吗? 同样没有! 这两个痼结将来什么时候有希望解决呢? 不知道! 每每诵读《天问》这些诗句,我就由衷地赞叹屈原的伟大和远见卓识! 如果说这还不是杰出的思想,那请问什么是杰出思想呢!

当然,前贤们囿于时代、体制及思想的局限,很难体悟到屈原这些极其深刻的终极问难。一直到明末清初,才有学者开始领悟,如钱澄之于《屈诂·天问》之"题诂"曰"后儒欲一一详对,以释其疑,亦愚矣",黄文焕也才开始对之有所领悟①,当然也还是较初级的。对唐贤柳宗元,我们自然就更不应求全责备了,这里只不过是说明问题而已。

---

① 可见黄文焕《楚辞听直·天问》,清顺治十四年(1657)补刻本。另按:更多内容,有兴趣的读者可参阅拙著《屈骚艺术研究》,武汉:湖北人民出版社,2006年,第331—337页。

二、北宋时期

北宋无楚辞专著，而论及楚辞且于研究史有意义者，当首推黄庭坚。

黄庭坚（1045—1105），字鲁直，号山谷道人，又号涪翁，洪州分宁（今江西修水）人。"幼警悟，读书数过则诵。"①英宗治平年间（1064—1067）中进士，后十七年在几地做了些小官。元丰八年（1085），旧党执政，黄庭坚任职于馆阁，并参加编写《神宗实录》。元祐八年（1093），哲宗亲政后旧党失势，黄庭坚被作为旧党，先后被贬到黔州、戎州、宜州，卒于宜州贬所。黄庭坚政治上虽属旧党，但多取超脱态度，文学上为"苏门四学士"之一，亦为"江西诗派"宗主。有《山谷集》传世。

黄庭坚关于楚辞的评论，值得注意的有这样三段话。第一段话：

> 章子厚尝为余言《楚词》，盖有所祖述，余初不谓然。子厚遂言曰："《九歌》盖取诸《国风》，《九章》盖取诸二《雅》，《离骚经》盖取诸《颂》。"余闻斯言也，归而考之，信然。顾尝叹息："斯人妙解文章之味，此其于翰墨之林，千载人也。但颇以世故废学耳，惜哉！"②

这段文字中，有两个概念首先需弄清。第一是"祖述"。按，《礼记·中庸》"仲尼祖述尧舜，宪章文武"，此是"师法前者，加以陈述"之意，杜甫《戏为六绝句》亦言"递相祖述复先谁"。第二是"取诸"，应是"取之于"之意，"诸"为"之于"合音。那么，章子厚的意思就是，楚辞师法《诗经》，取之于《诗经》。自汉魏以来，极少见有如此断定者。刘安只说："《国风》好色而不淫，《小雅》怨诽而不乱，若《离骚》者，可谓兼之矣。"③刘勰《文心雕龙·辨骚》也明确说屈骚"同乎经典者有四"，"异乎经典者有四"。也许有人认为，章子厚所说"取诸"，只是取其一方面。然而不论是哪一方面，是"意"还是"艺"，抑或是"语"，屈骚都没有"祖述""取之于"《诗经》。何况这儿还对应相"取"——"《九歌》盖取诸《国风》，《九章》盖取诸二

---

① 《宋史·黄庭坚传》。
② 〔宋〕黄庭坚：《书圣庚家藏〈楚词〉》，《山谷别集》卷十，《四库全书》本。
③ 转引自《史记·屈原列传》。

《雅》,《离骚经》盖取诸《颂》"。黄庭坚为江西诗派之宗主,作诗主张"无一字无来处",他对楚辞(主要是屈骚)极为推崇,希望它"祖述"儒家经典《诗经》,其思想动机可以理解,然这观点却不能说正确。

第二段话为:

> 《楚词》校雠甚有功,常苦王逸学陋,无补屈、宋。①

说王逸"学陋",在宋代还不止黄庭坚一人,如楼钥寄林德久诗曰:"向来传注赖王逸,尚以舛陋遭讥评。"②看来这在宋代似乎小成风气,连朱熹也言:"顾王书之所取舍,与其题号,离合之间,多可议者。"③《楚辞章句》有舛误,这是肯定的,但绝大多数注释类著作,都会有舛误,不能因此给以讥评,也不能轻易断定著者"学陋"。况且,本章第一节也专门介绍过,汉代曾有好几本楚辞著作,而且皆为马融、班固、贾逵等杰出学者所著,然而留存下来的,只有王逸《楚辞章句》。它独能存留,必有其道理,故弥足珍贵。楚辞研究史上,这一现象于宋代出现,也自有其原因。宋代文化学术发达,而疑古之风也由此"起于青萍之末",学人以批判、怀疑的目光审视前代著作,成绩不小,然也常有过头之处,过于贬低王逸之注即为其一。后面下编第二部分介绍《楚辞章句》时,还将较详细论述之。

第三段话为:

> 若欲作楚词,追配古人,直须熟读《楚词》,观古人用意曲折处讲学之,然后下笔。譬如巧女,文绣妙一世,若欲作锦,必得锦机方能成锦尔。④

---

① 〔宋〕黄庭坚:《与元勋不伐书·九》,《山谷别集》卷十八,《四库全书》本。按:查《四库全书》,此实为第七封。
② 〔宋〕楼钥:《林德久秘书寄〈楚辞故训传〉及〈叶音〉〈草木疏〉求序于余,病中未暇,因此诗寄谢》,《攻媿集》卷六,《四库全书》本。
③ 〔宋〕朱熹集注:《楚辞集注·目录后序》,上海:上海古籍出版社,1979年,第3页。
④ 〔宋〕黄庭坚:《与王立之四帖》,《山谷外集》卷十,《四库全书》本。

这段话从创作角度,对楚辞之指导意义给予极高评价,明显是继承了下面将介绍的苏轼之观点,然而将其创作面由诗词缩小到"楚词"(楚骚类),还是显得比苏轼之赞颂低了一级。

无专著而低评屈骚者,以欧阳修为代表:

> 屈原《离骚》,读之使人头闷,然摘一二句反复味之,与《风》无异。宋玉诗比屈原,时有出蓝之色。[1]

这显然是承袭了极少数唐代文人的观点[2]。不过欧阳修这里从阅读的角度贬低屈骚,显示的是一种个人的喜好。俗话说"趣味无争辩",看来欧阳修对屈骚读得并不够。尽管他曾为北宋宰相,又作为北宋诗文革新的领袖,是唐宋八大家之一,然而他一人阅读之尚好,并没有过多人在意,也就没什么影响。欧阳修还有一篇《祭丁学士文》,倒还值得注意一下:

> 唯一贤之不幸,历千载而犹伤。自古孰不有死?至今独吊乎沅湘。彼灵均之事业,初未见于南邦。使不遭罹于放斥,未必功显而名彰。[3]

欧阳修《梅圣俞诗集序》中,有"诗穷而后工"的名言,此处之论与其相一致。对"彼灵均之事业,初未见于南邦",我们的理解不必过于黏滞、认真,欧阳修不过是希图以屈原事迹,来暗示丁学士之颠踬困顿以致离世,对他功业相反可能有帮助。

下面再看有楚辞专著而未存于世者。这方面堪为代表的,是苏东坡。

苏轼(1037—1101),字子瞻,号东坡居士,眉州眉山(今属四川)人。少时读

---

[1] 曾枣庄等主编:《全宋文》卷七三八《论屈宋》,上海:上海辞书出版社、合肥:安徽教育出版社,2006年。

[2] 详细情况可见本编第二章第四节《唐代几位杰出诗人为何贬低屈原》。

[3] 曾枣庄等主编:《全宋文》卷七一〇《祭丁学士文》,上海:上海辞书出版社、合肥:安徽教育出版社,2006年。

书,广泛涉猎,博闻强记,嘉祐二年(1057)中进士。嘉祐六年,制科中第,步入仕途。对苏轼一生分期,有所谓三分法与四分法之别。然不论如何分,苏轼一生卷入党争政治漩涡,沉浮其中则是基本轨迹。初期王安石执政,他因反对新法"太急""太锐"而受到打击,只得自请外放。但即使王安石罢相后,他又遭"乌台诗案",出狱后被贬谪黄州。哲宗继位,政治上属旧党的高太后听政,大力起用以司马光为首的反变法人士,苏轼被当作旧党起用。但苏轼反对司马光"尽废新法",认为新法中有的应予保留,结果又被当作新党遭排斥,只得再次自请外放。高太后死后哲宗亲政,打击旧党,起用新党,苏轼又被认作旧党,先后贬到惠州、儋州(海南岛)。直到元符三年(1100),徽宗即位,才被赦北归,次年病逝于常州。死前东坡作《自题金山画像》自嘲:"心似已灰之木,身如不系之舟。问汝平生功业,黄州、惠州、儋州。"

政治上的失意,反促成苏轼文学上大放光华。他思兼儒、老,亦通禅理,创导的"蜀学"曾与"二程洛学""荆公新学"鼎立而三。遭受打击后他以庄子思想为精神支柱,被贬黄州后更确立了旷达的人生态度,终具饱满的创作热情。他文为唐宋八大家之一,诗为北宋第一,词开"豪放"一派,书法还是"宋四大家"之一,所画"东坡老梅"亦得画坛好评。他是中国文化艺术史上少有的杰出"全才"。《宋史》有传。

苏轼对楚辞研究亦有兴趣,下过很深的功夫。陈振孙《直斋书录解题》载:"东坡手校《楚辞》十卷,凡诸本异同皆两出之。"可惜该本已亡佚,而存留其对楚辞的断言片语,于楚辞研究史上仍极富意义。

> 苏轼曰:楚辞前无古,后无今。
> 又曰:吾文终其身企慕而不能及万一者,惟屈子一人耳。①

苏轼这看似简单的两句话,在楚辞研究史上具有极重要的意义。东坡所言楚辞,当然主要指屈骚。第一句,"前无古",不必多论。"后无今"则包括两层意思:第一

---

① 〔明〕蒋之翘:《七十二家评楚辞》,《四库全书存目丛书》本。

层是判断,东坡认为,从屈骚问世后直至当时北宋,没有作品能及得上它。确实,从屈原到苏轼,其间经过一千多年,作家、诗人灿如星辰,也有伟大诗人如李白、杜甫等,但没有哪个作品能超过屈骚的。第二层则是预见——以后也没有诗作能超过它。这也确实,东坡说这话后,至今又过了一千多年,我们经历了多次民族灾难,危急时刻涌现出不少诗人,爱国感奋杰出之作亦多,依然没有哪一首政治抒情长诗能超过《离骚》的。将来呢? 恐怕也没有,至少现在还看不到。

至于第二句,我们不能机械看待,东坡无非是表达自己万分企慕之感情而已。东坡对自己有清醒认识,对屈骚下过极大研究功夫,由此才感叹:"吾文终其身企慕而不能及万一者,惟屈子一人耳。"这感叹使他作出了第一句的预测,而这第一句的预测又加深了他的企慕之情。还应看到,同样一句话,在东坡嘴里说出,与在别人嘴里说出来是大不一样的。东坡是北宋第一大诗人,是整个宋代第一大文学家,北宋以后,能在诗、词、赋、文四方面全面达到东坡水平的,还真是没有,更不用说还要加书法一项了。因而,第二句既显示东坡对屈原的高度企慕,同时实际也显示其高度自信、自许——这两句评语在楚辞研究史上有着无可替代的地位。

用今天的理论来说,以上两句是就文学本体而言,而在创作方面,苏轼也有一句极精到的话:

> 季父仲山在扬州时,事东坡先生。闻其教人作诗曰:"熟读《毛诗·国风》与《离骚》,曲折尽在是矣。"①

此语出自《彦周诗话》,作者许颛为宋人,材料当可信。这条材料很重要,可惜好几本"楚辞评论"的资料集漏选。值得品味的是,东坡以《国风》《楚辞》作学诗教材,教人体会其中"曲折"。这"曲折",当然不是诗歌之基本知识,而是使诗篇婉转回环、跌宕起伏、味在言外之深层技巧。如此技巧并非《国风》特色,因此东坡要人最为关注的实际是《离骚》。

在苏轼自己的作品,如楚骚体《屈原庙赋》、五言诗《屈原塔》、书信体《与谢

---

① 〔清〕何文焕辑:《历代诗话·彦周诗话》,北京:中华书局,1981年,第386页。

民师推官书》等中,均对屈原高度推崇,此处便不多述。

在有楚辞专著却未存于世者中,还需介绍的是黄伯思。

黄伯思(1079—1118),字长睿,别字霄宾,号云林子。邵武(今福建邵武)人,哲宗元符三年(1100)进士。官至秘书郎。学问渊博,好古文奇字,有《法帖刊误》《东观余论》等著。《宋史》有传。其所著《校定楚辞》已佚,尚存《校定楚辞序》:

> 楚辞虽肇于楚,而其目盖始于汉世。然屈、宋之文,与后世依仿者,通有此目。而陈说之以为,唯屈原所著,则谓之《离骚》,后人效而继之,则曰楚辞,非也。自汉以还,文师词宗,慕其轨躅,摛华竞秀,而识其体要者亦寡。盖屈、宋诸骚,皆书楚语、作楚声、纪楚地、名楚物,故可谓之楚辞。若些、只、羌、谇、蹇、纷、侘傺者,楚语也。顿挫悲壮,或韵或否者,楚声也。沅、湘、江、澧、修门、夏首者,楚地也。兰、茝、荃、药、蕙、若、蘋、蘅者,楚物也。率若此,故以楚名之。自汉以还,去古未远,犹有先贤风概。而近世文士,但赋其体,韵其语,言杂燕粤,事兼夷夏,而亦谓之楚辞,失其指矣。①

黄伯思的这段话,在楚辞研究史上十分有名,尤其是"盖屈、宋诸骚"至"故可谓之楚辞"几句,古今许多学者将之作为楚辞之定义。黄氏从语言、名物、地理方面入手,确实抓住了屈、宋诸骚之特点,也确实可从这类角度定义楚辞。不过黄氏以此作为文体标准来限定楚辞,将汉以后文人骚体诗(楚辞体)统统否定掉,这就有胶柱鼓瑟之嫌了。实际上,自屈、宋以后,直到今天,两千多年来骚体诗就没间断过。或者,我们从积极方面理解黄伯思这段话,将楚辞与楚辞体区别开来——屈、宋和汉代诸家以楚辞体所创作诗歌,名为"楚辞";而自汉以后诸家以楚辞体创作的,即黄氏所言"赋其体,韵其语,言杂燕粤,事兼夷夏"的作品,则径直称为"骚体(或楚辞体)诗"。

北宋唯一有专著且存留的,是晁补之的《重编楚辞》,此在下编第四部分将详细介绍,这里也便省略。

---

① 〔宋〕黄伯思:《校定楚辞序》,《宋文鉴》卷九十二,《四库全书》本。

三、南宋时期

南宋无楚辞专著,但其言论于研究史有意义者,主要有两类值得注意。

一方面,随着南宋诗话文体的盛行,诗话著作中论及楚辞的多起来,如洪迈《容斋诗话》、曾季狸《艇斋诗话》、王若虚《滹南诗话》等。其最有代表性者,为严羽《沧浪诗话》。

严羽,生卒年不详,字仪卿,一字丹丘,主要活动于宋理宗时期。生平、故里亦不详,只知后迁居福建邵武樵川莒溪,有沧浪水出此,故自号沧浪逋客,当时与严仁、严参齐名,号"三严"。另有《沧浪集》,《宋史》无传。《沧浪诗话·诗评》中,评楚辞的有五条:

> 楚词,惟屈、宋诸篇当读之外,此惟贾谊《怀长沙》、淮南王《招隐操》、严夫子《哀时命》宜熟读。此外亦不必也。
>
> 《九章》不如《九歌》,《九歌·哀郢》尤妙。
>
> 前辈谓《大招》胜《招魂》,不然。
>
> 读骚之久,方识其味。须歌之抑扬,涕泪满襟,然后为识《离骚》,否则为戛釜撞瓮耳。
>
> 唐人惟柳子厚深得骚学,退之、李观皆所不及。若皮日休《九讽》,不足为骚。[1]

严羽《沧浪诗话》为宋代著名诗话,他引禅喻诗,其所创言的"妙悟"——"诗有别材,非关书也;诗有别趣,非关理也。然非多读书,多穷理,则不能极其至,所谓不涉理路不落言筌者上也。"[2]他提倡的"羚羊挂角""水月镜像"之说,在当时及以后均产生了很大影响。在此种诗歌理论指导下的楚辞评论,五条中第一、四条——尤其是第四条——确有很高见地!但第二条有点让人摸不着头

---

① 〔清〕何文焕辑:《历代诗话·沧浪诗话》,北京:中华书局,1981年,第698页。按:《诗人玉屑》明刊本、《四库全书》本载录不全。

② 同上,第688页。

脑。下句,肯定是错了,因《哀郢》分明属《九章》。是严羽记错了?《九章》记成了《九歌》,那上句就应是《九歌》不及《九章》;然严羽这样杰出的诗论家会把《九歌》和《九章》整体地都记错,这似乎也不太可能。那是印制时校对错误?但两句中出这么多错也似乎不可能。而且笔者将所据《历代诗话》本与《四库全书》本相校,这两句完全一样①,证明亦无版本问题。看来,如无新的扎实可信之材料出现,此问题暂时只能搁置了。

第三条,《招魂》《大招》之作者,在宋时即有争论。如评论者在作者问题上持不同见解,那就无法判断二者之高下。第五条谓"唐人惟柳子厚深得骚学",估计是据《天对》而言。然本节前面唐代部分已对此详作论析,严羽可能对屈原创作《天问》之深层心理缺乏理解,其判断自然就失准了。

另一方面,是思想界诸多学者关注楚辞,这既有正面的,也有负面的。

正面的可以叶适为代表。叶适(1150—1223),字正则②,浙江永嘉(今浙江温州)人,淳熙五年(1178)进士。曾任太常博士,宁宗时累官至宝文阁待制,兼江淮制置史。后因被弹劾附和韩侂胄,免职归家。晚年讲学于永嘉城外水心村,世称"水心先生"。有《习学记言》《水心文集》,《宋史》有传。

叶适为"永嘉学派"代表人物,与朱熹理学、陆九渊心学鼎足而三,对楚辞也有自己的看法:

> 初,唐诗废久。君与徐照、翁卷、赵师秀议曰:"昔人以浮声切响,单字只句计巧拙,盖《风》《骚》之至精也。近世乃连篇累牍,汗漫而无禁,岂能名家哉!"四人之语遂极工。③

这里,"昔人"指魏晋至唐诸家,"近世"指"江西诗派","四人"指"永嘉四灵"。叶适还有一篇《题刘潜夫南岳诗稿》,见解也与此相同。叶适坚持儒家仁义而提倡

---

① 《诗人玉屑》五条失载。

② 叶适,字正则,颇疑与《离骚》"名余曰正则兮"有关系。

③ 〔宋〕叶适:《水心先生文集》卷二十一《徐文渊墓志铭》,四川大学古籍研究所编《宋集珍本丛刊》第66册,北京:线装书局,2004年。

事功,排斥老、庄,抨击佛禅,又反对道学家空谈心性、轻视文学,主张德艺兼成,重道而不轻文。在文学观念上,他敢于提倡"巧丽",公开反对"钝拙",与南宋末之"永嘉四灵"相友善,并极力推崇他们的诗作。这些观点理论可评论处甚多,对"永嘉四灵"的过度推崇亦大可商榷。只是,作为"斥老排佛"的思想家,高度肯定屈骚,肯定其艺术对后世诗人之影响,反对道学家对屈骚之轻视,在楚辞研究思想史上自有其特殊意义。

还有一位楼钥,值得提一下。楼钥(1137—1213),字大防,又字启伯,号攻媿主人,明州鄞县(今属浙江宁波)人。少好读书,潜心经学,隆兴元年(1163)进士及第,授温州教授,迁起居郎兼中书舍人,韩侂胄被诛后,起为翰林学士,拜吏部尚书。嘉定初年,同知枢密院事,升参知政事。有《攻媿集》,《宋史》有传。其寄林德久诗云:

> 平时感叹屈灵均,《离骚》三诵涕欲零。向来传注赖王逸,尚以舛陋遭讥评。河东《天对》最杰作,释问多本《山海经》。练塘后出号详备①,晦翁《集注》尤精明。比逢善本穷日诵,章分句析无遁情。林侯忽又示此帙,正欲参考搴华英。属余近岁方苦疾,笔砚废堕几尘生。尝鼎一脔已知味,始知用功久已成。况复身到荆楚地,详究兰芷闻芳馨。前此同朝幸相与,锦囊诗文为我倾。惜哉不早见此书,病中欲续神不宁。年老髦及屡求去,倘得挂冠早归耕。尚当一一为寻绎,期以爝火禆神明。漫挥斐语塞厚意,深愧所报非琼莹。

此诗题曰:"林德久秘书寄《楚辞故训传》及《叶音》《草木疏》,求序于余,病中未暇,因以诗寄谢。"可知这是以诗代序。文字虽简短,在楚辞研究上却有相当意义。一是对楚辞学史有粗线条的简单归结:对王逸《楚辞章句》评价甚低,而高

---

① 练塘,指洪兴祖,号练塘,代指其《楚辞补注》。因洪兴祖生于江苏丹阳西北,此地有练湖,又称练塘,故以为号。易重廉言此诗:"楼氏没有提洪兴祖的《楚辞补注》,联系到晁公武录此书而不书撰人的情况看,或许可以归到政治压力上去。"这个结论显然错误。详见易重廉《中国楚辞学史》,长沙:湖南出版社,1991年,第333页。

度评价柳宗元《天对》,肯定洪兴祖《楚辞补注》为"号详备",夸奖朱熹《楚辞集注》"尤精明"。接着提林氏之著,而再不提其他楚辞著作,显系将其摆于三者之后列,可惜此书已佚。二是独具只眼,肯定林氏亲往楚地调查名物——当然也会考察风俗民情,用今天的概念讲就是田野调查。

不过,楼钥之序诗也有几点不当:对《楚辞章句》评价过低;对《天对》评价过高(本节前面已论述)。柳宗元作《天对》,并非单凭《山海经》,还有《淮南子》,这点朱熹已指出。下面,该谈谈当时有楚辞专著,然均亡佚了的作者情况。

据陈振孙《直斋书录解题》等,有下列楚辞著作亡佚:(1)吕祖谦,《离骚章句》一卷。吕氏字伯恭,为南宋著名学者,人称东莱先生。(2)林至,《楚辞故训传》六卷,《楚辞草木疏》一卷,《楚辞补音》一卷。林氏字德久,淳熙中进士,曾官秘书省正字。上面所引楼钥寄林德久诗,就是写给他的。(3)林应辰,《龙冈楚辞说》五卷。林氏字渭起。《直斋书录解题》(卷十五)谓其认为屈原不死,"沉汨罗比诸浮海居夷"之意,并肯定"其说甚新而有理"。(4)周紫芝,《楚辞赘说》一卷。周氏字少隐,号竹坡居士。《直斋书录解题》(卷十五)云:"(周氏)尝为《哀湘累赋》,以反贾谊、扬雄之说。又为此书,颇有发明。"(5)刘庄孙,《楚辞补音释》。刘氏字正仲,号樗园,宋末著名文人。由于以上楚辞著作已亡佚,无法对之作确切评价,此外,这些作者似乎并无研究史意义上的单篇文章或言论,故也就只能作简短介绍。

最后,要谈楚辞专著存留至今的情况。南宋楚辞专著至今尚存的,主要有六部:洪兴祖《楚辞补注》、朱熹《楚辞集注》、钱杲之《离骚集传》、杨万里《天问天对解》、吴仁杰《离骚草木疏》、谢翱《楚辞芳草谱》。这六部著作,分别在本书下编第二、三、四部分有较详细介绍,单篇就不在此节复述,而将六部作为一个整体,对其特点做点概述。

六部著作,加之前面所述两部分——非为著作但对楚辞有评论和是为专著但已亡佚的,共同推动南宋时期成为楚辞研究史上继汉以后又一高峰。六部著作中,洪兴祖《楚辞补注》和朱熹《楚辞集注》最重要,堪称研究史上并峙之双峰。洪注以王逸《楚辞章句》为基础,增补详备;朱注以渊博学识兼择选他注,时出精见。故二著为楚辞两版本系统之源,研究基础及权威地位已不可动摇。六部著作中的吴注和谢著均以楚辞名物为研究对象,且专门研究其植物,显示研究开始向着细化、深化、专门化发展。《天问天对解》以注释方式主要对屈原《天问》，也兼对柳宗元《天对》进行研究；《离骚集传》则以"传"之方式——《楚辞章句》之传——专对《离骚》进行研究，呈现出另一个研究方向的细化。如果要问，东汉时班固和贾逵就已有《离骚经章句》，只不过未存留下来而已，不言此两人的研究方向有细化特点，为何要等到南宋时才提出来？ 那原因就是，班固、贾逵等的单篇研究，其目的与杨、钱的完全相反。他们的意图是从个别进及全体，而杨、钱则是从全体进入个别。在杨、钱之前，楚辞的整体研究已是成就卓著，《楚辞章句》《楚辞补注》《楚辞集注》之研究成绩有目共睹，他们只有将研究细化方可有所收获，实际情况也确实如此。

四、小结

纵观唐宋时期的楚辞研究，一个特别明显而有趣的现象是，它的运动轨迹与其时社会行进的走向完全相反。唐时国力强盛、文化发达，思想也相对开放，不仅达到我国专制帝制社会的高峰，也是当时世界历史的巅峰。唐以后之北宋，由于重文轻武，冗官、冗兵、冗费等国策之施行，造成积贫、积弱的局面，经济虽盛于唐代仍居世界之巅，文化也还继续向前在发展，国力却极度衰弱，外患不断，终至丢掉半壁江山。南宋偏安江南，苟延残喘，国势江河日下最后亡国。其整体走向是：由南北朝至隋到盛唐不断向上，达至顶峰后便一路向下，经北宋到南宋滑到最低点。

而楚辞研究史恰恰与之相反：由南北朝经隋一直向下降，降至盛唐达到最低点，然后反身向上，经唐末向北宋上升，至南宋中后期升到最高点。之所以呈现这种完全相反的路线，首先当然还是在内因。屈骚从诞生之日起，就饱含着高昂的爱国精神，而屈原精神是中华民族精神的三根支柱之一，宋代——尤其是南宋——是民族危机深重时期，有识之士为挽救民族危亡，于前代思想著作中寻求精神支持，必然找到、也只有找到屈原与屈骚①，这只要看看南宋现存六

---

① 笔者一贯坚持，儒、道、屈是中华民族的三根支柱，并在多篇文章和多种场合中论证宣讲之。有关这方面的内容，读者可集中参阅拙著《屈原与中华文化和民族精神》（四川大学出版社2008年版）之《前言》，以及第一、二章相关部分。

部楚辞著作的作者都是抗战派人士即可知。这方面与唐代不同,盛唐以前自不必说,就是安史之乱平定后的中、晚唐,外患也不重,所谓藩镇割据、牛李党争、宦官专权,也皆为内部矛盾,即使亡朝也不会亡国、亡族,故若于楚辞著作中有寄托,寄托之情也远浓于寄托之心。这种时代的客观条件,在与内因相激荡呼应方面,自然不及宋代,其研究不及宋,也是必然。

若将楚辞研究之两高峰相较,即将宋代与汉代比较,则明显可见宋代研究要全面深入一些。宋代学界不仅继承了汉代重语词名物训诂、重历史本事考释的特点,而且在作者心理分析、作品艺术评赏、作者和作品思想意义的挖掘方面,下了很大功夫。即如研究方法路径等方面,也做出了颇有开创意义的探索。这当然与宋代学术的发展有直接关系。不过有一点需特别说明一下,即直至南宋,朱熹才提出屈骚"爱国"的思想、精神和观念,当今学界对此普遍认为是朱熹慧眼独具,还有的认为是宋代理学创立和发展推动的结果,进而批评汉代学者因偏重训诂而忽视了这极重要的观念。

这种看法有些偏颇,若直接点说,就是错误的。屈骚的爱国,之所以直到宋代才被发现挖掘出来,是时代决定的。在中国历史上,远的不说,即从周朝开始,中国人的政治地域观念,最大的是"天下",其次是"国",再其次是"家";而对应的统治者,治理"天下"的是天子,治理"国"的是诸侯,治理"家"的是大夫。自秦朝进入"专制帝制"社会后①,皇帝治理的仍是"天下",即使用我们今天"国"的概念,那一般也要在前面加一"帝"字,如秦帝国、汉帝国、唐帝国等。而屈骚当初包蕴的,主要是高昂的爱国精神。所以唐以前的学者,也决不会提倡屈骚的"爱国"精神,因为这时的爱国,主要是爱诸侯国。

进入宋代就不一样了,孱弱的北宋丧失了大片国土,屈服于西夏和辽,实在配不上"天下"的概念,今天我们也从不称"宋帝国"。至于范仲淹《岳阳楼记》的"先天下之忧而忧,后天下之乐而乐",也不过是对士人的激励而已。后来北宋被金灭亡,半壁江山的南宋,更称不上"天下",只配称"国家"而已,这时屈原、屈

---

① 笔者认为,对应西方的封建社会而言,周朝才是真正的封建农奴制社会,而秦朝以后之社会形态,是中国独有的"专制帝制"社会。可参见拙著《六十年读书一得》,成都:四川大学出版社,2020年,第150—152页。

骚的民族精神与爱国主义就自然而然结合起来，朱熹敏锐地发现了它，高度肯定并从此推广开来。因此，是时代促成了这一结合和转变，而朱熹当然也功不可没。

下面再看看这段时期楚辞研究之不足。最主要的不足，是对屈原的否定方面：唐代继承了前代对屈原的否定并有所发展，宋代则继承唐代有所变化。大多数学者认为，唐代的屈原否定论是对汉代的继承，尤其是对班固的否定屈原之继承，这是对班固、扬雄等的误解，书中本编第二章第一、二节将详细论证，这里只把结论略述一下。

汉代著名史家班固，为后人留下了对屈原的两篇重要评价：《离骚赞序》和《楚辞序》，有趣的是这两篇评价在主要观点上几乎完全对立，由此引来后人聚讼不已。而笔者经研究后认定，班固对屈原始终是敬佩景仰的，《离骚赞序》和《汉书》中对屈原的评价代表了他的观点；而《楚辞序》则是不得已而为之，是表面出自班固之手而实质体现汉明帝意图的代言书。遗憾的是，自王逸、朱熹等至今，人们一直不注意班固暗示于后人的这一深层的真实心理，甚至连《典引序》这一极为重要的材料也多有忽视，从而将《楚辞序》作为班固思想变化后的产物，作为晚年对屈原的真心评价，由此造成对班固的极大误解，形成楚辞学史上的一宗公案。

对扬雄的《反离骚》，应对四个基点重新进行评价。一是《四库全书总目提要》的"扬雄和《反离骚》评价转变说"，是错误的。二是对"王莽篡汉"，历代史家完全是站在统治者的立场，恰因其政权短命而加以斥骂。我们今天必须站在人民的立场据实而议，作出客观、公正的评价，他既不是"篡"，主观意愿也不是要"倒行逆施"。三是由此，历来史家视扬雄为"谀臣""叛臣"，观点显然错误。四是扬雄对屈原是高度尊崇的，但他的《反离骚》一文对屈原确有"微讽"，联系到扬雄写此文才三十来岁，并未出仕，属年少轻狂，故不必苛求。

由上述可知，唐、宋两代楚辞学者，自认为是赞成并继承了班固、扬雄观点的，其实都是误解；而反对他们观点的，其实也是基于这误解在批判。在楚辞研究史上这一误解被一直继承了下来，经明清直到今天仍是如此。

第三节　明清楚辞研究概况

这节只介绍明清的研究概况,基本不谈元代,其原因主要是就研究史而言,元代有意义的成果极少。

在这一节,文章的分段,不再像前两小节按朝代划分,而是按楚辞研究史之具体情况,按照演进的脉络来划分,即分为明代前半期、明代后半期、清代前半期、清代后半期。

一、明代前半期

从朱元璋登帝的洪武元年(1368)起至明孝宗弘治十八年(1505),为前半期。从明武宗正德元年(1506)起至明思宗崇祯十六年(1643),为后半期。两个半期刚好各138年。

明代已进入中国专制帝制的后期,体制上呈现出后期的特点,除取消丞相、三省制、设立特务机构等外,对士人(知识分子)还采取了高压政策。以前各朝代征召隐士,基本还是自愿原则——你愿来就来,不愿也不强迫。而朱元璋则不是——你来则需俯首帖耳,不来则尽量找借口除掉,很多文人无辜而死。朱元璋颁布的《大诰》甚至有相关内容,故著名文士高启被腰斩,根本原因还是他坚决不肯应诏。

文化政策上,明王朝主要有三招。(1)施行"文字狱"。人们只知道清代文字狱严酷,而不知文字狱实际是从朱元璋开始的。[①]朱元璋称帝后,从洪武十七年至二十九年,凡臣子上表中有"作则""法坤""光天""天生"等字眼,都被定为"谤君"而被戮。如浙江府学教授林元亮的《谢增俸表》,北平府学训导赵伯宁的《万寿表》,中间有"则"字("则"音近"贼")被诛,因此类事被冤杀者如蒋镇、孟清、周

---

① 有人认为我国文字狱实际应从苏东坡"乌台诗案"开始,但笔者认为这不应算"文字狱",因其只针对苏东坡一人,且主要是新法派所为,宋神宗并未深究,也并未将其实实在在作政策施行。

冕、林云、许元等,为数不少①。朱元璋所以如此,无非是借此使臣子诚惶诚恐,形成文化心理的高压。(2)明定"四书五经"为科举考本,答题作文均须以程朱之注为准的,以功名利禄钳制知识分子的思想言行。而考试文体,则规定用八股文,这就在思想表述形式上也加以桎梏。久而久之,绝大多数文人便丧失独立自由思考的能力。(3)若有不合程朱理学的所谓思想的异端,则严厉打击。永乐二年(1404),饶州府士人朱季友献书,书中专斥濂、洛、关、闽之说②。明成祖朱棣览后大怒,将书示于当时在身边的礼部尚书李至刚、翰林学士解缙、侍读胡广、侍读杨士奇,四人均阿谀上意,言需严惩。于是,"即敕行人押季友还饶州,令布政司府县官及乡之士人,明喻其罪,笞以示法,而搜检其家所著书,会众焚之。又喻诸臣曰'除恶不可不尽,毁所著书最是'"③。一个很可能成为杰出思想家的学者的思想及其著作便永远消失了。

由于朱熹及《四书集注》受到特别推崇,他的《楚辞集注》也是一家独尊。以至于人们只知有《楚辞集注》,而不知有王逸《楚辞章句》。著名学者王鏊说,他想看看《楚辞章句》,却无法找到全本,只能从昭明太子《文选》中窥知一二。后来很幸运地得到一本《楚辞章句》,有人却言:"六经之学,至朱子而大明,汉唐注疏为之尽废,复何以是编为哉?"④王鏊曾任太子太傅兼户部尚书、武英殿大学士等,正直敢言,为官清正。王阳明赞之为"完人",世人称之为"天下穷阁老"。他的话当是可信的。而在这样的学术氛围与资料条件下,要想在楚辞研究史上做出有独创意义的研究,确实难乎其难。

明代前半期,文学上流派甚多。而各流派中,除茶陵派之李东阳只间接评过楚辞,其他各流派均有重要人物对屈骚发表过评论。如"北郭十友"之高启,台阁体"三杨"之杨士奇,"前七子"之李梦阳、何景明……他们多结合自己对文学的认识来评论,总的来说成果较为一般。

―――――――――

① 以上可见〔清〕赵翼《廿二史札记》卷三十二《明初文字之祸》,《四部备要》本。

② "濂"指周敦颐,"洛"指程颢、程颐,"关"指张载,"闽"指朱熹。

③ 〔明〕杨士奇:《圣谕录》卷上"十三条",《东里别集》卷二,《四库全书》本。另,明《太宗实录》卷三十三也有相关记载。

④ 〔明〕王鏊:《震泽集》卷十四《重刊王逸注楚词序》,《四库全书》本。

　　而当时未入派别之名士,也多是结合其时之文学思潮及现状评论楚辞。如方孝孺以屈原是"狷"者,使用的是"春秋笔法",来解答为何屈原贬低艾草的疑问;解缙将"夷齐"、陶潜与屈原列为"当时之菊"一类,以肯定屈原的地位等。而其中,于楚辞研究史上有一定意义的,是如何看待朱熹《楚辞集注》的一场争论。前已叙及,明前半期由于统治者对朱熹的推崇,使得《楚辞集注》如日中天,大多数士人主张除《楚辞集注》外,其他楚辞著作均不足观。其中最有代表性的是何乔新:

　　　　然王、洪之注,随文生义,未有能白作者之心。而晁氏之书,辨说纷挐,亦无所发于义理。……(朱熹)间尝读屈子之辞,至于所谓"往者余弗及,来者余不闻",而深悲之。乃取王氏、晁氏之书,删定以为此书。又为之注释,辨其赋、比、兴之体,而发其悲忧感悼之情。由是作者之心事,昭然于天下后世矣。①

　　何乔新(1427—1502),字廷秀,江西广昌(今江西广昌)人。景泰五年(1454)进士,身历六君,官至刑部尚书。据说为人刚直。著有《椒丘文集》《周礼集注》等。何氏的意见很清楚,王、洪之注"未能白作者之心",晁氏之书又"无所发于义理",朱子"取王氏、洪氏之书",作了注释、辨析、感发等,"由是作者之心事昭然于天下后世矣"。既如此,王、洪之注当然就没有必要再读了。以何氏"身历六君"、官位显赫之地位,他的意见在其时当有极大影响力。

　　与何乔新意见对立的有王鏊:

　　　　余尝即二书而参阅之,逸之注,训诂为详,朱子始疏以诗之六义,援据博,义理精,诚有非逸之所及者。然予之懵也,若《天问》《招魂》,谲怪奇涩,读之多所未解。及得是编,恍然若有开于予心,则逸也岂可谓无一日之长哉!"章决句断,事事可晓",亦逸之所自许也。予因思之,朱子之注此词,岂

---

① 〔明〕何乔新:《椒丘文集》卷九《楚辞序》,《四库全书》本。

尽朱子说哉？无亦因逸之说，参订而折衷之？逸之注，亦岂尽逸之说哉？无亦因诸家之说，会粹而成之？盖自淮南王安、班固、贾逵之属，转相传授，其来远矣。则注疏之学亦何可尽废哉！若乃随世所尚，猥以不诵绝之，此自拘儒曲士之所为，非所望于博雅君子也。①

王鏊将《楚辞章句》与《楚辞集注》两书参阅，首先肯定了朱注之成就，接着又肯定了王注有朱注所未及者，随后指出朱注有参订王注处，王注亦会有参阅前人之注处，"班固、贾逵之属，转相传授，其来远矣"，从而得出注疏之学不可尽废之结论，有力地驳斥了那种有《楚辞集注》而其他楚辞著作均不必观的谬论。王鏊此论是否针对何乔新之《重刻楚辞序》而发，尚不敢肯定，而能够肯定的是对明代中后期《楚辞章句》渐渐成为楚辞评点主要底本，起了很大作用②。

现在所存留的明前半期关于楚辞的主要著作，就只有周用的《楚辞注略》，该著将在下编第四部分作较详细介绍，这里就不作概述了。

二、明代后半期

首先说明一下明清之际楚辞学者的时代划分。有些思想史、文学史、楚辞学史著作，将王夫之、黄宗羲等明遗民学者、作家归于清代，这当然并无不可，他们确实也逝世于清代。但本书却将王夫之、钱澄之、李陈玉等归于明代，这主要是因他们明亡后坚拒出仕，至死不承认自己为清朝臣民。如王夫之特意自撰墓碑文，坚称自己为"明遗臣"。将他们划入明代，是对其本意和气节的一种尊重。另外，他们的主要政治活动也是在明朝。

明代中叶以后，皇帝昏聩，宦官专权，朝政腐败，奸臣横行。社会日渐衰颓，国势日趋衰微，楚辞研究则兴盛起来——自南宋后这已成为一个规律。这兴盛表现为两方面：一是评论者日多，只要是名士，几乎都要评评楚辞；二是专著数量增多，各具特色，且质量多上乘。本书下编所列十部重要楚辞著作，汉代一

---

① 〔明〕王鏊：《震泽集》卷十四《重刊王逸注楚词序》，《四库全书》本。
② 见罗剑波《明代〈楚辞〉评点所取底本考》，《复旦学报（社会科学版）》2011年第6期。

部——王逸《楚辞章句》,宋代两部——洪兴祖《楚辞补注》、朱熹《楚辞集注》,明代四部——汪瑗《楚辞集解》、王夫之《楚辞通释》、钱澄之《屈诂》、李陈玉《楚辞笺注》,其他三部是清代楚辞著作——吴世尚《楚辞疏》、蒋骥《山带阁注楚辞》、戴震《屈原赋注》。由此可见这段时期楚辞研究的兴盛。

先看无楚辞专著但有其评论者。总的来看,他们的评论数量虽多,质量却呈现出与专著相反的现象,即在楚辞研究史上具有某种意义者并不多。这大概首先是因为有专著者,大多是因国家处于危亡之时,而将忧国忧民之情深寄于屈骚中,使其研究既富有时代特点又具有个性特色;而单有评论者往往不具备此特点。再就是撰写专著者必须对楚辞——至少是屈骚——全部研读,对自己的撰著从思想方法上作整体的考虑;单有评论者则不需如此,往往只就一二点或笼统性地发表意见。还有,专著撰写者必须尽量搜集前代的专著及有关资料,对这些资料不管是赞同还是反对,总要拿出自己独立的见解;单有评论者则不必顾及这些,基于自己学术的、文学的思想或理论,发表一些见解即可。而楚辞研究至明代后半期已有一千六七百年历史,其间有关评论已相当丰富,故有的见解限于明代区间还算新颖,若往前看则发现前人已经说过。

明代后半期有后七子、唐宋派、公安派等,还有一些异端人物如李贽、徐渭等,文学思潮、理论亦可谓丰富,这些为后来王夫之、钱澄之等撰写楚辞专著提供了新的思维角度。而单有评论者,则往往只是基于自己的理论、观念对楚辞发议论,反而束缚了自己的手脚。如唐宋派之唐顺之言"夫秦风慷慨而入于猛,楚骚柔婉而邻于悲"①,后七子之王世贞认为:"《天问》虽属《离骚》,自是四言之韵。但词旨散漫,事迹惝恍,不可存也。"②唐宋派主神明,后七子则主格调与神明结合,各以其诗歌主张看屈骚,虽着重从文学艺术入手,可也常看"走了眼",结论也往往"走偏"。

如果一定要在这类作家学者中简介几位,那值得提及的有杨慎、胡应麟、焦竑。

---

① 〔明〕唐顺之:《唐荆川文集》卷十《东川子诗序》,《四部丛刊》本。
② 〔清〕丁福保辑:《历代诗话续编·艺苑卮言》,北京:中华书局,1983年,第976页。

杨慎(1488—1559),字用修,号升庵,又号博南山人等,四川新都(今成都市新都区)人,吏部尚书杨廷和之子。少聪颖好学,正德六年(1511)殿试第一。正直敢言,初因谏阻其微行出居庸关而得罪明武宗,嘉靖时又因"大礼议"得罪明世宗。慎自知不容于上,遂专心著述,有《丹铅余录》《古音略例》等。

杨慎研究楚辞,有个有意思的现象,即他无楚辞专著,却广泛地对屈骚各篇,从文字、音韵、训诂、义理等方面作了较全面的研究。例如:

> 窃意九为阳数之极,故《书》《传》凡言九者,皆指其极也。桓公九合诸侯,今考之亦不止九也。《楚辞·九歌》乃十一篇,亦止言九也。如九陵、九渊、九攻、九守,皆可以此例推之。①

> 齐歌曰讴,吴歌曰歈,楚歌曰些,巴歌曰㵲。
> 楚骚,汉赋,晋字,唐诗,宋词,元曲。②

> 《楚辞》"采疏麻兮瑶华",注以"疏麻即麻"也。近见《南越志》载:疏麻大二围,高数丈,四时结实,无衰落。则自有此一种木也。③

> 《楚辞》"披薜荔兮带女萝",《注》"薜荔无根,缘物而生",不明言为何物也。据《本草》,络石也。在石曰石鲮,在地曰地锦,绕丛木曰常春藤,又曰龙鳞。薜荔又曰扶芳藤,今京师人家假山上种巴山虎是也。④

> 荀卿《云赋》:"行远疾速,而不可托讯",书问也,行远疾速,宜于托讯。今云者虚无,故不可托讯也。《楚辞·九章》"愿寄言于浮云兮,遇丰隆而不

---

① 〔明〕杨慎:《丹铅余录》卷三,《四库全书》本。
② 同上,卷七。
③ 同上,卷十四。
④ 同上,卷四。

将",亦此意也。荀卿、屈原,相去不远,命辞盖同。①

此处略举的几例,有语义训诂,有方言校释,有植物考索,有义理联解,还有对各时代文学特色的概括。以他对各时代文学特色的概括来看,也比后来胡适从中截取的"汉赋、唐诗、宋词、元曲"要全面。而植物考索、方言比较,虽不敢说确证,却也可作为某种补充。《四库全书总目提要》评其书曰:"王世贞谓其'工于证经而疏于解经,详于稗史而忽于正史,详于诗事而略于诗旨。求之宇宙之外,而失之耳目之内',亦确论也。……然渔猎既富,根柢终深。故疏舛虽多,而精华亦复不少。求之于古,可以位置郑樵、罗泌之间。其在有明,固铁中铮铮者矣。"从其对楚辞的考索、训诂来看,《四库提要》的评价还是允当的。

再看胡应麟(1551—1602),字元瑞,号少室山人,浙江兰溪人。万历举人,后屡试进士不第。遂筑室山中,购书四万卷,以著述为务。有《少室山房笔丛》《诗薮》。然《明史》对其评价不高:"携诗谒世贞,世贞喜而激赏之,归益自负。所著《诗薮》二十卷,大抵奉世贞《卮言》为律令,而敷衍其说,谓诗家之有世贞,集大成之尼父也。其贡谀如此。"②《四库全书总目提要》全引此段,而将《明史》所言"所著《诗薮》二十卷"改称"所著《诗薮》十八卷"③,《四库全书》所存《诗薮》亦十八卷,其他并无评价。

胡应麟评诗,大抵是承王世贞诗歌理论而来,即格调与神明(亦有人称"神韵")相结合。然而也并非亦步亦趋,在评价唐诗上,常有不俗之见。如言张若虚《春江花月夜》:"流畅婉转,出刘希夷《白头翁》上。"④评杜甫《登高》:"若'风急天高',则一篇之中句句皆律,一句之中字字皆律,而实一意贯串,一气呵成。……至用句用字,又皆古今人必不敢道,决不能道者。真旷代之作也。"⑤这

---

① 〔明〕杨慎:《丹铅余录》卷十二,《四库全书》本。
② 见《明史》卷二八七《文苑三·王世贞传》。
③ 胡应麟《诗薮》,现存二十卷,即《内编》六卷、《外编》六卷、《杂编》六卷、《续编》二卷。而《四库全书》"存目本"本无《续编》,估计四库馆臣据此将《明史》的"二十卷"改为"十八卷"。
④ 〔明〕胡应麟:《诗薮·内编》卷三,《四库全书存目丛书》本。
⑤ 同上,卷五。

些评价,眼光独到,常为人首肯。

胡氏论楚辞,亦持此种理论、见解:

> 行回断续,骚之体也。讽喻哀伤,骚之用也。深远优柔,骚之格也。宏
> 肆典丽,骚之调也。①

> 和平婉丽,整暇雍容,读之使人一唱三叹,九歌等作是也。恻怆悲鸣,参
> 差繁复,读之使人涕泣沾襟者,《九章》等作是也。《九歌》托于事神,其词不露,
> 故精简而有条。《九章》迫于恋王,其意甚伤,故总集而无绪。②

胡氏读诗甚多,而且特别强调心理感受,所以谈诗多能贴近诗人之情愫,谈格调
等不至于胶柱鼓瑟。然也有概括而失准者,第二条后半部分即如此。

胡氏研读唐诗有很深的功底,故在论及楚辞之影响方面,常发人之所不敢言:

> "沅有芷兮澧有兰,思公子兮未敢言。恍忽兮远望,观流水兮潺湲。"唐
> 人绝句千万,不能出此范围,亦不能入此阃域。

> "袅袅兮秋风,洞庭波兮木叶下",形容秋景如画。"悲哉秋之为气也,憭
> 栗兮若在远行,登山临水兮送将归",模写秋意入神,皆千古言秋之祖。六
> 代、唐人诗赋,靡不自此出者。③

然胡应麟论楚辞,亦有自相矛盾之处:

> 昔人云:诗文之有骚赋,犹草木有竹,禽兽有鱼,难以分属。然骚实歌
> 行之祖,赋则比兴一端,要皆属诗。近之若荀卿《成相》《云》《礼》诸篇,名曰
> 诗赋,虽谓之文可也。屈、宋诸篇,虽道深阂肆,然语皆平典。至淮南《招
> 隐》,叠用奇字,气象雄奥,风骨棱嶒,拟骚之作,古今莫造。昭明独取此篇,

---

①②③〔明〕胡应麟:《诗薮·内编》卷一,《四库全书存目丛书》本。

当矣。①

上段确实谈到了楚辞研究的一个重要问题,即骚与赋究竟是一种文体,还是两种不同文体。这里胡氏认为"骚实歌行之祖",属诗;而赋"名曰诗赋,虽谓之文可也"。骚是诗,赋为文,胡应麟的观点是很明确的。可是在另一地方,他的判断完全变了:

> 世率称楚骚汉赋,《昭明文选》分骚、赋为二,历代因之。名义既殊,体裁亦别。然屈原诸作,当时皆谓之赋。《汉书·艺文志》所列诗赋一种,凡百六家,千三百一十八篇,而无所谓骚者。首冠屈赋二十五篇,即今《九歌》《九章》《天问》《远游》等作,明矣。所谓《离骚》,自是一篇之名。太史传原,末举《离骚》而与《哀郢》等篇并列,其义可见。自荀卿、宋玉,指事咏物,列为赋体。扬、马而下,大演波流,屈氏诸作,遂俱系《离骚》为名,实皆赋一体也。②

这里,胡应麟根据《汉书·艺文志》,证明"骚赋一体",并批评了《昭明文选》"分骚、赋为二"之做法,完全与上段观点相反!同一本书,只是篇目不同,观点就如此矛盾对立,实属少见。上一段,胡氏主要依据对作品的艺术感觉和对文体特征的理解,也可能还依据《昭明文选》的分类——不过没说而已,判断骚、赋不同体,骚为诗,赋为文。下一段,他则主要依据《汉书·艺文志》的记载,依据班固对作品的划分标准,又判断骚、赋一体,还对上一段论述中没说出的《昭明文选》的分类加以否定。两段论述都有依据,也都有一定道理——这也正是此问题至今仍争论不休的原因,反映出胡氏心中对此问题的矛盾。综观《诗薮》全书,大约《内编》写作在前,《杂编》写出在后,然而不管怎样,胡氏都应当将此矛盾说明,应当说明改变观点的原因。

最后再看焦竑(1540—1620),字弱侯,号澹园,江宁(今江苏南京)人。万历十

---

①② 〔明〕胡应麟:《诗薮·杂编》卷一,《四库全书存目丛书》本。

七年(1589)中进士,殿试第一。官至翰林院修撰,后改任东宫讲学。《明史》本传谓"竑博极群书,自经史至稗官、杂说,无不淹贯。善为古文,典正驯雅,卓然名家。集名《澹园》,竑所自号也。讲学以(罗)汝芳为宗,而善定向兄弟及李贽,时颇以禅学讥之",著有《澹园集》、《笔乘》(即《焦氏笔乘》)、《老子翼》、《庄子翼》等。

对于焦竑之思想倾向,《四库全书总目提要》曰:"竑师耿定向而友李贽,于贽之习气沾染尤深。二人相率而为狂禅。贽至于诋孔子,竑亦至尊崇杨、墨,与孟子为难。虽天地之大无所不有,然不应妄诞至此。"①

焦竑"讲学以罗汝芳为宗",罗汝芳为明代中后期泰州学派代表人物,耿定向亦属泰州学派,二人均属王学左派。李贽又是一个叛逆思想很重的人物,由此可知焦竑的思想倾向。

焦竑关于楚辞的评论,主要集中在汪瑗《楚辞集解序》、张京元《删注楚辞序》以及《焦氏笔乘》中。不过对于《焦氏笔乘》,《四库全书总目提要》评价基本是负面的:

> 是书多考证旧闻,亦间涉名理。然多剽袭旧说,没其所出。如"《周易举正》"一条,乃洪迈《容斋随笔》语。"秃笔"一条,乃宋祁笔记语。"开塞书"一条,乃晁公武《读书志》语。"一钱"一条,乃师古伪苏轼杜诗注语。"花信风"一条,乃王逵《蠡海集》语。……竑在万历中,以博洽闻,而剽窃成书,至于如是,亦足见明之无人矣。

明人好剽书、改书,实为大弊! 看来焦竑也患了此病。不过尚好的是,他的楚辞研究还是独立进行的,如他定《九辩》为屈原所作:

> 《离骚经》"启《九辩》与《九歌》兮",即后之《九歌》《九辩》,皆原自作无疑。王逸因"夏康娱以自纵"之句,遂解《九歌》为禹,不知时事难于显言,乃托之古人,此诗人依仿形似之语耳。不然则上所谓"就重华而陈词",岂真

有重华可就邪？舍原所自言不之信，而别解之，不知何谓。《九辩》谓宋玉哀其师而作，熟读之，皆原自为，悲愤之言，绝不类哀悼他人之意。盖自作与为他人作，旨趣故当霄壤，乃千百年读者无一人觉其误，何邪？①

在笔者记忆中，判定《九辩》为屈原作，焦竑应是较早之人，其后清代亦有人承其说，如吴汝纶等。焦竑还恐仅凭阅读感觉证据不足，又引《楚辞释文》篇目排序为证，并言：

> 按王逸《九章》注云："皆解于《九辩》中。"则《释文》篇第，盖旧本也。以此观之，决无宋玉所作掺于原文之理。②

关于《释文》载楚辞篇目问题，本章第二节中"唐五代时期"已作较详论述，其结论为《九辩》仍应为宋玉所作，读者可回头参看。至于焦竑的阅读感觉，并不准确，恐怕还是先入为主的成分居多。而解"启《九辩》与《九歌》"之《九歌》，为屈原所作，与诗意不合。焦竑所言，不能成立。

不过，焦竑在为他人著作所写序文中，倒是有所建树。焦竑曾给三本楚辞著作作过《序》，这在楚辞研究史上，也是少见现象。三本著作是张京元的《删注楚辞》、汪瑗的《楚辞集解》、陈第的《屈宋古音义》。在《删注楚辞序》中，焦竑直接反驳朱熹在《楚辞集注序》中的某些言论：

> 先儒称孔子之删诗，朱子之定骚，其心同，其功同。夫谓原出于忠君爱国之诚心，而又讥其驰骋变风、变雅之末流，为醇儒庄士所羞称，则又自相矛盾矣。岂变风、变雅，非孔子所删定，而醇儒庄士能舍忠君爱国，以为通也耶？③

这里指的"先儒"，可能就是前面所言之何乔新。而对何氏之评价，焦竑明显是

---

① 〔明〕焦竑：《焦氏笔乘》卷三，《丛书集成初编》本。
② 同上，续集卷四《九辩》。
③ 〔明〕张京元：《删注楚辞·焦竑序》，明万历四十六年（1618）刊本。

反对的。他指出朱熹这段话的"自相矛盾",可谓目光锐利。然而,若仔细体味朱子在《序》所言,事情并非如此简单:

> 原之为人,其志行虽或过于中庸而不可以为法,然皆出于忠君爱国之诚心。原之为书,其辞旨虽或流于跌宕怪神,怨怼激发而不可以为训,然皆生于缱绻恻怛,不能自已之至意。虽其不知学于北方,以求周公、仲尼之道,而独驰骋于变风、变雅之末流,以故醇儒庄士或羞称之。然使世之放臣、屏子、怨妻、去妇,抆泪讴吟于下。而所天者幸而听之,则于彼此之间,天性民彝之善,岂不足以交有所发,而增夫三纲五典之重?①

之所以引这么一大段文字,是希望说明朱熹的真实思想。这里朱熹用了三个转折复句,每一转折复句的第一分句,实际是当时"醇儒"们的"共识",可能就是那些著名理学家的观点。对于这些观点,朱熹心里是不以为然的,可在当时条件下他不便也不能直接反驳——这只要了解一下朱熹当时之处境就可知②。而每一复句第二分句所言之本心、本意或结果,实际上客观地消解、遮蔽了第一分句的观点:"然皆出于忠君爱国之诚心";"然皆生于缱绻恻怛,不能自已之至意";"而增夫三纲五典之重"。达到这种最高境界,那么那些"醇儒"们的求全责备,就没有必要也没有意义了。焦竑看来不太注意当时思想界之状况,也未理解朱熹特定的心理,故他所驳斥的,实际是那些"醇儒"们的观点。如果同意"孔子删诗说",那他的反驳还是很有力的③。

> 余尝谓古书无所因袭,独由创造者有三,《庄子》《离骚》《史记》也。《离骚》惊采绝艳,独步古今,其奥雅宏深,有难遽测。自昔溯风而入味,沿波而得奇者,虽间有之,未有能窥其全者也。④

---

① 〔宋〕朱熹集注:《楚辞集注·目录后序》,上海:上海古籍出版社,1979年,第1页。
② 关于朱熹的心理与思想,可参阅书中论及朱熹的部分。
③ 现在学术界多认定孔子并未删诗,笔者亦同意此见。
④ 〔明〕张京元:《删注楚辞·焦竑序》,明万历四十六年(1618)刊本。

此是《删注楚辞序》的开头几句,同样又在《楚辞集解序》的开头原样出现,足见它是焦竑得意之笔。今天为"一家之言"似并不难,然而在当时却是惊绝大胆的,因孟、荀、老、墨都被他排除在外了。在给陈第《屈宋古音义》写的序中,焦竑完全支持陈第破除"叶音"说:

> 近有缙绅不知古音者,或告之曰:"马,古音姥。"渠乃呼其从者曰:"牵我姥来。"从者愕然,座客皆笑。夫用古于今,今人之笑也;则用今于古,古人之笑可知。故自叶音之说以来,贤圣之咥然于地下久矣。余不得不力为之辩,畅吴、杨之旨,洗今古之陋,实余干帛之拳拳矣。①

焦竑对古音韵学极有研究。他坚持"古诗无叶音"观点,反对宋代学者的"叶韵"方法,甚至有人认为他是第一个反对"叶韵"的。朱熹也是主张"叶韵"的。在这点上,显然焦竑是对的。陈第受焦竑影响,也反对"叶韵",由此形成此书的一大特点。

明代楚辞研究还有一个现象,即将前代零散的楚辞评论辑录起来。先有归有光的《玉虚子》。《玉虚子》在《诸子汇函》中,但《四库全书总目提要》怀疑《诸子汇函》非归有光所编:

> 是编以自周至明子书,每人采录数条,多有本非子书而摘录他书数语,称以子书者。且改易名目,诡怪不经。如屈原谓之玉虚子,宋玉谓之鹿豀子,江乙谓之嚣嚣子,鲁仲连谓之三柱子……皆荒唐鄙诞,莫可究诘,有光亦何至于是也。②

《四库全书总目提要》的此条意见,值得认真对待。这里只谈《玉虚子》,据香港学者陈炜舜考证,《玉虚子》是伪编,根据该论文所列证据,论点应能成立③。

---

① 〔明〕陈第:《屈宋古音义·焦竑序》,明万历四十二年(1614)焦竑校刊《一斋著书》本。
② 《四库全书总目提要》卷一三一"《诸子汇函》二十六卷"条。
③ 陈炜舜:《归有光编〈玉虚子〉辨伪》,台北《汉学研究》第24卷第2期,2006年12月。

其后,有蒋之翘的《七十二家评楚辞》。该书以朱熹注为主,收集了诸家评论及哀祭文。再后又有沈云翔辑的《楚辞评林》,也以朱熹注为本,在蒋著的"七十二家"基础上又增加了苏辙、王遵岩等十二家。《四库全书总目提要》对之评价甚低:"是书成于崇祯丁丑(1637),因朱子集注杂采诸家之说,标识简端,冗碎殊甚,盖坊贾射利之本也。"①但姜亮夫先生言:"然清初各家集评本,又大多沿袭此书之旧。如听雨轩朱墨本,杨氏简古堂定本,皆是。"②看来此书还不能完全否定。

明代还有一种介乎楚辞集评与专著之间的著作,即吴景旭的《历代诗话·楚辞卷》。

吴景旭(1612—1660),字旦生,号仁山,归安(今浙江湖州)人。明末诸生,入清不仕,筑堂于元赵孟頫故宅,名南山。有《南山堂自订诗》《历代诗话》等。在一些相关著作中,都将吴景旭划归清代。而按本书的上述标准,像这样明亡后坚不出仕,大多数活动时间在明末的学者,出于对他们本心气节的尊重,均划为明代,对吴景旭当然如此。他的《历代诗话》共八十卷,其中第七至十二卷,专论楚辞,如卷七曰:

> 昔人谓《离骚》构法全乱,不可谓似乱非乱。王弇州亦谓骚辞所以总杂重复,兴寄不一者,大抵忠臣怨夫,恻怛深至,不暇致诠。亦故乱其叙,使同声者自寻,修隙者难摘耳。余独谓其构法极整,如一"服"字,该下衣裳冠佩诸项。而"佩缤纷其繁饰兮",一"佩"字又总上衣裳冠佩而言。此极有结构文字,何曾乱也。③

言《离骚》结构混乱者,并不多,不过这里直接点名驳斥王世贞的观点——虽王氏本意亦是回护《离骚》——还是很有力的。该书卷十又曰:

---

① 《四库全书总目提要》卷一四八"《楚辞评林》八卷"条。
② 姜亮夫:《楚辞书目五种》,上海:上海古籍出版社,1993年,第324页。
③ 〔明〕吴景旭:《历代诗话》卷七,《四库全书》本。

> 古来三渔父,一出《庄子》,一出屈子,一出《桃花源记》,皆洸洋迷幻,感愤胶葛,因托其辞以寄意焉,岂必真有其人哉!

此亦是有见解之论。还有吴氏认定《九歌》是"楚国祀典"(卷八),虽难成立,也还有启迪思维之意义。

明代留存至今的楚辞著作,主要有十六本。其中只有周用《楚辞注略》写于前半期,属于后半期的十五本是:屠本畯《离骚草木疏补》、赵南星《离骚经订注》、林兆珂《楚辞述注》、陈第《屈宋古音义》、汪瑗《楚辞集解》、来钦之《楚辞述注》、张之象《楚骚绮语》、张京元《删注楚辞》、黄文焕《楚辞听直》、李陈玉《楚辞笺注》、钱澄之《屈诂》、刘永澄《离骚经纂注》、陆时雍《楚辞疏》、王夫之《楚辞通释》、周拱辰《离骚草木史》。十六本中,屠本畯《离骚草木疏补》、周拱辰《离骚草木史》,中编第四章第一节有论述,此处不再介绍。林兆珂、来钦之两人之著同名为《楚辞述注》。林著折中旧注,虽偶有见解,却难称卓识,且对古训旧注常妄加删削,往往失其要义,实犯大忌。来氏之著引诸家楚辞评语,虽无甚新意,却可增人见识。不过他以朱熹注为本,而《楚辞集注》八卷又只录五卷,五卷中又全凭己意删削,故参考价值不大。两书若无特别研究之需要,一般不必专读。

下面简介张京元《删注楚辞》和刘永澄《离骚经纂注》,剩下十本则于"下编"专门介绍。

张京元,字无始,淮南人,具体生卒年及事迹不详。此书的焦竑序及张京元自撰之序,均作于万历戊午(1618),此书亦当刻于此时。所谓"删注",即删掉王逸、朱熹注文十之六七,再加上一些自己的批注、按语而成。总的来看,张氏《自序》、按语、批注均嫌武断。《自序》曰:"至于《天问》之杂沓,《九章》《远游》之重复,《卜居》《渔父》意浅语肤,即非鱼目,宁属夜光?"《九歌》题下按语曰:"沅湘之间,信鬼好祀,原见其祝辞鄙俚,为作《九歌》。亦文人游戏,聊散怀耳。"《九章》题下按语曰:"屈原既放,时为愤辞,先后集之,偶得九章,非有所取义也。语义重复,亦《离骚》之蛇足耳。"如此武断结论,还有一些。张氏这些观点,语出惊人,也不能说没有影响,其后清代出现的那些"怪论",多少与张京元等人的这些观点有关。

不过,该著极少数注释亦有参考价值,如《离骚》"夕餐秋菊之落英",引较丰富的材料证明"落英"为刚开之菊;《哀郢》题下按曰"原既去国,还顾郢都,念其将亡而哀之也";《抽思》题下按曰"徂夏而秋,抽其悲思也",均与全诗之题意相合。

刘永澄(1584—1618),字静之,号练江,宝应(今江苏扬州)人。明万历二十九年(1601)进士,曾官顺天儒学教授、国子学正,世称"淮南夫子"。性耿介,能直言,不避权贵,与东林诸子交游,颇有声名。有《刘练江先生集》,万斯同、徐秀炎两《明史稿》均有传。刘永澄《离骚经纂注》一书,可肯定者有三点:一是大力褒扬君子,抨击小人,指出屈原以芳草喻君子、恶木比小人的象征意义;二是对《离骚》"求女"内涵的析解,认为"求女"暗示"求通于君者",这就比朱熹的"求贤君"之说要更准确一些;三是在梳理文脉、贯通全篇上,解说较稳妥合理,便于初学楚辞者理解。

但该书之弊病亦往往在解说上,如《离骚》开首四句,强以《诗经·鲁颂·閟宫》解之,颇有穿凿附会之嫌。如此"以《诗》解骚",常有失误之处。

三、清代前半期

在谈到清代学术思潮与特点的演变时,王国维曰:"我朝三百年间,学术三变:国初一变也,乾嘉一变也,道咸以降一变也。"并总结为:"国初之学大,乾嘉之学精,道咸以降之学新。"①王国维这一总结,被认为是较权威之结论。不过,这一结论与清代楚辞研究史却有些不合。本节"明代后半期"一段开首已说明,明清之际的楚辞大家,凡政治活动期主要在明代的,如王夫之、钱澄之、李陈玉等,尊重他们的遗愿,均算入明朝。如此,清代仅顺治、康熙两朝就不能称"学大"。其实就是从整个学术界来说,也是如此。所以王国维才特意说"吾朝三百年间",实际从顺治元年(1644)至宣统三年(1911),一共也就267年,他将明末

---

① 王国维:《观堂集林》卷二十三《沈乙庵先生七十寿序》,石家庄:河北教育出版社,2003年,第574页。

的三十余年也算进去了。表面上似乎是大致时间段,而从内涵上王国维却是精准得很。

在谈到清代国运的转变时,梁启超曾言:

> 乾隆朝为清运转移的最大枢纽。这位"十全老人",席祖父之业,做了六十年太平天子,自谓"德迈三皇,功过五帝"。其实到他晚年,弄得民穷财尽,已种下后来大乱之根。即就他本身论,因年老倦勤的结果,委政和珅,权威也渐渐失坠了。不过凭借太厚,所以及身还没有露出破绽来。到嘉庆、道光两朝,乾隆帝种下的恶因,次第要食其报。①

梁启超对清朝及其学术的了解,不是一般学者可比的,他所言清朝国运之转掉点在乾隆末年,并认为古典考证学在乾隆以后开始变化和衰落②,当是的实之论。该书还言及清廷对汉人由高压政策转为怀柔政策的变化:

> 到第三期,值康熙帝亲政后数年,三藩之乱继起。康熙帝本人的性格,本来是阔达大度一路,当着这变乱时代,更不能不有戒心,于是一变高压手段为怀柔手段。他的怀柔政策,分三着实施。第一着,为康熙十二年之荐举山林隐逸。第二着,为康熙十七年之荐举博学鸿儒。但这两着总算失败了,被买收的都是二三等人物,稍微好点的也不过新进后辈。那些负重望的大师,一位也网罗不着,倒惹起许多恶感。第三着,为康熙十八年开《明史》馆。这一着却有相当的成功。因为许多学者,对于故国文献,十分爱恋。他们别的事不肯和满洲人合作,这件事到底不是私众之力所能办到,只得勉强将就了。③

康熙死后,接位的雍正短命,后来孙子乾隆承继了他的政策,一面兴"文字狱",

---

① 梁启超:《中国近三百年学术史》,上海:上海古籍出版社,2014年,第23页。
② 同上,第24—25页。
③ 同上,第16页。

一面学习他祖父的"第三着",只是规模更大——编撰《四库全书》,招来一批杰出文士,戴震、姚鼐均在其中。如此两手并行,恩威并施,加之两人寿命很长,都在位六十年左右,终于造就了清史家们津津乐道的"康乾盛世"。这样,该时期楚辞研究史的两个时段也相应形成。

下面,还是先看前半期无专著但有评论者的情况。王士禛(1634—1711),字贻上,号阮亭,又号渔洋山人。山东新城(今山东桓台)人。顺治十四年(1657)进士。官至刑部尚书,康熙四十三年(1704)罢官归里。有《带经堂集》,《清史列传》有载。

王士禛论楚辞创作时曰:

> 而东坡、山谷教人作诗之法,亦惟曰熟读《三百篇》、楚词,曲折尽在是矣。晁、朱二家之书,岂非窃取坡、谷之意而为之者哉?……
>
> 盖伯思(黄伯思)之说云尔,余不谓然,何也?善学古人者,学其神理;不善学者,学其衣冠、语言、涕唾而已矣。今必历楚地、写楚物,强效楚语,以拟楚声,夫而后得谓之楚词,庸有是乎?①

王士禛是清代诗界领袖之一,以神韵说论诗。他批评晁补之《重编楚辞》、朱熹《楚辞集注》,不免过于极端。然主张作楚辞学其神理,而不必拘泥于楚地、楚物、楚语、楚声等,当然是对的。黄伯思归结屈、宋以至汉代楚辞之特点,无疑准确到位,可要求汉以下之作者创作楚辞,也以此特点为准绳,则未免是胶柱鼓瑟,将楚辞体固化于汉以前了。

总的来看,这类评论者谈及楚辞,多是在对文学现象、文体、风格等溯源时,或是言及上古作品之艺术影响时,其中有些观点虽不能说肯定成立,却往往能给人以启迪。如朱鹤龄言:

---

① 〔清〕王士禛:《晴川集序》,《带经堂集·蚕尾文集》卷六十五,清康熙四十九年(1710)程氏七略书堂刻本。

　　　　义山之诗，原本《离骚》。余向为笺注而序之，曰：男女之情通于君臣朋友。夫屈原之时，其君则怀王也，其所与同朝者子椒、子兰也。原之耿介，能无怨乎？①

　　　　夫古之作者纂绪肇端，沧澜百变，而其中必有根柢焉。……是五言古为诸体之根柢。而五言之根柢安在乎？亦日求之《三百篇》《离骚》以及《昭明文选》而已矣。②

　　朱鹤龄（1606—1683），字长孺，号愚庵，吴江（今江苏苏州）人。明诸生，与顾炎武相友善。《清史》有传，有《诗经通义》《愚庵小集》等。朱氏对李商隐诗有较深入研究，曾笺注李商隐诗，他认为"义山之诗，原本《离骚》"，确出丁研究之心得。而其关于五言古诗根柢之说，也实为有见解之论。

　　再如吴乔言："大抵文章实做则有尽，虚做则无穷。《雅》《颂》多赋，是实做；《风》《骚》多比兴，是虚做。唐诗多宗《风》《骚》，所以灵妙。"③这里以中国传统诗学理论，以虚、实范畴论诗文，且将《风》《骚》并于虚的一类，就与我们现在按西方理论体系，将《风》划归现实主义，《骚》划归浪漫主义，很不相同，值得进一步深入研究。

　　下面简介楚辞专著。

　　清前半期主要楚辞专著为毛奇龄《天问补注》，李光地《离骚经九歌解义》，林云铭《楚辞灯》，方苞《离骚正义》，高秋月、曹同春《楚辞约注》，张诗《屈子贯》，徐焕龙《屈辞洗髓》，朱冀《离骚辩》，贺贻孙《骚筏》，张德纯《离骚节解》，林仲懿《离骚中正》，方楘如《离骚经解略》，王邦采《离骚汇订　屈子杂文笺略》，吴世尚《楚辞疏》，蒋骥《山带阁注楚辞》，顾成天《离骚解　楚辞九歌解　读骚列论》，王萌《楚辞评注》，屈复《楚辞新注》，陈远新《屈子说志》，丘仰文《楚辞韵解》，祝德

———————

①〔清〕朱鹤龄：《西昆发微记》，《愚庵小集》卷七，《四库全书》本。

②〔清〕朱鹤龄：《汪周士诗稿序》，《愚庵小集》卷八，《四库全书》本。

③吴乔（1611—1695），又名吴殳，事迹可见《清史稿·文苑传·冯班传》。此引文见《围炉诗话》卷一，《清诗话续编》，上海：上海古籍出版社，1983年。

麟《离骚草木疏辨证》,姚培谦《楚辞节注》,夏大霖《屈骚心印》,奚禄诒《楚辞详解》,刘梦鹏《屈子章句》,谢济世《离骚解》,戴震《屈原赋注》。以上共二十七部著作,可见清前半期楚辞研究成果之丰硕! 这二十七部著作中,有《离骚经九歌解义》《楚辞约注》《离骚中正》《离骚解　楚辞九歌解　读骚列论》《离骚经解略》《屈子说志》《离骚解》《离骚草木疏辨证》八部未在"下编"作介绍,但祝德麟《离骚草木疏辨证》将在中编第四章第一节作详细论评,故实际只有七部未在书中作专门介绍。

（一）对"下编"将较详细介绍的十九部著作体现出的新的特点作一简述。

1.批斥、驳难前出著作成风。如林云铭曰:

　　治骚者向称七十二家评本。大约惑于旧注之传讹,随声附和。而好奇之士,又往往凭臆穿凿,削趾适屦。甚至有胸中感愤,借题舒泄,造出棘句钩章,武断卖弄,懵然不知本题之层折,行文之步骤;反谓庄、骚两家,无首无尾,无端无绪,将千古奇忠所为日月争光奇文,谬加千层雾障,幻成迷阵,其所由来久矣。①

林云铭基本否定蒋之翘《七十二家评楚辞》,另外也不指名地嘲讽了某些观点。在《自序》中,林氏自诩其著将像一盏明灯一样照亮楚辞之典籍,甚至是其研究之途。可是,林氏自诩很快即招来批驳,朱冀在《离骚辩》中嘲讽曰:

　　友或谓余曰:"子之说,前辈有林西仲者,已先子而发之。其所著《楚辞灯》,脍炙久矣。"余闻言而急购其书,见封题之高自标榜,有千百年眼之目。余悚然惊异,不敢亵视。正襟危坐,伏而读之,果能自出新裁,不袭旧说。其痛辟求君处,尤为先得我心,如遇知己。所自负为千百年眼者,余几几乎信之。及翻阅再三,而不免疑信相半矣。又寻绎数回,则疑义愈多。②

---

① 〔清〕林云铭:《楚辞灯·自序》,清康熙三十六年(1697)挹奎楼刊本。
② 〔清〕朱冀:《离骚辩·自序》,清康熙四十五年(1706)绿筠堂刊本。

朱冀讲出自己对《楚辞灯》由信至疑的过程,至于这仅是先扬后抑之手法,还是真实心理过程,已难确证,想来二者或皆有之。从《自序》看,朱冀对自己的这本专著亦自视甚高。然而,不久后,王邦采又于《离骚汇订》中对几位均加以批驳:

> 朱子《集注》,大半本之王、洪两家,间有改窜,未见精融。天闲氏(朱冀)谓属后人之假托,疑或然也。林氏西仲自谓可烛照无遗,而读之如闻梦呓。天闲氏力辟之,皆当。惜其拘牵臆凿诸病,更甚于前人。而才情横溢,又足以文其背谬,迷人心目。其误后学,尤非浅浅。①

其他如毛奇龄(《天问补注》)对以往《大问》研究的低评,祝德麟(《离骚草木疏辨证》)对吴仁杰《离骚草木疏》之宋刻本"舛讹百出"的认定,等等,都体现了这种风气。细读这些著作,他们纠正前误、发明新意,往往确实有些道理。然而就总体研究水平及成就来看,未必真能超越前代。因而我们既不能因他们低评前代著作而认为其著水平真高于前代,也不能因他们有贬抑前人以自高之陋习而将其著作判为一无是处。

2.《天问》错简问题的提出。《天问》一文,自王逸开始,即认为有文义不顺畅、不连贯之处,王逸将原因归之于"题壁"。即是说,屈原写《天问》是随壁画题诗,后人从壁上录下,图画不连贯,诗义当然也就不连贯。此说经千余年基本无异议,到宋时洪兴祖巧妙地反驳王说:"王逸以为文义不次序,夫天地之间,千变万化,岂可以次序陈哉?"实际肯定了《天问》文义有序。

直至清初,屈复与夏大霖才第一次提出《天问》"错简说"。现学术界一致认定屈复最早提出"错简说",然按理夏大霖应更早。屈复提出"错简说"的《楚辞新注·天问校正》,最早版本为清乾隆三年(1738)弱水草堂刻本;而夏大霖提出"错简说"的《屈骚心印·天问》最早为清雍正十二年(1734)刻本。

夏大霖认为,《天问》"文义不次序",是因《天问》一卷简绳烂断,竹简错位造

---

① 〔清〕王邦采:《离骚汇订·姓氏六家目后》,清康熙六十一年(1722)刻本。

成。夏大霖于《屈骚心印·发凡》中推测,"帝降夷羿,革孽下民"以下十二句,应挪于"释舟陵行,何以迁之"之后,并特注明:"愚按此十二句,应是错简。"屈复更于《天问校正》中断定,《天问》"文义不序"原因在于错简,必须要重新整理才能使文义通顺。他将《天问》分为问"日月星辰、山川怪异"与问"女帝、虞、夏、商、周之历史"两大部分,在两大部分基础上又将全文分为九段,当认为某几句与某段内容不相符时,便将其挪到他认为相应合适的段落中去,整理范围比夏大霖的要大得多。不过,屈复这种完全无根据,单以己意断之的整理法,立即受到朴学代表学者戴震之严厉批评。由于其时学术环境及戴震的学术地位,其后有清一代几乎再无人像夏大霖、屈复这样认定《天问》有错简并进行整理①。

3.全方位、多角度研究的展开。承继明代后半期的研究特点,此时期全方位、多角度的研究途径得以展开,传统的研究方法得以提高而更趋成熟,新的研究方法开始初现雏形。这些在拙著《屈原与中华文化和民族精神》中有详细论述②,这里便不赘言了。

(二)对"下编"未作专评的七本著作,这里也统一作个简介。

这七本著作,如果按作者重要的生平事迹,可分两大类。一类是考了科举做了官的。如李光地为康熙九年(1670)进士;方楘如为康熙四十五年进士;谢济世为康熙五十一年进士;顾成天为康熙举人,后赐进士;林仲懿为康熙举人。此时正是清初,梁启超所说的"那些负重望的大师",一个也不肯应召。这几位考中进士的,应算是"新进后辈",尽管明朝灭亡时他们还小或尚未出生,然民族情怀都还是有的。他们在为官之暇选楚辞而注之,多是以屈骚这"别人的酒杯"浇自己"心中的块垒"。

细读其著,注释一般通俗易懂,个别字句能有自己独立见解,而最大的特点是善于理解屈原的心理。如李光地认为《离骚》后段描写屈原第二次上天,"路不周以左转兮,指西海以为期",是暗示去往秦国的道路。此作为一说有一定道理。方楘如注解《离骚》"悔相道之不察兮"曰"前云九死未悔,此又设有欲悔之

---

① 关于《天问》整理历史的详细情况,读者可参阅本书下编第一部分之《〈天问〉研究四百年综论》。
② 可参阅拙著《屈原与中华文化和民族精神》(四川大学出版社2008年版)第三章第一节《由历史看未来》。

计,反复以明己志",较切合屈原的创作心理。再如谢济世,雍正四年(1726)考取浙江道御史,上任不久即弹劾高官,名震天下,在位上一直刚直不阿,后以老病归田里。他解《离骚》"初既与余成言兮,后悔遁而有他"二句,就发现"中藏'美政'二字在"。关于"美政"之内容,谢氏没轻易放过,认为必定是国家大事的商定,绝非个人恩宠荣辱,此说极有道理。另一方面,他们既要在清廷为官,又担心别人讥其失节;既想注骚以排遣积郁心绪,又恐惧文字狱之高压,往往拘守程朱理学而不敢越出雷池。故就思想意识方面而言,经常犯"以儒解骚"之通病。

而另外两本的作者,著《楚辞约注》的高秋月,只是补了个"弟子员";曹同春则生平事迹不详。著《屈子说志》的陈远新,也是生平事迹不详。从注释、解说之文字来看,写得较为放松,且多不拘泥于前代权威注释。高、曹二氏之《楚辞约注》,只取王逸、朱熹、黄文焕三家注。将黄与王、朱二位并列,就有点出人意表,并且不论谁之注,只要他们认为繁芜的,就大加删削。注释体例也不遵几句一注的惯例,少则两句一注,多则十几句一注。陈氏之《屈子说志》,在目录编排上"独出机杼":他认为《卜居》自叙竭忠尽智而蔽障于谗,是《九章》提纲,将其置于《九章》之首;又将《九章》篇目拆散,把《远游》《招魂》《渔父》杂间其中——真可谓"前无古人"! 三人的注解自然也有一些错误,仔细分析一下,这些错误多由其知识、学力及研究水平不够所致,这点也与前四人不同。

四、清代后半期

读者如果从本章开头读起,读到这儿,八成会有这样的感觉:没有楚辞专著的零星评论,恐怕很难再有什么新意了。事实也确实如此,大致通检一下,后半期无楚辞专著者的评论①,有新意的极为稀少了。这一方面是因前代的评论多似天上繁星,另一方面是清代专著大量涌现,在传统研究领域,无专门研究者想要有自己的独立见解,出点新意,能够进入我们选择介绍的视野,实在是太

---

① 当代楚辞学界已做过这方面的工作,有兴趣者可参阅《楚辞评论集览》,《楚辞学文库》,武汉:湖北教育出版社,2003年。

难了!

只有介于专著与个别评论之间者,尚有必要在此处介绍一下,这就是刘熙载的《艺概》。

刘熙载(1813—1881),字伯简,号融斋,晚号寤崖子①,江苏兴化(今江苏泰州)人。道光二十四年(1844)进士,授编修,官至广东提学使。晚年主讲上海龙门书院。一生以治经学为主,兼通声韵、诗赋等。著有《四音定切》《昨非集》《艺概》等。《清史稿·儒林》有传。

刘熙载论文,先以艺术理论统摄;而其艺术理论中,又以文学理论为立柱。在传统艺术理论领域,刘氏堪称大家;而在文学理论领域,他即便不能算集大成者,也可卓然名家。他的《艺概》,本着"举此以概乎彼,举少以概乎多"②之原则,概论了文、诗、赋、词曲、书(书法)、经义(实为以八股文为主)六类,其中《文概》《诗概》《赋概》均论及楚辞:

> 太史公文,兼括六艺百家之旨。第论其恻怛之情,抑扬之致,则得于《诗》三百篇及《离骚》居多。
>
> 学《离骚》得其情者为太史公,得其辞者为司马长卿。长卿虽非无得于情,要是辞一边居多。离形得似,当以史公为尚。③
>
> 诗以出于《骚》者为正,以出于《庄》者为变。少陵纯乎《骚》,太白在《庄》《骚》间,东坡则出于庄者十之八九。④
>
> 屈子之缠绵,枚叔、长卿之巨丽,渊明之高逸,宇宙间赋,归趣总不外此

---

① 有关著作,如上海古籍出版社之《艺概》(1978年版)、易重廉《中国楚辞学史》(湖南人民出版社1991年版)均介绍:"刘熙载,字融斋。"实误。据其《昨非集》之《自为伯简字赞》《自为熙哉字赞》,知"伯简""熙哉"均为刘熙载自取之字。见刘立人等点校《刘熙载集》,上海:华东师范大学出版社,1993年,第476、477页。

② 〔清〕刘熙载:《艺概》叙,上海:上海古籍出版社,1978年,第1页。

③ 〔清〕刘熙载:《艺概》卷一,上海:上海古籍出版社,1978年,第12页。

④ 〔清〕刘熙载:《艺概》卷二,上海:上海古籍出版社,1978年,第67页。

三种。①

　　此处只就屈骚的文学史影响,于《艺概》三部分中各引了几条,即可见刘熙载论屈骚之独特处②。其中有的观点学者未必首肯,然而他却是从一个体系性的思想理论中引出。关于这点,本书将在中编第三章第一节《文学理论体系构建与楚辞研究》中详论之,这里不过是让大家"借之一斑"而已。

　　清代后半期的楚辞专著,主要有陈本礼《屈辞精义》、董国英《楚辞贯》、胡文英《屈骚指掌》、龚景瀚《离骚笺》、鲁笔《楚辞达》、江有诰《楚辞韵读》、王念孙《古韵谱二卷》、陈昌齐《楚辞辨韵》、梅冲《离骚经解》、胡濬源《楚辞新注求确》、朱骏声《离骚补注》、方绩《屈子正音》、丁晏《天问笺》、王闿运《楚辞释》、王树枏《离骚注》、俞樾《读楚辞》、马其昶《屈赋微》。一共十七本,其中只有《屈辞精义》《屈骚指掌》《离骚笺》《楚辞达》《楚辞新注求确》《楚辞释》《读楚辞》七本,有必要于"下编"加以介绍,其整体介绍比例也小于前半期。故从数量来看,相对于清代前半期要弱一些。不过就整个研究史而言,成就也够巨大了,切不可忽视!

　　这里先看"下编"未有介绍者。切不可认为这十本书,总体成就不及"下编"介绍了的那七本! 恰恰相反,这里面有五本主要从语言学途径研究楚辞的专著,其语言学研究成就——尤其是声韵学研究成就——不但为那七本所无,而且超越了以往任何时代! 江有诰、王念孙、朱骏声等,均是朴学大家。他们以渊博的语言学知识、深厚的研究功底和孜孜不倦的学术精神,研究我国古代典籍取得远超前人的巨大成就。以这卓越的研究体系来研究楚辞,他们的成就不但远超前代,就是今天,恐怕也是我们难以翻越的高山。之所以这五本专著一本都没有列入"代表性"或"特色性"类别介绍,是因在中编第四章第二节介绍以朴学方法研究楚辞时,集中论述了俞樾的方法及特点,并于下编第三部分中详细地介绍了他的《读楚辞》。俞樾继承了高邮二王(王念孙、王引之)、钱大昕、朱骏

　　① 〔清〕刘熙载:《艺概》卷三,上海:上海古籍出版社,1978年,第94页。

　　② 易重廉《中国楚辞学史》(湖南出版社1991年版,第575—580页)、孙巧云《元明清楚辞学史》(浙江工商大学出版社2013年版,第205—211页),均高度评价刘熙载的楚辞研究,并共同评之为"楚辞学旧调余音",高度评价肯定正确,"旧调余音"却不尽然。

声等的朴学传统,可说是清代最后一位朴学大师,他的成就集中地体现了朴学学派的研究特点,了解了这些,其他朴学大家的研究方法也就"思过半"了。

其他五本专著的作者,除王树枏一人于光绪十二年(1886)考中进士,丁晏道光元年(1821)考取举人,另外三人都未入仕,马其昶多次应乡试而不获举,董国英和梅冲生平事迹不详。总的来看,这几本专著也各有点新见,也有某些可备一说的独立见解,若在明代或明代以前,肯定会于"下编"作专门介绍。只是他们所处时代不同了,处于传统楚辞学的末端,而他们的治学思路、方法与结论相对平稳,加之错误亦较多,这就很难入选了。与之相反,那七本著作作者,在前代巨大成就的积淀前,努力探索新的研究方式、方法和理论、途径,从而呈现了一些新的特色。

一是在理论建构上呈现自己的特色。这点最突出的是鲁笔的《楚辞达》,该书中的《见南斋读骚指略》,实际通过细析《离骚》之艺术特色建构起自己的一套完整的文学理论体系。再如龚景瀚《离骚笺》,其特色在于结构章法理论的运用。还有如陈本礼《屈辞精义》中《略例》十七则,建构了其对一位诗人、作家及作品的一整套研究方法。

二是开始探索新的研究途径。胡濬源在《楚辞新注求确》中运用数据统计方法,解释字、词、句。胡文英学习蒋骥运用地理学方法,并将其与田野考察法结合,形成新的学术研究途径。尤其值得注意的是,他们学习清代前半期(如吴世尚等)的心理研究,从这一途径积极进行探索。如陈本礼本身即是富有特色之诗人,其分析屈原创作心理就有独到之处。鲁笔建构起一整套研究理论,对屈骚往往能做出贴切的心理分析。

三是面对前代巨大研究成就,在某些具体问题的解决、具体作品的阐释上,开始走上偏径。这点最突出的是王闿运。王闿运为清末民国初年著名学者,经学上属公羊学派,他的《楚辞释》,可说几乎篇篇解题皆有怪论。说《离骚》本名《离骚经》,"犹《逍遥游》以三字为名";说《招魂》《大招》作于同时,《招魂》劝其死,《大招》则冀王复用;《高唐赋》的解题更属奇葩,说是宋玉追思屈原之安国大谋,探究楚国危亡之因,如此等等,不一而足。其他如胡文英《屈骚指掌》,承继前半期夏大霖、屈复"错简说",而走得更远。夏、屈二人只说《天问》有错简,而胡氏则扩大为《离骚》等诸篇也有错简。俞樾则承接前代贬低屈原之论,在《宾萌集》(卷一)中言屈原"乃如妇人女子失意者"。这样的例子还有一些,将于"下编"中较详细介绍之。

五、小结

明清两代,中国两千余年中央集权的专制社会,走到了尽头。人们常说,这个衰势是从清朝开始的。其实,在笔者看来,这尽头的先兆从明代就开始显现了。明初朱元璋取消宰相一职,设立锦衣卫等特务机构,兴起"文字狱",以八股文为科举示范文体,还要以《四书集注》等为教科书……一系列政治、思想的钳制政策,无疑标志着这个曾经几次创造辉煌的社会制度,开始走向没落。但城市经济不但没有随之衰败,相比于以往朝代反而得到更人发展,以至于到明末工商业均出现了资本主义萌芽。不过,清军的入关,中断了这一历史进程。清初自康熙亲政后,便开始以恐怖与怀柔两手施行统治,一手仍兴"文字狱",另一手以八股开科取士,大力提倡程朱理学,招徕名士,修撰《明史》。乾隆继承了这一国策,开馆修撰《四库全书》,客观上奉中华传统文化为正宗,从而缓和了矛盾。两朝稳定政策的施行,终于成就了清史专家们所津津乐道的"康乾盛世",然而也就开始了大清的衰落。1840年后,外国侵略者用大炮打开了中国的人门,大清帝国更是加速地滑向终点,最后在辛亥革命的枪声中完结。

回顾了这段历史,再来看楚辞研究史。明代前半期,由于思想的钳制,加之统治者将程朱理学标为准的,如此气氛笼罩下想要有高水平的楚辞专著,确也难乎其难。倒是因文学流派诸多,各流派文学思想及主张不一,在单独评论时有可取之论。及至明代后半期(包括人们常言的明清之际),明朝的覆亡使楚辞研究大放异彩。一批坚执爱国气节之士,尤其是像王夫之、钱澄之、李陈玉等人,在明末朝廷做过官,刚直不阿,坚决抗清,有匡扶社稷之志却无回天之力;他们的才学均冠绝当世,明亡后隐居不仕,拒不应诏,而将一腔激情寄托于对屈骚的研究中。由此,他们志向与屈原相同,处境与屈原相似,心与屈原也贴得最近,对专制体制之弊病也体会最深。正是他们将楚辞研究推上第三座高峰——传统楚辞学之最高峰!像这样时代、体制、处境、志向、学识均与屈原相一致的

学者①，今后是再不会有了——可能永远也不会有了！因此，他们的著作，对屈
骚诗句的理解，对屈原心理的揣摩分析——一句话，他们的各种观点，都值得我
们尊重、珍视，不断学习！

接下来的清代康乾之世，又有一批不出仕的学者，如蒋骥、吴世尚等，不管
他们不出仕是何原因，反正是以全部气力研究楚辞②，当然亦取得了极大的成
就，而接续了明末楚辞研究的辉煌。至于其后虽开始下滑，清代后半期成就仍
然巨大。尤其是在语言学方面，其成就可以说是前无古人，后无来者。

回顾明清之际的楚辞研究，还有一点特别值得指出，即多角度、多途径、全
方位的楚辞研究，不是发端于二十世纪初，而是滥觞于十七世纪的明清之际。
从以上研究概况的陈述中可知，这一时期，传统的学术，如经学、文献学、心理思
想、文学本位的诸方法、理论、手段，得到极大发扬；而相邻学科、相关学科的知
识、理论、方法，如地理、民族、民俗、文化各学科，田野考察、数据统计等方法也
开始引进，尽管当时并未有现代学科的这样一些命名，可实质就是这些学科内
涵。这类研究各种成功的实例，均给予现代楚辞学、楚辞研究不可忽视的影响。

最后，还是谈一下不足，这些所谓"不足"，大多是本可以更完善、完美之意，
与缺点应有区别。一种不足是怪论较多，有些怪论是前代从未有过的，不免令
人"瞠目"。然它们也有启迪思维，拓宽视野，打通阻隔之作用。另一种是攻讦
前著，过多地否定先出楚辞著作，给人感觉似乎是想借否定前辈来肯定自己，这
当然属于不正学风。不过它也可有提醒作用，提醒再后之著书者，尽力将研究
做得更完善些。再一种就是清代经学派别之争，有所谓汉学、宋学，今文经派、
古文经派③。这些形同水火的派别之争也被带入楚辞研究，研究便难以形成合
力，多少令人有些遗憾！不过既是不同学派，意见就难以统一，更谈不上"拧成
一股绳"。何况，学术有派别，是某一学术成熟的标志。还有几点，因不太重要，
就不胪述了。

---

① 本编第三章第四节《明清楚辞研究思想》中，对他们有专门介绍。
② 戴震的《屈原赋注》也是在未进京入仕前写的。
③ 本书中编第一章第四节《复兴与创新——清代经学及方法对楚辞研究之影响》，对此有较详细
　论述。

第二章　必须辨清之问题

第一节　所谓"班固贬损屈原"的再考察

汉代著名史家班固,为后人留下了对屈原的两篇重要评价:《离骚赞序》和《楚辞序》。有趣的是这两篇评价在主要观点上几乎完全对立,由此引来后人聚讼不已。而笔者经研究后认定,班固对屈原始终是敬佩景仰的,《离骚赞序》和《汉书》中对屈原的评价代表了他的观点;而《楚辞序》则是不得已而为之,是表面出自班固之手但实质体现汉明帝意图的代言书。遗憾的是,自王逸、朱熹等至今,人们一直不注意班固暗示于后人的这一深层的真实心理,甚至连《典引序》这一极为重要的材料也多有忽视,从而将《楚辞序》作为班固思想变化后的产物,作为晚年对屈原的真心评价,由此造成对班固的极大误解,形成楚辞学史上的一宗公案。

一

汉代著名史家、《汉书》的作者班固,对屈原的评价前后呈现出明显的矛盾和对立,此为楚辞学史上非常重要又极为有趣的现象。这两篇评价都保留在王逸《楚辞章句》中，一篇为《离骚赞序》，另一篇为《楚辞序》①。《离骚赞序》曰：

　　离骚者，屈原之所作也。屈原初事怀王，甚见信任。同列上官大夫妒害其宠，谗之王，王怒而疏屈原。屈原以忠信见疑，忧愁忧思而作《离骚》。离，犹遭也；骚，忧也；明己遭忧作辞也。是时周室已灭，七国并争。屈原痛君不明，信用群小，国将危亡，忠诚之情，怀不能已，故作《离骚》。上陈尧、舜、禹、汤、文王之法，下言羿、浇、桀、纣之失以讽。怀王终不觉悟，信反间之说，西朝于秦。秦人拘之，客死不还。至于襄王，复用谗言，逐屈原。在野又作《九章》赋以讽谏，卒不见纳。不忍浊世，自投汨罗。原死之后，秦果灭楚，其辞为众贤所悼悲，故传于后。②

《楚辞序》曰：

　　昔在孝武，博览古文，淮南王安叙《离骚传》，以《国风》好色而不淫，《小雅》怨诽而不乱，若《离骚》者，可谓兼之。蝉蜕浊秽之中，浮游尘埃之外，皭然泥而不滓。推此志，虽与日月争光可也。斯论似过其真。又说：五子以失家巷，谓五子胥也。及至羿、浇、少康、二姚、有娀佚女，皆各以所识有所增损，然犹未得其正也。故博采经书、传记本文，以为之解。且君子道穷，命矣。故潜龙"不见是而无闷"，《关雎》哀周道而不伤，蘧瑗持可怀之智，宁武保如愚之性，咸以全命避害，不受世患。故《大雅》曰："既明且哲，以保其

---

① 洪兴祖《楚辞补注》卷一《离骚经章句》录《班孟坚序》与《离骚赞序》，并于目录中明言："班孟坚二序，旧在《天问》《九歌》之后（今附于第一通之末）。"然据李大明考证："《章句》（即《楚辞章句》）明翻宋本当出于北宋之一传本系统，而《补注》（即《楚辞补注》）所用《章句》底本为另一传本系统。"（《楚辞文献学史论考》，成都：巴蜀书社，1997年，第287页）笔者赞同此说，故还须看另一版本系统。明翻宋本系统中，隆庆辛未豫章夫容馆刊刻《楚辞章句》本为佳本，其所据宋本，王世贞认定为"宋楚辞善本"（见该书王世贞《序》），该书中即有班固二序，足证此二序本为《楚辞章句》所载。
　　按：洪兴祖所录《班孟坚序》，是以注释形式出现，径称"班孟坚序云"，而《文选·赠白马王彪》李善注云："班固《楚辞序》。"故此处称其为《楚辞序》。
② 本书所引《楚辞章句》文字，均据清同治十一年（1872）金陵书局校勘汲古阁本。

身。"斯为贵矣。今若屈原,露才扬己,竞乎危国群小之间,以离谗贼。然责数怀王,怨恶椒、兰,愁神苦思,强非其人。忿怼不容,沉江而死,亦贬〔清〕絜狂狷景行之士①。多称昆仑、冥婚、宓妃②,虚无之语,皆非法度之政,经义所载。谓之兼《诗》风、雅,而与日月争光,过矣!然其文弘博丽雅,为辞赋宗。后世莫不斟酌其英华,则象其从容。自宋玉、唐勒、景差之徒,汉兴,枚乘、司马相如、刘向、扬雄,骋极文辞,好而悲之,自谓不能及也。虽非明智之器,可谓妙才者也。

很明显,两文在几个基本观点上互相矛盾,甚至互相对立。其一,屈原为何作《离骚》等篇?《离骚赞序》说是"忧愁忧思",是对楚王讽谏;而《楚辞序》却说是要"责数怀王,怨恶椒、兰",要"强非其人"。其二,屈原创作《离骚》等篇的根本动机、情感基调是什么?《离骚赞序》认为是忠信、"忠诚之情";而《楚辞序》却断定是"露才扬己",抒"怨怼"之愤。其三,屈原为何要自沉?《离骚赞序》说是"不忍浊世,自投汨罗",《楚辞序》却说是"忿怼不容,沉江而死"——两文用词之感情色彩都不同。其四,屈原总体应作何评价?《离骚赞序》评价极高,认为是预见到"国将危亡"、秦必灭楚的贤臣;而《楚辞序》却断定为"非明智之器",只不过是"妙才"而已。还有一些,如对刘安《离骚传》之态度、处世原则之褒贬等,此处便不一一细述了。

　　一位汉代的著名文人,历史上杰出的历史学家,对屈原这位最伟大的诗人前后作出如此对立的结论,自然引起历代学人的注意。而这其中以批驳班固《楚辞序》者为多,如王逸、洪兴祖、吴仁杰等;亦有部分认同、部分反对者,如刘

---

① 此句"贬"字后当脱一字,汤炳正先生考证所脱之字为"清"字。见《楚辞类稿》,成都:巴蜀书社,1988年,第87—89页。

② 冥婚,当为"帝阍"之误。《文选·赠白马王彪》:"苦辛何虑思,天命信可疑。虚无求列仙,松子久吾欺。"李善注:"班固《楚辞序》曰:'帝阍、宓妃,虚无之语。'"帝阍,出自《离骚》:"吾令帝阍开关兮,倚阊阖而望予。"

勰、朱熹等；当然也有极少数赞同者，如颜之推①。二十世纪以来，对比评论者更多。即以近二十年为例，以笔者极有限之见，专著中专门论及此问题的就有几本②，而论文则有十几篇之多。他们观点、见解在前代基础上又有所拓展：有认为这反映了班固矛盾心理的；有认为两序侧重点不同的；有认为我们只需重视《离骚赞序》的；还有特别肯定《楚辞序》，认为它才抓住了屈原创作本质的……因论文较多，又非本节探讨重点，恕不一一列举例文。

不过，从古至今论者，不论对此持何种观点、见解，均认为两序都代表了班固当时真实的思想，是他当时对屈原认识的真实表述。之所以观点如此对立，不过是时易势异，甚或是生活状况变化使然。

然而，笔者对此共同认识一直深怀疑虑：班固为卓越的历史学家，年轻时即立志著史；又是卓越的作家，有着深切的创作体验。以卓越历史学家之眼光，又以卓越作家亲身之体验而对历史伟人所形成的观点，就那么容易改变吗？并且改变得那样对立、彻底？这种改变究竟是内部思想演变使然，还是种种外力因素促成？他写两序时分别对应的思想、心理究竟如何？……而这些，正是本节探讨的重点。

陈寅恪先生在《冯友兰中国哲学史上册审查报告》中有一段极精警的论述：

　　盖古人著书立说，皆有所为而发。故其所处之环境，所受之背景，非完全明了，则其学说不易评论，而古代哲学家去今数千年，其时代之真相，极难推知。吾人今日可依据之材料，仅为当时所遗存最小之一部，欲借此残余断片，以窥测其全部结构，必须具备艺术家欣赏古代绘画雕刻之眼光及精神，然后

---

① 吴仁杰，可见《离骚草木疏·后序》："班固讥三闾怨恨怀王，是未知《离骚》之近于《诗》。"刘勰，可见《文心雕龙·辨骚》："班固以为露才扬己，忿怼沉江。羿浇二姚，与左氏不合。昆仑悬圃，非经义所载。然其文辞丽雅，为辞赋之宗。虽非明哲，可谓妙才。"按：朱熹于《楚辞集注·序》和《楚辞后语·序》中虽未明言班固，但实际已引入了他的观点。颜之推云："自古文人常陷轻薄，屈原露才扬己，显暴君过。"见洪兴祖《楚辞补注》引《班孟坚序》后。

② 如黄中模《屈原问题论争史稿》第三章第一节《班固反对屈原"责数怀王，怨恶椒兰"》（北京十月文艺出版社1987年版）。易重廉则承袭了黄中模的观点，见《中国楚辞学史》第六章第二节《班固》（湖南出版社1991年版）。

> 古人立说之用意与对象,始可以真了解。所谓真了解者,必神游冥想,与立说之古人,处于同一境界,而对于其持论所以不得不如是之苦心孤诣,表一种了解之同情,始有批评其学说之是非得失,而无隔阂肤廓之论。①

陈先生此处虽是就中国哲学史研究而言,然其精神原则同样适合中国古代文学研究,且应作为研究者的座右铭。现在我们就要问,班固撰写两序时,"其所处之环境,所受之背景"究竟怎样?有没有"其持论所以不得不如此之苦心孤诣"?如果有,又是什么?

进入正式探讨前,有几点需首先明确。(1)撰写时间上,《离骚赞序》在前,《楚辞序》在后。这点可确定无疑,从来没有争议。至于相隔时间,大约十至二十年②。(2)《离骚赞序》,应为《离骚赞》之《序》,于"赞"文前介绍所赞之对象,及其简略的生平事迹和评价,如同《文选》夏侯湛《东方朔画赞》之《序》。而《楚辞序》则为《离骚经章句》之《序》③。两序分别为不同作品正文之序。(3)班固《离骚经章句》已亡佚,且亡佚时间较早,可能在隋、唐时④。

二

我们的探讨,将从另一个人们不太注意的矛盾开始。《汉书》在《志》、《表》、人物传记等中,片段性地记录有班固对屈原的态度:

> 春秋之后,周道浸坏,聘问歌咏不行于列国,学《诗》之士逸在布衣,而

---

① 陈寅恪:《金明馆丛稿二编》,上海:上海古籍出版社,1980年,第247页。按:对此笔者曾谈过粗浅的认识,可参阅拙文《论清代楚辞研究中的"直觉感悟法"》,《文艺研究》2007年第4期,亦可参阅本书中编第二章第三节。

② 班固因被人举报私撰国史而在明帝永平五年(62)下狱,《离骚赞序》肯定作于此前。而其上《离骚经章句》当在汉章帝时期,即从建初元年(76)算,也有十四年。

③ 也有学者认为,《离骚赞序》与《楚辞序》同为《离骚经章句》之序。只不过前者为"小序前叙",后者为"后叙、余论"。时间上仍是前者早于后者十多年。如崔富章《班固笔下的屈原》,《深圳大学学报(人文社会科学版)》1998年第4期。

④ 《隋书·经籍志》记载楚辞著作十种,洪兴祖于《楚辞补注·目录》后《楚辞卷第一》下注"隋唐书志"有楚辞著作七种,均无班固《离骚经章句》。

贤人失志之赋作矣。大儒孙卿及楚臣屈原离谗忧国，皆作赋以风，咸有恻隐古诗之义。

《汉书·艺文志》

始楚贤臣屈原被谗放流，作《离骚》诸赋以自伤悼。后有宋玉、唐勒之属慕而述之，皆以显名。

《汉书·地理志》

屈原，楚贤臣也。被谗放逐，作《离骚赋》。其终篇曰：已矣，国无人莫我知也。遂自投江而死。谊追伤之，因以自谕。

《汉书·贾谊传》

谗邪交乱，贞良被害，自古而然。故伯奇放流，孟子宫刑，申生雉经，屈原赴湘，《小弁》之诗作，《离骚》之辞兴。

《汉书·冯奉世传》

还有《汉书·蒯伍江息夫传》等，不再一一举例。将以上片段的观点综合起来便是：屈原为楚之贞良、贤臣；"被谗放流""离谗忧国"而作《离骚》等以讽，且自伤悼；因被谗邪所害忧国而投湘江而死……这些与《离骚赞》基本一致，而与《楚辞序》观点基本对立。《汉书》本专叙西汉历史，本与屈原无涉，班固却在多处如此高度评价屈原，并且这些评价基本全属人臣之操守、人格、品行、能力等方面，又几乎未涉及文学成就及才干等，如此处理，岂能无心，当然有意。

另外，《汉书·古今人表》将文献中所记载的先秦人物分为九等，第一等（上上）只有太昊帝宓牺氏、炎帝神农氏、黄帝轩辕氏、周公、仲尼等十四位，周武王时的伯夷、叔齐只列在第二等（上中），而战国时的第二等人物只有子思、孟子、屈原、渔父、肥义、鲁仲连、蔺相如、孙卿（荀子）八位，宋玉、（庄）辛列第五等（中中），唐勒、景差列第六等（中下），有意思的是，楚怀王、顷襄王只能列在第七等（下上）①。这足见班固对屈原的推崇与肯定，且又显示了与《楚辞序》的矛盾。

---

① 班固死时，《汉书》尚未完成，一般认为《八表》由班昭"踵而成之"。但《古今人表》只载先秦人物，有古无今，名不符实。若由班昭续成，当不应如此。估计班昭只是对它做了一些整理工作。唐颜师古曾为太子注《汉书》，认为《古今人表》为班固所制，确有道理。

若按《楚辞序》"虽非明智之器,可谓妙才者也"的评价,屈原绝不可能排第二等,能排在宋玉前的第四等就不错了。因战国时期的上述八位,除屈原外,均为人们论定的"明智之器",班固自然也认定屈原是"明智之器",才将屈原与他们并列的——这等于是反驳了自己《楚辞序》中屈原"虽非明智之器"的结论。

班固公开撰写《汉书》的时间,是"从永平中始受诏",至"建初中乃成"①,也就是说它完成于汉章帝即位后的四五年间。章帝母马太后"好读《春秋》《楚辞》",班固与贾逵承其好作《离骚经章句》献上也应在此前后②。也就是说,《楚辞序》的写作与《汉书》完成于大致相同的时间。按理,《汉书》中关于屈原片段的观点应与《楚辞序》一致才是,但它却与十几二十年前作的《离骚赞序》的见解相同。产生如此奇怪的现象,其中必有隐情!因而,既不能简单断定《楚辞序》就代表了班固后期对屈原的评价(如王逸等),也不能因其与《汉书》《离骚赞序》的矛盾干脆以一句"不能代表班固的思想"就置而不论。我们必须审慎细致地探索那段时间(永平中至建初中)班固的真实心理,"而对于其持论所以不得不如是之苦心孤诣"有了真切的了解,方可以下结论。

但这是十分困难的事,谁也不能起班固于地下问之,我们只有细读其作品,并结合当时所发生的相关重要事件仔细分析之,方有可能寻其心绪而贴近真实心理。然若材料不够,则只能遗憾地存疑。好在,班固为我们留下了这方面极其重要的文字,使我们的分析成为可能:

> 臣固言:永平十七年,臣与贾逵、傅毅、杜矩、展隆、郗萌等,召诣云龙门。小黄门赵宣持《秦始皇帝本纪》,问臣等曰:"太史迁下赞语中,宁有非耶?"臣对:"此赞贾谊《过秦(论)》篇云'向使子婴有庸主之才,仅得中佐,秦之社稷,未宜绝也',此言非是。"
>
> 即召臣入,问:"本闻此论非耶?将见问意开寤耶?"臣具对素闻知状。诏因曰:"司马迁著书,成一家之言,扬名后世。至以身陷刑之故,反微文刺

---

① 有说《汉书》成于永平十六年(73)者,但此说有误,下文所引《典引序》即可证明。

② 班固的《离骚经章句》不太可能作于明帝时期,因其时马太后尚为皇后,地位未到。班固即使知其好楚辞,也不便作《离骚经章句》呈上。

讥，贬损当世，非谊士也。司马相如污行无节，但有浮华之词，不周于用。
至于疾病而遗忠，主上求取其书，竟得称述功德，言封禅事，忠臣效也。至
是贤迁远矣。"

臣固常伏刻诵圣论，昭明好恶，不遗微细。缘事断谊，动有规矩。虽仲
尼之因史见意，亦无以加。臣固被学最旧，受恩浸深，诚思毕力竭情，昊天
罔极。臣固顿首顿首。

惟相如封禅，靡而不典。……

此是班固所作《典引》之序，《文选》录入《符命》类，同类还有司马相如《封禅文》、
扬雄《剧秦美新》两文。这段文字是了解班固当时心理极重要甚至是关键材料，
然而自古及今，研究班固评屈问题者却几乎都未注意到它，甚至专门研究班固
及《汉书》者对它的关注也不够。由此造成与班固的较大"隔阂"，对他当时两难
处境及心理不知、不解，对他在特定情境下所采取的特定方式、方法产生误解与
不认同。

我们先就《典引·序》所记叙的明帝一方的言行作一下分析。明帝此次下
诏，显然是精心设计了的。此次被召诸人，均为当时文坛执牛耳者。小黄门赵
宣所问，表面是问待诏诸人，实则主要是针对班固。因永平十七年(74)班固撰
《汉书》正进入最后也是最关键的阶段，应是草稿已成，正在着手改定并系统对
人物做出评价的时候。对《汉书》之内容及人物评价明帝是否了解，我们今天不
得而知，不过从其亲自出面干预来看，他是有所风闻且不满意的。而这干预也
十分巧妙。明帝以及专制社会中任何清醒的帝王都知道，鉴于先秦就已建立的
优秀史学传统和诸多"实录"的史实，他们不能对史家撰写史实——尤其是前代
的史实——进行直接干预，因为这样非但不能奏效且将留下骂名。但他们可以
对前代历史事件和人物发表自己的观点，可以通过此观点去影响史家的人物评
论，进而通过此评论去影响史家对历史事实的选择。汉明帝可说是这狡诈干预
方式之始作俑者。而这"表态"之切入口，选择得也极见用心——从司马迁《史
记》之《秦始皇传赞》入手。

班固所举《史记·秦始皇传赞》中的那几句断语，原话为："子婴立，遂不寤。

借使子婴有庸主之材,仅得中佐,山东虽乱,秦之地可全而有,宗庙之祀未当绝也。"今存贾谊《新书·过秦(下)》用字与此略有区别,意思则完全一样。然而这结论问题极大。子婴接位时,由于前两代秦皇的暴虐无道、"仁义不施",已彻底丧失民心,秦之大势已去。他纵有大才,辅有良佐(本无可能),也是回天乏力。况且接位时年纪尚少,秦鹿必失,已成定局——项羽、刘邦及各路义军岂会因他退称为王就不入关中!先秦时,君王、臣子代父受过之事并不少见①。一代之罪,尚难以免,何况子婴要为两代代罪。而且,这几句话前面的一句断语,也同样不正确:"秦使章邯将而东征,章邯因以三军之众要市于外,以谋其上。"司马贞反驳曰:"此评失也。章邯之降,由赵高用事,不信任军将,一则恐诛,二则楚兵既盛,王离见虏,遂以兵降尔。非三军要市于外以求封明矣。"②稍熟悉点汉史的人都知道,司马贞的反驳是正确的。

这就奇怪了!见识卓越的贾谊居然在《过秦(下)》连下两个错误断语,而且犯的是低水平错误。《过秦(中)》中,贾谊对秦二世也下过类似断语,原话为:"向使二世有庸主之行而任忠贤,臣主一心而忧海内之患,缟素而正先帝之过……轻赋少事,以佐百姓之急,约法省刑以持其后,使天下之人皆得自新,更节修行,各慎其身,塞万民之望,而以威德与天下,天下集矣。"对于秦二世,文中所说的可能性是存在的,即使如此,贾谊还谨慎地加了那么多附加条件。何至于对一个根本不可能扭转局势的子婴,反而只用"庸主之材""仅得中佐"两个抽象评介就完事了呢?《过秦(上)》《过秦(中)》均见解不凡,何至于《过秦(下)》连出如此粗率低级的错误?后人颇有怀疑《新书》中多有非贾谊之作者,看来有一定道理。《过秦(下)》可能有相当部分非贾谊所作,至少这两条断语颇值得怀疑。当然此处无法论及。

问题还在于,司马迁也是有识见卓越的,他不但引了《过秦(下)》全文,还特将它放在《过秦论》全文最前面——这又不合理,既录《过秦论》全文,就应该按顺序引之。《过秦(上)》主论始皇,《过秦(中)》主论二世,《过秦(下)》主论子婴,

---

① 如伍子胥率吴军攻楚,楚国几亡,实际是楚昭王代父平王受难。《国语·晋语》中叔向向韩宣子贺贫,举栾武子、桓子、怀子三代为例,怀子"离桓之罪,以亡于楚",则是臣子中代父受过之例。

② 〔唐〕司马贞:《史记索隐》卷二《秦始皇本纪第六》,《四库全书》本。

最后并论三主以为结尾,次序分明,并无淆乱。司马迁倒尾为首,其意何在?

这用意应该说大多数文士是懂的,后来竹林七贤之一阮籍登楚汉相争的广武战场,就慨叹曰:"时无英雄,使竖子成名。"①——司马迁没有说出来的话,阮籍说出来了:刘汉王朝无非是乘人之危而取天下。司马迁这儿不过是借史抒愤。《过秦(下)》的疑点,司马迁的心理,班固当然是都清楚的,所以他特将这点作答;明帝看来也是清楚的,所以说司马迁是"微文刺讥"②。

三

班固回答了,并且答对了,于是明帝特召班固入内。

不过接下来班固却没有答好。明帝问:"本闻此论非耶? 将见问意开寤耶?"这当然是希望班固"开寤",能理解《秦始皇传赞》"错误"的本质而对司马迁从基本点上进行否定,并进而推及对其他历史人物的评价。可班固不知是真没"寤"还是假没"寤"——"具对素闻知状",就是说这些早就听说了、知道了,对这些错误也就只会就事论事,自然体会不到明帝"见问"之"深意"了。

于是明帝只有现出"庐山真面目",亲自"明谕"了。评价的对象,自然也是精心挑选的,评价也以鲜明强烈的对比方式展开:司马迁史学成就巨大,"成一家之言,扬名后世";司马相如文章成就平平,"但有浮华之词,不周于用"。司马迁人格无瑕疵(故明帝略而不论),司马相如"污行无节"。但司马迁"微文刺讥,贬损当世",政治态度大有问题;司马相如"疾病而遗忠",临死还不忘"颂述功德,言封禅事",显为忠臣之典型。最后,结论自然出来:司马相如"贤迁远矣"。司马迁之史学成就,东汉时已无法否定,明帝此处还有意加以强调;而对司马相如,明帝显然是贬损过度。司马相如文名西汉时即已确立,其对汉赋贡献之大当时文人都清楚,人格品行算不上"污行无节"。明帝如此贬低司马相如无非是要加大对比的差距,要以这巨大的差距让班固明白他们的标准:无论什么时候、处于何种情况、受到何等不公正处罚,都决不可怨恨君王,"微文刺讥"也决不允

---

① 《晋书·阮籍传》。

② 笔者向来颇疑上述两个断语为司马迁所加,以借此讽刺刘邦,惜无证据。看来明帝也有此怀疑,不然不会单点《秦始皇本纪》的"太史公赞语"发问。

许;任何时候都要刻记"君恩",都要称颂君王功德;如此方可称贤臣,而且贤于那些怨愤讥刺者远矣——不管他们人格有多高洁,成就有多伟大。

这时班固应该是彻底明白了!他还能不明白吗?他又不是傻瓜!那么他该怎么办呢——他又能怎么办呢!统治者的两手而且是极端的两手他都亲身体验过了。他曾因被人告发私撰国史而入狱,幸亏弟班超上书释救;出狱后明帝对其恩宠有加,常侍帝于左右。章帝时又命其编撰《白虎通义》……他当然要明确表态,正如《典引序》中所言"常伏刻诵圣论,昭明好恶,不遗微细。缘事断谊,动有规矩",并要"诚思毕力竭情"。用今天的话来说就是:深刻领会圣上指示,坚决贯彻到《汉书》及其他文章的写作中去。

接下来,自然也是必然的,对屈原的态度必须改变,《离骚赞序》的基本观点必须大改。正好马太后"好读《春秋》《楚辞》",精通楚辞的班固便撰《离骚经章句》呈上,当然必须再写一篇与《离骚赞序》基本观点相对立的序附上——明帝此时虽未必还在世,但他的"圣谕"仍是决不可违的——这便是《楚辞序》。按明帝"圣谕"标准,屈原绝不是忠臣。然按《离骚赞序》所言:"至于襄王,复用谗言,逐屈原。在野又作《九章》赋以讽谏,卒不见纳。不忍浊世,自投汨罗。"这不是忠臣之举是什么?且屈原投江,罪在楚襄,罪在君王,这绝对不行。于是《楚辞序》改为:"(屈原)愁神苦思,强非其人,忿怼不容,沉江而死。"将屈原的为国、为世、为民投江,改为逞私愤不容于世而沉江。这当然就不是忠臣了。

按明帝"圣谕",屈原更不是贤臣,"司马相如贤迁远矣",当然也"贤原远矣"。可按《离骚传序》所言:"屈原以忠信见疑,忧愁忧思而作《离骚》。……屈原痛君不明,信用群小,国将危亡,忠诚之情,怀不能已,故作《离骚》。"这不分明是贤臣吗?于是《楚辞序》便改为:"今若屈原,露才扬己,竞乎危国群小之间,以离谗贼。然责数怀王,怨恶椒、兰,愁神苦思,强非其人。"将屈原之忠信、忠诚,预见国之将亡,改为"露才扬己",且要"竞乎危国群小之间",这就无贤可言了。

最后结论,刘安的"虽与日月争光可也",是绝对不能同意了。屈原不仅非忠臣、贤臣,连"明智之器"也不是,只能是"妙才"而已。这点是不能否定的,屈原的文学成就摆在那儿。马太后又"好读"楚辞,如果连这一点也否定,那等于是连马太后的艺术眼光也否定了。

由上述可知，班固的《楚辞序》实质是明帝"圣谕"在屈原评价上的体现，用今天的话说，就是班固"深刻"地领会了明帝"圣谕"并以其为指导思想，对屈原作了重新评价。

然而，深刻"领会"常常是"领"而不"会"，班固亦是如此。他家虽三世尚儒，以儒学为正宗。而班固则博览群籍，学无常师；虽为经学家，然属古文经学派，且不为章句。更重要的是，班固毕竟为卓越的历史学家，继承了自先秦以来形成的"实录"等优秀史学传统。儒家的"子为父隐，臣为君隐"等不合史学传统的师训，他自然无法遵从。别的不说，单是上层统治者的种种丑行、恶行，如汉成帝虐杀亲子，赵昭仪杀人固宠，汉武帝穷兵黩武、刻薄寡恩，张汤等酷吏炼狱阿上、夕毒残暴等，班固均如实记下。可以说，这方面的"实录"精神与《史记》并无二致。然《汉书》毕竟是官修，与《史记》之私撰有着根本不同。何况"圣谕"在上，班固怎敢不遵！于是，在历史事件和人物之评价上，《汉书》与《史记》就有差距了：对司马迁贬斥过多，对某些人物之"忠"褒誉过甚，对英豪侠士过于不解……不能说，这些评论与班固自身思想毫无关系，然颇有些疑虑。尤其是与"实录"精神明显相矛盾之评论，总让人感到是书有"圣谕"这"紫金钵"罩着，班固并未"逞心而言"。历来评《汉书》者，或据其"实录"而高度肯定，或举其评论而严加批评，大多并未体会到班固的这种苦衷。

这点在屈原之评价上就更明显了。如上所述，班固并未在《汉书》中对屈原作大段评论，然若将分散于各处的评论集中起来，则立刻就可看出它完全是与《离骚赞序》相呼应，而与《楚辞序》相对立的，班固是"明遵'圣谕'，暗存己意"。也就是说，他在《楚辞序》中扮演了某种代言者的角色——说的不过是明帝对屈原的评价，并非出自本心。

最后，还有一个问题很重要。班固留下《典引序》，客观上让人们知道了明帝的干预和他的两难处境。那么主观上呢？主观上，班固难道就没有一点自己的考虑——一点特别的考虑？这可从以下三条线索进行分析。

其一，细读《典引》及《序》，可看出《序》中"颁圣谕"一段似为多余。《典引》正文为歌颂大汉功德，赞美高祖、光武二帝；"圣谕"则为对人臣之评价，与正文关系不大。班固于《序》中所言的"臣常伏刻诵圣论,昭明好恶,不遗微细",也应是指撰《汉书》或其他文章而言,这也与歌功颂德没什么关系。诚若衷心赞颂之,顶多写出"相如封禅,靡而不典;扬雄美新,典而不实。然皆游扬后世,垂为旧式",再加几句表忠之言,也就够了。何至于前加大段颂"圣谕"之过程,颇有画蛇添足、喧宾夺主之嫌。

其二,《序》中明指《封禅书》《剧秦美新》之不足,然仍是以它们为范式,昭明《文选》也将上两文与班固《典引》同列为《符命》类单作第四十八卷。可《封禅书》《剧秦美新》的出世,本身就耐人寻味。扬雄作《剧秦美新》,论秦之剧恶,美王莽之新汉,恐非出自本心。这只要读读《汉书·扬雄传》,看看王莽篡汉后扬雄之待遇等即可知。何况其投阁之后,当时京师就流传歌谣讽刺他,后亦多遭人诟病。这些班固不会不知。

至于司马相如《封禅文》,其真实情感亦应打问号。他死时诸文不留,独留"封禅"一文;生前又不献上,偏要死后留给妻子等武帝派人来要时才献上,其意其情颇为怪异。对此,专研两汉思想史的著名学者徐复观的解释是:"但他亲见武帝之愚妄严酷,自公孙弘以后,凡为相者则被诛灭,而对于可以了解他的私生活的文学侍从之臣,亦无不借口杀戮以尽。……他了解武帝意在封存禅,便写好'言封禅事',不上之于生前,说明他对汉武早已一无希求;出之于他的死后,所以保全他的家族。"① 徐复观通晓两汉历史,所言十分有理。而《封禅文》成了司马相如保全家族之"救命符",当然颂扬之情就不会那么纯粹。这些,通晓汉史并时距司马相如不远之班固,当更为清楚。既然清楚两文创作之背景及隐情,班固还以它们为范式撰写《典引》,还特写一大段颂"圣谕"过程,自然除颂扬外还另有打算。

其三,班固既已领"圣谕",即使《汉书》中各处评屈原之文先已写好,按理他都应或删或改,以与"圣谕"和其《楚辞序》相一致,这只是举手之劳。但班固并未如此,仍保留与它们明显的矛盾。这样做是有相当风险的。当年他被人告发坐牢,难道这次能保证无政敌阴挑? 那么,班固冒风险将此矛盾留下肯定有其

---

① 徐复观:《中国文学精神》,上海:上海书店出版社,2004年,第368页。

打算。

　　三条线索集中起来，班固的心理就明明白白了：他一方面是在作"深刻"检讨，向最高统治者表其忠心（不能说这都是虚假的）；而另一方面则是在以此方式暗示后人，让后人知其撰写《汉书》之两难处境，知道《楚辞序》之屈原评价大多非其本意。

　　现在，结论完全可以下定：班固对屈原始终是敬佩景仰的，《离骚赞序》和《汉书》中对屈原的评价代表了他的观点；而《楚辞序》则是不得已而为之，是"持论所以不得不如是之苦心孤诣"，是表面出自班固之手而实质体现明帝意图的代言书。遗憾的是，自王逸、朱熹等至今，人们一直不注意班固暗示于后人的这一深层的真实心理，甚至连《典引序》这一极为重要的材料也多有忽视，而将《楚辞序》作为班固思想变化后的产物，作为晚年对屈原的真心评价，由此造成对班固的极大误解，形成楚辞学史上的一宗公案。

　　《文心雕龙·知音》开篇即言："知音其难哉！音实难知，知实难逢，逢其知音，千载其一乎！"足见刘勰深知得知音之难。然而这位极其杰出的文学理论家也对班固评屈产生了误解，确乎是"盖非知之难，能之难也"①。如今，班固若地下有知，读到这篇深析其真心隐意之文，也许终于能释负怡然了。

第二节　扬雄《反离骚》诸问题再辨

　　关于扬雄的《反离骚》，历来不同意见较多，在了解这些不同意见之前，我们还是先看作品：

　　　　有周氏之蝉嫣兮，或鼻祖于汾隅。灵宗初谍伯侨兮，流于末之扬侯。淑周、楚之丰烈兮，超既离虖皇波。因江潭而往记兮，钦吊楚之湘累。惟天轨之

━━━━━━━━━━

　　① 〔西晋〕陆机：《文赋》，〔清〕严可均校辑：《全上古三代秦汉三国六朝文》，广雅书局本。

不辟兮,何纯洁而离纷? 纷累以其溉忍兮,暗累以其缤纷。①

此是开头十二句。前四句仿《离骚》开头,追溯自己的祖先,第八句交代祭吊屈原,特用"钦吊"二字。"钦",颜师古于该句下注曰:"钦,敬也。"(《汉书·扬雄传》)。第三个四句指斥天路不开,纯洁者遭难,表现出对屈原的高度同情。《汉书·扬雄传》记载:"先是时,蜀有司马相如,作赋甚宏丽温雅,雄心壮之,每作赋,常拟之以为式。又怪屈原文过相如,至不容,作离骚,自投江而死。悲其文,读之未尝不流涕也。"文、史结合,扬雄对屈原崇敬、同情则更为鲜明。

> 累初贮厥丽服兮,何文肆而质龘! 资娵娃之珍髢兮,鬻九戎而索赖。
> 凤凰翔于蓬陼兮,岂驾鹅之能捷! 骋骅骝以曲艰兮,驴骡连寋而齐足。
> 枳棘之榛榛兮,猿狄拟而不敢下。灵修既信椒兰之唼佞兮,吾累忽焉而不早睹?
> 裕茝茹之绿衣兮,被夫容之朱裳。芳酷烈而莫闻兮,固不如袭而幽之离房。闺中容竞淖约兮,相态以丽佳。知众嫭之嫉妒兮,何必扬累之蛾眉。

此是《反离骚》中段一部分,从具体文句看,扬雄是慨叹屈原政治上不够明智。认为屈原既"贮厥丽服",又"何文肆而质龘";"九戎"是披发的,不该不看对象向其卖"珍髢"。凤凰高翔于"蓬陼","驾鹅"自然不可企及;然"骅骝"若在"曲艰"之地驰骋,"驴骡"也和它差不多。"枳棘"若繁茂,就是"猿狄"也不敢下;"灵修"(楚王)既然相信"椒兰"的邪佞谮言,你怎么不早早看到呢? 扬雄甚至建议屈原:你的高洁之服装,香气太"酷烈",不如把它叠好放于别房;既知"众嫭"(相当

---

① "湘累",朱熹注为:"累,指屈原也。累,因也。《成相》(按:指《荀子·成相》)曰:'比干见刳箕子累。'或曰:'《礼》:"丧容累累。"又《史记》"孔子累累然若丧家之狗""赵武灵王见其长子傃然也。"'皆衰悴之意,未知孰是。见《楚辞集注》卷二《楚辞后语·反离骚》,上海:上海古籍出版社,1979年,第237—238页。《反离骚》引文均出自《楚辞集注》。
但《汉书》卷五十七《扬雄传》李奇注曰:"诸不以罪死曰累,荀息、仇目皆是也。屈原赴湘死,故曰'湘累'也。"按:李奇注似较宜。然则"累"指屈原当无疑。

于《离骚》之"众女")嫉妒，又何必扬起你的蛾眉呢？

　　　　既亡鸾车之幽蔼兮，焉架八龙之委蛇。临江濒而掩涕兮，何有《九招》
　　与《九歌》？夫圣哲之不遭兮，固时命之所有。虽增欷以於邑兮，吾恐灵修
　　之不累改。
　　　　昔仲尼之去鲁兮，斐斐迟迟而周迈。终回复于旧都兮，何必湘渊与涛
　　濑！溷渔父之餔歠兮，洁沐浴之振衣。弃由、聃之所珍兮，跖彭咸之所遗。

　　这是《反离骚》最后十六句。在这最后一段，扬雄反诘之情感似乎更激烈一些：
既然"鸾车"都无，你到哪里去驾八龙？既然临江皋而"掩涕"，怎会有《九招》《九
歌》？圣哲不能骋其才智，此是"时"和"命"所致；你即使唏嘘流涕，"灵修"也不
会因你而改变！扬雄最后终于拿出了自己的人生观、社会观，将他所仰慕之圣
贤行为与屈原作对比。说孔子离开鲁国时"斐斐迟迟"，但最终还是回到旧都，
何必自沉于江涛！谓屈原糟鄙渔父"餔歠"，弃置许由、老聃所珍持之信念，而步
彭咸的后尘。
　　所以引较多原文，主要是考虑方便说明问题。如果不看扬雄的其他资料，
仅就原作而言，有几点是可以明确的。一是扬雄吊屈的基本心态是仰慕敬佩
的。这不仅体现于"钦吊"一词，更在于全篇都以"累"指代屈原，而不直接用"屈
原"或"原"。因"累"是"非罪而死者"，如此运用体现出扬雄的高度同情心。并
且，扬雄还以凤凰、骅骝等比喻屈原，而以驽鹅、驴骡比喻平庸之辈，这也透显出
屈原在他心中的位置。二是《反离骚》之"反"，不是反对、反驳（尽管有几处有反
诘之意），而是处世之观念、行为相反之意。这只要从上引文句就可以看出。三
是扬雄的人生观与屈原有些相同，不然不会对屈原如此景仰敬慕；但也有些与
屈原不同，不然不会在处世观上与屈原异道。文中引孔子、老聃、许由之事迹与
屈原对照，既表明了扬雄所尊崇之思想流派主要为儒道两家，另一方面这种类
比也隐现出屈原在扬雄心中的地位。四是扬雄为文，好用古字、生僻字，《反离
骚》亦如此，读来虽不能说是佶屈聱牙，然确实不太流畅。苏轼说"扬雄好为艰

深之词,以文浅易之说。若正言之,则人人知之矣,此正所谓'雕虫篆刻'者"①,东坡之言虽有点过火,不过《反离骚》的艺术成就也确实不高。《汉书·扬雄传》记载,扬雄曾仿《离骚》作《广骚》,仿《九章》之《惜诵》至《怀沙》诸篇作《畔牢愁》,但就在班固时,正文即已失传。而《反离骚》因首创反体,情志抒发也有其特色,一直流传下来。

而在流传过程中,对扬雄与《反离骚》出现了各种各样的看法和评价,有的甚至对立而截然相反,有些问题至今仍未弄清楚,下面我们便尝试着辨明。第一个问题,扬雄和《反离骚》评价转变说。《四库全书总目提要》曰:

> 凡所列汉人著述,未有若是之详者(按:指《汉书·艺文志》)。盖当时甚重雄书也。自程子始谓其漫衍而无断,优柔而不决。苏轼始谓其以艰深之词,文浅易之说。至朱子作《通鉴纲目》,始书莽大夫扬雄死。雄之人品著作,遂皆为儒者所轻。若北宋之前,则大抵以为孟、荀之亚。②

此断语一出,学界便奉为准的,至今有些谈及扬雄及《反离骚》的文章,往往持此观点。其实,《四库提要》的结论并不正确。北宋以前,有学者对扬雄评价亦甚低;北宋以后,亦有学者对其评价甚高。

要证明这点并不难,只需拿出实证材料即可。应该说,班固对扬雄的评价确实很高。《汉书·楚元王传》曰:"自孔子后,缀文之士众矣,唯孟轲、孙况(荀况)、董仲舒、司马迁、刘向、扬雄,此数公者,皆博物洽闻,通达古今,其言有补于世。"这大概就是《四库全书总目提要》中"若北宋之前,则大抵以为孟、荀之亚"的来源。宋代以前,与班固观点相近者,虽代不乏人,如东汉之桓谭、王充,唐代《文选》五臣注者之一李周翰等。但北朝颜之推却直斥扬雄"德败美新"(《颜氏家训·文章》),南朝刘勰说他"嗜酒而少算"(《文心雕龙·程器》),唐李善指责更为严厉:"王莽潜移龟鼎。子云进不能辟戟丹墀,亢辞鲠议;退不能草玄虚室,颐

---

① 《东坡全集》卷七十五,《四库全书》本。
② 《四库全书总目提要》卷九十一"《法言集》十卷"条。

性全真。而反露才以耽宠,诡情以怀禄,素餐所刺,何以加焉。抱朴方之仲尼,斯为过矣。"(《文选·剧秦美新》题注)

北宋时,苏轼、程颐虽低评扬雄,然也有人给予极高评价。如孙复就认为:"自西汉至李唐,其间鸿生硕儒,摩肩而起,以文章垂世者众矣……至于终始仁义,不叛不杂者,惟董仲舒、扬雄、王通、韩愈而已。"[①]司马光的评论甚至走到了另一极端,他在《读玄》中曰:"呜呼! 扬子真大儒邪! 孔子既没,知圣人之道者,非子云而谁? 孟与荀殆不足拟,况其余乎?"[②]司马光此说显然走了极端,扬雄《太玄》自然不能与《孟子》《荀子》相比,他不过是想显示自己得了《太玄》之道而已,笔者也并非同意其说,引用它不过是证明其与程颐、朱子观点相对而已。

宋代以后,程朱理学虽定于一尊,然同样有人对贬斥扬雄质疑。明人张溥于《汉魏六朝百三家集》中虽言"《剧秦美新》,谀文也",但后又"疑子云耆老清净。王莽之世,身向日景,何爱一官,自夺玄守? 班史作传,亦未显訾其符命之作。传闻真伪,尚在龙蛇间"[③]。李贽则公开高度肯定扬雄及《反离骚》:

> 《离骚》,离忧也;《反骚》,反其辞,以甚忧也。正为屈子翻愁结耳。彼以世不足愤,其愤世也益甚;以俗为不足嫉,其嫉俗愈深……盖深以为可惜,又深以为可怜,痛原转加,而哭世转剧也……若执(伯)夷之清而欲兼柳(下惠)之和,有惠之和又欲并夷之清,则惠不成惠,夷不成夷,皆假焉耳。屈子者夷之伦,扬雄者惠之类,虽相反而实相知也,实未常不相痛

---

① 《孙明复小集》卷二《答张洞书》,《四库全书》本。
② 此几句曾为多篇文章与著作引用(论文如《论扬雄的思想影响中国千余年》等,专著如《中国历代大儒》等),然大多不注出处,即便有一二家注者,也语焉不详,只注《说玄》了事。经查《温国文正司马公文集》(《四部丛刊》本),该文出自其《太玄集注·说玄》。而司马光这类文章有三篇:《说玄》《读玄》《集注序》,我的学生李勇据《新编诸子集成·太玄集注》(中华书局1998年版)之《前言》指出,《温国文正司马公文集》作《说玄》误,应为《读玄》,故特纠正之。
③ 〔明〕张溥著,殷孟伦注:《汉魏六朝百三家集题辞注·杨侍郎集》,北京:人民文学出版社,1960年,第23页。

念也。彼假人者岂但不知雄，而亦岂知屈乎？①

李贽认为，伯夷和柳下惠不可得兼。有伯夷之高洁，则不可能有柳下惠之明慧；有柳下惠之明慧，则不能兼具伯夷之高洁。若硬要说二者得兼，那只能是虚假的。屈原属伯夷之类，扬雄属柳下惠之列，二者相反相知。如不懂这点，就会不但不了解扬雄，甚至也不知屈原了。至于《反离骚》是否"甚忧"于《离骚》，扬雄是否实有柳下惠之"惠"，则肯定会有不同看法，此非本节关注点，这里就存而不论了。

总之，以上材料足以证明，《四库提要》该结论不正确。

第二个问题，扬雄是叛臣、谀臣还是"惠臣"？要弄清此问题，取决于如何评价王莽夺取汉政权的历史事件。对此，自班固于《汉书》中称王莽"篡位"以来②，历来史家都称之"王莽篡汉"。仅从一"篡"字，就知史家的态度——"篡"，篡夺也，非光明正大之取得也；按春秋笔法，对王莽鄙弃、谴责之意尽在其中。

然而，自近代以来，学界对"王莽篡汉"看法开始转变，如胡适、翦伯赞、吕思勉、陆威仪③均给予王莽较高评价，对"王莽篡汉"之历史事件作了正面肯定。还有，钱穆虽然嘲笑王莽是"书生政治"，黄仁宇讽刺他是复古的、"想把金字塔倒过来建"的空想政治，然都未对王莽本人和"篡汉"事件本身作否定的评价。这些具有各种不同世界观、历史观的学者，对此却有着基本一致的看法，这一事实本身就值得我们对以前史家的恶评认真反思。

先看当时的形势。西汉王朝从成帝以后，政治日趋腐败，社会日趋动乱，经济日趋衰颓。皇族豪强大肆兼并土地，失去土地的农民越来越多，流民问题越来越严重，可以说是积重难返，人心思变，改朝换代已成必然趋势——当时就颇有人提出"顺天""更始"之议。而这种改换，无非两条途径：一是暴力夺取，通过战争摧毁前朝获得政权；二是和平政变，以"禅让"方式让前朝交出权力。两种方式我国历史上均多次出现。王莽走的是后一条路，以"禅让"方式取得了政

---

① 〔明〕李贽：《焚书》卷五《读史·反骚》，北京：中华书局，1975年，第227页。
② 如《汉书》卷九十八《元后传》"自莽篡位后，知太后怨恨"；卷九十九下《王莽传·赞》"故得肆其奸慝，以成篡盗之祸"；等等。
③ 陆威仪，美国汉学家。《哈佛中国史》前三卷作者。

权。这种非暴力的方式破坏性很小，于国于民都有利。

再看王莽的"禅让"特点。我国历史上的"禅让"也有两条路径：由上向下的顺让和由下向上的"逼让"。前者有传说中尧禅让于舜、舜禅让于禹，后者则有王莽代西汉、曹丕代东汉、司马炎代曹魏。不过王莽与后两者又不同，后两者是大权在手以武力相威逼，而王莽是大臣、士人归心，他再利用符谶顺势上位。他当然有政治野心，也用了所谓"奸佞"手段，但这比曹魏集团、司马氏集团要好得多。事物都是相比较而存在的，在中国历史上，改朝换代屡见不鲜，王莽的这种方式相比应该算是较佳方式了。

那么，王莽当皇帝后干了些什么呢？他改革。他改革土地制度，将所有人的土地收归国有，然后再分给农民；改革奴婢制，不许蓄奴；改革商业，盐、铁、矿由国家经营；改革金融，废汉五铢钱重新铸币……然而所有这些改革都失败了，失败的主要原因在于他要复古改制，要恢复到儒家描绘的周朝的制度——其实周朝远没有他们描绘的那样美好，这使其严重脱离现实而最后几乎遭到各个阶层的反对。这些原因前人已经总结得够多了，此处便不赘述。这里要看的是他的动机——他的动机并不坏，甚至可以说是好的。王莽"夺汉"的目的是什么？不是为了更多地享乐，也不是仅仅为居于权力的顶峰——像其他那些"夺位"者那样，他是为实现自己的理想。不然，他已掌朝中实权多年，且颇得人心、深孚众望，在旧体制下可以说干得如鱼得水。上位后只需小修小补，便可帝运久长。然而用今天的话说，他是个理想主义者。理想可说是大多数人都有，而理想主义者却是极少的。真正的理想主义者，尤其是当权的理想主义者，下场往往都不好。因为他要实现心中的理想，就要对现实开刀，就要改革，问题是他要按自己的理想对现实开刀改革，这就很可能脱离现实、遭遇失败。《老子》曰："将欲取天下而为之，吾见其弗得已。夫天下，神器也，非可为者也。为者败之，执者失之。"[1]说的就是这个道理。反观中外历史，凡成功的改革者都不是真正的理想主义者，他们也有理想，但从不机械地按自己头脑中的理想蓝图对现实动刀。能不能动，动哪部分，动到何种程度，全得依据现实而定。所以成功的改革者都

---

　　[1]《老子》第二十九章。

是现实主义者。王莽不是这样的现实主义者,所以他失败是必然的。

对于王莽"夺汉",今天我们应站在人民的立场,以客观历史的态度作实事求是的评价。只要我们不基于专制帝制社会的那种正统观念,就不会以正史史家的眼光看待王莽"继汉",而会基本给以正面的评价。其实,即便以正统的眼光看,也不见得就必须给此事负面评价。改朝换代是很自然正常的事,一个王朝气数已尽,衰败而不可救药,就应该以另一个来淘汰它,并于淘汰后做出某些改革。汉代秦、唐代隋,史家均未作负面评价,为何独对王莽"继汉"大加挞伐?王莽不过是居位时间太短——只十五年,时运不济——改革失败又恰遇全国性天灾。承接之王朝东汉——新皇帝恰恰姓刘,正统史家们都乐意将两汉作为一个整体,王莽自然就要遭到他们的挞伐了。

明白了以上这些,扬雄的评价也就好定了。他不是叛臣。与扬雄同由汉至新汉为官的几百位臣子也都不是叛臣,既然由秦入汉、由隋入唐的臣子不是叛臣,他们为何就是?

扬雄也不是"谀臣"。既然"新汉代汉"合于天理,那扬雄歌颂新朝何能算"谀"?试看一下《文选·符命》的三篇文章——除扬雄的《剧秦美新》,还有司马相如为汉武帝写的《封禅文》,班固因东汉明帝写的《典引》,《典引》及《序》已于上文《所谓"班固贬损屈原"的再考察》中作了较详细介绍,而《封禅文》是司马相如死后留在家中准备汉武帝来索取的,即便如此,两文均大力歌功颂德,那扬雄以"新汉"之新政对比秦朝之暴政,从而"剧秦"而"美新",就不能简单归之为阿谀奉承。

但扬雄还不能算"惠臣",即如李贽所认为的像柳下惠那样的臣子①——李贽毕竟是过于夸大了,扬雄没有柳下惠贤德。虽然他在《解嘲》中曰:"客徒朱丹吾毂,不知一跌将赤吾族也";"爰清爰静,游神之庭;惟寂惟漠,守德之宅。"②但他仍在朝为官,不能如柳下惠隐居自安。后校书于天禄阁,因受甄寻、刘棻"符命案"牵连,投阁几死。京师人嘲讽曰"爰清静,作符命;唯寂寞,自投阁",虽有些尖刻而缺乏同情,却倒也言如其实。

---

① 〔明〕李贽:《焚书》卷五《读史·反骚》,北京:中华书局,1975年,第227页。
② 〔梁〕萧统编,海荣等标校:《文选》卷四十五《解嘲》,上海:上海古籍出版社,1998年,第373、374页。

　　最后一个问题：《反离骚》究竟该如何评价？历史上，对《反离骚》斥责得最厉害的，大概应该算朱熹了："然王莽为安汉公时，雄作《法言》，已称其美，比如伊尹、周公。及莽篡汉，窃帝号，雄逐臣之，以耆老久次传为大夫。""然则雄固为屈原之罪人，而此文乃《离骚》之谗贼矣，它尚何说哉！"①不过朱熹怒斥扬雄主要是因为他谀王莽、仕新汉，若如上所论成立，则这两点无可厚非，那本节开头所陈体会之四点，也应无误。而现当代学者对扬雄崇敬屈原，看法大多一致，并无多少分歧②。不过对于扬雄文中对屈原的微讽，有些肯定性的文章则往往回避不提。其实这种回避并无必要，如本节开头所述，《反离骚》中对屈原的微讽是明显的。扬雄当时只有三十来岁，并未出仕为官，年少轻狂，不谙世事，加之当时秉持之思想为儒、道两家，考虑到连司马迁、贾谊都对屈原不离故土不理解，对他就不必苛责了。相信到了晚年，尤其是像"渔父"所言"与世推移"，却仍落个"投阁"下场以后，扬雄多少会有"悔其少作"之心了。

第三节　《文心雕龙·辨骚》诸问题再议

　　刘勰《文心雕龙》为我国古代文学理论和文学批评巨著，这样一部产生于南朝齐梁之际的体大思精的著作，势必要论及屈原与楚辞。事实也正是如此。《文心雕龙》五十篇，有二十五篇论及屈原或楚辞，分布于总论、文体论、创作论、批评论等各部分，其中还有一篇专论——《辨骚》，由此使它在楚辞学史、楚辞研究史上也占有重要地位。

　　对于刘勰的楚辞论述及观点，历来争议甚多，尤其是对于《辨骚》一篇，仅1979年至2020年间大陆地区所发论文便有一百五十八篇之多③，但一些问题至

<hr>

① 〔宋〕朱熹集注：《楚辞集注》，上海：上海古籍出版社，1979年，第237页。
② 关于这点，可参阅郭建勋《汉魏六朝骚体文学研究》第三节（湖南教育出版社1997年版，第105页）；徐涓《朱熹对待扬雄与反离骚态度及其原因探析》[《湖北大学学报（哲学社会科学版）》2015年第2期]；等等。
③ 赵红梅：《〈文心雕龙·辨骚〉研究史论》，《徐州工程学院学报（社会科学版）》2020年第4期。

今也还没有取得共识。固然,学术观点有分歧,分歧长期达不成共识,是学术界的正常现象。但对于这正常现象,我们仍然应该进行反思,何况《辨骚》一篇之研究,还有其特殊性。它不仅对我国文学理论史的研究有重要意义,同时也对古代文学史和楚辞研究史有重要意义。下面,本节采用一事一议的方式,将历来争论的主要问题列出并作相关论述或辩驳。

一、《辨骚》属总体论还是文体论

关于这点,大致有三种不同观点。其一,《辨骚》属于总论部分,即属于“枢纽论”而不属文体论。现当代持此观点者有张少康、周勋初、徐复观等①。其二,属于文体论,与《明诗》《乐府》《诠赋》属于同一类。现当代持此观点者,有范文澜、杨明照等②。其三,两者兼而有之,既属于“文之枢纽”,又兼有文体论之特点,为由“枢纽论”到文体论之过渡。现当代持此观点者,有牟世金、张文勋等③。三种观点中,文体论肯定属于误判,其理由如下。

一是刘勰在《文心雕龙·序志》中,明确将《辨骚》列入该书枢纽论:

> 盖文心之作也,本乎道,师乎圣,体乎经,酌乎纬,变乎骚,文之枢纽,亦云极矣。④

然后刘勰接下云:

---

① 详张少康:《文心雕龙新探·文体论》,济南:齐鲁书社,1987年,第174—175页;周勋初:《〈文心雕龙·辨骚〉篇属性之再检讨》,《文心雕龙研究》第9辑,保定:河北大学出版社,2011年,第106、107页;徐复观:《中国文学精神·文心雕龙浅论之六》,上海:上海书店出版社,2004年,第201页。
② 〔梁〕刘勰著,范文澜注:《文心雕龙注》上册,北京:人民文学出版社,1958年,第4页。按:这是该书第一篇《原道》之注释二,作者将《辨骚》列入文体中。杨明照:《前言》,〔梁〕刘勰著,黄叔琳注,李详补注,杨明照校注拾遗:《增订文心雕龙校注》,北京:中华书局,2000年,第5页。
③ 牟世金:《文心雕龙研究》,北京:人民文学出版社,1995年,第100页。张文勋:《〈文心雕龙〉的理论体系》,《云南社会科学》1981年第2期。
④ 〔梁〕刘勰著,范文澜注:《文心雕龙注》下册,北京:人民文学出版社,1958年,第727页。本节后文所引《文心雕龙》,均出此书,不再另注。

若乃论文叙笔,则囿别区分,原始以表末,释名以章义,选文以定篇,敷理以举统。上篇以上,纲领明矣。

刘勰说得很清楚,上篇前五篇是纲,是枢纽;后二十篇是领,是文体。对于这种分法,可能会有人不明白、不理解,但决不能轻易判定其错,而是应尽力回到该文著的历史和文化环境,尽力揣摩作者的创作意图、心理,尽力体会其遣词用句之苦心……一句话,尽力去理解、去弄明白。这可以说是阅读、了解古人文章或典籍的一个原则。

二是如上所言,刘勰对楚辞极为重视,《文心雕龙》有一半篇章(二十五篇)论及屈原或楚辞,而《辨骚》明显是这些论述之总纲。若将《辨骚》归于文体论,其他地方之论述则失去了总纲,本来有机的统一体就显得杂乱无序。

三是别的论文体之篇章纳入了楚辞,如《明诗》《诠赋》《颂赞》《祝盟》等。而且,论文体之篇章,还有两共同点,即概括、阐明该文体特点和文体演变、发展之历史。关于第一共同点,略举数例如下:

是以在心为志,发言为诗,舒文载实,其在兹乎! 诗者,持也,持人情性;三百之蔽,义归无邪:持之为训,有符焉尔。

《明诗》

诗有六义,其二曰赋。赋者,铺也,铺采摛文,体物写志也。

《诠赋》

铭者,名也,观器必也正名,审用贵乎盛德。
箴者,所以攻疾防患,喻箴石也。

《铭箴》

谐之言皆也。辞浅会俗,皆悦笑也。
讔讛者,隐也;遁辞以隐意,谲譬以指事也。

《谐隐》

文体论二十篇,篇篇均有此类阐述,此是必然的。既论文体,焉能不说明此文体之特点? 而《辨骚》篇则没有此类叙述,这也是很自然的,因刘勰并不认为楚辞只是一种文体。如《明诗》篇曰"逮楚国讽怨,则《离骚》为刺"——他认为《离骚》属诗;《诠赋》曰"及灵均唱骚,始广声貌。然赋也者,受命于诗人,拓宇于楚辞也"——认为有些楚辞作品,已为赋之前身;《颂赞》曰"及三闾《橘颂》,情采芬芳,比类寓意,又覃及细物矣"——认为《橘颂》属于颂体;《祝盟》曰"若夫楚辞《招魂》,可谓祝辞之组缬也"——认为《招魂》是华丽的祝辞……既然刘勰认为楚辞本身含有几种文体,当然不可能在《辨骚》一文中去阐述整个"骚"之特征。

> 按《召南·行露》,始肇半章;孺子沧浪,亦有全曲;暇豫优歌,远见春秋;邪径童谣,近在成世;阅时取证,则五言久矣。又古诗佳丽,或称枚叔,其孤竹一篇,则傅毅之词,比采而推,两汉之作乎?
>
> 《明诗》

> 逮于晋世,则傅玄晓音,创定雅歌,以咏祖宗;张华新篇,亦充庭万。然杜夔调律,音奏舒雅;荀勖改悬,声节哀急;故阮咸讥其离声,后人验其铜尺,和乐精妙,固表里而相资矣。
>
> 《乐府》

> 暨乎汉世,承流而作。扬雄之诔元后,文实烦秽,沙麓撮其要,而挚疑成篇,安有累德述尊,而阔略四句乎?
>
> 《诔碑》

以上略举三例,已足资说明。

四是《文心雕龙》文体论的每篇,一般分为三部分,以上所引的中间一部分往往述其流变,对在该文体中占重要地位之作家作品做出评论。而《辨骚》则未如此,只是对以屈原为主的楚辞名篇进行评价:"故骚经、《九章》,朗丽以哀志;《九歌》《九辩》,绮靡以伤情;《远游》《天问》,瑰诡而惠巧;《招魂》《招隐》,耀艳而深华;《卜居》标放言之致,《渔父》寄独往之才。故能气往轹古,辞来切今,惊采绝艳,难与并能矣。"以上四条理由,足证《辨骚》属"文之枢纽"而绝非文体论。

　　至于认为《辨骚》既属于"文之枢纽",又兼有文体论之特点,为由"枢纽论"到文体论之过渡的观点,不能说完全不合适。其意在于指出《辨骚》(以及《正纬》)与前面三篇——《原道》《征圣》《宗经》的区别,而且持此观点者可能还注意到,后面文体论开头的几篇——《明诗》《乐府》《诠赋》,除《乐府》外的两篇,篇题第一字均为说明、阐释类动词,这与《正纬》之"正"、《辨骚》之"辨"倒是属于一类。且其后文体论诸篇,如《颂赞》《祝盟》《铭箴》等,全是名词型的篇名。这种篇题形式上的不同,显然暗示着刘勰的某种用心。如果不是《明诗》和《诠赋》中间夹了一篇《乐府》,此说决然可以成立,不过现在仍可说是一种较合适的解释。如果从创作心理角度分析,刘勰如此排列可能是不得已。因乐府为音乐诗,排于赋之后自是不当;乐府又不能如诗、赋、颂、赞、碑、诔等文体,一字即可指明;为求《文心雕龙》全篇篇题统一之美,"乐府"上又不能加上解说性的动词,结果最终只能如此排列——善读之诸君子,当能体会刘勰之苦心!

二、"博徒"其义究竟为何?

　　《辨骚》之"博徒"究竟作何解释,实在是千古讼案。原文曰:

　　　　故论其典诰则如彼,语其夸诞则如此。固知楚辞者,体宪于三代,而风杂于战国①,乃雅颂之博徒,而辞赋之英杰也。

对"博徒"常见的解释是"低贱之人",范文澜、牟世金、王运熙、杨明照、周振甫等名家均持此解,不过有的变通了一下,说是"微贱之人""浪子"等②。自二十世纪八十

---

① 范本此两句作"体慢于三代,而风雅于战国",但"慢"下亦注"孙云唐写本作宪","雅"下注"孙云唐写本作杂"。现大多数学者认为作"宪""杂"较确,据改。

② 可见范文澜《文心雕龙注》,陆侃如、牟世金《文心雕龙选译》,王运熙、周锋《文心雕龙译注》,杨明照等《增定文心雕龙校注》,周振甫《文心雕龙今译》之《辨骚》"博徒"注。

年代开始,逐渐有学者不同意这类见解,如韩湖初、易健贤、李金坤等①。他们认为释"博徒"为"低贱之人""浪子"或"微贱之人"均不合适,应是"博雅之徒",即"广通博雅之传人"。他们的说法也略有差异,但均肯定"博徒"为褒义而非贬义。这一新的观点自然立即引起了争论,有些学者提出了反驳意见,认为这类看法"失真"②,而坚持新见者往往亦有反驳之文③。不过,大多数学者虽有不同见解,却不明确提出争论对象,只是各说各话。这样,三十多年来,也积累了二十多篇论文。

要对"博徒"释解问题进行研究,自然不可忽视相关专著和论文。涉及《文心雕龙·辨骚》之专著,笔者检阅了十多本;而以上所言二十多篇论文,笔者全部检阅过,其中十多篇还作了研读。现将基本情况归纳如下:(1)专著中,绝大多数解释与范文澜一类,且大多是名家。而专著中较早提出不同意见者,是李中华、朱炳祥的《楚辞学史》。在是书第三章第三节《刘勰〈文心雕龙·辨骚篇〉及其他》中,明确提出"'博徒'就是'博通之弟子'",并做了系统的考证与辨明④。(2)论文中,与专著相反,绝大多数同新见一类,而且作者年龄相对较轻。(3)专著大多是只对"博徒"作注释;而论文则多是着重于《辨骚》全篇,有的还将《文心雕龙》中涉及楚辞的所有篇章归纳起来,从中推测刘勰的楚辞观,并结合其文学创作观、评论观进行分析。

经过这样一番归纳整理,笔者发现问题并未得到解决,不过其症结和难点倒是基本弄清楚了。将"博徒"训释为"低贱之人"或"微贱之人",确实不合适。就训诂原则而言,字、词之解需服从整句之解,整句之解需服从整段之解,整段之解需服从全篇之解。从《辨骚》全篇看。开头即对屈骚高度肯定:

① 韩湖初:《〈辨骚〉新识——从博徒、四异谈到该篇的篇旨和归属》,《中州学刊》1987年第6期;易健贤:《〈辨骚〉"乃雅颂之博徒"疏正》,《贵州教育学院学报(社会科学版)》1990年第4期;李金坤:《〈辨骚篇〉"博徒""四异"正诠——兼论刘勰"执正驭奇"的创作原则》,《河北大学学报(哲学社会科学版)》2002年第2期,又见《文学遗产》2004年第1期。

② 如李定广:《求新须先求真——就〈辨骚〉"博徒""四异"新解问题与李金坤先生商榷》,《汕头大学学报》2000年第2期;伏俊琏:《也说〈辨骚篇〉中的"博徒"》,《古汉语研究》2007年第4期。

③ 如李金坤《〈辨骚篇〉"博徒""四异"终究是"褒词"——李定广先生〈求新须先求真〉商榷之商榷》,《钦州师范高等专科学校学报》2006年第2期。

④ 李中华、朱炳祥:《楚辞学史》,武汉:武汉出版社,1996年,第71—74页。

自风雅寝声,莫或抽绪,奇文郁起,其《离骚》哉！固已轩翥诗人之后,奋飞辞家之前,岂去圣之未远,而楚人之多才乎！

再看写有"博徒"的篇中一段:

故知楚辞者,体宪于三代,而风杂于战国。乃雅颂之博徒,而辞赋之英杰也。观其骨鲠所树,肌肤所附,虽取熔经意,亦自铸伟辞。……故能气往轹古,辞来切今,惊采绝艳,难与并能矣。

而尾段则曰:

其衣被辞人,非一代也。……若能凭轼以倚雅颂,悬辔以驭楚篇,酌奇而不失其真,玩华而不坠其实,则顾盼可以驱辞力,咳唾可以穷文致。

将几段综合起来看,刘勰的观点很清楚,屈骚为奇文,是"取熔经意""自铸伟辞",其艺术成就并不亚于《诗经》。若能主旨上倚于雅颂,艺术上掌握楚辞,就可达至辞赋最高境界。那么,很清楚,此处"博徒"不应该有"贱"之意。

另一方面,训"博徒"为"博雅通达之传人",从古汉语构词法分析,也能说通。"博徒"为偏正结构——"博"是说明、限定"徒"的。"徒"在此作学生、传人、继承者之意,《史记·屈原列传》:"屈原既死之后,楚有宋玉、唐勒、景差之徒者,皆好辞而以赋见称;然皆祖屈原之从容辞令,终莫敢直谏。"此处"徒"字当是承它而来。"博",为"广""通"等意,故"博徒"训为"博雅通达之传人"应该合理。相反,将"博徒"训为"博戏之人","博"字实为"簙"之假借,反而不是那么直接。

但症结在于,训"博徒"为"博雅通达之传人",于史无证!《史记》《汉书》《后汉书》均有"博徒"一词,东汉崔骃还有一篇《博徒论》,然均无此词义。而定"博徒"为"低贱之人""微贱之人",反而有具体语言史材料的证据,这也是一批名家坚持如此训释"博徒"之理由。这就使人犹疑,不敢轻易断定何种解释能成立。而假若"博徒"于其他史料无证或只有孤证,那么判定以上析解反而把握会大一些。由此,我们恐怕得改变思路,还是力求从现有的语言材料中去辨明《辨骚》

"博徒"的准确含义。

> 公子闻赵有处士毛公藏于博徒,薛公藏于卖浆家,公子欲见两人,两人自匿不肯见公子。公子闻所在,乃闲步往从此两人游,甚欢。平原君闻之,谓其夫人曰:"始吾闻夫人弟公子天下无双,今吾闻之,乃妄从博徒卖浆者游,公子妄人尔。"

《史记·魏公子列传》

> 雒阳剧孟尝过袁盎,盎善待之。安陵富人有谓盎曰:"吾闻剧孟博徒,将军何自通之?"盎曰:"剧孟虽博徒,然母死,客送葬车千余乘,此亦有过人者。"且缓急人所有。夫一旦有急叩门,不以亲为解,不以存亡为辞,天下所望者,独季心、剧孟耳。

《史记·袁盎晁错列传》

裴骃《集解》:"如淳曰:'博荡之徒。或曰博戏之徒。'"

> 雒阳剧孟尝过盎,盎善待之。安陵富人有谓盎曰:"吾闻剧孟博徒,将军何自通之?"盎曰:"剧孟虽博徒,然母死,客送丧车千余乘,此亦有过人者。"且缓急人所有。夫一旦叩门,不以亲为解,不以在亡为辞,天下所望者,独季心、剧孟。

《汉书·袁盎晁错传》

服虔注:"博戏之徒也。"

> 吴许升妻者,吕氏之女也,字荣。升少为博徒,不理操行,荣尝躬勤家业,以奉养其姑。数劝升修学,每有不善,辄流涕进规。

《后汉书·列女传》

> 自可卜肆巫祠之间,马栈牛口之下,赏剧孟于博徒,拔卜式于刍牧。

《宋书·王微列传》

　　以上史料说明，被称"博徒"者，实际包含着差别很大的三类人。一类是沉溺于"博戏"之中的赌徒，确实属于低贱者，上引《后汉书》中的许升，早年就属此类人。另一类是隐匿于赌徒之中的贤能之士，他们不愿与统治者合作，有意沉沦，隐于下层"低贱"者之中；有眼光的统治者必须放下身段，亲自登门，方可请其出山。《史记·魏公子列传》中"藏于博徒"之毛公，即属这一类。第三类则是"好博"的游侠，且是游侠中的英豪之士，《史记》《汉书》均以相当篇幅记录其事迹的剧孟，实属此类。请看剧孟事迹：

　　　　吴楚反时，条侯为太尉，乘传车将至河南，得剧孟，喜曰："吴楚举大事而不求孟，吾知其无能为已矣。"天下骚动，宰相得之若得一敌国云。剧孟行大类朱家，而好博，多少年之戏。然剧孟母死，自远方送丧盖千乘。及剧孟死，家无余十金之财。

《史记·游侠列传》

　　　　剧孟者，洛阳人也。周人以商贾为资，剧孟以侠显。吴、楚反时，条侯为太尉，乘传东，将至河南，得剧孟，喜曰："吴、楚举大事而不求剧孟，吾知其无能为已。"天下骚动，大将军得之若一敌国云。剧孟行大类朱家，而好博，多少年之戏。然孟母死，自远方送丧盖千乘。

《汉书·游侠传》

剧孟可是在关键时刻影响国家命运的关键人物！吴楚七国之反，实力强劲，天下震动。汉景帝慌了手脚，竟相信吴王刘濞"清君侧"之借口，立斩晁错。但后来受命于危难之际的周亚夫，则信心十足笑吴楚叛王无能，因他们竟然忽视了剧孟，反让周亚夫得其相助。班固写《汉书·游侠传》时，将《史记》此段基本全文录入，说明他完全认同司马迁的见解。后来李白也笑这些叛王之无能："吴楚弄兵无剧孟，亚夫咍尔为徒劳。"[①]

　　那么，《辨骚》中所言"博徒"，究竟属于这三类人中之哪一类呢？刘勰并未

---

① 〔唐〕李白著，瞿蜕园等校注：《李白集校注》，上海：上海古籍出版社，1980年，第211页。

明言,仅从该篇文字推定,见仁见智,就如上述,看法很难统一。好在《文心雕龙》中还有一处提到"博徒",即《知音》篇:

> 至如君卿唇舌,而谬欲论文,乃称史迁著书,咨东方朔。于是桓谭之徒,相顾嗤笑。彼实博徒,轻言负诮,况乎文士,可妄谈哉!

"君卿"为东汉楼护之字。这几句说楼护不过是善言谈之士,竟谬论文章,居然说"司马迁著史记,向东方朔请教"。于是桓谭等人,相顾讥笑。楼护实在是个博徒,随便乱说都招人讥诮,何况文士,岂可轻妄论说呢!

楼护何许人也?《汉书·游侠传》曰:

> 楼护字君卿,齐人。父世医也,护少随父为医长安,出入贵戚家。护诵医经、本草、方术数十万言,长者咸爱重之,共谓曰:"以君卿之材,何不宦学乎?"由是辞其父,学经传,为京兆吏数年,甚得名誉。
>
> ……为人短小精辩,论议常依名节,听之者皆竦。与谷永俱为五侯上客,长安号曰"谷子云笔札,楼君卿唇舌",言其见信用也。母死,送葬者致车二三千两,闾里歌之曰:"五侯治丧楼君卿。"

由此可见,楼护并非一般的游侠,他精通医术,能记诵"医经、本草、方术数十万言,长者咸爱重之",后又专攻经传,在京城为官数年,"甚得名誉"。

奇怪的是,通检《汉书·游侠传》,并无一字提及楼护是博徒,也未记有时人以博徒视楼护。这并不奇怪,楼护是名医,又通经学,能言善辩,且曾在京城为官,是专制帝制社会中典型的正统之士,何来博徒之说?那刘勰为何明言楼护是博徒呢?想来恐是楼护有侠义之行——曾赡养无子穷老的故人吕公终身;母死时送葬车达两三千辆——这点又特别像大侠剧孟,而剧孟为有名的博徒。如此辗转释之,倒也可通。由此可知,《文心雕龙》所言之博徒,实是指博徒中的第三类人,即侠客豪雄。其实,"儒"与"侠"看似两途,实则基本精神相通,即以"仁义"为本,视"法"为"仁义"服务之工具;若"仁义"与法律相冲突,宁坚持正义而不迁就法律。所以韩非才说:"儒以文乱法,侠以武犯禁。"①这一相通的基本精神,精通儒学和历史的刘勰岂能不懂! 而由此,《辨骚》"雅颂之博徒"之解,也就涣然冰释了。其意既非"低贱之人",也非"微贱之人",释为"博雅通达之传人"也欠准确,应是指"出于雅颂正途又独辟蹊径之豪雄"。所以接下刘勰以"辞赋之英杰"相对,而盛赞屈原为"惊才风逸,壮志烟高!"

还需说明一点,刘勰肯定屈骚对《诗经》的继承,往往是"风雅"并称,《辨骚》开篇即言:"自风雅寝声,莫或抽绪,奇文郁起,其《离骚》哉!"《物色》篇曰:"然屈平所以能洞监风骚之情者,亦抑江山之助乎!"这似乎说明刘勰认为屈骚对《诗经》之继承主要在《国风》和《小雅》,而事实也确实如此,风、雅、颂三者间,屈骚对风、雅之继承明显要多于颂。而此处刘勰用"雅颂"不用"风雅"——"雅""颂"均为仄声,足以排除音韵的因素——可见有着特别的意义上的考虑。

最后还有一个问题:刘勰为什么一定要说楼护是"博徒"呢? 如上所述,《汉书·游侠传》未言,时人亦未以此称楼护。刘勰于此处,称其为"名医""侠雄"等皆可,并且于传有据,于理更合,何必偏要以"博徒"定名呢? 细细想来,答案恐怕还得在《辨骚》中寻找。《辨骚》的"博徒",单就此词解之,意旨难以确定;即便结合全段甚至全篇文字考察,也难以最终确指,故至今仍是争论不休。估计刘勰提前预见到这一点,然而在《辨骚》难以明确作解,便特于《知音》篇指楼护为"博徒",让细心的读者体悟到他所言之"博徒"特指何类人。事实也确实如此,若没有《知音》一篇之"博徒",没有对"楼护"的了解,那对《辨骚》之"博徒",恐怕永远也辩不清!

肯定了《辨骚》之"文之枢纽"地位,清楚了"乃雅颂之博徒"其"博徒"之含义,"四同四异"也就没必要多费唇舌。先将这段文字录于下面:

> 将核其论,必征言焉。故其陈尧舜之耿介,称禹汤之祗敬,典诰之体也;讥桀纣之猖披,伤羿浇之颠陨,规讽之旨也;虬龙以喻君子,云霓以譬谗邪,比兴之义也;每一顾而掩涕,叹君门之九重,忠恕之辞也;观兹四事,同

---

① 《韩非子·五蠹》。

于《风》《雅》者也。至于托云龙,说迂怪,丰隆求宓妃,鸩鸟媒娀女,诡异之辞也;康回倾地,夷羿彃日,木夫九首,土伯三目,谲怪之谈也;依彭咸之遗则,从子胥以自适,狷狭之志也;士女杂坐,乱而不分,指以为乐,娱酒不废,沉湎日夜,举以为欢,荒淫之意也;摘此四事,异乎经典者也。故论其典诰则如彼,语其夸诞则如此。固知《楚辞》者,体宪于三代,而风杂于战国,乃《雅》《颂》之博徒,而词赋之英杰也。

这里无非是指出了屈骚中"同于经典"和"异乎经典"的部分,"四同"是出于正途,"四异"则接近独辟蹊径,其"体"以三代为"宪则",而杂以战国之"风尚",此正合刘勰"通变"的主张。刘勰所以指出这"四同四异",主要目的还在于反驳刘安、班固、王逸、汉宣帝四人的观点,四人完全以经学标准框套屈骚,代表了当时的研究风气。值得注意的是,以经学方法研究楚辞,与以经学标准框套楚辞,这二者是不同的。经学方法研究楚辞,在楚辞研究史上是赫然一大派,也取得了很大成就,本书中编第一章即专门论此。而以经学标准框套楚辞,则僵死呆板而往往不合楚辞实情,则造成胶柱鼓瑟、削足适履的弊病。这就必然引起刘勰的不满,而特以"四同四异"反驳之。不过,班固对屈骚前后见解的矛盾,实是因形势所迫不得已而形成,这点本章第一节专门详论。历史上尚无人看出,刘勰当然也没有发现。

第四节　唐代几位杰出诗人为何贬低屈原

在唐代诗坛上,有极少数诗人,对屈原和屈骚评价较低或甚低。相对于现知的唐代两千两百余位诗人来说,他们占比充其量也就百分之一左右。然而,这相对数量虽不足道,绝对数字还是不算少。在文学史上,除了嘲讽屈原的元散曲作家外,数量上大概就是唐代最多了。

对元散曲作家嘲讽屈原、屈骚的现象,当代已有一些学者做了研究,对其产生原因、大致状况以及文学史影响等,进行了较深入的探讨①。而元散曲作家多是在曲中对屈原进行嘲讽。这些嘲讽主要是一种思想、情绪的宣泄,谈不上作家、作品的研究,更与研究史无涉,故本书不准备涉及这一问题。但唐代诗人对屈原、屈骚的贬低就不同了:一则他们是从文学史、文学创作发展的角度论述;二则是基于某种理论体系进行批评;三则他们中很有几位是杰出诗人,是某个"文学运动"的领袖。这就形成楚辞研究史上重要的现象,故必须辨明之。

应该强调,唐代大诗人杜甫、李白对屈原是景仰推崇的:

陶谢不枝梧,风骚共推激。

杜甫《夜听许十损诵诗爱而有作》

窃攀屈、宋宜方驾,恐与齐、梁作后尘。

杜甫《戏为六绝句》

屈平词赋悬日月,楚王台榭空山丘。

李白《江上吟》

其他杰出诗人,如杨炯、柳宗元、皮日休、李群玉等,也同样对屈原评价极高,这里就不赘述。

低评或贬低屈原、屈骚的杰出诗人,主要以王勃、韩愈、白居易为代表。如王勃曰:

夫文章之道,自古称难。圣人以开物成务,君子以立言见志。遗雅背训,孟子不为。劝百讽一,扬雄所耻。苟非可以甄明大义,矫正末流,俗化资以兴衰,国家由其轻重,古人未尝留心也。自微言既绝,斯文不振,屈、宋导浇源于前,枚、马张淫风于后。

王勃《上吏部裴侍郎启》

---

① 如周建忠《元代散曲"嘲讽屈原"通论》,《中州学刊》1989年第3期;孟祥荣《论元散曲中屈原评价的文化意义》,《荆州师范学院学报》2000年第3期;刘树胜《论元曲家对屈原的评价》,《晋阳学刊》2006年第3期;等等。

又有:

> 屈原《离骚》二十五,不肯馆啜糟与醨。
> 惜哉此子巧言语,不到圣处宁非痴。

韩愈《感春四首》其二

白居易曰:

> 国风变为骚辞,五言始于苏李。苏李骚人,皆不遇者,各系其志,发而
> 为文。故河梁之句,止于伤别,泽畔之吟,归于怨思……虽义类为具,犹得
> 风人之什二三焉。于时六义始缺矣。

白居易《与元九书》

要指明这些说法的错误或不当是很容易的,以前已有学者就此进行过批评,不过往往是就事论事,就言论言,拿出刘安、司马迁等人的赞颂之词,再加上与李白、杜甫的高度推崇作比较,以证上说之误。这些批评当然没错,只是略显力弱——王勃岂能不知刘安之语! 韩、白岂能不知李杜之诗! 既知,为何他们仍要发如此对立言论? 还有,这几位诗人卓有成就且艺术眼光不凡,发此言论真是发自于内心吗? 是认识的偏颇吗,还是出自某种需要? 这种需要是理论上的,还是实际创作上的? 这些疑问若不能回答,批评也就停留于浅表层面。而要将研究更深入一步,力图从更广的层面、更深的层次解决问题,就必须回答这些疑问。下面,我们就努力着手解答之。

依笔者的体会,这一问题研究的难点,倒还不在于思考、分析、比较上,而在于作品的阅读。固然,对于所有研究课题来说,基本材料的掌握都是必要的,但这里特别需要阅读面的宽广——笔者曾两读《全唐诗》①,此次带着问题又特将王勃、韩愈、白居易的全部检阅一遍,使原有的看法更明确、清晰。

---

① 关于这一点,有兴趣者可参阅拙著《屈骚艺术研究》第八章第三节《内动与发展——对唐诗的引导》,武汉:湖北人民出版社,2006年,第473页。

　　首先,唐代诗坛(包括文坛)有一个明显的矛盾现象,即一些诗人之诗作,往往与他们所宣扬的文学主张不符。这现象在某些著名诗人之著名诗作上体现得尤为明显和突出。即以王、韩、白三位为例,以王勃为首的初唐四杰,反对六朝的淫靡之文,提倡一种刚健质朴的文风。像前引王勃的《上吏部裴侍郎启》,主张"立言见志",反对"遗雅背训""劝百讽一",还言"苟非可以甄明大义,矫正末流,俗化资以兴衰",则"国家由其轻重,古人未尝留心也"。这明显是提倡一种政治教化的文学观,当然这是积极的、政教性的,不过由此而全面否定六朝文学,则未免激之过偏了:"故魏文用之而中国衰,宋武贵之而江东乱。虽沈、谢争鹜,适先兆齐、梁之危;徐、庾并驰,不能免陈、周之祸。"①王勃还说六朝之淫靡文风由屈、宋导源。应该肯定,屈骚对六朝诗歌有着很大影响,但这种影响是积极向上的。而且,将魏晋六朝文风全部归为淫靡,显然过于偏颇,李白、杜甫的看法就比王勃的看法要客观、公正:

> 月下沉吟久不归,古来相接眼中稀。解道澄江静如练,令人长忆谢玄晖。
> 李白《金陵城西楼月下吟》
> 蓬莱文章建安骨,中间小谢又清发。
> 李白《宣州谢朓楼饯别校书叔云》
> 陶冶性灵存底物,新诗改罢自长吟。孰知二谢将能事,颇学阴何苦用心。
> 杜甫《解闷十二首》之七

李白"一生低首谢宣城"②,杜甫"转益多师是汝师"③,而李白成就高于谢朓,杜甫的成就更是高于他所指的"多师",这两位文学史上仅次于屈原的大诗人,其获得巨大成功并非偶然!

　　应该承认,王勃的文学眼光略逊于李、杜,不然不会使以上言论有些偏激。然而王勃的创作并不与他的主张一致,甚至可以说,与他的主张很不一致。且

---

① 〔唐〕王勃著,谌东飚校点:《王勃集》,长沙:岳麓书社,2001年,第70页。
② 〔清〕王士禛著,李毓芙等整理:《渔洋精华录集释》,上海:上海古籍出版社,1999年,第327页。
③ 〔唐〕杜甫:《戏为六绝句》,《集千家注杜工部诗集》卷七,《四库全书》本。

不说他的名作《滕王阁序》就是典范的骈文,而骈文形式上的成熟基本是在六朝时期,若王勃完全按照他的主张行事,那千古雄文就出不来了。而看看他的诗作,情况就更清楚了。

一般读者,多是以王勃之《杜少府之任蜀州》一诗,推想其诗歌总体风格。其实这是一个错误印象。《杜少府之任蜀州》是王勃的代表作,但却代表不了王勃诗之总体风格。《全唐诗》王勃集存有诗八十九首①,其中有一半以上明显是承袭了六朝诗风,如《临高台》《圣泉宴》《落花落》《铜雀妓二首》《出境游山二首》《三月曲水宴得烟字》等。即使是短诗,也同样可看到六朝诗风的胎记,如:

> 奈园欣八正,松岩访九仙。援萝窥雾术,攀林俯云烟。代北鸾骖至,辽西鹤骑旋。终希脱尘网,连翼下芝田。
>
> 《八仙径》
> 玉架残书隐,金坛旧迹迷。牵花寻紫涧,步叶下清溪。琼浆犹类乳,石髓尚如泥。自能成羽翼,何必仰云梯。
>
> 《观内怀仙》

两诗创作显然受到郭璞"游仙"诗之影响,与《杜少府之任蜀州》诗风差距较大。当然,通读王勃诗,尤其是那些杰出的五言律,如《羁游饯别》《易阳早发》《九日怀封元寂》等,会发现他主要是受二谢(谢灵运、谢朓)和阴何(阴铿、何逊)之影响。所以,他虽在文学主张上偏激地否定六朝,而实际创作中自觉或不自觉地吸取其有益的营养,较突出地表现出理论与创作之矛盾。不过,也幸亏存在这种矛盾,不然真要按其文学主张严丝合缝地影写,那王勃就成不了初唐著名诗人了。

同样,类似的情况也发生在白居易身上。白居易晚年,将自己的诗分为四类:讽喻诗、杂律诗、感伤诗、闲适诗。在写给元稹的信(《与元九书》)中颇为伤感地说:"今仆之诗,人所爱者,悉不过杂律诗与《长恨歌》以下耳。时之所重,仆

① 本书所引《全唐诗》,均为王启兴主编《校编全唐诗》,武汉:湖北人民出版社,2001年。此为目前最完善之《全唐诗》校点本,其中杜甫、钱起等诗由笔者校点。

之所轻。至于讽喻者,意激而言质;闲适者,思淡而词迂;以质合迂,宜人之不爱也。""时之所重,仆之所轻。"反过来说就是"仆之所重,时之所轻"——这才是令白居易真正伤感之处。我们知道,白居易是十分看重他的讽喻诗的,因为这是他文学主张直接实现的载体。他主张"文章合为时而著,歌诗合为事而作"(《与元九书》)、"为君为臣为民为物为事而作,不为文而作也"(《新乐府序》)、"惟歌生民病,愿得天子知"(《寄唐生》),这些白居易都做到了——天子也知道了,还差点要除掉他!然而,他所企望的客观效果却没能达到。人们所重者,感伤诗第一,杂律诗第二,闲适诗第三,讽喻诗第四——恰恰与他所希望的完全相反!

那么,是时人艺术眼光不行,审美感受迥异,甚或是时人不关心社会?都不是,是白居易的主观愿望不符合客观的事实。从客观艺术效果来说,感伤诗确实应排第一,而讽喻诗也只能排第四。无可否认,白居易在写《卖炭翁》《杜陵叟》《红线毯》等讽喻诗时,对劳动人民给予了高度同情。这种同情使他的某些好的讽喻诗至今仍有生命力。但这种同情主要是道义上的,是基于儒家的民本思想从理论上出发的。读那些讽喻诗,总感到诗人是居于劳动人民之上或站在劳动者行列之外,洒了一掬同情的泪水。虽然也很伟大,然感人的力量毕竟差一些。读《长恨歌》《琵琶行》就不是这样了。"同是天涯沦落人,相逢何必曾相识!"诗人产生了强烈的心理共振,进入角色,与贵妃、歌妓共同享受欢乐和承受悲伤。法国著名作家福楼拜曾说:"包法利夫人就是我。"这里也可以说:"琵琶女就是白居易。"这种二者融在一起的同情就不仅是道义上的,还有着深层心理和情感的相通。

在白居易的三千多首诗中,专写妇女的诗有八十三首,比例不算大,然而从反映问题的广度和深度来看,可说在唐诗中首屈一指。他写了各阶层的妇女,有村姑织女,有贵妃宫人,有舞姬乐伎,有商妾富妇……他写了妇女的各种婚姻遭遇:有议婚,有私奔,有得宠,有被弃,有独守空房,也有幽闭宫中。相较而言,封建社会中唐代妇女的地位算是高的,妇女问题也受到文人们的普遍注意,白居易便是其中的突出人物。他对妇女的命运如此关注和同情,当然就极易引起人们的心理共鸣。因此,即使完全不看艺术方面的差距,白居易的感伤诗,尤其是杰出的书写妇女的诗,其成就和影响肯定是高出于讽喻诗的。

至于韩愈,那《感春四首》(其二)只能看作是一时兴起,不能看作是深思熟虑的文学思想。他"好奇""尚奇",一些诗句如:

> 我愿生两翅,捕逐出八荒。精诚忽交通,百怪入我肠。刺手拔鲸牙,举瓢酌天浆。

《调张籍》

> 冥观洞古今,象外逐幽好。横空盘硬语,妥帖力排奡。

《荐士》

分明是继承了屈原浪漫的创作倾向①。

韩愈素以恢复儒家道统为己任,谠言直语,故几次遭贬。论关中饥荒,被贬阳山:"中使临门遣,顷刻不得留。病妹卧床褥,分知隔明幽。悲啼乞就别,百请不颔头。"(《赴江陵途中寄翰林三学士》)谏迎佛骨,几被宪宗所杀,后贬潮州:"一封朝奏九重天,夕贬潮州路八千。欲为圣明除弊事,肯将衰朽惜残年。"(《左迁至蓝关示侄孙湘》)这些诗句记录了他被贬的凄惨状况及心中的悲愤,这时他多少应体会到屈原一心为国、为民反遭贬谪迫害的心境。

总之,这三位——王勃、白居易、韩愈,他们的文学主张与其创作中的实际追求并不是一回事。对这一现象,学者罗宗强也发现了:"他们对于文学问题的某些理论阐述,并不是他们心中的实际追求。明白地说,他们的理论提倡说的是一种虚假的表白。他们的真正追求,却自觉不自觉地反映在创作实践中。这种情形表现在一些倡教化的批评家和理论家中更为突出。"②"他们的理论提倡"是否真是"一种虚假的表白",这当然还可考虑——因他们的"理论提倡",准确地说只是一种文学主张(这点下面将论及),不过作品呈现的事实倒确是如此。因而,人们切不可仅据他们的几句言语就认为三人真否定屈原,实际情况恰恰相反,他们的创

---

① 笔者认为,在创作方法方面,屈原属于浪漫的创作倾向,带有很强的表现主义色彩。可参见拙著《屈骚艺术研究》第三章《拓宽视野,求同存异——屈骚创作倾向》,武汉:湖北人民出版社,2006年。

② 罗宗强:《隋唐五代文学思想史·引言》,上海:上海古籍出版社,1986年,第3页。

作证明其受屈原和屈骚影响不小。

其次,有唐一代,贬损屈原的人不在少数,以上三人言论可见一斑。然而同是这些文人,换一个场合或置于某种环境,他们又会自然地流露出对屈原的推崇,自觉不自觉地成为屈原的倾慕者和追随者。比如王勃,他批评"屈、宋导浇源于前",但在《越州秋日宴山亭序》里却称许"南国多才,江山助屈平之气"。韩愈在诗中一时兴起,对屈原颇发了些不敬之词,但在其他诗,如《陪杜侍御游湘西两寺独宿有题一首因献杨常侍》《湘中》等中,对屈原及作品仍是非常敬重。而且,在正儿八经论道评人的场合,他把屈原摆在极高的地位:

> 夫所谓博学者,岂今之所谓者乎? 夫所谓宏词者,岂今之所谓者乎? 诚使古之豪杰之士,若屈原、孟轲、司马迁、相如、扬雄之徒,进于是选,必知其怀惭,乃不自进而已耳。①

此处竟将屈原列于孟子之前。他的同道柳宗元,看法完全相同:

> 自古文士之多莫如今。今之后生为文,希屈、马者可得数人,希王褒、刘向之徒者又可得十人,至陆机、潘岳之比,累累相望。②

他们都把屈原摆在众文士之首。极度推崇孔、孟的韩愈,甚至把屈原摆在孟子之前,无疑屈原在他们心目中是历史上排名第一的作家。

还有一种有趣的情况,指斥屈原者推崇某位诗人,而被推崇者却又大唱屈原的赞歌。如卢藏用力主推行教化文学,于楚辞颇多微词:

> 昔孔宣父以天纵之才,自卫返鲁,乃删《诗》《书》,述《易》道而修《春秋》,数千百年文章粲然可观也。孔子殁二百岁而骚人作,于是婉丽浮侈之

---

① 〔唐〕韩愈:《答崔立之书》,〔清〕崔浩编:《全唐文》卷五五二,北京:中华书局,1983年,第5587页。
② 〔唐〕柳宗元:《与杨京兆凭书》,〔清〕崔浩编:《全唐文》卷五七三,北京:中华书局,1983年,第5791页。

法行焉。①

他推尊陈子昂,在其文集序中给予极高评价。可是,陈子昂不仅赞美屈原高风亮节——"箕山有高节,湘水有清源",诗歌创作上也努力继承屈骚的传统:《感遇》三十八首有屈骚的风骨辞藻,《春台引》更是直接摹写骚体。这样一来,卢藏用推尊陈子昂,等于推尊屈原,这和他贬抑楚辞的议论又相矛盾。

再者,从理论层面说,唐人的文学理论不及创作发达,诗歌方面更是如此。而且,如今人们所谓唐人的文学理论,有相当一部分其实只能算是创作见解或文学主张。这里,有必要对三个相关概念,即文学思想、文学理论、文学主张作点简单辨析。

这三个概念,在有些学者发表的专著或论文中,往往混淆不清,一些歧义也往往因此而起。其实,这是三个意义不同的概念。它们的内涵有重合部分,但至少有一半是各自独立的。这三者的关系,有点类似于思想、哲学和政治主张之关系②。文学理论以文学为研究对象,研究文学的方方面面,包括创作、生成、演变等的规律,兼及作品类型、结构、风格等方面。它探讨的是作为文学共性的规律特点,主要是一种理论性的形态。文学理论家并不一定要进行文学创作。文学思想则不然,它当然也要有理论基础,而另一方面必须考虑具体创作。它需将理论研究与具体创作结合起来,因而具有个性化的特点和多种多样的作品形态,文学思想家(或曰思想者)一般要进行具体的文学创作。而文学主张的个性则更强,主张者多是秉持某种理论观点,去框套文学创作,自然也不太考虑作品特色和风格的多样性。显然,如果这种文学主张更偏激一些,便势必难合于创作的客观规律,以至于他们自己都不可能完全按此写作,由此出现口头主张与实际创作分离的现象。

例如,现在文学史、文学理论史上常说的白居易诗歌理论,其实界定为诗歌主张更为合适。这主张不仅是政教功利主义的,而且是儒家教化功利主义的,

---

① 〔唐〕卢藏用:《右拾遗陈子昂文集序》,〔清〕崔浩编:《全唐文》卷二三八,北京:中华书局,1983年,第2402页。

② 有兴趣的读者可参阅拙著《六十年读书一得·思想与哲学之区别》,成都:四川大学出版社,2020年,第70—73页。

并将其推向了极致——不但判屈原"泽畔之吟","犹得风人之什二三焉",甚至认为杜甫像《三吏》那样可取之诗,"亦不过三四十首"。这就使他重视诗歌之讽谏作用而忽视了其审美作用,使他的一些讽喻诗理念先行,过露、过直、过白,不能留给读者必要的想象空间,其艺术感染力自然不能与《琵琶行》《长恨歌》等优秀诗作相比。而如上所述,白居易创作感伤诗(还有杂律诗、闲适诗)时,也不可能按自己这种过激的教化功利主义之诗歌主张来写就。

　　至于韩愈,毫无疑问,他创导古文运动的理论是系统完备的,加之散文思想的成熟,使其成为划时代的散文大家。然而,他在诗歌理论和创作上,却不能与其散文相比。他的诗歌理论谈不上成系统,只能算是一点诗歌主张。而这尚怪、尚奇的主张实行得并不成功,人们还是多肯定像《山石》《左迁至蓝关示侄孙湘》《早春呈水部张十八员外》等诗。故他在诗中随兴写的几句否定屈原的话,也很难说代表他的真实思想,这点前面也已专论过。

　　而王勃则不必再赘谈了。

　　总之,以上三位杰出诗人否定或贬低屈原的言语,并非他们真实的思想。他们的文学思想与文学主张的矛盾,文学主张与创作中实际追求的矛盾,此一时之言与彼一时之语的矛盾,清晰地将这点揭示出来。既如此,我们就没必要以讹当真,去作古正经分析、辩驳甚至求其深意。

第三章 各阶段楚辞研究思想

第一节 要重视研究思想的研究

一

任何一门学术研究,都有一个总体的研究思想,它指导或决定着研究的路径、方法、架构、手段等。不同的研究者,即使从事同一门学术研究,也会有不同的学术思想。但往往在特定的历史时期,或同一类研究者中,有着大致相同的研究思想,形成一个合力、一种思潮,对学术研究产生极大影响,并推动学术研究发展到一个新的阶段。因此,从这个意义上讲,既然一代有一代之文学,一代有一代之文学研究,当然一代就应有一代之文学研究思想。

看清一代代文学之独特风貌,已是十分不易;而总结一代代文学研究各自的特点,当是颇感棘手;如若想在此基础上归纳出诸代文学之研究思想,则更是倍为艰难。这好比一座座山峰,或秀美,或挺拔,或雄伟,或险峻,其中之林木怪石、奇葩异卉更是形态万千。要从这些山峰、林木怪石、奇葩异卉中得到直观的审美感受,这很容易,一般旅游者均可做到。而要对之作艺术的欣赏、审美的分析,说出个"子丑寅卯"来,则较困难,这需要专业的学习训练和独特的艺术眼光。若要开辟出登山的路径,铺垫出寻幽探胜的险道,则非善攀登者不能为。而要更进一步了解该山峰山脉形成的原因,既需要地质学家深入分析地下几千上万米的地质构造,模拟板块的相互作用,还需要地理学家环视该山脉周围的地理状况,并回溯亿万年之造山运动。此工作量及艰难程度就远非单纯欣赏风光可比。同理,做文学史研究,作家、作品等资料相对来说比较直观;做专学研究,一些文章、著作也相对较易把握;而一时代研究思想的探析,既要全面研读作家作品,也要全面把握相关文章、专著,还要以思维科学将这些材料作逻辑的归纳,进行大量的相对来说艰难的思考。故而,从学术史观察,研究思想很少有人注意,更极少有人对之进行研究。

然而,一时代之文学研究特点的形成,以及文学研究方法的演进与创新,无不与其时代研究思想的变化、发展、创构紧密联系在一起,甚至可以说,无不受着研究思想之指导、引领及制约。因而,研究一时代之学术史,必研究其时代之研究思想。这点,笔者以往研究清代楚辞学时即深有感触。在归结清代楚辞学之特点时,在阐明由这些特点所造就之贡献时,在探索这些特点形成之原因时,总感到有某些共同的研究倾向在引领着研究者。或者说,学者们的研究思想中有某些共通的部分。一旦将这些共通部分探求清楚,就像勾画水系、探明源头一样,整个学术史的线索脉络便清清楚楚呈现出来。自然,在研究各代楚辞学史时,笔者也应如此进行。

而反观有些学术史著作,尽管资料列举较详细(有的甚至是极其详尽),各阶段特点归纳得也全面准确,论述亦可谓条理分明,然读后总觉得有些不足或遗憾。这即是常说的“知其然而不知其所以然”:这阶段的研究特点为何形成?这阶段的研究特点与上阶段研究有何关系?上一阶段之研究为何演进到下一阶段?这演进的动力是什么?各阶段研究与其时之社会、文化思潮有何关系?而研究者有无共同的研究倾向?……凡此种种,都需要我们去研究、去回答,当然也就是要对其时之研究思想进行探索、分析。

二

明了探析研究思想的重要性后,接下来第一个问题是:什么是“思想”?表面看,这一问题似乎很容易回答,因各种字典、辞书对“思想”都有界定,尽管它也有唯心与唯物的区别——我们辞书的界定多是“客观存在反映在人的意识中经过思维活动产生的结果”,而英、日的辞书多界定为思维、思考所生成的想法、观念、念头等①。不过,这分歧尚能解决,我们的辞书之所以要加"客观存在反映在人的意识中"的限定语,是要特别强调意识的来源,以表明持唯物主义的观点,而就词语概念之定义而论,主要抓住"思维活动产生的结果"即可。

然而,探析进入到实际运用,问题就大了。即以中国为例。我国有中国哲学史著作,亦有中国思想史著作,但只要你将这两种著作读一读,一个困惑就会油然而生,即思想史著作里几乎所有哲学家都在其中,而哲学史著作中几乎所有思想家都被收罗进来,似乎哲学家、思想家们可以自由地在两种著作中跑来跑去! 人们不禁要问:思想和哲学就没有区别吗? 如果有,那区别究竟在哪里?

不能指望以上对思想的定义能解决这问题,因为哲学结论也是思维、思考的结果。哲学的定义虽五花八门,而这一基本特点却是共有的。也不能说所有思想史著作未谈及思想与哲学之区别(哲学史著作通常不涉及这点),只是一般语焉不详,无非是说思想的范围比哲学要广。二十世纪八十年代之后,思想解放大潮涌起,这一问题必然涉及:有说思想是研究思维的,哲学是研究概念的;有说思想是研究一时代思想及社会状况的,哲学是研究更根本更扼要之问题;有说思想是研究一代人之想法,哲学则深入探讨人性……

尽管相较于二十世纪八十年代前,这些说法要细一些,区分也似乎要明确清晰一些,然而还是使人不得要领,并且对思想的解释有同义反复、循环自释之病,往往让人摸不着头脑。

笔者在撰写《屈原与中华文化和民族精神》一书时,曾深为此问题所困扰。因为不弄清思想的定义与内涵,不弄清思想与哲学以及政治的区别,探讨屈原的思想就仍停留于原状态、原层面,无法深入下去。譬如,屈原没有专门的思想或哲学著作,那他还是思想家吗? 如果连思想家都不是,那还谈得上"伟大"或"杰出"吗? 诸如此类问题,我当时很难回答,这方面研究就只好搁置下来。二十年来,此问题存于胸中,时时思考之、琢磨之,再加之多读了些思想史、哲学史著作,日积月累,终于形成了自己较系统的看法,后发表于专著《六十年读书一

---

① 汉语,可查《现代汉语词典》《辞海》等的"思想"条;英语,可查《牛津学术英文词典》(Oxford Learner's Dictionary of Academic English)等的"thought"条;日语,可查《明解国语词典》等的"思想"(しそう)条;此处不一一举例。

得》①中,这里当然不可能全文引出,只能将与该文有关的结论录呈如下,以求教于方家学者:

　　哲学主要探索宇宙、自然、人类的奥秘,其方式、方法主要是思考,是由具象到抽象;政治主要是选定了某一或某些"认识"后,使这种认识实现于社会和现实,方法主要是行动;而思想既要像哲学那样思考,做哲学的工作,又要像政治那样务实,考虑实在的现实行动的可能性,但又不是简单的二者兼而得之,而是在统筹综合的方式方法上形成自己的认知。

　　正因为这原因,哲学可以是一门学科,政治也可以成为一门学科,而思想则不可能成为一门学科。大学有哲学系、政治系,却不可能有思想系。

　　哲学家可以只在学校学成,可以只在课堂与书斋中练成,可以不食人间烟火,可以不管自己的认识能否实行。马克思早就看到了这点:"哲学家们只是用不同的方式解释世界,而问题在于改变世界。"②

　　而思想家是不可能只在学校、课堂、书斋里造就的,他必须投身于社会,通过丰富的社会实践提炼、施行、考察自己的思想,因而这思想绝不是简单的"哲学+行动",它们需通过大量、反复地反馈才形成、确定。

　　研究中国思想史的著名学者徐复观,在他七十八岁高龄时曾说:"凡是喜爱形而上学的人,都带有浓厚的独裁性格,把他们限制在纯学术范围之内,或可形成某种异彩,但决不能转用到政治实践上去。"③

　　确实,哲学家的主张与其践行是分开的,所以黑格尔可以取悦于普鲁士政府……思想家则不同,他必须践行自己的主张——如果对自己的主张都不相信,那还岂能是思想家! 这点在我们先秦诸子身上体现得最为突出。……欧洲也有类似情况,文艺复兴时期一些杰出或伟大的思想家并非

---

① 可参阅《六十年读书一得·思想与哲学之区别》,成都:四川大学出版社,2020年,第70—73页。

② 《马克思恩格斯选集》第1卷,北京:人民出版社,1972年,第19页。

③ 徐复观:《徐复观最后杂文集·实践体系与思想体系——答某君》,台北:时报出版公司,1985年,第28页。

哲学家,而是诗人、作家、政治家、宗教改革家等,如但丁、薄伽丘、马丁·路德、马基雅维利等,而既是杰出哲学家又是伟大思想家的,基本都不是纯粹的哲学家。

根据以上结论,借鉴欧洲文艺复兴的历史事实,我们完全能够断言:屈原肯定是思想家,而且是大思想家,至于其前面能否再加上"伟大"的定语,则可能会有争论,本文不可能涉及此问题。

明了了"思想"概念的真正内涵,弄清了它与哲学和政治之区别,探析楚辞研究思想就有了基本准则:它既非单纯的几条哲理认识,又不是简单的几个研究现象的罗列,而是在对基本哲理的把握下,对富有创新意义的研究实践之归纳总结。以下各节的研究,将尽量依此准则进行。

第二节　汉魏六朝楚辞研究思想

进入正题前,有两个重要问题需先行弄清。

第一个问题,西汉文化的主流是什么

这个问题不难回答。刘邦统一天下后,西汉境内至少有这样一些文化:楚文化、吴越文化、齐鲁文化、三晋文化、秦文化、巴蜀文化……考察这些文化相互间的关系和存在状况,你就会发现,楚文化占据了主流地位。这是因为西汉统治集团之主要人物,如初期的皇帝刘邦,丞相萧何、陈平,武将韩信、周勃、樊哙等均为楚人。他们对自己的文化不仅是自然接续,而且还充满热爱自信。这只要看看在关键之时或情感激越之时的表现即可知。刘邦在改换太子意图因"商山四皓"受阻后,对戚夫人说:"为我楚舞,吾为若楚歌。"①而刘邦的《大风歌》、项

---

① 《史记·留侯世家》。

羽的《垓下歌》，都是较成熟的楚辞体①。至于那位被吕后活活饿死的刘邦之子——赵王刘友，在临死前的绝命歌，更是完全成熟的楚辞了：

> 诸吕用事兮刘氏微，迫胁王侯兮强授我妃。我妃既妒兮诬我以恶，谗女乱国兮上曾不寤。
> 我无忠臣兮何故弃国，自快中野兮苍天与直。于嗟不可悔兮宁早自贼，为王饿死兮谁者怜之？吕氏绝理兮托天报仇。

"鸟之将死，其鸣也哀"，这位可怜的赵王临死之绝命辞，倒是从另一方面证明了楚文化在其心中的地位。而这一现象并非只限于西汉，直到东汉末年，依然如此：

> 天道易兮我何艰，弃万乘兮退守蕃。逆臣见迫兮命不延，逝将去汝兮适幽玄。

这是东汉末年少帝刘辩之《悲歌》。据《后汉书·何皇后记(附王美人传)》，董卓废少帝为弘农王，后又令李儒以毒酒鸩杀。刘辩本不肯饮，无奈只得与其妻唐姬及宫人宴别，并悲歌之。又命唐姬起舞②，唐姬亦歌之：

> 皇天崩兮后土颓，身为帝王兮命夭摧。死生路异兮从此乖，奈我茕独兮心中哀。

与此类似的还有燕王刘旦、广川王刘去、广陵王刘胥等的绝命辞。诸辞也都是清一色的骚体。与西汉赵王、东汉少帝一样，他们临终的哀叹不用四言、五言而本能地用骚体，一方面说明骚体诗能吁、能叹、能歌，最能表达他们此时被迫走

---

① 刘邦之《大风歌》，恐非完全为他所作。对这两首歌的文学和文化意味之简析，可参看拙著《屈骚艺术研究·定调与胎教——对两汉诗歌的孕育》，武汉：湖北人民出版社，2006年，第430—431页。

② 从唐姬所唱歌为楚辞体看，她跳的舞也应是楚舞。

向死亡的痛楚之情;另一方面也说明他们平时对楚文化的研习与热爱。

"上有所好,下必效之",帝王们的好尚对下面的臣民来说,无疑是指挥棒,楚文化成为主流文化自然也是顺理成章的事。楚文化之成为主流文化,还因为它内质之伟大与成就之辉煌。如今,大量出土文物雄辩地证明,楚文化不仅在当时中国,而且在全世界范围也是居于高峰的文化,与古希腊文化可说是双峰并峙。由于此问题即使是简单论述,也太费笔墨,有兴趣的读者可参看拙著《屈骚艺术研究》之《立足考古,重新认识——屈骚艺术背景》一章,此处不再复述。正因为楚文化有如此之成就,楚文化成为汉代主流文化才有坚实的基础,不然,无论楚人怎样自信和统治集团怎样热爱,都无济于事。

楚文化之成为主流文化,还有一个重要原因,即它本身具有开放性、包容性及融合力。楚文化从形成时期起,即具有这个特性:对北方文化尤其是对齐鲁文化的接受和包容,远胜北方几个文化对它的接受和包容。《左传·昭公二十六年》记载:"辛酉,晋师克巩,召伯盈逐王子朝。王子朝及召氏之族、毛伯得、尹氏国、南宫嚣,奉周之典籍以奔楚。"由此,大批周王室的典籍传入楚国,楚文化开始吸收、融合北方文化。其后,春秋时儒家学派创始人孔子至楚,受到楚人的礼遇和敬重。

> 明年(哀公六年),孔子自蔡入叶,叶公(楚大夫)问政。
>
> 《史记·孔子世家》
>
> 陈良,楚产也,悦周公、仲尼之道,北学于中国。北方之学者,未能或之先也。
>
> 《孟子·滕文公上》

仅从这两条材料,就知楚人对儒家文化学习之努力。如今大量出土的楚墓竹简,也足以证明这点。而且,楚人不仅对输入的北方文化努力吸取,还主动走出去学习引入。屈原两次出使齐国,有学者认为他不但学习齐鲁文化中的儒家文化,还特别注重学习管子的思想,认为:"我们肯定屈原对齐文化和对'管子'学派学术思想的吸取,最重要的原因,就是其圣贤政治文化模式恰可以在《管子·

宙合》篇中找到切实的踪迹。""屈原之所以会向齐文化学习,尤其是从'管子学派'中吸取思想资源,本是楚人学习齐文化的一个传统。"①据此可知,到战国后期,楚文化中已吸收有丰富的北方文化——尤其是齐鲁文化——而成为当时内涵最丰富、生命力最强的开放型的文化②。学术界有一派观点甚至认为,"汉王朝的胜利实际上是楚文化的胜利"③。因而,当以楚人为主力的反秦义军推翻秦王朝暴政后,建立的大汉王朝以楚文化为主流,则是很自然的事。

第二个问题,汉武帝是否真实行了"罢黜百家,独尊儒术"

按现在学术界和人们通常的理解,汉武帝于建元元年(前140)采纳董仲舒"罢黜百家,独尊儒术"的进谏,窒息了思想,桎梏了文化,从此两千余年中国进入了思想文化专制的时代。当代哲学家黎鸣甚至断言:"汉武帝接受董仲舒的建议,实施独尊儒术,正是压抑中国人理性精神的'第一壮举'。""然而其祖西汉的武皇帝则早在公元前一百多年前即已接受了董仲舒的'罢黜百家,独尊儒术'的建议,从此,便为中国人奠定了一种人类原精神的基础,此即在先秦时代就已由孔、孟所首创并创导的具有仁爱精神的儒家学说,但也从此,开始了一种血统皇权的极权专制体制与一种人类的原精神相互进行紧密结合的漫长的历史,这个历史一直延续到了二十世纪。"④

黎鸣的这一观点,可以说代表了一般学者的看法。但这种看法现在已被证明是错误的。有资料统计,"文革"结束后的四十年间,对之进行探讨的学术论文就有近两百篇之多⑤。经过历史、思想史等学者几十年的研究,澄清了一些迷雾,弄清了一些事实,达成了一些共识。

一是现在学界通行的说法,即董仲舒向汉武帝提出"罢黜百家,独尊儒术"

---

① 两例均见田耕滋《屈原与儒、道文化论辨》,北京:中国社会科学出版社,2011年,第20、22页。

② 相形之下,北方的三晋文化、齐鲁文化等,对楚文化的关注、吸取就较少。

③ 可见张强等注评《历代名著精选集·史记·前言》,南京:凤凰出版社,2009年,第5页。

④ 黎鸣:《西方哲学死了》,北京:中国工人出版社,2003年,第25、218页。

⑤ 可参阅丁四新《近四十年"罢黜百家,独尊儒术"问题研究的三个阶段》,《衡水学院学报》2019年第3期。

的建议,是完全错误的——董仲舒从未说过这话。班固等人也未说过这话,董仲舒的对策提的是"推明孔氏,抑黜百家"①;班固在《汉书·武帝纪赞》中,总结武帝的有关政策是"罢黜百家,表章《六经》"。甚至,古代就没有人一并说过这两句话,似乎只有南宋史浩说过"下陋释老,独尊儒术"②。但他没说"罢黜百家",而且这里所说,也与汉武帝无关。

二是究竟是谁提出的"罢黜百家,独尊儒术"呢?现在学者们已经考证清楚,是易白沙于其《孔子平议》中承续梁启超之意③,在概括汉武帝政治政策时提出的:"汉武当国,扩充高祖之用心,改良始皇之法术,欲蔽塞天下之聪明才智,不如专崇一说,以灭他说。于是罢黜百家,独尊儒术";"闭户时代之董仲舒,用强权手段,罢黜百家,独尊儒术。"该文发表于1916年的《新青年》④,乘当时新文化运动之势,影响极大,以后人们遂以讹传讹,传成汉武帝采纳了董仲舒的这一政策,由此开始了两千年的思想禁锢。

三是董仲舒《天人三策》之写作时间,司马光于《资治通鉴》中定为建元元年(前140),现代学者范文澜、翦伯赞、侯外庐等遵从之,于是就成了汉武帝采纳了董仲舒的建议。然而,董仲舒的《天人三策》实际写于元光元年(前134),这比汉武帝采纳谋士、贤良们的建议晚了六年,因而武帝未必是采纳了董氏言论而决定的政策,班固《汉书·董仲舒传》也只是大概言之。

四是易白沙之"罢黜百家,独尊儒术",与董仲舒之"推明孔氏,抑黜百家"和班固之"罢黜百家,表章六经"有本质的不同。应该敢于指出,易氏之言,逻辑上明显说不通:"罢黜百家",这"百家"包不包括儒家? 若不包括儒家,则与事实不符——诸子百家中分明包括儒家,这只要看看《汉书·艺文志》就清楚;若包括儒家,则儒家已被罢黜,又何来独尊? 论者也许以为,这"罢黜百家"是班固之言,

---

① 见《汉书·董仲舒传》:"自武帝初立,魏其、武安侯为相而隆儒矣,及仲舒对册,推明孔氏,抑黜百家。"

② 〔宋〕史浩:《谢得旨就禁中排当札子》,《鄮峰真隐漫录》卷三十,《四库全书》本。

③ 而梁启超的这种思想,又是受日本学者远藤隆吉、久保天随之影响。这方面论文很多,不一一举例。

④ 该文分上、下两篇,上篇发表于《新青年》1916年2月第1卷第6号,下篇发表于《新青年》1916年9月第2卷第1号。上引两段材料,前者发于上篇,后者发于下篇。

董仲舒亦有"抑黜百家",为何他们用就没矛盾,易氏一用就逻辑不通呢?要知道,董仲舒、班固的"百家",是包括儒家的。孔子死后,儒学一分为八(见《韩非子·显学》),各有说法和主张,董仲舒的建议是回到孔子的原典和原初主张,而对其他八派同样要"抑黜"。班固的"百家"同样包括儒家,他总结武帝的这一政策核心是"表章六经"。而"六经"是上古旧典①,是宝贵的文化、历史、思想、政治等资料,它并不专属儒家,道家、墨家、法家等学派也常常据以立论。熊十力言"诸子之学,其根底皆在经也"②,无疑是准确的判断。

因此,"表章六经"并非禁锢学术、思想;相反,如若真正做到了这点,还有利于学术的活跃和新思想的建构。自然,为达此目的必须先"罢黜百家","罢黜"不是废弃、抛弃,而暂停、暂退之意。易氏不明此理,直接跨时空将东汉班固的"罢黜百家"与南宋史浩的"独尊儒术"拼凑起来,将独崇儒术、禁锢思想的大帽子扣到了汉武帝头上,造成了百余年学界对两千年中国学术思想的误解。当然,也不能否认,易氏之言在当时特定条件环境下,对掀起反专制独裁的思潮还是起了很大作用。

五是从汉武帝实施统治的实际行为来看,他也没有"独尊儒术"。武帝即位后,国家政事需要各种人才,他不可能专任儒生:"至今上即位,博开艺能之路,悉延百端之学,通一伎之士咸得自效,绝伦超奇者为右。"③而朝廷也确实有着各种人才,班固曾称赞"汉之得人,于兹为盛"④。武帝最宠幸的人,还是像李少君那样的方术之士;而授以大权者,则是张汤一类的酷吏。如果真正"独尊儒术",那多少应有几个儒生进入上两类人之列,然而事实并非如此。

武帝之后,汉家王朝也并未"独尊儒术"。汉元帝为太子时,曾劝宣帝用儒生。"宣帝作色曰:'汉家自有制度,本以霸王道杂之,奈何纯任德教,用周政

---

① 在这方面,古文经学派是对的,"六经"确实是旧典。清代章学诚正是据此而言"六经皆史"。今文经学派所言"六经为孔子所作",显然不合事实。

② 熊十力:《读经示要》,北京:中国人民大学出版社,2006年,第3页。

③ 《史记·龟策列传》。

④ 《汉书·公孙弘卜式倪宽传赞》。

乎!'"并且叹道:"乱我家者,太子也!"①汉宣帝无疑道出了汉家王朝真正的治国策略,这根本策略实质也为东汉及其后历代王朝正常统治之国策。如果实在要将这国策归之于儒学的话,那倒不如说是借鉴荀子的学说。荀子固然是大儒,但他思想中有很浓的法家成分,这只要读读《荀子》的《王制》《富国》《王霸》《君道》《臣道》诸篇,即十分清楚,此处不多叙。

六是儒学在思想意识领域,直至宋之前,也没取得专制性的统治地位。且不说魏晋南北朝时期的思想多元,也不论唐代的三教并立,就是北宋,儒学在学理层面还不及佛学,看看下面这段对话即可知:

> 世传王荆公尝问张文定公曰:"孔子去世百年,生孟子。亚圣后绝无人,何也?"文定曰:"岂无? 又有过孔子上者。"公曰:"谁?"文定曰:"江西马大师,汾阳无业禅师,雪峰、岩头、丹霞、云门,是也。"公暂闻,意不甚解,乃问曰:"何谓也?"文定曰:"儒门淡薄,收拾不住,皆归释氏耳!"荆公欣然叹服。②

关于这段材料,还有另外一个版本,《佛祖统纪》亦记有同样对话③,不过张方平(文定公)之回答为:"岂为无人,亦有过孟子者。"说"过孟子者"似比说"过孔子上者"合适,然因无材料,不敢断定孰是。而不论哪种说法,至少证明了当时思想意识领域并非儒家的一统天下。还有一些材料,亦同样能证明此点,例如:

> 初好贾谊、陆贽书,论古今治乱,不为空言。既而读《庄子》,喟然叹曰:"吾昔有见于中,口未能言,今见《庄子》,得吾心矣。"……后读释氏书,深悟实相,参之孔墨,博辩无碍,浩然不见其涯矣。

---

① 《汉书·元帝纪》。

② 〔宋〕陈善:《扪虱新话》上集卷三,《四库全书》本。

③ 〔宋〕志磐:《佛祖统纪》卷四十五,《四库全书》本。

此段出自《亡兄子瞻端明墓志铭》①，为其弟苏辙撰，当非虚言。这里有法家、老庄、佛学、儒家、墨家，足证东坡思想之丰富，绝非儒家一途。而思想意识之多途，也并未妨碍东坡成为北宋名士。这也足以说明当时思想界并非儒家之一统天下。

再看一条材料：

> 自孔孟没，学绝道丧千有余年，处士横议，异端间作，若浮屠老子之书，天下共传，与六经并行。而其徒侈其说，以为大道精微之理。儒家之所不能谈，必取吾书为正。②

此是范育为张载《正蒙》一书所作之《序》中一段，范氏于《正蒙序》中猛烈抨击"处士横议，异端间作"，对"浮屠老子之书，天下共传，与六经并行"现象痛心疾首，这说明范育所"痛心"的，并非个别、孤立之现象。而也正好证明了我们的上述观点。

总而言之，汉武帝既未"罢黜百家，独尊儒术"，历代统治者也未真正纯以"儒术"治国，由汉至宋，思想界、学术界也并不是儒家思想的一统天下。

我们之所以在进入正题前花了相当篇幅论述以上两个尤其是第二个问题③，是要说明汉代，以及以后其他朝代的楚辞研究思想，并非产生于所谓"独尊儒术"的思想专制之条件下，相反倒产生于相对宽松、自由的学术环境中。而假若不是这样，那楚辞研究思想的可肯定性就要大打折扣，而楚辞研究之成就也不会如此卓越，进而楚辞研究史值不值得殚精竭虑地探讨总结也要打个问号了。

下面进入正题。

---

① 〔宋〕苏辙：《亡兄子瞻端明墓志铭》，《栾城后集》卷二十二，《四库全书》本。
② 〔宋〕吕祖谦编，齐治平点校：《宋文鉴》中册，北京：中华书局，1992年，第1284页。另可见《张载集》（中华书局1978年版）附录范育《正蒙序》。
③ 其实这论述极为简略。以上两个问题，尤其是第二个问题，需要一篇长文或一本专著来论述，本节只能提纲挈领。

汉魏六朝是楚辞学形成定型时期,楚辞研究思想的形成,当然也与这一时期对楚辞研究的要求和任务有关。而当时之所以很多学者热爱和研究楚辞,固然由屈骚"惊采绝艳""百世无匹"所决定,然也与西汉统治集团热爱楚文化,汉武帝又特别爱"骚"有关。可以说,帝王、统治集团、学者们,共同形成一种合力,使楚辞研究有一个极好的开端,令这一时期研究思想亦具有开创性、进取性和切实可行的特点——具体说来就是评价、阐释、多途。下面分别论述。

一、评价

综观这一时期的楚辞研究,可以说主要的研究者都自觉不自觉地对屈原、屈骚之评价下了大功夫。这也是自然趋势,如果一个研究者对自己的研究对象心中无数,对其人之思想、品格、志向、情操等不了解,对其作品在现实和将来之地位、影响等无定评,那他就不会对这一对象有研究的意愿、兴趣及动力。也就是说,他几乎不可能对其人、其作品进行研究。

这批评价者中,刘安堪称第一人。而他应汉武帝之诏所作《离骚传》,则堪称两汉第一评:

> 《国风》好色而不淫,《小雅》怨诽而不乱,若《离骚》者,可谓兼之矣。上称帝喾,下道齐桓,中述汤、武,以刺世事。明道德之广崇,治乱之条贯,靡不毕见。其文约,其辞微,其志洁,其行廉,其称文小而其指极大,举类迩而见义远。其志洁,故其称物芳;其行廉,故死而不容。自疏濯淖污泥之中,蝉蜕于浊秽,以浮游尘埃之外,不获世之滋垢,皭然泥而不滓者也。推此志也,虽与日月争光可也。[①]

此评为千古名评! 它定下了其后屈原评价的基调。

对屈骚代表作《离骚》,刘安认定它既有"《国风》好色而不淫"之特点;《离骚》中有"三求女",又有"《小雅》怨诽而不乱"之特色——《离骚》中有"怨刺"。

---

① 《史记·屈原列传》。

《国风》《小雅》均属《诗》，且为《诗》之最精华部分。而武帝时《诗》已被作为经，经为当时最高典范，《离骚》既具有《国风》《小雅》二者之特色，当然就不亚于经了。有些论者以为，这二者的评论为孔子所发，刘安以此评《离骚》，便是以儒评骚；且孔子此评未必尽合《国风》《小雅》之特色，《离骚》也未必全为"好色而不淫""怨诽而不乱"，刘安此评可说不确。这看法部分符合事实。不过，论者只看到了一方面，却忽视了另一方面——未注意到刘安之评论动机。我们知道，刘安思想中占主导成分的不是儒家，而是道家，他最推尊的自然也是道家。这里他以儒家五经之一的《诗经》作为肯定《离骚》的标准，当然是为了迎合汉武帝推崇儒家的主张和心理。而这两句是化用荀子的话。《荀子·大略》曰："《国风》之好色也，传曰：'盈其欲而不愆其止。其诚可比于金石，其声可内于宗庙。'《小雅》不以于污上，自引而居下。""其文约，其辞微，其志洁，其行廉，其称文小而其指极大，举类迩而见义远"，也分别是从《左传·成公十四年》和《易·系辞传下》化出。刘安这样或引化大儒之言，或变用经典之文，无非是将屈原的思想和《离骚》之意义纳于儒家的轨道而高度肯定之，借此为下文的展开奠定基础。

另一方面，前已述及，"六经"为旧典，并非专属儒家，汉时学者均知这点。刘安不过是借孔子对《国风》《小雅》的名评，来说明《离骚》成就之辉煌，地位之高尚。至于此说是否完全合于《离骚》，他心中也可能有数，这只要看看下面对屈原个人人格、志向的最高评价就知。因若按儒家思想，恐怕是不能给予如此之高的评价的。

刘安所以能盛赞屈原"出淤泥而不染"的高洁人格，"虽与日月争光，可也"的伟大志向，恐与其当时心理的压抑、冤屈与屈原有某种程度的相通有关。刘安为汉高祖刘邦之孙，被封为淮南王，一生经历文帝、景帝、武帝三朝。他好读书，亦好音乐，又好延揽文学、方术之士，曾招宾客数千人。他在武帝朝一直受到武帝猜忌，最终被武帝以谋反罪名诛杀。这是一个千古疑案，以刘安区区可怜的一点力量去造反，无异于以卵击石、蚍蜉撼树，还有其他一些疑点，此处就不谈了。不过刘安如此崇敬、赞颂屈原，固然准确真实，却可能触犯了"雄猜"的武帝忌讳。试想，离他不远一百多年前去世的楚国臣子，其志可与日月争光，那把他这位君王放于何处？能与日月争光者，当时应非君王莫属。只要看看刘安被诛后,直至唐代,能以此语赞屈原者,主要只有两人即可知。两人一位是司马迁,他将此赞录入《史记·屈原列传》中,以下将叙及;另一位是李白,高吟"屈平词赋悬日月,楚王台榭空山丘"(《江上吟》)——他似乎真正体会了刘安的深意。

司马迁著《史记》,以实录著称,《高祖本纪》中多有对汉高祖刘邦痞子无赖形象入木三分的刻画,东汉时还被统治集团视为"谤书"。他赞同刘安对屈原之赞语,无顾忌地录入《屈原列传》中。他于是传中对屈原的仰慕,感情上更为强烈:

> 余读《离骚》《天问》《招魂》《哀郢》,悲其志。适长沙,观屈原所自沉渊,未尝不垂涕,想见其为人。

此处之"志",当然即为《离骚传》中"可与日月争光"之志。他还亲自到长沙传言屈原自沉之处凭吊,并因"想见其为人"而"垂涕"。在另一篇剖露心迹给友人的书信(《报任安书》)中,也有高度赞扬屈原的话:

> 古者富贵而名摩灭,不可胜记,唯倜傥非常之人称焉。盖西伯拘,而演《周易》;仲尼厄,而作《春秋》;屈原放逐,乃赋《离骚》;左丘失明,厥有《国语》;孙子膑脚,《兵法》修列;不韦迁蜀,世传《吕览》;韩非囚秦,《说难》《孤愤》;《诗》三百篇,大抵圣贤发愤之所为作也。①

这是学者们经常引用的材料,认为司马迁将屈原与文王、孔子、孙膑、吕不韦、韩非等诸家并列,足证他对屈原及作品的高度肯定。这当然不错,然体会司马迁之用心尚不够细致深入。上引这段话中的人物排列,是按什么顺序进行的,是按时间先后吗?不是,左丘明、孙膑均在屈原之前。是按作品类别吗?也不是。如按作品分类,《国语》当与《春秋》在一起;《周易》当与《吕览》《韩非子》在一起;而《离骚》当与《诗经》在一起。那么是按当时人物地位分类吗?也不像。文王是君王,

---

① 见《汉书·司马迁传》,亦可参《昭明文选》卷四十一《报任少卿书》。

自然放第一位,第二位应是"诗三百"——那里有周公、诸侯等的诗;第三位也排不到屈原——吕不韦曾是承相。排除掉这些排列方法,那就只剩下一种——按人物和作品的重要性排序了。文王为上古圣贤,《周易》为六经之一,当排第一;孔子为儒家学派创始人,先秦诸学派儒家位列第一[①],孔子当然排第二;接着屈原和《离骚》排第三,可见在司马迁心中,屈原地位之高之重要! 而文王是否"演"了《周易》,尚无定论;孔子并未作《春秋》,只是整理;只有屈原作《离骚》是实实在在、准准确确的! 那么,屈原在司马迁这千古名言所列人物和作品中,实际位居第一!

第三位给屈骚作出重要评价的人物,是王逸。

> 而屈原履忠被谮,忧悲愁思,独依诗人之义而作《离骚》,上以讽谏,下以自慰。遭时暗乱,不见省纳,不胜愤懑,遂复作《九歌》以下凡二十五篇。楚人高其行义,玮其文采,以相教传。
>
> ……………
>
> 今若屈原,膺忠贞之质,体清洁之性,直若砥矢,言若丹青。进不隐其谋,退不顾其命,此诚绝世之行,俊彦之英也。而班固谓之"露才扬己","竞于群小之中,怨恨怀王,讥刺椒兰。苟欲求进,强非其人,不见容纳,忿恚自沉",是亏其高明,而损其清洁者也。
>
> ……………
>
> 故智弥盛者其言博,才益多者其识远。屈原之词,诚博远矣。自终没以来,名儒博达之士著造词赋,莫不拟则其仪表,祖式其模范,取其要妙,窃其华藻,所谓金相玉质,百世无匹。[②]

在前第一章第一节已叙及,两汉传存至今之楚辞专著,唯王逸《楚辞章句》一部;在中编第一章第二节,还将详细论述该著以经学方法研究楚辞之特点,这里主要谈王逸对屈原、屈骚的评价。从上引材料即可看出,王逸同刘安、司马迁一样,对屈

---

① 其后《汉书·艺文志》列先秦"九流十家",儒家排第一。
② 〔宋〕洪兴祖撰,白化文等点校:《楚辞补注》,北京:中华书局,1983年,第48—49页。

原深怀崇敬之心、景仰之情,基本观点亦与他们相同。其所异者,主要在于二人所议程度不同,或二人未议及部分。因此从某种意义上说,是他们所评之补充。

如刘安言:"《国风》好色而不淫,《小雅》怨诽而不乱,若《离骚》者,可谓兼之矣。"论者议其"以《诗》评骚",我们认为这观点有一定道理,但刘安主要是迎合汉武帝之心。而王逸则实实在在认为屈原是"依《诗》取义",进而"以经评骚":

> 夫《离骚》之文,依托"五经"以立义焉。"帝高阳之苗裔",则"厥初生民,时惟姜嫄"也;"纫秋兰以为佩",则"将翱将翔,佩玉琼琚"也;"夕揽洲之宿莽",则《易》"潜龙勿用"也;"驷玉虬而乘鹥"①,则"时乘六龙以御天"也;"就重华而陈词",则《尚书》"咎繇之谋谟"也;"登昆仑而涉流沙",则《禹贡》之敷土也。②

如此句句比对,似有点牵强附会。不过王逸的基本观点,其比附之用心,倒没什么不对,只是方法生硬了一点。以当时标准,"五经"可说是最高范式,他以《离骚》比肩"五经",认为毫不逊色,所以干脆就在书中将《离骚》称为《离骚经》。除在"高其行义"上对刘安、司马迁评价作了补论,王逸还在文学成就上也对之作了补充,这即是"玮其文采"。王逸并言"自终没以来,名儒博达之士著造词赋,莫不拟其仪表,祖式其模范,取其要妙,窃其华藻"。这也就是说,屈骚已成为"名儒博达之士著造词赋"公认的最高典范,已达到词赋,甚至整个诗歌的最高峰。

还有一点,刘安对屈原人格、品行的评价(司马迁亦赞同),主要是在"出淤泥而不染""遗世独立"的精神境界上,而王逸则多强调屈原的"履忠被谮""膺忠贞之质"。这固然体现了儒家的思想,但还不完全是后世"忠君"之义。因王逸在文中强调的是"故有危言以存国,杀身以成仁",从某种意义上说,此时"忠君"接近于一种手段——实现"存国""保民""成仁"的手段。

---

① 而,当为"以"。
② 〔宋〕洪兴祖撰,白化文等点校:《楚辞补注》,北京:中华书局,1983年,第49页。

　　至于王逸在《楚辞章句序》中对班固的《楚辞序》大加挞伐，痛斥他"是亏其高明，而损其清洁者也"，则是他未能仔细研读《离骚赞序》和《楚辞序》之矛盾，细读其重要材料《典引序》及《汉书》有关章节，领悟班固通过文字发出的信号，进而揣摩他的深层心理，而造成的误会。不过，不能怪王逸，从古至今，几乎所有学者都未读懂这些材料，未能领会班固曲折表达的深意。故笔者特意于本编第二章第一节花费相当篇幅，来详细辨明楚辞研究史上的这宗公案，读者细读即可明了。

　　至于在文学创作中，如贾谊之《吊屈原赋》、东方朔之《七谏》、王褒之《九怀》、刘向之《九叹》等，均给屈原以极高的评价和深切的同情。唯一有争论的是扬雄和他的《反离骚》，然而在前第二章第二节已辨明，他对屈原也是高度尊崇的。综上所述，就现存资料分析，可知两汉时期的学术界、文化界，对屈原、屈骚的评价都是正面而尊崇的。然而，进入魏晋六朝，情况有了变化。

　　这一时期，相对于两汉而言，评价的总体趋势有三点不同。第一点，肯定屈骚与"经"相同的部分，但同时也指出它与"经"不同的部分，两者结合，方"自铸伟辞"。第二点，仍高度肯定、赞扬屈原屈骚，只是注意力渐渐转向了文学方面，更多地注意到屈原在文学方面的成就。第三点，开始出现负面评价，误将班固违心所言，认定为真实地发自内心，从而肯定其《楚辞序》，并"继承班固"继续斥责屈原。

　　下面先谈第一点。第一点的代表，当然是刘勰。本编在第二章第三节辨明《文心雕龙·辨骚》几个重要问题时，已涉及这一点，但未及多言。为说明问题，再征引如下：

　　　将核其论，必征言焉。故其陈尧舜之耿介，称禹汤之祗敬，典诰之体也；讥桀纣之猖披，伤羿浇之颠陨，规讽之旨也；虬龙以喻君子，云霓以譬谗邪，比兴之义也；每一顾而掩涕，叹君门之九重，忠怨之辞也；观兹四事，同于《风》《雅》者也。至于托云龙，说迂怪，丰隆求宓妃，鸩鸟媒娀女，诡异之辞也；康回倾地，夷羿彃日，木夫九首，土伯三目，谲怪之谈也；依彭咸之遗则，从子胥以自适，狷狭之志也；士女杂坐，乱而不分，指以为乐，娱酒不废，

> 沉湎日夜,举以为欢,荒淫之意也;摘此四事,异乎经典者也。故论其典诰则如彼,语其夸诞则如此。固知《楚辞》者,体宪于三代,而风杂于战国,乃《雅》《颂》之博徒,而词赋之英杰也。

这就是刘勰有名的"四同四异"说。关于"博徒"之确解,前已辨明,为"出于《雅》《颂》正途又独辟蹊径之豪雄"。因而刘勰对"四异"以"夸诞"概括之,主旨亦非贬义。刘勰这里不同意王逸的看法,特举"四异",重要意义在于肯定屈骚的浪漫创作倾向①,肯定其辉煌的艺术成就,进而肯定了屈骚在我国诗歌乃至整个文学上的崇高地位和巨大影响——"气往轹古,辞来切今""衣被辞人,非一代也"!

关于第二个问题,可以说从曹魏时就出现了。

> 或问:屈原、相如之赋孰愈?曰:优游案衍,屈原之尚也;穷侈极妙,相如之长也。然原据托譬喻,其意周旋,绰有余度矣。长卿、子云,意未能及耳。

此是魏文帝曹丕比较屈原与司马相如之言,载《北堂书钞》卷一百。曹丕是帝王中少有的在文学理论上有建树者。他的《典论·论文》为魏晋四大文学理论名著之一,是开风气之作。而在评价屈原屈骚方面,他亦是开风气者。若就思想、文化意义而言,司马相如是不能与屈原相比的,其赋作也无法与屈骚相提并论。然若单就文学艺术而言,司马相如完全可与屈原作比较,何况这里还只是单就赋作而论。曹丕此风气一开,魏晋六朝评价屈原、屈骚的聚焦光束就开始收窄了,或者说,目光更集中了。其后,主要从文学方面评价屈骚蔚为风气。挚虞、皇甫谧、沈约、萧纲、萧统等都有这方面的片段评论,而集中、系统论述的,则有刘勰、钟嵘。刘勰文中已多有论述,此处则简论一下钟嵘。

---

① 关于屈骚的浪漫主义创作倾向问题,读者可参阅拙著《屈骚艺术研究》(湖北人民出版社2006年版)第三章《拓宽视野,求同存异——屈骚创作倾向》。

　　钟嵘《诗品》亦为魏晋六朝文论重要著作。书中他将魏晋六朝诗人的源出分为两大派:《诗经》派和楚辞派。《诗经》一派有曹植、阮籍、陆机、左思、谢灵运等十四位诗人,楚辞一派有嵇康、潘岳、陶潜、鲍照、谢朓等二十二位诗人。所谓楚辞,当然是以屈骚为主,由此体现了他对屈骚的极高评价。值得注意的是,钟嵘分派的标准是"源出",并非诗歌的全部艺术特色。若就全部艺术特色而论,屈骚对两派诗人都有很大影响,绝不是只限于楚辞一派①。

　　有论者以为,钟嵘如此归类排列,证明他将楚辞看得低于《诗经》,因为曹植、陆机、谢灵运都分在《诗经》一派,而他们均属上上品,且上品者也以《诗经》派为多。此说有一定道理,以前笔者也曾持此见解。不过现在看来,钟嵘是评五言诗,他认为五言源出《诗经》(此处不讨论正确与否),当然安排《诗经》之阵容按当时之标准略强。然《诗经》一派只有十四人,而楚辞一派却有二十二人,后者比前者足足多了八人,数量如此失调,且不尽合于实际状况,从研究者心理分析,是否钟嵘有意为之呢?

　　下面谈第三个问题。真正出现负面评价,应该是在南北朝时期②。北朝颜之推《颜氏家训·文章篇》中说:

　　　　自古文人,多陷轻薄。屈原露才扬己,显暴君过。宋玉体貌容冶,见遇俳优。东方曼倩滑稽不雅,司马长卿窃赀无操……③

这几句批斥语后,颜之推还开出了长长的名单,王褒、扬雄、李陵、刘歆、傅毅、班固、赵壹、冯衍、马融、蔡邕……计三十多位著名文士,统统斥责。

　　这实在算不上学术研究。颜氏之所以如此论述,主要因为该著是"家训",

---

① 可参阅拙文《从〈诗品〉看屈骚对魏晋南朝诗歌的影响》,《江汉论坛》1983年第11期,亦可参阅拙著《屈骚艺术研究》第八章第二节《分流与继承——对魏晋南朝诗歌的影响》。

② 本编第一章第一节已作过说明,这里再次说明一下。六朝本不包括北朝,然北朝仅论及颜之推一人,为题目简省,故仍作"汉魏六朝"。而这也是学界的通例,如余冠英《汉魏六朝诗选》,包括北朝诗;瞿蜕园《汉魏六朝赋选》,包括北朝赋。

③ 《颜氏家训》,《四库全书》本。

是对子孙后代的叮嘱。既是"家训",当然希望子孙们读了它后有助于成长生存,而屈原那样"显暴君过",并且"自沉汨罗",这种壮举虽有利于民族、国家,却是要付出生命的代价!颜氏显然不愿意子孙后代如此。这只要看看他的为官经历即可明白。

颜之推(531—约590以后),字介,琅邪临沂(今属山东)人。初仕梁元帝萧绎,任散骑侍郎;江陵为西魏军攻陷,遂投奔北齐,官黄门侍郎、平原太守。齐亡后,又入周,为御史上士。周亡后,又仕于隋。他一生三度经历亡国,且四入新朝为官。在南北朝乱世之时,像颜之推这样投奔新朝为官者,比比皆是,不足为怪。但在专制帝制时代,这种为官经历,终归是不太光彩的。他于《观我生赋》中痛叹"予一生而三化,备荼苦而蓼辛"①,道出了其心中的苦痛。而他心中清楚,这种为官经历,根本无法与屈原相比。从深层心理分析,他如此批斥屈原,也许是求得一种心理平衡吧!

另外,还有两点需提一下。一是他斥责屈原的两句,完全是班固的话。颜之推自认是班固观点的赞同者,这显然是没读懂班固不得已而为之的用心,当然更看不出这实际是班固代汉明帝说的话。二是颜氏有《古意诗二首》,第一首曰:

> 十五好诗书,二十弹冠仕。楚王赐颜色,出入章华里。作赋凌屈原,读书夸左史。数从明月宴,或侍朝云祀……②

这说明,颜之推对屈原还是十分推崇的,在写诗表达内心情感时,露出了真心。

对屈原持负面评价者,北朝有颜之推,南朝则有裴子野:

> 古者四始六艺,总而为诗,既形四方之风,且彰君子之志,劝美惩恶,王化本焉。后之作者,思存枝叶,繁华蕴藻,用以自通。若悱恻芬芳,楚骚为

---

① 《北齐书》卷四十五《文苑传》。
② 逯钦立辑校:《先秦汉魏晋南北朝诗》下册,北京:中华书局,1983年,第2283页。

之祖；靡漫容与，相如扣其音。①

这就更不能算真正的研究了！裴子野论文尚质，而且他所认为的"文章"，有些并不属文学作品，将它们拿来与屈、宋诗赋并论，自然就会觉得屈骚、宋赋"繁华蕴藻"，这见解与刘勰相差甚远，此处就不多论了。

二、阐释

楚辞在结集前，就已在民间和士大夫间广为流传，汉帝王对之也十分喜爱，刘安《离骚传》标志着对它的研究已经开始。结集后，研究者更多，而有了固定文本后，第一步要做的当然是基础研究，注释、阐释又是其中的主要者。就现在所知材料，两汉的注释者就有刘安、刘向、扬雄、贾逵、班固、马融等，魏晋时期则有郭璞。

据王逸《楚辞章句序》："至于孝武帝，恢廓道训，使淮南王安作《离骚经章句》，则大义粲然，后世雄俊，莫不瞻慕。"由此，可推测刘安的《离骚传》，可能就是《离骚经章句》之《序》。因刘安确实作有《离骚经章句》。班固《楚辞序》言："又说（指刘安），五子以失家巷，谓五子胥也；及至羿、浇、少康、二姚、有娀佚女，皆各以所识有所增损，然犹未得其正也。"②这也是刘安对《离骚》作过阐释的证明。刘向除辑录了楚辞，估计也对屈骚作过阐释。王逸在《天问》后叙曰："……而莫能说《天问》，以其文义不次，又多奇怪之事。自太史公口论道之，多所不逮。至于刘向、扬雄，援引传记，以解说之，亦不能详悉。"这至少证明，刘向阐释过《天问》。据上王逸《天问·叙》，扬雄阐释过《天问》也可无疑。贾逵注释《离骚》，至今还有极少数残句保留。如洪兴祖《楚辞补注》，《离骚》"女嬃之婵媛兮"条下注曰："贾侍中说：'楚人谓女曰嬃，前汉有吕须，取此为名。'"③另在"羿

---

① 〔梁〕裴子野：《雕虫论》，郭绍虞主编：《中国历代文论选》第1册，上海：上海古籍出版社，1979年，第324页。

② 班固之《楚辞序》，有学者称《离骚序》。至于为何称《楚辞序》，以及引文、出处、有关考辨等，读者可见本编第二章第一节注释。

③ 〔宋〕洪兴祖撰，白化文等点校：《楚辞补注》，北京：中华书局，1983年，第18页。

淫游以佚畋兮"条下注曰："贾逵云：'羿之先祖也，为先王射官，帝喾时有羿，尧时亦有羿，羿是善射之号。'"马融阐释屈骚，亦有文献资料为证，《后汉书·马融列传》记载他曾注《离骚》。洪兴祖《楚辞补注·大招》"曼睩鹅只"条下注："马融曰：'其羽如纨，高首而修颈。'"至于班固注屈骚，则更不必多言了。

还有一种情况，注释者名字未能存留下来，然他们注释的文字却有极少数得以保留，而记载于其他楚辞著作中。王逸《楚辞章句》中，以"或曰""一云"之形式保留了不少这样的注释。如《招魂》"朱尘筵些"，王逸注曰："言升殿过堂，入房至室奥处，上则有朱画承尘，下则有簟筵好席，可以休息也。或曰：朱尘筵，谓承尘搏壁，曼延相连接也。"再如该篇"彷徉无所倚，广大无所极些"，王逸注曰："倚，依也。言欲彷徉东西，无民可依。其野广大，行不可极也。一云言西方之土，广大遥远，无所臻极。虽欲彷徉，求所依止，不可得也。"又如该篇"归来，往恐危身些"，王逸注曰："往即逢害，身危殆也。一云归来归来。一云魂兮归来。"据大略统计，《楚辞章句》像这样的保留的无名者注释，有几十处之多。假设平均三处为一本书，那在十本以上。再加上魏晋时期可考的郭璞《楚辞音》和皇甫谧的楚辞著作，现在可考证确切的两汉魏晋以阐释为主的楚辞著作就有近二十本。这一数字不但高于唐、宋、元，也不亚于明代，仅次于清朝，可见这段时期楚辞研究思想对阐释之重视。

两汉魏晋楚辞研究思想还有一个重要特点，即对研究著作重甄选、多淘汰。上已言明，两汉魏晋的楚辞著作，就有近二十本之多，今天我们能看到的，只有一本王逸《楚辞章句》，其余都未能流传下来，淘汰率达到百分之九十五——太惊人了！这就自然产生了两个问题：淘汰率为何如此之高？这些著作是经过各朝代逐渐淘汰的，还是两汉魏晋过去不久就被淘汰了？

先解决第二个问题。《隋书·经籍志·集部》楚辞类，著录了十一部楚辞著作：

《楚辞》十二卷，并目录，后汉校书郎王逸注。

《楚辞》三卷，郭璞注。梁有《楚辞》十一卷，宋何偃删王逸注，亡。

《楚辞九悼》一卷，杨穆撰。

《参解楚辞》七卷,皇甫遵训撰。

《楚辞音》一卷,徐邈撰。

《楚辞音》一卷,宋处士诸葛氏撰。

《楚辞音》一卷,孟奥撰。

《楚辞音》一卷。

《楚辞音》一卷,释道骞撰。

《离骚草木疏》二卷,刘杳撰。

此目录是分类按时间先后排序的,有明确时代信息的为汉王逸,晋郭璞、徐邈,刘宋何偃、诸葛氏。其余几人,当代学者李大明疑杨穆为宋初、皇甫遵训为初唐、孟奥为齐梁以后①。至于刘杳,《梁书·文学传》有记载,当是梁代人。由此初步判断,刘安、刘向、扬雄、贾逵、班固、马融等人的楚辞著作,在东晋时已亡佚。为更准确些,我们再查一下"两《唐书》"的有关记载。《旧唐书·经籍志·丁部集录》著录:

《楚词》十六卷,王逸注。

《楚词》十卷,郭璞注。

《楚词九悼》一卷,杨穆撰。

《离骚草木虫鱼疏》一卷,刘杳撰。

《楚词音》一卷,孟奥撰。

又一卷,徐邈撰。

又一卷,释道骞撰。

《新唐书·艺文志·丁部集录》与《旧唐书》完全相同(只是刘杳之书记为二卷)。由此证明,两汉之楚辞著作,除王逸《楚辞章句》,在东晋前(甚至在曹魏时),就

---

① 见李大明《楚辞文献学史论考》,成都:巴蜀书社,1997年,第134—137页。

已亡佚——淘汰极其严酷！

下面，回过头来探讨第一个问题。

在这一问题上，有几点确实让人疑惑不解。一是王逸的《楚辞章句》完整地保留了下来，而刘安、刘向、班固等的楚辞著作全部未能存留，甚至连残卷都没有，未免反差太大！二是刘安、刘向、扬雄、班固、贾逵、马融六人，地位比王逸高，名气比王逸大，且就学力而言——可能除刘安外——也比王逸强①，然而偏偏就是这个王逸，其楚辞著作完整保留下来，其他人的楚辞著作却亡佚得连残卷都不剩！三是若说王逸在扬雄、班固、贾逵之后，《楚辞章句》吸收了前面著作的长处，有"后出转精"之功，故得以淘汰前著。但马融生卒年大约为公元79年—166年，王逸生卒年大约为公元89年—158年，几乎同时。两人楚辞著作问世也基本同时。马融为当世大儒，生徒数千，著名学者郑玄即出自门下。为何马融的楚辞著作也很快遭到淘汰呢？

看来，在目前的资料条件下，还是只能从两方面找原因：一是从研究思想方面看，两汉学者对楚辞著作选择严格、淘汰厉害，只要特色不鲜明、研读不合用，无论作者名气多大、地位多高，也应尽行弃去。二是《楚辞章句》确有超出他人著作之处。它综合性强，吸纳了前人著作的一些优点；以经学思想研究楚辞，将屈骚并列于"五经"，将屈骚推到最高地位处。虽其有忽视屈骚特色之弊病，但善于借重时代潮流赞颂屈骚成就之辉煌，却是值得肯定的。它以"章句"之法注楚辞，在"小章句"著作中堪为样本。两汉章句之作全部亡佚，而王逸《楚辞章句》与赵岐《孟子章句》两本"小章句"之作独存留至今，这不能不说确有独到之处。关于这些，本书中编第一章第二节将详细论述，此处便不赘言。

三、多途

汉魏六朝楚辞研究思想值得注意的第三点，是"多途"，即多种研究途径的开启。这些研究途径主要有经学阐释、心理探究、艺术分析、多学科结合。也就是说，

---

① 宋人常笑王逸"学陋"，如黄庭坚云："常苦王逸学陋，无补屈、宋。"见《山谷别集》卷十八《与元勋不伐书九》，《四库全书》本。虽讥评过度，然王逸学术水平不及扬雄、班固、马融等却是确定的。

本书中编所探讨的四个主要途径,汉魏六朝时期都已肇其端。

经学与楚辞学都在西汉中期得以建立。自然,经学一开始就对楚辞研究施以很大影响。如前所述,经学在研究内容上对两汉楚辞研究的影响,主要表现于"以诗解骚"和"以经证骚",我们对这一评判方式和研究取向应该扬弃而不能全盘否定;经学在研究方式上对楚辞研究的影响,主要体现于对"章句之法"的借鉴和发扬上,王逸《楚辞章句》无疑为最杰出的代表。很有意味的是,经学的章句之作是王逸学习的蓝本,可汉五经的章句之作全部亡佚,唯有《楚辞章句》与赵岐《孟子章句》存留至今,并成为训诂学章句之法的代表作。另外值得提及的是,在汉代今、古文派别中,扬雄、班固、贾逵明显倾向于古文经,马融也是以古文经为主,从《楚辞章句》看,王逸也应属古文经一派。从现存的资料看,两汉楚辞研究似主要是古文家们所为,此为又一个有意味的现象,不过此处无法展开深究了。

心理探究方面,仍然需首提刘安。在前引《离骚传》"屈平之作《离骚》,盖自怨生也"一段话前,还有开头的一段:

> 《离骚》者,犹离忧也。夫天者,人之始也;父母者,人之本也。人穷则反本,故劳苦倦极,未尝不呼天也;疾痛惨怛,未尝不呼父母也。屈平正道直行,竭忠尽智以事其君,谗人间之,可谓穷矣。信而见疑,忠而被谤,能无怨乎? 屈平之作《离骚》,盖自怨生也。

著名心理学家艾宾浩斯说过:"心理学研究有着漫长的过去,但只有短暂的历史。"[①]同样,在中国,心理学只有短暂的历史,但对心理有关的思考则有着漫长的过去,可以说在先秦时期就有了。而标志着楚辞研究开端的刘安之《离骚传》,开头一段就是对心理的阐释,由此奠定了楚辞心理研究的特点,这无疑值得高度肯定。

刘安注意到人们在痛苦、冤屈、苦累至极时,往往呼天抢地、呼告先祖、呼唤

---

① ［日］井上惠美子、［日］平出彦仁等编著:《现代社会心理学》,林秉贤译;北京:群众出版社,1987年,第6页。

父母。对这一现象,刘安提出了"人穷反本"观点,并以此恰当深入地解释了屈原在《离骚》中呼告上苍、陈辞先祖的心理本源;指出屈原"正道直行,竭忠尽智以事其君,谗人间之,可谓穷矣"的艰困处境;指出《离骚》情感基调的"怨",是因"信而见疑,忠而被谤"。这不仅能帮助一般阅读者深入体会屈原的痛苦心理,也能使贤臣志士扼腕感佩,还可引导君王从积极的一面理解屈原之"怨情",而不致产生抵触情绪——作为专门写给汉武帝阅览的"传",这点十分重要。

因"李陵事件"直言陈词而被汉武帝处以"腐刑"的司马迁,对屈原"怨情"更是有着切身体会,当然也对刘安卓越机智的心理阐释理解深刻。于是他在《屈原列传》中将刘安这段评语全数录入,使其一直流传至今。而由于《史记》在历史领域和史传文学领域的顶级地位,使后来阅读和研究屈骚者,都自然而然地从心理角度进行理解,从而为屈骚以至整个楚辞学奠定了良好的心理研究基础。

今天在我们看来,屈骚以及所有楚辞文本,首先是文学作品,研究文学艺术之特色,当然是第一位的。然而在研究史上,这种研究起势要比经学的、心理的稍晚。实在说,到刘勰撰写《文心雕龙》时,屈骚以及楚辞才开始了地道的文学本位研究。刘勰除在书中以《辨骚》一篇全文论述屈骚外,还在《明诗》《乐府》《诠赋》《神思》《通变》《定势》《情采》《物色》《才略》《知音》《程器》等二十三篇中论及屈骚,几乎占了《文心雕龙》一半的篇章,涉及了本体论、文体论、创作论、批评论等所有方面,堪称全面、系统而详备。比之经学和心理学研究,可谓"后出转精"。另外,曹丕《典论·论文》、钟嵘《诗品》、挚虞《文章流别论》,以及沈约《宋书·谢灵运传论》等,也都从文学角度,论述过楚辞。这部分在中编第三章第一节将作详细探讨,这里便不再赘言。

最后,关于多学科、多角度的研究,至魏晋时期也初见端倪。而典型代表为郭璞《楚辞注》。郭璞的事迹,本编第一章第一节已作介绍。这里谈他在楚辞研究思想上的意义,即开启了以语言学研究楚辞的新门径。郭璞本人即为语言学家,曾注《尔雅》《三仓》《方言》①。从唐代释道骞的《楚辞音》残卷中,近人辑出郭

---

① 《三仓》,古字书名。汉初,有人合李斯《仓颉篇》、赵高《爰历篇》和胡母敬《博学篇》为一书,称"三仓",亦统称《仓颉篇》,凡三千三百字。

璞《楚辞注》两百多条①，其中大量地引用方言注解释义，显示出对语言学方法的有意识地使用。郭璞还是博物学家，曾注《山海经》等，在《楚辞注》中亦多有名物训释。王逸《楚辞章句》中名物训诂亦不少，不过似乎还未达到方法自觉的地步。而仅从《楚辞注》中辑佚出的条目观察，可大致看出郭璞的运用已上升到方法、途径之层次，目标也好像是要系统地在名物训诂方面指出王逸之误并补其不足。将以上两点综合观之，郭璞《楚辞注》在楚辞研究史上的意义就凸显出来，即为多学科、多角度的楚辞研究开了一个头。在楚辞研究史上，这一途进展缓慢，一直一点一点地推进拓展，直到清代才真正全面展开。然而正其如此，郭璞的贡献才更弥足珍贵。

至此，我们已将汉魏六朝楚辞研究思想及相关问题大致论述完毕，而这已费了较长篇幅。至于这一时期研究思想之"寄托"特点，自从在司马迁、刘安那儿得到鲜明体现后，却于相当一段时间里隐伏下来，直至两宋方重新呈现，而到明清两代才重新大放光彩。故而这一研究思想，将留待本章第三、四节详论。

第三节　两宋楚辞研究思想

大致来说，归结和论述某一时期的学术研究思想，一般有两种类型。一种是单纯型——就该时期的进行总结，并不涉及该学术在其他时期的研究情况。另一种是比较型——在总结出该时期研究思想后，还将其思想与其他时期的进行比较，看其与其他时期相比有何特点，继承发展了前代哪些部分，又有哪些部分引导启迪了后代的研究。比较型研究中，该时期若与其他时代相通、相同，既无特色又无创新发展之功的，则不必指出。如此比较淘汰留下的几个基本点，即该时期最具特色的研究思想，但其中所做的比较工夫则简言之甚至不言。本节即属于后者。

归结起来，宋代楚辞研究思想可大略浓缩为三句话：寄托中领悟，拨正中创

---

① 可参看胡小石《〈楚辞〉郭注义征》、饶宗颐《郭璞楚辞遗说摭佚》等。

新,拓宽心理路径。以下分别论之。

一、寄托中领悟

文学创作大多有寄托,而文学研究大多无寄托,特别是有些主张"中性研究"或"零度"研究风格的学者,还明确反对研究带感情、有寄托。然而楚辞研究(更准确地说应是屈学研究)是一个例外,长期以来形成了"寄托"的传统,且研究之有寄托和无寄托,结果大不一样。以明、清两代楚辞研究为例,大凡研究成就卓著者都是有寄托者。相反少数无寄托者,尽管有的学术造诣很深,在其他领域学术成就很大,而楚辞研究却成绩平平,甚至还因不理解而得出错误结论①。

观察宋代楚辞研究,马上会发现这点与明清非常相像。只要对存留至今的宋代楚辞著作之作者稍微作点了解,马上就会发现这种寄托的特点。今存留之宋代楚辞著作,除晁补之《重编楚辞》外,其余均属南宋,主要有洪兴祖《楚辞补注》、朱熹《楚辞集注》、杨万里《天问天对解》、钱杲之《离骚集传》、吴仁杰《离骚草木疏》、谢翱《楚辞芳草谱》。

这六位著者及著作,除钱杲之生平事迹不详,且书中情志寄托不太明显外,其余五人均有寄托。而以朱熹、洪兴祖、杨万里、谢翱四人寄托之情十分鲜明而强烈。

先看谢翱,《新元史·隐逸传》(卷一三八)有记载,其人凛然有气节,为宋末爱国志士。文天祥起兵时,他曾率乡兵投效,任谘议参军,协助其进行抗元斗争。文天祥壮烈就义后,谢翱悲痛万分,勇作《登西台恸哭记》以吊之。文中言:"余恨死无以借手见公,而独记别时语,每一动念,即于梦中寻之。"并写道:"登西台,设主于荒亭隅,再拜跪伏。祝毕,号而恸者三,复再拜起。……有云从南来,滃渹浡郁,气薄林木,若相助以悲者。乃以竹如意击石,作楚歌招之曰:'魂朝往兮何极,暮归来兮关塞黑,化为朱鸟兮有咮焉食?'"②文中虽未明言祭奠文

---

① 详情可参见拙文《明清之际屈学思想之嬗变与清初学术思潮》,《武汉水利大学学报(社科版)》1999年第5期。

② 〔宋〕谢翱:《晞发集》卷十,《四库全书》本。

天祥,但明眼人一看就知"公"是指谁。故后世明末清初、清末民国初之爱国志士,读其文无不为之泣下。谢翱生于宋淳祐九年(1249),殁于元元贞元年(1295)。而文天祥最终兵败被俘于宋祥兴元年(1278),此时谢翱才二十九岁,加之其进行抗元斗争,辗转江西,估计不可能专心著述。文天祥就义于元至元十九年(1282),这三四年兵荒马乱,谢翱四处避祸,也不可能写此书。《楚辞芳草谱》应作于文天祥就义后,即写《登西台恸哭记》前后。"楚辞芳草"是屈原高洁人格和爱国志气的象征,谢翱专对它们作注,其寄托爱国情志之意十分清楚。而《登西台恸哭记》尾段写曰:"余欲仿太史公著《季汉月表》,如秦楚之际①。今人不有知余心,后之人必有知余者。"这也等于是《楚辞芳草谱》情志寄托之最好脚注。

相同的思想情志,相近的社会环境和个人遭际,使谢翱特别能理解和领悟屈原深层的细微心理。这就使他对"楚辞芳草"的阐释在王逸的基础上进了大大一步。如《离骚》"荃不察余之中情兮",王逸注曰:"荃,香草,以喻君也。人君被服芳香,故以香草为喻。"然此解释颇有缺憾。一是被服芳香者,并非单是人君;二是楚辞香草颇多,为何单以"荃"喻君?后来洪兴祖补注曰:"荃与荪同。《庄子》云:'得鱼而忘荃。'"大约洪兴祖感到了王逸的问题,他补注的是对的,但并没有深入下去,问题并未说清。谢翱注曰:"荃,菖蒲也,一名荪。楚辞曰'数惟荪之多怒兮''荪佯聋而不闻'。辞言香草皆以喻臣,唯言荪者喻君,盖荪于药者为君也。"②谢翱综合屈原《九章·抽思》之例句,仔细体察屈原的心理,最终补了王逸之不足,解决了这一问题。

再看杨万里,其事迹可见《宋史·儒林传》(卷四三三)。杨万里也是力主抗金的爱国志士,曾在淳熙十二年(1185)因地震上书,提出"言有事于无事之时"十条,力陈富国强兵、抗金御敌之策。后韩侂胄专权,他因韩氏误国而不与合作,退居在家忧郁成疾。当听说韩侂胄草率北伐时,"万里痛哭失声,亟呼纸书

---

① 顾炎武《日知录·古文未正之隐》(卷十九)曰:"谢皋羽《西台恸哭记》,本当云文信公,而谬云颜鲁公;本当云季宋,而云季汉。"按:这是顾炎武错了,谢翱不能明言。"颜鲁公"即代指文天祥,"季汉"即是指"季宋"。

② 〔宋〕谢翱:《楚辞芳草谱》之"荃"条,明刊《说郛》本。

曰:'韩侂胄奸臣,专权无上,动兵残民,谋危社稷。吾头颅如许,报国无路,唯有孤愤。'又书十四言别妻子,笔落而逝"①。韩侂胄好大喜功,又为平息内怨转移矛盾而草率北伐,真正抗金的有识之士均深怀忧虑而反对,辛弃疾也曾举历史教训对此明确提出过警告②。但韩侂胄一意孤行就是不听,结果被打得大败丢了脑袋不说,最糟糕的是彻底葬送了抗金事业——从此再无人敢提北伐。杨万里忧愤而卒,就是预料到这一结果。

这样一位抗金志士,选择屈原《天问》作注,当然会有深意寄寓其中。至于将柳宗元的《天对》合于一处作解,则如其书《序》中所言:

> 予读柳文,每病《天对》之难读。少陵曰:"读书难字过。"然则前辈之读书,亦有病于难字者焉?……因取《离骚》《天问》及二家旧注译文,而酌以予之意以解之,庶以易其难云。③

这说明,杨万里是希望通过对《天问》《天对》作注解,使他人易于读懂《天问》。而屈原所以写《天问》,除王逸所言的"以渫愤懑,舒泻愁思"外,恐还有深悟到的人类社会之痼疾,郁结于心,而不得不——也只有——对天发问④。杨万里虽不能达到像屈原那样"入则与王图议国事,以出号令;出则接遇宾客,应对诸侯",却也是曾受宋孝宗信任、经常参议国家大事的名臣,对屈原心中之郁结当有所体会。而从《天对》看,柳宗元的思想,如在"天道""天命""人道"等方面也与屈原相通。结合柳宗元的政治经历,可推知他大约也体会到屈原当年心中的郁结。这样,杨万里就采取了一条由近及远的逆向注释理解路径,即杨万里→柳宗元→屈原,以帮助他人体会他们(屈、柳、杨)的思想心理。这也就是为什么已

---

① 《宋史·杨万里传》。
② 辛弃疾《永遇乐·京口北固亭怀古》:"元嘉草草,封狼居胥,赢得仓皇北顾。"即是以南朝宋文帝刘义隆草率北伐,结果被打得狼狈大败的历史教训,警告韩侂胄。
③ 〔宋〕杨万里:《天问天对解·序》,《诚斋集》卷九十五,《四部丛刊》本。
④ 关于这几个人类社会难以解决的痼疾,可参见拙著《屈骚艺术研究》(湖北人民出版社2006年版)第六章《反思历史,整体透视》。本节此处无法详述。

有柳宗元的《天对》,而杨万里的《天问天对解》在一些宋代楚辞著作纷纷亡佚的情况下,还能流传至今的原因。

下面再看洪兴祖,其事迹可见《宋史·儒林传》(卷四三三),李心传《建炎以来系年要录》亦有多卷记其事。若据以上史料,洪兴祖似乎没有什么明显的抗金言行。不过,从其为官政绩和得罪秦桧举动及《楚辞补注》成书过程来看,他著书的寄托之意还是很清楚的。

洪兴祖担任过多处地方官,所任处均能勤政惠民、兴学崇贤,如此清正之官当然会对秦桧贪赃枉法、卖国投降极度不满。他得罪秦桧,表面看是因为秦桧认为洪光祖作序之程瑀《论语解》有多处攻击自己的地方,而洪兴祖之《序》"语涉怨怼";实则对洪兴祖可能早已怀恨在心,不然不至于迫害洪兴祖"编管昭州"。宋代惩罚官吏,轻者"居住",稍重者"安置",最重是"编管"。被"编管"者必须在指定地点居住,在该地受地方官约束,不得自由行动,相当于今天的"管制"。洪兴祖果然死于编管地昭州,遂了秦桧的奸心。再从《楚辞补注》的成书过程看。其书初稿成于宋徽宗宣和五年(1123),此正是北宋屈于金国岌岌可危之时(其后三年果被金所灭),其形势与屈原时之楚国很相近。洪兴祖此时选屈原之诗作注,要说他没有寓意谁也不会相信。该书最后问世是在洪兴祖被"编管"时,书出后连名都不能署,自序后来也被删掉了,以致同时代人晁公武都不知《楚辞补注》为何人所作①,到后来陈振孙的《直斋书录解题》才说明了他的著书经过。《楚辞补注》从初撰到成书问世,可以说贯穿了洪兴祖一生。一生心血灌注使该书补充了王逸注的许多不足,阐发了一些王逸未能阐明的义理,使其成为继王逸之后最完善的一部楚辞注本,成为所有学、研楚辞者必须认真阅读的要籍。

最后看看朱熹。《宋史·道学》(卷四二九)有传,李心传《建炎以来系年要录》卷一八三、卷二〇〇记其事。朱熹是著名学者,理学家,又是坚决的抗战派。有人根据他的《戊申封事》其中似乎有对抗战信心不足之语,便认为他抗战未必坚决。却不知这些话是针对当时"国贫兵弱"之实情而发,正是认真积极的抗战者

---

① 晁公武《郡斋读书志》著录该卷时曰:"未详撰人。"

所言。只要看他的《除秦桧祠移文》,及六十九岁大病濒死之际还念念不忘救国,就知他抗战之坚决。

朱熹一生精力全在注经,唯一注的文学作品只有《楚辞》(《诗经》属经部),这招致一些人怀疑。清代几位著名楚辞学者朱冀、王邦采、夏大霖均公开怀疑《楚辞集注》是伪作。然此怀疑毫无根据。朱熹卒于庆元六年(1200),而庆元元年《楚辞集注》(至少《集注》部分)即有刻本问世,现明见日本大正三年(1914)内阁书目。且嘉定四年(1211)《楚辞辩证》也已由朱熹门人杨楫刻板印行,今存宋本尚有理宗端平乙未(1235)刊本,为朱熹孙朱鉴所刻,若有作伪,朱熹本人和后人绝不会置之不理。

朱熹著《楚辞集注》之动机,前人流行一种说法,即影射赵汝愚事件。《四库全书总目提要》曰:"周密《齐东野语》记绍熙内禅事曰:'赵汝愚永州安置,至衡州而卒。朱熹为之注《离骚》,以寄意焉。'"晁公武也说朱熹作此书是"有感于赵忠定之变而然"①。然赵汝愚被韩侂胄排挤迫害,暴死于衡州,是在庆元二年,《楚辞集注》问世于庆元元年,时间上对不上。即以赵汝愚罢相的庆元元年看,时间上也仍有问题。大约朱熹开始著《楚辞集注》,主要寄托忧国忧民之情②,后赵汝愚事件发生,使朱熹对国势更为担忧。门人杨楫在《楚辞集注》后跋曰:"庆元乙卯,治党人方急,赵公谪死于道。先生忧时之意屡形于色。一日示学生释楚辞一篇。"③当然,赵汝愚对朱熹有知遇之恩,二人又同为党人被排斥,朱熹对此不可能没感触。忧心于国势、激愤于赵汝愚事件,其后朱熹作《楚辞辩证》和《楚辞后语》,每每随事感触,两者必然联系在一起。渊博的学识与情志的寄托,使朱熹对楚辞的研究、对屈原的理解,往往深刻精辟,超出前人一筹。这些由于后面多有介绍,此处便暂不举例。

---

① 〔宋〕赵希弁:《郡斋读书附志》,〔宋〕晁公武撰,孙猛校证:《郡斋读书志校证》,上海:上海古籍出版社,1990年,第1166页。

② 笔者分析朱熹撰《楚辞集注》,有着文学的、学术的、现实的三方面原因。可参阅《楚辞著作提要》(湖北教育出版社2002年版)"朱熹条"(该条为笔者所撰)。

③ 〔宋〕王应麟:《困学纪闻》卷十八,《四库全书》本。按:此跋今本《楚辞集注》无。应是前述刻《楚辞辩证》时跋;赵汝愚"暴死"于庆元二年,庆元乙卯为元年,杨楫这是从开始说起。

观察宋代楚辞研究，有一点与明清的十分相似：

> 屈原《离骚》，读之使人头闷，然摘一二句反复味之，与《风》无异。①

> 楚辞前无古，后无今。
> 吾文终其身企慕而不能及万一者，惟屈子一人耳。②

前一句为欧阳修言，后两句为苏东坡言。两人都是知识渊博之人，所得结论却截然相反。然稍有中国文学史知识者，即知欧阳修错、苏东坡对。之所以如此，在于欧阳修虽与范仲淹、富弼共主庆历新政失败，但仕途相对顺遂。后反对王安石变法，政治上相对趋于保守。而苏东坡一生仕途坎坷，屡受打击，由于切身遭际而最能体会屈子痛苦，心与屈子贴得最近。他曾手校屈骚，并作《屈原塔》《屈原庙赋》等以吊屈寄情。所以，综上所述，同明清时期一样，研究楚辞凡有成就者均为有寄托者，无寄托者往往成就平平甚或犯错。

楚辞研究寄托的特点应该说萌芽于汉代，几乎与楚辞学的形成同步，汉时的司马迁、王逸以至贾谊，在论述、注释楚辞，哀悼屈原时，自觉或不自觉地将自己的情感寄寓其中。到了宋代，寄托的传统便完全形成，其后有形无形地影响、指导着明清两代楚辞学者，使他们取得更大成就。

二、拨正中创新

我国学术史上的考订、疑古之风，可以说是起于宋代；而辨伪学之形成，也可以说开始于宋代。学术的这种发展，自然会影响到楚辞研究，或者说，楚辞研究从这种发展中汲取了营养，从而形成研究思想的第二个特点：拨正中创新。

就一般学术研究而言，拨正多是在继承中拨正，创新多是于学习中创新。

---

① 曾枣庄等主编：《全宋文》卷七三八《论屈宋》，上海：上海辞书出版社、合肥：安徽教育出版社，2006年。
② 〔明〕蒋之翘：《七十二家评楚辞》，《四库全书存目丛书》本。

宋代楚辞研究则不同,研究者往往是首先立下纠正前人错误之目标,然后严肃认真对待前人著作和研究成果,从中发现、找出错误、偏颇或罅漏,进而尽力纠正,由此自然引出或创立学术新见。在这种思想指导下,宋代楚辞学者主要做了三方面的工作:校订、再训、深入。

详观宋代楚辞研究,笔者发现研究者们有种共识,或曰偏见,甚至可说是固陋:他们总觉得王逸《楚辞章句》"靠不住"。一是认为王逸距刘向有年,楚辞文本发生了变化;而王逸距宋更有年,《楚辞章句》在流传过程中也发生了某些变化。二是觉得王逸学识、学力不够,把刘向的原书改错了。黄庭坚甚至在给友人信中:"《楚词》校雠甚有功,常苦王逸学陋,无补屈、宋。"① 这话当然说得过头。宋代学术发达,宋人眼光也很高,作《重编楚辞》的晁补之,就连刘勰也斥为"卑陋":"刘勰文学,卑陋不足言,而亦以原迁怪为病。彼原疾世,既欲蝉蜕尘埃之外惟恐不异,乃固与勰所论,必诗之正,如无《离骚》可也。"② 说屈原迁怪自然是刘勰的误解,晁补之批评得对,但绝不能据此便贬文学思想体大思精的刘勰为"卑陋"。对王逸也一样,黄庭坚的话显然过头。不过,也决不能据此就断定宋人对前人的著作掉以轻心,相反,他们倒是仔细研读,严肃认真对待的。

即以洪兴祖《楚辞补注》为例。由于前面已言及之原因,今天看不到其自序,然陈振孙《直斋书录解题》记录了他的校订过程:

> 兴祖少得东坡手校《楚辞》十卷,凡诸本异同,皆两出之。后得洪玉父而下本十四五家参校,遂为定本,始补王逸《章句》之未备者。书成,又得姚庭辉本,作考异,附古本释文之后。其末又得欧阳永叔、孙莘老、苏子容校正,以补《考异》之遗。

由于洪兴祖收集版本下了如此之大的功夫,又以严肃科学的态度加以考订,《楚辞补注》确实达到了"补王逸《章句》之未备者"的目的。不但列出了许多重要的

---

① 〔宋〕黄庭坚:《与元勋不伐书·九》,《山谷别集》卷十八,《四库全书》本。
② 〔宋〕晁补之:《重编楚辞·离骚新序》,《晁氏丛书》,清道光十年(1830)刻本。

异文,还保留了古本《楚辞释文》;不但考订楚辞原文,还通过各种本子的对照考订了王逸注的文字。对《楚辞补注》的成就,《四库全书总目提要》给予高度肯定:"兴祖是编,列逸注于前,而一一疏通证明,补注于后。于王逸注多所阐发,又皆以'补曰'二字别之,使之原文不乱,亦异乎明代诸人妄改古书,恣性损益。于《楚辞》诸注之中,特为善本。故陈振孙称其用力之勤,而朱子作《集注》,亦多取其说云。"

洪兴祖治楚辞走"补""改"之路,而另有一批学者走还原之路,即力图还原刘向校定的《楚辞》原貌,这派学者可以晁补之为代表。晁补之第二十九世孙晁贻端在刊行《重编楚辞》一书时说:"谨依序例次之,以存重编之志,俾海内藏书家咸知《楚辞》有此善书也。"(《重编楚辞后跋》)可知,晁补之不仅要努力恢复刘向本之原貌,还希望该著成为善本。晁氏的做法是,将楚辞编为上、下两卷,上卷录屈原作品,分别为《离骚经》第一,《离骚远游》第二,《九章》第三,《九歌》第四,《天问》第五,《卜居》第六,《渔父》第七,《大招》第八;下卷列宋玉至刘向的楚辞作品,也排定了次序。对为何分上、下两卷并如此排序,晁氏均作了详细说明,都有一定道理。

那么,晁补之的预定目标达到了没有? 可以说达到了一半。虽说晁氏当时能看到一些今天已失传的本子,排序亦有一定道理,然是否合于刘向《楚辞》原貌,谁也不敢说。且今天看来,上卷的排法疑问亦多。所以说第一个目标恐未达到。而第二个目标则恐怕达到了。在晁氏之前,就有人做了与他类似的工作,可惜未能成功,晁补之《离骚新序·下》曰:"天圣中,有陈说之者,第其篇,然或不次序。"陈说之著,今天看不到了,而《重编楚辞》却流传下来。一本书是否存留下来,原因很复杂,但可以肯定的是,一本书历经千年得以存留(晁贻端为清道光时人),必有一定道理。另外,《重编楚辞》还有一个很有趣的现象。原《重编楚辞》的新录部分有《续楚辞》和《变离骚》两种,收录了晁氏认为的屈原以后至唐人的近似楚辞的著作。《宋史·艺文志》将此两种作书著录,而今已失传;《重编楚辞》,《宋史·艺文志》并未著录,却依然存在。晁贻端《重编楚辞后跋》说,晁氏这两书被"朱子《楚辞后语》删为六卷,去过半矣"。朱子和他的《楚辞集注》更有名,这大概是晁氏后两书失传之原因,不过也从另一方面证明,《重编楚辞》仍是一部重要楚辞典籍。

拨正中创新的第二方面,是"再训"。所谓"再训",主要是指对《楚辞章句》文句的训诂,这包括补充、修正、改训。宋代楚辞著作,除晁补之《重编楚辞》外,其余都对王逸注作了某些补充,其中以《楚辞补注》最为杰出,此处不再举例。

修正方面,宋代也取得很大成就,除洪兴祖、朱熹外,其他人成绩也很可观。如对楚辞草木的训释,《离骚》"杂申椒与菌桂兮,岂惟纫夫蕙茝",王逸肯定申椒、菌桂、蕙茝均为芳香植物,并均作注。其中对"菌桂"注曰:"菌,薰也。叶曰蕙,根曰薰。"这实际认为"菌"与"桂"是两种植物,因人们熟悉"桂",便只注"菌",而"菌"之叶就是"蕙"。钱杲之《离骚集传》对此修正曰:"《本草》云:'菌桂,薄卷若筒,亦名筒桂,厚硬味薄者名板桂。'蕙,薰草,即今零陵香。"并引《山海经》作证。这就在肯定王逸注为芳香植物的基础上修正了其注的部分错误。又如,《离骚》"户服艾以盈要兮",王逸注为:"艾,白蒿也。"洪兴祖对此已做了补正:"《尔雅》,艾,冰台。注云:今艾蒿。"吴仁杰《离骚草木疏》进一步修正曰:"白蒿,《诗》所谓'蘩'也。《诗》有采'蘩',有采'艾'。《本草》有白蒿,又别出艾叶条。"吴氏又引《嘉祐图经本草》以证之。这说明"艾"为"艾蒿",与"白蒿"同属一大类而为不同植物,从而修正了王逸的注解。

毋庸置疑,宋人修正王逸注取得很大成绩。然而,"再训"中成就最大的,对后世影响也最大的,则是改训。

> 楚辞虽肇于楚,而其目盖始于汉世。然屈、宋之文,于后世依仿者,通有此目。而陈说之以为,唯屈原所著,则谓之《离骚》,后人效而继之,则曰楚辞,非也。自汉以还,文师词宗,慕其轨躅,摛华竞秀,而识其体要者亦寡。盖屈、宋诸骚,皆书楚语、作楚声、纪楚地、名楚物,故可谓之楚辞。①

楚辞之名,并非起自刘向,至少西汉初年已有此词。陈说之的解释,也并非他自创,而是流传千年之传统说法。黄伯思一反千年陈说,以楚文化特色重新训释

---

① 〔宋〕黄伯思:《校定楚辞序》,《宋文鉴》卷九十二,《四库全书》本。

楚辞,当时可谓振聋发聩,至今也仍是从内容方面对楚辞的权威定义。黄氏《校定楚辞》今已失传而《序》独存,《序》中又以对楚辞的定义最精彩。也许,正是这一精彩的定义使这篇长序保存至今。

确实,宋人善于在楚辞研究中突破传统,同黄伯思一样,洪兴祖也是这方面的杰出代表。洪兴祖为《楚辞章句》作补注,这是借鉴了经学阐释方式。王逸尊《离骚》为经,定是著为章句,明显采用了经学的"章句"之法,洪兴祖自然存袭之,即以自己的补注为"正义"或"疏"。然经学阐释历来有"疏不破注"之传统,宋人大多也严守这一家法。洪兴祖则敢于冲破这陈规,只要发现王逸书中的错误,便一定指出。《天问》"甄堆焉处",王逸注曰:"奇兽也。"洪兴祖指出其误:"《山海经》云:北号山有鸟,状如鸡而白首,鼠足,名曰甄雀。食人。"另如《天问》"倏忽安在"之"倏忽"、"靡萍九衢"之"九衢"等,洪氏都做了改训。这种改训,宋代楚辞著作几乎都有。《天问天对解》对"石林"之匡谬,《离骚草木疏》对"宿莽"之正误,《楚辞芳草谱》对《离骚》"江离"的重训……都是杰出的例子。

拨正中创新的第三方面,是"深入"。

宋代是理学形成发展的阶段,朱熹是其集大成者。即便不是理学家甚或不喜理学者,也喜欢穷究义理。由此形成一种风气,这风气自然影响到楚辞学界,并促进楚辞研究的发展。这方面最突出者,当然是朱熹。

> 窃尝论之,原之为人,其志行虽或过于中庸而不可以为法,然皆出于忠君爱国之诚心。
>
> 《楚辞集注·序》
>
> 而又因彼事神之心,以寄吾忠君爱国眷恋不忘之意。
>
> 《楚辞集注·九歌序》

朱熹第一次从屈骚中发掘出"爱国"观念,将屈原的民族精神进一步赋予爱国理念,并努力于其书中阐发爱国的内涵,这一贡献无疑是巨大的。其后,南宋末、明末清初、清末民国初、抗日战争时期,屈原和屈骚成为一切爱国人士之精神支柱,朱熹功不可没①。

朱熹深入挖掘屈骚的内涵,往往独具只眼,他善于探寻诗人言外之意,味外之旨,善于体会微词奥义。《离骚》:"闺中既以邃远兮,哲王又不寤。怀朕情而不发兮,余焉能忍而与此终古。"朱熹注曰:"终古者,古之所终,谓来日无穷也。闺中深远,盖言宓妃之属不可求也。哲王不寤,盖言上帝不能察,司阍壅蔽之罪也。言此以比上无明主,下无贤伯,使我怀忠信之情,不得发用,安能久与此暗乱嫉妒之俗终古而居乎?意欲复去也。"而王逸此处注为:"言我怀忠信之情,不得发用,安能久与此暗乱之君,终古而居乎?意欲复去也。"两相对比,朱熹在王逸注基础上领会阐释,显然要深刻一些。

其他治楚辞者,深究义理虽略逊于朱熹,然也是成绩斐然。钱杲之对《离骚》"三求女"的阐释,就比王逸的要深入一些。王逸对三次"求女"各自孤立解释,内在联系不紧。钱杲之在对"三求女"分别阐释后,最后总结道:"意喻贤士如宓妃不可得见,其大贤如娀女,次贤如二姚,当及其未用而求之。"此说虽未必为确解,但将"求女"作为统一体系来进行解释之思路,无疑合理。这启发了以后明清两代研究者,虽"求女"仍有几种说法,然因大多以统一体系求解,而呈现走向渐渐接近的趋势,其中以清代梅冲《离骚经解》的"求通君侧之人"最合理。再如杨万里对《天问》的研究,也是尽力挖掘其诗句的内涵。"天命反侧,何罚何佑"一句中,屈原已暗示有不相信天命之意,柳宗元对此作了进一步引申:"天邈以蒙,人么似离。胡克合厥道,而诘彼犹违?"杨万里《天问天对解》则将其不信天命的意义完全发掘出来:"天远而幽,人小而散,何可以合天人而论之?"他还以齐桓公举例,断定他"九合之功"与晚年死于近嬖之手,"皆自取尔,天何与焉?"

三、拓宽心理路径

所谓"心理路径",完整的表述应是"心理领悟研究路径"。本章第二节就已归结过两汉研究思想中"心理探究"的特点,也可说从那时起心理研究路径已初

---

① 当然,这并非完全是朱熹个人慧眼独识,其中有很重要的时代因素。关于这一点,可见本编第一章第三节《明清楚辞研究概况》。

步得到开辟。而到了宋代,这一路径之方向更加明确并得以大力拓展。

学术发展到宋代,出现了一些新的变化或进展。前已述及,宋代可说是开启辨伪疑古之风的时代。其时学者,对汉以来诸儒之经典解释均重新审视。若就其方法概论之,则是通过文本以求作者原意,再与诸儒解释对照,由此必须在文本上扎扎实实下功夫。故宋代学者特别讲究"读书之法",对此,宋罗大经有段话作了极好阐述:"夫着一读书之心,横于胸中,则锢滞有我,其心已与古人天渊悬隔矣,何自得其活法妙用哉。吕东莱解《尚书》云:'《书》者,尧、舜、禹、汤、文、武、周公之精神心术尽寓其中,观《书》者不求心之所在,夫何益! 然欲求古人之心,必先求吾心,乃可见古人之心。'此论最好,真读书之法也。"①罗大经借吕东莱讲读《尚书》之法,说明以己心求古人之心的重要,而此前王安石等人有"善读"之说②,朱熹也特别强调"善读",在其著作中多次使用这一概念。究其"善读"之内涵,基本与罗大经、吕东莱相同。由此可知,宋人所谓"善读",所谓"以吾心求古人之心"的读书之法,其实就是心理领悟法。

纵观宋代学术,可以说,以朱熹的心理领悟法最系统、最完备,理论水平也最高。他为楚辞以至整个中国学术开辟了一条心理领悟研究路径。以下便以朱子的为例简论之。所谓心理领悟方法,即是在正确通释文句、理解文本的基础上,通过特定的方式方法,去体察著者之创作心理,领会其创作意图及其所想表达的深微之义。用朱熹自己的话简单概括之,就是:"读书须是以自家之心体验圣人之心。少间体验得熟,自家之心便是圣人之心。"③很明显,朱熹这话是对孟子"以意逆志"说的继承。《孟子·万章上》曰:"故说《诗》者,不以文害辞,不以辞害志。以意逆志,是为得之。如以辞而已矣,《云汉》之诗曰:'周余黎民,靡有孑遗。'信斯言也,是周无遗民也。"朱熹《四书集注》于此段后注道:

　　言说《诗》之法,不可以一字而害一句之义,不可以一句而害设辞之志,

---

① 〔宋〕罗大经:《鹤林玉露》卷十五,《四库全书》本。
② 王安石在谈如何读《庄子》时说:"后之读《庄子》者,善其为书之心,非其为书之说,则可谓善读矣。"见《临川集》卷六十八,《四库全书》本。
③ 《朱子语类》卷一一九,《四库全书》本。以下所引朱熹著作,若无注明,则均出该本。

当以己意迎取作者之志，乃可得之。若但以其辞而已，则如《云汉》所言，是周之民真无遗种矣。①

朱熹释"逆"为"迎取"，释"以意逆志"为"当以己意迎取作者之志"，无疑非常正确，说明他深得孟子"以意逆志"之精髓。除此之外，朱熹著作中还多次出现"以意逆志"，仅《朱子语类》就出现了十次。其中对"以意逆志"或肯定，或解释，或说明，或阐发，由此形成了完备的理论体系。

在理论体系完成后，朱熹为自己的心理领悟配备了一整套办法。②朱熹将这套方法，用到了楚辞研究中。他通过对楚辞的情志寄托，通过注释楚辞来抒发抗金情节和宣泄受压心理，再加之"虚心""熟读""玩味"的学习研究工夫，使他能上接屈原的时代，感悟、领悟到屈原报国无门，饱受"群小"排斥打击而痛苦、愤懑等心理，从而发掘出前人未曾发现的重要意义，并纠正王逸的某些错误。

如前所述，朱熹第一次从屈骚中发掘出"爱国"观念，并阐发其爱国之思想内涵。肯定其爱国精神，这不仅对楚辞研究，而且对中华民族爱国精神的形成和内涵的丰富做出了重要贡献。又如，朱熹往往敢于从文本出发，而驳斥一些穿凿的陈说。《楚辞集注·楚辞辩证上》论《九歌·河伯》曰："旧说，'河伯位视大夫屈原，以官相友，故得与之'，又云：'河伯之居，沉没水中，喻贤人不得其所也。'夫谓之河伯，则居于水中固其所也，而以为失其所，则不知使之居于何处，乃得其所耶？此于上下文意，皆无所当，真衍说也。"由于对文义有切实的体验领会，使其对穿凿陈说驳斥有理有力。再如，对《九章》整体之理解。王逸认为《九章》集中作于一时而成系统，而朱熹则曰："屈原既放，思君念国，随事感触，辄形于声。后人辑之，得其九章，合为一卷，非必出于一时之言也。"部分地纠正了王逸

---

① 〔宋〕朱熹：《四书章句集注》，北京：中华书局，1983年，第306页。为便于统一，以下《孟子》《论语》原文，均引自《四书章句集注》。

② 关于朱熹的心理领悟方法，可参阅本书中编第二章第二节《朱熹心理阐释方法的确立与对楚辞研究的贡献》，及拙文《论朱熹心理领悟学习研究方法及其特色》（《江汉论坛》2012年第9期）。

的错误,历来为学界所肯定①。尽管朱熹拘于儒家礼教,固于某些理学观念,抑或受制于当时之形势,说屈原"其志行虽或过于中庸而不可以为法""虽其不知学于北方"等,然瑕不掩瑜,其楚辞研究之成就依然是巨大的。

综上所述,朱熹心理领悟方法是以"唤醒—体验"为中心,以"虚心""熟读""玩味"为操作系统,以孟子"知人论世""以意逆志"为理论基础,并融合了荀、老、庄相关的"虚静"理论,以及钟嵘的"滋味"说的极富特色的研究方法。他不但开辟了楚辞的心理研究途径,其方法在学术史上也独具中国特色。这一方法不仅是对楚辞学术史的贡献,更是对整个中国文学史甚至整个中国思想文化史研究的贡献,确实值得我们认真深入研究并大力发扬之。

第四节　明清楚辞研究思想

屈学滥觞于西汉初年,发展到明清之际,已有一千七百多年的历史。此时,严峻的社会形势,尖锐的民族矛盾,加之屈学自身的发展运动,外、内因的综合作用,使研究思想多样化、复杂化,而且有了新的发展。研究这些思想的变化和发展,对于我们作前瞻性的楚辞研究,将有较重要的参照借鉴意义。

这种变化和发展,归纳起来,大致有四个方面。

一、寄托

创作往往有寄托,而研究则往往无寄托,尤其是醉心于"纯学术"研究的学者,他们的研究几乎全无寄托。然而屈学研究则不是这样,研究者常常将某种寓意、情绪、感慨寄托其中,基本形成了传统。降及明清之际,这一传统可以说发扬光大到了极致。学界公认的此时研屈三大家就是突出代表。

---

① 之所以说是"部分纠正",是因笔者考证分析出朱熹在这问题上也有某些不足,可参见下编第一部分之《论屈原对〈九章〉的整体构想及整理》;亦可参见拙文《论屈原对九章的整体构想及整理》,《文学遗产》2004 年第 6 期。

其一是王夫之。他是明清之际的三大思想家之一,其生平事迹学界当是熟悉的。他是明崇祯十五年(1642)举人。清兵入关,在国家生死存亡之危急关头,他投袂奋起,组织衡山义军抗清,失败后由湘西辗转奔赴桂林。经大学士瞿式耜推荐,他任南明桂王政府行人司行人。然而,王夫之没有料到,即使在国难当头、生死危亡之际,偏于南方隅角的小朝廷居然还党争内讧不已。他因反对吴党首领王化澄,几陷大狱,只得转赴桂林投奔瞿式耜。桂林失陷,瞿式耜殉难,他又只得辗转于湘西、郴州、永州等地。后他"窜身瑶洞,伏处深山",闭门著书三十余年。纵清王朝多次馈赠与礼聘,王夫之均坚决拒绝,表现出令人叹服的民族气节。《楚辞通释》之所以取得很高成就,主要在于其将亡国之痛、黍离之悲深寓其中,确实是发愤著成。

其二是蒋骥。这只要看看他的《山带阁注楚辞·后序》就清楚:"甲午(1714年,康熙五十三年),游京师,有睹是书者,窃议曰:'方今文教大行,苟从事经籍理学及诗章算术,皆可立致青紫。顾穷年毕精为此凶衰不祥之书奚取焉?'"①当时所谓"文教大行"只是表面现象,不过是清统治者为笼络控制汉族知识分子而采取的一种手段而已。与此相对应的另一面则是"文字狱"肆行,两种手段实质都是要达到一个目的。而蒋骥抛弃功名富贵,冒险著此"凶衰不祥"之书,且敢于京师示人,没有一种深沉的民族情感寄托其中是不可能的。

其三是戴震。若单看《屈原赋注》,则不易发现其中强烈的民族情感。加之戴震曾在清室为官,颇受统治者的信任,负责纂修《四库提要》,而《屈原赋注》又是以语言训释为主,寄托之意不是那么清晰明显。然而,当我们结合戴震的生平思想,结合《屈原赋注》的写作背景,再结合他别的重要著作,综合分析研究一下,他撰写该书的强烈的寄托之情就清楚地凸现出来。

戴震撰写《屈原赋注》时才二十九岁,尚未交游京师,此时家中生活极为困窘:"家中乏食,与面铺相约,日取面为饔飧,闭户成《屈原赋注》。"②戴震于"三十而立"之时在食不果腹的情况下选择屈骚来撰著,其中深意并不难体会。另

---

① 〔清〕蒋骥:《山带阁注楚辞》,上海:上海古籍出版社,1958年,第5页。
② 〔清〕段玉裁:《戴东原先生年谱》,《戴震集》,上海:上海古籍出版社,2009年,第458页。

一方面,从《屈原赋注》之撰著指导思想,更可以看出有民族情感深寄其中。

人们知道,戴震的哲学思想在哲学史上也有较重要之地位。他在代表作《孟子字义疏证》中,猛烈抨击程朱理学,全面反对程朱的哲学思想、认识论、伦理论。哲学史家们常常单纯从哲学的角度对戴震的思想加以肯定,而未注意到这种反对后面隐含的情绪与寓意。戴震生当乾隆之世,其时清朝专制统治已基本稳定,清王朝一面仍然实行"文字狱",一面抬出程朱理学奉为官方哲学。在这种"大棒加胡萝卜"政策作用下,靠程朱理学做官的人是越来越多。当时人们只说八股文是敲门砖,不知道程朱理学也是敲门砖。应该说,程朱理学加八股文,才是一个内容加形式完整的敲门砖。后来,梁启超在《中国近三百年学术史》中详细分析了这一现象:

> 入关以后,稍为有点志节学术的人,或举义反抗,或抗节高蹈。其望风迎降及应新朝科举的,又是那群极不堪的八股先生,除了《四书集注》外,更无学问。清初那几位皇帝,所看见的都是这些人,当然认为这种学问便是汉族文化的代表。程朱学派变成当时宫廷信仰的中心,其原因在此。古语说:"城中好高髻,四方高一尺。"专制国皇帝的好尚,自然影响到全国。靠程朱做阔官的人越发多,程朱旗下的喽啰也越发多。①

由此,戴震猛烈反对程朱理学,在民主思想的深层次上,便有着强烈的民族主义之内涵。而恰恰民主与民族思想,为戴震著《屈原赋注》之指导思想。再进一步分析,戴震一生著作等身,人们多看重他的语言学著作,但他自己认为,一生最重要的是著作,乃是《孟子字义疏证》。这言外之意、话外之音,难道还不清楚吗?

明清之际的其他学者,在研究楚辞结构之时,绝大多数都寄托有深挚之情。例如,黄文焕著《楚辞听直》的动因,乃在于受冤下狱。他在该书《凡例》中说道:"朱子因受伪学之斥,始注《离骚》。余因钩党之祸,为镇抚司所罗织,亦坐以平

---

① 梁启超:《中国近三百年学术史》,上海:上海古籍出版社,2014年,第108页。

日与黄石斋前辈讲学立伪,下狱经年,始了骚注。屈子二千余年中,得两伪学,为之洗发机缘,固自奇异。"① 黄文焕还认为,无论所处之时代,还是身世遭际,他都与屈原十分相似,"痛同病倍",有过之而无不及。他在书中反复强调屈原之"忠",很明显寄托有自己的愤愤不平之气。而在为屈子痛心国事、指斥群小之诗句所做的疏注中,又分明寄托有对晚明国势颓危深沉的忧思。

至于林云铭的三注楚辞,其情其事也至为感人。第一次楚辞注释完成时,恰遇耿精忠之乱,他被囚十八个月,等清兵破闽他获释出来,稿本全没于兵燹之中。第二次是在他寓居杭州时,与一批当时著名学者毛际可等相友善。良好的学术氛围促使他又一次注释楚辞,稿刚成却又毁于火灾。第三次,已是康熙三十五年(1696),林云铭又下决心"杜门追记,并补未注诸篇"②,终于第二年完成了《楚辞灯》。没有强烈的寄托之情,林云铭绝无如此坚忍不拔的毅力。他"每当读离骚,辄废书痛哭,失声仆地",并感叹"以四海之大,无一人能知余之为人者"③,完全是将屈原作为唯一的知己。

综观明清两代,大凡成就卓著者都是有寄托者。相反,无寄托的学者虽或有很高学术造诣也进行过屈学研究,能有某些收获,但总体成就却显得平平,甚至还因不理解而得出错误结论。如俞樾,他的《读楚辞》固然从语言学角度研究有某些新见,然比之于他对经典的研究却显得有些逊色如《群经平议》。而且,俞樾还明确表示对屈原的不理解,认为屈原不及柳下惠,气量太小,并言:"今读其词,乃如妇人女子失意于人所为者。君子不怨天不尤人,知其天乎,又何怨之?"④这些话出自一位著名学者之口,确实令人咋舌。究其原因,无非在于他以己度人,根本体会不了屈原的心境,更谈不上有情志寄托其中。当然,俞樾这种思想不敢在《读楚辞》中流露,而在《宾萌集》杂议他事时偶有流出。

二、感悟

领会、理解、研究任何一部作品,都可以有两种途径。一种是依靠已掌握的

① 〔明〕黄文焕:《楚辞听直·凡例》,清顺治十四年(1657)补刻本。
②③ 〔清〕林云铭:《楚辞灯·序》,清康熙三十六年(1697)挹奎楼刊本。
④ 〔清〕俞樾:《宾萌集》卷一《论篇》,《春在堂全书·俞楼杂纂》,清光绪二十八年(1902)刊本。

文学知识,依据某种文学理论,对作品的方方面面进行细致的分析,做到所谓"持之有故,言之成理"。另一种是在读者或研究者具有了较丰富的人文知识,阅读了大量作品的基础上,结合自己的人生体验,直觉地感受把握作品的内在精神实质,领悟其精髓,即刘勰所说的"操千曲而后晓声,观千剑而后识器"[1]。这种方法,我且称之为感悟法。

在西方文学研究中,前一种方法从来就被定为正统,后一种方法历来被视为邪途。而在中国文学研究史上,两种方法一直并行不悖,这倒是很幸运的事。不过在楚辞研究史上,直至明中叶,似乎仍是第一种方法占据统治地位。大约因研究者多是治经者,多以治经的方法研究楚辞,故后一种方法极少见。降及明清之际,后一种途径被打开或曰被拓宽了,"直觉感悟法"此时被许多学者所采用。这可以说是楚辞研究史上一个划时代的贡献。

采用感悟法对研究的主客观条件要求比较苛刻。除前说的个人的知识和积累外,还要求研究者有丰富的社会经历、阅历和对人生的深刻理解;最好还与原作者的某些方面——思想、信念、目标、行为等,大多或部分类似;与原作者所处时代背景,在本质上亦不能相差太远。综合以上条件观察,自然是明清之际的楚辞研究最得天、地、人之利了。下面略举几例予以说明。

生于明万历末年,卒于清康熙中期的钱澄之,就是这样一位学者。钱澄之少时即以名节自励。当时曾有宦官党羽为御史巡按,巡视安徽而声势赫赫,拜谒孔子庙时诸生迎至门外。钱澄之竟能当众只身阻止其车队,并当街抗声揭露其污秽丑行。后游吴越间,与复社、几社名流雅相引重,立志匡世济民。福王时被马士英、阮大铖派人追捕。后任职唐王府,桂王府时官至编修、知制诰,朝中诏令多由他起草。钱澄之身居要职,仍不断撰文尖锐指陈时弊,为当权者所忌恨,只得乞假间道归乡里[2],结庐先人墓旁。环庐皆田,故号田间,著述以终。很明显,钱澄之所处的时代与思想、信念及个人遭际与屈原十分类似,因而对屈原之作品有着独特的感悟。他认为屈子、庄子二人在本质上十分相近,在《庄屈合

---

[1] 〔梁〕刘勰著,范文澜注:《文心雕龙注》下册,北京:人民文学出版社,1958年,第714页。

[2] 另一说为钱澄之在桂林被清军攻占后,一度落发为僧,号西顽,后归故里。

诂·自序》中反驳"庄、屈不同道"之说,肯定庄子、屈子均为天下至性之人,进而推之:"天下非至性之人不可以悟道,非见道之人不可以死节也。"最后悟出:"庄子、屈子之所为,一处潜,一处亢,皆当时为之也。"结论是"庄、屈无二道"!

表面看来,庄、屈二人处处相反:庄子出世,屈子入世;庄子恬淡,屈子刚烈;庄子与世推移,屈子遗世独立;庄子不与统治者合作,屈子则始终把政治理想的实现寄托在楚王身上……所以,人们认为"庄、屈不同道",是很自然的事。唯有钱澄之,特殊的经历使他体悟到庄、屈二人思想的精髓,发现二人本质上的相通处,并第一次将两人的作品合在一书中注释,名为《庄屈合诂》。这是一个杰出的发现,后来一切庄、屈比较研究莫不是以此为源。

对于《离骚》中芳草的体系及象征意义,钱澄之亦体悟犹深:

> 篇中称芳不一,其谓扈芷纫兰者,独行之芳也。搴木兰揽宿莽,所共事之芳也。滋九畹树百亩,所培植之芳也。原之芳既已委弃,众芳亦从而芜秽矣。而原惜芳不已,饮其坠露,餐其落英,与共朝夕焉。从而结之、贯之、矫之、纫之,虽为当时所弃,原犹欣赏而珍存之。而恶原者益以此重原之罪。其曰"既替余以蕙纕兮,又申之以揽茝"是也。①

所以此处引一大段,是想说明钱澄之领会体悟《离骚》高于前代注家之处。他将散见于《离骚》各处的芳草,汇聚拢来总体观照,从而揣摩出屈原的创作心理。而此论之后半部分,可以品味出其中有钱澄之当年任职朝廷,饱受群小打击的苦辣与酸楚。类似这样体味细微的见解还有多处。

另外,与屈原相同的政治理想与人生遭际,使钱澄之对屈原政治理想的核心,看得十分清楚:

> 美政,原所造之宪令,其生平学术尽在于此,原疏而宪令废矣,所最痛心者,此也。

---

① 〔清〕钱澄之:《庄屈合诂·屈诂·离骚》,《饮光先生全书》,清同治三年(1864)本。

在《惜往日》之题后，钱澄之亦诂曰："始曰'明法度之嫌疑'，终曰'背法度而心治'，原一生学术在此矣。楚能用之，必且大治，而为上官谗，终废，其事为可惜也。"这里，又隐隐现出钱澄之当年一再上疏，慷慨激昂指陈旧弊，献以大略的影子。

再如生活于清康乾之世的桐城派古文名家方苞，他历仕康、雍、乾三朝，又曾因戴名世《南山集》案被牵连入狱，几乎被问斩，幸亏大学士李光地力救才得免死为奴。但其声名仍使他得教读皇子，扈跸行宫。《离骚正义》作于他晚年托病离朝回乡后。其时，他经受了专制压迫，饱尝了文字狱的恐怖，对封建社会最高统治者集万权于一身，猜忌专断、乍喜乍怒等种种特殊性格心理深有体会；对朝臣们的你嫉我妒、离间倾轧、党同伐异、卖友求荣等眼见身历，故对《离骚》中表现屈原与君王关系之诗句，特别善于领会其弦外之音、话外之旨，从而对"求女"的研究特别有成就。他在"溘吾游此春宫兮……相下女之可诒"四句后按道："以众女比谗邪，则下女乃喻亲臣重臣能为己解于君者。……众女虽多嫉妒，然下女中独无好贤乐善，而可诒以琼枝之佩者乎？不可不多方以求济也。"①"求女"之义，王逸解为求贤臣，朱熹解为求贤君，两解都有一批学者从之。方苞以他的切身体会，解为"亲臣重臣能为己之解于君者"，应为有创见之解。按此解，以下"求女"之三次的含义豁然显现。此说后来被一批学者采纳，胡文英《屈骚指掌》的"求女"即"求通君侧之人"的解释实际本此。而他所以能得到这个有创见的正确结论，恐怕与当年李光地全力上疏救他有关。

这里有个问题，即明清之际的这些学者是自觉地、有意识地使用感悟方法，还是仅仅因自身的信念、遭际及所处的与屈原相类、相近而不自觉地偶用呢？以现有资料分析，恐怕还是前者居多。钱澄之、方苞以及王夫之等，每每在研究历来学术关键及症结处时，使用这种方法，求得合情合理之解释。而且，从使用的次数看（都不只使用一两次），也绝非偶然巧合。

更重要的是，此时有些学者已注意到两种研究方法的差别，且对"直觉感悟法"做了可操作性方面的探索。曾于明崇祯末年担任过侍御史，以正色直言倾动朝野的李陈玉，在《楚辞笺注·自序》中明确表达了对前代学者的不满，批评他

① 〔清〕方苞：《离骚正义》，《望溪全集》，清乾隆十一年（1746）方氏家刻本。

们只重章句之训释而忽视大义的阐发,据此确定自己的著作以阐明作品大义及屈子思想情操为主。比之前人的研屈著作,《楚辞笺注》也确实具有这方面的特色。李陈玉的门人陈子觌在该书《后序》中言:"至于诠释,汉有不能尽得之刘、王,宋有不能尽得之朱、洪者,何以故? 岂其学、识、才之尔殊也哉?"①陈子觌的意思是,刘安、王逸、朱熹、洪兴祖并非识、才不逮。他的老师能超过前人,也并非才、识方面的原因(是否真正超过则另当别论),而是志向、意趣、经历在起作用。李陈玉的另一门生钱继章则更直截了当地指出,他的老师之所以取得这样的研屈成就,一是得力于地域文化的影响:"江与楚介,春秋时隶吴,吴亡遂折于楚,今称兄弟之国。士大夫率刻厉名节,持论亮亢……"②二是李陈玉为国为民的宏大志向与颠沛流离的经历与屈子相同,这便使他们的心息息相通:"既而遁迹空山,寒林吊影,乱峰几簇,哀猿四号,抱膝拥书,灯昏漏断,屈平之《抽思》而《惜诵》也。"钱继章还认为,屈原与李陈玉:"其遇虽不同,而似有同者。宜其精神注射,旷百世而相感者哉!"陈、李二人从不同的角度说明并肯定了"感应"在李陈玉的屈学研究中的作用。

另一明清之际学者贺贻孙,于所著《骚筏》中公开提倡:

> 楚骚汉诗皆不可以训诂,求读骚者须尽弃旧注,止录白文一册。日携于高山流水之上,朗读多遍,口颊流涎,则真味自出矣。③

此论看似玄而又玄,其实就是对感悟法提出了一个可操作的方法而已。贺贻孙所指的读者当然不是甫就私塾的童蒙,而是文化涵养颇深的学者。此处无非强调研读楚骚汉诗的学者不要耽溺于字句之间,要面对高山流水净化灵魂,脱除世俗干扰,以求超越时空,直接把握全篇,体味作品整体含义而已。贺贻孙所提倡的这种近乎癫狂的举动,目的也无非是调动人的潜意识以增强直觉感悟能力。

---

①② 〔清〕李陈玉:《楚辞笺注》陈子觌后序,清康熙十一年(1672)武塘魏学渠刊本。
③ 〔清〕贺贻孙:《骚筏·九辩·二辩》按语,《水田居全集》,清道光二十六年(1846)本。

三、创新

屈学发展到明清之际，不创新已没有出路。这一点，明清之际的学者们也都懂得。但他们并非刻意创新，观察那些研究中萌发的新意，大多是油然而生、自然而出。他们之所以研究楚辞，或是以发愤著书从另一方面实现人生的价值，或是因忍受了统治的高压从屈骚中求得心灵的慰藉……此时研究屈骚，不但毫无功名利禄可言，甚至有掉脑袋的危险。总之，研究者大多于艰难困顿之中坚拒名利富贵，以全部心血、扎实的功底潜心研究，要他不创新是不可能的。

这个创新是多方面的，大至途径、方法、角度、手段，小至一字一词一地一物，可以说是新意丛出。限于篇幅，在此只能简介一下方法角度的创新。

首先还是以三大家为例。王夫之《楚辞通释》在字句训释上颇有新见，然而他最值得称道的是方法角度上的创新。他不但善于运用直觉感悟的方法，还开始注意从社会文化角度研究楚辞。屈原《九歌》究竟有无兴寄，历来是争论未决的问题。王夫之生长于楚地，终老于沅湘间，不但对楚文化十分熟悉，而且对苗、瑶、壮等少数民族的文化也很了解。因而他研究《九歌》，既同意王逸对沅湘之间宗教文化的描述，又根据自己对楚地祭祀内容形式的把握，不同意王逸的寄托说："孰绎篇中之旨，但以颂其所祠之神。而婉娩缠绵，尽巫与主人之敬慕，举无叛弃本旨，阑及己冤。但其情贞者其言恻，其志菀者其音悲，则不期白其怀来，而依慕君父、怨悱合离之意致，自溢出而莫圉。"①王夫之认为，《九歌》纯粹是娱神的乐章，其中屈子情感并非没有流露，但是不自觉的，不能错误地把它当作主旨。

蒋骥开创了以地理学方法研究屈骚的途径。他详细考察了屈原之行踪，并第一次以五幅地图形象化地加以表述，还将屈原行踪的考察与心理分析结合起来，从而解决了某些难题。如蒋骥根据屈原流放江南的行踪，有力地否定了朱熹错误理解司马迁《屈原列传》而定《怀沙》为绝笔说；又以切实的证据支持了汪瑗的"怀沙即怀长沙"说。他还特别反驳了那种"长沙之名，自秦始建，且专以沙

---

① 〔清〕王夫之：《楚辞通释》卷二《九歌》，上海：上海人民出版社，1975年，第25页。

名,未为可训"的观点①,举《山海经》《战国策》《史记》《湘川记》为证,考证长沙之名由来已久,使"怀长沙"说有据有理有力。另外蒋骥对《九章》《九歌》中地名进行考证,如对夏水、庐江、涔水、澧水等的考证,都能驳正旧说,富有新意。

戴震以朴学方法研究楚辞,早已为学界所公认。其治学门径,是以声音、文字以求训诂,由训诂以求义理。他认为义理决不可凭空臆断,必须以古经、古训证明之。如《九歌·湘君》"薜荔柏兮蕙绸"之"柏",王逸释为"搏壁",然而后人不知"搏壁"为何物。戴震引刘熙《释名》注出:搏壁,以席搏着壁也,此注方通。又如《离骚》"及荣华之未落兮"之"荣华",前人注解甚多,终嫌不贴切。而戴震引《尔雅》"草谓之荣,木谓之华",方将此解通。再如《离骚》之"女嬃",洪兴祖注曰"贾侍中说楚人谓女曰嬃",前人少有驳正。而戴震据《说文》注:"贾侍中说楚人谓姊为嬃。"两人同引贾侍中言,后人证明无误。可以说,戴震以朴学方法研究楚辞,为后来的研究者开辟了一条宽阔的大道。

戴震的创新还非此一途。他反对宋明理学,其思想也贯穿于屈学研究中。如宋明理学主张"存天理,灭人欲",而戴震则言:"凡事为皆有于欲,无欲则无为矣。有欲而后有为,有为而归于至当之不可易之谓理。无欲无为,又焉有理?"②朱熹指责屈原"过于中庸""抒怨愤而失中",戴震则高度肯定屈原的怨愤之情,肯定屈原爱国之"至理",正是存在于并表现于怨愤之情中。因此,戴震以他先进的哲学观点透视楚辞,看得就比朱熹他们要深刻一些。

至于从心理的角度研究楚辞,在明清之际就不是一两名学者的尝试,而是一批学者在进行探索。

开始,是与东林党领袖顾宪成齐名的晚明学者赵南星,从心理角度剖析屈骚中的历史人物。赵南星因嫉恶如仇,屡忤权贵,以致三起三落,后被魏忠贤贬戍代州致死。赵南星深谙小人与庸臣之心理,于《离骚经订注》中提出"楚臣利用愚弄怀王"说。

---

① 〔清〕蒋骥:《山带阁注楚辞》,上海:上海古籍出版社,1958年,第225页。
② 〔清〕戴震:《孟子字义疏证》卷下,北京:中华书局,1961年,第59页。

窃意怀王虽愚,或不至此。六国之臣,皆听张仪割其主之地,以市于秦。楚之臣尤利怀王之易欺,而用之媚秦,以苟终身之富贵,不顾社稷之倾覆。内复有郑袖,相与愚弄其君。屈原用则诸臣当失富贵,袖当失宠,是以必不能容。①

以前的学者,多只看到屈原所指斥的"群小"唯利是图,结党排斥屈原。赵南星则看得更深刻,指出六国之君王不过是臣子取利的工具,怀王尤其如此。楚之臣均利用怀王好欺,把他作为媚秦的工具,由此可得终生富贵,也必不能容屈原。赵南星之说真是鞭辟入里,表面看君王是主宰,群臣不过是君王的工具,实质则相反。由此观之,楚国的许多怪现象,如怀王一再受欺于秦、张仪出入楚国像出入家门等,都得到了合理的解释。

以赵南星的声名,明清之际的学者不会不注意他的《离骚经订注》。他从心理角度分析历史人物成功,也不会不给后来的研屈者以启示。事实也确实如此,赵南星之后,从心理角度研究楚辞的途径被广为拓宽。朱冀在《离骚辩》、鲁笔在《楚辞达》中对研究者在研究中的潜意识现象和作用给予了高度的关注。而对研究对象之种种心理现象,一些学者也进行了较为实在的分析。如方苞已注意研究屈原的创作心理。他将《离骚》中所表现屈原对君王态度的句子加以对照,发现只有一处有怨怼——"怨灵修之浩荡兮",其余则是称美人、称灵修、称哲王,由此证明屈原对楚怀王感情深挚。他又仔细对比诗中指斥"兰""椒""楱"时措辞之差异,发现屈原对"兰""椒""楱"所代表的变质学生的态度有细微之差别。再如贺贻孙既将屈原作为伟人而高度推崇,又实事求是地分析了他所具有的常人的心理②。而龚景瀚则通过对《离骚》的段落划分,努力揣摩屈原表现心理的某些特点③。可以这样概括:明清之际的楚辞著作,大多从心理的角度或从心理的某一方面作了探讨,而完全未涉及心理方面的,则几乎没有。

---

① 〔明〕赵南星:《离骚经订注》跋,明万历四十一年(1613)刊本。
② 可见贺贻孙《骚筏》中对《离骚》首四句之疏解。
③ 详见龚景瀚《离骚笺》关于段落划分之按语。

四、订误

与创新恰恰相反,在订误方面,明清之际的学者们倒是高度自觉、目标明确的。对前人的研究,他们从词语训释、名物考证、地理方位、天文气象、段落结构、思想主题乃至历史的事件、人物、传说、神话等方方面面,做了许多订误、纠谬工作,其范围之广、层面之多、数量之大,均为楚辞研究史所少见。这里,简单地举几个例子、剖析一两个层面、交代三五个结论,都是挂一漏万的事,因而毫无意义。全面地介绍这一时期屈学研究中的订误情况,只能在下编二、三、四部分介绍楚辞著作时进行。而订误中出现的两种新现象,倒是可以在此略作说明。

一种现象是,从整体观察,这种订误是全面的、多层次的;而具体的就个体分析,每一位研究者都只是集中对前代著作的某一方面最多几个方面进行订误、纠谬。如戴震集中于语言,蒋骥集中于地理,陆时雍多集中于文义,王夫之以思想文化梳理见长,李陈玉则以意志情操辩驳为胜,方苞常于精微处纠前人之谬,钱澄之不满于古人的故作精深……这种"订误点"的集中,也是自觉的、有意识的。学者们很善于发挥自己的长处,仅从他们的著作即可得知。将订误集中于哪一方面和某些纠谬观点的形成,往往是多年积累的结果。

另一种更值得注意的现象是,有极强针对性地专攻某一书"谬误"的著作出现了。此前,楚辞研究史上,后人如果不满意前人的著作,则以"补"的形式出现,像洪兴祖补王逸之注即是。而朱熹《楚辞集注》虽对王、洪二注多有纠驳,吸取他们成果之处却也很多,且全书仍然是独立注释,并没有那样强的针对性。而清朱冀的《离骚辩》,则主攻林云铭《楚辞灯》,兼攻朱熹《楚辞集注》。朱冀认为宋明旧注之错误,林云铭已经指出;而林云铭的谬误,还未有人指出,言外之意他必须当此重任。朱冀连《楚辞集注》也判为"无所剪裁,庞杂如故",甚至断言该书非朱熹所作。有趣的是,朱冀专攻朱、林,而后来王邦采的《离骚汇订》中又主攻他。王邦采于该书《姓氏六家目后》曰:"林氏西仲自谓可烛照无遗,而读之如闻梦呓。天闲氏①力辟之,皆当。惜其诂拘牵臆凿诸病,更甚于前人。而才

---

① 天闲氏,即朱冀。

情横溢,又足以文其背谬,迷人心目。其误后学,尤非浅浅。因俱用直笔标于旁,而详加辨正焉。"①仔细阅读朱冀所纠林氏之谬,许多并无道理;王邦采批朱冀之误,亦颇多臆断之词。但应该肯定,作为一种研究途径,"针对一书,专攻其谬",本身并不错,运用得好,可以有效地推进学术的发展。关键在于使用者持何种学术态度。朱冀与王邦采二人,于纠谬中形成和拓展自己的观点,有些确言之有理,启人思维;有些却强词夺理,令人喷饭。结果总体评价起来,他们著作的学术成就和地位反不如被纠谬者。

　　本来,创新与订误,在研究工作中可视为同一事物的两面,就像一枚硬币的两面一样。创新必须订误,而订误本身就是一种创新。只是,明清之际尤其是清初的学者们订误意识过强了一些。这种偏颇的心理导致有的人几乎全盘否定前代的研究成果,如林云铭、朱冀、王邦采等。有些清醒理智而学术胸怀较广的学者,也受这种风气的影响而有些过激言论。之所以如此,可能与明亡后先进的思想家们对中国封建社会的反省,以及当时的学术价值体系有关。从清初开始,训诂学及先秦古籍研究就分为两个派:一是以惠栋为代表的钩沉派,一是以戴震为代表的订误派。应该说,两派都取得了很大成就,但订误派的名声比钩沉派要大得多,导致现在从事中国古代文学或文化的研究者中,有的人根本不识有惠栋和钩沉派。笔者一向认为,这是极不公平的。这种学术天秤的倾斜,对不良学风起了助长作用,至今还在产生影响。

　　了解了"订误"这个指导思想的作用与不足,下面就该议及明清之际屈学研究思想在楚辞学史上的贡献与地位了。这一贡献无疑是巨大的! 首先,其研究思想的发展是一个合规律的发展,即外部符合社会与文化的演进,内部符合楚辞研究自身的运动。因而,它便很自然地将楚辞研究推到了一个新的阶段。若将楚辞学史的下限划到1949年,那么两千多年的历史大约划为两个阶段,分界线就在明清之际。在新的研究思想的指导下,研究成果的数量与质量都远胜前段。其次,确立了独具特色的研究思想。此前,屈学研究思想与其他专学(《诗经》学、《文选》学等)没有什么不同,有的学者还以治经的思想方式研究之。明

---

① 〔清〕王邦采:《离骚汇订·姓氏六家目后》,清康熙六十一年(1722)刻本。

清之际,一套较完整的,自成体系的,区别于其他专学的研究思想就此确立(如"寄托""感悟"等),从此楚辞学的研究也就进入了一个极富个性特色的新时期。第三,在这种研究思想的指导下,多角度、多层次、全方位地引进邻近和相关学科知识的研究思想、态势在明清之际就开始形成,而不是开始于五四时期。在积极的创新、订误思维的指引下,一代代的楚辞学者扬弃前人不成熟的结论,推动楚辞学向前发展,而不是陈陈相因、代代相袭。第四,明清之际共同确立研究思想的一批学者(如王夫之、钱澄之、李陈玉、方苞、戴震等),由于所处的特殊历史时代和个人特殊地位,使他们的楚辞著作具有特殊的意义,成为不可替代的宝贵研究资料和精神财富。

第五节　演进的脉络与反思

细心的读者可能已经注意到,第一章《各阶段楚辞研究概况》中,第一、二节分述了汉魏六朝及唐宋楚辞研究概况。而在本章研究思想的论述中,第二节是《汉魏六朝楚辞研究思想》,第三节是《宋代楚辞研究思想》,唐代这一阶段则没有了,由此显得体例有点不统一。然而这是没办法的事,形式取决于内容(尽管有时形式也能影响内容,但毕竟只能是影响)。观察有唐一代之楚辞研究,其研究思想与其他几个阶段相比,特点确实不突出、不鲜明,致使其研究也相对弱于其他几个阶段。我们不能为迁就表面形式的统一而造成实质内容的更大的不统一,于是也只有遗憾地将它空缺。下面将研究思想演进的脉络总结一下。

汉魏六朝的楚辞研究思想为"评价、阐释、多途",而"多途"又包括经学阐释、心理探究、艺术分析、多学科结合诸部分,这就为以后楚辞的深入研究打下了一个坚实基础,并使其居于一个高水平的起点。两宋楚辞研究思想为"寄托中领悟,拨正中创新,拓宽心理路径",它一方面继承并大大发展了汉魏六朝的研究思想,使楚辞研究形成了不同于其他学术研究的鲜明特色,另一方面又给明清楚辞研究以极具创新意义的启迪。明清楚辞研究思想为"寄托、感悟、创新、订误",此时研究思想产生了一个质的飞跃,从此一套较完整的、自成体系的、区别于其他专学而独具特色的研究思想就此确立。在它的指导下,多角度、多层次的、全方位地努力引进相关学科的研究思路和态势开始形成,推动楚辞学进入了成果丰硕、极富个性特色的新时期。

回眸楚辞研究思想史,结合各阶段研究概况,观察其变化演进轨迹,两千余年楚辞研究及其思想史之发展特点及规律,应该是看得比较清楚了:如果就线性演进而言,这一发展是波浪似的。研究史起势就是一高峰,其后逐渐下行,至唐时为一低谷;然后经北宋至南宋时为第二高峰,接下元朝和明初渐行至低谷;明中叶开始回升,到明末清初、清中叶形成第三个高峰,然后又逐渐下行,至民国有一个小反弹,然后再次下行,至二十世纪六七十年代见底;二十世纪八十年代后迅速回升,现已超过第三高峰……

仔细观察这一发展波动曲线,第二峰高于第一峰,第三峰又高于第二峰。将三个峰顶连接起来,其线条形成上升的趋势,可以肯定第四高峰将远远高于第三峰。而将三个谷底连接起来,也形成一条上升曲线,楚辞研究将来即使形成第四个谷底,也可肯定将远远高于第三个。

仔细分析这波动曲线①,会发现推动发展的动力主要在内部,即研究史内在的动力,外因只是发展、变化的条件。并且,似乎与经济的发展、国力的强弱以及人们的生活状况关系也不大,倒是文化的变化发展对其有一定影响,但并不一定文化发达楚辞研究就兴盛。例如,唐代国力强盛,文学和文化发达,而楚辞研究却处于低谷,甚至比魏晋六朝还差一些。明末清初改朝换代,战乱频仍,国势更无法与盛唐相比,然而楚辞研究史反而兴盛,上升进入第三个高峰期。

仔细探究研究史发展的内部动力,发现研究之发展波动形成的思想是主要动力源。汉代楚辞学形成、楚辞研究滥觞时,其研究就重视借鉴经学研究方法。两宋理学使经学以另一种方式兴盛,清初以后今文经学之复兴使清代经学又一次热闹起来。时代上,与之大致重合的是,西汉刘安、司马迁赋予了楚辞研究"寄托"的特色。到宋代(尤其是南宋),洪兴祖、朱熹、杨万里等继承了这一传统。而至明末

---

① 由于研究范围所限,本书只研究前三个波浪,而对第四波浪——由清末至二十世纪六七十年代以及改革开放后则搁置不论。

清初王夫之、钱澄之、李陈玉、李光地、林云铭、方苞等,更是将"寄托"传统发扬光大。在重视心理研究上,也刚好是两宋、明清时期较为突出,三个研究特色恰好重合在此三个时期,当然这三个时期就是三座高峰。

回观了研究史发展的轨迹,探索了三座高峰形成之动因,下面再来反思一下有哪些不足之处或本可以做得更好一些的地方。

第一,问题。如楚辞研究与经学研究之关系。不可否认,刘安、司马迁、王逸等借助经学的评价体系和方式,将屈原肯定为最光辉、最崇高的前贤之一,将屈骚文本提到几与群经等齐之地位;而楚辞研究也借鉴经学之研究方法,取得了相较于众多专学研究更为突出、丰硕的成就。然而事物都是辩证地对立统一的,凡事有正必有负、有好必有坏、有优点必有缺憾……楚辞研究借助、借鉴经学研究的结果,固然取得很大成绩,但由于时代、地位、见识等方面的原因,研究过程中也出现了几个问题,比如"以经等骚""以经解骚""以经证骚",以及"以《诗》解骚""以《诗》证骚"等。

屈骚(以及楚辞)毕竟不等于"五经",将骚与经完全等同起来,无疑容易遮盖或消解了屈骚独有的特色,幸亏后来学者们头脑还算清醒,没有将屈骚"经化",没有借力过度。本来,"以经解骚""以经证骚",从语言阐释、历史史实之注解等方面,是正确且完全可行的。然凡事皆有个度,若完全以经学之思想,尤其是以汉儒阐解的五经之思想,来框套有着独特思想和意义之屈骚以及所有楚辞,那就"差之毫厘,谬以千里"了!

同样,"以《诗》解骚""以《诗》证骚"亦是如此。《诗经》本来是诗,是文学艺术作品,它当然是经典。孔子"兴观群怨"之评无疑十分正确,有的诗无疑有讽谏、教育、规诫之义,也真有微言大义……然而像汉儒那样正襟危坐、板起脸来,将情诗、爱诗等富有情趣之诗统统注入"正统大义",这就不免"走火入魔"了。若再用这"走火入魔"之"心径"去"解骚""证骚",那情感丰富、"惊采绝艳"的"奇文"屈骚,就几乎成了政治教科书了。将《九歌》全部解为政治诗,连《山鬼》也有具体讽谏之义,无疑属于此类。

第二,不足。如上所言,屈骚不是政治教科书。它是文学作品,是诗歌,应探讨它的艺术特质,发现它独特的情感抒发方式,观察它宏博的象征体系,揣摩它高妙的比兴手法,分析它"惊采"的语言文字,以及独树一帜的"悲慨"风貌,等等。一句话,去研究它"气往轹古,辞来切今,惊采绝艳,难与并能"①的独到艺术特色,以及何以在中国诗歌史上具有难以企及的崇高地位和巨大影响的原因。实在说,这方面是楚辞研究史上一个极为薄弱的环节。本来,刘勰为楚辞的文学艺术本位研究开了一个不错的头,只是后来的研究者并未能很好地跟上,继承、发展更是明显欠缺。这种情况不仅存在于刘勰以后的整个古代楚辞研究史,甚至一直延续当代,直到"文革"以后才有所改善②。

第三,缺憾。本书的《后记》中,特别说明楚辞研究与屈学研究之共同点与不同点。楚辞是一种文体。楚辞研究主要是文学的研究,这方面自然包括屈骚的文学研究。而不同点在于,屈学还包括对屈原的研究,对屈原思想、精神、人格、心理的研究,更包括对屈原及中华民族之精神、心理、品性、文化等的研究。不过由于时代和文化背景的变化,学术视野和眼光的局限,以及目的和任务的区别等,古代学者在这些方面往往认识不到,注意不够,表述力度不足,造成楚辞研究史上的一些缺憾。这缺憾在现代楚辞研究上也并没有得到很好解决,直到新时期时才有所改观③。

还有几点,因在程度上与以上三点不在一个层次,这里就不一一胪述了。本章至此,可说对历代楚辞研究思想已大致探明,就这一意义上说,我们的任务已基本完成。不过就另一层面,即应用层面来说,探讨尚未开始。我们之所以探讨历代楚辞研究思想,当然不是为研究而研究,为探讨而探讨,而是为今天楚辞研究思想乃至整个古代文学研究思想的构设,找到一些根据,求得一些借鉴,获得一些启发,为各种研究方向、各条研究路径求取具有历史深度的认识。为

---

① 〔梁〕刘勰著,范文澜注:《文心雕龙注》上册,北京:人民文学出版社,1958年,第47页。

② 痛感于此,笔者决心花极大气力研究屈骚艺术特色,集十年研究成果撰写了《屈骚艺术新研》(湖北人民出版社1990年版)。这是学界公认的第一部全面、系统、较深入地研究屈骚艺术的专著。其后笔者又花费十六年工夫将此书观点补充、扩充、发展,完成了《屈骚艺术研究》(湖北人民出版社2006年版)。两书均获得学界很高评价,有多篇书评。

③ 有感于此,笔者花了二十多年时间研究,撰写了《屈原与中华文化和民族精神》(四川大学出版社2008年版),全面系统地探讨了屈原对中华文化和民族精神的巨大影响,肯定了屈原对中华民族心理形成和民族精神构建所起的巨大作用。

此,需要再较全面深入地探讨历代楚辞研究思想的形成动因,分析这些思想缘何而生,又缘何而变,并站在实用立场上考虑如何反思、如何借鉴。当然,这已超出本章本书研究范围,需另一篇长文甚至一本书来完成了。

中 编

楚辞研究路径和方法史

第一章　经学阐释路径和方法

第一节　经学与楚辞研究

在进入正式探讨前,有必要对相关概念作一简要说明,并在不同意见中做出我们的抉择。

首先是经学。何谓"经学"? 回答很简单,就是关于儒家经典的学问。而"经"为何义,争论就来了,归纳起来,大致有三种:

其一,刘熙《释名·释典艺》曰:"经,径也。常典也。如径路无所不通,可常用也。"①这就是说,"经"是固定、常用的典籍,像路径一样指示方向,引导行进。王逸《楚辞章句》对经即采用此说。

其二,刘勰《文心雕龙·宗经》曰:"经也者,恒久之至道,不刊之鸿教也。"②司马光《古文孝经指解》序:"圣人言则为经,动则为法。"③这即是说,"经"乃圣人之言,为不变之至道、法则。

其三,现代学者章太炎曰:"经者,编丝连缀之称,犹印度梵语之称'修多罗'也。"这即是将"经"与古代书籍等同起来。④

---

① 〔汉〕刘熙:《释名》,《四库全书》本。
② 〔梁〕刘勰著,范文澜注:《文心雕龙注》上册,北京:人民文学出版社,1958年,第21页。
③ 〔宋〕司马光:《古文孝经指解》,《玉海》卷四十一,《四库全书》本。
④ 转引自蒋伯潜《十三经概论》,上海:上海古籍出版社,1983年,第3页。

这三种意见,都与对"六经"的认识有关。持第一种意见者,多主六经乃上古旧典,有些明清学者,如王阳明、胡应麟、顾炎武、章学诚甚至主张"六经皆史"。古文经学派因坚认"六经皆旧典",也多持第一说。第二种意见实际意指六经为圣人之言,因今文学派主张六经皆孔子所作,故多持第二种观点。笔者赞同第一种意见。因六经确实是旧典。《易》《书》《礼》自不必说,即便《诗》,孔子只是作了"正乐"工作,并未删削。《春秋》原是鲁国史书,孔子作了很多整理工作,然也不能完全视为孔子个人著述。六经原并非专属儒家所有,其阐释权也并非专属儒家,形成后来局面也是从西汉开始的。既如此,六经里大多非圣人所言,只是它蕴涵极丰富的上古知识和深刻道理,对后人各方面均有启示、指导作用。儒家特别重视它们,做了很多阐解工作,加上孔子自己的思想语言,由此形成一个宏大的思想理论体系,影响中华文化几千年。但即使如此,它也只是一个大的思想流派。它的观点不可能句句都成为永远不变的圣则。故"经者,径也"是较合适的解释,王逸等的理解是正确的。至于章太炎的解释,只能适合于先秦时期,自汉武帝"罢黜百家"以后,"经"就成为专属儒家经典(以后发展为十三经)的名词。

其次是经学何时建立。一般认为,经学应从汉武帝专设五经博士开始,然清代经学家皮锡瑞却言:"经学开辟时代,断自孔子删定六经为始。"①皮锡瑞为今文经学家。经学家主张六经为孔子所作,他断定孔子删定六经,自然就视其为经学之滥觞。然而事实是除《春秋》外,其余四经孔子并未删定,其说不攻自破。《经学历史》虽为经学史的开山之作,但皮氏学派倾向过强,过度拔高今文派,贬低古文派,许多结论均有问题,此说即一例。

至于经学研究,与经学应是两个概念。经学建立于武帝时期,而经学研究依笔者的看法,最早也应开始于西汉末年,即今、古文开始激烈斗争的时候。由于此事涉及面太广,这里便不作展开。

第三是楚辞学的问题。一般认为,楚辞学开端于刘安的《离骚传》,以前笔者也持此观点。不过,随着笔者这些年对楚辞学史和楚辞研究史的研究,发现

---

① 〔清〕皮锡瑞著,周予同注释:《经学历史》,北京:中华书局,1959年,第19页。

这个结论需要修正。楚辞学应开始于刘向对楚辞的结集,楚辞研究则开端于刘安《离骚传》。因刘安只是对《离骚》进行了研究,而此时屈骚还没有一个完整的文字载体——尽管有证据表明,刘向以前就有楚辞书籍流传,但毕竟均已亡佚,其内容不得而知。就目前的资料来看,这一工作最终还是在刘向手中完成。专学——楚辞学,自然也就应从刘向结集建立。这似乎与一般学术史相反。一般是专学建立在前,研究于后;而楚辞却是研究在前,专学建立于后。我们只能尊重客观事实。

这样,经学与楚辞学都在西汉中期得以建立。二者建立的途径也大致相同,都是由民间传习,经知识界高度评价最后由官方确立。不过,其后确立最高地位之基础却大为不同:一个是由汉武帝"罢黜百家,独尊儒术"而取得思想界的统治地位;另一个则是经刘向秘阁校书而成为正式图书,凭借辉煌的艺术成就和崇高的精神品格而在人民心中树立起永远的丰碑。

毋庸置疑,在中国古代特定的政治体制和文化氛围中,居于统治地位的经学必然会给楚辞学以极大影响。可以这样说,经学是中国特有之学问,经学对楚辞学的影响也是中国特有的。下面我们就分几个大的历史时期而归纳论述之。

第二节　内容与形式的全面拓展
——两汉经学及方法对楚辞研究之影响

经学一开始就从内容和方式两方面给两汉楚辞研究以影响,而且就某种意义上说,影响很大。至于今、古文之争对其有无影响,哪一派影响更大,则这方面远无清代的那样明显①。倘若定要作些区别,那么总体看来,古文经的影响要大些。楚辞著作者,马融、贾逵是古文派,扬雄、班固倾向于古文,王逸从其对"经"之解释看,至少也是倾向于古文的。而东汉中期以后,古文派压倒今文派占绝对优势,此

---

① 见2013年第四届国际"汉学与东亚文化"研讨会笔者提交的《清代经学与楚辞研究》论文。

时楚辞研究相对于西汉要更兴旺一些。无论从著作者还是学术形势,都能得到这一结论。只不过扬雄、班固、贾逵、马融等的楚辞著作全部亡佚,具体影响我们无法分析研究了。

提到班固,还有一点必须再次重复说明。现在有的学者特别喜谈两汉的楚辞论争,确定以刘安、司马迁为一方,扬雄、班固为一方,在肯定还是否定屈原上展开激烈论争①。这一论断虽很能吸引人的眼球,可惜不太符合学术事实。扬雄是否贬损屈原,已有多人论辩,本书上编第二章第二节也已详作论辩,此处不再赘言。而班固对屈原于《离骚赞序》高度赞许,后又于《楚辞序》中贬斥其"露才扬己……强非其人,忿怼不容,沉江而死,亦贬絜狂狷景行之士"。这种一百八十度的大转弯,使历来学者认为班固对屈原的态度确实发生了根本变化,王逸、刘勰、洪兴祖等都批驳班固的《楚辞序》,现当代学者对班固态度变化作出了种种解释,但就其变化本身的认识是统一的。这些学者只注意到班固的《离骚赞序》和《楚辞序》,忽视了汉书中涉及屈原之处与《离骚赞序》观点的统一,更没看到他通过《典引序》曲折隐微传达出的受制于帝王的苦衷。笔者在上编第二章第一节全面仔细分析了这些材料后得出结论:班固对屈原的态度前后基本未变,《离骚赞序》对屈原的崇敬赞许是其真实心理的表达,而《楚辞序》则是言不由衷。

一、"以《诗》解骚"和"以经证骚"之得失

淮南王刘安《离骚传》云:

> 屈平之作《离骚》,盖自怨生也。《国风》好色而不淫,《小雅》怨诽而不乱,若《离骚》者,可谓兼之矣。上称帝喾,下道齐桓,中述汤武,以刺世事。明道德之广崇,治乱之条贯,靡不毕见。其文约,其辞微,其志洁,其行廉,其称文小而其指极大,举类迩而见义远。其志洁,故其称物芳;其行廉,故

---

① 可参见黄中模《屈原问题论争史稿》第三章第一节《班固反对屈原"责数怀王、怨恶椒兰"》,北京:北京十月文艺出版社,1987年;傅勇林《两汉经学之争与屈骚阐释》,《中国文化研究》2001年第3期。

死而不容自疏;濯淖污泥之中,蝉蜕于浊秽,以浮游尘埃之外,不获世之滋垢,皭然泥而不滓者也。推此志也,虽与日月争光可也。①

前已叙及,刘安作《离骚传》,拉开了两千年楚辞研究的序幕,他将屈原和《离骚》推尊到前所未有的高度,使楚辞研究一开始就在一个极高的水平,无疑是楚辞研究的一大功臣。在上编第三章第二节,已全文引录了这段材料,此处为探讨"以经证骚""以《诗》解骚"之因果得失等,于再次重录的同时,也需要将有关的部分论述再次重复一下。

我们知道,刘安思想中占主导成分的不是儒家,而是道家,最推尊的自然也是道家。这里他以儒家五经之一的《诗经》作为肯定《离骚》的标准,当然是为了迎合汉武帝推崇儒家的主张和心理。而这两句是化用荀子的话。《荀子·大略》曰:"《国风》之好色也,传曰:'盈其欲而不愆其止。其诚可比于金石,其声可内于宗庙。'《小雅》不以于污上,自引而居下。""其文约,其辞微,其志洁,其行廉,其称文小而其指极大,举类迩而见义远",也分别是从《左传·成公十四年》和《易·系辞传下》化出。刘安这样或引化大儒之言,或变用经典之文,无疑是将屈原的思想和《离骚》之意义纳于儒家的轨道。如此高度肯定,也为自己的行文奠定基础。

汉武帝既推崇儒学,又好神仙黄老之说。前者为他想有所作为,甚或好大喜功奠定理论基础;后者是他追求长生不老、超脱凡人的欲望所致。前者使他"罢黜百家,表章六经";后者使他广求方士、读司马相如《大人赋》"飘飘欲仙"。故"濯淖污泥之中,蝉蜕于浊秽,以浮游尘埃之外,不获世之滋垢,皭然泥而不滓者也"几句,既高度赞扬了屈原遗世独立、出污泥不染的高洁品性,也暗中迎合了一代雄主"飘飘欲仙"的君王心理。如此富有多重含义的绝妙评传,假若不是早有准备,绝不可能"终朝"赋出。

如果说,刘安写《离骚传》以《诗经》为准则,是要迎合武帝的要求;那么,王逸以经证骚,则是在自觉使用一种成熟固定的评判方式:

---

① 《史记·屈原列传》。

夫《离骚》之文,依托"五经"以立义焉。"帝高阳之苗裔",则"厥初生民,时惟姜嫄"也;"纫秋兰以为佩",则"将翱将翔,佩玉琼琚"也;"夕揽洲之宿莽",则《易》"潜龙勿用"也;"驷玉虬而乘鹥",则"时乘六龙以御天"也;"就重华而陈词",则《尚书》"咎繇之谋谟"也;"登昆仑而涉流沙",则《禹贡》之敷土也。故智弥盛者其言博,才益多者其识远。[①]

刘安主要是以《离骚》比附《诗经》,赞扬其可兼风、雅,而王逸则干脆说《离骚》"依托五经以立义",以《离骚》之文分别比附《诗经》《易经》《尚书》。刘安的评传中,《离骚》合于《诗经》还是屈原的非自觉的创作;而在王逸的《序》里,以五经之义理指导创作已是屈原主动自觉的行为。刘安之后,司马迁将刘安的评传全文引入《屈原列传》中[②],并于《太史公自序》里认为屈骚也合于儒家诗教的讽谏之义,说明他已有半自觉的"以诗解骚"倾向。班固的《离骚赞序》明显接续了这一倾向,而在自己那言不由衷的《楚辞序》中,则完全以儒家思想批斥屈原、屈骚,踏上了由"以《诗》解骚"向"以经证骚"扩大的路途。这样,大致由刘安至司马迁再经班固最终到王逸,完成了"以《诗》解骚"到"以经证骚"的全过程。从此,它们形成一种特有的、固定的研究取向,贯穿于两千年楚辞研究史中。

另外,前已叙及,在先秦时期,一切著作均可称"经"。故汉初时屈原作品称经,包括刘安《离骚经章句》,都未必是五经之"经"的含义。而王逸于《楚辞章句·离骚·叙》中明言"经者,径也",将《离骚》与经学之经等同起来,作为其"依托五经以立义"的重要支撑,已经是确定的"以经证骚"了。

自二十世纪初起,学者们对"以《诗》解骚"和"以经证骚",基本是否定的,归纳起来有以下几点:一是它们不符合或基本不符合屈原作品的实际情况,是研究者主观臆断的产物。二是持此论者忽视了战国社会特定的思想文化环境,而以汉以后儒学独尊状态对待之,由此曲解了屈原的思想、理想、观念、操守等。三是汉儒对五经尤其是《诗经》,常以儒家教义曲释之。而以此曲释之义进而曲

---

① 〔汉〕王逸:《楚辞章句》,清同治十一年(1872)金陵书局校勘汲古阁本。
② 也有学者认为,《史记·屈原列传》中的刘安《离骚传》并非司马迁引入,而是后人窜入。可见汤炳正《屈赋新探·屈原列传理惑》,济南:齐鲁书社,1984年,第4—10页。

解屈骚,以讹传讹,错误多多,正所谓"差之毫厘,谬以千里"。

现在看来,这些观点正误参半。其误者,认为汉武帝后儒学已取得"独尊"之地位,王逸以汉儒曲解五经之义曲解《离骚》;其正者,这些解释确有不合屈骚实际情况之部分。屈原作品中有合于儒家讽谏等诗教的部分,但也有大量不合的内容。有的作品如《天问》《卜居》《渔父》及《九章》部分诗作,主要就是"以渫愤懑,舒泻愁思"和表达坚定信念等,并无意去"依托五经"。战国时期并没有汉代以后的"忠君"观念,屈原思想精神自成一体,并不属儒、道、法等任何一家,强以儒家思想框套之,势必"圆凿方枘,鉏铻不入"。就事实而言,历代强"以《诗》解骚""以经证骚"者,确实常有错误。即以刘安而论,他释"五子用失夫家巷"之"五子"为伍子胥,明显错误。据班固所言,"及至羿、浇、少康、二姚、有娀佚女,皆各以所识有所增损,然犹未得其正也"①。而王逸以阐解儒家经典之方法解释屈骚中的许多神话传说,往往也是胶柱鼓瑟甚或荒谬不通,此处不再繁举。

然而,据此彻底否定"以《诗》解骚"和"以经证骚",将其"一棍子打死",也显然失之于偏颇。

在上编第三章第二节,我们已论述过,汉武帝并没有"罢黜百家,独尊儒术",这话是易白沙在《孔子平议》中强加给武帝的。此文发于1916年《新青年》第2卷第1号,此处便不多述。所以,"以经证骚"并不等于"以儒证骚"。儒学在汉代并未取得统治地位,但毕竟有着重要地位,只要细读董仲舒与武帝之"册对"②,回顾一下西汉之初,贾山、贾谊等对秦王朝十四年覆亡教训的总结,再分析西汉前期实行黄老政治的利弊,就知武帝时儒学逐渐占有重要地位已是必然趋势,谋士、贤良们的建议不过是迎合了武帝心理和顺应了当时形势。因此,问题不在于是否使用了"以经证骚",而在于使用这种评判定式是积极的还是消极的。如果我们从这一角度观察刘安和王逸等的评骚,就会发现他们属于积极一

① 以上均可见班固《楚辞序》。按:关于刘安《离骚经章句》,有两种意见。一种认为刘安作《离骚传》后,又作有《离骚经章句》;另一种意见,现所存《离骚传》实为《离骚传序》,《离骚传》为阐释《离骚》的又一篇文字。笔者认为,刘安于《离骚传》肯定有一篇阐释《离骚》文义的文章,班固与王逸都看过。至于名称,因有王逸的版本依据,目前还是称《离骚经章句》为好。

② 见《汉书·董仲舒传》。

派。无论是刘安的"兼之风雅",还是王逸的"尊骚为经",都是将屈骚摆在与"经"同等高度,从而得出"虽与日月争光可也"和"金相玉质,百世无匹,名垂罔极,永不刊灭"的结论。这一结论无疑是正确的,虽然我们不能因结论正确就肯定得出这结论的过程完全正确,但至少也不应对其完全否定。

对"以《诗》解骚"就更不能全盘否定了,它实际有两个内涵:以《诗经》解骚和以《诗》解骚。前者是将《诗》作为一部经典,以汉儒对《诗》之阐释方式进而阐解屈骚,所得结论自然多有穿凿附会、扞格不通之处,这一方法自然应遭到否定。而后者是仍将《诗》作为文学作品,从艺术、情志等方面观察屈原对其的继承、演变、发展。这一方法我们至今还在使用,只不过运用的理论、术语以及语言发生了变化。无疑后者恰恰是值得我们今天认真分析总结的,根本谈不到否定。

二、运用章句之法的成功

所谓章句,简言之即分章析句之意。《后汉书·桓谭传》:"博学多通,遍习五经,皆训诂大义,不为章句。"李贤注曰:"章句谓离章辨句,委曲枝派也。"刘师培《国学发微》亦言:"故传二体,乃疏通经文之字句者也;章句之体,乃分析经文之章句者也。"[①]故章句不同于传、注、笺、疏、正义等。而有意思的是,传、注、笺、疏、正义等训诂体式,其解释不言古代,就是至今也仍存在一些歧义。如"疏"之释解,周大璞师的就与王力的颇有区别;对于"笺",许威汉的也与王力的不一样[②]。然对于"章句",解释基本一致,即相当于今天的串讲。

本来,章句作为经学训诂体式之一种,是卓有成效值得肯定的。到后来相对于传、注、笺、疏,弄得有点声名狼藉,其过不在章句体式本身,而在两汉的经师们。自西汉武帝定儒学为一尊,经学便成了某些儒生们谋取功名利禄的利

---

① 刘师培著,邬国义等点校:《国学发微》,《刘师培史学论著选集》,上海:上海古籍出版社,2006年,第132—133页。

② 分别可见周大璞《训诂学要略》,武汉:湖北人民出版社,1980年,第45页;王力《古代汉语》,北京:中华书局,1978年,第563页;许威汉《训诂学导论》,北京:北京大学出版社,2003年,第201页。因内容较多,具体观点和文字不再引出。

器。所谓"经术苟明,取金紫如拾芥",所谓"遗子满籝金,不如教子一经",均说明"通经"利大禄厚。而那些所谓"通于一经"的经师,为保住自己的利益地位,自然是将这一经的解释弄得越深奥、越烦琐越好。以致一经说至百万余言,经书上几个字说至两三万字。至于秦延君释《尚书·尧典》标题,达十万字之多,更是登峰造极!如此下去,"家弃章句"自是必然结果。虽然东汉中后期,某些有见识的学者开始努力救弊,将烦琐的章句之作删繁就简①,然毕竟颓势已成,无力回天。故刘勰《文心雕龙·论说》曰:"若秦延君之注《尧典》,十余万字;朱普之解《尚书》,三十万言;所以通人恶烦,羞学章句。若毛公之训《诗》,安国之传《书》,郑君之释《礼》,王弼之解《易》,要约明畅,可为式矣。"②

据《玉海》等典籍记载,两汉时五经均有章句之作,然由于"家弃章句"的结果,到后来一部也未流传下来。而且,"覆巢之下,安有完卵"——张霸、桓荣等删繁就简的章句之作,也挟裹于其中,被历史的长河一并冲刷得干干净净,这实在是很可惜的事。最终流传至今的两汉章句之作,只剩下当时非经学的赵岐《孟子章句》和王逸《楚辞章句》。《孟子章句》宋时被列为"十三经"之一,《楚辞章句》则是楚辞学最基本的经典文本。据《汉书》《后汉书》记载,汉时章句有"大章句"和"小章句"之分③。而这两本"章句",无论是就其字数多少还是经学地位而言,都应属"小章句"之列——大的被淘汰了,小的反而留下来。学术的辩证法就是如此,谁也没有办法。

另一方面,就楚辞学而言,两汉以章句之法治楚辞者不止王逸一人,刘安、贾逵、班固、马融等,均有楚辞的章句之作,然其著作均已亡佚,只有王逸《楚辞章句》流传至今。这又是一个值得思考的现象。仅就刘、贾、班、马而言,当时的社会地位和声名都比王逸高得多,学问方面,除刘安难以判断,其余三人也都比

① 如《后汉书·桓荣传》:"初,荣受朱普学章句四十万言,浮辞繁长,多过其实。及荣入授显宗,减为二十三万言。(桓)郁复删省定成十二万言,由是有《桓君大小太常章句》。"以下刘勰言朱普解《尚书》三十万言,字数与此略有区别。

② 〔梁〕刘勰著,范文澜注:《文心雕龙注》上册,北京:人民文学出版社,1958年,第328页。

③ 如《汉书·儒林传》:"景帝时,(丁)宽为梁孝王将军距吴楚,号丁将军,作易说三万言,训故举大谊而已,今小章句是也。"

王逸要大。那为何王逸的独存留下来而其他的全亡佚了呢？其中细微曲折的原因我们可能永远也无法知晓了，不过从大的方面，从典籍存留的总的规律而言，估计也还是优胜劣汰的法则起了作用，就像郑玄笺《毛诗》而齐、鲁、韩三家诗注皆亡一样。那么，王逸《楚辞章句》比之刘、贾、班、马的楚辞章句之作，优势在哪儿呢？由于没有比照对象，有些特点是否是优势还真不好判断。至于是否像王逸《楚辞章句·离骚·叙》所言"而班固、贾逵复以所见改易前疑，各作《离骚经章句》，其余十五卷，阙而不说。又以壮为状，义多乖异，事不要括"，也不得而知。然而有一点基本可以断定，既然他们都是借用经学章句之法，则使用此法最成功者，他的著作流传下来的概率最大。

王逸以章句之法释楚辞，第一大特点是精当简明。《四库全书提要》曰："逸注虽不甚详赅，而去古未远，多传先儒之训诂。故李善注《文选》，全用其文。"如"帝高阳之苗裔兮"句后，王逸注曰：

> 德合天地称帝。苗，胤也。裔，末也。高阳，颛顼有天下之号也。《帝系》曰："颛顼娶于腾隍氏女而生老僮，是为楚先。其后熊绎事周成王，封为楚子，居于丹阳。周幽王时，生若敖，奋征南海，北至江汉。其孙武王求尊爵于周，周不与，遂僭号称王。始都于郢，是时生子瑕，受屈为客卿，因以为氏。"屈原自道本与君共祖，俱出颛顼胤末之子孙，是深恩而义厚也。

在"朕皇考曰伯庸"句后，注曰：

> 朕，我也。皇，美也。父死称考。《诗》曰："既右烈考。"伯庸，字也。屈原言我父伯庸，体有美德，以忠辅楚，世有令名，以及于己。

这两段材料即可看出王逸阐释的特点。他一般先是对字、词进行训诂，然后引出训诂材料，最后串讲。训诂简明准确而颇具权威性，确如《四库提要》所言。串讲或补训诂之未全，或沟通文脉，或点明深意，简明扼要，绝不作多余衍生旁说。这里，略显不足者，是未能说明"朕"为何训"我"。大约《四库提要》"虽不甚详赅"之评,指这一类批注而言。宋洪兴祖的补注,特在这点上引蔡邕的有关材料加注,可能也是认为此处注释不充分。不过,后人的认识,也可能未必符合汉时的情况。汉时理解"朕"为"我"并不困难,王逸认为只需点明即可。王逸处于安帝、顺帝时,已是东汉中期,前面说过有识见之学者已开始救弊,将一些烦琐的章句之作压缩删减。这种学术形势,王逸不可能不知道。他的章句之作所以能如此精省,是否受到这种形势的启发,今天我们没有证据,只能推测,但这推测应该是合理的。

王逸《楚辞章句》的第二个特点,是对章句之法的创造性运用。这点《四库提要》也已指出:"《抽思》以下诸篇中,往往隔句用韵。"如《抽思》开头四句:"心郁郁之忧思兮,独永叹乎增伤。思蹇产之不释兮,曼遭夜之方长。"每句后都有两句解说,将其抽出便是:

> 哀愤结绉,虑烦冤也。哀悲太息,损肺肝也。
> 心中诘屈,如连环也。忧不能眠,时难晓也。

这简直就是诗。而且,去掉"也"字,简直就是一首四句七言诗!这不是简单的串释、串解,而是在此基础上的一种超越,一种更高层次的意义阐发和启示。如此以《诗》解骚,且不说其他优点,单就其形式而言,就是对章句之法卓有成效的创新。并且,现在对汉语史学者研究汉时的韵部,也有参考价值。

除了屈骚,对其他楚辞作品王逸有时也使用以《诗》解骚的方式。若将《九辩》开头有韵的注文抽出,俨然也是一首诗:

> 寒气聊戾,岁将暮也。阴冷促急,风疾暴也。
> 华叶陨零,肥润去也。形体易色,枝叶枯槁也。
> 思念暴戾,心自伤也。远客出去,之他方也。
> 升高远望,视江河也。族亲别逝,还故乡也。
> …………

这段诗注很长,至少有四十多句,不精心结撰,决不能成。由此更说明王逸是有意为之,并自《九章·抽思》以后,运用此法越来越成熟。

王逸《楚辞章句》的第三个特点,是指出屈骚中的楚地方言。即以注《离骚》为例,"凭不厌乎求索",注曰:"凭,满也。楚人名满曰凭。""羌内恕己以量人兮",注曰:"羌,楚人语词也。""遭吾道夫昆仑",注曰:"遭,转也。楚人名转曰遭。"如此注释,不仅注出了词义,而且训出了屈骚语言的地方特色。也有另一种情况。王逸正确注出了词义,然未指出是楚语。核之扬雄《方言》,方知它们是楚语。如《离骚》"谣诼谓余以善淫",王逸注:"谣,谓毁也;诼,犹譖也。"《方言》曰:"诼,诉也。楚以南谓之诼。""依闾阖而望予",王逸注:"闾阖,天门也。"《方言》曰:"閶,閶阖,天门也,从门,昌声。楚人名门皆曰閶阖。"这种词语也有一些。

对于后一种情况,有人认为是王逸未能察觉。因西汉建国至王逸时,已历数百年。西汉统治者皆为楚人,有些楚词语已成为通行语进入到雅言系统中,王逸已不能辨别。笔者不同意此看法。王逸为汉宜城(今湖北宜城)人。宜城为楚鄢郢,是楚国古都,楚语为其母语,岂能不熟悉?他之所以正确释义而又不指出是楚语,正因这些词语已成当时通用语。而当时未成通用语的楚方言词语,王逸便特别指出。今天,将这两种楚词语加以对照研究,能帮助我们更好地理解屈骚艺术的语言魅力。

这里,读者可能有一疑问:王逸指出屈骚中的楚词语,难道与经书训释之影响有关?答案应该是肯定的。汉时就已很重视方言的沟通。西汉初年编成的我国第一部词典《尔雅》,其宗旨东晋郭璞就说是"所以释古今之异言,通方俗之殊语"(《尔雅注》),并且有的学者认为主要是"通方俗之殊语"。如周大璞师就认为:"《尔雅》的编撰,是为了沟通各地的方言,使它接近于雅言。"[1]而《尔雅》之功用,汉、魏时主要在于释经,张揖赞其为"七经之检度,学问之阶路"(《上广雅

① 周大璞:《训诂学要略》,武汉:湖北人民出版社,1980年,第72页。

表》），就是从经学功用出发的①。因而，王逸注楚辞重视楚语之辨别和注释，仍可视为经学影响所致。

还有一点。贾逵、班固、马融都是汉扶风（今陕西）人，距楚地较远，又很可能没看到《方言》（《汉书·扬雄传》《艺文志》均未提到这部书），他们有关楚辞的章句之作便很可能没有注出楚方言。相较于王逸《楚辞章句》，这很重要的一方面自然显出劣势，因而很可能是亡佚原因之一。

两汉经学对楚辞学和楚辞研究的影响，当然不止以上两点。如在笺、注等方面，影响也是明显存在，不过没有上两点突出，对后世楚辞研究的影响也没有以上两点大罢了。

第三节　前行于"理"与"心"的对峙
——宋明理学及争论对楚辞研究之影响

上编第三章第三节为《两宋楚辞研究思想》，第四节为《明清楚辞研究思想》，从楚辞研究思想看，这样划分是符合实际情况的。而从经学对楚辞研究之影响而言，将宋明划为一段，将清代单独划为一段，也同样是从实际情况出发的。

还需要说明一点，本章是探讨经学对楚辞研究的影响，但有人把理学与经学分开来，认为理学已主要不是对经之阐释，而是一种新的哲学思想的创构。某些研究中国思想史、哲学史学者，特别容易持此种见解。而研究经学的学者则一致主张，宋明理学当属经学范畴②。这里当然采用经学研究者的见解，因此，所谓宋明经学对楚辞研究之影响，实际就集中于宋明理学上。

---

① 有学者否认这一点，周大璞师已做过有力驳斥："《四库全书总目提要》说《尔雅》非'专为五经作'，甚至认为其'释五经者，不及十之三四'，这种说法不符合实际，不能轻信，请参看邵晋涵《尔雅正义》和黄季刚《尔雅略说》。"见周大璞《训诂学要略》，武汉：湖北人民出版社，1980年，第77页。

② 如皮锡瑞《经学历史》、蒋伯潜《十三经概论》、日人本田成之《中国经学史》等，均如此主张。顾炎武亦曰："古之所谓理学，经学也。"（《亭林文集》卷三《与施愚山书》）

一、朱、陆之争与《天问》阐释

毫无疑问，朱熹是宋代集大成之理学家。他是洛学代表人、著名理学家程颐的四传弟子，又善于吸取其他派别的观点，并借鉴佛学思想，融合创构了一套完整系统的理学理论体系。这套体系的核心和基本范畴是"理"，"理"之全体、最高境界为"太极"①；还有另一重要范畴为"气"。然朱熹又不是"理气二元论"者——他认为"理先气后"，"理上气下"②。那么如何认识"理"呢？朱熹提出两个方法：认真读圣人传之后世的儒学经典，从中体会"圣人"之心，理便在其中；朱熹又认为"理"亦存在于万物中，故又创"格物致知"之说。然终以读书明理为第一要务。

朱熹的理学思想，对后世产生了很大影响，特别是明、清两代统治者，将其奉为正宗，《四书集注》并被定为科举之教科书。而自20世纪以来，尤其是中叶以来，朱熹思想及理学体系则遭到强烈批判，曾被批为"反动的客观唯心主义"哲学。这批判影响到对《楚辞集注》的评价，如中华书局1979年版的《楚辞集注·出版说明》曰：

> 作为南宋唯心主义理学集大成者的朱熹，在古代典籍的注释中渗透着他的政治、哲学思想，《楚辞集注》也不例外。他在屈原《天问》的注释里，不止一次地发挥客观唯心主义的理、气说，还直接引用周敦颐、程颐、程颢及另外一些理学家的唯心主义论述，这一些都是应该予以批判的。

如今对朱熹理学体系已重新评价，这里就不涉及了。不过对有些观念的误解确实应澄清一下。譬如"存天理，灭人欲"，对下句人们总是错误理解为"一切人欲都要灭掉"。其实，理学家并不反对人有正常情欲，《孟子·告子上》曰："食色，性

---

① 所以朱熹理学，以及其他理学家，如周敦颐之"太极图说"，不仅是"援佛入儒"，而且还"援道入理"。

② 朱熹理学究竟是一元论还是二元论，这点至今有争论。这可能反映了朱熹学说的内在矛盾，此处无法详谈。

也。"①《礼记·礼运》:"饮食男女,人之大欲存焉。"这些警句是理学家们背诵烂了的,岂会直接违背! 实际上,理学家反对的是过度的贪欲,而正常的人的情欲,则属于"天理"一类。再譬如,程颐、朱熹说:"饿死事小,失节事大。"被说成是对妇女残酷的思想压制。其实当时他们说这话时,也未必一定针对妇女,男士一样有"守节"问题,如《孔雀东南飞》就有"君既为府吏,守节情不移"之句。后来逐渐转变为专门针对妇女,有几方面的原因,此处也不细说了②。这里主要论说的是,朱熹为何在《天问》注释中,集中地阐述其理学思想,并较多地引用周敦颐、程颐等的话。

这就恐怕要追溯到二十余年前,即乾道六年(1170)所发生的一件理学界的大事——"朱陆鹅湖之会"。这一年,由吕祖谦牵线搭桥,朱熹前往江西信州府铅山县(今属江西上饶)鹅湖寺,与陆九渊相会论道。此时朱熹"性即理"的哲学体系渐趋成形,学徒甚众;陆九渊小朱子九岁,而"心即理"之哲学思想亦渐趋成熟,生徒众多。此次讲论,陆九渊信心满满,气势颇盛。据《象山语录》,说九渊屡挫朱子。这当然是一面之词。实际是朱子批评九渊思想"太简",九渊反讥朱子体系"支离"。朱子主张读书穷理、致知格物,"致知而后存心";而九渊则针锋相对,认为读书不是成至贤必由之路,主张"先存心而以易简自高"。二人谁也未能难倒对方。然而此次论辩确也促进了双方各自努力完善其理论体系。

其后,陆九渊兄逝世。陆九渊特求朱熹为其兄撰墓志铭,朱熹也乘机邀他来白鹿洞书院讲学,足见二人学术心胸甚为宽广! 不过后来,双方又起波澜,陆九渊更质疑《太极图说》的圣学本质。两家门下互相攻讦不已,延及明、清尚不肯罢休。了解了这段历史,再读《楚辞集注》的《天问》部分,你就不会以单纯字串句解的眼光看它们,就会从那些字里行间看到其中蕴含的复杂因素;体会到

---

① 这虽是告子的话,并以此与孟子辩论,但孟子并不反对这一命题。
② 还有一种说法,说是朱熹说此话,是出于激愤。北宋灭亡时,金人攻破汴京,掳徽、钦二宗及皇后、嫔妃北上,皇后、嫔妃、宫女受尽金统治者的凌辱。这使汉民族遭受了极大侮辱,给当时士人心中造成极大创伤。故易代之际的朱熹,痛苦地说了这话,是针对特定事件而发。然而如此解释,也有不足,那就是这两句是程颐首先提出的。程颐死时北宋并未灭亡。于是又有一种解释,说这两句话程颐是在文章里说的,并未大肆宣扬,到南宋后朱熹才将其传扬开来。

当时朱、陆之争的背后,有着理学两派观念之争的影子。

朱熹撰写《楚辞集注》,始于绍熙四年(1193)"作牧于楚"之时,大约完成于庆元元年(1195)赵汝愚罢相前后①。此时朱熹离去世(1200)不远,离与陆氏"鹅湖之会"已有二十多年。这时朱子的理学体系已经完备成熟,朱、陆两家门下仍聚讼不已。而宋代理学家中,只有朱熹有楚辞专著。了解了这些,再读有些具体的注释,就会感到针对性极强,似乎就是对着陆九渊说的。如《天问》"明明暗暗,惟时何为? 阴阳三合,何本何化"下注曰:

> 周子曰:"无极而太极,太极动而生阳。动极而静,静而生阴。静极复动,一动一静,互为其根。分阴分阳,两仪立焉。"正谓此也。然所谓太极,亦曰理而已矣。②

上已述及,陆九渊公开否定周敦颐之《太极图说》。朱熹这里以周氏《太极图说》之观点,阐释"阴阳三合,何本何化",并指出"太极即理",而不直接以自己的话述说,明显具有针对陆氏的意味。这一做法非常高明。因若以陆氏"心即理"观点,就难以解释屈原这"问天"四句。因不论对"阴阳三合"作何解释,天地(包括人)形成由阴、阳结合而成则是肯定的。由此,朱熹这里实际是以屈原观点反驳陆九渊,借此申明理之最高境界为理之说。

《天问》阐释中用程颐之言,主要有两处。一处在"永遏在羽山,夫何三年不施? 伯禹腹鲧,夫何以变化"四句后:

> 答曰:舜之四罪,皆未尝杀也。程子以为:"《书》云殛死,犹言贬死耳。"盖圣人用刑之宽,例如此,非独于鲧为然也。③

另一处在"纂就前绪,遂成考功。何续初继业,而厥谋不同"四句后:

---

① 可参见宋晁公武《郡斋读书志》卷五"赵希弁语"。
② 〔宋〕朱熹集注:《楚辞集注》卷三《天问》,上海:上海古籍出版社,1979年,第50页。
③ 同上,第55页。

　　盖鲧不顺五行之性，筑堤以障润下之水。禹之则顺水之性，而导之使下，故有功。……《孟子》所谓"禹之行水，得水之道，而行其所无事"是也。程子曰"今河北有鲧堤而无禹堤"，亦一证也。①

此两处所引程颐之语，并不一定必要，前代同类而比他权威的，还有一些。那么为什么朱熹一定要用程颐的话？恐怕心中有个"小九九"，即仍是针对陆九渊而发。因陆氏创立心学，并无师承，而是向上直承孟子。他将《孟子》读得精熟，基本不参照宋人文章，也很少引用其他著作。可说是孤军突起，在当时看来没什么根柢。朱熹则完全相反。他是程颐四传弟子，继承周敦颐、二程学说，又融合了张载的某些观点。他们这一理学体系堪称根深叶茂，是当时陆学所无法比拟的。

　　而朱熹自己则在"女歧无合，夫焉取九子？伯强何处？惠气安在"四句后，直接阐述自己的观点：

　　此章所问三事，今答之曰：天下之理，一而已，而有常变之不同。天下之气，亦一而已，而有逆顺之或异。夫乾道成男，坤道成女，凝体于造化之初，二气交感，化生万物。流形于造化之后者，理之常也。若姜嫄、简狄之生稷、契，则又不可以先后言矣，此理之变也。女歧之事，无所经见，无以考其实，然以理之变而观之，则恐其或有是也。但此篇下文，复有女歧易首之问，则又未知其果如何耳。释氏书有"九子母"之说，疑即谓此，然益荒无所考矣。患者，气之顺也；疠者，气之逆也。以其强暴伤人，故为之名字以著其恶耳。初非实有是人也。气之流行充塞宇宙，其为顺逆，有以天时水土之所值，有以人事物情之所感，万变不同，亦未尝有定在也。②

所问三事，一问太阳的天空行程——"出自汤谷，次于蒙汜。由明及晦，所行几

---

① 〔宋〕朱熹集注：《楚辞集注》，上海：上海古籍出版社，1979年，第55—56页。按：鲧之筑堤，并不一定不能治水。笔者曾详辩之。读者有兴趣可参阅《屈骚艺术研究》，武汉：湖北人民出版社，2006年，第331—333页。
② 〔宋〕朱熹集注：《楚辞集注》，上海：上海古籍出版社，1979年，第53—54页。

里?"二问月亮之死生——"夜光何德,死则又育。厥利维何？而顾菟在腹。"三问则是上面的四句,问女歧、伯强等问题。通过这大段文字,朱熹全面阐释了自己的宇宙观,阐述了"理与气""阴与阳"变动统一的生成观念。这与屈原的宇宙观、宇宙生成理念很多地方相近。而屈原的这些观念又与出土的《郭店楚简·太一生水》之宇宙观十分吻合①。因而,朱熹的宇宙生成观念既部分地继承了中华文化的传统,又有自己的理学特色,可以说他借着对《天问》的阐释,达到了一箭双雕的目的:既提纲挈领地宣明了自己及理学家们的基本理论,又在客观上攻击了陆氏心学的软肋。

陆九渊"心即理""心即宇宙"的基本观点,使他不太可能认真思考宇宙结构,尤其是宇宙生成论问题。以他的理论体系,是无法对上述《天问》中的有关问题作出回答的。另一方面,陆氏精研《孟子》,朱子也精研《孟子》,遗憾的是《孟子》书中很少涉及宇宙生成问题,朱子也就很难于《四书集注·孟子集注》中全面展示自己的观点。这一遗憾则刚好又在对《天问》的注释中弥补了。

《天问》注释中,朱熹引用周敦颐的话似就一处,邵雍的话一处,程颐的话似两处,都集中于《天问》的天文部分,其后地理、人文社会部分基本没有。所以前面《楚辞集注》的《出版说明》,即使不论其观点,仅就材料而言,也是有失偏颇的。总之,能以完备的思想体系及宇宙观,阐释屈原《天问》的楚辞专著,在研究史上是少之又少!

当然,朱熹还不可能认识到,屈原《天问》的最核心、最卓越的思想,是问到了人类在决策问题上,几个永远也不可能解决的痼结! 这我们就不必求全责备了。

二、独大之弊与心学复兴

如果说,在南宋时期,朱子理学与陆子心学之争,对楚辞研究的影响还是隐性的、不明显的话。那么到明代,这种影响则是明显的,明显到任何人只要读一

---

① 笔者有《从〈太一生水〉看屈原〈天问〉之宇宙生成观——兼及"阴阳三合"等句之再释解》一文,《中国楚辞学》第18辑,可参看。由此可知,朱熹的宇宙观和理学体系也明显受到了老子思想的影响。

下此时的学术史,立刻就能感觉到。

如上编第一章第三节所述,明代前半期,由于统治者对朱熹学说的极度推崇,加之《楚辞集注》又确实取得了杰出成就,使该书一度在楚辞研究中,占据了绝对权威的地位。其绝对性甚至到了不仅是学术评判上,甚至在书籍市场上,都难觅王逸《楚辞章句》的地步。这一惊人情况,使我们不得不将前面(第三节)所引材料再次引出。

> 然王、洪之注,随文生义,未有能白作者之心。而晁氏之书,辨说纷拏,亦无所发于义理。……(朱熹)间尝读屈子之辞,至于所谓"往者余弗及,来者余不闻",而深悲之。乃取王氏、晁氏之书,删定以为此书。又为之注释,辨其赋、比、兴之体,而发其悲忧感悼之情。由是作者之心事,昭然于天下后世矣。①

这是何乔新在其《楚辞序》中所言。何氏的意见很清楚,王、洪之注"未能白作者之心",晁氏之书又"无所发于义理",朱子"取王氏、洪氏之书",作了注释、辨析、感发等,"由是作者之心事昭然于天下后世矣"。既如此,王、洪之注及晁氏之书当然就没有必要再读了。何氏为景泰五年(1454)进士,身历六君,官至刑部尚书。据说为人刚直,则他的上述那番话,应该发自真心,其意见在当时当有极大影响力。

著名学者王鏊曾谈及自己想看看《楚辞章句》,甚至无法找到全本,只能从昭明太子《文选》中窥知一二。后来很幸运地得到一本《楚辞章句》,有人却言:"六经之学,至朱子而大明,汉唐注疏为之尽废,复何以是编为哉?"②王鏊曾任太子太傅兼户部尚书、武英殿大学士,正直敢言,为官清正。王阳明赞之为"完人",世人称之为"天下穷阁老"。他的话当是可信的。在这样的学术氛围与资料条件下,要想在楚辞研究史上做出有独创意义的研究,确实难乎其难。明代

---

① 〔明〕何乔新:《椒丘文集》卷九《楚辞序》,《四库全书》本。
② 〔明〕王鏊:《震泽集》卷十四《重刊王逸注楚词序》,《四库全书》本。

前半期——开国至明孝宗弘治十八年(1505),楚辞专著只有一本——周用《楚辞注略》,就是此萧条状况之反映。

这种状况在明代后半期发生了大的转变,主要原因是明代中叶以后,皇帝昏聩、宦官专权、朝政腐败、奸臣横行,社会日渐衰颓,国势日趋衰危……国家和民族危机深重之时,楚辞研究就会兴盛起来——自南宋后这已成为一个规律。除此客观原因外,另一个重要因素,则是思想上的——心学复兴。毋庸讳言,明代前半期,由于朱子理学的一家独大,陆子心学几乎要被人遗忘。然而,一个曾有广泛影响的学术流派,要完全销声匿迹是很难的,后来就有两个人,继承了陆子心学并将其发扬光大,其中最杰出者就是王阳明①。

王阳明(1472—1529),名守仁,字伯安,浙江余姚(今属浙江宁波)人,因常讲学于会稽山阳明洞,世称阳明先生。明弘治十二年(1499)中进士,曾因反对宦官刘瑾而被下锦衣卫狱,后被贬谪贵州龙场为驿丞,还遭刘瑾派人追杀。然就在险恶环境中,反悟出心学之道,即学界所言“龙场悟道”。阳明“文治”有成,“武功”亦佳,为朝廷平定过“宸濠叛乱”,也数次镇压过少数民族和农民起义,官至南京兵部尚书。阳明反对朱熹的“性即理”,主张“心即理”“心外无理”“心外无物”;反对朱熹的“格物致知”说,主张“致良知”;反对朱熹的“知先行后”说,主张“知行合一”……阳明的这些观点、理论,其源头、路数令人并不感到陌生,只要读读慧能的《六祖坛经》,就会发现那里都有对应起源。不过二者所言之“理”,一个是“佛理”,一个是“儒理”而已。一般认为,理学家都借鉴了佛教禅宗的“顿悟”说,至于如何借、借鉴多少,尚有争论。然可以肯定的是,心学家们,特别是王阳明,学习借鉴最为彻底。

由于王阳明功勋显赫,深受明廷器重,另一方面也由于他的心学理论,继承了陆子心学并有所发展,学习、借鉴禅宗“顿悟”说最彻底,故生徒众多、影响极大,终于与朱子理学并峙而起,其后还有取而代之之势。这种学术态势之转变,自然影响到楚辞学。首先是打破了《楚辞集注》一统天下的局面。

---

① 另一位是陈献章(1428—1500),字公甫,广东新会白沙里人,世称白沙先生。

　　余尝即二书而参阅之，逸之注，训诂为详，朱子始疏以《诗》之六义，援据博，义理精，诚有非逸之所及者。然予之憪也，若《天问》《招魂》谲怪奇涩，读之多所未解。及得是编，恍然若有开于予心，则逸也岂可谓无一日之长哉！"章决句断，事事可晓"，亦逸之所自许也。予因思之，朱子之注此词，岂尽朱子说哉？无亦因逸之说，参订而折衷之？逸之注，亦岂尽逸之说哉？无亦因诸家之说，会粹而成之。盖自淮南王安、班固、贾逵之属，转相传授，其来远矣！则注疏之学，亦何可尽废哉！若乃随世所尚猥，以不诵绝之，此自拘儒曲士之所为，非所望于博雅君子也。①

　　以上是曾被王阳明赞之为"完人"的王鏊，在《重刊王逸注楚词序》中的一段话。这段话很有说服力。王鏊将《楚辞章句》与《楚辞集注》两书参阅，既肯定了朱注之成就，又肯定了王注有朱注所未及者，随后推定朱注有参订王注处，王注亦会有参阅前人之注处，"班固、贾逵之属，转相传授，其来远矣"，从而得出注疏之学不可尽废之结论，有力地反驳了那种有《楚辞集注》则其他楚辞著作均不必观的皮相之论。王鏊此论是否针对何乔新之《重刻楚辞序》而发，尚不敢肯定。而能够肯定的是，它对明代中后期《楚辞章句》渐渐成为楚辞评点主要底本，起了很大作用②。王鏊与王阳明是有交往的，他敢于公开挑战朱子《楚辞章句》的权威，很可能受了阳明思想的影响。

　　再就是批评朱熹的言论大量出现。王守仁承袭了陆九渊对朱熹理论的批驳，对朱熹理学系统的本体论、认识论、实践论、宇宙观、道德观等，进行了更系统、更全面的针对性批判。这种批判当然不可能打倒朱熹的理学系统，但也足以将此系统从定于一尊的神坛上拉下来。加之王氏地位显赫，门徒众多，中期以后王氏心学便渐渐上升为主要地位。此时，学士们再不会对批评、反驳朱熹噤若寒蝉，反将朱熹诸论作为靶子，经常地发一些批判言论。这种情况在楚辞研究领域，似乎更为突出。

---

①〔明〕王鏊：《震泽集》卷十四《重刊王逸注楚词序》，《四库全书》本。
② 见罗剑波《明代〈楚辞〉评点所取底本考》，《复旦学报（社会科学版）》2011年第6期。

> 先儒称孔子之删诗,朱子之定骚,其心同,其功同。夫谓原出于忠君爱国之诚心,而又讥其驰骋变风、变雅之末流,为醇儒庄士所羞称,则又自相矛盾矣。岂变风、变雅,非孔子所删定,而醇儒庄士能舍忠君爱国,以为通也耶?①

这是焦竑在为张京元《删定楚辞》所作《序》中的一段,焦竑"讲学以罗汝芳为宗",罗汝芳为明代中后期泰州学派代表人物,耿定向亦属泰州学派,二人均属"王学"左派,由此可知焦竑亦为"王学"之一员②。

> 朱子刊定楚辞,愤惋忠诚,微讥雅变。则是惊鸿游龙,惜其无驯伏之态;而毛嫱西施,恨不为德曜之短衣也。不亦固哉!

此是张京元《删定楚辞》引首之语。"惊鸿游龙",出曹植《洛神赋》;而"德曜之短衣",用梁鸿、孟光典③。此用朱熹恨不得要美女毛嫱、西施去改穿"德曜之短衣",以讥讽朱熹固陋之见。

> 《离骚》诸篇小序,王叔师大都谬误。朱晦翁亦未全得也。……晦翁序《九章》谓直致无润色,而《惜往日》《悲回风》颠倒重复,倔强疏卤,余则未之敢信。……(《远游》之序)晦翁亦谓陋世俗之卑狭,悼年寿之不长,思欲制炼形魄,排空御气。而不明其无聊之感,有托之情,则不免痴人说梦也。……郭象之注《庄子》,王逸之注《离骚》,工拙虽殊,要皆自下语耳,与所注无与也。朱晦翁句解字释,大便后学。然骚人用意幽深寄情微妙,觉朱注于训诂有余,而发明未足。

---

① 〔明〕张京元:《删注楚辞·焦竑序》,明万历四十六年(1618)刊本。
② 上编第一章第三节中"明代后半期"中有焦竑较详细介绍。
③ 典出《后汉书·梁鸿传》。孟光初嫁梁鸿时,衣着华美,梁鸿不悦,说他喜欢穿粗布短衣者,孟光便改穿短衣见梁鸿。梁鸿大喜,给孟光取名"德曜"。

以上材料出自陆时雍《楚辞疏·条例》。在这篇《条例》里,他几乎全面否定了朱熹《楚辞集注》。这里引录了他对《楚辞集注》中《离骚》《九章》《远游》小序的批评。对这位在明代前半期被奉为近乎圣人的朱子,陆时雍言语极不客气,甚至嘲笑朱熹是"痴人说梦"。显然,如果不是心学复兴,不是王阳明对朱子理学体系的全面批判,陆氏绝难对《楚辞集注》如此轻松地"否定"。

还有黄文焕、王夫之等对朱熹及《楚辞集注》的批评,此处就不一一列举了。

需要说明的是,笔者引用以上材料,并不意味着完全赞同他们的观点,相反认为,其中有些否定过度,有的有些偏颇,有的最多只能算另一种见解,并不足以据此推翻朱熹的结论。笔者之所以较多地引用它们,主要是想说明:心学的复兴是如何使原来僵化、沉闷的明代学坛,吹进了一股强劲的东风,更使楚辞研究园地里,开始了众芳竞秀的局面。还需要说明的是,这些对朱熹的批评,很多集中于《楚辞集注·序》中,而其中也有一些是对该序的误解。这点在上编第一章第三节中"明代后半期",特别作了辨说,阅者可参。

由于以上两方面的改变,便产生了一个新气象——楚辞专著大量涌现。前半期只有周用《楚辞注略》,而后半期则有十五本。这十五本在上编第一章第三节引出过,为说明问题,这里不忌再次引出:屠本畯《离骚草木疏补》、赵南星《离骚经订注》、林兆珂《楚辞述注》、陈第《屈宋古音义》、汪瑗《楚辞集解》、来钦之《楚辞述注》、张之象《楚骚绮语》、张京元《删注楚辞》、黄文焕《楚辞听直》、李陈玉《楚辞笺注》、钱澄之《屈诂》、刘永澄《离骚经纂注》、陆时雍《楚辞疏》、王夫之《楚辞通释》、周拱辰《离骚草木史》。十五部著作,有的专注语词训诂,有的专门考辨植物;有的侧重梳理文义,有的偏于深析义理;有的只取伟辞丽句,有的择选各家注释……擅其优长,各有千秋。至于研究思想、路径、方法等,已较全备,开多角度、全方位楚辞研究之端,为其后清代传统楚辞研究的辉煌,打下了基础,开拓了道路,铺展了局面。

由此值得我们反思了!明代后半期楚辞研究成就之取得(某种意义上甚至可以说是复兴),取决于两个重要因素:一是社会、政治的变化,二是心学的复兴,二者缺一不可。宋代理学兴起,援释入儒,为传承了一千多年的儒学打开了新局面。朱熹作为理学之集大成者,其理论之完备、系统及相对之深刻,无庸置疑。加之由于其中某些思想、观念,很适合专制帝制后期统治的需要,被统治者奉为正统、标为规范,也是很自然之事。然而,在学术领域,不论何种理论,只要将其定于一尊,奉为准的,独统天下,触不得、碰不得,那就必然成为窒碍,使得学术界万马齐喑。明前半期思想界、学术界以至楚辞界,均为如此。

明后半期之始,心学复兴,曾一度于思想界处于主导地位,其实无论就其思想深度、理论体系以及言说系统而言,陆、王心学比之程、朱理学,顶多只能算是对峙之一方,根本形不成以高俯下之势,更谈不上"碾轧"了。可是,陆、王心学的兴起,却带起了明后半期学术的繁盛,楚辞研究即是如此。究其原因,当然是心学复兴者王阳明对朱子理学体系的全面批判,将其从神坛上拉了下来。《楚辞集注》也不再是触碰不得的"神书",相反,还成了众多楚辞研究者质疑、批判的靶子。这样,有研究特色的楚辞著作自然就大量涌现出来了。而这一经学争斗对楚辞研究之影响,一直延续全清代。

另一方面,客观上,心学的复兴,也赋予了《楚辞集注》新的命运。如果没有心学复兴,《楚辞集注》很可能成为明代楚辞研究的终结之书,高高悬于上空供众人瞻仰——不能怀疑、诘问,更不能批评、批判,宛如一个只是供人"寻章摘句"的考古文物。正是心学复兴,客观上焕发了它新的活力,真正发挥了它的重大作用。于前代,王逸《楚辞章句》、洪兴祖《楚辞补注》又重新大量面世;于未来,可谓"一花引来百花开",引出了楚辞研究的兴盛局面。而朱熹透过《楚辞集注》所显示出的渊博学识、深厚学力及较深刻的思想,也反而经过众多质疑、批判彰显出来,成为楚辞研究史上三大巨著之一而地位不可动摇!

历史是一面镜子,明代楚辞研究史上的这一重要现象,值得我们学术界认真反思!

第四节　复兴与创新
——清代经学及方法对楚辞研究之影响

经学对我国古代文学创作有较大影响,对古代文论的形成和发展更有极大影响,这已是文学史界的共识。近些年这方面的研究成果甚夥。而经学对我国古代的文学研究有无影响,有何影响,学界则似乎注意得不够,研究成果也很少。本节即试图通过对清代经学与楚辞研究关系的考察,初步探讨一下这个问题。

毫无疑问,清代是我国独有之学术——经学的大兴期,其中"汉学""今文经学"更是获得了难得的复兴。然而,不幸的是,"物极必反",许多学者认为,清代也是经学的终结期①,颇有点回光返照的意味。另一方面,清代也是楚辞学的辉煌期,是由古典楚辞学向现代楚辞学转型的重要时期,多角度、全方位的楚辞研究不是从现代而是从清代开始的②。二十年前,笔者开始探讨清代楚辞研究的特点时,就感觉这"回光返照"与转型期的经学,与取得辉煌成就的楚辞学,有着密切的甚至是直接的关系。这仅从外部现象就可以看得很清楚。

即以大型楚辞学丛书《楚辞学文库》为例观察,其中第三卷《楚辞著作提要》③,收录了清代四十四本楚辞学著作④。这四十四本楚辞著作的作者,可考有经学专著的就有三十二位。人数之多,所占比例之大,均非以前各朝所能及。

①　如汤志钧认为:"'经'的地位动摇了,它不是讲古代历史的唯一'经典'了,两千年来在思想界占统治地位的经学终结了。"见《近代经学与政治》,北京:中华书局,2000年,第350页。也可见刘再华《近代经学与文学》(东方出版社2004年版)之《结语:经学的终结与文学的转型》。按:笔者对经学本质的看法与他们有所不同,认为只是衰落(现在有再兴之势),而不是终结。此处不作讨论。
②　可参见拙文《由历史看未来——近三百年楚辞研究史的启示》,《深圳大学学报(人文社会科学版)》1998年第4期。此前,几乎所有学者都认为,多角度、全方位的楚辞研究是从"五四"以后开始的。
③　该卷由笔者与潘啸龙主编,笔者负责古代和海外部分。这四十四部著作,已占清代楚辞著作的大多数。
④　根据楚辞学史的具体情况,几位明清交际学者,如王夫之、李陈玉、钱澄之等,因坚不与清廷合作,学术上亦不受清廷钳制,故尽管其楚辞著作时间上作于清初,仍将其归于明代。

而剩下的十二位,有的也可能有经学著作,只是未能考实,而不能计入。有经学专著的三十二位中,相当一部分为经学名家。如毛奇龄、李光地、方苞、戴震、王念孙、朱骏声、王闿运、俞樾、马其昶等。而非经学名家者,往往也有经学力作,如徐焕龙之《大易象解》和《诗经辩补》、贺贻孙之《诗筏》、刘梦鹏之《春秋义解》、陈本礼之《焦氏易林考证》、王树枏之《尚书商谊》等。从前代楚辞研究史看,经学家们注解、阐释楚辞,往往自觉或不自觉地将经学研究方法运用于其中,从而形成自己的特色,清代当然也不例外。而清代由于今文经学的复兴而重燃今、古文战火,加之不同学派或崇"汉学"或宗"宋学",又起"汉宋"之争。这些学者一旦涉足楚辞,又都自觉或不自觉地将"战火"烧到了楚辞学中,从而对楚辞研究产生新的影响,以下便分别简述之。

清代古文经学的复兴,是从顾炎武开始的。面对明朝灭亡的残酷现实,顾氏痛感王学末流空言心性、"游谈无根"、不营世务、逃避现实,于国家危难之时,茫然而不能出一策……于是提倡通经致用的"实学",并提出"古之理学,经学也"的命题①,从而复兴古文经学。针对王学末流"束书不观",空谈"明心见性"之恶习,顾炎武提出学者须读书抄书。而要能读懂古书,首先必须识文字、懂音韵、通训诂。故而,清代朴学实由顾氏肇其端。其后继承顾氏之学的,有以惠栋为代表的吴派和以戴震为代表的皖派。惠栋以钩沉辑佚为主,故又称"钩沉派",当然注楚辞者很少。而戴震继承发扬了顾炎武《音学五书》和《日知录》的治学方法,为以后"订误派"形成打下基础,故这一派有楚辞著作者较多。戴震自己便有《屈原赋注》。

《屈原赋注》为楚辞名著。戴震治学门径,是以声音文字以求训诂,由训诂以求义理,义理不可空凭己意臆测,必求之古训古经。这一治经方法明显是对顾炎武的继承发展,戴震亦以它来治楚辞,从而取得相当的成就。如对《离骚》的注释。"及荣华之未落兮,相下女之可诒"之"荣华",王逸、朱熹均释为"喻颜色"。此说无错,然嫌不透彻。洪兴祖看出这点,补注云:"游春宫折琼枝,欲及

---

① 清顾炎武《与施愚山书》:"古之所谓理学,经学也……今之所谓理学,禅学也。"见《亭林文集》卷三,《四部丛刊》本。

荣华之未落也。"释"荣华"之物为琼枝,指出了"喻颜色"之本,比王逸、朱熹的进了一层,但"荣华"仍未确释。戴震据《尔雅》"草谓之荣,木谓之华"①,释曰:"所折琼枝,当及其荣华未落。"这就指出了"荣华"的本原。此即以文字求训诂。《离骚》中"心犹豫而狐疑",戴震释曰:"犹豫双声,凡叠韵、双声字,其义即存乎声。"这是以声音求训诂。戴震还据《说文》释"女媭"为"姊",纠正了洪兴祖的错误;据韦昭《国语》注"凡作篇章篇义既成,撮其大要为乱辞",其解释与王逸、洪兴祖、朱熹、蒋骥均不同而可立为一说②,这是求之古注。

戴震以后,学生王念孙继承了他的语言学研究,著有训诂名著《读书杂志》《广雅疏证》,成为乾嘉学派的代表人物。他也对楚辞做过研究。《读书杂志·余编下》有考释楚辞字词的二十四条,学界评为"皆极精审"。他还有《古韵谱》,又称《毛诗群经楚辞古韵谱》,其分先秦古韵为二十一部,虽比现在所分为粗,然已极为杰出。他还以古韵校楚辞句,能纠正前人某些错误。如《招魂》前段曰:"巫阳对曰:'掌梦,上帝其难从。若必筮予之,恐后之谢,不能复用巫阳焉。'乃下招曰……"王念孙曰:

> 此则"不能复用"为句,"巫阳焉乃下招"为句明甚。"焉乃"者,语辞,犹言巫阳于是下招耳。《远游篇》"焉乃逝以徘徊",是其证。今本《楚辞》及《文选》皆以"不能复用巫阳焉"为句,非也。"不能复用",谓不用卜筮,非谓不用巫阳。且"用"字古读"庸",与"从"字为韵。若以"复用巫阳"为连读,则失其韵矣。③

王念孙断句在"用"字后,是因"用"古读平声,与"从"押韵。前人所以出错,还在于不知"焉乃"为一语辞。王氏如此断句,使原来令人疑惑不解之句涣然冰释。其实,"焉乃"究竟是一单纯语词还是两词,还可以有不同判断。关键是王念孙看准了"从""用"押韵,从而破解了这一千年难题。

---

① 《尔雅·释草》"木谓之华,草谓之荣",戴震这里是将"荣华"二句颠倒而言之。
② 以上四例均见〔清〕戴震《屈原赋戴氏注》卷一《离骚》,《广雅书局丛书》,清光绪十七年(1891)刊本。
③ 〔清〕王念孙:《古韵谱二卷》上卷,《续修四库全书》,北京:中华书局,1996年。

古文经学派里以《说文通训定声》蜚声学界的朱骏声,也研究过楚辞,著有《离骚补注》。该著的最大特点也是运用当时研究古音韵的最新成果以及注经方法,来补前人注释之不足或纠正其错误。限于篇幅,此处不再列述。

古文派治楚辞,其特点可总归为二端。一方面,他们以朴学治经方法研究楚辞,在审定音韵、训释字词、细析文意上,纠正了前人一些错误,获得一些创见,于前人基础上取得了突出成就。他们言必有据,治学严谨,以渊博的知识为支撑,持论大胆而坚实,常能发前人之未发,显示了良好的治学风范和纯正的学术传统。另一方面,也许正因为如此,他们拘守东汉古文派以来的学术传统,反对明末空疏学风而走向另一极端。他们眼光只盯在字、词、句上,对作为艺术作品和文化经典的楚辞,极少关注其艺术特色和思想文化意义。尤其是对屈骚,其精神境界、思想内涵、人格意义以及艺术成就、对后世影响等,均极少涉及。虽戴震《屈原赋注》对屈原思想略有论述,并反驳了朱熹的个别错误观点,但与其在思想领域的建树很不相称,这点后面还将论及。

与之相对,今文经学派呈现出完全相反的特点。清代今文经学的复兴,为经学史上最后一件大事。它起于康乾时的庄存与、刘逢禄。他们推宗《春秋》的"公羊学",主张探求儒家经典之微言大义,被称为"常州学派"。后来龚自珍、魏源大力推崇并发展之,今文经学便得到复兴。庄、刘、龚、魏并没有楚辞著作。不过只要学派发展,便一定会有治经者研究楚辞,其后王闿运就写了《楚辞释》。

王闿运,湖南人,跨清、民国两代,著名经学家。关于他的学派,以前多认为属今文经学派,近来有学者判定他是古今兼宗①。而笔者认为,即便是古今兼宗也会有一主要倾向,中国经学史上从未有古今兼宗各占一半的。王闿运主要倾向还是今文经学,其理由有四:(一)王闿运有的观点虽也接近古文经学(如《礼》崇《周官》),但他一生主攻的、影响最大的还是《春秋》公羊学,其学术路数也是承常州学派而来。他曾主讲成都尊经书院、长沙校经书院、衡州船山书院,所教学生中有成就一点的,也属今文学派,如廖季平(廖平)等。(二)王闿运虽推崇

---

① 如刘再华《近代经学与文学·古今兼综派经学家的文论》(东方出版社2004年版)。还有支伟成也持如此观点,见《清代朴学大师列传·湖南派古今兼采经学家》(岳麓书社1998年版)。

汉学而贬斥宋学，然他推尊的汉学包括东汉古文和西汉今文，不像古文经派实际只宗东汉古文经。(三)前人的意见值得尊重，尤其是梁启超的。梁启超学问渊博，亲历晚清学术纷争，对清代学术有精深研究。况且他是从今文营垒里出来的人，老师康有为为有清一代今文大师(康氏学说还受过廖氏影响)，他之判王闿运为今文学派，应该不会看错①。(四)从其《楚辞释》内容、观点来看，也是典型的今文学派。以下便论述这点。

王闿运之《楚辞释》，可谓中国楚辞学史上最大胆之作，立论之新、之怪为历代楚辞学所罕见，笔者通读两遍仍瞠目结舌。如总体结论上，王氏断定，屈骚二十五篇，全作于怀王客秦之后；屈原谋求怀王归国，主张与秦和好；屈原曾密谋废顷襄王，另立新王。此均与《史记·屈原列传》和传统说法相反。在解题上，所论也极为怪诞：《远游》解题，说屈原会吐纳之术，这尚可存为一说；而言屈原会尸解之术，则俨然像九洞仙人了。王氏如此断定，视以前学者对《远游》的注释无一可取，将旧注全部删去，只把《远游》原文分三段录下了事。至于他对宋玉《高唐赋》之研究，更是怪得令人不敢想象，这将在本节最后之附文中详加论述。

具体文意解释上，他的阐述几乎是句句皆有"奇"论。《离骚》"吾令羲和弭节兮，望崦嵫而勿迫"句后，注曰："崦嵫，日所入，喻怀王已去位也。迫，急也，怀王谋归愈急，则愈不成。"王注此处将主角屈原换成了怀王。"吾令帝阍开关"，后注曰："帝，怀王也；关，秦武关也。"王注将屈原幻构在天国的遭遇，改换了主角，还同上例一样，将天国坐实到地上。《九歌·湘君》"驾飞龙兮北征"，此本指神话里的湘君，王氏却注曰："顷襄初立，召原谋返怀王，故驾飞龙也。"《天问》怪论更甚。"何所冬暖？何所夏寒？"本来是问天气的，王氏却注曰："顷襄新立，谀臣甚众，能令冬暖；怀幽已放，在夏犹寒。"如此等等，不一而足②。

王闿运的学生廖季平，不仅于经学上继承了王氏的路径，在楚辞上比他走

---

① 梁启超在《清代学术概论》和《中国近三百年学术史》等著作中，对王闿运经学评价并不高。不过均将王氏判入今文营垒。如《清代学术概论》中言："(廖)平受其学，注《四益馆经学丛书》十数种，知守今文家法。"(中国书籍出版社2006年版，第126页)

② 以上例证，均见衡阳刊《湘绮楼全书》所注屈骚各作品之相应诗句，清光绪二十七年(1901)刊本。

得更远。王闿运还是在求屈原作品的"微言大义",廖氏则是根本否定屈原对其作品的著作权。他在《楚辞新解》中说:"《离骚》篇名不可解,盖如古纬,为屈子所传,非其自作。""子屈子传《诗》(按指屈子作品),与列、庄别为一派。"《楚辞新解》总的观点是,孔子的学问分人学和天学。《尚书》《春秋》是人学,而《诗》是天学。屈骚属于天学,为《诗》之另一派。屈原是传《诗》者,因而不是作者(除《卜居》《渔父》外)①。廖季平这些"奇"论,当时就受到学界的嗤笑。闻一多就在《廖季平论离骚》一文中嗤笑他:"关于《诗经》的话,全是白日见鬼。"②

廖季平的经学研究一生多变,诚如钱穆所嗤评的:"不幸而季平享高寿,说乃屡变无已。既为《五变记》,又复有六变。及其死,而生平之所持说,亦为秋风候鸟,时过则已。使读其书者,回皇炫惑,迁转流变,渺不得真是之所在。"③不幸廖氏的楚辞研究,同他的经学研究一样多变。就在《楚辞新解》推出不久,他又拿出《楚辞讲义》,将《楚辞新解》的基本观点几乎全部推翻。在《楚辞讲义》中,屈原作品又变成"秦博士"所作,不仅有一人作,还有合作:《离骚》是秦博士九人作,合为一篇;《九章》为九人分工,各写一篇④。《楚辞新解》中还承认《卜居》《渔父》为屈原所作,《楚辞讲义》也变成秦博士作。

王闿运《楚辞释》、廖季平《楚辞新解》《楚辞讲义》为清今文经学派楚辞研究的突出代表,二人将今文经学求"微言大义"之治学路数引入楚辞研究。方法本来没错,然而"真理再向前跨进一步,便成了谬误"。他们曲解实证材料,将本不搭界的材料扯上关系,以支持他们刻意的穿凿和天马行空似的想象。他们将本需极其谨慎使用的方法拿来随意"挥舞",当然容易出"新"出"奇",可也当然地因缺乏合理性而得不到学界的认可。

可是,我们决不能因此而轻视他们的研究,决不能像抛弃破布一样将其著

---

① 见廖平《楚辞新解》各相应章节。据说该书1906年撰成,1934年雕版刊印,现上海图书馆有藏本。按:一般将廖平这两书归于现代楚辞研究,《楚辞著作提要》(湖北教育出版社2003年版)即如此。然其撰成于清末,廖平又是王闿运学生,属今文经学派,故此处一并论述。
② 《廖季平论离骚》,《闻一多全集5·楚辞编》,武汉:湖北人民出版社,1994年,第252页。
③ 钱穆:《中国近三百年学术史》(下),北京:商务印书馆,1997年,第722页。
④ 《楚辞讲义》收入廖平所著《六译馆丛书》(四川存古书局1921年刊本)。例证见各作品题下。

作抛于墙角置之不理;相反,应该高度重视,认真研读他们的楚辞著作。这是因为:(一)可以启发思路。王、廖等毕竟是有学识的学者,有精深的经学造诣,他们那些"新""奇""怪"论尽管荒谬,但可以说是一种"有学识的谬见",有的还闪烁着思辨的光芒。我们只要接受得当,就可能吹去秕糠,得到精米。康有为当年受廖季平的启发,最终形成维新变法思想,就是成功的一例。正如梁启超所言:"康先生(有为)从廖氏一转手而归于醇正,著有《春秋董氏学》《孔子改制考》等书,于新思想之发生,间接有力焉。"①(二)这种"由真理再向前一步"的方法,这种"有学识的谬见",极易震慑和俘获初入学术之门者,也很合某些编辑的口味。现在发表出来的"新""奇""怪"的楚辞文章,大多背后都有王、廖的影子。要端正学风,正本清源,就得追溯这个历史源头。(三)境外的"屈原否定论",基本上是从廖氏那儿发源的。日本楚辞学界少数几个否定屈原的人,既未见廖氏的《楚辞新解》,更未见《楚辞讲义》。他们只从廖氏的学生谢无量的《楚辞新论》中得知廖氏认定没有屈原这个人,就仅凭只言片语(而这些只言片语廖氏自己后来也改变了)无限发挥。其实谢无量也说错了——廖氏并没有否定屈原的存在,可知谢无量也很可能没全读廖氏的楚辞书——尽管他是廖氏的学生。由此可见读他们楚辞著作的重要。

除了今、古文学派,汉、宋之争也对楚辞研究有一定影响。所谓汉学,即推崇汉儒治经方法的流派;而所谓宋学,则是宗程、朱、陆、王宋代理学的流派。这两派互相排斥,也是形同水火:崇汉学者必鄙理学,宗宋学者必攻汉儒。集桐城古文之大成者姚鼐,曾一度厕身《四库全书》编纂者之列。四库馆中汉学占统治地位,馆臣们经常当面"掊击讪笑"宋学之空疏,姚鼐反复左右辩驳,显得十分孤立,不到两年便愤而引退。由此可见两派对立情绪之一斑。

清朝初年,理学因有利于专制帝制的统治,受到统治者的青睐。科举考试必以朱子《四书》为本,宋代理学成为官方主流意识形态,宋学高踞于庙堂。乾隆年间,这种情况发生了变化。由于"文字狱"大行,不甘寂寞的学者们要做学问,只能专注于文字、音韵、训诂,大多不愿也不敢涉及思想理论方面。统治者

---

① 梁启超:《中国近三百年学术史》,上海:上海古籍出版社,2014年,第194页。

发现将知识分子引入"虫鱼"天地，对他们也是十分有利，于是汉学便渐渐盛行。四库馆臣大多是汉学派，便是这一情况的反映。

关于汉学营垒的划分，也有两种不同意见。一种认为今文经学的复兴是汉学分裂的结果，故汉学应包括今、古文①；另一种意见认为，今文经学应是独立于汉学以外的一派，汤志钧在《近代经学与政治》中言："清代乾隆、嘉庆年间，正当宋学高踞庙堂、汉学如日中天之际，今文经学异军突起，'翻腾一度'……"②吴雁南主编的《清代经学史通论》亦言："在汉宋两派互相对垒之际，今文经学逐渐兴起与汉学对立。"③若按这一种观点，汉学基本等于古文经学。笔者对此没有研究，不敢置喙。然不论据哪一种意见，我们前面实际都谈了汉学与楚辞的关系，下面只需谈宋学对楚辞的影响。

还是先看桐城派。桐城派大将方苞，力主宋学，视其他学派为异端。他著有《离骚正义》一书④，以宋儒治经之法研究《离骚》，主要研究其义理。该书最大的长处，是将宋学方法与亲身实践经验相结合，形成自己的特色。此书一是结合自己精研古文的实践，注意创作的整体性，注意联系屈原其他作品解读《离骚》诗句。如"结幽兰以延伫兮"，释曰："古人以言致人，多用物结之。下文'解佩纕以结言'，《九章》'烦言不可结而贻'（应无'烦'字）是也。"如此以骚解骚，诚为确解。二是结合自己的创作体会。方苞为桐城三大家之一，有着丰富的创作经验。他将朱熹等宋儒揣摩"圣人之心"的方法结合进来⑤，便特别能挖掘屈原创作心理的细微处。如他将《离骚》中所有表现屈原对君王态度之句子加以对照，发现只有一处有所怨怼（"怨灵修之浩荡兮"），其余则是称美人、称灵修、称哲王，说明屈原对楚怀王感情深挚，为人亦忠厚之至。三是结合自己的朝官经历。方苞历仕三朝京官，曾因戴名世案被下狱，又得李光地力救而免死为奴，后又教读皇子，扈跸行宫，对专制帝王集万权于一身、猜忌专断、喜怒无常的心理

① 可见刘再华《近代经学与文学·今文经学复兴与汉学的分裂》（东方出版社2004年版）。
② 汤志钧：《近代经学与政治》，北京：中华书局，2000年，第67页。
③ 吴雁南主编：《清代经学史通论》，昆明：云南大学出版社，2001年，第13页。
④ 〔清〕方苞：《离骚正义》，《望溪全集》，清乾隆十一年（1746）方氏家刻本。
⑤ 关于这一点，可参阅拙文《论朱熹心理领悟学习研究方法及其特色》，《江汉论坛》2012年第9期。

性格有切身体会。这种经历为朱熹等宋儒不及,因而他对《离骚》中描绘君臣关系的诗句往往有独到体会,特别善于体会弦外之音、味外之旨。如对"求女"一段,对"下女""宓妃""有娀之逸女""有虞之二姚"的说解,读之令人会心称快,感到特别切合诗意。只可惜文字太多,这里不能列出。

方苞以外,李光地有《离骚经九歌解义》①。李氏也是宋学一派。该著重在文意阐发、文理寻绎、旨意索解,而对字句训诂、名物考释用心较少,用的也当然是宋学方法。李氏自言九岁即能背《离骚》,"至今上口不落一字",加之不囿于名物训诂,在整体观照上往往强于只拘于字句者。如"众芳芜秽"之意,一般解释为喻屈原培养的人才变节,这当然没错。但若把李氏结合前面"三后纯粹"的解索一看,就显得浅了。李氏曰:"且三后之盛,所资者众芳尔。我昔者有志于为国培植,冀其及时收用。今则不伤其萎绝而哀其芜秽。虽萎绝,芳性犹在,芜秽则将化而(为)萧艾,是乃重可哀已。"由于李氏重其大义,有统摄的眼光,故能从段意和文气上纠正前人错误。《离骚》中女嬃责备屈原的一段,最后四句为:"众不可户说兮,孰云察余之中情?世并举而好朋兮,夫何茕独而不予听!"王逸、朱熹看到有"余""予"字样,便认为这四句是屈原说的话。李氏从整体文意考察,判断这仍是女嬃说的,不过是女嬃站在屈原的角度说的。过去依王、朱的解释,这段话后面总有点不通,经李光地如此训释,文气才通顺了。

宋学一派治楚辞中,还有一种现象特别值得注意。有些楚辞研究者并未宣称自己属于宋学,但他们的研究法明显继承朱熹的心理领悟法而来。可看下列材料:

> 穷老读《骚》,终日不厌。一切注疏,束而不视。反复吟咏,偶有所通,即笔之于下,不敢以凿说戾之,不敢以迂解滞之。②

> 旋因乞养外转湖南,又得溯汨罗之江,吊灵均之墓。自此方舟督运,冬

---

① 该书见于《安溪李文贞公解义三种》,清康熙五十七年(1718)刻本。
② 〔清〕王萌:《楚辞评注》,清乾隆四十四年(1779)三和堂刻本。

去夏归,每泊湘阴,辄酹酒朗读竟夕。光阴徂谢,三载于兹。觉一篇十四章,血脉流贯,爿片分明,语诞而情真,词复而义别,无不可解也。①

　　适岁在丙戌,秋冬之交,忽疽发于腰脊间,足不能窥户两阅月。每借读骚以自遣。……下元之夕,梦中恍惚,手执是编,与一老人互相辩证,久之欣欣若有所得。②

从这三个事例看,三人读骚的具体做法各不同,然其研究方法却是共同的,同是朱熹的心理领悟方法。朱熹上承孟子的"以意逆志"说,主张:"读书须是以自家之心体会圣人之心。少间体验得熟,自家之心便是圣人之心。"又云:"凡读书,须虚心,且似未识字底,将本文熟读平看。今日看不出,明日又看。看来看去,道理自出。"③这类话,朱熹著作中所在多有。清代学者对朱著几乎无人不熟,故继承性应无疑问。笔者粗略统计了一下,《楚辞著作提要》所选清代四十四本著作中,运用了这类方法的接近三分之一,可见宋学方法影响之大。

除今、古文学派和汉、宋学派的影响,还有第三派——兼宗者的影响。

清代后期,随着社会和政治危机的深化,伴随着学术发展的需要,经学出现了兼宗一类。如曾国藩、陈澧兼宗汉、宋,王先谦兼宗古、今。这种兼宗当然不会是两派绝对平衡,而往往是主要倾向一派,兼采另一派之长。不再像以前,两派形同水火,视为仇敌,鄙对方学问为粪土。不过,兼宗一派虽明朗化于清末,而从楚辞学角度观察,这倾向早就潜行,可能清初就开始了。一个典型的例子是吴世尚的《楚辞疏》④。吴世尚,清康乾间人,其经学主张可从他在该书《自序》对六经的排列分析出来。他主张六经以《诗经》为首,这是今文经学派的观点(古文经学派主张六经以《易》为首)。然吴世尚"以《诗》为首"理论依据,却又与今文经学派相悖,反与古文经学派暗合:"庖牺未作,燧人未生,污尊抔饮,蒉浮

---

① 〔清〕谢济世:《离骚解》,《梅庄杂著》,清光绪十年(1884)重刊本。
② 〔清〕朱冀:《离骚辩》,清康熙四十五年(1706)绿筠堂刊本。
③ 分别见《朱子语类》卷一一九、卷一〇二。
④ 〔清〕吴世尚:《楚辞疏》,清雍正五年(1727)尚友堂刊本。

土鼓,此倡彼和,有词有音,此诗之始也,特今无传耳。"他认为六经中《诗经》之时代最早,故应排最前,而以时代先后排列六经恰恰是古文经学派的主张,只不过古文派认为《易》之时代最早而已;今文家谓六经为孔子所作以垂教万世,故以程度深浅为排列次序,《诗经》《书经》为文字教育之书,所以排在最前。由此可知吴世尚宗有今、古文的见解,又与二者观点有些区别。清代今文经之兴起,由庄存与始,吴世尚早于庄存与,因而很难说他的思想是受了清代今文经学派的影响。

吴氏对文字训诂既遵汉儒法则,又对朱熹极为推崇(见《叙目》)。《楚辞疏》的研究思想和文义训诂,遵从古文经学派"言必有据""据实为训"的传统,常以单字对训,准确简洁,颇有汉儒古风;义理词章方面则多从宋学,不囿于成说,不拘于常规,敢于创发新见。该著研究的具体路径是,以历史资料推寻屈子之志,以屈子之志与诗篇时代背景及文义训诂探求其特定情怀,以特定情怀阐发其义理文脉、艺术特点等。

吴世尚《楚辞疏》的最大贡献,是发现了文学创作中的"白日梦"状态:

> 自此以下至忍与此终古,皆原跪而陈词重华,冥冥相告。而原遂若梦非梦,似醒非醒,此一刻之间之事也。故其词忽朝忽暮,倏东倏西,如断如续,无绪无踪,惝恍迷离,不可方物,此正是"白日梦"境。尘世仙乡,片晷千年,尺宅万里,实情虚境,意外心中,无限忧悲,一时都尽,而遂成天地奇观,古今绝调矣! 须知此是梦幻事,故引用许多不经之说,相如、扬雄不识此竟(境),遂一切祖之,真是人前说不得梦也。

此是该书《离骚》一章"跪敷衽以陈辞兮,耿吾既得此中正"后的一段阐释,稍具文艺心理学知识的人都会肯定,这是一段极为精彩的创作心理分析。其后,该章还在多处从几个方面对此进行了论述。《楚辞疏》出版于1727年,早于弗洛伊德一百八十多年。而直至目前,全世界的学者都认为,"白日梦"这种创作现象、状态是由弗洛伊德1908年在论文《创作家与白日梦》中首先指出的。其实,"白日梦"的发现权及与之相应的整套心理分析首创权,应属于我国清代学者吴世尚,而不是弗洛伊德①。

另一个不太典型的例子,是毛奇龄的《天问补注》②。毛氏为明末清初之人,是著名经学家,其学推宗汉学。梁启超说:"他对宋儒猛烈攻击,有《大学知本图》《中庸说》《论语稽求编》等。但常有轻薄谩骂语,不是学者态度。还有一部《四书改错》,骂朱子骂得最厉害,后来听见清圣祖要把朱子升祀大成殿,赶紧把版毁了。"③然而在《天问补注》中,毛奇龄对朱熹倒还尊重:"予思朱子何所不学,且过于减损,似乎《山海》、'岳渎'诸书未尝一见。即见之,亦且宁弃勿取,其必以为其说之后起,而无所与于商周之旧文也。""总论"如此言,似乎主旨是想补朱熹所注之不详和未注者,其实细读全书,他纠正、补注王逸的也不少,而王逸明显是汉学章句之法。毛奇龄能赞朱熹"何所不学",可能有梁启超所说的原因,但毕竟与他作《古文尚书冤词》完全不同④,还算头脑清醒。因而从治楚辞之角度观察,他应属于兼宗一派。也正因他持这种学术态度,其《天问》研究颇有创获,其书在清代《天问》研究中也堪称杰出之作⑤。

综上所述,可以看出,清代经学对楚辞研究产生了很大影响。清代楚辞研究之所以能超越前代而取得巨大成就,固然有着多方面的原因,然不可否认的是,经学的影响是其重要原因之一。一大批学者,以其成熟而卓越的治经思想、路径、方法,在使经学取得空前成就的同时兼治楚辞,也使楚辞学上了一个新台阶,开创了一片新局面,培育了一些新的学术生长点。这些值得楚辞学者高度重视,并从研究史的角度认真总结,以借鉴于当今新楚辞学的建构并推动其发展。

---

① 关于这方面的详细论述,可参见拙著《屈原与中华文化和民族精神》(四川大学出版社2008年版)第三章第六节《两朵奇葩——吴世尚、弗洛伊德两"白日梦"理论之比较》。

② 〔清〕毛奇龄:《天问补注》,《西河文集》,清康熙庚子(1720)本。

③ 梁启超:《中国近三百年学术史》,上海:上海古籍出版社,2014年,第174页。

④ 正如钱穆于《中国近三百年学术史》所言:"西河好胜,仗其才辨,不欲人之得美名以去,而求以出其上,于是乎有《古文尚书冤词》。'古文'之伪,已成不净。西河辨之虽力,皆费话也。"故毛奇龄作《古文尚书冤词》,动机不纯,所得结论也站不住。不过他在书中指出了阎若璩等辨误者的某些错误,资料上仍有参考价值。

⑤ 关于这方面较详细的情况,可参阅拙文《〈天问〉研究四百年综论》,《文艺研究》2004年第3期。

　　然而，"金无足赤，人无完人"，学术上也同样如此。在肯定清代经学对楚辞学极大而积极影响之同时，我们也应看到，由于时代和学术等因素的限制，这一影响有着相当缺憾。而当我们以经学和楚辞学的双向视角观察，这些缺憾则更为明显。例如无论是古文派还是今文派，也无论是汉派还是宋派，其楚辞研究成就均不及经学。尤其是今文派，楚辞研究方面甚至与经学成绩截然相反。经学名家之楚辞研究，除戴震外，其余均不及无名或微名学者。毛奇龄的《天问补注》虽可称杰作，王念孙对楚辞音韵的研究虽卓有成就，但从总体上看仍不及蒋骥《山带阁注楚辞》、夏大霖《屈骚心印》、鲁笔《楚辞达》等。俞樾的《读楚辞》及《楚辞人名考》，在释义追源上虽颇有创获，但"规规"于儒学语句，表现出对屈原的不理解，甚至错误地对其指斥，其成就则更次之①。

　　经学几个主要派别之楚辞研究，均各有侧重。基础材料训释考证方面，宋派无法与汉派比；而思想理论之建树上，汉派亦难与宋派争雄。如前所述，清代经学中后期，出现了几位兼宗汉宋的杰出学者，只可惜他们未进行楚辞研究——即使就经学本身而言，他们也还难以与各派的领军人物比肩。而进行楚辞研究的几位兼宗者，则都是隐性的——"兼宗"是我们现在由实证分析得出。他们楚辞研究的思想方法值得认真总结，不过在清代影响确实有限。

　　若探究以上缺憾产生之缘由，大致可归结为一句话：学派意识过强！无论是古文派还是今文派，也无论是汉派还是宋派，其学者都是以该派治学之思想、路径、方法去研究楚辞，这当然值得高度肯定。但另一方面，一些学者固守学派苑囿，完全不吸取别派之优长，甚至连了解都没有。这就极大地限制了他们的学术视野，束缚了前进脚步。因而，整体上虽然取得了空前成就，却始终未能出现一位像东汉郑玄那样熔"今、古文"于一炉，阶段性结束经学派别之争的巨擘，也没有胜过王逸《楚辞章句》、朱熹《楚辞集注》、王夫之《楚辞通释》的著作。归结起来也是一句话：创新虽巨，惜无超越！得出这样的结论，发现这样一些缺憾，可能是人们没想到的。其实，在进行研究之初，笔者脑海中的学术图景也不

---

① 可参阅《楚辞著作提要》（湖北教育出版社2003年版）关于俞樾《读楚辞》的条目（第250—257页）。该条目为笔者所撰。

是这样子,然而这确是事实。

我们决不应苛求古人,但要深思和自省。

【附】

成就与影响错位
——清代经学及方法对宋玉研究之影响兼论对当代宋玉研究的启示

如本节前文所述,清代古文经学的复兴,起源应追溯到明末清初的顾炎武,清代朴学实由顾氏肇其端。其后继承顾氏之学的,有以惠栋为代表的吴派和以戴震为代表的皖派。惠栋以钩沉辑佚为主,其派故又称"钩沉派",当然注楚辞者很少。而戴震继承发扬了顾炎武《音学五书》和《日知录》的治学方法,为以后形成"订误派"打下基础,故这一派有楚辞著作者较多。戴震自己便有《屈原赋注》。不过,此派楚辞著作虽多,却基本集中于屈原和屈骚。戴震自不必说,朱骏声更只著有《离骚补注》。其他如江有诰《楚辞韵读》、王念孙《毛诗群经楚辞古韵谱》等,主要是从音韵对屈骚进行研究,涉及宋玉的只有《九辩》[①]。

所以出现此状况,可从戴震《屈原赋注·自序》寻其端倪:

> 《汉·艺文志》:"《屈原赋》二十五篇。"自《离骚》迄《渔父》,屈原所著书
> 是也。汉初传其书,不名《楚辞》。故《志》列之赋首。又称其作赋以风,有
> 恻隐古诗之义。至如宋玉已下,则不免为辞人之赋,非诗人之赋矣。予读
> 屈子书久,乃得其梗概。私以谓其心至纯,其学至纯,其立言指要归于至
> 纯。二十五篇之书,盖经之亚。说《楚辞》者,既碎义逃难,未能考识精核,
> 且弥失其所以著书之指。今取屈子书注之,触事广类,俾与遗经雅记合致
> 同趣。然后赡涉之士,讽诵乎章句,可明其学、睹其心,不受后人皮傅,用相

[①] 江、王二氏均按王逸《楚辞章句》将《招魂》划归宋玉,而笔者认为《招魂》为屈原所作。

眩疑。书既稿就,名曰《屈原赋》,从《汉志》也。①

这自序中开头的一段话,与我们论题有关的有两点。一是论定屈原的作品为赋体。如此宋玉的作品也均为赋体,也就是说,《九辩》与《高唐赋》《神女赋》《风赋》等在文体上没有区别。这样一来,宋玉的作品就全都是屈骚之遗绪,独创成分几无。而且,《自序》暗引扬雄的“诗人之赋丽以则,辞人之赋丽以淫”,言“宋玉已下,则不免为辞人之赋,非诗人之赋矣”,这宋玉赋是否包括其中,仅就此还真不好说。而如果联系第二点,戴震的意思庶几能明。二是《自序》提出了“三至纯”之说——屈原其心、其学、其立言指要均“至纯”,并定“二十五篇之书,盖经之亚”。这“三至纯”,衡量标准当然是“经”之思想、旨要、意趣。此处先且不论这标准是否有偏差,但说如此一来,宋玉及作品就完全不能与屈原相比了。由是观之,宋玉很可能被戴震划入“辞人”之列。

戴震治学门径,是以声音文字以求训诂,由训诂以求义理,义理不可空凭己意臆测,必求之古训古经。这一治经方法明显是对顾炎武的继承发展,戴震亦以它来治楚辞,也取得相当的成就。他定屈骚为赋体,明言是以《汉书·艺文志》为据,且班固《两都赋序》亦曰“赋者古诗之流也”,戴震之言不可说无据。而《文心雕龙》有《辨骚》与《诠赋》两篇,表面看是将骚与赋分开,其实《辨骚》属于总体论,主要论屈骚的总体价值、文学地位及对后世影响;《诠赋》属文体论,主要论赋之文体源流、特点和作家作品之得失。《诠赋》曰:“及灵均唱骚,始广声貌。然赋也者,受命于诗人,拓宇于楚辞也。于是荀况《礼》《智》,宋玉《风》《钓》,爰锡名号,与诗画境,六义附庸,蔚成大国。”②刘勰定骚为赋之源,并将荀子、宋玉的赋都归为一类,由此看来,戴震之说不仅有据,而且所据有力。

真正将骚与赋明确分开的,是梁的萧统。他在《文选》中把骚单列一类,囊括屈原作品和宋玉《九辩》(还有《招魂》);而赋更作一大类,将宋玉的《风赋》《高

---

① 〔清〕戴震:《屈原赋戴氏注》,《广雅书局丛书》,清光绪十七年(1891)刊本。
② 〔梁〕刘勰著,范文澜注:《文心雕龙注》上册,北京:人民文学出版社,1958年,第155页。

唐赋》《神女赋》《登徒子好色赋》归于此①。萧统不愧为杰出的文学理论家和文选家。他将骚与赋分为两类，不仅是眼光独到，更重要的是因这一观点而为我们保留了宋玉极为宝贵的四篇赋作。笔者未能对骚与赋之文体区别作深入探究，然长期的楚辞艺术研究和对赋的赏阅，自然形成了将骚与赋划作两类文体为好的观念：骚是诗，赋为文；骚起于屈原，赋源于荀子；骚既是屈原所创同时又已达艺术顶峰，赋至宋玉方以瑰丽典范作品为其奠定了基础……这些此处不可能深论。不过就文学史及楚辞研究史而言，骚、赋同类观点一直占据上风。即如清代，由于上述原因，古文经学派当然尊其师戴震而从之，又由于乾嘉学派（古文经派成员与此大致相当）的杰出成就和巨大影响，有清一代"骚赋一体"说基本占据主流地位。

下面再看今文经学派的宋玉研究。清代今文经学的复兴，为古代经学史上最后一件大事。它起于康乾时的庄存与和他的外孙刘逢禄。他们推宗《春秋》的"公羊学"，主张探求儒家经典之微言大义，被称为"常州学派"。后来龚自珍、魏源大力推崇并发展之，今文经学便得到复兴。庄、刘、龚、魏并没有楚辞著作，不过只要学派发展，便一定会有治经者研究楚辞，其后王闿运就写了《楚辞释》。

王闿运，湖南人，跨清、民国两代，著名经学家。关于他的学派，以前多认为属今文经学派，近来有学者判定他是古今兼宗派②。在两次学术会议上，也有学者向笔者提出这类问题，还有学者主张王闿运应划归为文人，不应属经学家。这一问题与此文关系很大，故曾于前文详加辨明。笔者认为，中国经学史上从未有古今兼宗各占一半的，任何经学家必有一主要倾向，王氏主要倾向还是今文经学③。

王闿运之《楚辞释》，可谓中国楚辞学史上最大胆之作，立论之新、之怪为历代楚辞学所罕见，这里只引他对《高唐赋》之题解：

---

① 可见《文选》（中华书局1977年版）。萧统还将"辞"独作一类，收有汉武帝《秋风辞》、陶渊明《归去来兮辞》。

② 如刘再华《近代经学与文学·古今兼综派经学家的文论》（东方出版社2004年版）。还有支伟成也持如此观点，见《清代朴学大师列传·湖南派古今兼采经学家》（岳麓书社1998年版）。

③ 王氏也有一些在当时有影响的作品，自可算为文人，但这与他的今文经学家身份并不矛盾。

　　《高唐赋》者,宋玉之所作也。旧以高唐为云梦之台,今案高唐邑在齐右,云梦泽在南郢,巫山在夔,三地相去五千余里,合而一之,文意淆乱,由不知赋意故也。古今文人,设词众矣。至于昼幸妇人,公荐枕席,于文不足以增词采,于理徒以为秽乱,虚作此言,果何为哉? 盖尝登巫山,望秭归,临夔门,泛夏水,深求秦楚强弱之故。读《离骚》、《回风》(《悲回风》)之篇,得屈子之忠谋奇计,在据夔巫以过巴蜀,使秦舟师不下而后夷陵可官,五渚不被暴兵。东结强齐,争衡中原,分秦兵力,楚乃得以其暇,招故民,收旧地,扼长江,专峡险。良谋不遂,顷襄弃国,秦师并下,贞臣走死。弟子宋玉之徒,崎岖从迁,假息燕幕,蓄同俳优,不与国谋。然坐见危亡,追思远谟,虽势无可为,而别无奇策,乃后叹息窃泣,哀楚之自亡也。情不能已,因遂作赋。①

所以引出这一大段,其意在于"借一斑以窥全豹",看出王闿运治楚辞(包括宋玉赋)之风格。什么先王会神女,什么神女自荐枕席,全是后人会错了宋玉的意思! 宋玉是通过读《离骚》《悲回风》,得了屈原的忠谋奇计:扼守夔、巫,联齐抗秦。顷襄王不理会宋玉进谏,宋玉没办法只好以《高唐赋》的形式写出。"首陈齐楚婚姻之交,中述巴楚出峡之危,末陈还都夔巫之本,计言不显则意不见。故直以幸女立庙,明当婚齐,申屈子之奇谋,从彭咸之故宇。"②支持这怪论的,全仗提要开头所言地理位置不类和道德伦理不合,然而这两点也都站不住脚。

　　王闿运之所以发如此怪论,固然与今文学派主张经世致用,不拘泥于经典字句,专求"微言大义"有关,而更主要的则是他以楚辞和宋玉赋为"酒杯",浇自己心中之"块垒"。《楚辞释》完成于光绪九年(1883),时值晚清末世,国衰民贫,王闿运自认胸怀治世强国之忠谋奇计,却无路可陈,郁闷心中,于是借解《高唐赋》"弱秦强楚"之奇策,发泄出来。

　　王闿运为清末著名经学家,治楚辞、治《春秋》均对后来今文经学产生很大影响。他的学生廖季平不仅怪论甚多,而且多变。如前文所述,刚在《楚辞新

———————————————

①② 〔清〕王闿运:《楚辞释》,《湘绮楼全书》,清光绪二十七年(1901)衡阳刊本。

解》中论屈原不是作诗而是传诗,其学属于天学。读者还没回过神来,不久他又在《楚辞讲义》中将楚辞归于秦博士所作,而且是九人合作;又将《大言赋》《小言赋》归于楚辞,并言它们是秦博士对《中庸》"大天下莫能载焉,小天下莫能破焉"之解文①。诚如钱穆所嗤评:"不幸而季平享高寿,说乃屡变无已。既为《五变记》,又复有六变。及其死,而生平之所持说,亦为秋风候鸟,时过则已。使读其书者,回皇炫惑,迁转流变,渺不得真是之所在。"②

王氏、廖氏为清今文经学派研究屈骚及宋玉赋的突出代表,他们将今文经学求"微言大义"之治学路数引入楚辞研究,方法本来没错。然而"真理再向前跨进一步,便成了谬误"。他们曲解实证材料,将本不搭界的材料扯上关系,以支持他们刻意穿凿和天马行空似的想象。他们将本需极其谨慎使用的方法拿来随意挥舞,当然容易出"新"、出奇,可也当然地因缺乏合理性而得不到学界的认可。

可是,我们决不能因此而轻视他们的研究,对其学说只能"扬弃"而不应抛弃。王、廖等毕竟是有学识的学者,有精深的经学造诣。他们那些"新"、奇、怪论尽管荒谬,但有的观点可以说是一种"有学识的谬见",闪烁着思辨的光芒。我们只要接受得当,就可能吹去"秕糠",得到"精米"。康有为当年受廖季平的启发,最终形成维新变法思想,就是成功的一例。正如梁启超所言:"康先生(有为)从廖氏一转手而归于醇正,著有《春秋董氏学》《孔子改制考》等书,于新思想之发生,间接有力焉。"③即如王闿运对《高唐赋》及《九辩》释解为例,就有数端值得肯定。第一,作为一位著名学者,坚持"通经致用"之原则,始终关怀国家和民族的命运,力图为其效绵薄之力,这种思想和精神,不单值得肯定,还应该学习。第二,王闿运定《九辩》为屈原所作,结论虽不正确,但引用的证据仍值得认真研究。《楚辞释·九辩》题解曰:

---

① 《楚辞新解》光绪三十二年(1906)完成,民国二十三年(1934)雕版印刷,今有上海图书馆藏本。《楚辞讲义》见《六译馆丛书》(四川存古书局1921年刊本)。按:《中庸》此二句应为"故君子语大,天下莫能载焉;语小,天下莫能破焉"。
② 钱穆:《中国近三百年学术史》(下),北京:商务印书馆,1997年,第722页。
③ 梁启超:《中国近三百年学术史》,上海:上海古籍出版社,2014年,第194页。

　　此作于《离骚》《卜居》之后，《九歌》《渔父》之前。原被召，再放送之而作也。《九章》多采其言，是其证矣。《天问》曰："启棘宾商，《九辩》《九歌》。"商为秋，故以秋发端，亦记时也。①

这里没有明说的证据是，洪兴祖《楚辞补注·目录》录古本《楚辞释文》，《离骚》第一、《九辩》第二、《九歌》第三、《天问》第四、《九章》第五、《远游》第六、《卜居》第七、《渔父》第八、《招隐士》第九、《招魂》第十……且王逸《楚辞章句·哀郢》"美超远而逾迈"句下注曰："此皆解于《九辩》之中。"故师陈第曰："儒者因是谓《九辩》亦屈原所作。"②他虽以"不知古本依次，不依作者之先后，故置《招隐士》于《招魂》之前，又置王褒《九怀》于东方朔《七谏》之前，而置《大招》于最后"，予以反驳，但其说终不能圆通释疑。所以梁启超后来仍引古本《楚辞释文》为据，言："故吾窃疑《九辩》实刘向所编屈赋之一篇，虽无确证，要不失为有讨论价值之一问题也。"③确实，古本《楚辞释文》为何如此编次，王逸为何如此引注，还需进一步研究释疑，王闿运认定《九辩》为屈原作，多少有提出"有讨论价值之一问题"的意义。第三，王闿运将《高唐赋》纳入楚辞范畴研究。这也是以前少有的。他的学生廖季平亦有《高唐赋新释》④，承其师亦发怪论，此处不必置论。然而这也反映了今文学派对《高唐赋》之重视。此前，王逸《楚辞章句》一篇宋玉赋也没选；宋晁补之《重编楚辞》的"新录"部分，有《续楚辞》和《变离骚》两种（今已亡佚），据当代学者周秉考证其中应收有宋玉赋⑤；朱熹《楚辞集注》的《楚辞后语》中，自叙"以晁氏所集录'续''变'二书刊补定著，凡五十二篇"。然将晁氏所录宋玉赋全部删掉，其原因是："若'高唐''神女''李姬''洛神'之属，其词若不可

---

① 〔清〕王闿运：《楚辞释》，《湘绮楼全书》，清光绪二十七年（1901）衡阳刊本。

② 〔明〕陈第撰，黄灵庚点校：《屈宋古音义》卷三《九辩》，上海：上海古籍出版社，2019年，第111页。

③ 梁启超：《要籍解题及其读法·楚辞》，陈引驰编校《梁启超国学讲录二种》，北京：中国社会科学出版社，1997年，第97页。

④ 见《六译馆丛书》51册《四益馆杂著》。

⑤ 可见《楚辞著作提要·重编楚辞》，《楚辞学文库》，武汉：湖北教育出版社，2003年，第17页。

废,而皆弃不录,则以义裁之,而断其为礼法之罪人也。"①而王闿运对《高唐赋》详作题解注释,不论其动机与结论如何,客观上都是对王、朱的反驳。

到了清代后期,随着社会和政治危机的深化,同时也随着学术发展的需要,经学出现了兼宗一类。如曾国藩、陈澧兼宗汉、宋,王先谦兼宗古、今。这种兼宗当然不会是两派绝对平衡,而往往是主要倾向一派,兼采另一派之长,不像以前两派形同水火。不过,兼宗一派虽明朗化于清末,而从屈学和宋玉研究角度观察,这倾向早就潜在运行,可能清初就开始了。

例如前文介绍过的毛奇龄,即为兼宗派。毛奇龄《峡流词序》曰:

> 予读盛弘之《荆州记》云:"自峡七百里中,春冬之时,素湍渌潭,回清倒影。"备极婍妮,而宋玉赋"高唐",更有"姣姬扬袂"之喻,比较之词,其温柔绮丽俱在也。②

南朝刘宋的盛弘之《荆州记》中关于巫山巫峡的一段,原来并不著名。后北魏郦道元引入自己的《水经注》,只略作了几处修改,便成了千古雄文。盛弘之《荆州记》最晚宋时就已亡佚,亏了《水经注》,这段雄文才保留至今——郦道元功不可没!故毛奇龄根本不可能看到盛弘之《荆州记》,最多只能是后人辑佚的。他看的就是《水经注》中的"巫山巫峡"一段。然何以不直言,无非是逞博而已。因尽管《艺文类聚》《太平御览》均早已指出这段是盛弘之《荆州记》中的,但大约当时知之者甚少(至今中学课本还说是郦道元作的),毛氏治学就有此特点。之所以花点笔墨加以说明,在于下面《高唐赋》要比较的对象,正是这段文字。

毛奇龄说《高唐赋》更有"姣姬扬袂"之喻,是因宋玉有巫山神女的描绘。其实《高唐赋》后面描写巫山巫峡,山势雄峻,物产丰饶,动物多样,可谓气势磅礴、酣畅淋漓。毛奇龄将二者相提并论,显示了不凡的艺术眼光。确实,《高唐赋》的这段绝不亚于盛弘之的那段!之所以不及盛弘之那段出名,可能是宋玉作文

---

① 〔宋〕朱熹集注:《楚辞集注》,上海:上海古籍出版社,1979年,第9页。
② 〔清〕毛奇龄:《西河集》卷二十九,《四库全书》本。

时代更久远，文字也相对艰涩一些。再可能是人们的注意力多集中于《高唐赋》前段文字和神女描写上——人之常情嘛，可以理解。

另一个要提出的人物，则是章学诚。章学诚生当汉学隆兴时代，但他治学不愿趋时跟风，反而重意旨、重义理、重深会领悟。因而《文史通义》撰成后并不为时人所重，反遭鄙视和反对。章氏死后，他的"六经皆史""辨章学术，考镜源流"等说才渐渐有人注意。直至近百年，西学东渐，人们发现西方之学术目的、治学思想、研究方法等，章氏的主张早已暗合。再加之外国学者的推崇，章氏便声名鹊起，《文史通义》成了经典学术著作。由是观之，章学诚治学路数接近宋学，但他对朱熹多有批评，而且作为杰出方志学家，极重材料之考证甄别，这又是汉学的特点，所以应当说他是主宋学而兼有汉学方法的兼宗者。这位兼宗者也有关于宋玉作品的评价：

> 必泥其辞而为其人之质言，则《鸱鸮》实鸟之哀音，何怪鲋鱼忿诮于庄周；《苌楚》乐草之无家，何怪雌风慨叹于宋玉哉！夫诗人之旨，温柔而敦厚，主文而谲谏，言之者无罪，闻之者足戒；舒其所愤懑，而有裨于风教之万一焉，是其所志也。①

宋玉《风赋》，应是其赋作中讽谏意义最强的了，不过宋儒们却不太看好。朱熹不将其选入《楚辞后语》，连苏轼也带点调侃的语气道："堪笑兰台公子，未解庄生天籁，刚道有雌雄。"②章学诚此语，虽未点朱熹之名，但明显是针对他的。能肯定《风赋》之"雌风"也"有裨于风教"，这对于史学家兼经学家的章氏来说，确实不容易。

兼宗派最典型的例子，大概要算吴世尚了，前文已作过较详细评介，此处便不赘言。吴世尚将研屈之理论、方法，用于对《九辩》的研究，同样取得突出成就。他认定《九辩》是宋玉哀悯其师屈原而作，《楚辞疏·凡例》曰："《九辩》比兴

① 〔清〕章学诚著，叶瑛校注：《文史通义校注》卷二《公言上》，北京：中华书局，1985年，第169页。
② 〔宋〕苏轼：《水调歌头·黄州快哉亭赠张偓佺》，《东坡乐府》，四库全书本。

居多,最得风人之致。其于世道衰微,灵均坎壈,止以一秋字尽之,何其言简而意括也!"在抓住了《九辩》核心的艺术特色后,吴世尚再于正文中围绕此核心展开细致具体阐述。如:

> 第一辩注曰:"此篇总止写一'秋'字,而以原之情事掩映其中,虽不明言原,而句句是秋,已句句是原矣。"
>
> 第二辩注曰:"此篇总止写一屈原,更无一语及秋,然而句句是原,句句是秋也。"
>
> 第三辩注曰:"此篇乃合秋与屈原而言之,而前两节先句句言秋,惟各节末句乃及于原,后一节先句句言原,惟末二句乃及于秋,则交映之妙也。"

仅引"三辩"之注即可看出,吴世尚分析准确中的,宋玉确实用的是"交映"之法,而且用得极其高妙。惜因篇幅限制,不便把"九辩"之注全部引出加以评述,读者若有兴趣,自可查阅《楚辞疏》欣赏之。

以上将清代经学各派研究宋玉代表学者及成就状况做了简略介绍,可大致了解其对宋玉研究之关系及影响,总的来说其影响还是很大的。而当我们把眼光从清代后移,进而观察由清至今宋玉研究发展轨迹时,却发现了一些令人深思的现象,直率地说,还是有点沉重的。经学三派之中,无疑宋玉研究兼宗派成就最大,其中很有一些值得今天学界肯定、坚持、学习的东西。然而遗憾的是,该派影响最小。三派中对后世宋玉研究影响最大的,应该是今文派。后期今文派大致发展线索为王闿运→廖季平→康有为→梁启超……康、梁再加他们的学生,生徒众多可谓势力庞大,影响巨大是自然的。前已叙及,该派之宋玉研究,我们应该"扬弃"而不是抛弃。而"扬弃"应是在认真总结分析其不足和错误的基础上,然后吸取其中可以借鉴、继承的东西。可惜后来学界并未做到这点,倒是许多关于宋玉的怪论、奇论,都可以在今文派中找到它们的影子。再加之二十世纪初疑古思潮盛行,宋玉作品一个一个被剥离。到后来只剩了《九辩》,而《九辩》也似乎快保不住了。若不是银雀山汉墓"御赋"等考古材料出来,宋玉的文学地位岌岌可危。

　　再者,在义理方面,不论经学哪一派,都是以经学正宗的思想、观点、理论来要求宋玉。这种要求对屈原是可以的(也有些不合适之处),对宋玉就基本不合适。古文经派之所以漠视宋玉,这也是主要原因之一。古文经派学术成就巨大,他们的漠视对宋玉研究造成了不利影响。而古文经派的屈学研究则成绩斐然,他们对以后屈学施以很大的正面、积极影响,恰与宋玉研究相反。因此,在义理方面,不能用研究屈原的方法、路数照套用以研究宋玉。

　　总结一下,以上历史回顾给我们的启示是:应更深入分析古文经派漠视宋玉及作品的原因,尽力消除不利影响;应对今文经派的宋玉研究进行扬弃,剔除糟粕,取其精华。应重视兼宗派的宋玉研究,发现更多对今天研究有用的东西。总之,应以批判的眼光看待宋玉的经学研究路径,以避免再蹈覆辙。另一方面,必须大力加强对宋玉作品的艺术研究,发掘“屈宋”并称的新的意义内涵;必须在文学史、艺术史、美学史上重新确立宋玉的地位;在肯定宋玉杰出楚辞作家的基础上,确立宋玉“赋祖”的地位;在肯定宋玉继承前代文学成就的基础上,发掘其创新的价值和意义;在肯定宋玉拓展前代文学题材的基础上,研究其开拓新题材、新领域的贡献和影响。

第二章 心理探究路径和方法

第一节 两汉心理研究之滥觞

在中国,真正的心理学学科的诞生,恐怕不会早于二十世纪。然而可称为心理学研究——至少可称之为心理思想研究的,先秦就有了。这一时期关于学习心理的论述,以孟子的最为杰出,也影响最大。其"知人论世""以意逆志",成为历代学人尊崇的原则,一直影响至今。而两汉开辟了楚辞心理研究路径的重要人物,当推司马迁与王逸。司马迁关注屈原的创作动机,继承屈原"发愤抒情"而创"发愤著书"说;关注屈原创作的潜意识,提出了"人穷反本"说。王逸关注屈原创作的情感领域,指出屈骚"忧愁"之情感基调。此外,作为两汉心理思想的代表人物之一 ——扬雄,也揣摩了屈原的创作心理,只不过可惜出了偏差。

一、孟子论阅读心理法则

著名心理学家艾宾浩斯说过:"心理学研究有着漫长的过去,但只有短暂的历史。"[①]艾宾浩斯所言不虚,中国亦是如此。孔子关于学习的心理思想,如"学而时习""温故知新""举一反三""叩其两端"等,老子主张直觉心理体验的"载营魄抱一""涤除玄览"(《老子》第十章)等,墨子论情欲的"无欲恶之为益损也,说

---

① 转引自[日]井上惠美子、[日]平出彦仁等编著《现代社会心理学》,林秉贤译,北京:群众出版社,1987年,第6页。

在宜"(《墨子·经下》)等,再加之孟子、荀子、韩非子等的关于人性的争论,均说明我国先秦时期,心理思想研究已经产生并已达到相当水平。至于在阅读之心理研究方面,则以孟子的最为精到且对后世影响最大。

> 故说《诗》者,不以文害辞,不以辞害志。以意逆志,是为得之。如以辞而已矣,《云汉》之诗曰:"周余黎民,靡有孑遗。"信斯言也,是周无遗民也。①

《云汉》之诗指《诗经·大雅·云汉》。确实,这两句若僵死呆板地理解,那周朝就剩不下什么人了。于是孟子提出了一个读文解诗之原则:"不以文害辞,不以辞害志。"既不要拘谨于文字而误解了词义,也不要拘谨于词句而误解作者本意。那么如何才能正确理解作者于作品中想表达之本意呢? 孟子提出一个行之有效的方法——"以意逆志"。何谓"以意逆志"? 宋代朱熹曰:

> 言说《诗》之法,不可以一字而害一句之义,不可以一句而害设辞之志,当以己意迎取作者之志,乃可得之。若但以其辞而已,则如《云汉》所言,是周之民真无遗种矣。②

在诸多说法中,以朱熹的解释最为精当。对于"逆",朱熹没用人们常用的"理解""推测""揣测"等,而特用"迎取"。与一般的"理解""推测""揣测"相比,"迎取"更显积极性、主动性,也更富有热情,其心理状态是前几种不可比拟的。朱熹以此方法进行读书实践,取得了很好的效果③。还应特别指出的是,孟子所言之"志",在这里内涵丰富,不仅包括志向、意志、情志等,还包括写作时的心理状态。而这是读者最难体会又必须体会的,所以朱熹才煞费苦心地选取了"迎取"二字。

---

① 《孟子·万章上》。
② 〔宋〕朱熹:《四书章句集注》,北京:中华书局,1983年,第306页。
③ 可参见本章第二节《朱熹心理阐释方法的确立与对楚辞研究的贡献》。

> 颂其诗,读其书,不知其人可乎? 是以论其世也。①

这是孟子有名的"知人论世"说,影响中国读书人两千多年一直至今,可说是研读作品的不二法门。不过有一点需特别指出的,以往对"知人论世"之"知人",只是较单一地理解为知其生平事迹、思想意志,而对其中所包括的极为重要的心理部分,却大多忽视了。实际上,孟子所言"知人",必然包括知其心理,这只要看看他与告子大段辩论人性问题。《孟子·告子上》几乎全篇都是讨论、阐述他的"人性善"观点,就知其对心理问题的重视。而这点后世儒生、学者也皆领会,两汉楚辞的心理研究,也就由此开启。

二、两汉楚辞心理研究

> 屈平疾王听之不聪也,谗谄之蔽明也,邪曲之害公也,方正之不容也,故忧愁幽思而作《离骚》。《离骚》者,犹离忧也。夫天者,人之始也;父母者,人之本也。人穷则反本,故劳苦倦极,未尝不呼天也;疾痛惨怛,未尝不呼父母也。

这是《史记·屈原列传》前面的一段话,这段话极为重要。它说明屈原作《离骚》的动机既不是因个人政治遭际,更不是为个人利益,而完全是为国为民。楚怀王这些致命弊病,必招致国家危亡,给人民带来巨大苦难,为此屈原心中积郁着无尽的忧愁。这就涉及了屈原创作《离骚》的情感基调。

在确定了屈原创作《离骚》的情感基调后,司马迁进一步向屈原心理深处开掘。以上这段话对楚辞心理研究,尤其是楚辞创作心理研究,具有重大意义。第一,对于屈原在《离骚》中升天下地,努力向"重华陈词",试图向天帝倾诉,最后还向众神问询……这一系列让想象飞腾充满神奇色彩的抒情描绘,司马迁给予了富有现实意义的阐释。这就将当时和以后一些人的不解、怀疑甚至否定,

---

① 《孟子·万章下》。

或冰释,或消解,或扫除。第二,发现了"人穷反本"的心理原理。人们在困穷无路、悲痛至极或恐惧到顶等状况下,往往呼天抢地、呼母叫父。这一现象人人皆知,然又人人"无知"。搜检现存史料,司马迁似乎是第一位做出合理心理解释的。他指出,人类是在大自然中产生的——"人之始",每一位个人则均来自父母——"人之本"。个人之各种心理状况若达到极致——"人穷",必自然而然地呼告"人之始""人之本"。这种对"极点心理"的合理解释,不仅在我国,恐怕在全世界,也是最早或最早者之一的。第三,肯定"潜意识"对创作心理的作用。"人穷反本",不存在于人的思维领域,在遇到以上所言之极点状况时,没有谁还需要经过思考、思索,而是自然而然地瞬间爆发出来。这足以证明"人穷反本"在"潜意识"领域。司马迁当然不知道这叫"潜意识",当时也不可能有"潜意识"的概念,然其心理思想之内容是一致的。

　　还有很重要的一点:司马迁继承发展了孟子"以意逆志"和屈原的"发愤抒情"说。先说后一个。屈原在《九章·惜诵》中提出了"发愤抒情"说——"惜诵以致愍兮,发愤以抒情",并于《九章》其他诗篇中多次言及,与《离骚》中多处的"陈辞"相呼应,形成了较完整、成熟的诗歌创作理念①。司马迁则完全继承了屈原这一思想,提出了自己的"发愤著书"说:

　　　　古者富贵而名摩灭,不可胜记,唯倜傥非常之人称焉。盖西伯拘,而演《周易》;仲尼厄,而作《春秋》;屈原放逐,乃赋《离骚》;左丘失明,厥有《国语》;孙子膑脚,《兵法》修列;不韦迁蜀,世传《吕览》;韩非囚秦,《说难》《孤愤》。《诗》三百篇,大抵圣贤发愤之所为作也。②

这里,司马迁引用许多非凡的有杰出著作存世之历史人物③,雄辩地证明了自己的"发愤著书"说。司马迁还有一篇《悲士不遇赋》:

---

　　① 如《思美人》"申旦以舒中情兮,志沉菀而莫达",《惜往日》"焉舒情而抽信兮,恬死亡而不聊"等。按:"舒"通"抒","陈辞"亦含"陈情"成分。

　　② 《汉书·司马迁传》。

　　③ 现在关于这些典籍的著作权问题,颇有争论,此处则不涉及。

悲夫! 士生之不辰,愧顾影而独存。恒克己而复礼,惧志行而无闻。谅才韪而世戾,将逮死而长勤。虽有形而不彰,徒有能而不陈。何穷达之易惑,信美恶之难分。时悠悠而荡荡,将遂屈而不伸。①

《悲士不遇赋》作于司马迁晚年,此是首段。《汉书·艺文志》著录司马迁有赋八篇,存留下来仅此一篇,弥足珍贵! 它与《报任安书》《太史公自序》一样,同是研究司马迁情感思想的重要资料。与前两篇主题基本相同,而它抒发受冤之情、壮志难酬之境的情感更强烈,可说是字字血、句句泪! 若将其与董仲舒《士不遇赋》、陶渊明《感士不遇赋》对照细读,这种体会更加强烈。该赋开篇的爆发式抒情方式,明显是继承屈原。他的遭际与屈原相似,情感与屈原相同,心理与屈原相通,以己心"迎取"屈原之心,因而对屈骚诸篇理解极为深刻。司马迁《屈原贾生列传》不仅是一篇史传,还应视为一篇研究屈原、屈骚之雄文。他继承屈原"发愤抒情"说而倡发"发愤著书",本着孟子"以意逆志"读书之法而独具特色地以心理思想研究屈骚,无疑为以后两千多年楚辞心理研究奠定了基调,开了一个好头!

这一切,后代学者也大多领悟到了。如清贺贻孙于《骚筏》之《离骚》部分,对此即有精到的分析:"《离骚》开首云'朕皇考曰伯庸',即子长之所谓'人穷反本'也,未有知有君而不知有父者,竭智尽忠不过求无愧于皇考而已。……不敢叛父、不敢违天是以不敢欺君误国云尔。即此数行真实语,是《离骚》一篇本领,是屈子一生本领。"②《离骚》开头四句所概述的族源、家系、生辰,贺氏承继司马迁"人穷反本"说,从情感基调去体悟其中蕴含的深意,这就比单纯从宗国概念出发去解释要更为合理深刻。

另一个要特别提出并加以议论的,便是王逸的《楚辞章句》。《楚辞章句》是楚辞学史、楚辞研究史上第一部注释楚辞的专著,其重要地位无须多言。以往学者多从传统的训诂、阐释等角度进行研究评判,很少注意其他方面。其实,

---

① 〔唐〕欧阳询等:《艺文类聚》卷三十,《四库全书》本。
② 〔清〕贺贻孙:《骚筏》,《水田居全集》,清道光二十六年(1846)本。

《楚辞章句》内涵十分丰富，除含有经学方法、文学理论、文艺思想的内容外，对以心理思想、方法研究楚辞，也有着倡发和一定的引领作用。

> 屈原执履忠贞而被谗邪，忧心烦乱，不知所诉，乃作《离骚经》。离，别也。骚，愁也。经，径也。言己放逐离别，中心愁思，犹陈直径，以风谏君也。
>
> 《楚辞章句·离骚题解》
>
> 昔楚国南郢之邑，沅湘之间，其俗信鬼而好祠。其祠必作歌乐鼓舞以乐诸神。屈原放逐，窜伏其域，怀忧苦毒，愁思怫郁。出见俗人祭祀之礼，歌舞之乐，其词鄙陋。因为作《九歌》之曲……
>
> 《楚辞章句·九歌题解》
>
> 屈原放逐，忧心愁悴。彷徨山泽，经历陵陆。嗟号昊旻，仰天叹息。见楚有先王之庙及公卿祠堂，图画天地山川神灵，琦玮谲诡，及古贤圣怪物行事。周流罢倦，休息其下。仰见图画，因书其壁，呵而问之。
>
> 《楚辞章句·天问题解》
>
> 屈原放于江南之野，思君念国，忧心罔极，故复作《九章》。
>
> 《楚辞章句·九章题解》

这里引了王逸所写《离骚》《九歌》《天问》《九章》四篇题解。从这四篇题解，即可看出王逸对屈原创作心理的重视。四篇题解中，每篇都有"忧"字，三篇中有"愁"字，这当然是王逸有意选择的结果，绝不会是偶合。王逸显然认为"忧愁"是屈骚各篇共同的情感基调①。屈原为何"忧愁"？当然是为国为民（屈原为君说到底也是为民），从美学范畴来说，则属于崇高。

　　情感属于心理范畴，而情感心理学告诉我们，"情感"与"情绪"是两个不同概念（部分人常将其混为一谈）：情感属于上位概念，情绪属于下位概念；情感主要是心理层面，情绪主要是生理层面；情感为人类所独有，情绪为人与动物共有。就单个人而言，其关于"情"的心理波动，有只属于情绪的，有情绪与情感混

---

① 屈骚的情感基调，还有"悲愤"，此处暂不涉及。

杂的,也有单纯是情感的。一般而言,只因生理需求而引起的"情"之波动,属情绪;只是为个人利益引起的"情"之波动,若含有高一级的心理需求,则往往是情绪与情感兼有;而完全脱离生理需求的"情"之波动,才得以称之为情感①。屈原之"忧愁",当然属于情感中最高洁、最伟大的!古罗马诗人从创作心理方面说,如此高洁、伟大之情感,在艺术创作上具有极大的内驱力和内动力,它可以帮助想象完善、丰富,促使想象升华、飞腾,促进写作意识流动,使诗歌抒情更强烈、更感人。凡此种种,南朝著名文学理论家刘勰一言蔽之:"故情者,文之经;辞者,理之纬。经定而后纬成,理定而后辞畅。"②屈原之后辞家,往往惊叹于屈骚文辞之华美、精彩绝艳,自愧难及,却不知首先是情感之不及。而后世凡伟大之诗人、词人,无不是情感高洁伟大者——李白、杜甫、苏轼、陆游、辛弃疾等,莫不如此!古罗马诗人尤维纳利斯说"愤怒出诗作"③,其实忧愁尤其是"高尚"的忧愁,更能出杰出诗作。

这些道理古人自然也知道,不然刘勰不可能概括得如此精到准确。估计王逸也是体会到了,不然他不会在几篇题解中都要阐述屈原的创作心理,紧扣"忧愁"之情。再者,可断定后来的楚辞研究者也领悟了,这从本章以后几节论述楚辞心理研究的发展路径不难看出。因此,说王逸为两汉楚辞心理研究之重要学者,筚路蓝缕与司马迁共同开辟了楚辞心理研究之路径,当不为过。

当然,王逸与司马迁对屈骚心理的关注点是不一样的。王逸关注的是创作心理的情感领域,关注"忧愁"对屈原创作的作用。可以说,《楚辞章句》的注释与阐解,都在这基调下进行。而司马迁关注的是创作动机,继承屈原的"发愤抒情"说总结出"发愤著书"说,并对创作的"潜意识"进行发掘,以"人穷反本"合理地解释了屈骚多篇中"求问先祖""祷告上苍""上天下地"的描写。因而,司马迁和王逸不单是共同开辟了楚辞心理研究路径,而且丰富了其创作心理的研究

---

① 爱情可说是一种特殊情感,因它主要是对对方的喜爱与尊重。

② 〔梁〕刘勰著,范文澜注:《文心雕龙注》下册,北京:人民文学出版社,1958年,第538页。

③ 这是尤维纳利斯的原话,恩格斯在《反杜林论》中曾引用,后来马克思五次引证此名句,而改为"愤怒出诗人"。较早的一次是1851年8月在致恩格斯的一封信中引用。现在人们常用马克思修改后的话。见《马克思恩格斯全集》第27卷,北京:人民出版社,1956年,第351页。

方法。

　　还有一位可算是另类的楚辞研究者，进行了别样的可算是楚辞的心理研究，他就是扬雄。对于扬雄，笔者曾在上编第二章第二节，借着对他的《反离骚》的研究，较全面地就历史上诸多的负面评价作了辨明。这里需首先将这些回忆一下，不然很难往下展开议论——他问题甚夥，负面评价太多！扬雄不是"谀臣"；所谓王莽"篡汉"，并不必给否定评价，只能说王莽是一个失败的"理想主义"者；《剧秦美新》也不必斥为"谀文"，其品格也并不比司马相如《封禅文》、班固《典引》低。

　　对扬雄本人之评价，有人评价极低，有人评价则极高。以宋代为例，朱熹对之评价极低，言其为"屈原之罪人"；而司马光则评价极高："呜呼！扬子真大儒邪！孔子既没，知圣人之道者，非子云而谁？孟与荀殆不足拟，况其余乎？"将扬雄抬得比孟子、荀子还高，真是匪夷所思！显然，两种评价都过于极端，实事求是说，扬雄为汉代著名作家，也是一个有思想的学者，在文学史上居有一定地位，即此足矣。

　　扬雄还有自己独特的心理思想，在两汉心理思想史上有一定地位。

　　　　人之性也善恶混。修其善则为善人，修其恶则为恶人。气也者，所以适善恶之马也与？[①]

人性，是思想、哲学、政治等学科都要研究的基本课题，当然也是心理学科要探讨的根本问题。先秦时期关于人性就有四种观点：性善说、性恶说、性无善恶说、性有善有恶说。孟子主性善，荀子主性恶，墨子主无善无恶说，世硕主有善有恶说。这四说里，前三说因主张者极为有名而广为人知，只有世硕因寂寂无闻其主张几乎无人知晓，以致许多人不知道先秦有此一说。扬雄的"善恶相混"说与世硕的相近，然又略有不同。"有善有恶"说中，善、恶关系基本是互不相涉的；而"善恶相混"说中，善与恶则是混在一起。那么，善、恶又是如何相区分，善

---

　　① 〔汉〕扬雄著，韩敬译注：《法言》，北京：中华书局，2012年，第56—57页。

行与恶行又是如何分别出现的呢？扬雄的回答是"修其善则为善人，修其恶则为恶人"。而为何有人"修其善"，有人"修其恶"呢？扬雄认为是"气"。"气"为"适善恶之马"。古人多喜言"气"，然各人所言之"气"，内涵很不相同。那么，扬雄之"气"，内涵是哪些呢？这就需要探索扬雄的心理思想了。

扬雄所言之"气"，是精气，还是血气，或是心神？他并没有直接告诉我们，我们只能通过他的其他有关论述来分析推测。

> 或问神。曰：心。
>
> 请问之。曰：潜天而天，潜地而地。天地，神明而不测者也。心之潜也，犹将测之，况于人乎！况于事伦乎！①

这里，"神"为精神，含意识、思维之意。"心"，古有多义，详按《问神》一篇，主要义项为思想、心理。扬雄的意思是，心深入天就能了解天，深入地就能了解地。天地，都是神明难测的，而心深入进去，尚能测之。何况对于人，对于事理呢！由此看来，在"气"作血气、精气、心神的几种内涵中，扬雄之"气"当接近于"心神"，这当然属于心理思想范畴了。那么，"气"这个"适善恶之马"，如何才能使人行善呢？

> 学者，所以修性也。视、听、言、貌、思，性所有也。学则正，否则邪。②

这就清楚了。原来扬雄秉承孔、孟、荀之观念，修性主要靠学习。也就是说，学习得好，"气"这匹马就可使人得正、行善，否则人心就会歪邪。

由此看来，扬雄有一套自己的较系统的心理思想理论，至少可说是心理思想观点。而且可以推论，他会将它们运用到楚辞研究上。然而，进行到这一步，我们却遇到大困难了——材料严重不足。本来，扬雄所作与屈骚相关的作品有

---

① 〔汉〕扬雄著，韩敬译注：《法言》，北京：中华书局，2012年，第113页。按："之"，俞樾认为当作"心"（《诸子评议》卷三十四），俞说有理。

② 同上，第10页。

三篇:仿《离骚》作《广骚》,仿《九章》之《惜诵》至《怀沙》诸篇作《畔牢愁》,反其意作《反离骚》。可惜前两篇都亡佚了,只剩下《反离骚》。详读《反离骚》,可感到扬雄对屈原是有敬佩之心的,从具体文字也可估计出他对屈原做过心理的揣测——当然还不好说是心理分析。

从《反离骚》的具体文字看,扬雄揣摩屈原心理后,除敬佩之情外,微讽之意也确实有的:

> 既亡鸾车之幽蔼兮,焉驾八龙之委蛇。临江濒而掩涕兮,何有《九招》与《九歌》? 夫圣哲之不遭兮,固时命之所有。虽增欷以於邑兮,吾恐灵修之不累改。

> 昔仲尼之去鲁兮,斐斐迟迟而周迈。终回复于旧都兮,何必湘渊与涛濑! 涠渔父之餔歠兮,洁沐浴之振衣。弃由、聃之所珍兮,跖彭成之所遗。

这是《反离骚》最后十六句。在这最后一段,扬雄反诘之情感似乎更激烈一些:既然"鸾车"都无,你到哪里去驾八龙? 既然临江皋而"掩涕",怎会有《九招》《九歌》? 圣哲不能骋其才智,此是"时"和"命"所致;你即使唏嘘流涕,"灵修"也不会因你而改变! 扬雄最后终于亮出了自己的人生观、社会观,将他所仰慕之圣贤行为与屈原作对比。说孔子离开鲁国时"斐斐迟迟",但最终还是回到旧都,何必自沉于江涛! 谓屈原糟鄙渔父"餔歠",弃置许由、老聃所珍持之信念,而步彭咸的后尘。

在上编第二章第二节,我们写了这段文字,这里再次引出,以证上述结论。那么,为什么扬雄反诘屈原后,还要略带点微讽呢? 这就要看前面介绍的他关于"修性"之观点了。扬雄认为,"修性"在于学。学什么? 了解一下扬雄的思想就知道,学儒、道两家思想理论。上引材料,以孔子、许由、老子之行为与屈原对比,他的意图便很清楚。但是,屈原他学习孔、老(还有墨、法等)的思想理论,非亦步亦趋,他的思想自成一家。屈原崇高的思想行为,高洁的人格形象,在中华民族的精神史、思想史、文学史上,自成伟大光辉的榜样,两千多年来影响、造就了无数爱国志士和英雄人物①。看来,扬雄对屈原心理思想的揣摩,出了偏差,而屈原以后在历史上的地位与影响,更是他没想到的!

对两汉楚辞心理研究的滥觞的讲述,到这儿就可暂时结束了。另外再说一下,往下的魏晋南北朝时期,文学创作心理研究得到极大发展、陆机《文赋》,专论"为文之用心";刘勰《文心雕龙》,更可称为文学创作心理的杰出专著。不过,这些已不能称为心理研究之滥觞,也就不再作专门介绍了。

第二节　朱熹心理阐释方法的确立与对楚辞研究的贡献

笔者注意到朱熹研学经典时的心理领悟方法,已有二十余年。二十世纪九十年代初,在撰写《楚辞学文库·楚辞著作提要》之《楚辞集注》条目时,就已发现朱熹楚辞研究中"寄托"的心理特点,同时还发现他重视心理感应的一些事实,但还不敢说他已形成了完整的心理领悟的学习研究方法。后来读到宋人有关"善读"的某些言论(后面将论及),感到注重心理领悟在宋代似已成风尚,朱熹之做法有着特定的研读氛围和文化背景。于是回头再读《楚辞集注》,进而又研读以前读过的《诗集传》和《四书集注》,果然发现在三本书中他都运用了心理感应、领悟的方法,且"三书"间颇有些共同部分(当然也有些不同点,如《诗集传》《四书集注》中"寄托"就不那么突出)。这使笔者认识到,朱熹对这一方法的运用,已不是无意识地偶尔为之,而是上升到了某种自觉的、有意识的层次。再经选览《朱子语类》,并细读《读书法》《论语》《孟子》等有关卷章,终至敢于肯定:朱熹研学经典,特重心理领悟。这"领悟"在他那里已形成理论化的完整的方法体系,从而建立起我国独有的学习研究方法,在学术史上具有重要意义②。

应该说明的是,论定朱熹特别重视研学经典时的心理领悟,并非笔者之独

---

① 可参见拙著《屈原与中华文化和民族精神》第二章,成都:四川大学出版社,2008年。

② 关于朱熹"心理领悟"的学习与阐释方法及体系,上编第三章第三节归纳两宋楚辞研究思想时,于第三小节"拓宽心理路径"做了提纲挈领的介绍,以说明它不仅属于朱熹个人,而且代表了两宋楚辞研究创新的时代思潮。这是朱熹杰出贡献之一。此文便做详细的归纳与论证。

见。学友周光庆前些年就从古典解释学的角度对此作了相关论述:"综观其经典解释的理论和实践,在朱熹建构与运用的解释方法系统中,最富于创造性、最具有时代特征和实践意义的,是其心理解释方法论。"①书中还明确肯定了朱熹对孟子"以意逆志"心理解释方法的继承与发展,二者真可说是殊途同归。当然,因二者着重点不同,其方法体系自然也有区别。下面,本节便对作为学习研究的朱熹之心理领悟方法进行粗浅的探讨和论述。

一、何谓心理领悟方法

所谓心理领悟方法,即是在正确通释文句、理解文本的基础上,通过特定的方式、方法,去体察著者之创作心理,领会其创作意图及其所想表达的深微之义。用朱熹自己的话简单概括,就是:"读书须是以自家之心体验圣人之心。少间体验得熟,自家之心便是圣人之心。"②很明显,朱熹这话是对孟子"以意逆志"说的继承。《孟子·万章上》曰:"故说《诗》者,不以文害辞,不以辞害志。以意逆志,是为得之。如以辞而已矣,《云汉》之诗曰:'周余黎民,靡有孑遗。'信斯言也,是周无遗民也。"朱熹《四书集注》于此段后注道:

> 言说《诗》之法,不可以一字而害一句之义,不可以一句而害设辞之志,当以己意迎取作者之志,乃可得之。若但以其辞而已,则如《云汉》所言,是周之民真无遗种矣。③

朱熹释"逆"为"迎取",释"以意逆志"为"当以己意迎取作者之志",无疑非常正确,说明他深得孟子"以意逆志"之精髓。除此之外,朱熹著作中还多次出现"以意逆志",仅《朱子语类》就出现了十次。其中对"以意逆志"或肯定,或解释,或说明,或阐发:

---

① 见周光庆《中国古典解释学导论》,北京,中华书局,2002年,第363页。
② 《朱子语类》卷一一九。以下所引朱熹著作,若未注明,则均出自该本。
③ 〔宋〕朱熹:《四书章句集注》,北京:中华书局,1983年,第306页。

> 孟子所谓"以意逆志",极好,逆是推迎他的意思。
>
> 《朱子语类》卷四十五
>
> "以意逆志",此句最好。"逆"是前去追迎之意,盖是将自家意思去前面等候诗人之志来。
>
> 董仁叔问"以意逆志"。曰:此是教人读书之法。
>
> 《朱子语类》卷五十八

以上仅引三条。然从此三条即可看出,朱熹对"以意逆志"极为推崇。究其推崇之原因,一般会认为一是朱熹之读书法本承孟子而来,推崇孟子即是肯定自己;二是孟子自唐代韩愈以后地位日高,至宋已是仅次于孔子之大儒,朱子又将《孟子》纳入《四书》,与《论语》《大学》《中庸》并列,就理论体系而言,朱熹之推崇本为很自然之事。而笔者认为,这些原因固然没错,然更重要原因朱熹并未说出——孟子为朱子的心理领悟法提供了坚实的理论基础。

我们知道,孟子的思想是成体系的。"以意逆志"的理论基础是"人皆可以为尧舜"①。而"人皆可以为尧舜"的理论基础又是"人性善"。既然人皆性善,故人人都有做尧舜的基本条件,当然人心也就本可相通。而古人今人均性善,则古人今人之心均相通。那么不仅仅是读《诗》,凡读前人之书均可"以意逆志",也就均可以心领悟。

其实,儒家并非只有孟子主张"人皆可以为尧舜",荀子也同样如此认定。若单纯从他们主张人性的本质看,两人完全是针锋相对的:孟子主"性善",荀子主"性恶",荀子还在其《性恶》篇里对孟子"性善"论进行了猛烈攻击。然而,若全面细致地观察两人的人性理论,则会发现,二者在关键之处有许多相同点,甚至相同点还多于不同点。如在"人是否有共同人性"这点上,二人均是肯定派。在"圣人心性是否同于凡人心性"上,二人又都是肯定派,荀子就主张:"凡人之性者,尧、舜之与桀、跖,其性一也;君子与小人,其性一也。"②二人又均肯定教育

---

① 《孟子·告子下》:"曹交问曰:'人皆可以为尧舜,有诸?'"孟子曰:"然。"
② 〔清〕王先谦撰,沈啸寰等点校:《荀子集解》卷十七《性恶篇第二十三》,北京:中华书局,1988年,第441页。

的作用,圣人并非出自天生而是教育而成。不过孟子是通过教育剔除社会影响使人回归本性,荀子则是通过教育并让社会发挥作用改变人险恶本性。可以说,孟、荀二人之教育观均为积极的教育观。由此,荀子得出"涂之人皆可以为禹"①,与孟子"人皆可以为尧舜"之卓见殊途同归,便毫不为奇了。

学识渊博的朱子是熟悉荀子著作的,《朱子语类》中二十多处提到或征引荀子语录,几乎贯穿全书。他虽表面力主孟子"性善",但又努力巧妙地以"理""性""气"之关系调和二者之对立②。之所以如此,很重要的一个原因,就在于他深刻认识到儒家"人皆可以为尧舜"的理论基础。而正是基于这一坚实基础,他才能大力提倡心理领悟的学习研究方法。即便以今天心理学常识论之,孟、荀的这一结论仍是正确的。现代心理学,无论是机能学派、行为学派、格式塔学派、精神分析派、人本主义学派……莫不承认人有共同心理。哈佛大学燕京图书馆有一副清末民国初诗人的对联:"文明新旧能相宜,心理东西本自同。"③这一对联现已获得普遍认同。确实,人虽然会因不同时代、地域、民族、文化等而具有不同心理,但既同为人,则必有共同心理。这如同医学一样,不同时代、地域、种族的人体质往往不同,但不论西医、中医都能治全人类的疾病,原因就在于人类有着相同的人体结构。同样,以西方人为对象获得的心理学知识,一样能治疗东方人之心理疾病,因为人类有着相同的心理特性。同理,我们学习研究任何一位作家的作品,从客观上说,只要能了解其产生的特定时代、环境,特定风俗、文化,我们就能通过一定的方法感应领悟到该作家的某些心理。朱熹的心理领悟法今天仍然是适用的。

---

① 〔清〕王先谦撰,沈啸寰等点校:《荀子集解》卷十七《性恶篇第二十三》,北京:中华书局,1988年,第442页。

② 如朱熹曰:"人之性皆善。然而有生下来善底,有生下来便恶底,此是气禀不同。且如天地之运万端而无穷。其可见者,日月清明,气候和正之时,人生而禀此气,则为清明浑厚之气,须做个好人。若是日月昏暗,寒暑反常,皆是天地之戾气,人若禀此气,则为不好的人。"见《朱子语类》卷四。

③ 关于该对联悬挂地点,叶嘉莹说法略有不同。她记得是哈佛大学远东系有此对联。

二、有何要点及特色

学者工夫只在唤醒上。

人唯有一心,是主要常常唤醒。

《朱子语类》卷十二

如今学者大要在唤醒上。

《朱子语类》卷一一三

少看熟读,反复体验。

《朱子语类》卷十

读书须要切己体验,不可只作文字看。

读书不可只专就纸上求义理,须反过来变自家身上推求。

《朱子语类》卷十一

任何方法,不论如何正确,都必须有一系列相适应的办法配套,方具有可行性。朱熹大约深知这个道理,他为自己的心理领悟方法配备了一整套办法。这一整套办法的核心,便是以上所引的"唤醒—体验"。所谓"唤醒",在朱熹看来,就是通过认真阅读经典文本,主动发挥"心"之认识作用,从而激活主体那"万理具足"的心灵,由此获得极强的领会动力及认识能力。所谓"体验",便是通过特定的阅读、品味、研究方式,从而达到以己心体验圣人之心的目的。"唤醒—体验"是一个互动互进的过程:没有"唤醒","体验"很难深入下去;而没有"体验",也很难得到真正的"唤醒"。对经典文本的学习研究就在这不断"唤醒—体验"的过程中,逐步分层地一层一层、一阶段一阶段地深入下去。

朱熹的"唤醒",在当时及其后,还有着某种特定的意义。从上面所引材料可知,朱熹所要"唤醒"的对象是"学者"。学者本义,既可指"求学之人",也可指"志学之人""饱学之士"。从朱熹在这类语录中专用"学者"而不用"学人""学子"看,他用"学者"一词显然是取后义。这些学者读了许多前人的书,脑海里塞满了前人的阐释、议论,书本知识丰富。这种丰富当然是好事。但另一方面稍不注意——正像外国一句名言所说："书读多了,脑袋就不是自己的了。"领会动力和认识能力被"淤塞",自己的"心"在前人知识的温床上"睡大觉"。这就需要"唤醒",这就是朱熹"如今学者大要在唤醒上"之深层意义。

要臻至这"唤醒"境界,朱熹认为最重要的一个具体办法是"虚心"。朱子著作中,"虚心静虑""虚心涵泳""虚心平气""虚心观之""虚心入里""虚心下气"[①]等词句,几乎到处都有。朱子这一观念,显然是继承了老子的"虚静"说、庄子的"心斋""坐忘"说、荀子的"虚一而静"说,也继承了它们共同的内涵,即虚怀澄静、心内无物等。不过朱熹"虚心"说的内涵,比老、庄、荀的多了一层重要含义。这含义朱熹没有也不便明说,但结合其著作及学术研究,它就会清晰呈现出来。

以《诗经》研究为例。朱熹之前,《诗》学界是汉学一统天下。所谓汉学说《诗》,即是以《序》说《诗》,从《毛诗序》,毛传、郑笺、孔颖达疏[②],形成一套序、传、笺、疏,且疏不破序、传的严整厚重之体系,极少有人敢越此"雷池"一步。就连大理学家程颐也说:"学《诗》而不求《序》,犹欲入室而不由户也。"[③]而朱熹冲破了这一千多年权威学术框架:汉学以《序》说《诗》,朱熹以《诗》说《诗》;汉学主政主志,朱熹主理主情;汉学经、传合一,朱熹经、传分离……朱熹终于开启了以宋学解《诗》的历史,创立了宋学说诗体系,为《诗经》研究开辟了一片新天地。

那么,朱熹何以能冲破一千多年厚重学术积累和思维定式而另辟蹊径?《朱子语类》中有两段话值得我们重视。一段是他回顾自己研读《诗经》,由疑《序》到破《序》时的心路历程:

> 某二十岁时读《诗》,便觉《小序》无意义。及去了《小序》,只玩味《诗》词,却又觉得道理贯彻。当初亦尝质问诸乡先生,皆云:《序》不可废。而某之疑终不能释。后到三十岁[④],断然知《小序》之出于汉儒所作,其为缪戾,

---

① 分别出自《朱子语类》卷九、卷十一、卷三十一、卷一〇四、卷一二〇。
②《毛诗序》之作者,异说较多,此处便不引出。
③ 见〔宋〕程颢、〔宋〕程颐著,王孝鱼点校:《二程集》,北京,中华书局,1981年,第1046页。
④ 三十岁,误,此处应为"五十岁"。

有不可胜言。

《朱子语类》卷八十

另一段是具体谈如何"虚心"读书:

> 凡读书,须虚心,且似未识字底,将本文熟读平看。今日看不出,明日
> 又看。看来看去,道理自出。

《朱子语类》卷一二〇

将两段合而观之,朱熹"虚心"那特殊内涵就清楚了。所谓"及去了《小序》""觉得道理贯彻",所谓"且似未识字底,将本文熟读平看",都是强调对文本的直接阅读与理解。前者积三十年直接读《诗》之体会,断定《小序》之出于汉儒所作,其为缪戾,有不可胜言";后者是对"书读百遍,其义自现"的另一种形式的肯定,而两者实际都是朱熹"虚心"的注脚。"虚心",即是将心"虚空"起来,心中当然也就没有了前人的注释、阐解、议论。所谓"虚心静虑""虚心涵泳""虚心平气""虚心观之"等,就是要一切从文本出发,对文本作直接的理解、感受、体会,并敢于肯定自己,如此才能不被前人缪误遮住眼睛,如此才能达致"唤醒"。

由"虚心"达至"唤醒"后,就可以进入"体验":

> 先教自家心理分明历落,如与古人对面说话,彼此对答,无一言一字不
> 相肯可,此外都无闲话杂说,方是得个人处。①

这当然是强调与"古人"(即著者)的心理相通、相接、相应。后来清代楚辞学者朱冀所说的"下元之夕,梦中恍惚,手执是编,与一老人互相辩证,久之欣欣若有所得"②,现代学者陈寅恪所说的"所谓真了解者,必神游冥想,与立说之古人,处于同一境界,而对于其持论所以不得不如是之苦心孤诣,表一种之同情,始能批评

---

① 〔宋〕朱熹:《晦庵集·答张元德》,《四库全书》本。
② 〔清〕朱冀:《离骚辩·自序》,清康熙四十五年(1706)绿筠堂刊本。

其学说之是非得失,而无隔阂肤廓之论"①等,显然与此有异曲同工之妙。

　　然而要达此"体验"境界,谈何容易！ 这除了需思想之专心致志、知识之累积日久外,还必须有一套与之相应的操作方法。这套方法当然也被朱熹摸索总结出来,笔者将其称之为"熟读—玩味"法。对经典文本,朱熹主张熟读,并特别强调两点:一是多读,十遍、二十遍,甚至上百遍;二是精读,真正读熟一章再读下一章,读熟一本再读另一本。多读、精读中,朱熹又强调"体会"之功,其著作中经常出现"仔细体会""体会亲切"等语。《朱子语类》卷十一中有一段话说明读史与读经之区别:

　　　　看经书与看史书不同,史是皮外物事,没紧要,可以札记问人。若是经书有疑,这个是切己病痛,如人负痛在身,欲斯须忘去而不可得。岂可比之看史,遇有疑则记之纸邪。

这段话里并未有"体会"二字,然在笔者看来,比之那些有"体会"二字之语,反而更能传达出朱熹强调"体会"之意。读史书有疑,无关紧要,可以记下问人;读经书有疑,则为切己病痛,必须弄清楚。经书之疑当然也可以请教别人,但主要靠自己体会。"负痛在身",最能体会到的当然是自己,而且"斯须"不可"忘去"。当然,读史并非都是"皮外物事,没紧要",朱熹此处不过是以此对比读经,形象化地喻明读经"体会"之重要,我们不必作"胶柱鼓瑟"之理解。

　　对于这种建立在熟读基础上的体会,朱熹进一步要求体会出"滋味":

　　　　大凡读书,须是熟读,熟读了自精熟,精熟后理自见得。如吃果子一般,劈头方咬开,未见滋味便吃了。须是细嚼教烂,则滋味自出,方始识得这个是甜是苦是甘是辛,始为知味。

《朱子语类》卷十

---

① 陈寅恪:《冯友兰中国哲学史上册审查报告》,《金明馆丛稿二编》,上海:上海古籍出版社,1980年,第247页。按:对朱熹、陈寅恪所论之研究,可参见拙文《论清代楚辞研究中的"直觉感悟法"》,《文艺研究》2007年第7期。

> 大凡事物须要说得有滋味，方见有功。而今随文解义，谁人不解？须
> 要见古人好处。
>
> 《朱子语类》卷一一四

这显然是继承了钟嵘《诗品》的"滋味"说，而朱熹于"滋味"上又加"玩"，特别强调"玩味"：

> 读书之法，先要熟读。须是近看、背看、左看、右看，看得是了，未可便
> 说，道是更需反复玩味。
>
> 《朱子语类》卷十
>
> 学者只是要熟，工夫纯一而已。读时熟，看时熟，玩味时熟。
>
> 《朱子语类》卷十一

本来，"玩味"并非朱熹独创之字眼，远的不说，宋代理学家程颢、程颐就曾多次使用它。然而，宋代学者谁也没有朱熹对它如此重视。即以数量而言，"玩味"一词在其著作中出现有二百五十多处，仅在《朱子语类》中就有九十五处之多。这"玩"，当然不是"玩耍"，而是蕴含体现着审美的意义。并且，朱熹似乎特别偏爱"玩"字："微玩""把玩""深玩""玩熟""玩赏""玩心""玩其气象""虚心玩理"等语汇，于其著作中几乎到处可见。将这些语汇和言论综合起来，可以发现，它们是以"玩味"为中心形成一个系统，这系统提倡以审美的心理对经典进行学习、研究，也就是说在对经典作正确理解、艰难阐释之同时，还要对其进行审美的观照、体会甚至欣赏。因而朱熹所言"体验"，也就包含有审美体验的成分。这无疑形成了朱熹学术研究方法独有的特色，也可以说是朱熹对我国古典美学之独特贡献，这贡献有着鲜明的特色和丰富的内涵，此处自然无法深论。

综上所述，朱熹心理领悟方法是以"唤醒—体验"为中心，以"虚心""熟读""玩味"为操作系统，理论上以孟子"知人论世""以意逆志"为基础，并融合了荀、老、庄相关的"虚静"理论，及钟嵘的"滋味"说的极富特色的研究方法。他不但在中国学术史上独具特色，而且在学术方法上独具中国特色，值得我们认真深

入研究并大力发扬之。

　　关于朱熹的心理领悟方法，以下还有几点需要说明。

　　第一，朱熹虽然主张研读经典应"虚心涵泳""切己体验"，但决非不注重文字训诂，相反，他一贯主张这是学习研究首先要做的工作。《诗集传》序曰："于是乎章句以纲之，训诂以记之，讽咏以昌之，涵濡以体之，察之情性隐微之间，审之言行枢机之始，则修身及家，平均天下之道，其亦不待他求而得之于此矣。"这既是朱熹心理领悟方法之纲，也足以证明他对文字训诂之重视。朱子还曾尖锐批评某位不重训诂的学者："曾见有人说《诗》，问他《关雎》，于其训诂名物全未晓，便说'乐而不淫，哀而不伤'。某因说与他道：'公而今说《诗》，只消这八个字，更添"思无邪"三字，共成十一字，便是一部毛诗了。'"①这挖苦得确实辛辣！不过也从反面证明了朱熹对文字训诂的重视。

　　第二，虽然朱熹的"唤醒—体验"有着"悟"的特点，也确如一些学者所言，朱熹吸收了佛学禅宗的某些思想，但心理领悟方法之"悟"与禅学之"悟"，有着诸多重要差异。禅学之"悟"为"顿悟"，朱熹的却是"渐悟"。禅学要摆脱语言的羁绊，甚至不要文字（如慧能即宣称自己不识字）；而朱熹却要人先从文句上认认真真下功夫，熟读、精读文本。禅学要"悟"的是空灵的禅机、神理，并无具体对象；而朱熹教人"体验"的是圣人之心、作者之心，有着实实在在的对象……由此可见，朱熹之"唤醒—体验"与"禅悟"有着本质的区别。

　　第三，朱熹心理领悟方法的形成有着宋代的学术文化基础。宋代可说是开启辨伪疑古之风的时代。其时学者，对汉以来诸儒之经典解释均重新审视，若就其方法概论之，则是通过文本以求作者原意，再与诸儒解释对照。由此必须在文本上扎扎实实下功夫，故宋代学者特别讲究"读书之法"，宋罗大经曾有段话论及此曰："夫着一读书之心，横于胸中，则锢滞有我，其心已与古人天渊悬隔矣，何自得其活法妙用哉。吕东莱解《尚书》云：'《书》者，尧、舜、禹、汤、文、武、周公之精神心术尽寓其中，观《书》者不求心之所在，夫何益！然欲求古人之心，

――――――――――――

　　①《朱子语类》卷十一。

必先求吾心,乃可见古人之心。'此论最好,真读书之法也。"①罗大经借吕东莱讲读《尚书》之法,说明以己心求古人之心(亦即心理领悟)的重要。而此前王安石等人也有"善读"之说②,其意与罗大经、吕东莱基本相同。朱熹也特别强调"善读",在其著作中多次使用这一概念。究其"善读"之内涵,其实就是心理领悟法。可以说,宋人"以吾心求古人之心"的读书之法中,以朱熹的心理领悟法最系统、最完备。理论水平也最高。

三、成效何在

以上论述了朱熹心理领悟方法的可能性与可行性。不用说,这种方法很值得我们借鉴吸取。然而也要看到,朱熹的"唤醒—体验"之境界极难达到,他这套操作系统人们也很难做到。别的不说,单是熟读——如朱熹批评的——许多宋人就未做到,更何况在学风浮躁的今天。有的人文本一遍还没读完,"于训诂名物全未晓",鸿篇大论就说出来了。他们去学习朱熹的方法,恐沦为冬烘先生。况且,对于朱熹的心理领悟方法本身,历来也是褒贬不一。誉之者推之极高,损之者贬之极低。这里涉及方法论的有些尚在探讨的问题,如方法与思想、方法与理论之关系等,绝非此处所能讨论。不过,考量任何方法,最终结论还是得由实际结果来回答,心理领悟法自然也不例外。这里首先必须回答的便是,朱熹他自己做得究竟怎样?

还是先看《诗经》研究。

　　喓喓草虫,趯趯阜螽。未见君子,忧心忡忡。亦既见止,亦既觏止,我心则降。

　　陟彼南山,言采其蕨。未见君子,忧心惙惙。亦既见止,亦既觏止,我心则说。

　　陟彼南山,言采其薇。未见君子,我心伤悲。亦既见止,亦既觏止,我

---

① 〔宋〕罗大经:《鹤林玉露》卷十五,《四库全书》本。
② 王安石在谈如何读《庄子》时说:"后之读《庄子》者,善其为书之心,非其为书之说,则可谓善读矣。"《临川文集》卷六十八,《四库全书》本。

心则夷。

《召南·草虫》

《草虫》,大夫妻能以礼自防也。

《毛诗序》

草虫鸣,阜螽跃而从之。异种同类,犹男女嘉时以礼相求呼。

《郑玄笺》①

南国被文王之化,诸侯大夫行役在外,其妻独居,感时物之变,而思其君子如此。亦若《周南》之《卷耳》也。

《诗集传》②

《毛诗序》以儒家礼仪解之,显然勉强。郑玄似感不合适,转释为男女相求,但依然不敢离"以礼"二字。其后孔颖达《毛诗正义》、欧阳修《诗本义》,均试图解释得圆通一些,但因不敢摒弃《毛诗序》的"以礼自防"观点,结果仍是扞格不通。到了朱熹《诗集传》,则完全抛弃《毛序》,将妻子思念丈夫的本义阐释出来,后又于《朱子辨说》中明确否定《毛序》"以礼自防"之说。朱熹以后,这条阐释路径就此打开,众多学者据《诗》本义阐释之,今天已占据主要地位③。

再如《郑风·女曰鸡鸣》。《毛诗序》曰:"刺不说德也,陈古义,以刺今不说德而好色也。"《诗集传》曰:"此诗人述贤夫妇相警戒之词。"《诗序·朱子辨说》卷上更明确指出:"此亦未有以见其陈古刺今之意。"这当然也使朱熹的解释较接近本义。虽囿于儒家诗教,此解仍不免有点冬烘气,但朱熹敢于断定该诗无"陈古刺今"之义,则显示出在正确方法支撑下的学术胆识。这样的例子还有很多,如《郑风·将仲子》《卫风·木瓜》等。

不过,在朱熹《诗经》研究中,最能体现运用心理领悟方法之成就,显示其学术胆识者,莫过于对孔子"诗三百,一言以蔽之,曰:思无邪"④解释的翻案。一般

---

① 《毛诗序》《郑玄笺》及孔颖达《毛诗正义》,均引自《十三经注疏》(中华书局1980年版)。

② 〔宋〕朱熹:《诗集传》,上海:上海古籍出版社,1980年,第9页。《诗序·朱子辨说》卷上:"此恐亦是夫人之诗,而未见以礼自防之意。"

③ 可参见郝志达主编《国风诗旨纂解》,天津:南开大学出版社,1990年,第52—55页。

④ 《论语·为政》。

认为,孔子是说,《诗经》三百篇的主旨,可用一句话概括为"思无邪",而朱熹于《诗集传》中引孔子这句话后曰:

> 盖诗之言美恶不同,或劝或惩,皆有以使人得其情性之正。然其明白简切,通于上下,未有若此言者,故特称之。以为可当《三百篇》之义,以其要为不过乎此也。……苏氏(苏辙)曰,昔之为诗者,未必如此也。孔子读诗至此,而有合于其心焉,是以取之,盖断章云尔。①

而在《朱子语类》(卷八十)中更清楚地说道:"只是思无邪一句好,不是一部《诗》皆思无邪。"按"思无邪"一句出自《诗经·鲁颂·駉》之第四章:

> 駉駉牡马,在坰之野。薄言駉者,有駰有騢,有驔有鱼,以车祛祛。思无邪,思马斯徂。

《駉》之全诗,描绘了鲁国原野上壮美的牧马场景。"思无邪"与前三章之"思无疆""思无期""思无斁"属同一语类,写出了马儿步正而不偏斜的良好体态。孔子单摘此句以概括《诗经》全部诗歌,当然是断章取义。且"思"在此句中为语气词,而孔子将它改为动词,原句的意思就大为改变。至于"诗三百",也当然不可能全是"思无邪",十五国风尤其是《郑风》《卫风》中,按儒家标准之"淫诗"不在少数。后世儒家囿于上述对"思无邪"的理解阐释这些篇目,除了硬加上"刺时也""戒淫奔"等类按语以改变其主旨,也实在没有其他办法。

问题尖锐地呈现出来:要回归《诗经》本义,必须否定《毛序》;而要否定《毛序》,必须否定孔子的"思无邪"。于是朱熹巧妙地对之作出以上阐解——尽管未必符合孔子本意,其意义则在于解除了正确阐释《诗经》之羁绊,为后世研究开辟了一条新的道路。当然,《诗集传》也有一些基本遵《毛序》的,但大多是遵其基本或相类的事实。而不论遵与不遵,均是基于自己对文本的感受、理解,

---

① 〔宋〕朱熹:《诗集传》,上海:上海古籍出版社,1980年,第238页。

决不受前人解说之羁绊。由此可以说,在《诗经》研究上,朱熹自己首先作出了"唤醒—体验"的榜样,其忠于原作、忠于事实的学术精神和胆识实在可敬可佩。

下面简述一下朱熹对楚辞和《四书》的研究。

先看《楚辞集注》。该著为楚辞学史上继王逸之后的又一重要著作,其最大特点在于能深刻理解屈骚诗句的特定意味,挖掘出屈原作品特有的精神内涵,并纠正了王逸的某些错误。例如,朱熹第一次从屈骚中发掘出"爱国"观念,并阐发其爱国之思想内涵,肯定其爱国精神。这不仅对楚辞研究,而且对中华民族爱国精神的形成和丰富其内涵作出了重要贡献。再如,朱熹往往独具只眼,能从屈原所写诗句中体会出微词奥义。《离骚》:"闺中既已邃远兮,哲王又不寤。怀朕情而不发兮,余焉能而与此终古。"朱熹注曰:"终古者,古之所终,谓来日无穷也。闺中深远,盖言宓妃之属不可求也。哲王不寤,盖言上帝不能察,司阍壅蔽之罪也。言此以比上无明主,下无贤伯,使我怀忠信之情,不得发用,安能久与此暗乱嫉妒之俗终古而居乎? 意欲复去也。"而王逸《楚辞章句·离骚》此处注曰:"言我怀忠信之情,不得发用,安能久与此暗乱之君,终古而居乎? 意欲复去也。"同是注出"意欲复去",朱熹的领会就比王逸要深刻一些。

又如,对《九章》整体之理解,王逸认为《九章》集中作于一时而成系统,而朱熹则曰:"屈原既放,思君念国,随事感触,辄形于声。后人辑之,得其九章,合为一卷,非必出于一时之言也。"部分地纠正了王逸的错误①,历来为学界所肯定。朱熹所以能在楚辞研究上取得如此成就,使用"唤醒—体验"之心理领悟方法自是重要原因。在南宋战、和两派中,朱熹属主战派,他作《除秦桧祠移文》,六十九岁大病濒死之际还不忘救国,足证其主战之坚决。他之所以撰写《楚辞集注》,固然有着文学、学术、现实三方面的原因,然其最主要的还是现实原因,即抒发抗金情节和宣泄压抑心理②。正是他这一坚决抗金的政治情结和当时的种

① 之所以说是"部分纠正",是因笔者考证分析出朱熹在这问题上也有某些不足,可参见拙文《论屈原对〈九章〉的整体构想及整理》,《文学遗产》2004年第6期。
② 关于这方面的详细情况及《楚辞集注》的全面成就,可参阅笔者所撰《楚辞著作提要》(湖北教育出版社2003年版)之《楚辞集注》提要。

种遭遇,再加之"虚心""熟读""玩味"的学习研究功夫,使他能上接屈原的时代,感悟、领悟到屈原报国无门,饱受"群小"排斥打击而痛苦、愤懑等心理,从而取得以上成就。

再看《四书集注》。朱子之前并未有《四书》。"二程"或认为《大学》,孔氏之遗书,而初学入德之门也",或对《中庸》十分推崇①,然均未将其作为一个完整体系推出。朱熹则评《大学》为"于今可见古人为学次第者,独赖此篇之存",且慧眼独具,认为《大学》第一章为经——"盖孔子之言,而曾子述之",后十章为传——"则曾子之意而门人记之也"②。他视《中庸》:"乃孔门传授心法,子思恐其久而差也,故笔之于书,以授孟子。"③由此,朱熹将《大学》《中庸》从《礼记》中抽出,与《论语》《孟子》合为一组。《大学》论为学为世之次第,《中庸》论为人行世之大道正理,《论语》以"仁"为核心全面阐述孔子之思想,《孟子》以知性养心、知天养气为主继承发展孔子学说。这样,一个由孔子、曾子、子思、孟子之著作组成的,涵盖哲学、伦理学、政治学等领域的儒家经典体系就此形成。从此,中华文化史上就出现了一个具有全新特色的文本系统,并且渐渐取代《五经》而占据儒学中心地位。不论是何原因,也不论我们如何评价这一现象,如今《四书集注》作为儒家经典之地位,仍不可动摇。孔子当年曰:"知我者其惟《春秋》乎!罪我者其惟《春秋》乎!"如果我们发类似的感叹,也许可以说:"知朱熹者其惟《四书》乎!罪朱熹者其惟《四书》乎!"不论"知者""罪者",恐怕都得承认,朱熹对《四书》是扎扎实实下了一辈子的功夫,用他自己的话说,是"四十年理会",直到晚年才完成定本问世。因此可以说,《四书集注》的成功,就是朱熹心理领悟学习研究方法的成功。

以上简述了朱熹在《诗经》、楚辞、四书三方面的研究成就,虽限于篇幅未能展开,然足以证明,也证明了其心理领悟方法的切实可行。今天,在部分学

---

① 分别见《大学章句》《中庸章句》篇首按语。

② 均见《四书集注》之《大学章句》。在朱熹之时,如此分法并无证据,基本全凭"体验"得出,所以颇遭后人诟病。然而前些年李学勤先生在《从简帛佚籍〈五行〉谈到〈大学〉》一文中,从对出土文物研究的角度对此给予高度肯定。见《孔子研究》1998年第3期。

③ 《四书集注·中庸章句序》。

者提及研究方法就唯西方马首是瞻、学风浮躁的今天,总结、研究、提倡朱熹这一独具中国特色的学习研究方法,无疑具有启迪思路和指导研究的重要学术意义。

第三节　清代楚辞研究中"直觉感悟法"之确立及卓越贡献

清代研究者运用"直觉"对楚辞进行研究,取得了丰硕成果,并由此形成独具中国特色的成形研究方法,笔者且称之为"直觉感悟法"。"直觉感悟法"以中国的传统理论和心理认识为基础,具有传统的"形散神一"的理论形态,并将前代学者对"直觉"的运用上升到方法层面完形化、系统化,在探讨创构有自己特色的文学研究体系的今天,很值得我们学习继承并发扬。

一

先让我们看两个范例:

适岁在丙戌,秋冬之交,忽疽发于腰膂间,足不能窥户者两阅月。每借读骚以自遣。往往于吟唱之余,为大夫设身处地,沉思默想,至忘饮食。下元之夕,梦中恍惚,手执是编,与一老人互相辩证,久之欣欣若有所得。既寤,而彷徨彻曙。因强起盥漱,焚香致敬。复从首迄尾,句吟字哦,顿觉心目之前,迥乎不同于前此之所知所见。如置身武夷九曲叠嶂层岚,而鸟道潜通,烟云出没,峰回路转,又别有洞天。于是兴会所至,忘其固陋,随得随书,并不计辞句之工拙。摄提凡再更,而疡医奏功。余之管窥,亦草率而就矣。①

其释骚也,婉而多风,曲而有直。体二千余年之大文,至是而昭若发

---

① 〔清〕朱冀:《离骚辩·自序》,清康熙四十五年(1706)绿筠堂刊本。

蒙,洞若观火。先生自序其时艺曰:间尝独往深山空谷中,四顾无人,划然一啸,忽心关震动,如乐出虚。然则此书之成,要亦当其划然一啸时软?①

若是在回忆创作过程,以上事例,以今天的心理学知识,则都不难理解。前者无非是潜意识作用通过梦中呈现,后者则是大多数诗人作家都会体会到的灵感现象。然而,此处是在讲文学研究,是在谈对前人作品的领悟。何况这是对两千年前伟大诗人作品的研究、领悟,基于现在的研究模式,人们不免要发出种种疑问:以上情况究竟是研究者的偶然际会,还是在研究史上形成的一种现象或状况? 其中是否隐含有成形方法? 如有成形方法,这种方法有效吗、科学吗? 即使有效科学,它的普适性如何,可操作性又如何? 运用它有何条件? 对研究者有何特别要求? 它与现在常规研究方法有何区别? ……这些问题,无疑是此处必须回答的。

首先可以肯定,以上所列绝不是个别、孤立的两个事例,而是具有普遍意义的。清代楚辞研究中,至少有十人于其楚辞著作中明确主张和具体实践了这一方法,如李陈玉《楚辞笺注》、贺贻孙《骚筏》、张诗《屈子贯》、夏大霖《屈骚心印》、胡濬源《楚辞新注求确》等。尽管阐述的语言不同,表述的方式各异,采取的角度不一样,呈现研究的心理现象也可以说是丰富多彩,但共同的理论指向及方法论实质都是一致的。另外,有些研究者——钱澄之、方苞、吴世尚、王邦采等,虽未明言,却于研究实践中有意无意地使用了这一方法。两方面综而观之,清代楚辞研究中存在这一成形方法已是客观事实。由于目前尚无与之相应的明确概念,我姑且命名为"直觉感悟法"。

还可以肯定,"直觉感悟法"运用于楚辞研究取得了实实在在的成果。就上两例而言,朱冀《离骚辩》最重要的一个特点,就在于能贴近屈原本人,设身处地揣摩其特定心态。如《离骚》"依前圣以节中兮,喟凭心而历兹",宋、明注家多只就字义注出。清初王夫之、钱澄之开始注意到这两句位置安排在女媭斥责屈原

---

① 〔清〕鲁笔:《楚辞达·赵州师范序》,〔清〕师范编:《二余堂丛书》,清嘉庆九年(1804)刊本。

之后,有着特定的心理表露意义。而只有朱冀体会出屈原进退两难之矛盾且分析得最为详尽:"大夫此时,守初服而不变,则恐伤贤姊之心;闻懿训而改图,又重违宗臣之谊。进退维谷,千难万难,而国无其人,莫可控诉,故不得已而折中于前圣。此真无可奈何之至情,亦极奇极幻之妙文也。"①朱冀能发此至见,显然得力于他"为大夫设身处地,沉思默想,至忘饮食"的感悟功夫。很可能就是他"梦中恍惚,手执是编,与一老人互相辩证"之"欣欣若有所得"之一。至于鲁笔之"划然一啸,忽心关震动",则使其得到研究灵感,悟出屈骚艺术之某些真谛,终于撰出《见南斋读骚指略》(见《楚辞达》)。该文共三十七条,分别从篇章、段落、气脉、章法、笔法、句法、字法等十九个方面对屈骚艺术作了较全面的探讨,成为楚辞学史上艺术研究的重要文献。

下面还可看看其他学者以此法研究之成果。

曾于明崇祯末年担任过侍御史,以正色直言倾动朝野的李陈玉,是对"直觉感悟法"有明确主张并用之于研究实践的学者②。他于《楚辞笺注·自序》中公开表示了对前代学者的不满,批评他们只重章句之训释而忽视大义之阐发,并据此确定自己的著作以阐明屈子作品大义及思想情操为主。不过,这探索作品大义及思想情操的基本方法,倒是他的学生们指出的。门人陈子觐于该书《后序》中言:"至于诠释,汉有不能尽得之刘、王,宋有不能尽得之朱、洪者,何以故?岂其学、识、才之尔殊也哉?"③综其后言之意,陈子觐的意思是,他的老师之所以能超越前人,并非刘安、王逸、朱熹、洪兴祖等学、识、才不逮,而是李陈玉之志向、意趣、经历在起作用。另一门生钱继章则更直截了当地指出,他的老师之所以取得如此成就,一得力于地域文化之影响:"江与楚介,春秋时隶吴,吴亡遂折于楚,今称兄弟之国。士大夫率刻厉名节,持论亮亢。"二是李陈玉为国为民之志向和颠沛流离之经历与屈子相仿,从而使二人之心息息相通:"既而遁迹空山,

---

① 见朱冀《离骚辩》"依前圣以节中兮,喟凭心而历兹"句下。
② 李陈玉、钱澄之、王夫之等明清之际学者,在"研究概况""研究思想"等处,笔者根据其主要活动事迹和本人遗愿,一般归为明代,而就其学术影响,如这里论述的"直觉感悟法"之开创、提倡,当然是在清代。
③ 〔清〕李陈玉:《楚辞笺注》陈子觐后序,清康熙十一年(1672)武塘魏学渠刊本。

寒林吊影,乱峰几簌,哀猿四号,抱膝拥书,灯昏漏断,屈平之《抽思》而《惜诵》也。"钱继章还认为,屈子与李陈玉:"其遇虽不同,而似有同者。宜其精神注射,旷百世而相感者哉!"陈、李二人从不同角度说明,李陈玉研屈成就之所以能超越前人(是否真正超越刘、王、朱、洪,则另当别论),主要是"感应"——"直觉感悟"起了作用。而二人能够作这样的理解,当然也是基于老师平日对他们的口传心授——教授楚辞的同时亦教授了自己(李陈玉)的理解方式和研究方法。

未明言但实际采用"直觉感悟法"而取得卓越成就的研究者中,可以钱澄之为代表。生于明万历末年,卒于清康熙中期的钱澄之,因所处时代和思想信念及个人遭际与屈原十分类似,而对屈骚有着独特的超乎常人的感悟及以此为基础的充满悟性的独到思考。这种感悟和思考可以说在《屈诂》中处处有所体现,而特别突出的在研究史上堪称卓有建树的则有三处。第一是对屈、庄共同性之认识。从表面来看,庄、屈二人处处相反:庄子出世,屈子入世;庄子恬淡,屈子刚烈;庄子与世推移,屈子遗世独立;庄子不与统治者合作,屈子则始终把政治理想的实现寄托在楚王身上……所以人们认为"庄、屈不同道"。唯有钱澄之,特殊的经历、特别的感悟方法使其体悟到庄、屈二人思想之精髓,发现二人本质上的相通之处,并第一次将两人作品合于一书加以阐释。该书《自序》反驳"庄、屈不同道"之说,肯定庄、屈均为"天下至性之人",且进而推之:"天下非至性之人不可以悟道,非见道之人不可以死节也。"①最后悟出:"庄子、屈子之所为,一处潜,一处见,皆当时为之也。"结论是:"庄、屈无二道。"这真是一个天才的发现,后来一切庄、屈比较研究莫不以此为源。

第二是对《离骚》芳草体系及象征意义之悟认:

> 篇中称芳不一,其谓扈芷纫兰者,独行之芳也。搴木兰揽宿莽,所共事之芳也。滋九畹树百亩,所培植之芳也。原之芳既已委弃,众芳亦从而芜秽矣。而原惜芳不已,饮其坠露,餐其落英,与共朝夕焉。从而结之、贯之、

---

① 钱澄之该书名《庄屈合诂》,由两部分——《庄子诂》《屈子诂》组成。《屈子诂》又名《屈诂》。此篇引文均见《饮光先生全书》,清同治三年(1864)本。

矫之、纫之，虽为当时所弃，原犹欣赏而珍存之。而恶原者益以此重原之罪。其曰"既替余以蕙纕兮，又申之以揽茝"是也。

之所以引此一大段，是想说明钱澄之领会体悟《离骚》高于前代注家之处。该段值得称道的成就在前半部分。这部分他将散见于《离骚》各处的芳草，汇聚拢来整体观照，发现"独行之芳""共事之芳""所培植之芳"的区别，从而揣摩出屈原创作心理。但关键却在后半部分，从这后半部之议论可品味出钱澄之的感受，品味出他当年任职明廷饱受群小谗毁离间的苦辣与辛酸。也许就在遭到群小攻击中伤之时，钱澄之"直觉体悟"到《离骚》的芳草体系及象征意义。

也正是运用这"同声相应，同气相求"之法，使钱澄之一下就敏锐地抓住了屈原政治理想之核心，这是他的第三个贡献：

美政，原所造之宪令，其生平学术尽在于此，原疏而宪令废矣，所最痛心者，此也。

这是《离骚》最后两句阐释之一段。在《惜往日》之题后，钱澄之亦诂曰："始曰'明法度之嫌疑'，终曰'背法度而心治'，原一生学术在此矣。楚能用之，必且大治，而为上官所谗终废，其事为可惜也。"此真可谓高见卓识！其见解迥出前人之上，而深为后来学人所赞同。这里，又隐隐现出钱澄之当年一再上疏，慷慨激昂指陈时弊并献以雄图大略的影子。

限于篇幅，不再多举，不过以上实例即足以证明，"直觉感悟法"确乎是能取得研究实效的杰出之法，值得我们深入理解和认真总结。

就心理层面而论，直觉（潜意识）在艺术创作、艺术接受中的作用，已为艺术界、心理学界所公认，这里似乎已没有赘言的必要。值得我们注意的，是直觉在自然科学研究中的作用。如化学家凯库勒做梦发现了苯的蛇环状分子式，医学家罗威根据梦中的一个想法获得诺贝尔医学奖，物理学家爱因斯坦凭借非凡直觉提出了"光量子假说"，最为人所熟悉的是阿基米德洗澡时发现了浮力定律……诸如此类实例不胜枚举①。因而潜意识能力、直觉方法在自然科学界早已受到广泛重视。与之相反的是,在社会科学、人文科学界(至少在我国的社科、人文学界),对这类方法人们似乎仍很不在意,这是不应有的忽视。潜意识是一种能力,由此能力引出的诸如直觉的方法,既已在各种创造性活动和自然科学研究中发挥了巨大作用,那也必能在社会科学、人文科学研究中发挥作用。以文学研究为例,在某种意义上文学研究本就是创造性活动。对文学审美对象的欣赏、接受、把握以至研究都需要直觉能力。其实古人很早就明白这个道理,庄子强调"以神遇而不以目视"(《庄子·养生主》),苏轼梦见杜甫亲向其解《八阵图》诗②,均为此类事例。及清代楚辞研究,这类事例更是大量涌现,这就不能不引起我们反省、深思。

就学理层面分析,研究任何一部作品,固然可以有许多种方法,然而就总的导向和途径而言,不外乎两种。一种是依靠已掌握的文学知识,依据某种理论,对作品的某一方面或整体进行细致分析。而分析必须符合逻辑,即所谓"持之有故,言之成理"。另一种是研究者或读者具有了丰富的文学和人文知识,阅读了大量作品,结合自己的人生体验,直觉地把握研究对象内在的精神实质,领悟其艺术精髓,所谓"操千曲而后晓声,观千剑而后识器"(《文心雕龙·知音》),就是指这种方法。若按《易》之原理推之,这两种方法是研究领域对立统一的阴、阳两面,二者不可缺一。所以在中国文学研究史上,两种方法一直是并行不悖的,这是我们祖先的高明之处③。然而不可否认的是,我国现行文学(包括古代文学)研究方法、体系是二十世纪初向西方学习过来的,毫无疑问这种学习今后仍应继续进行。这些方法、体系虽曾极大地推进了我国文学研究的进程,但对其带来的消极因素或者说产生的某些弊病,我们也应有清醒的认识。西方近、现代文学研究固然方法科学(大多是向自然科学学习的)、体系严密(大多是向哲学学习的),但也存在某种偏颇。如在研究方法方面,从来是将前一种方法定为正统,而视后一种方法为邪途。但现

---

① 以上科学实例引自多种文献,限于篇幅,也因为大多数学者熟悉,故暂不列出处。

② 〔清〕丁福保辑:《历代诗话续编·杜工部草堂诗话》,北京:中华书局,1983年,第210页。

③ 不过就楚辞研究史而言,明代中叶之前是前一种方法占据主要地位,明清之际后一种途径才开始拓宽。其原因需另行研究。

在他们已经认识到这点,并开始纠偏(后面还将论述)。而在我国,随着学术研究日益学院化、职业化(这当然也有正面作用而且趋势不可逆转),似乎还在沿着西方的偏向走下去,这就离我们固有的优良传统有渐远之势,值得我们深刻警惕。

再就基础层面而言,"直觉感悟法"对于中国古代文学研究,无疑是最基础的研究方法之一。这方面,国学大师陈寅恪曾有一段相关的名言:

> 　　盖古人著书立说,皆有所为而发。故其所处之环境,所受之背景,非完全明了,则其学说不易评论,而古代哲学家去今数千年,其时代之真相,极难推知。吾人今日可依据之材料,仅为当时所遗存最小之一部,欲借此残余断片,以窥测其全部结构,必须具备艺术家欣赏古代绘画雕刻之眼光及精神,然后古人立说之用意与对象,始可以真了解。所谓真了解者,必神游冥想,与立说之古人,处于同一境界。而对于其持论所以不得不如是之苦心孤诣,表一种了解之同情,始有批评其学说之是非得失,而无隔阂肤廓之论。[①]

陈寅恪这里谈的是中国哲学史撰写,其原则也完全适合中国古代文学研究,尤其适合上、中古文学研究。作为学贯中西的大学者,自然熟谙西方的人文理论,然他此处所极力主张的,却仍是从孟子"知人论世"发展出来的传统方法。陈寅恪认为,要研究古人学说,必须完全明了其所处环境及所受背景。只是古代遗存下来的资料非常有限,按常规方法做到这点几乎不可能。于是陈寅恪转而寻求他法,这就是哲学史研究者要具备艺术家研究古代雕刻、绘画那样的眼光与精神,通过"神游冥想"达至对古人立说之用意与对象的"真了解"。所谓"冥想",就是揣摩想象;所谓"神游",即是调动直觉。这其实就是"直觉感悟"之法。通过此法而与"古人处于同一境界",也只有通过此法才能与"古人处于同一境界"。他认为,只有以此为基础,才"始有批评其学说之是非得失,而无隔阂肤廓

---

① 陈寅恪:《冯友兰中国哲学史上册审查报告》,《金明馆丛稿二编》,上海:上海古籍出版社,1980年,第247页。

之论"。实在说,陈寅恪之要求确实高,然也确实正确,因为他要求的是真真确确的研究古代学术之方法。

也许有人认为,以上所述诸例,称之"直觉感悟"尚可,称为方法则不合要求。因为无论是古人也好,还是清代楚辞研究者也好,谁都没有对"直觉感悟"从方法论角度做过系统论述,也没有谁做过综合性总结,甚至连"方法"的概念也没提出过,何来成形之法? 这就涉及理论的存在形态问题了。不错,前人是未做过那样的论述或总结,但主观上做未做系统的方法论论述与客观上存不存在系统成形的方法是两回事。就大的方面而言,任何理论、方法均可以有两种存在形态。一种集中表述于一本或几本著作中,完整、系统;另一种散见于同类各书各篇中,互相发明、互相补充。西方以前者为主,中国则以后者为主。正如不能以西方文学理论形态为标准判断中国古代无文学理论一样,我们也不能以西方方法论形态标准判断中国无方法论。只要将散见于清代楚辞著作中关于"直觉感悟"的论述归纳集中,对这类书中"直觉感悟"的研究实践做系统分析,一个成形、完整、杰出的方法体系就会清晰地呈现在我们面前。

二

我们还是先看几则范例:

> 楚骚汉诗皆不可以训诂,求读骚者须尽弃旧注,止录白文一册。日携于高山流水之上,朗读多遍,口颊流涎,则真味自出矣。①

> 唯会心者即其文,得其意;即得其意,得其志;而因以得其郁埋悱恻,惓惓悃悃,念君忧国之至情。徐而按其节族,寻其脉络,复而不厌,杂而不乱。夫而后处数千载下,恍目系三闾当年,彷徨踯躅,涕洟谣吟于湘滨沅渚间,不自觉喜者怒,舒者惨,和平者愤激,叫呼而继之以号啕。若此者,亦止会于心,不能传之口。乃欲循其章句而解之,宁复有屈子乎? ……岁辛巳,长

---

① 〔清〕贺贻孙:《骚筏·九辩·二辩》按语,《水田居全集》,清道光二十六年(1846)本。

夏无事,偶读屈子,有会于心,因取王氏、洪氏、考亭夫子之《集注》,损益去取,参以己见,联缀其词,以贯穿其意而已。①

　　读楚辞当于天晴日午,明窗下,一目十行,静心观之。若黑夜暗室,索萤火之灯,逐字照去,照得一字而忘上下字,照得一句而忘上下句,照完一篇而忘他篇,便自以为确解,谬矣。②

粗看起来,这些楚辞读法有点荒诞不经——毕竟楚辞年代久远,完全弃掷汉、宋人的旧注,则几乎不可能读懂。不过,当你仔细研读了以上几本楚辞著作后,便会发现贺贻孙、张诗、胡濬源等并非不读旧注。相反,他们不仅对王逸、洪兴祖、朱熹等人之注释十分熟悉,而且显然还读过明、清两代某些楚辞著作。这就说明,他们并非真的提倡不读前人之注,而只是反对那种寻章摘句只拘泥于字句考释而忽视整体把握、忽视理解屈原特定思想情感的研究方法。这种主张无疑是正确的。然而,要整体把握作品,特别是要与屈原的思想、情感、心灵相通又谈何容易！其实前人又何尝不想实行这种相通,无非是因年代久远,资料匮乏,难以相通而已——“盖非知之难,能之难也！”于是,清代楚辞学者逐渐揣摩到“直觉感悟”的方法,如何进入直觉？如何得到感悟？用我们现在常说的分析式的、形式逻辑推理之方法是进不了“直觉感悟”状态的,必须采用一些特殊方法,贺、张、胡等所主张的“怪异”读法,其实正是在摸索这些前人未有摸索过的具体操作方法。

　　其一,从以上材料可知,采用这一方法的前提条件是心理的“虚静”,这颇有点类似于刘勰所主张的“陶钧文思,贵在虚静”(《文心雕龙·神思》)的创作构思方法,然而对条件的要求似乎比它更苛刻——不仅及于研究者自身,还要求研究环境的“空明虚静”。所谓“深山空谷中”,所谓“高山流水之上”,所谓“天晴日午,明窗下”,以及朱冀的“足不能窥户两阅月”,其意均在于此。其二,则必须多读,在弄清字句之义后,反复吟诵,从以上研究者之自叙看,恐怕不是三遍五遍、

① 〔清〕张诗:《屈子贯》,清康熙四十年(1701)刊本。
② 〔清〕胡濬源:《楚辞新注求确》,清嘉庆二十五年(1820)长沙务本堂刊本。

十遍八遍,至少是几十遍,力求烂熟于心。其三,则是"沉思默想","为大夫(屈原)设身处地",以至达到"恍目系三闾当年,彷徨踯躅,涕洟谣吟于湘滨沉渚间,不自觉喜者怒,舒者惨,和平者愤激,叫呼而继之以号啕"之心理呼应情状,也就是陈寅恪先生说的"神游冥想,与立说之古人,处于同一境界"。

至于得到感悟的具体途径与方式,则因人、因心、因时、因地而不同。朱冀"下元之夕"梦中与老人论辩得之,胡濬源则在"天晴日午""一目十行,静心观之"之后,鲁笔灵感来源于"四顾无人,划然一啸"之时,贺贻孙则需"朗读多遍,口颊流涎"方"真味自出"……由此充分显示出研究者的个性,颇有点"八仙过海,各显神通"的味道。

这里,还需要说明:即使做到了"虚静"等三点,也不一定能进入直觉状态。但反过来,若想正确进入该研究的直觉状态,则必须按这三点去做。再者,即使进入了这种直觉状态,要想与古人完全处于同一境界,客观上也是不可能的,但它可以部分地,从某种层次、程度达到或接近那种境界。至少可以肯定地说,主观上做了这样努力,比完全不做要好得多。细探陈寅恪先生的那段话,其意也是在强调做主观之努力。鲁笔等人研究灵感的获得,就现象粗看起来似乎有点以禅悟诗的味道,然其方法和目的却有着根本的区别——禅悟要求最终脱离文本,脱却语言羁绊,作个人的独特领悟。而鲁笔等则是通过超越常人的文本阅读去迫近诗人内心、感受诗人真情、领会诗中真谛。前者难以也不企求以言语表达,后者则力图用文字和语言表达得更准确、清晰。

除操作之方式和途径外,"直觉感悟法"对研究者的基本素质及研究态度也有很高要求。首先,研究者需具有深湛的学养和厚实的文化底蕴。运用"直觉感悟法"进行研究,既不是学无根柢,随心所欲地胡思乱想,也不是不顾事实,毫无根据地凭空求梦。而是在广阅博览具有了丰富的文学和文学史知识的基础上,在对作家和作品产生时代及社会文化背景充分了解的前提下,努力调动直觉而进行的研究行为。也就是说,在以"直觉感悟法"去感触知识渊博、才华横溢的屈原之心理情感时,至少应与其站在同一文化层面上。清代这些运用了"直觉感悟法"的学者中,钱澄之、李陈玉为明末著名学者、文化名流;贺贻孙闭门著书四十余年,有《易触》《诗筏》等著作;鲁笔则通晓六书音韵、擅书法……张诗、朱冀、夏大霖、胡濬源等虽因生平事迹不详而难以确知其学养,然从清代学者治学传统及他们的楚辞著作看,他们对《左传》《战国策》《史记》和《诗》《易》《论》《孟》《老》《庄》等经史典籍也是熟之又熟的,在以想象还原春秋战国之社会背景、政治形势、思想状况、文化氛围等时应并无太大困难和根本隔膜,在对作家作品作"神游冥想"时也不致天马行空全然失真。

其次,应尽力从心理情感上接近所研究对象的理想情操、爱憎好恶和生活态度,至少也应如陈寅恪先生所要求的"表一份同情之心"。对于屈骚研究而言,研究者则应具有民族感情和爱国之心。这也是清代楚辞研究者给我们的启示。譬如王夫之。清兵入关南下,他奋起组织义军抗清,起义失败后辗转赴桂林于桂王政府中任职,又屡遭小人排挤中伤。明亡后他隐居湘西南深山,闭门著书三十余年,坚决拒绝清廷的多次馈赠、礼聘。正是由于与屈原相同的高洁情操和爱国精神,相似的民族危亡形势及个人处境,使其特别能感悟屈原创作时特定的心理状态。他在《楚辞通释·九章·悲回风》一篇中多次体悟到屈原的濒死体验①,并于篇后按曰:

> 盖原自沉时,永诀之辞也。无所复怨于谗人,无所兴嗟于国事。既悠然以安死,抑恋君而不忘,述己志之孤清,想不亡之灵爽,合幽明于一致,韬哀怨于独知。自非当屈子之时,抱屈子之心,有君父之隐悲,知求生之非据者,不足以知其死而不亡之深念。

屈原已临决死之态,故不再复怨谗人,不再感叹国事,而想象亡灵翩飞于幽明两界之伟状。王夫之对屈原之心理状态能有如此贴切之感悟,当然得力于他类似和接近于屈原的种种条件。他亦深知此点,故进而做出以上断言,其意在强调研究者要得屈子之心、近屈子之志、体屈子之情,否则"不足以知其死而不亡之

---

① 王夫之认为《悲回风》为屈原"永诀之辞",但并不认其为绝笔诗,他在《惜往日》后按曰:"故决意沉渊,而余怨不已也。"在《怀沙》后按曰:"司马迁云:乃作《怀沙》之赋,遂自投汨罗。盖绝命永诀之言也。故其词迫而不舒,其思幽而不著,繁音促节,特异于他篇云。"似认为三篇皆为决死之后而作,而以《怀沙》为绝笔。

深念"。在序《怀沙》和《惜往日》两辞时,他也发表了类似的感悟和见解,这些研究者运用"直觉感悟法"最好实证说明。

这里,还应指出一个有趣现象。明末和清代采用过"直觉感悟法"的学者中,无论是知名度极高者如钱澄之、李陈玉、王夫之等,还是当时不太知名者如张诗、朱冀、夏大霖、胡濬源等,均坚不出仕清廷——无论生活多么艰难困顿,无论处境多么穷塞恶劣,其志从未动摇,表现出令人叹佩的崇高气节。而在清朝初年出山任职并有研屈专著的诸学者中,无论是负盛名者如毛奇龄、李光地、戴震等①,还是知名度较低者如林云铭、张德纯、林仲懿等,则几乎全未运用过"直觉感悟法"。尽管他们对屈原也是衷心钦佩、高度推崇,既熟读屈骚,也深有感触(林云铭读《离骚》曾数次抱头痛哭)。或也曾以别的方式表达过自己的民族感情,不能说对"直觉感悟"全无了解(戴震作为《四库全书》纂修官还专门撰写了楚辞著作提要),但他们还是均未采用此法。如此一致的"巧合",恐怕不能简单地以偶然或个人兴趣来解释,是否他们不约而同地认为毕竟大节有亏,不能或不便表示与屈原内心情志相通,今天我们已不能确知。然而不论是何原因,这高度统一的两个有趣学术"巧合",至少使我们切身体会到清初敦厚诚笃的学术传统及学者严肃认真的治学态度。

第三,就同一研究者而言,并非对所有作家和作品都能运用"直觉感悟法"。由于主、客观原因,研究者与有的研究对象在身世、遭际、处境、思想甚至文化传承、兴趣爱好等方面都非常相近,而与有的研究对象则大相径庭。前者研究者会运用"直觉感悟法",而后者基本不能。

钱澄之便是极好一例。他尚有《庄子诂》《田间易学》《田间诗学》等著作②。笔者发现,《庄子诂》一书中明显使用了"直觉感悟法",而于《田间易学》《田间诗学》中基本就未用,这一现象同样也不能以"偶然"来解释。钱澄之才华见识、气

---

① 戴震虽以考据学名世,但认为自己一生最重要之著作为《孟子字义疏证》。戴氏生当乾隆之世,统治者奉程朱理学为官方哲学。而他于该书中对程朱理学猛烈抨击,一方面源于自己的见解,另一方面也曲折地宣泄了民族情感。可参见《楚辞著作提要》,《楚辞学文库》,武汉:湖北教育出版社,2003年,第189页。
② 三书均见《饮光先生全书》,清同治三年(1864)本。

骨心志本来就与庄子相近,少时即敢于当街痛责宦官党羽。年轻时他与复社名流雅士相推重,后于福王时被马士英、阮大铖追捕,在桂王小朝廷任职时又为当权者所排挤……他对晚明王朝统治者之昏庸和社会之黑暗感受最切、体会最深,最终归田,坚隐不仕。故如前所述,他能感悟庄子与屈子精神相通之处,悟出"庄、屈无二道"之卓见。他能以"直觉感悟法"研究屈子、屈骚,当然也能以此法研究庄子、《庄子》。而《易》《诗》则不同。《易》之卦、爻辞和十翼,《诗》之作家与作品,人非一人,时非一代,面对如此众多对象,即令偶有所感,也难以通过直觉成"悟"。所以,尽管他认为《庄子》与《易》之思想多有相通之处,屈骚与《诗经》之精神亦多有相类之点(《屈子诂·自序》),但他还是不勉强为之。与钱澄之以上情况相似者,还有贺贻孙等。贺著有《诗筏》,该著中也看不到"直觉感悟法"的运用,其原因当也同上。

王夫之则与钱澄之略有区别。他也著有《庄子解》,然笔者粗读之,虽感颇有见地能给人以启发,却发现并未使用"直觉感悟法",与《楚辞通释》在这点上判然有别。看来,"夫之"与"澄之"二人虽同属隐居,但根本原因尚有区别:"夫之"坚隐完全是气节使然,而"澄之"除气节外,还有看破当时黑暗政治的因素。尝试言之,若明朝不亡或晚亡,"澄之"仍将归田,"夫之"恐怕会在朝廷里干出一番事业来。故就心气志趣而论,大约"澄之"与庄子更为接近一些,故其研究庄子仍可用"直觉感悟";而"夫之"宗汉、宋儒学,入世情怀永在,故不宜也不会对庄子作"直觉感悟"。

还需补充说明一点,说以上学者研究某作家、作品未运用"直觉感悟法",不等于对这些作家、作品就没有感受、感触甚至感悟。如前所述,"直觉感悟"在清代楚辞学中,已是较系统而成形的一种研究方法,而感受、感触、感悟只是读者阅读作品时所得的体会,二者在目的性、指向性、层次性、全面性上都是不可等量齐观的。

最后,还想简略谈一下"直觉感悟法"的特色问题。其实,在整理归纳出"直觉感悟法"的理论基础、存在形态、操作方法以及对研究者素质和态度的要求之后,它作为我国古代文学研究方法独有的特色就已经凸显出来。前已述及,西方文学艺术学界已开始纠偏,开始注意到感悟和直觉在文艺批评研究中的重要性。其"印象式""感悟式""隐喻式"的批评研究已注重讲求"感悟"的方式;"结构主义学派""完形学派""接受理论"也注意到直觉的重要性。而且,由于有先进发达的心理学支持,就理论的基础和建构而言,西方文学艺术学界可以说比我们的研究还要全面深入一些。然而,他们还未进入到方法论的层面,还未就学术史上成功利用直觉的典型事例进行总结,也尚未形成较系统而成形的研究方法。譬如,如何进入直觉状态,在哪些条件下可以进入直觉状态,研究者需具备哪些素质才可运用"直觉感悟"方法,是否所有研究者对所有作品都可使用"直觉感悟"方法,诸如此类问题,似乎都还未涉及。并且,有的理论或派别似乎还有含混不清甚至错误的认识。如不了解"直觉感悟"方法对研究者素质有着更高更严格的要求,认为任何程度的研究者均可运用此法;不了解对同一研究者而言,他所能使用"直觉感悟"方法研究的作品也是十分有限的,而以为对所有作品均可使用此法;不了解通过直觉所得之感悟与一般感悟、感受、感触有质的区别,常将几者一概而相量……

这里,笔者绝没有苛求的意思,只不过是想切实说明我们的"直觉感悟法"所具有的特色而已。况且,我国楚辞研究有着两千多年的历史,这一研究经过一千六百多年发展到清初,才形成了较系统而成形的"直觉感悟法"。看清这一点,我们就更没有理由苛求或嗤点他人。笔者想强调的是:我们不应妄自菲薄,应将自己悠久的学术史中成功的、有特色的研究方法,归纳、整理、挖掘出来,继承之,发扬之,进而光大之!

第四节 吴世尚楚辞心理研究之成就
——与弗洛伊德"白日梦"理论之比较

一提到"白日梦"的创作心理现象和状态,恐怕现在全世界都公认是弗洛伊德提出和命名的,其相应的理论也是由他创构建立。然而笔者在对清代楚辞学进行研究时,却意外发现,这个发现和命名权不该属于弗洛伊德而应属于我国清代学者吴世尚。吴氏明确指出"白日梦"创作心理现象并对其作了较深入、系统的理论阐述。这一理论提出与阐述早于弗洛伊德一百八十多年,并且充分显示了东方思维的特色与优长,丝毫不比弗洛伊德的逊色,有些地方还比他的高明。

一、吴世尚明确提出"白日梦"创作现象

吴世尚在其著作《楚辞疏》中这样论述"白日梦"现象:

> 自此以下至忍与此终古,皆原跪而陈词重华,冥冥相告。而原遂若梦非梦,似醒非醒,此一刻之间之事也。故其词忽朝忽暮,倏东倏西,如断如续,无绪无踪,惝恍迷离,不可方物,此正是"白日梦"境。尘世仙乡,片晷千年,尺宅万里,实情虚境,意外心中,无限忧悲,一时都尽,而遂成天地奇观,古今绝调矣!须知此是梦幻事,故引用许多不经之说,相如、扬雄不识此竟(境),遂一切祖之,真是人前说不得梦也。①

此是该书《离骚》一章"跪敷衽以陈辞兮,耿吾既得此中正"后的一段阐释,稍具文艺心理学知识的人都会肯定,这是一段极为精彩的创作心理分析。

首先,吴世尚明确指出了创作心理中的特殊的"白日梦"状态。对这种状态的精神现象和心理特质,对它与普通梦境的差别,作了精练的概括,"若梦非梦,似醒非醒,此一刻之间之事也";对其情感和意识特征,对诗人在此心理状态下的想象活动,作了精到的描述,"尘世仙乡,片晷千年,尺宅万里,实情虚境,意外心中,无限忧悲,一时都尽";对"白日梦"状态下文字表现特点和写作效果,作了高度的肯定:"故其词忽朝忽暮,倏东倏西,如断如续,无绪无踪,惝恍迷离,不可方物……而遂成天地奇观,古今绝调矣!"他认为屈原在《离骚》求女一段,之所以能"上天下地""驱驾拂日""乘龙驭凤""呼风赶云"极尽想象之能事,与进入"白日梦"状态是分不开的。吴世尚不仅观察到这种现象的存在,并且已对之进行了实实在在的心理分析。

---

① 〔清〕吴世尚:《楚辞疏》,清雍正五年(1727)尚友堂刊本。

其次,吴世尚还以此心理发现为基础,对屈原精心构撰《离骚》时不同写作阶段创作心理之变化,作了较细致深入的探索。他将《离骚》细分为四十三节,认为在第三十六节——"跪敷衽以陈词兮"之前,屈原完全是以正常心理写作,以一种清醒的、陈述的方式回忆和抒情。而在第三十三节,即"怀朕情而不发兮,余焉能忍与此终古"后,承二十六节又一次申发曰:

> "耿吾既得此中正",乃入梦之始。其入也,何其明白而从容。"焉能忍与此终古",乃出梦之终,其出也,何其瞀乱而迫蹙。……此千古第一写梦之极笔也!

屈原是否从此节后"出梦","出梦"时是否"瞀乱而迫蹙",都还大可推敲考虑。然而这段分析肯定是富有独创性且见解精辟的。吴世尚大约也颇以此为研究之得意处,特在该书《自序》中先期点明:"骚浮游六极,绵络十代,俄而入梦,俄而出梦,俄而占梦,无迹可寻。"他认为屈原命灵氛占卜——"索藑茅以筵篿兮,命灵氛为余占之",是占前"求女"之"白日梦"。《自序》、正文几处呼应,足见吴世尚对此发现十分重视。

再次,"白日梦"在《楚辞疏》中,绝非一单独孤立的创作心理术语,而是吴世尚整个心理分析的一环。以下试举几例说明之。如《离骚》后半部分,屈原求教于巫咸——"欲从灵氛之吉占兮,心犹豫而狐疑。巫咸将夕降兮,怀椒糈而要之",巫咸对屈原说了一大段话。这段话表面文义显明,然要得其深解并不容易,历来注家理解有异。有说巫咸劝告屈原赴他国以求贤君者,有说支持屈原远逝他乡者,还有说是暗示屈原隐居以待贤君者……而吴世尚对此则有独到见解:

> 巫咸告我曰:勉之,勉之,道固不可执,事固自有时也。子且从俗浮沉,与时俯仰,以待一心一德之人焉。自古明伊求贤以图治,原有愚于贤士得君以行道。彼汤于伊君,禹于咎繇,君臣相遇,何其志同而道洽也。故天下苟有中心好贤之君,则其于贤也,自有梦寐兆之,鬼神通之,声气达之也者。

　　又何待左右为之先容、先达,为之荐引,如女之必用夫行媒乃相知名也哉。
是故傅说操筑,武丁用之;吕望鼓刀,周文举之;宁戚牛歌,齐桓任之。盖君
求士,士无求君,自古而然矣。此以上皆劝其从容待时之意也。

吴世尚的成功之处,在于从《离骚》后半部分的"求女""占卜""求教巫咸"的大段
抒情中透视出屈原内心深处的矛盾,即走或留、进或退、随世沉浮或持节独行。
这三个矛盾对立一方此处通过巫咸之口说出,而在屈原另一篇名作《渔父》中则
是通过那位隐士渔父道出。可以说巫咸和渔父就是矛盾着的屈原的另一面。
屈原精通典籍故实,何尝不知历史上"君求士之得"与"士求君之失",又何尝不
深谙春秋战国时期"士"之特殊地位和由此产生的特有的自矜心理。屈原完全
可居贤士、高士之身份地位优游于世而待贤君。但屈原无论如何在感情上做不
到这点,而这恰恰是屈原的伟大之处! 由此可知,吴世尚正是通过透析屈原的
矛盾心理而昭示了他的伟大之处。

　　再如对《九歌·东皇太一》之名由,历来争论颇大。吴世尚仍从创作心理入
手,看到楚人素有"问鼎中原"之"野心",从而断定"东皇太一"就是为天子专祭
而诸侯不得僭祀的"太皞""上帝":"古者天子,以立春之日,迎帝东郊,祭帝太
皞,配以勾芒,所谓东皇,则太皞也。诸侯受正朔于天子,则无此祭矣。至于太
一,则中宫天极星。其一明者,太一常居,即所谓上帝,诸侯更不得祭者也。楚
僭祀东皇,又不曰东皇太皞,而曰东皇太一,盖阳避上帝之名,阴窃上帝之实,辞
遁而志谲者也。祠在楚东。"吴世尚此说,以王逸、洪兴祖、朱熹之说为基础,由
楚人之民族心理深掘其义,确实言之有理。

　　又如《九章·惜诵》之首二句"惜诵以致愍兮,发愤以抒情",吴世尚释曰:"惜诵
者,欲言而不忍言也。发愤者,欲不言而不得不言也。致愍者,恐彰君之过。抒情
者,以白己之冤。"这种从情感心理出发,细析"惜诵""致愍""发愤""抒情"在情感
宣泄对象和表达程度层次上之区别的方法,也是吴世尚超出前人之处。

　　由此可见,"白日梦"这个创作心理状态的提出,绝非吴世尚一时心血来潮或
偶然灵感勃发,而是出现在对创作心理的基本道理有了较系统的了解,对屈原的
心理特质有了深入研究之后,其间必经过长期的思考琢磨过程。

《楚辞疏》出版于1727年,早于弗洛伊德一百八十多年。而直至目前,全世界的学者都认为,"白日梦"这种创作现象、状态是由弗洛伊德1908年在论文《创作家与白日梦》中首先指出的①。现在我们则应该明确宣布:"白日梦"的发现权及与之相应的整套心理分析首创权,属于我国清代学者吴世尚,而不是弗洛伊德。

二、与弗洛伊德"白日梦"理论的比较

为了更好地说明吴世尚在创作心理学中的这一贡献,还得将其与弗洛伊德的"白日梦"理论作一简略比较。不用说,两个"白日梦"理论有较多相同之处。一是二者都肯定这种状态的客观存在。两位学者,相隔近两个世纪,一在东方,一在西方;一位擅长经学和文学,一位则擅长心理学和精神病学,却各自从不同角度独立研究出相同的结论,这足以证明"白日梦"是古今中外作家诗人所共有的一种创作心理状态。二是二者对这种状态的基本特征看法相同。他们都认为"白日梦"既不同于普通人的正常梦境,也不同于正常人的清醒状态;"白日梦"状态下的想象活动,既不是梦境中脱离人主观意愿控制的破碎零乱的意象涌出,也不是完全清醒时思绪胶着于现实难以飞腾的描摹与再现,而是一种脱离常态又能主动加以控制的特殊的思维活动。弗洛伊德说这是"虚静的空中建造城堡",吴世尚说这是"若梦非梦,似醒非醒"。三是二者都有极为强调这种状态在创作中的重要性。吴世尚认为,"白日梦"使屈原"尘世仙乡,片晷千年,尺宅万里,实情虚境,意外心中,无限忧悲,一时都尽,而遂成天地奇观,古今绝调矣!"弗洛伊德则断言:"但是当一个作家把他的创作的剧本摆在我们面前,或者把我们所认为是他个人的'白日梦'告诉我们时,我们感到很大的愉快。这种愉快也许是许多因素汇集起来而产生的。作家怎样会做到这一点,这属于他内心最深处的秘密。最根本的诗歌艺术就是用一种技巧来克服我们心中的厌恶感。"弗洛伊德强调,作家创作的"内心最深处的秘密",诗人最"根本的诗歌艺

_____

① 这篇论文的翻译文本较多,此处和以后均引用伍蠡甫主编《现代西方文论选·创作家与白日梦》所译(该文由林骧华译,丰华瞻校,上海译文出版社1983年版)。另一本译著《弗洛伊德论创造力与无意识》(中国展望出版社1986年版),则译为《诗人同白昼梦的关系》。仔细比较两文,在论点和论证的表述上并没有实质性的差别。

术"的技巧,就是让他们的"白日梦"表现出来不但不会遭到读者的厌恶反而会使他们感到愉快,由此可见"白日梦"在弗洛伊德文学心理体系中的重要地位。

　　相同与相近的地方还有一些,此处便不一一列举,因为更具有学术意义更值得我们注意的是二者相异或互补之处。对于"白日梦"是否贯穿于作家、诗人创作的全过程,是否作家、诗人创作所有作品都会出现"白日梦"状态,吴世尚和弗洛伊德的看法颇为不同:

　　　　我们是否真的可以试图将富于想象力的作家与"光天化日之下的梦幻者"相比较①,将作家的作品与"白日梦"相比较? 这里我们必须从最初的区别开始谈起。我们必须把以下两种作家区分开来:一种作家像写英雄史诗和悲剧的古代作家一样,接收现成的材料;另一种作家似乎创造他们自己的材料。我们要分析的是后一种。

对于这后一种作家,弗洛伊德显然认为他们创作所有作品的全过程都处于"白日梦"状态。这不仅从前面的引文可以看出,且全篇的大多段落都体现了这一结论。即便是对前一种作家,弗洛伊德从他们所采用的素材入手,认为:"它是从人民大众的神话、传说和民间故事宝库中取来的。……但是像神话这样的东西,很可能是所有民族寄托愿望的幻想和人类年轻时代长期梦想被歪曲之后所遗留的迹象。"也就是说,这前一种作家在创作时未必进入"白日梦"状态,但他们使用的素材却是该民族或人类年轻时代长期做"白日梦"的结果,最终他们还是与"白日梦"有着或近或远的联系。

　　而吴世尚的看法与之相反,他并不认为屈原在创作他的所有诗歌时都处于"白日梦"状态。《楚辞疏》明确指出"白日梦"并作了精彩分析的只有《离骚》中间一处,而对其他诗篇清清楚楚写出梦境或幻想的,如《惜诵》"昔余梦登天兮,魂中道而无杭"至"行婞直而不豫兮,鲧功用而不就"一段,《悲回风》"上高岩之峭

---

　　① 《现代西方文论选》中所译的"作家",《弗洛伊德论创造力与无意识》中多译为"诗人",然不论何种译法,弗洛伊德所说的"作家"中包含有"诗人"是不成问题的。

岸兮,处雌蜺之标颠"至"心调度而弗去兮,刻著志之无适"一段,反而未标出"白日梦"字样,只是与《离骚》"白日梦"的分析作了呼应性的阐释。可见吴世尚认为,以上两段虽描写了梦与幻想,然屈原还并未进入"白日梦"之创作状态。也足见其认为,诗人进入"白日梦"状态是创作中的一种极高境界,是诗人浓烈的情感抒发达到极致的一种表现。就是对同一诗人来说,"白日梦"状态也并非呼之即来随时可入的。

吴世尚还看出,诗人的创作心理是在不断变化的,即使同一篇若篇幅较长,创作时诗人也不可能从始至终都处于"白日梦"状态。如本节开头所引,吴世尚分析屈原向重华(帝舜)陈词时开始进入"白日梦"境,至"求女"时达到高潮,"求女"失败而发出痛苦的誓言——"怀朕情而不发兮,余焉能忍与此终古"之后出梦,然后请灵氛占梦。此分析完全符合屈原创作的实况。屈原向重华陈词之前,《离骚》表现的是对历史的回顾和对现实的陈述,屈原处于痛苦而清醒的回忆之中。而在女媭责备他以后,创作心理、抒情手法乃诗歌的表现形式都发生了很大变化,屈原进入了一种特殊的创作状态,让想象超越时空飞腾,倏东倏西,真是"片晷千年,尺宅万里"。其后命灵氛占卜时,诗歌由单向抒情描述转为对话形式,屈原的创作心态又是一变。笔者前些年研究屈原撰写《离骚》时的创作心理,也发现了这个现象,认为:"屈原写《离骚》非一日之功,写作时间较长。在这较长的时间里,写作状态会有变化,艺术思维形式也可能有变化。""逻辑思维和直觉思维,进入表现状态的自觉和不自觉,幻景的渐入和脱出,语言速度的急缓……这些浑然融成一体,表现在文字上毫无斧凿之迹,如此境界非大手笔不能至。"①这说明,只要认真细致地研读《离骚》,就会得出结论:屈原不可能完全在"白日梦"状态下完成这篇震烁千古的伟大长诗。

其实,当前学术界对创作心理中"白日梦"状态的意见分歧主要并不在于这种状态是否客观存在,而在于是否所有诗人或某一类诗人在创作所有诗歌时都处于"白日梦"状态,是否写作每一首诗时诗人从始至终都处于这种状态。吴世尚的研究结论正好圆满回答了以上两个问题,证明了弗洛伊德的有关结论是不

---

① 见拙著《屈骚艺术新研》,武汉:湖北人民出版社,1990年,第61—64页。

够准确的,必须据此加以修正。

三、互映互照,互参互补

在研究的思想体系、途径和对象方面,吴世尚与弗洛伊德也很不相同。在此,需对吴世尚作一简略介绍。

吴世尚,字六书,贵池(今安徽池州)人,生于康熙时,卒于乾隆年间。年少时勤奋好学,曾手抄六经、子史之书以至脱腕,只得改用左手书写。然一生科场失意,老于诸生。特好《易》与老、庄,名其居曰"易老庄山房"。除《楚辞疏》外尚有《老子宗指》《庄子解》《易经注解》《春秋之疏》等。

由此可见,吴世尚的文化思想,除儒家以外,尚糅合有《易》与老、庄①,形成十分开放的思想理论构架。而在经学中,吴世尚主张六经以《诗》为首,这是今文经学派的观点(古文经学派主张六经以《易》为首)。然吴世尚"以诗为首"理论依据,却又与今文经学派相悖,反与古文经学派暗合:"庖牺未作,燧人未生,污尊抔饮,蒉浮土鼓,此倡彼和,有词有音,此诗之始也,特今无传耳。"(以上均见该书《自序》)他认为六经中《诗》之时代最早,故应排在最前面。而以时代先后排列六经恰恰是古文经学派的主张,只不过古文派认为《易》之时代最早而已;今文家谓六经为孔子所作以垂教万世,故以程度深浅为排列次序,《诗》《书》为文字教育之书,所以排在最前。由此可知吴世尚继承了今、古文学派的见解,又与二者观点有些区别。清代今文经之兴起,由庄存与始,吴世尚早于庄存与,因而很难说他的思想是受了清代今文经学派的影响。

《楚辞疏》的研究思想和文义训诂,遵从古文经学派"言必有据""据实为训"的传统,常以单字对训,准确简洁,颇有汉儒古风。义理词章方面则多从今文经学派,不囿成说,不拘常规,敢于创发新见。具体路径则以史料推寻屈子之志,以屈子之志与诗篇时代背景及文义训诂,探求其特定情怀;以特定情怀阐发其义理文脉、艺术特点等。他是由经学、思想史、文化艺术理论的途径发现了"白日梦"状态。

弗洛伊德的路径则完全不同。他是从精神病学入手,由精神病人的失常心理

---

① 《易》虽被儒家纳入经典,但其宏博精深的思想并非儒家全能包容。

推导出常人的隐蔽心理,再由常人的隐蔽心理推寻出作家的特殊创作心理,进而发现"白日梦"状态。由于弗洛伊德的有关学说人们比较熟悉,此处便不赘言。

在研究对象的选取上,吴世尚与弗洛伊德也有很大区别。

> 为了进行比较起见,我们也不选择那些在批评界享有很高声誉的作家,而选那些比较不那么自负地写小说、传奇和短篇故事的作家,他们虽然声誉不那么高,却拥有最广泛、最热忱的男女读者。

关于论证的对象,弗洛伊德叙述时有点隐晦曲折。我们不能简单地将这对象与不著名、成就不高的作家等同起来。弗洛伊德拐弯抹角想要指明的,其实就是我们今天常说的通俗文学作家。请注意,他在"享有很高声誉的作家"前特意加了"在批评界"的限定语,这些"声誉很高的作家"显然是指纯文学作家,因为西方文学批评界对通俗文学作家是不在意的。接下来的三句话,弗洛伊德将他的指称对象就限定得更明确了:这些作家"不那么自负""声誉不那么高",然而读者面又"最广泛",男女读者对他们又"最热忱",这当然是作品畅销的通俗文学作家。也许是为了回避矛盾与纠纷,也许是为了论证的方便,总之是弗洛伊德在这儿将大多数纯文学作家、诗人排除于论证对象之外①。如此将论证对象大大缩小,这就与他整篇论文的宗旨相抵牾!不过,联想到弗洛伊德学说在欧洲的命运,这点也就不难理解。"白日梦"发表的1908年,正是筹备成立国际精神分析学会那一年,也是弗洛伊德学说在西方影响发生大转折的一年。此前,医学界、文化界、伦理学界对他的学说几乎是千夫所指;此后,随着心理学的发展,其学说的影响才越来越大。因而,"白日梦"论文发表时,弗洛伊德还必须避免那些"在批评界享有很高声誉的作家""自负的作家"对他的一致指责。

而吴世尚则不同,吴世尚的指称对象不仅是中国文学史上最伟大的诗人,也是世界文学史上居少数的一流诗人,其《离骚》为世界文学史上第一首长篇政

---

① 相比起来,为论证方便的可能性更大,因在论证潜意识和性本能为文学创作的原动力时,弗洛伊德曾对莎士比亚的《哈姆雷特》和歌德的《少年维特之烦恼》做过研究分析,并不回避著名作家。

治抒情诗。这样一位伟大诗人创作最伟大的诗篇时也出现了"白日梦"现象,这就在时间和空间上都大大超出于弗洛伊德的视野。弗洛伊德针对一个非文学主流的群体,吴世尚则面对一位伟大的、成就非凡的个人。

在"白日梦"的表述方面,吴世尚也采取了与弗洛伊德完全不同的方式。在弗洛伊德的论文中,给"白日梦"下定义的有两处:"它这样创造出来的就是一种'白日梦',或称作幻想,这种'白日梦'或幻想带着诱发它的场合和往事的原来踪迹。""当科学研究成功地阐明了歪曲的梦境的这种因素时,我们不难认清,夜间的梦和'白日梦'——我们都已十分了解的那种幻想——一样,是愿望的实现。"仔细琢磨弗洛伊德这两段话,可以发现他采用的是直接陈述法,实际是用种"概念+属差"的纯逻辑方式,他的种概念是"幻想",属差是"白日"。但用这种方法来表述实在是不够理想,既模糊又不准确。因为"梦"并不等于幻想,夜间梦与白日梦两个"梦"间并不能画等号,由此白日的幻想也就与"白日梦"无法等同。结果是越想说明而越不明,这也是弗洛伊德"白日梦"理论易受批评的要害之一。

吴世尚则不同。他在思考时大约经历过弗洛伊德类似的困境,最终采取了近似、排斥、描述的方法:"若梦非梦,似醒非醒,此一刻之间之事也。""白日梦"近似于梦,有着梦的某些特点又不等于梦;也近似于醒,有着醒的某些状态又不完全等同,它是介于二者之间的一种特殊心理状态,在时间上又有着比较短暂的特点。很明显,吴世尚学习了禅宗启发式的引人领悟的表述方式。这种方式着眼于表述目的,而不拘牵于表述文字本身。读者完全能够通过吴世尚的描述自身体悟到"白日梦"状态,而未必能用语言将其表达出来——直到目前为止,这种状态还难以用语言精确表达。可以肯定地说,吴世尚极富中国特色的表述方式要比弗洛伊德的高明。

至于"白日梦"的心理来源,吴世尚完全没有涉及,弗洛伊德则指出它来源于儿童时的游戏,由儿童时的游戏进至成人不便启齿的幻想,再进而发展到作家诗人们书面实现幻想的"白日梦"。尽管对儿童游戏、成人幻想、作家"白日梦"三者间的联系与区别弗洛伊德未能言明,尤其是由成人幻想进至作家"白日梦"之必要条件他几乎完全未能涉及①,而将此三者等同的某种趋向也导致其理论的不足。然而仅是指出来源一项,也堪称是弗氏的杰出贡献。

四、结语

综上所述,可见吴世尚不仅对"白日梦"的发现早于弗洛伊德,而且其研究成就也决不在弗洛伊德之下,甚至某些地方比他高明。二者互有优长,又可互补。因此,要形成科学的、全面的、符合创作实际的"白日梦"理论观点,必须将二者结合起来,互相印证,互补缺失,互通有无。

著名德国心理学家艾宾浩斯曾经说过:"心理学研究有着漫长的过去,但只有短暂的历史。"②这句名言明确指出心理学研究与现代心理学史的区别,肯定了现代心理学产生前漫长历史中的心理学研究成果。所以我们千万不要认为我国古代就没有心理学研究,将这方面的许多宝贵成果,特别是文学的、文化的、社会的等心理研究成果弃之不顾。例如,游国恩先生的《离骚纂义》收入了《楚辞疏》的不少注述,而关于"白日梦"的重要论述却全部未引,令人多少有些遗憾。

最后还想说明,吴世尚的心理学研究取得如此杰出成果绝不是偶然的,明、清两代许多学者研究楚辞时都作了这方面的探讨,如王夫之(《楚辞通释》)、赵南星(《离骚经订注》)、朱冀(《离骚辩》)、贺贻孙(《骚筏》)、张德纯(《离骚节解》)、夏大霖(《屈骚心印》)等,而且各有斩获,见解独到。这还仅是楚辞研究畛域,若将其他方面的有关论述整理、综合、归纳起来,必能形成一套完整、全面、异于西方独具特色的文学心理学体系,而这正是我们古代文学研究所需要的。

---

① 之所以用"未能"一词,是因为弗洛伊德自己也很清楚这点。论文中说:"你会说,虽然我在这篇论文题目里指导创作家放在前面,但是我对你论述到创作家比论述到幻想要少得多。我意识到这一点,但我必须指出,这是由于我们目前这方面所掌握的知识还很有限。"

② [日]井上惠美子、[日]平出彦仁等编著:《现代社会心理学》,林秉贤译,北京:群众出版社,1987年,第6页。

第三章　文学理论路径和方法

第一节　文学理论体系构建与楚辞研究

纵观楚辞研究史,在运用文学理论方法进行楚辞研究时,一般有两条路径。一条是在已有的理论方法基础上研究,另一条则是自己创构一套文学理论体系,然后以此体系进行研究。当然,后者并不是单纯为了研究楚辞而构建理论,各人构建理论的动机也并不一致。不过,从另一方面来看,在构建理论体系的过程中,他们又都绕不开楚辞和楚辞研究。这样,我们的考察就由建构体系后的楚辞研究特色,进而拓展到楚辞在他们构建理论体系中的地位和作用。

我们在三个时期各选一例。魏晋选刘勰《文心雕龙》,它是文学理论巨著,楚辞研究亦占相当比例。唐代没有符合条件的。宋朱熹有楚辞著作,然未有文学理论专著,且在本书中已经论述了很多。明代选王夫之。他有诗学理论著作——《姜斋诗话》,虽为后人所辑,然已久被目为专书①;又有楚辞专著——《楚辞通释》。而清代选了刘熙载,他的《艺概》为著名文学理论著作,其中楚辞评论

---

① 《姜斋诗话》原非《船山遗书》旧目,是后来丁福保将王夫之所著《诗绎》一卷、《夕堂永日绪论·内编》一卷合为一体,易名曰《姜斋诗话》,收入其所编《清诗话》中。后来人民文学出版社(1962年)又在此基础上加入《南窗漫笔》一卷,仍称《姜斋诗话》。《南窗漫笔》为点评时人诗作,收入似可使《姜斋诗话》更全面,但体现王夫之文艺思想之作还有《古诗评选》《唐诗评选》《明诗评选》,如从点评角度看,仅收此一篇极不全面,而其他两篇主要论诗歌理论,故本节仍取《清诗话·姜斋诗话》本(上海古籍出版社1978年版),后引此书不再出注。关于诗话、词话是否为文学理论著作,不能一概而论。笔者认为,有些可以论定,如严羽《沧浪诗话》、杨慎《升庵诗话》、谢榛《四溟诗话》、王国维《人间词话》等。

占很大比重且富有特色①。

一、理论体系建构中的楚辞地位

先看刘勰《文心雕龙·辨骚》：

> 自风雅寝声，莫或抽绪，奇文郁起，其《离骚》哉！固已轩翥诗人之后，奋飞辞家之前，岂去圣之未远，而楚人之多才！

> 是以枚贾追风以入丽，马扬沿波而得奇，其衣被词人，非一代也。故才高者苑其鸿裁，中巧者猎其艳辞，吟讽者衔其山川，童蒙者拾其香草。若能凭轼以倚雅颂，悬辔以驭楚篇，酌奇而不失其真，玩华而不坠其实，则顾盼可以驱辞力，咳唾可以穷文致，亦不复乞灵于长卿，假宠于子渊矣。②

在上编第二章第三节，我们专门较详细论证了《辨骚》与《原道》《征圣》《宗经》《正纬》一样，属于《文心雕龙》文学总论，而决不属文体论。这里引该篇一头一尾两段文字，说明刘勰认为《离骚》既继承《诗经》之传统，又并非是沿《诗经》路径之奇文。而它与《诗经》共同成为后世文人之最高范式，创作之源头，在其文学总论中占有重要地位。

再看几段材料：

> 楚襄信谗，而三闾忠烈，依《诗》制骚，讽兼比兴。
>
> 《文心雕龙·比兴》
> 故稷下扇其清风，兰陵郁其茂俗。邹子以谈天飞誉，驺奭以雕龙驰响，屈平联藻于日月，宋玉交彩于风云。
>
> 《文心雕龙·时序》

---

① 关于三位前贤之生平事迹，上编第一章第一节、第三节相应部分均有介绍，此处省略。

② 〔梁〕刘勰著，范文澜注：《文心雕龙注》上册，北京：人民文学出版社，1958年，第45、47-48页。后引《文心雕龙》皆出此书，为方便仅标以篇名，不再另注。

且《诗》、骚所标,并据要害,故后进锐笔,怯于争锋。莫不因方以借巧,即势以会奇,善于适要,则虽旧弥新矣。

《文心雕龙·物色》

以上材料证明刘勰在创作论、文学史论以及创作动机论等部分,与《辨骚》篇观点完全一致,证明屈骚(楚辞)在其整个理论体系中具有原初经典的重要地位。

下面再看王夫之《姜斋诗话》:

"《诗》可以兴,可以观,可以群,可以怨",尽矣。辨汉、魏、唐、宋之雅俗得失以此,读《三百篇》者必此也。

…………

兴、观、群、怨,诗尽于是矣。经生家析《鹿鸣》《嘉鱼》为群,《柏舟》《小弁》为怨,小人一往之喜怒耳,何足以言诗? ①

从以上材料看,王夫之与刘勰不同,他所认定的诗人最高范式,在理论体系中具有原典之重要地位的,就只有《诗经》,而没有楚辞。这从整部《姜斋诗话》的点评及论述也可以看出。

"采采芣苢",意在言先,亦在言后,从容涵泳,自然生其气象。即五言中,《十九首》犹有得此意者。陶令差能仿佛,下此绝矣。"采菊东篱下,悠然见南山","众鸟欣有托,吾亦爱吾庐",非韦应物"兵卫森画戟,燕寝凝清香"所得而问津也。

"昔我往矣,杨柳依依;今我来思,雨雪霏霏。"以乐景写哀,以哀景写乐。知此,则"影静千官里,心苏七校前",与"唯有终南山色在,晴明依旧满长安",情之深浅宏隘见矣。况孟郊之乍笑而心迷,乍啼而魂丧者乎?

…………

---

① 《嘉鱼》为《小雅·南有嘉鱼》,而《鹿鸣》《小弁》均属《小雅》。《柏舟》,《诗经·国风》中有两首,一为《邶风·柏舟》,一为《鄘风·柏舟》。前者为弃妇之怨,后者为恋爱女子怨母。

知"池塘生春草""蝴蝶飞南园"之妙,则知"杨柳依依""零雨其蒙"之圣于诗。司空表圣所谓"规以象外,得之圜中"者也。

"赐名大国虢与秦",与"美孟姜矣""美孟弋矣""美孟庸矣"一辙,古有不讳之言也,乃《国风》之怨而诽,直而绞者也。夫子存而弗删,以见卫之政散民离,人诬其上。而子美以得"诗史"之誉。

…………

"女也不爽,士贰其行;士也罔极,二三其德。"语似排偶,而下三语与上一语相匹。李白:"剑阁重开蜀北门,上皇车马若云屯。少帝长安开紫极,双悬日月照乾坤。"窃取此法而逆用之。盖从无截然四方八段之风雅也。

以上材料均出自《姜斋诗话》上卷。上卷一共十六条,每条均有《诗经》之诗句,并引后世名诗句以证明其与《诗经》之继承关系。上引材料中就包括陶渊明、谢灵运、杜甫、李白、韦应物、孟郊等人诗句。这些著名诗人之诗句,王夫之认为有的还达不到《诗经》名句之艺术高度。下卷虽不像上卷那样条条引用,然《诗经》所占比例仍不小。

更值得注意的是,不论上卷还是下卷,《姜斋诗话》里没有一句提到楚辞,也不见屈骚的影子。显然,王夫之在撰写《诗绎》《夕堂永日绪论》时,其诗歌理论体系中,根本就没有楚辞的地位——他可能认为,楚辞应属文或韵文,而不属于诗歌,那么我国后世诗歌当然就只是《诗经》的后裔!其时,王夫之已饱读诗书,不可能不知刘勰《文心雕龙》和钟嵘《诗品》,那么他是借昭明《文选》将骚单列一类的事实,有意与他们对着干?从其时王夫之的思想构成看,很可能如此!这点后面还将论及。

下面再看刘熙载《艺概》:

儒学、史学、玄学、文学,见《宋书·雷次宗传》。大抵儒学本《礼》,荀子是也;史学本《书》与《春秋》,马迁是也;玄学本《易》,庄子是也;文学本《诗》,屈原是也。

《艺概·文概》

五言如《三百篇》，七言如骚。《离骚》出于《三百篇》，而境界一新，盖醇实环奇，分数较有多寡也。

《艺概·诗概》①

仅从这两段引文，就知刘熙载总体文学观与刘勰、王夫之不一样，其构成理论体系亦很不相同。就文学源出之经典与其对后世之影响来说，刘勰认为是《诗经》、屈骚双线并存，王夫之则只承认《诗经》单线的影响，而刘熙载认为屈骚继承了《诗经》传统并对后世产生了巨大影响——虽也是双线却重点在屈骚。

《艺概》包括六"概"：《文概》《诗概》《赋概》《词曲概》《书概》《经义概》。《书概》专评书法，《经义概》实际是论八股文，故真正论文学者为前四概。而前四概中，《赋概》屈骚为重点，《文概》《诗概》言及屈骚者亦有一定篇幅，只有《词曲概》未言及屈骚。再看《诗经》，《文概》中极少言及，分量远不及屈骚。《诗概》中集中于开头论之，其后则很少言及其影响，从这一现象分析，大约刘熙载主要是将《诗经》作为一种作品集评论。其后在思想、意味、情趣、艺术特色等方面，以引据庄、骚为主。至于《赋概》中，除开头两三条引了《诗经》，其后便几乎不见踪影，接着屈骚就占据主要地位，论述其影响者几乎贯穿《赋概》始终。

以上事实证明，刘熙载之文学理论体系中，无论是就源出经典而言，还是就文学最高范式地位观察，以及据于对后世诗文影响分析，屈骚（以及楚辞）之地位都远高于《诗经》，这与刘勰和王夫之有极大区别，由此引出我们下面的论证。

二、楚辞在理论体系中之作用

我们还是以刘勰、王夫之、刘熙载三家为代表分而论之。

先看刘勰《文心雕龙》。前已述及，《文心雕龙》总论中，屈骚占有重要而特殊地位，而在十五篇创作论中②，有《神思》《通变》《定势》《情采》《声律》《章句》《丽辞》《比兴》《夸饰》《事类》十篇论及楚辞，占三分之二。除《夸饰》中"自宋玉、

---

① 〔清〕刘熙载：《艺概》，上海：上海古籍出版社，1978年，第36、69页。后引《艺概》皆出于此，为方便仅标以篇名，不再标注所引页码。

② 关于《文心雕龙》总论、文体论、创作论等各论，按一般通行说法区分。

景差,夸饰始盛"的褒贬之义尚有争论外,其余皆是作正面例子引证。如《通变》之"暨楚之骚文,矩式周人;汉之赋颂,影写楚世",《章句》之"又诗人以兮字入于句限,楚辞用之,字出句外。寻兮字成句,乃语助余声",《比兴》之"楚襄信谗,而三闾忠烈,依《诗》制骚,讽兼比兴",《事类》之"观夫屈宋属篇,号依诗人,虽引古事而莫取旧辞",等等,均属此类。

除《文心雕龙》创作论外,《时序》与《才略》属文学史论,《时序》评世,《才略》评人,两篇也均论及楚辞。《时序》除上引文外,尚有:"爰自汉室。迄至成、哀,虽世渐百龄,辞人九变,而大抵所归。祖述楚辞,灵均余影,于是乎在。"《才略》亦有:"战代任武,而文士不绝。诸子以道术取资,屈宋以楚辞发采。"都是从积极角度来肯定屈骚(楚辞)对文学史的影响。至于论作家修养之《程器》,论文学批评之《知音》,论天人关系之《物色》,也都引证屈骚(楚辞)作为证明观点的材料支撑。值得一提的,还有文体论。

> 故刘向明不歌而颂①,班固称古诗之流也。至于郑庄之赋《大隧》,士芳之赋《狐裘》,结言扌固韵,词自己作,虽合赋体,明而未融。及灵均唱骚,始广声貌。然赋也者,受命于诗人,拓宇于楚辞也。

刘勰认为,赋是由楚辞"拓宇"而来,故《诠赋》篇自然论及楚辞。而《明诗》言"逮楚国讽怨,则《离骚》为刺",《乐府》言"延年以曼声协律,朱、马以骚体制歌",《颂赞》言:"及三闾《橘颂》,情采芬芳,比类寓意,又覃及细物矣。"也都还能合于骚体之特点。然而《祝盟》言"若夫楚辞《招魂》,可谓祝辞之组缬也",将《招魂》划为祝辞。虽范文澜解释曰:"纪(纪昀)评谓《招魂》似非祝辞,盖未审招祝之互通也。"多少还是嫌有点牵强。另外,《哀吊》《杂文》《谐隐》论及了贾谊、宋玉等,给人的感觉是刘勰尽量将各文体与楚辞挂上钩。

将上面分列的材料归纳观之,楚辞在《文心雕龙》之总论、文体论、创作论、文学史论、文学批评等部分中,均占有重要地位。在诗论上,它与《诗经》同居要

---

① 原文为"刘向云明不歌而颂",据范文澜等人校改。

津;在文论上,它与《庄子》皆为重镇。可以说,《诗》、骚、庄,三者同为刘勰撰《文心雕龙》取法之原典,立论之根据,分析之范本。也可以断言,刘勰在构建自己宏大文学理论大厦时,这三者的研究起了基石的作用。

次看王夫之。王夫之明亡后隐居深山,坚拒清廷延揽,发愤著书,成果丰硕。近年来对其诗学、美学等文艺理论的研究,有学者统计,二十世纪八十年代至二十一世纪初,论文就有一百多篇①。而据相关统计,仅关于《姜斋诗话》的研究论文,至2020年就有两百多篇,足见学界之重视程度。不过,他们据以研究的对象除《姜斋诗话》外,主要还有三大"评选"(《古诗评选》《唐诗评选》《明诗评选》),《楚辞通释》则几乎不见踪影,选材眼光还是略显狭窄。

《楚辞通释》成书于王夫之晚年,应比《诗绎》、三大"评选"都晚,此时他的诗学、文学思想理论完全成熟。就笔者粗浅的研究,有些思想理论,尤其是在研究路径、方法方面,颇有《姜斋诗话》和三大"评选"等所没有或未能表达的。如以社会文化视角、直觉感悟方法、类比心理体验等,王夫之将之运用于研究中,便敢于否定王逸的《九歌》寄托说,发现了《九章·悲回风》中屈原的"濒死体验",亲身感受到《涉江》对溆浦山林雾瘴的描绘……因而,若要全面完整把握王夫之的文学思想理论,《楚辞通释》是不可不认真研究的对象。

再看刘熙载《艺概》。上小节已简论过楚辞在《艺概》中的地位,与《姜斋诗话》恰成对照。这里再做一个数字上的统计。

表2-1　《艺概》中《诗经》、楚辞相关内容条数对比表

(单位:条)

《艺概》各"概"涉及内容	《文概》	《诗概》	《赋概》	《词曲概》	共计
《诗经》	0	18	7	2	27
楚辞	8	16	65	4	93

以上统计,在总体数字上已经可看出两者差距极大;而若以单词为单位,那

---

① 见崔海峰《近年来王夫之诗学研究概述》,《船山学刊》2002年第4期。

差距则更为巨大！即使具体数字不同研究者统计可能有所差异,但绝不可能改变两者条数差距巨大的状况。再就各"概"分析。因刘熙载将楚辞归于赋类,《赋概》部分出现两者统计结果的差距应属正常,然差距不应如此之大！也就是说在赋以及整个韵文领域,《诗经》影响几乎可以忽略不计。更耐人寻味的是其他几部分,《文概》部分,因《诗经》不是文,刘熙载不引其诗也很自然;但楚辞也不属文,可却出现八次,都是谈其作品之影响。可见刘熙载自觉不自觉地表现出,楚辞对文的影响,比《诗经》要大得多。而在《诗概》部分,按逻辑推理,既然《赋概》中楚辞出现次数远大于《诗经》,那么在《诗概》中,《诗经》出现次数就应远大于楚辞。可实际情况则并非如此,二者出现次数基本相等——《诗经》只比楚辞多了两次。并且从具体语言表述的程度差异和内涵意味等看,楚辞的影响似乎还要大一些。至于在《词曲概》,虽然楚辞出现次数比《诗经》多一倍,不过由于均为个位数,比较意义不大。

以上具体数字与实证分析说明,在刘熙载《艺概》的文学理论体系中,楚辞所占地位比《诗经》要重要大。而且,如前所引"文学本《诗》,屈原是也"(《文概》),明言屈原是继承《诗经》传统的文学始祖。而《离骚》为变之正:"变风、变雅,变之正也;《离骚》亦变之正也。'跪敷衽以陈辞兮,耿吾既得此中正',屈子固不嫌自谓。"(《赋概》)此为屈骚在理论上争得正宗地位。"《离骚》东一句,西一句,天上一句,地下一句,极开阖抑扬之变,而其中自有不变者存"(《赋概》)《艺概》中充满着艺术辩证法思想,这思想也主要是以屈骚为源泉。

综上所述,可见楚辞是刘熙载《艺概》的第一源出之典,这与王夫之《姜斋诗话》及三大"评选"所体现的"以《诗经》为主"的文论体系基本相反,也与刘勰《文心雕龙》"《诗》、骚并重"的源典体系颇有区别。从而,《文心雕龙》《姜斋诗话》及三大"评选"、《艺概》,便代表了我国古代文论中的三种体系,而楚辞在理论体系中的地位和作用,便是区别各体系的基本标准之一。

三、各理论体系对楚辞研究的作用

理论体系和源典的关系,往往具有一种被称为"批评的循环"的规律,即源典在理论构建时,起到奠基、支撑及构架梁栋的作用,而一旦建构完成,反过来它又会指导对这些源典的研究，从而获得新解、新见甚或提升、突破的成果。

我们眼下就面对这种情况。还是先从《文心雕龙》论起。

毫无疑问，《文心雕龙》是我国古代第一部理论完备、体大思精的杰出文论著作，甚至可谓是最杰出的一部古代文论著作。楚辞在其文论体系建构中的地位和作用，已于上述。而刘勰理论建构完成后，使楚辞研究也别开生面。要而言之，有以下三端。

其一，开辟新的研究路径。所谓开辟新路径，其实是向文学本体研究回归。在本编第一章第二节，阐明了两汉楚辞研究主流为经学方法，并研究了此方法之得失。刘勰《文心雕龙》（还有钟嵘《诗品》）开始了对楚辞的文学本体研究，从此这一路径也成了研究主流之一。

其二，具体肯定楚辞的艺术特色。刘勰肯定了屈骚的浪漫创作倾向①，肯定了它辉煌的艺术成就，进而肯定了它在我国诗歌乃至整个文学上的崇高地位和巨大影响：

> 气往轹古，辞来切今，惊采绝艳，难与并能矣。
> ……是以枚贾追风以入丽，马扬沿波而得奇，其衣被词人，非一代也。故才高者菀其鸿裁，中巧者猎其艳辞，吟讽者衔其山川，童蒙者拾其香草。若能凭轼以倚雅颂，悬辔以驭楚篇，酌奇而不失其真，玩华而不坠其实，则顾盼可以驱辞力，咳唾可以穷文致，亦不复乞灵于长卿，假宠于子渊矣。

这里对屈骚的艺术影响，作了近乎绝对的高度评价与预测！仔细品味此文，可以体会到刘勰撰写此文时的心理：他似乎是期待自己的这本大著，在文学理论上也能获得屈骚这样的成就与地位，结果刘勰如愿以偿！联系到《文心雕龙》在我国古代文论史上的地位与影响，这种揣测还是有事实根据的。

其三，提出自己的楚辞文体观。楚辞在汉代就有几种称谓，或称骚，或称辞，或称赋。《文心雕龙》多处论及楚辞文体，将所论之处归拢观察，刘勰似乎是

---

① 关于屈骚的浪漫主义创作倾向问题，读者可参阅拙著《屈骚艺术研究》（湖北人民出版社2006年版）第三章《拓宽视野，求同存异——屈骚创作倾向》。

持楚辞多种文体观。《辨骚》一文，以骚为名，而于"虽取熔经意，亦自铸伟辞"后面，将《九章》《九歌》《九辩》《远游》《天问》《招魂》《招隐》《卜居》《渔父》，全都囊括进来。也就是说，刘勰认为这些都是"骚"。而在文体论部分，刘勰认定赋是"拓宇于楚辞"，《明诗》篇则言《离骚》属于"怨刺"之诗，《乐府》篇言"延年以曼声协律，朱、马以骚体制歌"，则骚体又可属"乐府"。另外，《橘颂》又属"颂"类，《招魂》属"祝盟"，还有"哀吊""杂文""谐隐"，均与某些楚辞作品有关系。刘勰的文体论，具体来说是文体分层理论，与我们今天的理论是有差别的。我们今天划分中国古代文体的第一大层，是诗歌、散文、韵文、小说、戏曲，然后诗歌、散文、韵文下面又分若干次等文体。如诗歌下面分为乐府、古体诗、律诗、词、曲等，散文下面分为史传、论说、章表、议对等，韵文下面分为赋、铭、箴、颂等。当然，还可以有一种分法，即以声律为标准，分"律作"与"非律作"。"律作"为律诗、骈文、律赋，"非律作"下再分诗、文、韵文等。但刘勰的观点对我们今天研究楚辞文体仍有启发意义：楚辞应视为一种独立文体；楚辞在屈原创造之初与后来发展是有区别的；楚辞分正体与变体；辞与赋既有联系也有区别……当然，这里只能把这些问题提出来——如今仍有诸多争论——无法详细论说了。

下面再看王夫之。

王夫之以儒家思想为主导，以儒家诗教为构架，以"兴观群怨"说为支撑，形成了一套完备的文学理论。王夫之为明末清初三大先进思想家之一。明朝覆亡的惨痛教训，使他对"空谈心性"的王学末流深恶痛绝，从而提倡实学，主张吸收宋代理学积极部分，建构新的儒学体系。他对作为自己文论支撑的"兴观群怨"说，作了"四情"的新阐释，注入新的活力①。他在《楚辞通释》中使用的"直觉感悟"，切身体验、心灵感应等心理研究批评方法，除上述成就外，在诗歌主旨和大义阐发上，运用其文论也有创见。

王夫之在阐释《九歌》各篇主旨时，多与王逸不同。如释《湘君》"交不忠兮怨长，期不信兮告余以不闲"二句，曰："望之迫，疑之甚，自述其情，以冀神之鉴。

---

① 关于"兴观群怨"，历来有各种解释。譬如"兴"，就有解释为"比兴"的、联想的、"感发志意"的，等等。王夫之将"兴观群怨"解释为四种情感，而且这些情感互相有联系，由此建构起以情、情景、情理、情志为核心的文学、诗学理论，使儒家一派的文学理论达到了新的高度。

凡此类皆原情重谊深,因事触发,而其辞不觉如此,固可想见忠爱笃至之情。而旧注直以为思怀王之听己,则不伦矣。"再如释《山鬼》"雷填填兮雨冥冥"以下四句,曰:"此章缠绵依恋,自然为情至之语,见忠厚笃悱之音焉,然非必以山鬼自拟,巫觋比君,为每况愈下之言也。"这里即可看出王夫之基于"情景交融"理论,分析确比王逸准确透辟。《九歌》最后的《礼魂》,王夫之释曰:"凡前十章,皆各以其所祀之神而歌之。此章乃前十祀之所通用。而言终古无绝,则送神之曲也。旧说谓以礼善终者,非是。以礼而终者,各有子孙以承祀,别为孝享之辞,不应他姓,祭非其鬼,而篇中更不言及所祭者,其为通用明矣。"王夫之运用其"情理"理论,分析《礼魂》为送神曲,此说合乎情理,故多为后世学者采用,且与汪瑗的《礼魂》为"乱辞"之说,精神一致。

又如,王夫之根据亲身体验,依据他的"情志结合"的理论,于《楚辞通释·序例》曰:

> 或为怀王时作,或为顷襄时作,时异事异,汉北、沅、湘之地异。旧时释者或不审,或已具知而又相刺谬。其瞀乱有如此者。彭咸之志,发念于怀王,至顷襄而决。远游之情,唯怀王时然。既迁江南,无复此心矣。必于此以知屈子之本末,蔽屈子以一言曰忠。①

这段话准确地把握了屈原心态的变化。前代许多注家,谈及屈原之忠时,均未注意到屈原"忠心"的变化,好像屈原之"忠",从头到尾都一样。王夫之则注意到,就心态而言,屈原之"忠",随时期不同也是有变化的。《离骚》作于怀王之时,"怀王虽疏屈原,而未加窜流之刑,其后复悔而听之,欲追杀张仪而不果",屈原虽"退居汉北,犹有望焉"。此种情势下作《离骚》,自然"其词曲折低回","言讽而隐,志疑而不激"。而《九章》大多作于顷襄王时,襄王放逐屈原,"窜原于江南,绝其抒忠之路"。屈原料定"身之终锢,国之必亡,无余望矣,决意自沉",表达情感无须再隐,"故《九章》之词直而激,明而无讳"。这段分析,充分体现了王

---

① 〔清〕王夫之:《楚辞通释·序例》,上海:上海人民出版社,1975年,第2页。

夫之心理感悟、亲身体验与情志观相结合而获得的杰出成果！

最后，再看刘熙载《艺概》。

首先还是得看前面引过的那段话："儒学、史学、玄学、文学，见《宋书·雷次宗传》。大抵儒学本《礼》，荀子是也；史学本《书》与《春秋》，马迁是也；玄学本《易》，庄子是也；文学本《诗》，屈原是也。"（《艺概·文概》）这里，刘熙载总结了四个学科之最高代表及本源性影响人物。对此，人们对他所言司马迁与庄子地位不会有太多异议，但通常荀子与孟子并列，此处独列荀子而不举孟子，反映了刘熙载独特的思想。然而这段文字表达中最值得关注、最特别的是他提出屈原为文学之代表人物。细读全部《艺概》，特别是他在《文概》中说的这段话，可知刘熙载文学观与现代的颇为接近。他认为屈原是诗、赋、文等的最高代表，而不仅仅是辞赋！

刘熙载之所以将屈原列于文学之首，还与他的辞赋理论有关。刘熙载认为：

> 古者辞与赋通称，《史记·司马相如传》言"景帝不好辞赋"，《汉书·扬雄传》"赋莫深于《离骚》，辞莫丽于相如"，则辞亦为赋，赋亦为辞，明矣。
>
> 《艺概·赋概》
>
> 骚为赋之祖。太史公《报任安书》"屈原放逐，乃赋《离骚》"，《汉书·艺文志》"屈原赋二十五篇"，不别名骚。刘勰《辨骚》曰："名儒辞赋，莫不拟其仪表。"又曰："雅颂之博徒，而辞赋之英杰也。"
>
> 《艺概·赋概》

辞与赋究竟是否一体至今仍在争论，尚无统一意见，这里暂且搁置。不过刘熙载之言确实有据。只是这样一来，宋玉、司马相如就丧失了赋的最高代表权。而屈骚又属诗类，这一点并无争议，加之庄子又被刘熙载"派去"作了玄学最高代表，他在"文"上的代表权，理所当然地让给了屈原。于是屈骚便成为诗、赋、文之最高代表和范式。以此结论为基础，刘熙载对屈骚可谓不吝赞扬之词：

太白诗以庄、骚为大源，而于嗣宗之渊放，景纯之俊上，明远之驱迈，玄辉之奇秀，亦各有所取，无遗美焉。

《艺概·诗概》

诗以出于骚者为正，以出于庄者为变。少陵纯乎骚，太白在庄、骚间，东坡则出于庄者十之八九。

《艺概·诗概》

顿挫莫善于《离骚》，自一篇以致一章，及一两句，皆有之。此传所谓反复致意者。

《艺概·赋概》

叙物以言情谓之赋，余谓《楚辞·九歌》最得此诀。如"袅袅兮秋风，洞庭波兮木叶下"，正是写出"目眇眇兮愁予"来；"荒忽兮远望，观流水兮潺湲"，正是写出"思公子兮未敢言"来，俱有"目击道存，不可容声"之意。

《艺概·赋概》

屈子之文，取诸六气，故有晦明变化，风雨迷离之意。读《山鬼》篇足觇其概。

《艺概·赋概》

像这样顶级评语，刘熙载并不轻易给出，除了屈骚，《艺概》中并不多见。如"少陵纯乎骚""屈子之文，取诸六气"这样精妙的见解，于其他楚辞著作中并不多见。

《艺概》的艺术理论还有一大特点，即艺术辩证法之运用。这方面可能受老、庄影响较多。"庄子《寓言》篇曰：'言而当法'"（《文概》），"以老、庄、释氏之旨入赋，固非古义，然亦有理趣、理障之不同"（《赋概》）。这些句子都透露了一点信息。当然这点也体现在楚辞评论上：

或谓楚赋自铸伟辞，其取熔经义，疑不及汉。于谓楚取于经，深微周浃，无迹可寻，实乃较汉犹高。

《艺概·赋概》

不引经文,取熔经义,虽无迹可求,反比汉赋更显经义之精神。

> 《离骚》不必学《三百篇》,《归去来辞》不必学骚,而皆有其独自处,固知
> 真古自与摹古异也。
>
> 《艺概·赋概》

学真古者不必摹古,摹古者未必得真古。

> 赋长于拟效,不如高在本色。屈子之骚,不沾沾求似《风》《雅》,故能得
> 《风》《雅》之精。长卿《大人赋》于屈子《远游》,未免落拟效之迹。
>
> 《艺概·赋概》

不求似自能得《风》《雅》精神,求似者落拟效之迹反失其精神。

总之,就《艺概》所评来看,屈骚真正得了艺术辩证法之精髓,不引经文而真得其经义,不拟古反彰显古典之精神。后世为诗为赋为文者,遂很难达其境界,望其项背。

撰文至此,大意已尽,现将以上三部分回顾归结一下。在楚辞研究史上,有一种研究途径和方法,是研究者构建自己的一套文学理论体系,然后以之研究楚辞。当然,研究者并不是单纯为了研究楚辞而构建理论,各人构建理论的动机也并不一致。不过,在构建理论体系的过程中,他们又都绕不开楚辞和楚辞研究。这样,我们的考察重点,自然就由建构体系后的楚辞研究特色,进而拓展到楚辞在各人构建理论体系中的地位和作用。而这种地位和作用,便成为区别其理论体系的重要标准之一。而据此建构的理论体系,反过来又影响了各自的楚辞研究,形成不同特色,成功地完成了一个"批评的循环"。

本节选择的三种有代表性的古代文论体系中,刘勰《文心雕龙》《诗》、骚并重,从而在两汉经学为主流的研究途径上,增加了使楚辞回归文学本位的一条路径,突出了对楚辞的艺术研究,提出了自己的楚辞文体观。王夫之《姜斋诗话》以《诗》为主,结合其后《楚辞通释》"直觉感悟"、心理感应等方法,重新阐释《九歌》各篇主

旨,体会到《九章·悲回风》的"濒死体验",并于思想文化大义阐发上颇创新见。刘熙载《艺概》以楚辞为主,将屈原推尊为整个文学的最高典范,并以艺术辩证法评介楚辞,高度肯定了屈骚深得艺术辩证之精髓。

第二节　从对楚辞艺术影响的评点看诗话之优势

"诗话"创始于北宋欧阳修。他点评前代诗歌,著有《诗话》,后司马光仿其体式作《续诗话》。再后来,仿欧阳修《诗话》体例所作之书多了起来。为加以区别,后人便将欧阳修的《诗话》称为《六一诗话》①,将司马光的《续诗话》称为《温公续诗话》。

一、章学诚诗话观之片面性

欧阳修初作《诗话》时,正如他自己所言,是"居士退居汝阴,而集以资闲谈也"②。有点相当于文学随笔的性质,当然也不会注意什么系统性、理论性。后人继作,开始时也大抵如此。清代章学诚曾批评曰:

> 《诗品》《文心》,专门著述,自非学富才优,为之不易,故降而为诗话。沿流忘源,为诗话者,不复知著作之初意矣。犹之训诂与子史专家,为之不易,故降而为说部。沿流忘源,为说部者,不复知专家之初意也。诗话说部之末流,纠纷而不可犁别,学术不明,而人心风俗,或因之而受其敝矣……论文考艺,渊源流别,不易知也;好名之习,作诗话以党同伐异,则尽人可也。以不能名家之学,入趋风好名之习,挟人尽可能之笔,著惟意所欲之

---

① 欧阳修自号"六一居士",在所作之《六一居士传》中曰:"吾家藏书一万卷,集录三代以来金石遗文一千卷,有琴一张,有棋一局,而常置酒一壶。""以吾一翁,老于此五物之间,是岂不为六一乎?"

② 〔清〕何文焕辑:《历代诗话》,北京:中华书局,1981年,第264页。

言,可忧也,可危也。①

详观《文史通义·诗话》一篇,章学诚对"说部"总的评价不高,对诗话一体也是肯定不多,贬斥不少。之所以如此,是因为他认为作诗话者,往往学识不丰、学力不足;对所评之作,"沿流忘源","不复知著作之初意";"作诗话以党同伐异,则尽人可能也"。有此三弊,也就无怪章学诚对诗话多有鄙薄了。

不过,章学诚所言,只符合部分——甚至是少部分——诗话作品之事实。大多数诗话作者,学识还是不错的,其中很有些知名诗人,如《后山诗话》之陈师道、《白石诗说》之姜夔、《诚斋诗话》之杨万里、《麓堂诗话》之李东阳、《艺苑卮言》之王世贞、《梅村诗话》之吴伟业等。也还有一些名家,欧阳修与司马光自不必说,其他如《升庵诗话》之杨慎、《姜斋诗话》之王夫之②、《渔洋诗话》之王士禛、《说诗晬语》之沈德潜等,均为学识渊博之士。而且,说这些作者"不复知著作之初意",也过于武断。这些诗话作者,也许对某些诗歌作者"著作之初意"不甚了然,但不会对所有诗歌作者"著作之初意"不甚了然,尤其是那些名家、大家所作诗话,依笔者所见,还是相当注意这点的。至于说诗话作者撰写随意,党同伐异,这属于创作态度问题。只是大多数诗话作者的创作态度还是很严肃的,不严肃的只是少数。

笔者以前曾读过一些诗话,这次撰写本书又将何文焕辑《历代诗话》、丁福保辑《历代诗话续编》、丁福保辑《清诗话》、郭绍虞编选《清诗话续编》翻阅一遍,再参阅了一点相关论文、论著,遂敢肯定章学诚的以上三个观点有其片面性。况且,从文学理论世界性角度看,诗话(包括词话)、小说评点为中国古代独具特色之文体,有着独特的表述方式和理论视角,其艺术领悟方式也是独树一帜的,故值得我们特别珍视。且就文学史方面而言,诗话有着其他类别著作难以企及的特点。即以楚辞研究为例,理论体系的独创与完备上,诗话不及《文心雕龙》等理论专著;对作品的理解阐释方面而言,诗话不及《楚辞章句》《楚辞补注》等

---

① 〔清〕章学诚著,叶瑛校注:《文史通义校注》,北京:中华书局,1985年,第559—560页。

② 《姜斋诗话》虽是后人命名,然所组成之《诗绎》和《夕堂永日绪论·内编》应属"说部",只不过王夫之未以诗话命名而已。

专著;但就楚辞的影响史而言,这些著作就不及诗话了。故论及楚辞研究,诗话体著作就决不能忽视了。以下即就此点专门论之。

二、对楚辞艺术影响之评点式肯定

《楚辞章句》《楚辞补注》《楚辞集注》等专门注解楚辞之著作,有时也会论及一两位诗人或一两篇作品对楚辞之继承,但因非著书主旨,只能是偶尔为之。诗话则不同,它能以散点透视的视点,艺术随笔式的笔法,对自楚辞诞生后两千多年间的诗人,凡受其影响的,作点睛式的点评。下面略举数例以说明。

宋代范晞文《对床夜语》云:

> 子建云:"朝游江北岸,日夕宿湘沚。"潘安仁云:"朝发晋京阳,夕次金谷湄。"刘越石云:"朝发广莫门,暮属丹水山。"谢灵运云:"旦发清溪阴,暝投剡中宿。"鲍明远云:"朝游雁门山,暮还楼烦宿。"皆本《楚辞》"朝发轫于苍梧兮,夕余至乎县圃"。若陆士衡"朝采南涧藻,夕息西山足",又江文通"朝食琅玕实,夕饮玉池津",则亦本《楚词》"朝饮木兰之坠露兮,夕餐秋菊之落英"。[①]

宋代吴子良《荆溪林下偶谈》云:

> 文字有江湖之思,起于《楚辞》。"袅袅兮秋风,洞庭波兮木叶下",模想无穷之趣,如在目前,后人多仿之者。杜子美云"蒹葭离披去,天水相与永",意近似而语亦老。陈止斋《送叶正则赴吴幕》云"秋水能隔人,白蘋况连空",意尤远而语加活。水心《送王成叟侄》云"林黄橘柚重,渚白蒹葭轻",意含蓄而语不费。[②]

[①] 〔清〕丁福保辑:《历代诗话续编》,北京:中华书局,1983年,第412页。

[②] 《林下偶谈》卷二,《四库全书》本。按:陈止斋为陈傅良,《送叶正则赴吴幕》当为《送叶正则(叶适)赴浙西宪幕》。叶适诗题当为《王简卿侍郎以诗赠王孟同王成叟之侄也辄亦继》。

明代谢榛《四溟诗话》云：

> 汉武帝"秋风起兮白云飞"，出自"大风起兮云飞扬"。"兰有秀兮菊有
> 芳，怀佳人兮不能忘"，出自"沅有芷兮澧有兰，思公子兮未敢言"。汉武读
> 书，故有沿袭。汉高不读书，多出己意。①

这里略举的几例，皆是屈骚在语言形式方面的影响。范晞文发现，《离骚》"朝饮
木兰之坠露兮，夕餐秋菊之落英"，此种"朝……夕……"句式，为后代许多诗人
所继承。他举出了曹植、潘岳、刘琨、谢灵运、鲍照、陆机、江淹的诗句为证。这
还只是魏晋南北朝诗人，若再加上唐、宋、明三代诗人之例，那还真是一个巨大
的数字，由此可见屈骚语式的巨大影响力！

《九歌·湘夫人》"袅袅兮秋风，洞庭波兮木叶下"，为千古名句。它对后世诗
歌意境、情趣等，产生了巨大影响。吴子良所举陈傅良、叶适之诗，虽也为情景
俱佳之好句，然比之《湘夫人》这名句，还是略逊一筹。即使是所举杜甫诗句，因
非名句，也难以与之比肩。好在吴氏以"意近似而语亦老"评之，还算确当。可
另两处点评，却显得赏评过度了，究其原因，恐怕若不是吴氏眼光有限，那就是
如章学诚所言，有"派别"之嫌了。

谢榛指出汉武帝《秋风辞》出自《九歌·湘夫人》"沅有芷兮澧有兰，思公子兮
未敢言"，当然无误。汉武帝也正是学习了《湘夫人》之表述方式及语言风格，以
及脱却了帝王威势以平民之心抒发感情，才使《秋风辞》成为千古名诗。不过，
谢榛言汉高祖之《大风歌》出自"己意"，恐还是自觉不自觉地对帝王的一种回
护。笔者曾在拙著《屈骚艺术研究》中指出："刘邦高唱《大风歌》前，很可能谋臣
还为他谋划过一下，三句诗写了过去、现在、未来三个时代，如此简洁精练、语质
义当，如此意象飞动、豪气四溢，光凭刘邦肚子里的那点墨水，恐怕怎么也写
不来。"②

---

① 〔清〕丁福保辑：《历代诗话续编》，北京：中华书局，1983年，第1145页。
② 见拙著《屈骚艺术研究》第八章《鸟瞰历史，沿波讨源》，武汉：湖北人民出版社，2006年，第430页。

综上三例而言,几位诗话作者在评鉴时,可能因学识、眼光甚或批评标准不同而结论有偏差,然而在指出后世诗人继承楚辞(主要是屈骚)语言形式上,均是准确无误的。下面再看在总体上,在创作思想、创作倾向和方法上,一些诗话对楚辞影响的评点。

还是谢榛《四溟诗话》:

> 汉人作赋,必读万卷书,以养胸次。《离骚》为主,《山海经》《舆地志》《尔雅》诸书为辅。①

吴乔《围炉诗话》云:

> 冯定远云:"《文选》词赋始于屈、宋,歌诗起于荆轲'易水之歌',权舆于姬、孔以后,于理为得。近代诗选必自上古,年纪绵邈,真赝相杂,或不雅驯。"②

沈德潜《说诗晬语》云:

> 李长吉诗,每近《天问》《招魂》,楚骚之苗裔也。特语语求工,而波澜堂庑又窄,所以有山节藻棁之诮。杜牧之谓:"贺且未死,少加以理,可以奴仆命骚。"③

刘熙载《艺概·诗概》云:

> 诗以出于骚者为正,以出于庄者为变。少陵纯乎骚,太白在庄、骚间,东坡则出于庄者十之八九。

---

① 〔清〕丁福保辑:《历代诗话续编》,北京:中华书局,1983年,第1175页。
② 郭绍虞编选,富寿荪校点:《清诗话续编》,上海:上海古籍出版社,1983年,第493页。
③ 〔清〕王夫之等:《清诗话》,上海:上海古籍出版社,1978年,第538页。

这四例皆是谈后代诗文对楚辞之继承,前两例是谈整体,后两例则是谈个人。前两例除"歌诗起于荆轲'易水之歌'"一句,有欠得当,其他结论当无太大争议。后两例则是"仁者见仁,智者见智",争论自不会少。如杜牧看出李贺为"骚之苗裔",可谓眼光老到。李贺亦自言:"斫取青光写楚辞。"(《昌谷北园新笋》)但杜牧又言"奴仆命骚可也"①,则未免夸之过甚。李贺学识见解等不谈,仅以生平事迹,就无法与屈原波澜壮阔之人生相比,怎么可能写出屈骚那样的诗歌②!而刘熙载所言,前两句可能会有点分歧,但争论不会大,后三句则估计会引起激烈的争论。笔者在此也谈两句浅见。笔者认为,虽然屈原、杜甫在创作倾向上,似乎是两途——一浪漫,一现实。可刘熙载这两句是就思想、意趣、情感而言,在爱国、爱民、忠君等方面,在创作心理与作品深层结构上,杜甫可说是与屈原一脉相承。在历代诗人中,也可说是最突出的。说"少陵纯乎骚",评为精妙,似不为过。而李白就不同了,李白在以上所言方面,倒确实是屈、庄皆有之。他有屈原经世济民之抱负,上天入地之豪情,睥睨权贵之襟抱,吞吐八荒之诗心……但也有类似庄子之出世之念、濠梁之辩、得失之思、有无之忖……定"太白在庄、骚间",也堪称的是之评。

但刘熙载对苏轼之评语,却未必得当。不错,东坡对庄子十分钦佩:"既而读《庄子》,喟然叹曰:'吾昔有见于中,口未能言,今见《庄子》,得吾心矣。'"③尤其是遭"乌台诗案"被贬黄州后,东坡更是以《庄子》作为精神支柱之一。然在文学上,东坡最钦佩者是屈原,曾言"楚辞前无古,后无今","吾文终其身企慕不能及万一者,惟屈子一人而已!"④对屈原敬佩到如此程度,岂会不学屈原!实际上,苏轼中年后入世热情虽有所减退,然从未放弃过救世济民之责任,因而像屈原一样执着。就是在充分体现他老、庄思想的《前赤壁赋》中,前段"于是饮酒乐

① 杜牧之言,出自其《李长吉歌诗叙》:"世皆曰:使贺且未死,少加以理,奴仆命骚可也。"见《李贺诗歌集注》,上海:上海人民出版社,1977年,第4页。
② 笔者在拙著《屈骚艺术研究》第八章第三节《内动与发展——对唐诗的引导》,曾较集中地论述了李贺诗歌对屈骚的继承,可见第485—493页。
③ 〔宋〕苏辙:《亡兄子瞻端明墓志铭》,《苏辙集·栾城后集》,北京:中华书局,1990年,第1126页。
④ 〔明〕蒋之翘:《七十二家评楚辞》,《四库全书存目丛书》本。

甚,叩弦而歌之"的歌词,就是楚辞体,依然寄托着对君王重用自己的希望。至于对佛、道,苏轼是谈禅而不佞佛,乐道而不厌人生。故而,苏轼出于庄者,比例最多十分之四五到顶。不过这些尚属仍在争论的话题,似乎有人还是赞许刘熙载的结论,此处不多论辩了。

> 《卜居》《渔父》两篇,设为问答,以显己意,《客难》《解嘲》之所出也。词义显然,楚辞中之变体。①

> "西方有佳人",此亦屈子《九歌》之意。然屈子指君,此不知其何指。若为怀古圣贤,则为泛言,然不可确知矣。诗不可选。

> 郭璞《游仙诗》,本屈子《远游》之旨而拟其辞,遂成佳制。

> 《石门新营所住四面高山回溪石濑茂林修竹》……"美人游不还"一段,幽忧怨慕凄凉之意,全得屈子余韵。②

这里引用例证,是具体作品对屈骚的继承。沈德潜所言,为人所共知,东方朔《答客难》、扬雄《解嘲》,当然是模仿《卜居》《渔父》的主客问答形式。不仅是它们,还有唐代韩愈的《进学解》,也是学习的这种形式。这还只是著名的几篇,至于不著名的学习《卜居》《渔父》问答形式的文章,则就更多了。

具体作品的继承方面,这里还集中引用了方东树《昭昧詹言》的几例。先看第一例。"西方有佳人",是正始时期阮籍组诗《咏怀八十二首》之一:

> 西方有佳人,皎若白日光。被服纤罗衣,左右珮双璜。修容耀姿美,顺风振微芳。登高眺所思,举袂当朝阳。寄颜云霄间,挥袖凌虚翔。飘飘恍

---

① 〔清〕王夫之等:《清诗话》,上海:上海古籍出版社,1978年,第529页。
② 〔清〕方东树著,汪绍楹校点:《昭昧詹言》,北京:人民文学出版社,1961年,第88、95、149—150页。

惚中,流眄顾我傍。悦怿未交接,晤言用感伤。①

这位佳人的容貌、风姿、服饰、举止,与《九歌》中的女神,尤其是与湘夫人极其相像。方东树解《九歌》,取王逸的寄托说,认为"佳人"指君,实际《九歌》并无寄托,此处不多言。而阮籍处于正始司马氏即将取曹魏而代之时期,政治极其险恶,士人动辄得咎,《咏怀》诗意曲折幽深,"佳人"很难确指。方东树体会到这一点,但似有不满之意。

至于郭璞《游仙诗》,当然承《远游》而来。而《远游》是否为屈原所作,至今仍在争论,不过这并不影响二者承继关系的结论。《石门新营所住四面高山回溪石濑茂竹修林》一诗为南朝刘宋谢灵运所作,其"美人一段"为:"美人游不还,佳期何由敦? 芳尘凝瑶席,清酷满金樽。洞庭空波澜,桂枝徒攀翻。结念属霄汉,孤影莫与谖。"②不单这段,整首诗都有《九歌》余韵。其他诗话此类例子还有一些,不必多举。总的来说,诗话所举后世单篇作品对楚辞之继承关系,不当者很少,思其原因,大约是诗话作者熟悉楚辞,其他单篇作品也容易理解,不像诗人、作家总体状况和全部作品风格难以把握。并且,以简单几句话,寥寥数笔,就试图勾勒出二者关系,极容易出现差误。

李重华《贞一斋诗说》云:

> 天地间情莫深于男女,以故君臣朋友,不容直致者,多半借男女言之。风与骚,其大较已。③

谢榛《四溟诗话》云:

> 屈宋为词赋之祖,荀卿六赋自创机轴不可例论。相如善学楚词而驰骋太过,子建骨气渐弱,体制犹存,庾信《春赋》间多诗语,赋体始大变

---

① 逯钦立辑校:《先秦汉魏晋南北朝诗》,北京:中华书局,1983年,第500页。
② 同上,第1166页。
③ 〔清〕王夫之等:《清诗话》,上海:上海古籍出版社,1978年,第931页。

矣。子美曰"庾信平生最萧瑟，暮年诗赋动江关"，托以自喻，非称信
也。①

严羽《沧浪诗话》云：

> 读骚之久，方识真味。须歌之抑扬，涕泪满襟，然后为识《离骚》，否则
> 为戛釜撞瓮耳。②

以上三例既是谈读骚，也是谈创作。李重华谈如何理解屈骚中男女之情，如何
借男女之情暗示君臣、友朋之情。谢榛则以评司马相如、曹植、庾信之作，启示
如何学骚。严羽作诗主张"妙悟"，此处故要求读骚须识"真味"。总之是所见各
具特色，仔细品味亦必有收获。

三、对前代见解的批评

各种诗话不乏对前人见解的批评。乔亿《剑溪说诗》云：

> 《雕龙》曰："骚经、《九章》，朗丽以哀志；《九歌》《九辩》，绮靡以伤情；
> 《远游》《天问》，瑰诡而惠巧；《招魂》《招隐》，耀艳而深华；《卜居》标放言之
> 致，《渔父》寄独往之才。"愚按：《九章》之词迥，不可谓"丽"，《九歌》幽艳，
> 《九辩》清峻，何云"绮靡"？《远游》朗畅，《天问》奇肆，岂"惠巧"哉？③

后世对《文心雕龙·辨骚》的批评中，乔亿此段话是很突出的。他将刘勰对屈骚
等艺术风格的概括，否定了大半，这是很少见的现象。应该说，刘勰的概括，基
本还是准确的。但因采用骈文文体，表述上受到一定限制，再加之除《卜居》《渔
父》外，均为两篇或两首为一单位加以概括，难免不够细致。以"丽"概括《九

---

① 〔清〕丁福保辑：《历代诗话续编》，北京：中华书局，1983年，第1163页。
② 〔清〕何文焕辑：《历代诗话》，北京：中华书局，1981年，第698页。
③ 郭绍虞编选，富寿荪校点：《清诗话续编》，上海：上海古籍出版社，1983年，第1072—1073页。

章》,以"惠巧"概括《远游》《天问》,确实不合适,乔亿批评无疑正确。而认为《九歌》《九辩》不当以"绮靡"概括,这却需认真分析了。

一般说来,魏晋以后使用"绮靡"者,均出自陆机《文赋》"诗缘情而绮靡",大多数人将"绮靡"理解为近似于"浮艳",乔亿这里明显也如此理解。至今,旧本《辞源》还是如此注释。新本《辞源》编辑者大概认为不妥,改释为"美丽细致"。但这两种解释都是错误的,都是把"绮靡"当作复合词,当作是"绮"与"靡"各自义项的复合。可"绮靡"是叠韵联绵词,是单纯词,与"绮""靡"单词的义项没有关系。如同"龙钟"是单纯词,不能用"龙""钟"两单词的义项复合起来解释一样。那么"绮靡"究竟做何解释? 还是李善的注释比较恰当,他在《文选·文赋》注中释为"精妙之言"。笔者对此曾发表过较详细的论证,读者有兴趣可参阅①。如此分析后,可知刘勰对"绮靡"的理解与李善相似,乔亿以错解批评刘勰,其论不能成立。

方东树《昭昧詹言》云:

> 何云:"阮公源出于骚,而钟记室以为出于《小雅》。"愚谓骚与《小雅》,特文体不同耳。其悯时病俗,忧伤之旨,岂有二哉? 阮公之时与世,真《小雅》之时与世也,其心则屈子之心也。以为骚,以为《小雅》,皆无不可,而其文宏放高迈,沉痛幽深,则与骚《雅》皆近之。钟、何之论,皆滞见也。②

方东树此评无误。梁代钟嵘在其著《诗品》中,将魏晋南朝一百二十位诗人分为《诗经》、楚辞两派,将阮籍分派于《诗经》派,且为《小雅》领头人物。清代何焯不同意此分法,断言"阮公源出于骚"(《义门读书记》)。其实,两人的看法均有片面性,笔者曾专门研究过这个问题,结论是:屈骚对魏晋南朝诗歌产生了巨大的影响,这种影响突出的部分是在艺术方面,即抒情特点、表现手法、语言风格以及诗歌题材等。这一时期的诗人几乎没有不受屈骚影响的。他们总是要从中

---

① 毛庆:《〈文赋〉研究中的几个问题》,《武汉师范学院学报》1983年第6期,又见于《人大报刊复印资料·古代、近代文学》1984年第4期。
② 〔清〕方东树著,汪绍楹校点:《昭昧詹言》,北京:人民文学出版社,1961年,第80—81页。

寻取模式,得到启发,汲取营养,积累经验,只不过程度的深浅和数量的多寡不同罢了①。故方东树所言虽略嫌粗略,然而确实比何焯和钟嵘的全面。

李重华《贞一斋诗说》云:

> 《文选》所录四言,多肤廓板滞之作,此是昭明浅见处,索性不录可也。余尝谓《三百篇》后,不应轻拟四言;必欲拟者,陶公庶得近之。屈宋楚辞之后,不应轻拟骚体;必欲拟者,曹植庶得近之。②

萧统编《文选》,四言诗确有漏选之失,如曹操《龟虽寿》就未选入。然漏选并不严重,如曹操的《短歌行》、嵇康的《赠秀才入京》等,仍在集中,倘都不录入,反失明珠。而后半段所言,倒是合乎事实。

当然,诗话中的错误是免不了的,单是评说楚辞,就有一些。如曾季狸《艇斋诗话》曰:"古今诗人有《离骚》体者,惟李白一人,虽老杜亦无似骚者。"③这显然不合事实,且不说两汉时期,就是魏晋六朝时期,仍有嵇康的《思亲诗》、萧纲的《应令诗》、江淹的《山中楚辞》等为明显的骚体诗,怎能说"有骚体者,惟李白一人"呢?

再如严羽《沧浪诗话·诗评》曰:"《九章》不如《九歌》,《九歌》《哀郢》犹妙。"④此处也显然出现了错误。《哀郢》属《九章》,不属《九歌》。假若是《哀郢》无误,那该句就应为"《九歌》不如《九章》,《九章》《哀郢》犹妙",但《哀郢》写得沉痛恻怛,不应评以"犹妙"胜《九歌》;假若上句有误,那该句就应为:"《九章》不如《九歌》,《九歌·哀郢》犹妙。"那是《九歌》的哪一篇呢? 不知道。而且,《九歌》哪一篇比《九章》"犹妙"呢?《九歌》《九章》两组诗是"两股道跑的车",内容、风格几乎完全

---

① 可参见拙作《屈骚艺术研究》第八章第二节第一小节《从钟嵘〈诗品〉入手的可能性与局限性》,武汉:湖北人民出版社,2006年,第444—470页。本书上编第一章第一节"魏晋时期"小节亦有简介。

② 〔清〕王夫之等:《清诗话》,上海:上海古籍出版社,1978年,第927页。

③ 〔清〕丁福保辑:《历代诗话续编》,北京:中华书局,1983年,第322页。

④ 〔清〕何文焕辑:《历代诗话》,北京:中华书局,1981年,第698页。

不同,如何比较?那么是版本出了问题吗?现存最早的明正德本,以及《说郛》《津逮秘书》本均如此①,故不能轻易否定。看来,这错误就只能放在这儿了——谁也不能起严羽于地下问之。

综上所论,可以看出诗话作者对楚辞艺术影响的判断,态度基本是严肃的,大多为阅读作品有所感悟而发。不能说这些感悟全都正确无误,可正因为是实在的感悟,全都错的也不多。而且这种随笔似的片言只语的文学批评体裁,为我国古代所独有,在反映楚辞艺术影响方面,也有专著或论文所难及之优势和难有之特色,值得我们注重、珍视并认真研究。

第三节 古代文论范畴之演进与楚辞研究
——以"味"为例

我国古代有自己独具特色的文学理论,其研究理论范畴像情、境、意、兴、势、趣、味、气、韵等,以及比兴、意象、意境、情趣等,均特色独具。对这些范畴,除研究中国古代文论的著作,必加以阐解外,近年来,中国古代美学学者也从美学角度做了一些研究工作,取得了可喜的成绩②。本节当然不可能对这些范畴做专门研究,只是试图考察一下它们内涵变化演进对楚辞研究的影响,这里试举"味"为例。

一、"味"的演进与发展

"味"在我国汉语文字体系里,本来就是一个很特殊的字眼。它很早就出现于先秦典籍中(以下即将论述),但至今能识读出的甲骨、金文文字中,没有"味";一般的简帛辞典,也没有"味";然《马王堆汉墓出土帛书》甲种本中,有

---

① 魏庆之《诗人玉屑》无此句。可参见郭绍虞《沧浪诗话校释·校释说明》(人民文学出版社1961年版)。

② 如张皓《中国美学范畴与传统文化》,武汉:湖北教育出版社,1996年;王文生《中国美学史——情味论的历史发展》,上海:上海文艺出版社,2008年。

"味"字，形状已近于隶书。直到东汉许慎《说文》释"味"："味，滋味也。"这注得并不理想，因"滋味"是褒义词。"味"是中性词，"苦味"属于"味"，却不属"滋味"。清段玉裁大约觉得此注不妥，而补注曰：滋，言多也。"训"滋"为"多"，用了"滋"的"培植、增长"之义项，然还不如用另一义项"润泽"为好。《吕氏春秋·适音》"口之情欲滋味"，东汉高诱注为："欲美味也"，然"滋味"与"美味"仍有细微差别。故今天欲释"味"，干脆就用现代汉语的释义体系，就是"舌头对食物的感觉"。不过这样释义仍不完满，"味"还与嗅觉即鼻的感官有联系，它有时也表达"气体"给人的感觉，如香味、臭味等。

　　也许正因为"味"在汉语词汇中的特殊性，故在中国文化中，"味"很早就与艺术感觉和美感联系起来：

　　　　子在齐闻《韶》，三月不知肉味。曰："不图为乐之至于斯也。"①

这便是有名的"孔子闻《韶》，三月不知肉味"，绝大多数译注《论语》著作本此②。不过《史记·孔子世家》记载为："与齐太师语乐，闻《韶》音，学之，三月不知肉味。齐人称之。"朱熹《四书集注·论语》该条下特意引出《史记》这段话，估计《史记》所据本与世所通行之"张侯论"不同③。而依笔者所见，《史记》之记载要更为合理。不过这并不影响其结论。

　　在西方文艺理论里，将味觉与艺术感觉联系起来，这是要犯大忌的。而中国人很早就将此二者联系起来，显示了中国文学、美学范畴独有之特色。据文艺心理学的研究，以上现象属于"通感"，即不同感官的感觉通过大脑可以相通，以上即是听觉与味觉的相通。"通感"现象的运用在西方文艺中也存在，而西方理论界则多重视视觉与听觉的"通感"，视嗅觉、味觉、触觉为低一等感觉，颇为

---

　　① 《论语·述而》。
　　② 如何晏集解、邢昺疏《论语注疏》（《十三经注疏》本），杨伯峻译注《论语译注》（中华书局1980年版）等。
　　③ 今天所见的本子，基本就是"张侯论"，见杨伯峻《试论孔子》，《论语译注》，北京：中华书局，1980年，第31页。

忌讳视觉、听觉与它们相通。所以西方听觉艺术发达，如音乐；视觉艺术发达，如绘画、雕塑、舞蹈；但味觉艺术极不发达，如厨艺。即使是法国菜，味道也就那样，不过特别讲究饮食氛围、食物形式、菜肴color彩……这些又都与视觉有关。相反，中国人从古代就十分重视味觉，故中国厨艺独步天下，由此也非常重视视觉、听觉、嗅觉与味觉的"通感"……这有点扯远了，就此打住。

先秦时期并非只有孔子注重味觉：

> 五色令人目盲，五音令人耳聋，五味令人口爽。

《老子》第十二章

> 道之出言，淡兮其无味。

《老子》第三十五章

> 为无为，事无事，味无味。

《老子》第六十三章

《老子》所言之味，已含有名词、动词两个词性："五味""无味"为名词；第三句中，前一个"味"是动词，后一个"味"是名词。这说明老子不仅重视客观的味觉，还注意到"味"之不同词性，讲究其运用方法。而老子的这一用法，更证明了"味"在中国文论、艺术论、美学范畴中的特殊性。拿中国文论范畴来说，如上所言情、境、意、兴、势、趣、味、气、韵……只有"味"与两个感官相通，且同时具有名词、动词两个词性，确实值得我们高度重视认真研究。

除《老子》外，先秦还有一些经典使用了"味"：

> 心和则舌能知五味矣。

《黄帝内经·灵枢》

> 口内味而耳内声。

《国语·周语》

《黄帝内经》证明先秦时期人们已发现心情与思虑会影响味觉。而《国语》将口舌尝味与耳朵接受声音并列成对句,可能也发现了听觉与味觉的"通感"关系。另外,《左传·僖公三十年》《荀子·正名》等,也都有关于"味"的言论,内涵与这几条差不多,便不繁引。这些说明,先秦时期,"味"已是一个广泛使用的词语,而其作为我国文论独有的范畴,也已开始初具形态。

屈骚中也有"味":

吴信谗而弗味兮,子胥死而后忧。①

对于此"味"字,历来注释有些分歧。王逸注曰:"宰嚭阿谀,甘如蜜也。竟为越国所诛灭也。"则此"味"指"食伯嚭之谗言",然如此"弗"字就无着落。洪兴祖大约觉得不妥,补注曰:"《淮南》云:'古人味而不贪,今人贪而不味',此言贪嗜谗谀,不知忠直之味也。"洪兴祖不好破王逸之注,又要补王注之不足,只好将"味"字一分为二,一作动词"贪嗜谗谀",一作名词"忠直之味",如此则补注出"弗"字,但却违背了训诂原则。朱熹曰:"味,譬之食物,咀嚼而审其美恶也。"王夫之曰:"弗味,不玩味子胥之忠谏也。"朱熹并未指出审谁言之美恶,王夫之则指出是子胥之言。其后,学者们的认识与他们大同小异。

然而,进入二十世纪后,各种新解释开始跳出来,如谭介甫认为"可能弗味与㙹爽暗昧义同",于省吾定"味当作沬",郭在贻则"颇疑弗味为曹眛之借。《说文》:'曹,费目目不明也','眛,目不明也'"②。但这些解释皆难成立。若单就此句而言,这些解释似可成一家之言,然而全面观察先秦时期"味"的义项,以及各类文章、各种场合对"味"的运用——如上所举各例证,这些解释就站不住脚了。训诂准则告诫我们,对一个词语的解释,不能只看在这一句中的意思,还要看与整段、整篇文章是否矛盾,更需看那一时代该词之义项和使用情况。从先秦时期"味"之内涵和使用情况判断,还是朱熹与王夫之的阐释比较合适。"味"在这里作动词,相当于今天的品味、体味等,"弗味"即不能理解、辨别之意。《九章》此句意思是吴王(夫差)

---

① 《九章·惜往日》。
② 以上各家注解,均可见《楚辞集校集释》下册,《楚辞学文库》,武汉:湖北教育出版社,2003年,第1727—1728页。

听信谗言而不能辨别好坏,致使子胥冤死(吴国)而留下忧患。

"味"的概念发展到魏晋南北朝,内涵得到进一步充实。先是陆机于《文赋》中继承《礼记·乐记》的"遗味"说加以拓展[①]:

> 或清虚以婉约,每除繁而去滥。缺大羹之余味,同朱弦之清泛。虽一唱而三叹,固既雅而不艳。[②]

陆机在《文赋》中提出了"作文五病"说,由低到高为"含清唱而靡应""虽应而不和""虽和而不悲""虽悲而不雅",而"雅而不艳"属第五层即最高层。这"艳"字往往遭人误解,以为陆机是提倡华而不实。其实结合前四段看,陆机是提倡雅、丽相当,即李善所言之"文质相半"。其意无非是说,为了文章清省而删汰过度,就会缺少像"大羹"那样的余味。由此,陆机将"余味"作为衡量文章水平的最高(或最高之一)标准,无疑使"味"之内涵更丰富。

再是钟嵘于《诗品》中创立了"滋味"说:

> 五言居文词之要,是众作之有滋味者也,故云会于流俗。[③]

钟嵘《诗品》专论前代五言诗。其之所以如此,是因为五言诗"居文词之要";而它所以"居文词之要",则是因众诗人觉得它有"滋味"。由此,钟嵘将"滋味"作为评价文体短长的重要标准之一,进一步拓展了"味"的内涵。

至于刘勰《文心雕龙》,论及"味"有十来处之多,如:

> 子云沉寂,故志隐而味深。
>
> 《体性》

---

① 《礼记·乐记》:"清庙之瑟,朱弦而疏越,一唱而三叹,有遗音者矣。大飨之礼,尚弦酒而俎腥鱼,大羹不和,有遗味者矣。"

② 〔西晋〕陆机:《文赋》,〔清〕严可均校辑:《全上古三代秦汉三国六朝文》,广雅书局本。

③ 〔梁〕钟嵘著,曹旭集注:《诗品集注》,上海:上海古籍出版社,1994年,第36页。

研味孝老,则知文质附乎性情。

吴锦好谕,舜英徒艳;繁采寡情,味之必厌。

《情采》

是以声画妍媸,寄在吟咏;吟咏滋味,流于字句。

《声律》

体植必两,辞动有配;左提右挈,精味兼载。

《丽辞》

声文隐蔚,余味曲包;辞生互体,有似变爻。

《隐秀》

是以四序纷回,而入兴贵闲;物色虽繁,而析辞尚简;使味飘飘而轻举,情晔晔而更新。

《物色》

这些例子均出自《文心雕龙》创作论部分,"味"字有的作动词,有的作名词。"滋味""精味""余味"之"味",皆为名词,前人用过,自是寻常,值得注意的是《情采》两例之"味"。"研味"之"味"与"研"并列,相当于今天"研究"之意,而在"有意味"上与"研究"又有别。而"繁采寡情,味之必厌"之"味",与"情"紧密联系(第七例亦如此),形成了中国美学史上独特的"情味"主线①。

到了唐代,司空图更进一步提出了"味外之旨"说:

文之难,而诗之犹难。古今之喻多矣,而余以为辨于味,而后可以言诗也。江岭之南,凡足资于适口者,若醯,非不酸也,止于酸而已;若盐,非不咸也,止于咸而已。华之人以充饥而遽辍者,知其咸酸之外,醇美者有所乏耳。②

在这篇《与李生论诗书》的结尾,司空图写道:"今足下之诗,时辈固有难色,倘复

① 关于这点,可参见王文生《中国美学史——情味论的历史发展》第二章《情味论在魏晋南北朝时期的萌芽和形成》,上海:上海文艺出版社,2008年,第6—10页。

② 〔唐〕司空图:《与李生论诗书》,《司空表圣文集》卷二,《四部丛刊》本。

以全美为工,即知味外之旨矣。"司空图《二十四诗品》①,为我国古代文论、古代美学史之重要著作。它以诗、以形象论述诗歌风格,虽无理论性的概括,却让人通过形象化的审美欣赏去体味各种诗歌风格,体会那"酸、咸之外"的"味外之旨"。人们读着那表现"雄浑""冲淡""纤秾""沉着""高古""典雅"等二十四种诗歌风格的诗,往往口虽不能言,心中却实实在在可体会到那些风格,体味到那些风格的"味外之旨"。司空图的"味外之旨",扩大了"味"概念的"外延",开拓了它审美的又一空间,给了宋代文人思路或方向上的启迪。北宋诗人王安石、苏东坡、黄庭坚等,南宋诗人王禹偁、陆游、杨万里等都进一步发展了司空图的这一思想。而南宋严羽的《沧浪诗话》,借鉴禅宗学说,以禅喻诗,将禅味引入到诗味中,使本来就靠直觉、靠体悟的"味",又增加了醒悟、顿悟的似乎是带有一点神秘的色彩。

论及宋代"味"之概念拓展,还必须谈到朱熹,尽管本编前两章多次提到他,但这里还不能不提及。朱熹在这方面有两大贡献:一是将读诗、读文之"味",扩大到读书、读经典,尤其是读经典。朱熹公开主张学习古人眼里神圣的经典,也必须去体味,要像吃果子一般细嚼而品出滋味。二是朱熹建立起以"唤醒—体验"为核心的心理阐释方法,而"虚心""熟读""玩味"则是与之相适应的操作系统。在这套操作系统中,"玩味"居然处于最高一层,它是读经典体会圣人之心领悟天理的关键一环,"味"的意义在这里得到又一次提升。以上这些,本编第二章第二节有详细论述,此处便不多言。

作为中国传统文论和美学理论范畴的"味",发展到宋代,内涵、外延已基本完整,作用、意义也已大致完备,其后明、清两代,依然有多人论及,但像前代那样对之有大的拓展已不可能,不过仍然有工作可做,这主要沿三条路径进行。

第一条,添枝加叶。这点集中体现于清郎廷槐《师友诗传录》中,王士禛回答郎廷槐的问题曰:"诗有正味焉。太羹元酒,陶匏苴栗,《诗》三百篇是也。"②接下来王士禛以种种宴席比喻汉魏六朝唐宋元明之诗,斥为"凡此皆非正味也"。

---

① 《二十四诗品》原名《诗品》,为与钟嵘《诗品》相区别,故习称《二十四诗品》。

② 〔清〕王夫之等:《清诗话》,上海:上海古籍出版社,1978年,第143页。

他将"太羹"定为正味,并认定只有《诗》之三百篇合于"正味",不免过于极端,过于崇古。然而"正味"还是给"味"之内涵增添了一点内容。再如,张实居回答郎氏之问曰:"唐司空图教人学诗,须识味外味。坡公常举以为名言。若学陶、王、韦、柳等诗,则当于平淡中求真味。初看未见,愈久不忘。如陆鸿渐品尝天下泉味,扬子中㶁为天下第一。水味则淡,非果淡,乃天下之至味。"①"真味"严羽所言(见下例),"至味"东坡所言(见《送参寥师》),"泉味"本指泉水之味,转以喻诗味,也未尝不可。

第二条,由"味"引而申之。刘勰《文心雕龙》里,已将"味"与"情"联系起来,形成中国古代文论和美学的一条"情味"主线。沿这条主线,明公安派主性灵说,王夫之、黄宗羲主性情说;清朱彝尊、纪昀主性情说,袁枚主性灵说,这就不一一说明了。

第三条,走向反面。这种情况极少,不过有代表性,故此处还是提一下。郑板桥在写给其弟的信中说:"岂言外有言、味外取味者,所能秉笔而快书乎? 吾知其必目昏心乱,颠倒拖沓,无所措其手足也。王、孟诗原有实落不可磨灭处,只因务为修洁,倒不得李、杜沉雄。司空表圣自以为得味外味,又下于王、孟一二等。至今之小夫,不及王、孟、司空万万,专以意外言外自文其陋,可笑也。若绝句诗、小令词,则必以意外言外取胜矣。"②板桥此信主要针对当时复古主义和形式主义文风而发。他主张关注现实,关心民生,诗歌创作应言之有物,反对盲目崇古,一味追求形式,无疑是对的。但连司空图的"味外之旨"也一并反对——"泼洗澡水连小孩也一起泼出去"——无疑是矫枉过正了。

二、"味"的演进与楚辞研究

上面我们大致勾勒了"味"的内涵、外延演进发展之轨迹,回头看看楚辞研究,其进展的轨迹一直到宋代都大致相似,并且二者之间存在着一定的联系。

前已言及,屈原在《九章·惜往日》已用了"味"字,而且是动词用法。降及两

① 〔清〕王夫之等:《清诗话》,上海:上海古籍出版社,1978年,第144页。
② 〔清〕郑燮著,卞孝萱编:《潍县署中与舍弟第五书》,《郑板桥全集》,济南:齐鲁书社,1985年,第196页。

汉,楚辞研究主要以训诂释解与经学意义阐释为主。到了魏晋六朝,文学艺术特色研究开始受到重视,此时古代文学艺术理论的两部伟大著作,《诗品》与《文心雕龙》应运而生。钟嵘首创"滋味"说,而将五言诗诗人分布于《诗经》、楚辞两大阵营,张协、鲍照、沈约、刘琨、谢朓、江淹等归于楚辞阵营。不论这分法是否完全合适,他对这些诗人的作品必定仔细品过其"滋味",也必然对以屈骚为代表的楚辞诸作品细细品味过,尽管他没有直接说出品味过程。

《文心雕龙》也一样。刘勰在《文心雕龙》中有十来次用到"味"字,并从文学理论、美学几个方面对"味"之内涵、意义进行拓展,从而使"味"这一范畴完型、成熟。同时,刘勰对楚辞研究也作出了杰出贡献,而且饶有意味的是,上面引证的例子所属各章,除《体性》外,其余《情采》《隐秀》《声律》《丽辞》《物色》,均谈到楚辞,这还只是《文心雕龙》创作论部分,不用说,楚辞研究与"味"之研究的关系,于斯可见。

唐代司空图《二十四诗品》不涉及具体作品,故无法判定与楚辞研究的关系,及至宋代,又有一个明显现象出现,有两位对楚辞研究有贡献,同时又对"味"之范畴研究有贡献者,直接将"味"与楚辞联系起来。一位是严羽:

> 读骚之久,方识其味。须歌之抑扬,涕泪满襟,然后为识《离骚》,否则
> 为戛釜撞瓮耳。[①]

前已言及,南宋严羽的《沧浪诗话》,将禅味引入到诗味中,使本来就靠直觉、靠体悟的"味",又增加了醒悟、顿悟的色彩,这里强调读骚须"识其味",要情感真正投入,以至"涕泪满襟",否则便是"戛釜撞瓮"。这里即是将品"味"之方法引入楚辞研究,有开拓意义,并对以后楚辞研究产生了积极影响。再一位就是朱熹:

> 故屈原因而文之,以寄吾区区忠君爱国之意。比其类,则宜为三《颂》

---

① 〔清〕何文焕辑:《历代诗话》,北京:中华书局,1981年,第698页。

之属;而论其辞,则反为《国风》,再变之《郑》《卫》矣。及徐而深味其意,则虽不得于君,而爱慕无已之心,于此为尤切,是以君子犹有取焉。

《楚辞集注·楚辞辩证上·九歌》

故原之作,其志之切而词之哀,盖未有甚于此数篇者。读者其深味之,真可为痛哭而流涕也。

《楚辞集注·楚辞辩证下·九章》

上已论述过,朱熹对"味"之作用和意义提升所作的贡献。此两处要求对屈骚"深味之",才能真切感受到屈原"忠君爱国"之心,这也是将"品味"与楚辞研究相结合的典型范例。然这方面的反面例子也有,那就是欧阳修:

> 屈原《离骚》,读之使人头闷,然摘一二句反复味之,与《风》无异。宋玉诗比屈原,时有出蓝之色。①

看来欧阳修《离骚》没读几遍,不然若像对"一二句"那样反复"味之",就绝对不会说出前两句话来。

明清两代,"味"之内涵演进与楚辞研究的关系,似乎又转了一圈——回到了魏晋六朝时期来,即评述"味"者也研究楚辞,只是二者并未像宋代那样"焊接"起来。虽有鲁笔在《楚辞达》中谈读屈骚时,提到"味外味"②,但毕竟是极少数学者,且对其并没有进一步拓展。而未将二者"焊接"起来的学者则既多又有名,譬如王士祯。他既对楚辞有研究,也提出"正味"说丰富了"味"之内涵,只是未有像严羽那样将"味"与楚辞研究相联系。再如沈德潜,他于《说诗晬语》中评论楚辞(见本章第二节),同样在该著中以"味外味"评七绝:"七言绝句,以语近情遥,含吐不露为主。只眼前景口头语,而有弦外音味外味,使人神远,太白有

---

① 曾枣庄等主编:《全宋文》卷七三八《论屈宋》,上海:上海辞书出版社、合肥:安徽教育出版社,2006年。
② 〔清〕鲁笔:《楚辞达·见南斋读骚指略》,〔清〕师范编:《二余堂丛书》,清嘉庆九年〔1804〕刊本。

焉。"①可就是没有把"味"与楚辞研究联系起来。还有如陆时雍,他有楚辞专著——《楚辞疏》,也有以"味"论诗人之言:"少陵七言律,蕴藉最深,有余地,有余情。情中有景,景处含情,一咏三讽,味之不尽。"②就是未能将"味"与楚辞相联。只是细细想来,他们不将"味"与楚辞相连,应有一定道理。观察以"味"联接的诗人,他们多为唐宋时代者。因可与楚辞(屈骚)相联的,宋人差不多已经连完,明清学人再如此做,弄不好会被人讥为"鹦鹉学舌"。

综上所述,可知古代文论"味"范畴内涵、外延的发展演进,与楚辞研究基本是同步的,在几个关键节点上,楚辞研究都与之进行了"焊接"。不过,自宋以后,由于"味"这一范畴的成形、完满,演进步伐基本停滞下来,明清时期只是给以小修小补而已。但楚辞研究则不同,正如本编第二章第三节详细论述的,它承继严羽、朱熹等人主张的"深味""玩味""体察""体悟"方法继续前进,最终发展出独具中国特色的"直觉感悟"研究方法,从而推动楚辞研究又迈上新的更高的台阶!

第四节　读骚建论
——《见南斋读骚指略》简评

本章第一节,论述了前代学者,先建立完备系统的理论,再以此理论研究楚辞的研究状况。而这一章恰恰相反,我们将论及的是先读研屈骚(楚辞),再构建系统的理论——尽管这理论可能不太完备的学术研究路径。这一路径在清代体现得最明显,而最突出的是鲁笔的《见南斋读骚指略》。

鲁笔,字雁门,号蕴青,亦号榆谷,雷州人,生年不详,卒年约于乾隆十二年(1747)前后。一生科场失意,便广阅博览,闭门著书,有《见南斋诗文集》。《见南斋读骚指略》是其《楚辞达》之一部分。

---

① 〔清〕王夫之等:《清诗话》,上海:上海古籍出版社,1978年,第542页。
② 〔清〕丁福保辑:《历代诗话续编》,北京:中华书局,1983年,第1416页。

二十世纪八十年代以来，美国著名学者沃伦、韦勒克的《文学理论》，颇受我国文学史和文学理论界的重视。沃伦、韦勒克将文学研究分为外部、内部两部分。将文学的传记、社会、心理、思想甚至于其他艺术的研究，统统称为外部研究，加以贬低或排斥，而推重、强调文学内部研究。文学内部研究包括了文学形式、技巧、手法、类型，以及文学评价和文学史，其中又特别推崇文学的语言、文字技巧与隐喻、象征等手法。沃伦、韦勒克过于抵斥所谓文学外部研究固不可取，然而注重、提倡文学内部研究的观点，以及对此的许多精辟见解，却值得我们重视和借鉴。

其实，我国古代也有类似的特别强调诗文内部研究的著作，《见南斋读骚指略》即为一例。该文分总论、篇章、段落、气脉、神吻、章法、笔法、句法、字法、骨法、辞法、补法、过文法、倒掉法、隔类相照法、移步换形法、兮字法、虚字法、从古韵共十九项，计二千九百一十一字。此文为研究《离骚》艺术的重要文献，有系统、有特色，然而问题亦不少。这仅从此文的 19 项分类即可知。本节试图以简评方式——或评论，或评述，或评点，指出问题所在，试图挖掘其特点、探讨其意义。为保证文本的完整性、系统性，特将全文逐节引出，好在该文不长。

《离骚》盖以郑声为雅乐者也。厥旨淫放幻眇，可喜可愕，不必尽本中和，要归于忧君念国而止。发乎情，止乎礼仪，独《三百篇》乎哉？乃朱子谓屈原忠而过者也。又谓端人庄士羞称之，宋儒论人，迂刻如此！王凤洲谓总杂重复，故乱其绪，使同声者自寻，修郁者难摘，则并不识文法所在。一贬一褒，皆无当于体要。

看《离骚》，先须得其篇法、段法、章法、句法、字法，识其轻重、主客之所在。然后玩其词调，审其音节，按其气骨，讨其神味，抱其风韵，能事毕矣。若徒究义理，斯为钝根。

看《离骚》，须如镜花水月，看之可象而不可著。若着象以求，无有是处。

看《离骚》，须如天土（疑为"上"）风云，看之顷刻变幻万状，初无定形。

若执定法以求,无有是处。①

此为总论前半部分。首先文字上有两点需说一下。"厥旨淫放幻眇","淫"
字用得并不合适,即使认为《离骚》是"以郑声为雅乐",也不能用"淫放"二字,且
前四字应是承钟嵘的"厥旨渊放"而来。钟嵘以"厥旨渊放,归趣难求"评阮籍
《咏怀诗》,恰切允当,而鲁笔如此一改,用以评《离骚》,则无论如何也不合适了。
"王凤洲谓总杂重复"一段,出自王世贞《艺苑卮言》,原文为:"骚辞所以总杂重
复,兴寄不一者,大抵忠臣怨夫恻怛深至,不暇致诠。亦故乱其叙,使同声者自
寻,修隙者难摘耳。今若明白条易,便乖厥体。"②上文"乱其绪",当为"乱其叙"。
两者意思相差较远:"绪"是名词,这里是"思绪""文绪"之意;"叙"是动词,这里
是"叙说""叙述"之意;一个是客观效果,一个是主观动机;"绪"乱则文乱,"叙"
乱未必文乱。故此为关键字,应据改。世贞号凤洲,明"后七子"之一。他虽为
当时著名诗人、学者,但在楚辞研究上,无法与朱熹相比,鲁笔将二人并列作评
价两极端之代表,也不太合适。上半部分虽有这点问题,然而总体的思想还是
应肯定。对朱熹的批评,对王世贞所言的否定,皆能成立。今天看来,这些评判
均未能切中肯綮,不过从清代文化环境条件衡量,已属不易。第二小段,主张先
篇法、段落,再章法、句法、字法,这是由大至小、由粗至细之法。此与清代戴震
古文经学派主张的因声求义,先字句后段落,最后弄懂全篇的读骚路径,完全相
反。吴世尚在《楚辞疏》中亦明确提出与鲁笔相反主张:

> 《离骚》用意精深,立体高浑。文理血脉,最难寻觅。故先逐句悉其诂
> 训,乃逐节清其义理,上下有接续,前后有贯通。初学开卷,不至蒙于五里
> 雾中也。③

---

① 〔清〕鲁笔:《楚辞达·见南斋读骚指略》,〔清〕师范编:《二余堂丛书》,嘉庆九年(1804)刊本。后
引用此文,不再另注。
② 〔清〕丁福保辑:《历代诗话续编》,北京:中华书局,1983年,第962页。
③ 〔清〕吴世尚:《楚辞疏·叙目》,清雍正五年(1727)尚有堂刊本。

可见，从楚辞研究史看，后一种是主要途径。不过笔者认为，鲁笔所提倡的途径未尝不可行，这要视读骚者个人情况，视读骚者知识结构、基本功底、领悟能力乃至研究兴趣而定。后半段所言"气骨""神味""风韵"，均为我国古代文论特有概念，意会较易，而表述颇难。第三小段，明显是运用严羽《沧浪诗话》的"水月镜花"观点，是否适合于理解《离骚》，可能就是"能者见能，智者见智"了。第四小段，无非是强调读《离骚》要"活读"，不要"死读"。至于说看《离骚》"须如天上风云，看之顷刻变幻万状"，则未必切合《离骚》真实状况。

> 《离骚》多寓言，以比兴为工，人皆知之。但寓言故属假装，人情物理，必须真切。若因其假而假之，并正意亦流于诬妄无味。
>
> 《离骚》乃风雅之文，非传记之文。传记可以直指，风雅必用曲传。言在此旨在彼，无端中起端，无绪中抽绪。或旁见，或侧出，或泛演，愈借愈奇，愈流荡淫佚，意味愈远。若质言之，则索然矣。
>
> 《离骚》以情为妙，识其情，则味永。一一欲从人心所欲出，令人忠孝之心，油然而生。
>
> 《离骚》以境为奇，识其境异，则耳目一新。处处如从海外飞来，人间得未曾有。
>
> 《离骚》以韵为贵，有声韵之妙，有情韵之妙。得其声韵之轻重疾徐，自生宫商，可以通乐。所谓言之不足，而长言之，咏歌之，嗟叹之，一唱三叹，有遗音者矣。得其情韵之喜怒哀乐，自生爱恶，可以理性。所谓"《国风》好色而不淫，《小雅》怨诽而不乱"，真足以兼之者矣。世人只作一篇议论文字看，纵解其意，失之远也。
>
> 人止知《离骚》以敷陈涂泽为工，不知《离骚》句句玲珑、字字玲珑。如一座琉璃屏，无不实在，无不空灵，所以与汉赋不同。

此为《总论》下半部分。前两小段，见解一般，清代诗话里多有此论。而第三小段则有特点，强调情、强调味、强调心，此皆确为读《离骚》之要点。至于"忠孝"之心，尤其是"孝心"能"油然而生"，则限于鲁笔的体会了。第四小段，以

"境"观骚,以一个"奇"字概括。实际上,岂止境奇,《离骚》之想象、意境均"奇"。第五小段,提出两个概念:"声韵""情韵"。而特色在于"情韵",领悟了情韵,才能算真读懂了《离骚》。鲁笔所言:"世人只作一篇议论文字看,纵解其意,失之远也。"这对那些僵死、机械地理解《离骚》者,可谓一针见血! 可惜今天"只作一篇议论文字看"的读骚者,真还有不少! 第六小段,将《离骚》比作琉璃屏,未免呆板僵死,冬烘气重。

《见南斋读骚指略》(简称《指略》)有《总论》而无《分论》,从表面形式看,鲁笔似乎是将《总论》以下各篇均作"分论",如此则会造成层次混乱,《篇章》《段落》《气脉》《神吻》等十八篇,就单篇看明显应比《总论》低一层次。细读《指略》全文,后十八篇最少可分两部分,从《篇章》至《神吻》为"分论一",从《章法》到最后为"分论二"。

> 通篇上半篇五段,下半篇七段。上半篇前三段,自叙抱负不得于君,而不能自已;后二段,论断前文以自解,是实叙法。下半篇纯是无中生有,一派幻境,突出女媭见责,因而就重华;因就重华不闻,而叩帝阍;因叩帝阍不答,而求女;因求女不遇,而问卜求神;因问卜求神不合,而去国;因去国怀乡不堪,而尽命。一路赶出,都作空中楼阁,是虚写法。一实一虚,相为经纬,如风云顷刻万变,而不穷;而两界河山自分明有主,而不乱。看此汪洋大格局,总不离虚实二字。
>
> 《见南斋读骚指略·篇章》

已故著名楚辞学者姜亮夫曾说过:"正如屈赋其他作品那样,每篇都有一个难点,《离骚》的难点在篇章层次,《九歌》的难点在解题……"[①]确实,《离骚》的篇章、层次、段落分析是其研究难点。鲁笔《离骚》分论的第一篇就谈篇章,实为有眼光之论。将《离骚》分为上、下两篇,几乎是所有楚辞学者的分法,而再细分则

---

① 姜亮夫:《屈原与楚辞》,合肥:安徽教育出版社,1996年,第50页。

"见仁见智"了。据姜亮夫统计,不同分法有九十五家之多①。而据笔者统计,不同分法近四十种。从楚辞研究史看,《离骚》分段自明代开始受到重视,至清代分法渐多,分歧渐大。笔者对此做过专门研究,发现其中有独特见解可成一家之言的,不过十多家而已。而其中最主要的是三分法、五分法、八分法、十分法、十二分法。再归结一下,三分法、五分法可为一类,十分法、十二分法为另一类;而恰好《离骚》内部伏有三条线:事件、情志、方法,由此决定《离骚》段落的不同分法,可以说,三分法重在"法",八分法重在"事",十分法重"志"。也因此,一旦超出三分,你就不要指望有一种其他分法可以"统领天下"。有关详细论证,可见下编第一部分中《〈离骚〉的层次划分及结构的奥秘》一文。

　　看《离骚》要分清段落,有大段落,有小段落。有大段落中包藏小段落,有小段落内伏脉大段落。先从此处看得分明,而后章法、句法,随流而赴。如枝之附干,条理秩然;得其大意,节节皆通;正文过文,层层落实。

　　《离骚》共十二大段,大段中又分小段。开端五章为第一段,自叙其具天人交至本领,急乘时图君也。以"不抚壮"一章为过文;自"三后"以下七章为第二大段,叙因"导先路"见疏,总由于党人盅惑君心也。以"余既滋兰"二章为过文,自"众竞"以下五章为第三段,言与众竞进驰骋,"立修名"如古人,以长太息二章为过文。此为前半篇之立案。自"怨灵修"以下五章为第四段,忽忽忽疑,自伤自解,以末章自信起,忽疑为过文。自"悔相道"以下六章为第五段,先悔后解,与上段共翻论前半篇之案。忽出女嬃三章为过文,为第六段。自"依前圣"以下十章,为第七段,皆陈"重华"之词,以"跪敷衽"一章为过文。自"朝发轫"以下七章为第八段,总为叩帝之故;以"朝将济"一章为过文,自"溘吾游"以下十章为第九段,中分三小段,皆求女不遂之词,以末章结上三大段,并起下为过文。自"索蕙茅"以下五章,为第十段,中分两小段,以"欲从灵氛"一章为过文。自"百神翳"以下十二章为第十大段,中分两小段,即以末章为过文。自"灵氛既告余"至末为第十二

<hr>

① 姜亮夫:《楚辞今绎讲录》,北京:北京出版社,1981年,第47页。

段,写去国自疏,以末章死节为归结。

《见南斋读骚指略·段落》

此段实际为上面《篇章》一段之细化,清楚地显示出以"情志"为主线。清代董国英《楚辞贯》也是十二段分法,当然也是以"情志"为主线。二者只是在上篇二、三两段略有区别,其他段落则完全一致。若从时间上看,鲁笔生年不详,卒于乾隆十二年(1747);董国英生于雍正七年(1729),卒年不详;鲁笔逝世时董国英才十八岁,故可断定《楚辞达》问世早于《楚辞贯》。至于董氏是否看到过《楚辞达》,则无法判断。鲁笔分段的特点还在于指出每段之"过文"(过渡段)——每四句为一章,显示其细微之处。然而"女媭"三章决不单纯是上下段之过渡,而是上下篇连转的枢纽,鲁笔未能指出,应是疏失之处。

历来注骚者,总是章章气脉不能打通、贯注,纵有接御,不是平钝直衍,则是勉强牵合。须要章章一气相通,又要章章转变不测,在人人意中,又在人人意外,方见其妙。

《见南斋读骚指略·气脉》

此段讲气脉,讲一气相通,这是对的。《离骚》当然是一气相通的,不过解它并不容易,要明白阐释更加困难,故要看出以前楚辞著作这方面的缺憾,是很容易的事。然前代研究者已尽其能力,亦取得不俗成绩,使后继者沾溉甚多。鲁笔在这点上将前代研究全部否定,犯了某些清儒轻诋古人之病,值得我们警惕并反思!

解《离骚》,要得神吻为上,不从在义理典物。其隐显轻重之妙,字字如生,传神正在阿堵。若止求义理典物,此则汉儒以为赋料,宋儒以为褒贬,不直戴晋人之一哦也。

《见南斋读骚指略·神吻》

此段文字生涩滞碍,估计有误字、衍字,如"不从在"三字,用法就颇为奇怪。"戴晋人"亦不详,颇疑为东晋戴逵,即戴安道,博学多艺,曾因拒绝武陵王之招而毁琴。至于概念"神吻",以往多用于夸赞特别美丽、特别聪慧之人,言其好似被天神"吻过"。"神吻"此处显然非此意,似应指"精神""精气"一类——笔者所见不博,好像还只有鲁笔用于此意。其实就用"精神"即可。不过鲁笔强调解《离骚》须以阐释精神为主,这肯定是对的。

> 《离骚》章法之妙,无过开合二字。或一篇中有大开大合,或一段中有大开大合;或两章中前为开后为合;或一章中上二句为开,下二句为合;或二句中上句为开下句为合;或一句中上半句为开,下半句为合;总无一直出者。
>
> 《离骚》更有一种开合:或一章中以合意反在前作开,以开意反在后作合,此则用法之变者。
>
> 开合二字是总法,以反正为开合,其常也。有时以进退为开合,有时以抑扬为开合,有时以宽紧为开合,其变也。
>
> 《离骚》章法之妙,更在"绝续"二字。绝不断不可以为妙,文续不优不可以为妙。文绝竟断,续竟优,亦不可以为妙。文绝中仍藕断丝连,续中却离踪脱迹,方是妙文。在有字句中断续犹易,在无字句中断续,更难!惟《离骚》得之。
>
> 《离骚》章法,亦不外埋伏照应。但在有字句处埋伏照应,犹属人意中;在无字句处埋伏照应,则属人意外。惟善会者,旦暮遇之。
>
> 《离骚》之妙,无过反复二字。回环变化,三致其意,不遽尽其神;九曲回肠,并非重衍其义。
>
> 《离骚》之妙,无过抑扬二字。低回俯仰,忽高忽下,有态有度,全于此取之。
>
> 《离骚》之妙无过进退二字。一行一止之曲折,全在此处见。但以进为进,以退为退,其常也;有时以进为退,以退为进,更觉变化。
>
> 《见南斋读骚指略·章法》

自《章法》以下，每章均有"法"字，故应归为"分论二"。此处"开合"，乃取广义，不必僵死地仅理解为开门、关门。对《离骚》中的所谓种种"开合"，鲁笔说得很是玄妙，而在书中正文又没有对应地举出例证（其他篇章也基本如此），往往让人难以理解，如堕五里雾中。而用今天之艺术理论，它实际就是"艺术平衡"，所谓进退、反复、抑扬、绝续，皆为如此，有如音乐乐曲之高低、反复、轻重、快慢等。至于"在无字句中断续""在无字句处埋伏照应""以进为退，以退为进"等，用今天的理论来说，就是艺术辩证法。这有点类似于古音韵学理论。用古代的反切、等韵等概念、术语难以理解把握，而以现代音韵学理论的国际音标、汉语拼音等，则很好理解掌握。另外，关于屈骚的艺术平衡和艺术辩证法问题，拙著《屈骚艺术研究》第七章《屈骚语言特色》中有详细研究，读者可参①。其他清代楚辞专著中，也有相似的言论，略举两例：

> 章法大则开阖亦大。中间起伏呼应，一离一合，忽纵忽擒，如海若汪洋，鱼龙出没，变态万状，令人入其中而茫无津涯。②

> 读《离骚》之难，较之他文数倍。以其一篇之中三致意，所谓长言之不足而嗟叹之。上绍风雅，下开辞赋，其体当如是也。总要理会全局血脉，再寻出眼目来。任他如何摇曳，如何宕跌，出不得这个圈子。③

> 《离骚》用笔之妙，一笔常作数笔用。止写反面而正面自到，止写宾位而主位自到，止写对面而本面自到，皆一笔作两笔用，已为妙笔。有时写一面而两面俱到，如写侧面而正面、反面皆到，写中一面而前面、后面皆到，此则一笔作三笔用，更为奇妙笔法。

> 《见南斋读骚指略·笔法》

---

① 毛庆：《屈骚艺术研究》，武汉：湖北人民出版社，2006年，第379—415页。
② 〔清〕朱冀：《离骚辩·凡例》，清康熙四十五年（1706）绿筠堂刊本。
③ 〔清〕林云铭：《楚辞灯·凡例》，清康熙三十六年（1697）挹奎楼刊本。

初读此章,感到疑惑:为何《笔法》要插入《章法》《句法》之间? 明明二者不属一类,笔法应是与"春秋笔法""史家笔法"同类。然细细揣摩,发现此处之笔法与它们也有区别。所谓"春秋笔法""史家笔法",是指记叙、描述的总原则,如"春秋笔法"之"一字褒贬""为尊者讳"等,"史家笔法"之"隐显""照应"等。而鲁笔之"笔法"是指一种抒写、描述手法,是一句兼含数意,《离骚》确有此特点。《离骚》蕴蓄含义丰沛,表现之信息量巨大,历来为研究者所赞叹,也确实值得学者下大功夫研究。然而这样一来,鲁笔就遇到一个大麻烦——将《笔法》一章安放于《指略》何处? 放于《总论》一章? 肯定不合适。放于《章法》之前? 也不合适。放于《字法》《辞法》之后? 又显得层次太低。只好放于《章法》《句法》之间,这对于鲁笔来说,也是无奈之举。

> 《离骚》有顺衍句,有倒装句;有问句,有答句;有抑扬句,有开合句;有超忽句,有顿挫句;有掉头句,有摆尾句;有折腰句,有沉重句;有清婉句,有俊逸句;有凝练句,有生涩句;有峭句,有奥句。句句作态,无一死句;句句皆古,无一时句。与汉魏人拟骚者,真毫厘千里之别。
>
> 　　　　　　　　　　　　　　　　　　　《见南斋读骚指略·句法》

《离骚》句子结构、形式、形态,丰富多彩,历来为诗人叹服。鲁笔此处所言句法,实包罗多样。如倒装、问句等,属于句式;掉头、摆尾等,属句子结构;而清婉、俊逸、凝练、生涩等,则属句子语言风格。这些句子,今天并不难理解,但所谓超忽句、摆尾句究竟是何种句子,还真要人下一番琢磨功夫——因鲁笔并未于书中将例句指出。单是这一段,具体对应于《离骚》中的何句,就很得花时间研究一下,这里自然不可能了。另外,夸赞《离骚》无时句,无疑正确;但说"句句皆古,无一时句",则显然错误。屈原当时创作《离骚》,正是用"时句",只是后来年代久远,便变成"古句"了。而《离骚》又是我国政治抒情诗之顶峰,至今地位仍不可动摇,汉魏人拟之,如何能及! 看来鲁笔尚不明此理。

　　《离骚》字法第一,以倒贯者为奇。有生眼字,有伏脉字,有典隽字,有

生造字,有翻活字,有抵死字。有呼字,有应字;有转关字,有贯珠字;有雀
起字,有坠落字;有击鼓鸣钟字,有低声下气字;不错字法,方不错句法。

《见南斋读骚指略·字法》

琢磨鲁笔之"字法",应是指单字之运用——后面还有"辞法"。这章鲁笔说
得特别玄妙,而且愈说愈玄妙。像什么"贯珠字""雀起字""坠落字",真是令人
不解其意。有的用语可能还有问题,如"低声下气字"。这以后还得花心血研究
一下,此处只能作罢。

《离骚》神逸而远,气劲而遒,总由于秀骨天成。秀骨藏于坚古中,而化
其锻炼之迹。是以浅学读之不甚契慕,非关昧于意理,先不识其骨法之尊
贵。琢之不开,研之不入,味之不出,倦而思之去耳。此皆读古不深、洗炼
不精之故。得其骨法,斯无难事。

《见南斋读骚指略·骨法》

"骨法"属风格,与"章法""句法""字法"等不属一类,放于此处,鲁笔也是无
奈之举。"秀骨天成",倒是精当地点出了《离骚》风格形成之因:"秀骨"乃屈原个
人风神,"天成"既含天生之才,亦有时代、社会、文化等因素。

《离骚》尚辞,以华为贵。凡词华之文,人易赏识。惟骚,词人偏苦而难
之,何也?盖华者近浮,独骚词高华中仍归沉实,绮丽中仍归典则,铺陈中
仍归奥曲。华而朴,华而幽,周秦之华,与后世之华不同,所以人不易识。
人必须先识其词,方乐求其义。

《见南斋读骚指略·辞法》

鲁笔所谓"辞法",实际就是语言风格。《离骚》语言风格是雄奇劲健、峭丽华
美,这种语言风格后世确难企及。鲁笔此处归结也还到位。不过将《离骚》语言
风格归源于"周秦之华",则显属误认。

《离骚》每冠以补笔之法。上文犹未备者,多在下文补之。骤读之,令人有偏重、偏轻、偏有、偏无之失。惟识其理,藏补笔于偏重、偏有处,而其偏轻、偏无者,隐隐补足匀称,此如形家脉明、脉暗之意。又如神龙,东云见鳞,西云见爪,参差变化,正在如此。若明明两板并出,则后世时文死对偶法,有何意味!

《见南斋读骚指略·补法》

所谓"补法",其实就是今天"补笔""补述""补写",而先秦散文家均善用之。实事求是而论,《离骚》这方面并不算突出。而鲁笔还用"东鳞西爪""神龙见首不见尾"概括之,显系"以禅喻诗"。"以禅喻诗"未尝不可,然用在此处并不合适。

《离骚》过文之妙,全在牵上搭下之变化。牵搭在有字句中,犹人所易知;牵搭在无字句中,则为人所难测。牵搭在对针处,犹人所易知;牵搭在不对针处,则为人所难测。惟会心人方解其妙。一种突出奇峰,如天外飞来,更奇妙。

《见南斋读骚指略·过文法》

所谓"过文法",应相当于今天"写作学"上的段与段之间的过渡。所谓"牵搭在有字句中",就是"形接"——上下段字词之间相互衔接的有形过渡;所谓"牵搭在无字句中",就是"意接"——通过上下段文意、文气自然相接;所谓"牵搭在对针处",估计是上下段词语直接衔接;所谓"牵搭在不对针处",则应是上下段词语错位衔接……这方面,最妙的是《庄子》,而《离骚》也不弱。

文从气顺,不可倒置,此第论唐宋古文法犹可,总无与于《离骚》事。《离骚》别有前后颠倒出之一法。如文势似宜在前者,此偏抛置在后;文势宜在后者,此偏倒掉在前。预提起下文,作衬笔之势,令上文反变为振落之奇。如此手法,真变态不可方物。

《见南斋读骚指略·倒掉法》

所谓"倒掉法",即今"倒叙""倒装"之法。为何要倒叙、倒装,一般认为是要突出被倒叙、倒装的句子,或使语势峭拔,使语意更突出鲜明。《离骚》的倒叙、倒装,达到了这样的效果,这也是使《离骚》语言雄奇、峭丽的原因之一。但唐宋古文一样有倒叙、倒装的。且韩愈等唐代古文运动大家,讲的是"文从字顺",鲁笔这里讲的是"文从气顺",二者意思还是有些不同。

> "左史"中有类叙法。凡同类之事物,皆附带一处,以类相从,独《离骚》不然。明明一类者,偏从中割开,以他类间之隔断成文,隔类相生,隔类相顾。不类者掺而和之,本类者越而别之,最为参稽莫测。古文中另辟一径。
>
> 《见南斋读骚指略·隔类相照法》

《左传》叙述法在先秦文献中最为突出,清学者章学诚归纳出二十三种之多,冯李骅更总结出二十九种之多①,与之"隔叙"方法亦有,可没鲁笔说得这么突出。而鲁笔又没有将实例指出,究竟如何? 这一工作看来只有留给我们来做了。

> 读骚者苦其重复繁杂,林西仲第举马迁"一篇中三致其意"语混过,遂谓得而不疑。不知《离骚》全在移步换形之妙,同一鸟兽草木,略分部位,意义迥殊。在前有在前之故,在后有在后之故。知其解者,一线穿去,彼此分明,不仅在浅深虚实而已。何其复杂之疑!
>
> 《见南斋读骚指略·移步换形法》

"移步换形",乃小说评点家喜用之概念。屈原于《离骚》中,同一草木用于不同地方,意义往往略有差别,但不会太大,这是屈原诗中的象征体系决定的②。所谓"略分部位,意义迥殊",不太可能,鲁笔所言,过于穿凿了。因而嘲讽林云

---

① 见〔清〕章学诚《章氏遗书·补遗》,吴兴刘氏嘉业堂刊本;〔清〕冯李骅等评撰《左绣》(亦称《春秋左绣》)篇首之《读〈左〉卮言》,《四库全书存目丛书》本。

② 可参见拙著《屈骚艺术研究》第四章《屈骚象征体系》。

铭之言语,亦有些过分。

> 《离骚》用兮字,与他处不同。他处兮字多平用,当焉字、也字,惟《离骚》有时当矣字,有时当者字,有时当哉字、乎字。更奇变尽态,须会其语势而合之,方不错会其义。抑扬不尽之神,参差不尽之妙,多伏于此。人都作一类看,却误甚。
>
> 《见南斋读骚指略·兮字法》

《离骚》中之"兮"字,未必要当这么多字用。但鲁笔言"须会其语势而合之,方不错会其义"此却为的是之论,也显示鲁笔对《离骚》语言奥妙体悟之深。

> 《离骚》用虚字,无一泛设者。字字着力,无一字不经几曲,回环始尽;无一字不生顾盼,线索最灵。一字常抵数字用,耐人思议不了。
>
> 《见南斋读骚指略·虚字法》

屈原对诗中虚字的使用,非常讲究,这不仅是《离骚》中,整个屈骚都是如此。足称灵活、精当、到位,却不必赞为"一字常抵数字"。

> 《离骚》叶韵,犹是商周遗法,与《三百篇》同。不但不合沈韵,并不全合汉魏。今注家每以私义,便口妄叶韵,陋矣! 当以古韵为正。
>
> 《见南斋读骚指略·从古韵》
>
> 《离骚》一篇,包举楚辞全部、全义、全神,最是难看。看透此一篇以后,各篇自可迎刃而解。则一达无不毕达矣。故直以"楚辞达"标之,全部论释嗣刻。

《离骚》当然是用先秦古韵,并且还有方言音,这已为多家楚辞学者所证明。它自然不会合于沈约《韵书》,也不会全合于汉魏音韵。宋代注家如朱熹等,喜用"叶音"说为《诗经》《楚辞》注音,现代语言学家如王力等,批评他们不懂语音的变化,无疑切中肯綮。鲁笔所处清代,声韵学已十分发达,否定"叶韵"说,当所必然。

下面将鲁笔《见南斋读骚指略》的特色再简短归结如下。一是《指略》重在艺术形式的研究,即西方文学理论所说的文学内部研究。二是鲁笔继承严羽的"妙悟"说、公安派的"性灵"说,以《离骚》为蓝本,而形成自己较全面、系统的理论体系。研究对象具有独一性,理论体系又具有普适性,这使其体系在古代文论系列中也具有独一性。三是鲁笔将中国古代文论独有的情、味、气、脉以及性情、情味、气骨、气脉等概念、范畴运用于自己的体系中,形成以情、味、气为主干的理论体系,在清代文论中独树一帜。四是《指略》的可操作性很强,这在中国古代文论中是少有的。它不仅适用于《离骚》艺术分析,也适合于其他古典诗歌,甚至适合于某些散文。当然,《指略》的缺点、问题也不少,如没有举出范例、某些论述过于玄妙、个别章节文字生涩等,这些都已于各章简评中随文指出,便不再赘言。

第四章　多学科结合路径和方法

第一节　楚辞植物考释的成就及启示

楚辞中,尤其是屈骚中,屈原出于构建象征体系的需要,大量援引植物入诗,如菊、兰、蕙、芷、荪、荃、芙蓉、杜若、江离、薜荔、揭车、留夷、荐、菉、葹等,共有五十多种。对这些植物,从王逸《楚辞章句》起,历代注家都给以注释,也注意到它们作为一个体系在楚辞中,特别是在屈骚中的重要地位。于是,就出现了专门、系统地研究屈骚及楚辞植物的著作。

据《梁书·刘杳传》《隋书·经籍志》,梁代刘杳有《离骚草木疏》(《梁书》名《楚辞草木疏》),这大约是专攻屈骚的植物系统的最早著作,可惜已亡佚。现存最早的这类著作,是南宋吴仁杰《离骚草木疏》、南宋末谢翱《楚辞芳草谱》。其后,明代周拱辰《离骚草木史》、屠本畯《离骚草木疏补》及清代祝德麟《离骚草木疏辨证》,陆续问世,形成一个著作群①。

这一著作群取得的成就可归结为两方面。

一、订误

《离骚》"椒又欲充夫佩帏",王逸注曰:

> 椒,茱萸也,似椒而非,以喻子椒似贤而非贤也。帏,盛香之囊,以喻亲

_____

① 另有宋代林至《楚辞草木疏》一卷,今已难觅;清代牟庭相《楚辞述芳》二卷,亦无甚影响。

近。言子椒为楚大夫,处兰芷之位,而行淫慢佞谀之志,又欲援引而从不贤之类,使居亲近,无有忧国之心,责之也。……五臣云:子椒列大夫位,在君左右,如茱萸之在香囊,妄充佩带,而无芬芳。

洪兴祖补曰:

《尔雅》曰"椒、椒、丑、菜",注云:似茱萸而小,赤色。子椒佞而似义,犹椒之似椒也。子兰既已无兰之实而列乎众芳矣,子椒又欲以似椒之质充夫佩帏也。①

吴仁杰在引出王逸和洪兴祖之注后,按曰:

《本草》"吴茱萸一名藙",陶隐居云:《礼记》名藙而俗中呼为椒,子当是不识藙字,而呼以椒耳。唐本注云:《尔雅》"椒属,亦有椒名"。陶误也。《图经》云:"茱萸结实似椒子,嫩时微黄,至成熟则深紫。……"《集韵》:"草名,或从草。"《说文》云:"似茱萸。"许叔重在王逸前,故郭璞用许说为正。颜师古《急就章》注,亦云茱萸似椒而大,则椒但似茱萸耳。与茱萸更非一物也。蔓椒既有豨狗诸名,又小不香,为此物无疑。今吴中谓之臭椒,又谓之野椒是也。《博雅》云:"枳、椒、榝、越、椒,茱萸也。"合四物为茱萸,尤非。②

比较三家之注,王逸定"椒"为茱萸,洪兴祖似乎认为不合适,引《尔雅》注:"椒、椒、丑、菜,似茱萸而小,赤色",证"椒"非茱萸,然未明说,且将椒、椒、丑、菜,混在一起,仍嫌注释不清。而吴仁杰广征博引,证明"椒"绝非茱萸,只是"似茱萸而小",属椒属,当是"又小不香"的"蔓椒",证明了王逸之误。

吴仁杰这一纠正既必要且重要。王逸定"椒"为茱萸,由此引导出好几个错

---

① 以上两段均引自〔宋〕洪兴祖撰,白化文等点校《楚辞补注》卷一,北京:中华书局,1983年,第41页。
② 〔宋〕吴仁杰:《离骚草木疏》卷四"椒"条,《四库全书》本。

误:因茱萸本来就属于芳草一类,本来就是填充"佩帏"(即香囊)以避邪驱虫的,无所谓"冒充"的问题。既然"椴"不是冒充,王逸就只有将"椒"说成冒充"椴"充"佩帏"。这就将两个植物说成一个植物。说"椒"冒充"椴"而充"佩帏",完全领会错了屈原的意思。通观《离骚》这段诗句,屈原分明是指香草都变了质,以暗喻原来的贤才都变质腐败了。"椒"专横邪佞而傲慢,"椴"以虚假贤人面目近侍王之左右,二者均"干进务入"。吴氏正确地判断"椴""似茱萸而小",当是"又小不香"之"蔓椒",与"椒"不是一种植物,这就还原了屈原的本意。

另外,王逸对香草的错认,还引导了他将《离骚》该段所暗喻的人物群体,完全指认反了。王逸注"兰"喻子兰,"椒"喻子椒,"揭车""江离"喻众臣,都注到屈原对立的"亲秦"的"小人"阵营里去了。朱熹很早就发现了王逸之误,于《楚辞集注·楚辞辩证上》中言:"此辞之例,以香草比君子,王逸之言是矣。然屈子以世乱俗衰,人多变节,故自前章兰芷不芳之后,乃更叹其化为恶物。至于此章,遂深责椒、兰之不可恃以为诛首,而揭车、江离亦以次而书罪焉,盖其所感益以深矣。"①朱熹所言极是,如今大多数学者赞同其看法②。楚国朝廷当时有两大阵营:一是亲秦派,以小人为主;二是"联齐抗秦"派,以贤臣为主。屈原属于"联齐抗秦"派主力,也曾培养了一批学生。这里明显是呼应前面的:"余既滋兰之九畹兮,又树蕙之百亩。畦留夷与揭车兮,杂杜衡与芳芷。冀枝叶以峻茂兮,愿俟时乎吾将刈。虽萎绝亦何伤兮,哀众芳之芜秽。"是暗喻自己培养的学生,或被时俗所迫,或被利诱拉拢,纷纷变质,无可依傍。而子兰、子椒,本来就属于"亲秦"小人阵营,根本无所谓变质不变质,屈原也决不会"余以兰为可恃"。

又如,《离骚》之"户服艾以盈要兮,谓幽兰其不可佩",王逸注为:"艾,白蒿也。盈,满也。或言艾非芳草也,一名冰台。"洪兴祖补注曰:"《尔雅》:艾,冰台。注云:今艾蒿。"③而吴仁杰辨明曰:

---

① 〔宋〕朱熹集注:《楚辞集注·楚辞辩证上》,上海:上海古籍出版社,1979年,第183页。
② 如马茂元主编《楚辞研究集成·楚辞注释》(湖北人民出版社1985年版)、金开诚等《屈原集校注》(中华书局1996年版),各于《离骚》相应条下表达了对朱熹见解的赞同。
③ 〔宋〕洪兴祖撰,白化文等点校:《楚辞补注》卷一,北京:中华书局,1983年,第36页。

　　王逸注：艾，白蒿也。言楚国户服白蒿以为芬芳，反谓幽兰臭恶不可佩。以言君爱昵谗佞，憎远忠直而不可进也。仁杰按：王度记，大夫郁酒以兰、芝，庶人以艾。则兰、艾之分尚矣。《尔雅》："艾，一名冰台。"郭璞注：即今艾蒿也。逸以艾为白蒿，按艾与白蒿不同。白蒿，《诗》所谓蘩也。《诗》有采蘩，有采艾。《本草》有白蒿条，又别出艾叶条。《嘉祐图经》云："艾，初春布地生苗，茎类蒿而叶皆白。"又云："白蒿叶上有白毛，从初生至枯，白于众蒿，类似细艾。"按：蒿与白蒿相似耳，便以艾为白蒿，则误矣。①

　　王逸以艾为白蒿，吴仁杰广征博引，指出其误。这指出很重要。白蒿即蘩，即《诗经·豳风·七月》"春日迟迟，采蘩祁祁"之蘩。据徐光启《农政全书》，采蘩煮水，撒在蚕种上，蚕则易出、早出。蘩也没有艾那样很重、很浓的难闻气味，将艾解释成蘩，那与幽兰气味之对比，所体现出的反差就不那么强烈了。

　　除对王逸注订误外，后面的楚辞植物著作也纠正吴仁杰的错误，使得注释更为精细、准确。如吴仁杰《离骚草木疏》卷一"茇"条曰：

　　王安贫《武陵记》："两角曰菱，三角、四角曰芰，通谓之水栗。"杜牧之《晚晴赋》云："复引舟于深湾，忽八九枝红茇，姹然如妇，敛然如女。"今菱华色黄白而叶绿，故《反离骚》曰"矜芰茄之绿衣"，又《三都赋》云："绿茇泛涛而浸淫。"牧之所云，似误以茇为芙蓉华也。

祝德麟《离骚草木疏辨证》不同意吴氏注释：

　　按《埤雅》云："荷，总名也。的中有青为薏，皆倒生两芽，一成茇荷，一藕荷也。又生一芽为华。藕荷贴水生藕者也，茇荷无藕，卷荷也。与华偶生出水上，亭亭如伞者，亦谓之距荷。"农师此说，实本《说文》，芙蓉名目甚

---

① 〔宋〕吴仁杰：《离骚草木疏》卷四"艾"条，《四库全书》本。

繁,荷、芰原可通称。疏以牧之为误者,殆未深考耳。①

祝德麟指出吴氏"殆未深考",无疑是对的。杜牧以"芰"为芙蓉花,并不能定为误认。即使没有《埤雅》为据,就以《离骚》"制芰荷以为衣兮,集芙蓉以为裳"也能解出。上衣曰"衣",下衣曰"裳","芰荷"与"芙蓉"相对,应即荷叶。屈子用语遣词,极为讲究:荷叶宽大,所以用"制"(裁制);"芙蓉"比荷叶小多了,故用"集"。如"芰荷"是"菱花","菱花"比"芙蓉"还要小得多,只能"集",如何"制"?这是显然解不通的!

再如,吴仁杰《离骚草木疏》卷二"莼"字条,曰:"刘氏《汉书刊误》,论《上林赋》'巴苴'云……"②祝德麟指出:"按'巴苴'乃《子虚赋》中语,此云《上林》,误。"③祝氏指出无疑是对的,不过更准确点说,应是失察——是刘氏错了④。它纠正《汉书》刊刻之误,自己却也有错,刘、祝二氏只要认真检阅一下,就可避免。

二、补充

还有一种情况,王逸注释并未有误,只是太简略,使人难以体会屈原高妙的用心和深微的意味。《离骚》"荃不察余之中情兮",王逸注曰:

> 荃,香草,以喻君也。人君被服芬香,故以香草为喻。恶数指斥尊者,故变言荃也。⑤

王逸的意思是,屈原在诗的前面多次指斥怀王,顾忌如此对怀王不尊,就改用香草喻之。然而为什么用"荃"而不用别的香草呢?王逸就没回答了。洪兴祖补注曰:

① 〔清〕祝德麟:《离骚草木疏辨证》卷一"芰"条,清乾隆四十四年(1779)祝氏悦亲楼刊本。
② 〔宋〕吴仁杰:《离骚草木疏》卷二"莼"条,《四库全书》本。
③ 〔清〕祝德麟:《离骚草木疏辨证》卷二"莼"条,清乾隆四十四年(1779)祝氏悦亲楼刊本。
④ 刘氏,当为刘敞。
⑤ 〔宋〕洪兴祖撰,白化文等点校:《楚辞补注》卷一,北京:中华书局,1983年,第9页。

> 荃与荪同。《庄子》云:得鱼而忘荃。《音义》云:七全切。崔音孙,香草,可以饵鱼。疏云:荪,荃也。陶隐居云:东闲溪侧有名溪荪者,根形气色极似石上菖蒲,而叶正如蒲,无脊。诗咏多云兰荪,正谓此也。[①]

洪兴祖补注出"荃"即"荪",并引陶弘景《本草经集注》为证,描述了它的形状、气味、作用等,在王逸注的基础上大进了一步,然仍未能说明为何以"荃"喻君。

《楚辞芳草谱》则着重解决了这一问题:

> 荃,菖蒲也。一名荪。楚辞曰:"数惟荪之多怒兮,荪佯聋而不闻。"辞言香草,皆以喻臣,唯言荪者喻君,盖荪于药者为君也。[②]

而吴仁杰也表述了相同观点:"药有君臣佐使,而此为君,《离骚》又以为君喻,良有以也。"[③]谢、吴两人之注,补了王、洪二注之不足,解决了"为何以荃喻君"的问题。"数惟荪之多怒兮""荪佯聋而不闻""愿荪美之可光",出自《九章·抽思》。屈骚中,以荪喻人,似只此三处,且均是喻君。另一处是代神,即《九歌·少司命》之"荪何以兮愁苦""荪独宜兮为民正",也是两处[④]。少司命是管族群、个人繁殖生育之天神,其地位当然不亚于现世之人君。按逻辑推之,应是民间先以"荪"喻少司命,然后屈原再以"荪"喻君。至于"荪"何以"于药者为君",吴、谢二人未注。今查,当出自罗愿《尔雅翼》:"盖荪于药性为君也。"[⑤]既然"荪"就是"荃",那"荃"作为君的喻指专义,也就可以成立[⑥]。

不过,这里又出现了一个新问题,《离骚》"兰芷变而不芳兮,荃蕙化而为茅",

---

① 〔宋〕洪兴祖撰,白化文等点校:《楚辞补注》卷一,北京:中华书局,1983年,第9页。

② 〔宋〕谢翱:《楚辞芳草谱》之"荃"条,明刊《说郛》本。上编第三章第三节《两宋楚辞研究思想》曾简论了此问题,这里再详细论述。

③ 〔宋〕吴仁杰:《离骚草木疏·跋文》,《四库全书》本。

④ 《九歌·湘君》"荪桡兮兰旌"、《九歌·湘夫人》"荪壁兮紫坛",均是用香草本意,不是喻指。

⑤ 〔宋〕罗愿:《尔雅翼》卷三"荃"条,《四库全书》本。

⑥ 有关"荪""荃"的原始意象,有兴趣者可参阅熊良智《试论楚辞"荃""荪"喻君的原始意象》,《四川师范大学学报(社会科学版)》2006年第5期。

此处四个芳草明显有寓意。而且我们知道,屈原在诗歌创作中已经使用了成熟的象征手法,构筑了一整套相对完整的象征系统。植物是他象征系统的一部分。而在植物象征系统中,各种芳草都是有一定位置的,是有层次等级的,不会是像有人理解的那样,写作时临时顺手拈来。那么"荃"喻指什么呢? 按上面所说道理,应当仍是喻君,但又"兰""芷""荃""蕙"并提,似只指群臣。如何解释这一矛盾现象呢? 这里笔者尝试做一个推测。据有的学者考证,屈原曾做过太子老师,笔者也持此观点①。屈原在《橘颂》中以"伯夷"为榜样,而这"伯夷"是指传说中"五帝"之一的颛顼的老师,或是帝尧时执掌政教的官员,不会是不食周粟饿死首阳山的"伯夷"。再者屈原于《思美人》后半部分所表露的一点希望,可能与顷襄王继位有关——屈原毕竟教过他。如果这推测无误,那么,"荃蕙化而为茅"之"荃",当暗指顷襄王——这也是他彻底失望,准备离国的原因。而只有如此解释,上述矛盾才能得以解决。

更多时候,所谓补充,其实是引申、深化。《离骚》"夕餐秋菊之落英",王逸注曰:"暮食芳菊之落华,吞正阴之精蕊,动以香净,自润泽也。"看得出来,对这句话,王逸注释还是很动了一番脑筋,基本注释清楚了。然而结合前面的句子,这解释就显得浮泛了一些。谢翱在其书"菊"字条下补注曰:"菊,季秋寒露后五日始有华,华得土之正色。《离骚》'夕餐秋菊之落英',观崔实费长房《九日采菊》语,则茹菊延龄,自古已然。"②这就较好地回答了前面"老冉冉其将至兮",而后面特意"餐菊"的问题,因"茹菊"能使人延龄长寿。现代中医学也证明,喝菊花水,泡菊花茶,确可祛病延年。

再如,《离骚》"扈江离与辟芷兮",王逸释"江离",但云:"江离、芷,皆香草名。"洪兴祖作了一些补注,然也只是辨明"江离"非"蘼芜"。而谢翱则引申注曰:

　　江离之草,屈原幼时所先采。盖自其初度,则固已扈江离、辟芷矣。张勃云:"江离出临海县海水中,正青似乱发。"《楚辞》之于江离畦而种之,则

---

① 可参见吴郁芳《也谈屈子为傅》,《江汉论坛》1989年第4期;亦可参见拙著《诗祖涅槃》第二章《展翅三楚》,北京:三联书店,1996年,第36—39页。
② 〔宋〕谢翱:《楚辞芳草谱》之"菊"条,明刊《说郛》本。

非水物。《本草》:"蘼芜,一名江离。"又云:"被以江离,糅以蘼芜。"又不应是一物也。①

按"被以江离,糅以蘼芜",原出司马相如《上林赋》。《本草》一书之名最早见于《汉书·平帝纪》,《汉书·艺文志》却无载,应为西汉末或东汉人所作,故《本草》此两句当是抄录《上林赋》而来。不过这倒不影响谢翱阐发的引申义:在《屈骚》中,"江离"为陆生而不是水生,它与"蘼芜"不是一物。最有意义的是,谢翱指出,"江离"为屈原最早提到的芳草之一,虽然还不能断定它被屈原最先采摘,但其在屈原心中之重要地位则是肯定的。如此阐发,就能帮助读者更好地体会这几句诗之韵味。

三、启示

梳理了屈骚草木研究史,感到有这样几点启示。

(一)整体效应

研究楚辞植物的存世著作中,吴仁杰《离骚草木疏》为第一本,其后从南宋至清,陆续有四本著作问世。这五本专著共同形成了一个体系,对屈骚中的五十多种植物,每一种的名称、属性、特征、用途,都做了详细的考辨及落实。不仅做楚辞学史、楚辞研究史的学者,必须要读这些专著,就是进行楚辞注释的,也应该仔细读它们,不然就很难具体注释到位。譬如屈骚中的芳草,有二十多种,每一种芳草为何物,现均已具体考释清楚。菊、兰、蕙、芷、苏、荃、芙蓉、杜若、江离、薜荔、揭车、留夷等,在屈原象征体系中,都是有层次与相应位置的。如"荃""苏"只用以象征君王,"兰""蕙"象征屈原的学生中后来居于高位者,而"揭车""江离"地位便低一些,不能都将其仅以"一种香草"注之。而且,若要参考这方面前人研究之成果,也决不能只看吴仁杰的《离骚草木疏》,其他四本也得看,因为它们已形成一个体系。后出者对吴著有订误,有修正,有补充,有引申……并且,根据系统论的重要原理——整体大于部分之和,这一系统的意义不再单纯

① 〔宋〕谢翱:《楚辞芳草谱》之"江离"条,明刊《说郛》本。

是五本书相加，而是终结了传统学术的植物研究。今天，若不引进当代植物学的新成果，要想超越它们是根本不可能的事！

（二）中心效应

五篇中，吴仁杰《离骚草木疏》应是中心。屠本畯《离骚草木疏补》和祝德麟《离骚草木疏辨证》，不用说是围绕吴书展开研究的，这仅从书名即可看出。屠隆在《离骚草木疏补》序中，称赞该著"其考古也博，其收采也约，其称名也显，其核实也精"①，虽有过誉之处，然大致符合事实。屠本畯不仅对吴著补注、订误，还对其注文进行删削、整理，以求更集中鲜明。而祝德麟之著辨正成果明显，这点前面也已举例说明。

谢翱出生晚吴仁杰近百年，《离骚草木疏》流传至今，当年谢翱应能见之。只是，《楚辞芳草谱》中，似乎未有涉及《离骚草木疏》之文字。这有两种可能，一是谢翱没看到吴著，二是看到吴著却在自己书中不作涉及。到底是哪一种，我们今天难以辨别。不过，就客观效果而言，《楚辞芳草谱》确实是将《离骚草木疏》的内容窄化、集中而更鲜明。

至于《离骚草木史》，字面上也未涉及吴书，且就周拱辰僻处山野，只与撰有《楚辞疏》的陆时雍唱和往来，学术与资料条件很差，可能见不到《离骚草木疏》。或也不尽然，陆时雍所撰《楚辞疏》，既能在楚辞学史和楚辞研究史上取得一定地位，推知陆氏的资料条件较好。周拱辰若能借阅，自然也有可能看到《离骚草木疏》。而且，详观周著所注大多正好补吴著之缺，一两例尚可说是偶然，但五六例或七八例以上，则恐怕不能以偶然视之了。

总起来看，这几本著作的中心效应还是明显的，这使得它们在成系统的优势上，又增加了集中的特点。两大优势叠加，就笔者所读过的七十余部古代楚辞著作而言②，在注释楚辞植物方面，均未能达到它们的水准。这也许是因为古代交通不便，资料条件有限，然而不论原因如何，终究是很遗憾的事。

---

① 〔明〕屠本畯：《离骚草木疏补》序，《四库全书》本。
② 可见《楚辞著作提要》（湖北教育出版社2003年版）。笔者与潘啸龙同任该书主编，笔者负责古代部分。古代楚辞著作七十一部，笔者写了近四十部提要。而因审稿需要，其他的也基本读过。

(三)寄托效应

回溯各阶段楚辞研究史,指导思想均有"寄托"之特点。这点在上编中我们已多次论述。确实,楚辞研究,有寄托与无寄托,其研究结果往往大不相同。甚至在植物考索这种看似与思想意识无关的,似乎客观的研究中,也寄托着研究者的精神与感情。

吴仁杰写作《离骚草木疏》,肯定是有寄托的。从该书的《自跋》可知,吴氏对屈原极其仰慕崇敬。而从时代背景来看,此书刊行为庆元六年(1200),正值朱熹离世。吴氏为朱熹友人,二人交情甚厚。此时朝廷正对赵汝愚派实行高压(赵汝愚庆元二年死于贬途中),朱熹被划为赵派,同样受到严厉打击。清代鲍廷博曾论此曰:"考先生是书,成于庆元丁巳(1197),维时宁王初政,韩侂胄方专拥戴功,与赵汝愚相轧,既而斥汝愚,罢朱子,严伪学之禁,从而得罪者五十九人。先生官止国录,未敢诵言。乃祖述《离骚》,譬之草木。按《神农本草》诸书,为之别流品,辨异同。薰莸既判,忠佞斯呈。"①吴仁杰寄托之情,极为明显。

《楚辞芳草谱》则更不必言。谢翱为宋末爱国志士。文天祥起兵时,他曾率乡兵投效,任谘议参军,协助其进行抗元斗争。文天祥壮烈就义后,谢翱悲痛万分,勇作《登西台恸哭记》以吊之。"楚辞芳草"是屈原高洁人格和民族志气的象征,谢翱专对它们作注,其寄托爱国情志之意十分清楚。而《登西台恸哭记》尾段写曰:"余欲仿太史公著《季汉月表》,如秦楚之际。今人不有知余心,后之人必有知余者。"②这也等于是《楚辞芳草谱》情志寄托之最好脚注。

《离骚草木疏补》有《序》三篇,从这些序文看,屠本畯撰此书有情志抒发的目的。而周拱辰写作《离骚草木史》,正值清兵南下、明朝灭亡之际。周氏在乡间唯与陆时雍相酬唱,对清廷多次下诏招贤置之不理,其撰该著的寄托之情毋庸置疑。

唯一判断有点困难的是《离骚草木疏辨证》。祝德麟是乾隆进士,曾官御史,从其经历及该著序文也很难判断有寄托之情。既然表面难以直接判断,我

---

① 姜亮夫编著:《楚辞书目五种》,上海:上海古籍出版社,1993年,第349页。
② 〔宋〕谢翱:《晞发集》卷十,《四库全书》本。

们只有作点深入的分析和推断。祝德麟曾参与撰修《四库全书》，而《四库全书》重要撰修官有戴震，撰有《屈原赋注》。他写该著是有寄托的，这对祝德麟不会没有影响。再者，祝氏既为"四库馆臣"，阅书条件应较好，至少吴德麟、谢翱、屠本畯三人的楚辞著作当能看到，他们三人的寄托之情对祝氏也可能产生影响。据此，推断祝德麟写《离骚草木疏辨证》时，有一定寄托之情，当不为虚构。

　　正因为有寄托之情，读这五本著作，透过那些对屈骚中芳草的介绍、描绘，总会让人真切感受到著者对屈原深深的仰慕之情与敬佩之心，更能进一步体会到其中所蕴含的民族情感与民族自信心。如果再读一下研究《诗经》植物的著作，两相对比，会更明确、真切地体会到这点。

第二节　清代朴学方法与楚辞研究
——以俞樾为例

　　清代朴学，固然可有几种定义，其实归结起来就是一句话，即朴朴实实、扎扎实实、据实而议之学。朴学研究者拘守东汉古文派以来的学术传统，反对明末空疏学风。他们言必有据，治学严谨，以渊博的知识为支撑，持论大胆而坚实，常能发前人之未发，显示了良好的治学风范和纯正的学术传统。

　　清代楚辞著作中，有一部分是朴学学者著作，计有戴震《屈原赋注》、江有诰《楚辞韵读》、王念孙《古韵谱二卷》、朱骏声《离骚补注》、俞樾《读楚辞》等。这些著作中，以俞樾《读楚辞》的代表性较强。他继承了高邮"二王"（王念孙、王引之）、钱大昕、朱骏声等的朴学传统，可以说是清代最后一位朴学大师。俞樾有三本重要著作：《群经评议》《诸子评议》《古书疑义举例》。《群经评议》继王引之《经义述闻》而作，《诸子评议》继王念孙《读书杂志》而作，《古书疑义举例》则继王引之《经传释词》而作。俞樾弟子章太炎曾通读三书，认为《古书疑义举例》"尤胜"，而梁启超、刘师培、马叙伦均给予了很高评价。至于在清代楚辞著作中，其《读楚辞》也是善于运用朴学方法之典范。由此，本节便以俞樾为例，将

《读楚辞》与《古书疑义举例》结合起来，说明其方法。

一、因声求义

因声求义，是乾嘉学派训诂的主要方法，也是其对训诂学的重大贡献。他们本着"音近义通"原则——用现代训诂学家洪诚的说法，即是"凡声通意义则相近，名词、动词、形容词皆如此的原则"①——纠正了许多以往理解错误的文句，破解了不少古文难题。周大璞师在给《实用汉语音韵学》一书题词时，特录章太炎语："音以表言，言以达意，舍声音而为语言文字者，天下无有。"②这也表明了以章太炎为代表的"章黄学派"对"因声求义"的肯定态度。

这一方法也是俞樾在《古书疑义举例》和《读楚辞》两书中使用的主要方法。如：

> 《尚书·微子篇》"天毒降灾荒殷国"，《史记·宋微子世家》作"天笃下灾亡殷国"。笃者厚也，言天厚降灾咎以亡殷国也。"笃"与"毒"，"亡"与"荒"，皆叠韵，此以叠韵字代本字之例也。③

俞樾将"天毒降灾荒殷国"与"天笃下灾亡殷国"对照，发现"荒"与"亡"叠韵，应指灭亡。"毒"，与"笃"亦叠韵，《史记》中作"笃"，指厚。"毒降灾"应指"重降灾"，即"重复降灾"。

> 《狼跋篇》："德音不瑕。"按："不"，语词，"瑕"与"遐"通，远也，言其德音之远也。④

此为《诗经·豳风·狼跋》。俞樾认为，"不"为语词，无实际意义。"瑕"为"遐"之同

---

① 洪诚：《训诂学》，南京：江苏古籍出版社，1984年，第76页。
② 章炳麟：《国语学草创序》，胡以鲁编：《国语学草创》，上海：商务印书馆，1923年，第3页。
③ 〔清〕俞樾等：《古书疑义举例五种》，北京：中华书局，1956年，第55页。
④ 同上，第75页。

音通假字,"遐"为"远"意。按:俞樾此说与传统注解大不相同。此句,毛传云:"瑕,过也。"郑玄笺云:"不瑕,言不可疵瑕也。"孔颖达正义曰:"瑕者玉之病。玉之有瑕,犹人之有过,故以瑕为过。笺言无可疵瑕者,亦是玉病。言周公终始皆善,为无疵瑕也。"①朱熹《诗集传》之见解,与之相同。而俞樾定"瑕"与"遐"是同音通假,定"不"为语词无义,如此破传统注释,实为大胆! 然也确有道理。

再如《诗经·小雅·思齐》之"古之人无斁,誉髦斯士。"毛传曰:"古之人无厌于有名。誉之,俊士。"郑玄笺云:"古之人,谓圣王名君也。口无择言,身无择行,以身化其臣下,故令此士皆有名誉于天下,成其俊乂之美也。"②朱熹《诗集传》也认为"誉"为"名",并疏解曰:"承上章言文王之德见于事者如此。故一时人才,皆得其所成就。盖由其德纯而不已,故令此士皆有誉于天下,而成其俊乂之美也。"③毛亨、郑玄、朱熹均定"誉"为名誉、美誉,而俞樾解释完全不同:

> 又《思齐篇》:"古之人无斁,誉髦斯士。":按:"古之人"与"髦斯士"文正相配。古之人,言古人也。髦斯士,言髦士也。……古之人者,《尚书·无逸篇》《枚传》所谓古老之人也。无斁,谓不见厌恶也。誉与豫通。《尔雅》曰:"豫:乐也,安也。"言俊士无不安也。"豫"与"无斁"互文见义。无厌恶则安乐可知,安乐则无厌恶可知。上句先言古人而后言"无斁",下句先言"誉"而后言"髦斯士",亦错综以成文也。毛、郑均未得其解。④

俞樾认为,"古之人"与"髦斯士"相对,"古之人"即古老之人,"髦斯士"即俊士,两句的关键在"誉"之索解。俞樾以同音通假释"誉"通"豫",又据《尔雅》释"豫为乐也、安也",从而定"豫"与"无斁"为互文,且为错综成文。从而断言"毛、郑均未得其解"。至于毛、郑是否真未得其解,尚不敢简单据此断定,然俞樾之说确有新见而言之成理。

----

① 《十三经注疏·毛诗正义》,北京:中华书局,1980年,第400页。
② 同上,第517页。
③ 〔宋〕朱熹:《诗集传》,上海:上海古籍出版社,1980年,第183页。
④ 〔清〕俞樾等:《古书疑义举例五种》,北京:中华书局,1956年,第8页。

由上诸例可知,俞樾"因声求义",求解"通假"是一种主要方法。而这一方法又可分为三条:双声通假,叠韵通假,同音通假。他将此方法运用于楚辞研究,也取得了可观的成绩。例如《橘颂》"淑离不淫,梗其有理兮",王逸注曰:"淑,善也;梗,强也。言己虽设与橘离别,犹善持己行,梗然坚强,终不淫惑以失意也。"①俞樾不同意王逸之见:

> 愚按:王解淑离之义甚为迂曲,淑离乃双声字,犹寂历也。《文选》江淹杂体诗"寂历百草晦",注曰"寂历,雕疏貌",是其义也。淑与寂并从叔声,同声而通用。离与历一声之转。离得转为历,犹郦食其之丽音历也。②

王逸将"淑离"一词作两单音词解释,俞樾则看出此为双声联绵字,应作一个单纯词解释,显然比王逸正确。同时认为"淑离"即"寂历","淑"与"寂"同声通用,"离"与"历"一声之转,这里俞樾运用了双声联绵字、同声通假借"通传"之法。

《涉江》"邸余车兮方林",王逸注曰:"邸,舍也;方林,地名。"③俞樾则纠正曰:

> 余按:邸当读为楮,《尔雅·释言》:"楮,柱也。"凡车止而弗驾,必有木以楮柱其轮,使之勿动,古谓之轫,《离骚》"朝发轫与苍梧兮",注曰:"轫,搘轮木也。"邸余车即楮余车,氐声与者声相近,故邸得通作楮。《说文·土部》:"邸,或作楮,即其例矣。"邸余车即楮余车,氐声与者声相近,故邸得通作楮。

俞樾据《说文》证"邸"与"楮"相通,又引《尔雅》说明"楮"之字义,并以《离骚》之

---

① 〔汉〕王逸章句,〔宋〕洪兴祖补注,夏剑钦校点:《楚辞章句补注·九章·橘颂》,长沙:岳麓书社,2013年,第151页。
② 〔清〕俞樾:《春在堂全书·俞楼杂纂》卷二十四《橘颂》"淑离不淫"条,清光绪二十八年(1902)刊本。
③ 〔汉〕王逸章句,〔宋〕洪兴祖补注,夏剑钦校点:《楚辞章句补注·九章·涉江》,长沙:岳麓书社,2013年,第125页。

王逸注证明楷轮木,从而形成了一个证据链,极有说服力。此运用字之声符音近义通之法。

这类以判定通假字寻求正确解释,在《读楚辞》中占有较大比例,下面再略举两例。

> 《离骚》"朝搴阰之木兰兮",王逸注曰:"阰,山名。"俞樾则云:愚按:下句"夕揽洲之宿莽",非水名。阰者,坒之假字。《说文·土部》:"坒,地相次比也。"地相次谓之坒,水中可居者谓之洲,皆非实有可指之地也。

《九章·橘颂》:"苏世独立,横而不流兮。"王逸注曰:"苏,寤也。言屈原自知为谗佞所害,心中觉悟,然不可变节,犹行忠直,横立自持,不随俗人也。"俞樾则云:

> 愚按:如其说则苏字之义不贯矣。此苏字当训牾,寤、牾与苏声并相近,然寤世之义不可通。牾,即今忤字,牾世言与世相忤也。①

这里,王逸已看出"苏"为通假字,只不过他定为通"寤"字,而俞樾则定为通"牾"字。为使证据更为扎实,俞樾并引《荀子·议兵篇》"顺刃者生,苏刃者死"作补证。按:这句"苏"字历来异说较多。如洪兴祖认为是"死而更生",王夫之则注为:"苏,草也。言生于荏草之中,而贞干独立,不随草靡。喻君子杂处于浊世,而不随横逆而俱流。"②这些说法都有一定道理,而俞樾之解能持之有故足可自成一说。

二、以形索义

除"因声求义"外,清代朴学家也善于运用"形训"的方法。所谓形训,即通过分析汉字形态结构来训解词义。早期汉字无论是绘制的图形,还是为满足汉

---

① 此处所引两例,可各于《楚辞章句》与《读楚辞》相应条目查之,不再繁引出处。
② 〔清〕王夫之:《楚辞通释》,上海:上海人民出版社,1975年,第93页。

语各个词类要求而演变成的简易符号文字,都体现了形义关系的密切。若形义关系不紧密,汉字的本义也将无从考证。

形训不仅在探求本义上有重要作用,对探明词的引申义、假借义也有重要作用。汉字在悠久的发展历史中,词义也衍生了与本义相关联的引申义,掌握本义便能推知引申义的演变条理和发展线索。例如,从字形角度分析,若字的含义和其外形不能相互密合,那它有可能是假借字。故而,"以形索义"与"因声求义"并非互不相涉,相反是紧密联系的。因而,清代朴学家们在努力运用"因声求义"之同时,也积极运用"以形索义"的"形训"法,俞樾无疑也是此法的成功运用者。

> 娄空,古语也。《说文·女部》:"娄,空也。从母、中、女,娄空之意也。"凡物空者无不明。故以人言则曰离娄,以屋言则曰丽廔。"离"与"丽",皆娄字之双声也。《论语·先进》篇:"回也其庶乎,娄空。"此言回子之心,通达无滞,若窗牖之丽廔闿明也。《史记·伯夷传》:"回也屡空,糟糠不厌。"则西汉经师已失其解,而"娄空"之语,独见于《说文》,乃叹许君之书,有裨经学不浅也。①

俞樾此论之所以敢如此大胆,敢于说"则西汉经师已失其解",在于他据《说文》从形训入手,求其本字,认为"屡"应为"娄",认为如此解释则可得孔子本意。如不是版本依据不足,此解庶几可成权威解释。

> 逡巡,古语也。亦或作"逡遁",汉《郑固碑》"逡遁退让"是也。亦或作"蹲循",《庄子·至乐篇》:"忠谏不听,蹲循勿争。"按《外物篇·释文》引《字林》曰:"踆,古蹲字。"然则汉碑作"逡遁",《庄子》作"蹲循",字异而义同。谓人主不听忠谏,则人臣当逡巡而退,勿与争也。郭注曰:"唯中庸之德为

---

① 〔清〕俞樾等:《古书疑义举例五种》,北京:中华书局,1956年,第136页。

然。"此不达古语而曲为之词。①

"逡巡"为古语,意为退让、退避。据汉《郑固碑》,"逡巡"可写作"逡遁"。《庄子·至乐篇》,也可写作"蹲循"。由此,"踆""蹲"为古今字,所谓"逡遁""蹲循""逡巡",字形有别但意义相同。"忠谏不听,蹲循勿争",是说人主如果不听忠谏的话,人臣应当退避且不与其争辩。

以上是求古字而破解今字,以下则是由形训辨别混用字:

> 《管子·霸言篇》:"故贵为天子,富有天下,而伐不谓贪者,其大计存也。"按:"伐"乃"代"字之误。《管子》原文本作"世不谓贪",言一世之人不以为贪也。唐人避讳,改"世"为"代",后人传写又误"代"为"伐"。②

这一辨别可谓确论。由"伐"追到"代",此为因字形相似而混;又由"代"追出"世",因唐人避讳而改"世"为"代",故原文本是"世不谓贪"。则以上几句意为:故贵为天子者,富甲天下,而世人都不以为贪,就因为天子能顺应天下大计。此解十分通顺,用"伐"字就解释不通。

同样,俞樾亦将此法运用于楚辞研究中。如《九歌·湘夫人》"葺之兮荷盖",历来注家均据字训释。但俞樾认为此句中"芷"字缺坏,只余下部之"止"字,而古篆"止""之"相近,故误作"之"字。又因文不成义,后人将"葺"字移于"之"字之上,如此才能语句通顺,原文应为"芷葺之荷盖"。俞樾并引《考工记》《说文》《尔雅》为据,证明:"葺也,盖也,皆草屋之名。以芷为葺,以荷为盖,极言其清洁也。"俞樾并引同篇另一句为证:"下文云'芷葺之荷屋',与此文法相同,可据以订正此句之误矣。"③再如《惜诵》:"疾亲君无他兮,有招祸之道也。"王逸注:"疾,恶。"俞樾却认为"疾"字无义,指出:"疾也,乃疢之误。疢,语词,《诗·下武》篇、

---

① 〔清〕俞樾等:《古书疑义举例五种》,北京:中华书局,1956年,第138页。
② 同上,第101页。
③ 〔清〕俞樾:《春在堂全书·俞楼杂纂》卷二十四《湘夫人》"葺之兮荷盖"条,清光绪二十八年(1902)刊本。

《荡》篇毛传郑笺并曰:'疾,维也。屈子自言己之志,维亲君而无他,此招祸之道也。'"俞樾认为,古文"疾"作"𤕫",与"疢"相似,故形近而误。并引《周礼》与惠氏《礼说》为据。再如《大招》"五谷六仞,设菰粱只。"王逸注"七尺为仞"。俞樾认为:

> 此说殊不可通,世无长四丈二尺之谷穗。虽侈言之,不当若是也。或说稍近,然训为因,义亦未安。仞之言充牣也,字本作牣。《说文·牛部》:"牣,满也。"《文选·上林赋》"虚宫观而勿仞",《子虚赋》"充仞其中者不可胜记",并以仞为之。"五谷六仞"言谷之数五而充牣其中者六,盖井下菰粱数之以见其多也。

以上两说尚不敢断其一定成立,但可备一说。重要的是,由此可了解俞樾所用的方法。

三、详辨文法

许多古汉语学者认为,我国古代语法学肇始于先秦,发展于唐宋,集大成于清代。辨文法也是清代朴学家们常用之法。高邮王氏父子的《读书杂志》《经义述闻》、俞樾的《群经平议》《诸子平议》,都大量使用了此方法,而其在《古书疑义举例》中使用得也极其成功。

> 《孟子·尽心下》篇:"若崩,厥角稽首。"按:《汉书·诸侯王表》"厥角稽首",应劭曰:"厥者,顿也。角者,额角也。稽首,首至地也。"其说简明胜赵注。"若崩"二字,乃形容厥角稽首之状。盖纣众闻武王之言,一时顿首至地,若山冢之崒崩也。当云"厥角稽首若崩",今云"若崩厥角稽首",亦倒句尔。后人不得其义,而云稽首至地,若角之崩,则不知角为何物,失之甚矣。[1]

---

① 〔清〕俞樾等:《古书疑义举例五种》,北京:中华书局,1956年,第6页。

这是俞樾说的"倒句成文"，今天则曰"倒装句"。

> 古人序事，有不以顺序而以倒序者，《周官·大宗伯职》："以肆、献、祼享先王。"若以次弟而言，则祼最在先，而献次之，肆又次之也。乃不曰"祼、献、肆"，而曰"肆、献、祼"，此倒序也。《大祝职》"隋衅，逆牲、逆尸"……此倒序也。《小祝职》"赞彻、赞奠"，若依次第而言，则奠先而彻后也。乃不曰"赞奠、赞彻"，而曰"赞彻、赞奠"，此倒序也。说者不知古人自有此倒序之例，而曲为之解，多见其不可通矣。①

这就是俞樾说的："古人序事，有不以顺序而以倒序者。"今天称之为"顺序颠倒"。

> 古人之文，有错综其辞以见文法之变者。如《论语》"迅风雷烈"，楚辞"吉日兮辰良"，《夏小正》"剥枣栗零"，皆是也。

像这样详辨文法的例子，俞樾还归纳有参互见义、两事连类而并称、两义传疑而并存等，可谓广搜博览，归纳全面。他自然也将这成熟的方法运用到楚辞研究上。

俞樾对王逸、洪兴祖的注释，凡认为文法不通之处，必详加分析，找出关键字词，认真求解，务使文义通顺，说解无碍。且广搜旁取，以证确切。《离骚》"屈心而抑志兮，忍尤而攘诟"二句，王逸注曰："抑，案也。""尤，过也。攘，除也。诟，耻也。言己所以能屈案心志，含忍罪过而不去者，欲以除去耻辱，诛谗佞之人，如孔子诛少正卯也。"②俞樾则认为：

> 按上句曰"屈心而抑志兮"，抑志与屈心同，则攘诟必与忍尤同。如王注则是屈心、抑志、忍尤六字，共为一义，而攘诟自为一义，于文理殊不可通。

---

① 〔清〕俞樾等：《古书疑义举例五种》，北京：中华书局，1956年，第7页。
② 〔汉〕王逸章句，〔宋〕洪兴祖补注，夏剑钦校点：《楚辞章句补注·九章·涉江》，长沙：岳麓书社，2013年，第16页。

俞樾看出王逸之注不合文法,已属不易,更难的是要给"攘"字索求正确解释。于是他广为搜证,终于在《管子》中找到合适之解:

> 《管子·任法篇》曰:"皆囊于法,以事其主。"尹注曰:"囊者,所以敛藏也。"以藏释囊,义存乎声。攘与囊声同,亦得有藏义。忍尤而攘诟者,容忍其尤,而含藏其诟,实一义也。

将王逸注与俞注细加对比,可看出俞樾之注比王注要更为确切合理。再如《九歌·东皇太一》"盍将把兮琼芳","盍",王逸注为"何不也"。俞樾认为不通:

> 以盍为何不,则既云盍,又云将,文义难通。此盍字只是语词。《庄子·列御寇》篇:"阖胡尝视其良,既为秋柏之实矣。"《释文》曰:"阖,语助也。"阖与盍通。此篇云"盍将把兮琼芳",与下篇云"蹇将留兮寿宫"(按:《云中君》),文法相似。王注云:"蹇,词也。"然则,盍亦词也。可类推矣。[1]

细析两例可以发现,俞樾《读楚辞》中的文法研究,与《古书疑义举例》之该方法研究略有不同:《读楚辞》中的文法研究,多仍是以"音训"为基础。如上例中在发现王逸注不通后,以"因声求义"法求得相通之字,使得解释通顺。再如《读楚辞》中《招魂》"土伯九约"条,《九叹》"驱子乔之奔走兮"条,等等,均如此。

综观两书,俞樾在"因声求义""以形索义""详辨文法"等几种方法之运用上,几乎达到炉火纯青的地步,堪称清代朴学家的杰出代表,也堪称清代朴学家楚辞研究的杰出代表。他那种据实而议、言不虚发、广搜资料、博取约成,不囿成说、敢于创新,总结规律、注重方法等优点特色,确实值得我们今天认真学习、继承,甚至进一步发展。除俞樾一书外,尚有刘师培《古书疑义举例补》、杨树达《古书疑义举例续补》、马叙伦《古书疑义举例校补》、姚维锐《古书疑义举例增

---

[1] 〔清〕俞樾:《春在堂全书·俞楼杂纂》卷二十四《九歌·东皇太一》"盍将把兮琼芳"条,清光绪二十八年(1902)刊本。

补》,这些著名学者已经做了继承发展的工作。而近些年,又有张岱年、党蕴秀、裴学海、何文广、徐仁甫等做了补、订工作,使俞樾该书更为完善。

当然,不论一项研究、一本著作,学术上取得了多大成就,也总还是有些不足的。对《古书疑义举例》之不足,已多有学者指出,如有的注解过于直观,把握本质不够,对规律的总结有欠缺,等等。这里便不再赘言。而对《读楚辞》,则主要指出两点。

一是有时过于拘泥实际,忽视诗歌艺术创作特色,全以解经之法解诗,反曲解诗意。比较突出的例子,是《离骚》"仆夫悲余马怀兮,蜷局顾而不行"的索解。王逸注曰:"仆,御也。怀思也。""屈原设去世离俗,周天匝地,意不忘旧乡,忽望见楚国,仆御悲感,我马思归,蜷局诘屈而不肯行。"王逸所注,本无不确。而俞樾却认为失其本旨,特注云:

> 以怀思属马,言甚为无理。"怀",当读为"瘣"。《说文·病部》:"瘣,病也。"引《诗》曰"譬彼瘣本",今《诗》作"坏本"。以怀为瘣,犹以坏为瘣也。"仆夫悲余马瘣兮,蜷局顾而不行",盖托言马病而不行耳。《诗》云:"陟彼砠兮,我马瘏兮;我仆痡兮,云何吁矣。"(按:此为《周南·卷耳》。前三个"兮",当为"矣"。)骚人之辞,即本之诗也。

《离骚》极富浪漫色彩,诗中鸩、鸩、凤凰均有人之感情。马怀故土,即便不将其拟人化,也完全合乎生活。但俞樾认为马不应有人之感情,而改训为"瘣",并引《诗经·卷耳》证之。"以《诗》证骚",由来已久,倒不是说这种研究完全不可以,只是明清时有的学者将其推向极端,这就不可取了[①]。而俞樾断言"骚本之《诗》",进而以《诗》求解,这就错得更远了。其实,同类证据在《远游》中就有——"仆夫怀余心悲兮,边马顾而不行"。"顾"即体现了"怀"意。《远游》即便非屈原所作,作时亦应在战国末期或西汉初年,作者当能体会屈原之意。若照俞樾将"怀"改为"瘣",则诗味索然。

[①] 读者有兴趣,还可参考本编第一章第二节一小节《"以〈诗〉解骚"和"以经证骚"之得失》。

二是个别条目辗转相训,显得过于烦琐。如刘向《九叹》"逐下袂于后堂兮",王逸注曰:"下袂,谓妾御也。"俞樾则云:

> 愚按:下袂未知何义。洪氏补注曰:"《集韵》袂,音秩。祭有次也。"则亦与妾御何涉乎?《说文》《玉篇》均无"袂"字,"袂"疑"袟"之误,即"裌"字也。"裌"从衣失声,变而为左形右声,又误衣旁为示旁耳。下袂,即下陈也。《广韵》:"陈,直珍切。裌,直一切。"陈与直双声,裌与直亦双声,故陈得转而为裌。世人习见下陈,罕见下裌,王注之义,遂不可晓矣。

此虽经辗转相训说明了"袂"为何作"妾御"之义,然实在是过于烦琐,且无文字资料证明,终究属一种猜测。

行文至此,俞樾与清代楚辞研究之归结,大致可告一段落了。而清代朴学与楚辞研究的关系与方法,也略可说思之过半。然意犹未尽。对清代朴学方法与影响之评价,如今歧见仍多,可说是见仁见智,莫衷一是。笔者对此并无研究,当然无权置喙。不过读、学之时,发现有学者对当时两种研究风气的评论,倒是对我们今天的研究颇有裨益,现作为附件全录于下。[1]

> 章氏当举世多沉溺于训诂、音韵、名物、度数等考证工作的时候,已忧虑学术的根基动摇了。然而世人专学休宁戴震和高邮王念孙、王引之父子从事考据工作,从各方面批评章学诚。综合世人对先生的诟病,有下述五项:
>
> 一、戴王那一学派,著书都凭证据,只要得到一条孤证,别人就无从批评他,而不必过问全书的宗旨如何。如果说不通了,就说这是古人用的引申或假借的方式;还说不通,就说这段文字有错简或是多出了几个字来迁就他的说法。可是先生为学的方法,则每创立一项义例,都要把群书中各家所探讨的结论,融会贯通了,再说出来。所以先生做学问的方法是拙的,

---

[1] 此文为张尔田写的《章氏遗书》之《序言》,见乔衍琯编撰《文史通义快读》第八章第一节,海口:海南出版社,2005年,第193—196页。

而戴王的方式是巧的，而人心都是喜巧而厌拙的。

二、戴王一派，用眼读的工夫多，而少用心去思索。只要有几十种古代的类书、字学方面的文献资料，查查抄抄，一天便可得到三四条的结论。而先生所创立的义例，要从那些极隐微的地方去搜寻探索，有些是经过好多年，甚至好几十年，才能得出一个结论，而这些结论，又常是某些人想说而说不出的，故别人看他跟一般人所想的差不多。所以为先生之学的很困难，为戴王之学的很容易。而人心都是趋易而避难的。其实多年思索和空想所得的结论可能相似，但这一思索历程，在治学上便极可贵。而且学问境界的进展是很奇妙的——从看山是山，经过看山不是山，再到看山是山，每个阶段所看的山，在层次上实大有差别。

三、戴王一派，严禁暗中采用他人的说法，而必须引据原文，并交代出是出于哪一人的说法。从前看到时贤研究经学的书，都是王引之说、段玉裁说。不这样，大家便认为他太浅陋了，连段、王的说法都没有留意到。而先生就不如此了，有些是隐括他人文字而成的，也有不必隐括他人文字的。而赞成他人的说法，并不加以引用出来，说是对的；反对的，也不引出来说这是错的。只是看结论是否合于大义，要四海之内，人人都会加以认同。大家都以为跟着先生一路做学问的话，则写出的文章是简约的，跟着戴王一路做学问的话，写出的文章是广博的，人心都崇尚广博而轻视简约。

四、为戴王之学的，在疏通证明各家的说法来求得正确的结果，每解说一个字，说明一个音训，不论说得简约或是烦冗，所说一定得有根据。而为先生之学，则所指示的方法途径，无所不在。有的只略引出一个端绪，等待好学深思的人，自己去做深入的探讨。也有把圈子拉得很大，做一些看来广泛而没有针对问题的譬喻，需要人自行从各种著述中去验证而后才能得出具体的答案。虽然在细节上不免有疏略的地方，所引据的材料，也许有错误。而在大体上，却并无害。所以为先生之学，像是虚而不实，而为戴王学，则是字字征实。而人心都是怕虚而夸实的。

五、还有最可怪的事。为戴王之学的，崇尚墨守成说，开创这一派的学者还好，因为他们总还能从大处着眼，但几经传授，精力都耗损在许慎《说文》、郑玄群经注释的琐屑考订上，就无法顾到古人的大义微言了，以至找些打着佞守程朱旗号的宋儒的浅陋说法，援引以自重，觉得我也抓到微言大义了。而为先生学的，则务求矫正当世俗说，来寻其本源，而通于大道。所以在当时举世都鄙夷的郑樵，大家都诋毁的陆九渊和王守仁，先生则时常称道。先生以不立门户来救党同伐异之弊，而守门户之见的人却认为他有门户之见；以不倡邪说来破除邪说，而那些不能领悟高明见识的人，却认为他的学说是邪说。所以为先生之学的，是反对当时错误的风尚习气，而治戴王之学的，则顺应当时偏好训诂、考据的风气，而忽略了大道。悖逆时尚的人，大家都不愿随从，而顺应时潮的人门徒就多了。

　　以上所说的五点，渐成了风气，所以章氏的书就不可能显赫于当时了。可是研究学问，总得有人精细地治理其中一小部分，也得有人总揽全局，看似相背，其实相成。有如提起皮裘，先生是提着领子，戴王一派则理顺了毛。为先生之学，而不以戴王一派精密证实的功夫来辅佐，凭空去想，容易堕入便词巧说之弊。同样的，为戴王一派之学，如果没有济之以先生之学，则六艺的根源，学术的本干必然全亡，开始时可能会把古人之学当成荒田，接下去便要当作祭祀时的刍狗了。以刍狗为学，那么我国的学术，真可以拉杂摧烧之了。

第三节　李陈玉反传统的训诂观点及意义

　　李陈玉《楚辞笺注·自序》中有段话明确阐述了他对传、注、笺、疏的见解，与传统观点极不相同。这见解虽有不妥当甚至错误之处，但他重视独立思想，主张对训诂体式之内涵重新界定的观念，则有其积极意义。而他在楚辞研究上取得的某些超出前人的成就，也从实践层面在某种程度上证明了这种观念的有效性。

一、反传统的训诂见解

李陈玉并非训诂学者，或者说，他不是一个以训诂成就知名的学者。他的《楚辞笺注》也并非训诂学专书，而是专门研究楚辞的著作。那么，这里为何要专门谈关于他的训诂问题呢？这是因为《楚辞笺注》中有一段话明确阐述了他对传、注、笺、疏的见解：

> 笺、疏、传、注，分四家，世儒混而一之。笺之为言线也，不多之谓也。读者之悟，与作者之意，相遇于幽玄恍惚之地，一线孤引，意欲忘言。其文反略于作者，而以作者为我注脚。此为上上人语也。注则句栉字比，求先故，推义类，入泥入水，现学究身说法，此为下下人语也。不屑屑于逐句逐字之栉比，止择其要，时为疏导。如水去滞，如草去秽，每一章节，不过数处，此为中人语也。取作者之意，传而出之，识窥岷源，学如大海，本末始终，钜细精粗，靡不该摄条贯，谓之传。此包上中下人而为语者也。是故注繁而笺简，传至繁，疏居繁简之间。①

稍有点训诂学知识的人都知道，以上观点与传统概念相去甚远。孟子曰："诵其诗，读其书，不知其人，可乎？"②因而，要理解评论这些观点，则先要大致了解李陈玉其人其事。

李陈玉，字石守，号谦安，吉阳（今江西吉水）人，生卒年不详。明崇祯七年（1634）进士。据《吉水县志》及其他相关记载③，少年时与许初鸣、曾其宗同号为"河上三奇"。崇祯时曾为嘉善令，政声卓著，以政绩擢为监察御史，刚正不阿，直言敢谏，倾动一时。后季父李邦华为都御史，以回避例归居乡里。明亡后拒不出仕，隐居山林以终。

李氏博学多才，早年即以经术文章著称于世，家中藏书万卷，隐居后专心著

---

① 〔清〕李陈玉：《楚辞笺注》，清康熙十一年（1672）武塘魏学渠刊本。

② 《孟子·万章下》。

③ 李陈玉，《明史》无传，《吉水县志》记载较详。

述,曾注过《诗》、《书》、《易》、《春秋》"三传"等。其《三易大传》,《四库全书》存目,并有"提要",其中云:

> 其《易铃》有云,"若欲《易》学了彻,直须将一切训诂辞章尽情划却,即孔文之语亦不过《易》象一端之论,方有入处。"可谓敢为大言。

主张置一切注解不观,直接读原作的,明、清学者中常有,如清代贺贻孙就主张:"楚骚汉诗皆不可以训诂,求读骚者须尽弃旧注,止录白文一册。日携于高山流水之上,朗读多遍,口颊流涎,则真味自出矣。"①至于李氏从《易》象观察孔子之说,认为不过是"一端之论",虽为"大言",也不足为奇。《四库提要》对该书评价甚低,言其:"盖言图书者病于支离破碎,谈心性者病于杳冥恍惚,陈玉兼二家之说,而各得二家之极弊,真所谓误用其心也哉。"《三易大传》笔者未读,无法对"提要"作出判断,然亦不敢必以"提要"为是。因据笔者做过研究或参校过的著作来看,"提要"对当时未负盛名作者之书——至少对于"集部"的未负盛名作者之书——常有评价偏低现象。如对汪瑗《楚辞集解》、黄文焕《楚辞听直》、屈复《楚辞新注》、顾成天《楚辞九歌解》以及廖元度《楚风补》、仇兆鳌《杜诗详注》、浦起龙《读杜心解》等,均为此例。

李陈玉既通于经学,又注释过经书,不可谓对传统训诂方法、体式不懂。因而我们不可因与传统训诂不合而轻易弃之。反倒应考察一下它与传统概念到底有何不同,为何不同,此种不同有何意义。

首先,看与传统概念有何不同。从古至今,传、注、笺、疏虽使用极多,而真正对其作解释说明的却很少。笔者常读的五本训诂专著中,只有周大璞师的系统全面地阐述了它们②,可以说是历代解说的极好总结。

---

① 〔清〕贺贻孙:《骚筏·九辩·二辩》按语,《水田居全集》,清道光二十六年(1846)本。

② 这五本专著是周大璞《训诂学要略》,陆宗达、王宁《训诂方法论》,洪诚《训诂学》,许威汉《训诂学导论》,郭在贻《训诂学》。此皆为训诂名家的代表性著作。周大璞师为我国第一届训诂学会副会长,其著为给我们开训诂学课的讲稿,所引材料出自《训诂学要略·训诂体式上》,武汉:湖北人民出版社,1980年,第36—46页。

　　《说文》："笺，表识书也。"注书叫笺，从汉代的郑玄开始。《毛诗正义》：
"郑于诸经皆谓之注，此言笺者，吕忱《字林》云：'笺者，表也，识也。'郑以毛
学审备，遵畅厥旨，所以表明毛意，记识其事，故称为笺。"按：这个解释是以
郑玄的《六艺论》为根据的。《六艺论》云："注诗宗毛为主，毛义若隐，略更表
明。如有不同，即下己意，使可识别也。"张华《博物志》云："毛公尝为北海
郡守，康成是此郡人，故以为敬。"这是拘泥于魏晋时公府用记、郡守用笺的
公文格式，不合郑玄的原意。《四库全书总目提要》云："康成生于汉末，乃修
敬于四百年前之太守，殊无所取义……康成特因毛传而表识其傍，如今人
之笺记，积而成帙，故谓之笺，无庸别曲说也。"

这就是说，"笺"是标记于书页的文字，用以记录治此书者对前人作"传"或作
"注"的看法、见解，"积而成帙"，就成了该书的"笺"。因而，"笺"是一种特殊的
注书，它不但可表明对原著的见解，还可对前人的注解提出不同意见或加以纠
正。王力《古代汉语》也说：

　　毛传、郑笺的"传"和"笺"，当时都有特定的意义，"传"指阐明经义，
"笺"有补充与订正毛传的意思，一方面对毛传简略隐晦的地方加以阐明，
另一方面把不同于毛传的意见提出，使可识别。[①]

由此，可知李陈玉的训诂观点与传统说法的第一个区别。传统的理解，"笺"与
"传"是联系着的，在传统观念看来，没有"传"，便没有"笺"，"笺"是对"传"的订
正、补充、阐发等。而在李陈玉看来，"笺"是"笺"，"传"是"传"，二者并不一定有
什么关系。因为"笺"是"读者之悟，与作者之意，相遇于幽玄恍惚之地也，一线
孤引，意欲忘言。其文反略于作者，而以作者为我注脚"。这里强调了四点：一
是"笺"之对象为原文而非对"传"而言；二是读者"悟"到作者之意——相当于今

---

① 王力：《古代汉语》，北京：中华书局，1962年，第563页。按：郭锡良、唐作藩等的《古代汉语·古
书的注解》，看法与王力的完全相同。

天常言的读者心理与作者心理会通;三是因"意欲忘言",其文反比原文简略,这有点近似于今天简短的心得体会;四是"而以作者为我注脚",即经学常说的"六经注我"——看来李陈玉在"我注六经,还是六经注我"这一复杂繁难的传统问题上,取后者而弃前者。

其实,不仅是"传"与"笺",就是"注"与"疏"之间,李陈玉也认为没什么关系:"不屑屑于逐句逐字之栉比,止择其要,时为疏导。如水去滞,如草去秽,每一章节,不过数处,此为中人语也。"这就与传统说法相去更远了。由此显现出它与传统观点的区别。传统的观点是:

> 到了唐代,距汉代又有六七百年了,许多汉人的注解在唐代人看起来,又不是那么容易理解了,于是出现了一种新的注解。作者不仅解释正文,而且还给前人的注解作注解,这种注解一般叫作"疏",也叫"正义"。例如现在最通行的《十三经注疏》中的《诗经》,就是汉毛亨传、汉郑玄笺、唐孔颖达等正义。[①]

而且,古人的传统是,"疏不破注",即"疏"不可反驳前人注中的见解。这个传统直到宋朱熹时才真正开始打破。

第三个区别更是显而易见。对于传、注、笺、疏,李陈玉之前,历来是没什么高下之分,从没有"为笺者高,作注者低"之类的话。到他这儿,居然分出了高下。"笺"是"上上人语","注"是"下下人语","疏"是"中人语","传"则是"包上中下人而为语者也"。

二、"错误"见解中的正确意义

就以上三个区别而言,要指出李陈玉训诂观点之不当和错误是很容易的,特别是第三点。难道作"笺"者皆为"上上人",作注者均为"下下人"吗? 难道"笺"作得再差仍为上等,注作得再好还是属下等吗? 训诂体式本无高下之分,

---

① 郭锡良、唐作藩等《古代汉语》与此看法全同。

传、注、笺、疏亦无优劣之别,采用训诂体式与采用者之高下优劣全无关系:李氏之说分明毫无道理。

然而,指出李陈玉的这些错误是简单和极容易的,如果跨越时空去问李氏,恐怕这些指斥他自己也知道。因为他通晓经学,家中藏书万卷,加以清以前训诂学之主要任务为释经,故前代训诂学者的观点,他岂能不知?而训诂学之基本知识,肯定也皆具备。那既然这样,为何还发如此言论?这就要从李陈玉所处时代和他的思想方面找原因了。

李陈玉所处之明末清初,是一个社会激烈动荡的时代。其时,民族之苦难,亡国之现实,深深地震撼了每一个正直学者与士大夫的心灵。同时,也使他们以总结亡国原因为目的,以前所未有的敢于怀疑的态度,重新审视两汉经学与宋明理学,并猛烈抨击明末王学末流空谈心性、不务实事的致命弊病,一致倡导据实、切实、务实之"实学"。李陈玉明末任侍御史时不畏权贵,直言敢谏,名动一时;明亡后与王夫之、黄宗羲、顾炎武、钱澄之等志士一样,隐居乡里,坚不出仕,表现了高贵的民族气节,其思想亦与王、黄、顾相类,对专制制度下的思想传统有了新的审视,并开始提倡独立的思考。从上面所引《四库提要》评其《易铃》"敢为大言"即可见"一斑"。以这种思想指导对训诂的研究,自然会对传、注、笺、疏分个高下:

"笺",李氏认为应是"读者之悟",甚至强调"而以作者为我注脚",这其实就是强调"笺"是体现作者"独立思想"的地方。这当然是"上上人语"。

"注",不过是"句栉字比,求先故,推义类,入泥入水",这当然不可能有什么思想,只不过是"现学究家说法"。在李氏看来,这自然是"下下人语也"。

"疏","不屑屑于逐句逐字之栉比,止择其要,时为疏导"。这虽不能如"笺"那样有什么独到思想,却也需对全篇、全书有一整体、清晰的理解,使读者阅读该作品有"如水去滞,如草去秒"之感。并且"每一章节,不过数处",精练扼要,对阅读者颇有裨益。故李氏将其列为"中人语"。

"传","取作者之意,传而出之,识窥岷源,学如大海,本末始终,钜细精粗,靡不该摄条贯",治学、注书达到如此境界,显然是"包上中下人而为语者"了。

由上列述可知,李陈玉对于传、注、笺、疏的分等,是以有无独立思想为标准的,有则为上,无则为下——联系到他所处的那一特定时代,其思想、学术意义就显现出来。我们知道,有清一代,特别是乾嘉时期,语言学取得了巨大成就,有些成就我们至今尚无法超越。然而,另一方面我们也应看到,相比于前之统一朝代,清代思想成就是最低的,就思想史而言,可以说是一片空白。这当然不能怪清代学者,在文字狱的高压下,一件件血淋淋的惨案,逼迫着不甘心沉寂无为的学者们,只能也只敢潜心于离政治最远的古汉语研究。他们一头扎进经典的故纸堆,去做相对安全的单字字义考释,最多也只能做做某经典篇章之辨伪考订。明清之际刚刚显露的可喜的思想探索之苗头,很快便被扼杀在萌芽状态。这对中华民族的思想文化造成了不可挽回的损失。可以想见,如果不是如此的文化高压,清代学者肯定同样能在思想方面做出骄人成就。所以我常言,在学术研究上,我们切不要把清代学者“只能那样做”,误解为“只应那样做”。李陈玉后半生所处的康熙朝,其时文字狱肆起,他虽隐居山林,也不可能没有耳闻。他借训诂如此强调独立思想之可贵,主观上是否有某种预见性呢?由于证据不足,我们尚不敢断言,不过在客观上,倒确实有这种预见意义。

李陈玉于《自序》中言:“笺之为言线也,不多之谓也。”此为声训,上古无舌上声,“笺”“线”又同声符,即使上古不同音,亦应音近,看来乾嘉学派所用“因声求义”之法,所谓“音同义近”“音近义通”等法,李陈玉亦知道。不过李氏未举出实例,笔者也未查到相应材料,故方法虽无误,此说也只能是一个估计。

还应当看到,以上指出的李陈玉的错误,只限于学理层面,实际的运用层面,情况就要复杂一些。实际情况是,在运用训诂的著作中,“注”用得极多,“笺”用得很少。即于《十三经注疏》,用“笺”的就只有《毛诗正义》一本——毛亨传、郑玄笺、孔颖达疏,而用“注”的则有六家——《周礼注疏》,郑玄注、贾公彦疏;《仪礼注疏》,郑玄注、贾公彦疏;《礼记正义》,郑玄注、孔颖达等正义;《孝经注疏》,唐玄宗注、邢昺疏;《尔雅注疏》,郭璞注、邢昺疏;《孟子章句》,赵岐注、孙奭疏。还有其他几本其实也属于“注”。而在清代李陈玉其时或以后的较著名的几十本对经典作训诂的著作中,以“笺”为名者只有胡承珙的《毛诗后笺》,足见用“笺”者稀少。因为,不论对“笺”作何解释,为“笺”者均需具有自己的思想,然训诂学者中有独立思想者不多,故"注"多而"笺"少为必然现象。直到今天,这一现象也没有多少改变。即使是译介外国的文化、思想、哲理著作,也是"注"极多而"笺"极少,以致想读读以"笺"为主的著作都难得。从这一现象看,如果不过分拘泥于李陈玉对"笺"的解释,而是从其解释里发掘积极意义,那么这也应算一项。

现在,回过头来,就训诂学本身看李陈玉其说之意义。1979年,笔者从周大璞师学习训诂学时,就感到训诂体式很难说清楚。这可能是上述笔者常读的几部训诂学著作中,只有大璞师的《训诂学要略》专门谈了训诂体式的原因。写本节时,笔者又特意将几十年前读过的、台湾学者林尹的《训诂学概要》找出来再翻检一遍,结果是该著也未专门介绍训诂体式。我估计这并非因训诂体式太简单,恰恰相反,而是因为太繁杂,不容易说清。现在回想起来,对大璞师这样通晓小学、知识渊博的著名学者,在讲《训诂体式》一章时,对一些体式概念之细微区别反复强调的艰难之情,有了更深的体会。如在《注疏的名称》一节,大璞师这样写道:

> 注疏向来有很多名称,最初叫作"传",叫作"说",叫作"解",也称为"诂",为"训",后来又有"笺""注""释""诠""述""学""订""校""考""证""微""隐""疑""义""疏""音义""章句"等别名。有的名异实同,有的意义微殊,有的互相结合,成为新的名称,如"训诂""诂训""校注""义疏""疏证",等等。①

说实话,当先生边讲边在黑板上写出这些概念时,我的头皮都发麻了。"发麻"的原因,倒不是怕这些概念多,而是怕在"名异实同""意义微殊"上——这么多概念,哪些"名异实同",哪些"意义微殊",又"微殊"在哪里? 这可不是听一遍讲,读一遍专书就可解决的! 再学下去,发现繁难的不仅在此,还在于一些概念内涵从逻辑上说是交叉关系,你中有我,我中有你……更要命的是它们还混用,混用还没规律。《训诂学要略》在介绍"注"时,先列举了"注"之得名的四种说法,肯

---

① 周大璞:《训诂学要略》,武汉:湖北人民出版社,1980年,第36页。

定其中贾公彦《仪礼疏》的说法比较允当,然后便列出注与其他概念混用的情况:

> 孔颖达《春秋左传正义》:"毛君、孔安国、马融、王肃之徒,其所注书,皆称为传,郑玄则谓之为注。"据此,注释叫注是从郑玄开始的。但是《隋书·经籍志》所载马融、王肃所作注释也都称注。《经典释文》只把马融《周易传》称传,其余也都称注,与孔说不合。《经典释文》又有《尔雅》的犍为文学注、刘歆注,《老子》的严遵注,《史记·衡山王传》索隐引刘向《别录》云:"《易》家有救氏之注",似乎郑玄以前早有注名。然而马、王两家的书,孔颖达都曾亲眼看过,不会把它们的书名弄错。而且《隋书·经籍志》和《经典释文》都说,"马融作《周官传》以授郑玄"。由此可见马融、王肃的注释本来都叫传,《隋书·经籍志》和《经典释文》称之为注,不过是改用当时通行的名称,并不是原名。其余如犍为文学和刘歆的《尔雅注》、严遵的《老子注》大概也是后人用通行的名称改称为注,不是它们在郑玄以前就把自己的注解叫作注。①

这说明,"传"与"注"可以通用,它们之间的界限并不严格。而且到后来,注几乎"包罗万象"了:

> 传,在秦汉之际,把儒家的"六经"(《易》《书》《诗》《礼》《乐》《春秋》)称为"经",把解释经的叫"传"。例如"毛传"就是对《诗经》的注释,孔安国对《尚书》的注释就叫"孔传"。
>
> 笺,东汉时郑玄在"毛传"的基础上,对《诗经》又做了进一步的解释,他的注解称为"笺"。"笺"的意思本来是说对"毛传"的阐发和补充。但后来所谓的"笺注""笺证",却只是注解的意思,不一定限于对别人的注的阐发和补充。

---

① 周大璞:《训诂学要略》,武汉:湖北人民出版社,1980年,第41页。

注,大约从东汉开始,对古书的注解一般不称"传"而称注。但注可以是对古书注解的通称,如《十三经注疏》的注,就包括"毛传""郑笺"。①

还有一些材料,就不一一赘引。以上材料均说明,训诂学史上,确实存在概念混淆的现象。不用说,李陈玉对这种混乱现象,十分不满,涉及此事,"甚至终日不平"。他于《楚辞笺注》序中言:

> 毛公于《诗》,本注与"疏",而乃谓之"笺";向秀之于《庄》,郦道元之于《水经》,本"传"也而乃以为注;程正叔于《易》,本注而乃以为"传";陆机(当为玑)《草木虫鱼》尚谓之注,则堪与《毛诗》《尔雅》并行,而乃又谓之"疏"。在毛、程则僭,在陆则舛,在向、郦则降。

李陈玉按他对"传""注""笺""疏"的定义,指出以上书名与实际所用概念不匹配,这些判断是否正确、合适,可能有不同看法。但这些书名确实存在概念混淆的现象。李陈玉希望将"传、注、笺、疏"的内涵界定得清晰准确,这一思想却是有利于训诂学发展的。可惜因其长期隐居山野,《楚辞笺注》晚出而影响甚微,他的思想并未获得相应的重视,即使在今天,知道他这套观点的人也是少之又少。

三、训诂实践之考察

以上是就学理层面对李陈玉的训诂观点进行探讨,下面我们还可从实践方面,即他运用这套观点对楚辞进行研究之实际成绩,再作一点探析。

在语音、语义的训诂上,《楚辞笺注》颇有可取之处。如李氏认为,《招魂》尾音词用"些",而《大招》尾音词用"只",二者的区别在于:"些"是楚人土音,而"只"本古韵,《大招》大索上下四方,不能用楚方言,只能用通行之古韵。此见解很有道理,至少对二者的不同有一个较合理的解释。再如《哀郢》题下按曰:

---

① 郭锡良等编:《古代汉语讲授纲要》,北京:中央广播电视大学出版社,1983年,第295页。

篇末"憎愠惀之修美",解者多不明"愠惀",胸中嫉妒外面不觉也。

《抽思》题下注曰：

> "少歌"，乐章音节之名，荀子《佹诗》亦有"小歌"，倡亦"少歌"之意，即所谓发歌句者也。

《怀沙》"古固有不并兮"之"不并"。历来注家多注为古者不并世而生，而李氏注为"有君无臣、有臣无君谓之'不并'"，此注有一定道理。

由于李陈玉在训诂上敢于反对传统观点，因而在具体词句见解上也能不拘于传统说法。关于《离骚》的"女嬃"之解，王逸、洪兴祖均认为是屈原之姊，李氏不同意，并大力反驳：

> 从来诠者，谓女嬃为屈原姊，不知何所根据。盖起于袁崧之误。袁崧因夔州秭归县有屈原旧田宅在，遂谓秭归以屈原姊得名。不知秭归之地，志称归乡，原归子国，舜典乐官夔封于此，故郡名曰夔州。《乐纬》曰：昔归典叶声律。然则归即夔，后人乃读为归来之归。宋忠曰：归即夔，归乡盖夔乡矣。郦道元好奇而不能辨，遂两志之《水经注》，故世互相沿袭。

这里指出王逸、洪兴祖根据不足，郦道元所据地理凭证亦有误，所言有一定道理。如此不拘于传统、不依循旧说还有一些，其中突出的例如《怀沙》篇名之释。历来注家根据司马迁《屈原列传》"怀石"之说，不敢怀疑。而李氏则根据汪瑗《楚辞集解》进一步断言："怀沙，寓怀长沙也。"后蒋骥在此基础上发挥，证据更充分，现学者多信之。

由于李陈玉特别看重"笺"，故该书特重篇章大义的阐发——按照训诂学家的说法，这也应属训诂范围[①]。《悲回风》"借光景以往来兮，施黄棘之枉策"，一般

[①] 可参见陆宗达《训诂浅谈》（北京出版社1964年版）。

将"黄棘"释为马鞭,而李陈玉则阐释为:"盖秦楚尝盟于黄棘,后怀王遂被执武关,祸始于黄棘之盟,楚以此受枉,故曰枉策。"联系楚国历史,此说极有道理。楚国自黄棘之盟后即处处被动,被秦国所左右,一步步衰落下去。以后持此论者,无不据此发端而受此影响。

另外,基于自身的训诂观点,李陈玉在《楚辞笺注》中的注释体例也较为灵活。他在《自序》中言:"是以《离骚》有笺而复有注,《天问》则有注无笺。《九歌》以下,则笺详而注略;《招魂》《大招》,则笺略而注详。"对于这种注释体例,可能有人会斥之为不统一,不过此种根据前代著作情况和自己的研究心得,实实在在作有差别的笺注,倒也在如林的楚辞著作中显示出自己的特点。

第四节　蒋骥文学地理图解的研究意义

蒋骥(1678—1745),字涑塍,武进(今江苏常州)人。清代著名楚辞学者,所著《山带阁注楚辞》,为楚辞研究史上重要著作之一。本书上编第三章第四节《明清楚辞研究思想》曾对他撰写该著思想作过简介,下编第二部分也将对其生平作简介,为方便读者更好地理解此节,这里选两点简介一下。

蒋骥少时勤奋好学,与兄蒋文元、蒋芳洲、蒋鹏翮、蒋汾功俱有文名,里人曾有言:"里中五蒋,后来居上。"其兄四人先后取得功名,然蒋氏只于二十岁时补县学生,终困于此。又自述二十三岁时得头目之疾,"毕生不痊。畏风若刀锯。凡春花秋月人世嬉游之事,概不得与。……自念少时读书课文,每为时辈所推叹,及老犹不废学"①。蒋氏平时对诸古文词时有论撰,评注经史子集之书亦不少,但自认"独于《离骚》功力颇深",足见该书为其得意之作。

蒋骥曾自述撰此书的遭际:"甲午,游京师,有睹是书者,窃议曰:'方今文教大行,苟从事经籍理学及诗章算术,皆可立致青紫。顾穷年毕精为此凶衰不祥之书奚取焉?'"当时所谓"文教大行"只是表面现象,不过是清统治者为笼络控制汉族

---

① 〔清〕蒋骥:《山带阁注楚辞》后序,上海:上海古籍出版社,1958年,第5页。

知识分子而采取的一种手段而已。与此相对应的另一面则是"文字狱"肆行,两种手段实质都是要达到一个目的。而蒋骥抛弃功名富贵,冒险著此"凶衰不祥"之书,且敢于京师示人,可能有深沉的民族情感寄寓其中。

一、成就

从研究的方法、路径意义上说,《山带阁注楚辞》最突出的成就,也可以说是最大的贡献,即是以文学地理图解研究楚辞。所谓"文学地理图说",即是以地理知识,辅以图解方法,在细读并正确理解作品的基础上,确定作品中的相关地名。我们知道,《九章》中《涉江》和《哀郢》为屈骚中名篇,同时亦是千古羁旅途行之诗的鼻祖,其后此类著名诗歌,如李白《峨眉山月歌》、李颀《送魏万之京》、许浑《送桂州严大夫》、高适《送李少府贬峡中王少府贬长沙》等,莫不学其精神、技法受其沾溉。而《涉江》《哀郢》,尤其是《哀郢》,涉及的诸多地点,一直颇有争论,未能确定。这也极影响对诗句的正确理解。此前,学者们均只是对单个地名作语言和文献资料之考释,直到蒋骥,方开始结合作品以地理图解之法进行研究,可说是取得了突破性的成就。

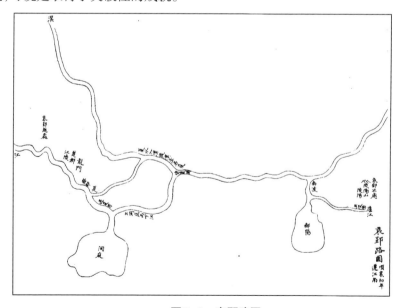

图2-1　哀郢路图

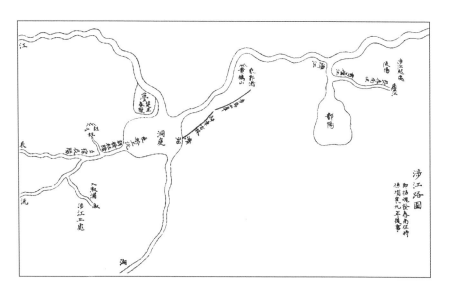

图2-2　涉江路图

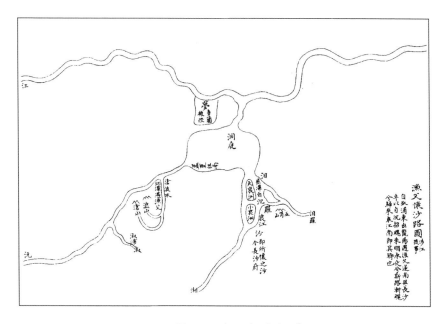

图2-3　渔父、怀沙路图①

---

① 以上三图摘录自《四库全书》本《山带阁注楚辞》卷首《考正地图》。

以上是《哀郢路图》《涉江路图》和《渔父、怀沙路图》,下面重点看第一图。

　　这三幅图都是手绘,若按现代地理绘图标准要求,则根本谈不上精确性。可毕竟结合《哀郢》诗作有了一幅"羁旅"图,要知道这可是第一幅这样的图! 有图和没图毕竟大不一样。蒋骥运用他的地理知识及方法,将屈原当年迁徙之行踪,所经过之地名,一一确定下来。比之单纯的就单个地名进行考订,要有明显的优势,下面就结合《哀郢》诗作与地图,就几个具体地点的分歧意见,看看蒋骥如何考订。

　　　　将运舟而下浮兮,上洞庭而下江。

这里,难点在于第二句的"上""下"两字。因从郢都至洞庭,是由东南向西北下行,应用"下"字;而由洞庭再至长江,是由南向北,应用"上"字。此处用字完全相反! 而王逸注曰:"运,回也。言己忧愁,身不能安处也。"①完全未涉及此难题。汪瑗已注意到这一矛盾,努力解释道:"方将运舟而东浮也,则又将上洞庭逆流而溯矣。方且逆流而溯也,则又将顺流而下江矣。两句之间,其道里之萦纡,迁客之颠沛,俱见之矣。"②说东迁的"道里萦纡","迁客颠沛"没错,说说"上洞庭"是"逆流而溯"则未免失准。由西北向东南行舟,习惯的表述分明是"由上至下",并且分明是顺流而下,何来"逆流而溯"③?

　　　　舟上则洞庭,而下则江,运而不浮,意不欲上,上则渐入南夷,而去故都日远矣。④

---

① 〔宋〕洪兴祖撰,白化文等点校:《楚辞补注》卷四,北京:中华书局,1983年,第134页。
② 〔明〕汪瑗撰,董洪利点校:《楚辞集解》,北京:北京古籍出版社,1994年,第175页。
③ 当然,后来也有学者按汪瑗的思路作解释,说屈原是从夏水东行,至汉水下长江,然后至洞庭,自是逆流而上。这点后面将说明其错误。
④ 〔清〕钱澄之:《庄屈合诂·屈子诂·九章》,《饮光先生全书》,清同治三年(1864)刊本。

> 上则有洞庭，下则有江，滔滔东逝，去而不返也。①

钱澄之、王夫之大概觉得汪瑗的说法迂曲难通，便改为从屈原的思想意愿方面阐释，钱澄之认为"上洞庭而下江"并非实际旅途，而是屈原不愿"上"，"上则渐入南夷"。王夫之则释为屈原所言只是方位，"上有洞庭，下有江"，屈原则是东去，像江水一样"滔滔东逝，去而不返也"。

再看看蒋骥是如何考订的：

> 下浮，顺江而东下也。洞庭，入江之口，在今岳州巴陵县。"上洞庭而下江"，上下，谓左右。《礼》：东向西向之席，俱以南方为上。今自荆达岳，东向而行，洞庭在其南，故以洞庭为上而江为下也。②

蒋骥结合具体地理环境和《礼》之记载，较好地解决了这一矛盾。按《礼》之座席方位，向东向西之席以南为上，故"南下洞庭"称"上"，"北上长江"曰"下"。解决了这问题，蒋骥就能断定这句话是实写，屈原确实是南下经过洞庭湖口又向北进入长江。实际上，屈原沿江东迁，洞庭在其右，而至洞庭湖口时，长江则在其左。习惯上，右为上而左为下。这就是蒋骥"谓左右"的意思。蒋骥当时还不太了解楚人民俗，与北方民族崇北不同，楚人崇东③。如《史记·项羽本纪》鸿门宴上的座次，安排"项王、项伯东向坐，亚父南向坐……沛公北向坐，张良西向侍"，司马迁写得如此细致，就是特意点明项羽是按楚人习俗行事。楚人既崇东，南即为上，北即为下。

再如：

> 背夏浦而西思兮，哀故都之日远。

---

① 〔清〕王夫之：《楚辞通释》卷四，上海：上海人民出版社，1975年，第75页。

② 〔清〕蒋骥：《山带阁注楚辞》，上海：上海古籍出版社，1958年，第119页。

③ 对此，笔者于拙著《屈骚艺术研究》第三章《拓宽视野，求同存异——屈骚创作倾向》（湖北人民出版社2006年版，第191—193页）中，引用考古资料与民俗事例，作了较详细论证。

这里,对"背夏浦"历来也有争论。王逸曰:"背水向家,念亲属也。远离郢都,何辽远也!"王逸注"背"为"背水",并未注出"夏浦",大约他认为"夏浦"即"夏水边"。朱熹则注曰:"时未过夏浦也,故背之而回首。西向以思乡也。"朱熹虽未具体注出"夏浦",但已显然将其作为地名。不过他认为屈原未通过"夏浦",而是在"夏浦"前背转身去。后面这解释显然错误。故汪瑗注曰:"浦,水中之沙洲也。背夏浦,谓已过夏浦,而在己背后也。西思,谓渐近所迁之东方,而郢都又在于西矣,故曰背夏浦而西思。思者,默念深思之意,非回首顾望之谓也。……朱子曰:'时未过夏浦,故背之而回首西向,以思郢也。'非是。"汪瑗明确指出朱熹所注不妥,肯定屈原此时已过"夏浦",纠正了朱子之误。然而他未能注出"夏浦"具体地点,是其不足。王夫之对此补注曰:"夏浦,汉渚也。此上皆追忆郢都之辞。"王夫之已确定"夏浦"为"汉渚",即汉水之渚,地名考释又往前进了一步。林云铭又进一步注曰:"背,违也。夏浦,即夏口之浦。故都在东迁之西,故曰西思。"林云铭离完全、具体、准确地注出这一句,只差一步之遥了。

最后的工作,由蒋骥完成:"浦,水涯也。夏水东径沔阳入汉,兼流至武昌而会于江,谓之夏口。背夏浦,则过夏口而东,去郢愈远矣。西思,指郢都言。"[1]蒋骥的地理知识确实丰富。夏水在汉以前,夏则水满,冬则湿地,故曰夏水,后来完全枯竭。夏水未枯竭时,由湖北沔阳进入汉水,故从沔阳以下一段汉水,亦可称夏水,汉水入江口,亦称夏口。夏口之江浦,简称夏浦。这句是说屈原过了夏口继续东下而西思郢都。终于,这一难解而分歧较大的句子,经过历代注家的不懈努力,在蒋骥这儿结合地理知识与方法,得到了完满的答案!

又如:

> 当陵阳之焉至兮,淼南渡之焉如?

这是分歧最大,也是最难解的。将各种分歧归纳起来,主要为两点:地名说、波

---

① 以上所引诸文,除林云铭《楚辞灯》卷三(清康熙三十六年挹奎楼刊本)外,其他出处已注明,此处便不再赘引,以下同。

神说。至于对这二说不表态、不置可否者,则可算第三派,然而不能算一种观点。权威注本里,王逸与朱熹都是第三派。王逸曰:"意欲腾驰,道安极也。森濩顾望无际极也。"朱熹注曰:"陵阳,未详。"然洪兴祖则定为地名:"前汉丹阳郡有陵阳,仙人陵阳子明所居也。《大人赋》云:'反大壹而从陵阳。'"王夫之亦曰:"陵阳,今宣城。南渡,舟东南行也。"林云铭也注曰:"陆时雍曰:'陵阳,楚地。卞和封为陵阳侯,即此。'"不认为陵阳是地名者,大概以林兆珂为最早,其在《楚辞述注》中曰:"陵阳,腾驰貌。"①这注释很奇怪,大约他还是以"陵阳"为波神,此是波涛汹涌貌,屈原乘舟腾涌其上,故曰"腾驰"。明确判定且大段注说"陵阳"是"波神"者,为汪瑗:"陵阳,洪氏解前阳侯,引《淮南》注曰:'阳侯,陵阳国侯也。'则此陵阳即阳侯也明矣。阳侯兼称其爵,陵阳专称其国耳。洪氏解此,又引仙人陵阳子为说,是亦过求之弊也。当陵阳之当,如两雄力相当之当,谓陵阳之波起,而舟以当之也,其义与前陵字相近。焉至,犹何所归也。渡,济也。……盖言己乘此陵阳之波,森然南渡大江矣,果将何所归何所往焉?"汪瑗的观点,为戴震所继承,只是说得比汪瑗更稳妥一些:"上云'淩阳侯之泛滥',此言'当陵阳',省文也。"

而蒋骥则肯定"陵阳"为地名:

> 陵阳,在今宁国池州之界,《汉书》丹阳郡陵阳县是也。以陵阳山而名。至陵阳,则东至迁所矣。……南渡者,陵阳在大江之南也。

在《哀郢》研究史上,蒋骥是第一个具体指出陵阳地点的学者,对于这一学术贡献,当代楚辞学者金开诚给予了很高评价:

> 但是这些注释(指洪兴祖、朱熹等),也只是指出陵阳是地名而已②,所说既不明确,也未说明陵阳与屈原离郢东迁的关系。清人蒋骥最先指出,

---

① 〔明〕林兆珂:《楚辞述注》卷四,明万历三十九年(1611)刻本。
② 金开诚说得不准确,王夫之就清楚地指明:"陵阳,今宣城。"而后面金开诚说的是对的。

　　陵阳是屈原自郢都出发的终点,是屈原东迁的目的地,也就是屈原的流放地。蒋骥认为,《哀郢》所反映的,是屈原从郢都到陵阳的行走路线。①

　　确实,对屈原这次东迁路线勾画得最清楚,东迁目的地考订得最明确的是蒋骥。应该指出,汪瑗的说法颇有牵强之处。他大概看到洪兴祖的校文——"陵,一作淩",便将"陵阳"释为《哀郢》前面"淩阳侯之泛滥兮"之"阳侯"。然"淩",王逸训为"乘也",而"当",可训为"抵也,值也"。故有"当"则不必有"淩",有"淩"则不必用"当","当淩"二字如此连用,令人很难理解,屈原不会这样遣词用字。而且,单一个"阳"字作"阳侯"解,随意性也太大。假如屈原这里是说"波神",完全可用"当阳侯",何必用"当淩阳"三字,令人摸不着头脑!因此,"陵"作"淩"是舛误,"陵阳"只能是名词,为地名。关于这一点,后面总结经验方法时还将从其他几个角度论之。

　　《哀郢》中屈原东迁之动因,主要有放逐说——王逸主之,白起破郢说——汪瑗、王夫之主之,遭逢凶荒说——朱熹主之,其他还有怀王陷秦说、顷襄即位之初秦攻楚说,等等,则属次要。前三说中,蒋骥等主"放逐"说,现代学者游国恩、马茂元等主破郢说,笔者亦从此说②。有意思的是,蒋骥所认定的屈原"放逐"路线,所绘地图,与笔者所考订的路线及途经诸地完全一致!这说明,不论对屈原东迁动因作何解释,其分歧对确定《哀郢》东迁路线及途经重要地点,影响并不大。只要据作品认真分析,将《哀郢》全篇作为一个整体细细体味,再结合有关地理状况和文献资料,都会绘出大致相同的路线图。同理,《涉江》也是如此。

　　不过应特别说明的是,蒋骥将《涉江》排于《哀郢》之后,并定《涉江》的起点为陵阳,此属误判,因《涉江》肯定排于《哀郢》之前,创作时间亦早于《哀郢》。笔者曾基于《哀郢》研究史,对此做过深入研究,读者参看下编第一部分之《论屈原对〈九章〉的整体构想及整理》,即可知其道理。

---

① 金开诚等:《屈原集校注》,北京:中华书局,1996年,第500页。
② 可见拙文《屈原晚年行踪理测》,《江汉论坛》1992年第6期,《人大复印报刊资料》1992年第11期全文转载。

我们再看《渔父、怀沙路图》。

运用"文学地理图解"法，不仅可帮助屈骚尤其是《九章》中有关诗歌地名、地点的确定，对于诗意、诗题之理解，也有相当帮助。如蒋骥《怀沙》诗题之新解，就是一极好例证。司马迁《史记·屈原列传》在引了《怀沙》一诗后，曰："于是怀石，遂自投汨罗以死。"直到宋代，楚辞学界对此尚无人怀疑，连朱熹也说："言怀抱沙石以自沉也。"至明代汪瑗，方提出新见："世传屈原自投汨罗而死，汨罗在今长沙府。此云怀沙者，盖原迁至长沙，因土地之沮洳，草木之幽蔽，有感于怀，而作此篇，故题之曰《怀沙》。怀者，感也；沙，长沙。题《怀沙》云者，犹《哀郢》之类也。"汪瑗意思是，屈原作《怀沙》时正在长沙，因长沙"因土地之沮洳，草木之幽蔽"而有感。只是这感怀之因与《怀沙》篇中内容并不太相合，后人多不采纳。而"沙"释为"长沙"这一观点，成为有生命力的新见而开始传承下去。传至蒋骥，这见解终于成熟：

> 此原遇渔父之后，决计沉湘，而自沉越湖而南之所作也。

> 《史记》"原传"载怀沙之后，即继以怀石自沉，后世释《怀沙》者，皆以怀抱沙石为解。……然以沙为石殊未安。按李陈玉云"《怀沙》，寓怀长沙也"，其说特创而甚可玩。或疑长沙之名，自秦始建，且专以沙名，未可为训。不知《山海经》云"舜葬长沙零陵界"，《战国（策）·楚策》"长沙之难"，《史记》齐威王说越王曰"长沙，楚之粟也"……又《遁甲经》"沙土之祇，云阳氏之墟"，《路史》"云阳氏处于沙"。[①]

蒋骥之前，李陈玉已提出《怀沙》为"怀长沙"说，然未多加论证。至蒋骥，则广引资料，力证秦朝统一天下之前，已有"长沙"之名，且"沙"可单指"长沙"，从而扫除了"怀长沙"说的最大障碍。蒋骥再进一步结合所绘路线图，以确证这一分析。他认为，屈原在湖南常德龙阳县沧水、浪水合流处，即沧浪水，遇到隐于渔樵的"渔

---

① 〔清〕蒋骥：《山带阁注楚辞》，上海：上海古籍出版社，1958年，第126、225页。

父",从而写了《渔父》一文。然后屈原想往长沙之湘水自沉报国,尚未能去时写了
《怀沙》。如此图、文、资料相结合来论证,就形成了一个完整、成熟的观点,比"怀
石自沉"说要合理多了。于今大多数学者信从此说,如现代著名楚辞学者游国恩、
姜亮夫等,都主张"沙"为"长沙"。当然,蒋骥此说亦有不足之处,即屈原既已决心
去长沙沉湘,为何又去汨罗?清代有学者就此作解:"而豫期死于此者,志称汨罗
山水明净,异于常处,屈子久已择为致命遂志之所。"①此说较为勉强。就河流状况
而言,于今湘水明净处亦多,古时则更不待言。笔者亦根据《哀郢》《悲回风》等对
此做过分析、推测,认为屈子应是从陵阳出发,为避免被秦军俘虏,特由长江进入
鄱阳湖,从鄱阳湖由修水上溯,到上游后再由汨罗江乘船,顺流而下到达汨罗。汨
罗当时是南楚的重镇,也是交通的枢纽之一,由江西到汨罗,并不是非常困难的事。
此说当然有推测成分,但毕竟较好地回答了上述难题。

另外,由于蒋骥对楚辞地理的精熟,再结合地理图说,对其他相关问题往往
也能拿出自己的见解。如《九歌》作地,王夫之因《湘君》中有"驾飞龙兮北征"
句,而言祀神者为汉北人,由此证《九歌》为屈原退居汉北所作。蒋氏指出,"洞
庭在沅湘之北,故神降有北征之言",认为王夫之的见解为刻舟之见。再如《湘
君》"望涔阳兮极浦"之涔水,驳洪兴祖、王夫之之论曰:"余按《水经注》,澧水入
作唐县,左合涔水。涔水,出西天门郡,南流径涔坪屯,溉田数千顷。又东南流
注澧水,作唐今澧州安乡县。又《岳州府志》:涔水在澧州北七十里,会澧水入洞
庭。唐卢子发诗所谓'君梦涔阳月,中秋忆棹歌'也。又《怨录》楚王子质秦歌,
亦有'洞庭木秋,涔阳草衰'之句。洪注澧州涔阳浦是已。又引《水经》云:涔水
出汉中南县,南入于沔。北自汉中之涔,与此何涉?而自谬其说乎?王姜斋欲
附汉北之说,乃云涔水在汉北,入汉合江,亦隔墙语。"显然,蒋说有理。

二、意义

毋庸置疑,蒋骥运用"文学地理图解"法,在楚辞研究上取得了显著成果,并
获得了某些突破性进展。下面要探讨的是,蒋骥取得的成功,对我们今天的楚

①〔清〕胡文英:《屈骚指掌》卷三,《武进胡氏所著书》,清乾隆五十一年(1786)富芸堂刊本。

辞研究有何启示？今天我们建构文学地理学，又该注意些什么？

如今，文学地理方法已得到广泛运用，几乎可以说形成了一门专学，文学地理图解为其方法之一。固然，今天地理学之发达，已远非古代能比，而精确的制图科学使古代示意性的地图看起来像儿童的涂鸦。在历史领域，历史地理学已俨然成为一门专学，经过学者们不懈地努力，已大致还原了各历史时期的地理状况。楚辞的地理研究也取得了相当进展，不仅发表了若干专门研究论文，还出现了专著，如饶宗颐的《楚辞地理考》。然而，蒋骥所使用方法的基本原则并未过时，对于建构文学地理学——至少是建构楚辞地理研究——可说永远是适用的。这基本原则归结起来，就是四个字：图文结合。即必须在正确理解全部作品的基础上绘制地图，而后可通过地图了解全局，进而分析整个作品的内在脉络和逻辑，从而解决疑难问题。这就对研究者提出很高要求——既要能正确深入地理解原作品，又要有丰富的地理知识，并要具备相当的历史地理学素养，也就是俗话说的吃透两头。

例如，就《哀郢》而言，它与《涉江》都是我国古代羁旅诗之鼻祖，必须紧紧把握这点再结合全诗脉络。像蒋骥那样亲手将屈原迁徙图绘一下，立刻就会发现，如若将"上洞庭而下江"理解为离开长江进入洞庭，那整首诗就索然无味了。洞庭一带离郢都（今荆州），也就几百里水路，即便溯江而上，乘船顺风，从洞庭至郢都，也就一两天工夫，何至悲哀如此？其实蒋骥早就指出了这种理解之误：

> 《哀郢》序次，曰"过夏首而西浮"，曰"上洞庭而下江"，曰"淼南渡之焉如"，黄维章、林西仲皆谓与《涉江》合。钱饮光亦曰："此原初发郢，由鄂渚夏口，转而西溯湖湘之南也。"余尝核而疑之，夫洞庭在郢东，而鄂渚又在郢东数百里，自郢入湖，信宿可至，奚必远历武昌？且武昌去郢五六百里，而欲顾郢城龙门，其迂不已甚乎！凡溯流为上，顺流为下。……盖诸解皆未考陵阳所在，而误以南渡为湘、沅之南，故举过夏首上洞庭之路，皆纷纭缪戾而不相符。[1]

---

[1] 〔清〕蒋骥：《山带阁注楚辞》，上海：上海古籍出版社，1958年，第221页。

蒋骥又再次在《楚辞余论》中详论"当陵阳之焉至兮",实有必要,很有道理。况且,若《哀郢》中屈原这次迁途的终点是沅、湘一带,根本用不着从长江进入洞庭,从石首乘船往南直下可达。因而,即便不谈方位考订与文化习俗,单就地理距离与水路交通,"下江"也不可能是下湘、沅,而只能是从洞庭下长江。

再如"背夏浦而西思兮",有学者认为"夏浦"在沅湘一带。这也是未从全篇考虑问题:既然"夏首"是夏水之首——这点几乎没有异议,那"夏浦"自然就应是夏水之浦,屈原沿江东迁,夏浦就只能是汉水入江口——怎么会跑到沅、湘一带去呢?至于屈原在夏口面前是背转身去(王夫之说),还是通过了夏口,这也只要结合历史地理学就可弄清楚。历史地理学告诉我们,至少在汉代以前,汉水入江口(夏口),不是像今天这样在龟山东面,而是在龟山西面。既然"背夏浦而西思兮"后面,有"登大坟以远望兮"之句,而这大坟就是龟山[①],屈原只有通过夏口才能登上龟山,王夫之的观点不攻自破。

还有,有些学者主"陵阳"是波神说,本节前面已通过介绍蒋骥观点作了辩驳。这里再从作品的完整性角度说明其误。既然《哀郢》是羁旅途行诗,那就应有始有终。起点有时可因特殊原因模糊一点(如《涉江》),但终点是不能不交代清楚的。《涉江》终点是溆浦,《哀郢》终点是陵阳,如陵阳是波神,那《哀郢》的终点呢?一首迁徙诗没终点,那就是不完整的,屈原不会如此!也有学者认为,屈原此次东迁终点是夏口,这也与诗意不合:"登大坟以远望兮,聊以抒吾忧心。哀洲土之平乐兮,悲江介之遗风。"此时秦军尚未进攻江汉平原,夏口一带尚是平静安乐景象,楚人之风尚存。但屈原预料秦军不久将打来,心情既"哀"且"悲",屈原既如此预料,他又怎会在此停下东迁脚步!因此,陵阳必为此次东迁的终点。

以上只是就《哀郢》中的三个地点之考索,谈谈笔者对"图文结合"原则的体会,这当然仅仅只是一个粗浅的开端,相信以后将有更多更深入的研究出现。

---

① 〔清〕蒋骥:《山带阁注楚辞》,上海:上海古籍出版社,1958年,第119页。

下 编

楚辞单篇研究史及主要著作评介

第一部分　本世纪发表的屈骚单篇作品研究史之研究

《离骚》的层次划分及结构的奥秘①

学术研究中的某些问题,我们常要知其难点所在,楚辞中《离骚》的研究即是如此。对于《离骚》来说,词语的注释、文句的训解、历史典故的探源、神话意义的阐发等,都是很难的学术工作。然而真正的难点还不在这儿,而在一个个分析文本时人人都要做又似乎并不难做的事情上——段落层次的划分。

姜亮夫先生曾经说过:"正如屈赋其他作品那样,每篇都有一个难点,《离骚》的难点在篇章层次,《九歌》的难点在解题……"笔者亦深有同感。层次的划分具体体现在段落上。而段落的划分,一难在《离骚》文理脉络的理解,正如明末著名学者钱澄之所言:"必欲以后世文章开合承接之法求之,岂可与论屈子哉!"二难在分法多,歧义大。据姜亮夫先生统计,不同的分法有九十五家之多②。这两难又是互为因果表里的:正因为文理脉络体会理解不深不透,才会歧义大、分法多;而不了解这些分法和歧义,你就很难肯定自己对《离骚》段落层次的划分是否正确。正如清代楚辞学者朱冀所说:"读《离骚》须分段看,又须通长看。不分段看,则章法不清。不通长看,则血脉不贯。旧注之失,在逐字逐句求

---

① 本篇原载于《淮阴师范学院学报(哲学社会科学版)》2000年第5期,《人大报刊复印资料·中国古代、近代文学研究》2001年第5期,个别字略作改动。

② 见姜亮夫《楚辞今绎讲录》,北京:北京出版社,1981年,第47页注释①。姜先生言他曾在《离骚章句大义分析》一文里选了七八家的分段法,印发为讲义,发给当时楚辞进修班的学生。可惜笔者未能看到。

其解,而于前后呼应阖辟处全欠理会。"(《离骚辩·凡例》)

因此,近两年来,笔者在撰写《楚辞学文库·楚辞著作提要》时,研阅了一百多本屈学著作(清及清以前七十多部,清以后二十多部),发现不同分法近四十种(没有姜先生发现的那么多)。从研究的发展进程看,段落划分在明代开始受到重视,分法渐多,分歧渐大。降及清代,各种划分方法已大多形成,以后的分法基本上超不出这个范围。如朱熹《楚辞集注》对《离骚》不分段,郭沫若的《屈原赋今译》也如此(只是将四句作一节);今人张家英先生的《屈原赋译释》对《离骚》的分段与清人张德纯《离骚节解》基本一致;金开诚先生《屈原集校注》的《离骚》分段法也是在董国英《楚辞贯》和鲁笔《楚辞达》二者之间作选择。特别值得提出的是,朱冀《离骚辩》将《离骚》分八段,而中华书局的洪兴祖《楚辞补注》校点本(1983年版)亦分八段①,分法与朱冀的相近,属于同一类型。但此分法有较大影响,如马茂元先生主编的《楚辞研究集成·楚辞注释》中离骚段落之分法,就完全与之相同。

而且笔者还发现,即使是明清时期的近四十种分法,也有近一半是明显错误或没有多大意义的,真正有独特见解可成一家之言又有代表性的,不过十多家而已。下面将这十多家作一个简略的介绍:

朱冀的八分法:

一、帝高阳之苗裔兮——哀众芳之芜秽;

二、众皆竞进以贪婪兮——愿依彭咸之遗则;

三、长太息以掩涕兮——固前圣之所厚;

四、悔相道之不察兮——岂余心之可惩;

五、女嬃之婵媛兮——余焉能忍与此终古;

六、索藑茅以筳篿兮——谓申椒其不芳;

七、欲从灵氛之吉占兮——周流观乎上下;

---

① 《四部丛刊》影印明翻宋本,《离骚》并未分段。然该书《出版说明》依据汲古阁标点排印,"本书最初由白化文、许德补、李如鸾、方进同志标点,编辑部做了进一步加工",并未言做了分段工作,其分段可能另有根据。

八、灵氛既告余以吉占兮——篇末。

中华书局校点本(以下简称"中华本")的八分法:

一、篇首——来吾道夫先路;

二、昔三后之纯粹兮——伤灵修之数化;

三、余既滋兰之九畹兮——固前圣之所厚;

四、悔相道之不察兮——岂余心之可惩;

五、女嬃之婵媛兮——沾余襟之浪浪;

六、跪敷衽以陈辞兮——余焉能忍与此终古;

七、索藑茅以筳篿兮——周流观乎上下;

八、灵氛既告余以吉占兮——蜷局顾而不行。("乱曰"以下未作一段)

戴震的十分法:

一、篇首——反信谗而齌怒。"自叙生平大略,而终于君之信谗。"

二、余固知謇謇之为患兮——愿依彭咸之遗则。"申言被谗之故,而因自明其志如此。"

三、长太息以掩涕兮——固前圣之所厚。"言君信谗之故,而己终不随流俗,以申前意也。"

四、悔相道之不察兮——岂余心之可惩。"设为退隐之思,言事君虽不得,而好修不变。"

五、女嬃之婵媛兮——沾余襟之浪浪。"借女嬃之言,而因之陈辞……申前未尽之意。"

六、跪敷衽以陈辞兮——好蔽美而嫉妒。"托言往见古先哲王之在天者以自广……因以叹混浊之世。"

七、朝吾将济于白水兮——好蔽美而称恶。"托言欲求贤女以自广。"

八、闺中既以邃远兮——谓申椒其不芳。"命灵氛为卜其行","而因念世之弃贤如此"。

九、欲从灵氛之吉占兮——芳至今犹未沫。"言不独世弃贤,向所称贤者,亦往往因之自弃,惟己则不随流俗迁改。”

十、和调度以自娱兮——蜷局顾而不行;“托言远逝所至,忧思不解,志在眷顾楚国终焉。”(“乱曰”以下未作一段)

鲁笔的十二分法:

一、篇首——来吾道夫先路。“自叙其天人交至本领,急乘时图君也。”

二、昔三后之纯粹兮——哀众芳之芜秽。“叙因导先路见疏,总由于党人蛊惑君心也。”

三、众皆竞进以贪婪兮——虽九死其犹未悔。“言与众竞进驰骋,立修名如古人。”

四、怨灵修之浩荡兮——固前圣之所厚。“忽忽忽疑,自伤自解。”

五、悔相道之不察兮——岂余心之可惩。“先悔后解,与上段共翻论前半篇之案。”

六、女嬃之婵媛兮——夫何茕独而不予听。“作过文。”

七、依前圣以节中兮——溘埃风余上征。“皆陈重华之词。”

八、朝发轫于苍梧兮——哀高丘之无女。“总为叩帝之故。”

九、溘吾游此春宫兮——余焉能忍与此终古。“皆求女不遂之词。”

十、索琼茅以筳篿兮——怀椒糈而要之。

十一、百神翳其备降兮——周流观乎上下。

十二、灵氛既告余以吉占兮——篇末。“写去国自疏,以末章死节为归结。”

王邦采《离骚汇订》的三分法:

一、篇首——岂余心之可惩;

二、女嬃之婵媛兮——余焉能忍与此终古;

三、索琼茅以筳篿兮——篇末。

龚景瀚《离骚笺》的三分法:

一、篇首——沾余襟之浪浪。龚氏认为“正言之也”,主要运用“赋”的手法。

二、跪敷衽以陈辞兮——余焉能忍与此终古。认为"放言之也",主要运用
"比"的手法。

三、索藑茅以筳篿兮——篇末。认为"假言之也",主要运用"兴"的手法。

另外,吴世尚《楚辞疏》分两大段,屈复《楚辞新注》分五大段,奚禄诒《楚辞
详解》分四大部分七段,董国英《楚辞贯》分十二段,张德纯《离骚节解》分十三
段,李陈玉《楚辞笺注》分十四段。限于篇幅,先将其共列于下:

篇首——字余曰灵均。李陈玉,1;屈复,1。

——纫秋兰以为佩。李陈玉,2。

——恐美人之迟暮。李陈玉,3;董国英,1。

——来吾道夫先路。张德纯,1。

——夫唯灵修之故也。李陈玉,4。

——伤灵修之数化。李陈玉,5;张德纯,2。

——哀众芳之芜秽。董国英,2。

——愿依彭咸之遗则。张德纯,3。

——虽九死其犹未悔。李陈玉,6;董国英,3;奚禄诒,1。

——固前圣之所厚。李陈玉,7;董国英,4;张德纯,4。

——岂余心之可惩。李陈玉,8;董国英,5;张德纯,5;奚禄诒,2。

——夫何茕独而不予听。李陈玉,9;董国英,6;屈复,2。

——沾余襟之浪浪。董国英,7;张德纯,6;奚禄诒,3;吴世尚,1。

——溘埃风余上征。李陈玉,10。

——结幽兰而延伫。张德纯,7。

——好蔽美而嫉妒。董国英,8;奚禄诒,4。

——好蔽美而称恶。董国英,9。

——余焉能忍与此终古。李陈玉,11;张德纯,8;屈复,3;奚禄诒,5。

——谓申椒其不芳。董国英,10;张德纯,9。

——恐嫉妒而折之。张德纯,10。

——芬至今犹未沫。董国英,11。

——周流观乎上下。李陈玉,12;张德纯,11。

——吾将远逝以自疏。奚禄诒,6。

——蜷局顾而不行。李陈玉,13;张德纯,12;屈复,4;奚禄诒,7。

——篇末。李陈玉,14;董国英,12;张德纯,13;屈复,5;吴世尚,2。

吴世尚、屈复七家分段之理由,有的结合段落要义说明,有的则于篇首介绍中总括之;有的较详细,有的极简略,此处也无法一一列出,笔者将在后面论述时视需要简言之。

归纳分析以上材料,仔细对比各家分段的原则和特点,可以发现一些规律。

其一,诸家分段的侧重面(即关注的重心)往往不一样。侧重面不同,分法亦常有差异。朱冀明言他分段的原则是以文气收束和叙事线索为主,中华本虽未明言分段原则,但具体分出的八段已告诉我们,此分法是以叙事为主线,着眼于人物活动、事态发展、时空顺序,依据实体性的材料进行划分,重视诗歌之叙事性。戴震的十分法则不同,它以抒情为主线,着眼于情绪变化、感情波折、内心矛盾,多靠精神心理因素作判断,重视诗歌之抒情性。如,八分法(以下以中华本为例)第一大段至"来吾道夫先路"止,着重于屈原的自叙;十分法至"反信谗而齌怒",着重于屈原的意向抱负及理想情操。八分法第二大段至"伤灵修之数化"止,着重于楚国历史现实的叙述及事君不合以至误解的经过;十分法则至"愿依彭咸之遗则",着重于申明被谗之因由,表明遭败而志愈坚的心迹。八分法最后一段从"灵氛既告余以吉占兮"开始,着重于屈原准备远行;十分法最后一段从"和调度以自娱兮"开始,着重于屈原对楚国的眷顾。

再看龚景瀚的三分法,它与八分法、十分法都不一样,龚氏以基本表现方法为主线,着眼于手法剖析,用《诗经》"赋""比""兴"的传统理论观察《离骚》之结构,重视诗歌之艺术性。如龚氏认为第一大段是直叙朝野上下以至亲人都不理解的苦衷,直抒国人莫我知之的感慨,既是以直叙为主,当是"赋"之手法,还特将"女嬃之婵媛兮"一节划为第一段。第二大段龚氏认为是"引彼以例此",以"求女"喻求君之识,热望实现其美政理想,这当然属于"比"。第三大段龚氏则皆判为"有其言而无其事",是"皆言何怀乎故都,而将从彭咸之所居也",故具有"兴"的特点。龚氏之分法,过度黏滞于《诗经》之"诗法",比朱熹走得更远,显得有些机械。但他充分注意了屈赋叙事抒情的手法特色,同时考虑了《离骚》的内在脉络及文气的运行。有时还兼顾屈原创作心理的独特之处,分段法新鲜而确有一定道理,故对后世产生了相当大的影响。

总结以上三种分法,可以说,八分法重在"事",十分法重在"志",龚氏三分法重在"法"。

其二,以这三个侧重面观察其他各家,除王邦采的分法带有综合性的特点外,别的都往往重于一面。屈复概括每段段落大意时,均强调其叙述性,如第一段言"叙世系祖考,生时名字";第二段言"自自疏说到既疏,自既疏说到既废,反复纷纭";第四段言"闺中邃远,哲王不寤,决之灵氛巫咸,多不入耳之言"。很明显,他的分法重在"事"。通过李陈玉所分的段及段落大意,也可看出他关注的重心与屈复相同,以"事"为先。而张德纯的十三分法,前三段侧重面还不明显,从第四段以后就表现得很清楚了。如他概括第四段之大意为:"素怀既定而反复以坚其愿也。"第五段为:"自反无缺而从容以广其志也。"第六段为:"盖既坚之愿而历证以明其守也。"第七段为:"盖即欲广志而号呼以致其情也。"以下亦大致如此,说明他关注的重心与戴震基本相同。而分段的起始句除前面几段与戴震的略有差异,后面的略细一些外,其余基本与戴震一致。至于吴世尚将《离骚》分为两大段,前为实写,后为虚写,明显是以"法"分之。奚禄诒虽未说明分段原则,他的具体分法也已显示其重心所在。

董国英和鲁笔的分段构想,判别要麻烦一些。他们似乎三方面都很看重,综合性似乎较强。鲁笔的段落大意,前三段似重叙述,四、五两段似又重情志,第六段又讲起了文法。董国英于第一段后言:"修身取贤,暗立通篇之柱,以下段段相承到底。"好像是要以"法"作为分段原则了,不料第二段即言"自叙始导君以用贤而不纳,继以谏君不用贤而见疏",又是以叙述为重。第三、四段又一变,尤其是第四段言:"始而怨王,继而归罪于党人,终仍归怨于王。"此又变为重于情志了! 所以产生这种现象,是鲁、董二人的主观愿望与《离骚》文本的客观状况发生矛盾的结果,细细斟酌二人的分段及段落大意,并进一步剖析他们的心理,可以肯定,其初衷确实是想将三者综合在一起的。但是他们没能深入了解《离骚》文本的内在机理结构。不了解只要划分法在三段以上,就根本不可能将这三者兼顾完善(这点下面将论述)。大约鲁、董二人在具体划分时也感到困难,所以最终还是有所侧重,鲁氏略为侧重于"事",而董氏则较为侧重于"情"。故鲁氏之分法与八分法稍近一些,而董氏之分法与戴震的十分法大致相同。

其三,最重要的一点,通过分段研究,笔者发现《离骚》内部结构一个重要奥秘,在这首响绝千古的伟大诗篇中,伏有三条线,即前面已叙及的事件、情志、方法。三条线中又以情志为主干。它们在文中波动运行,时起时伏,此起彼伏,既有合又有分,既综合又独立。表现在外部形式上,它们各有其对应的显现点——运动的波峰。当一条线显现出来,即处于波峰状态时,另两条线常常伏下,如此交错向前运动。而三条线又有结合处,也可以说是共振点,它使《离骚》内在结构既错综复杂又紧密地组合成一个整体。凡是共振点,则必为全诗转折回环并掀起新的高潮之处。很明显,这样的共振点有四处:"岂余心之可惩""余焉能忍与此终古""蜷局顾而不行"再加"尾声"。这也是这几句各家分段最集中的原因。另外,还有几处为两线接近或相交之点,全诗在这里也会有次一级之转折和波澜。此类句子有"伤灵修之数化""固前圣之所厚""沾余襟之浪浪""周流观乎上下",这几处也为较多的学者所认同。

前人常常慨叹《离骚》"诗思奇奥""文理难寻",殊不知这正是《离骚》巨大艺术魅力所在。若偏重一条主线,以为全诗仅仅围绕这条线展开,其结果便会理不清头绪,如坠五里雾。若按习惯、常规要求叙事、抒情、表现手法三线同一,同起同伏,那就像拿僵死的框架去套、卡千变万化、丰富多彩的生活,雄文《离骚》岂会被这种框架套住?正如清人张大受所言:"昔苏若兰璇玑织锦,尺幅之中,诗千余首,循环反复,错综变化,浅识者且不能寻其端绪,究其脉络。况屈大夫之争光日月者,欲一以贯之,难矣!"①清人夏大霖亦言:"岂支离之成赋兮,轻加诬乎屈宋。文有理如茧丝兮,一绪引于微茫。"②这说明前人通过反复研究,已经

---

① 〔清〕张诗:《屈子贯·张大受序》,清嘉庆三年(1798)曝城万春堂刻本。
② 〔清〕夏大霖:《屈骚心印·屈骚书后》,清乾隆三十九年(1774)刻本。

直觉地意识到,想用一线结构的习惯思维来窥察《离骚》的章法层次奥秘,断然行不通! 它也从反面证明了我们前面发现的结构规律。而这规律正是这首叙事性较强的伟大的政治抒情长诗,卓荦驳荡、波谲云诡、奥妙无穷、永具魅力的艺术特色之一。

正因为一些学者对《离骚》的这个结构特点不太了解,在划分层次段落时遇到关键处常显得无所适从,处理有点随心所欲。他们不知道这关键处正是某一条线的波起显现处,而往往以过渡段视之,一时将它们划到上段,一时又将它们划到下段,他们的分法多使读者有支离破碎之感,反而被弄糊涂了。如鲁笔将其划分的第六段注为"作过文",不知此正是"手法"一线之波起处,从此诗中引入了对话人物,以下"就重华而陈辞""命灵氛为余占之""巫咸将夕降兮"三小节均为"手法"一线的关键处(波起处)。若按其第六、第七、第八、第九段之划分标准,第十段应划在"谓申椒其不芳"一句,然而鲁氏却划在"怀椒糈而要之",显示了其因不理解而犹疑不定的心态。再如,《离骚》的"叙事""情志"两条线交错起伏,一条线波起则另一条线伏下,像"曾歔欷余郁邑兮"一小节为"情志",接下"跪敷衽以陈辞兮"一小节则为"叙事";"好蔽美而嫉妒""周流观乎上下"等句,均属后者,"哀高丘之无女",则属前者。有的学者则认为它们所属之小节是过渡段,一时划归上节,一时又划归下节,因理解错误而显示出随意性。

其四,在探察出《离骚》三线结构的奥秘后,再来作段落层次的划分,我们心中就有底了。假若想将三个侧重面都照顾到,显然只有一种分法——三分法:即篇首——岂余心之可惩;女媭之婵媛兮——余焉能忍与此终古;索藑茅以筳篿兮——蜷局顾而不行;"乱曰"一小节只能作为"尾声"。 王邦采恰好暗合了这种分法,但他将"尾声"也放入第三段,仍不够准确。反过来说,假若要对《离骚》作三段划分,也就必须将三条线都照顾到,因此三分法也只应当有此一种分法,其余的三分法都是不太准确、不太合理的。

然而,在对《离骚》进行注释、翻译、讲解、赏析时,三分法毕竟太粗略了,传承、研究、阐发等工作进行起来都不方便,大于三段的分法必然会出现。但是,十二段以上的分法又太细了。不仅太细,还往往并未能准确地勾勒出一条主线起伏运动轨迹。李陈玉之十四段分法,如将尾声不算,实际也只有十三段,它不过是把八分法再划细了一点而已。因此,分段数以在十以内为好。

一旦超出三分,就要丢掉一个幻想——以为能有一种分法可将三个侧重面综合统一起来。也就是说,任何一种分法都只能偏重一条主线,侧重于一个方面,都不是唯一正确、高于其他分法的。这也就是《离骚》层次段落划分法比我国的所有诗歌都多的原因之一。笔者倾向于在三个侧重面中,每个侧重面选择一种分法作代表。侧重于叙事的,当以朱冀或中华本的八分法较合适,一则因其分法较合理,二则这两种(尤其是中华本)的分法影响较大,便于各方面统一。侧重于情志的,当以戴震之十分法较合适,因张德纯之十三分法烦琐了一些,反不及戴震的准确。至于侧重于手法方面的,可参照奚禄诒之七分法。因吴世尚之二分法太粗,其下面再细分的层次还与之相矛盾。龚景瀚之三分法又不尽合理。相比之下,还是奚氏的较为合适一些。

当然,作为研究工作,尽可以"仁者见仁,智者见智",仍可坚持《离骚》分段之多样性,也不完全排斥有的学者在前人的基础上创立新的分段法(尽管这种可能性很小);但另一方面,作为传承工作,在向广大读者介绍、讲授、翻译《离骚》时,在明白了它内在结构的奥秘后,应有一个大致的相对的统一。这样广大读者才不会被五花八门的分段弄得晕头涨脑、无所适从,以致影响对《离骚》的接受和欣赏。此处通过对研究史的清理最后提出这四种分法,可供大家参考。

析史解难
——《天问》错简整理史的反思[①]

自清初屈复在《天问校正》(附于其著《楚辞新注》后)中第一次提出错简说并动手作了某些整理后,至今已有两百六十多年。相对于楚辞学两千多年的历史来说,尽管只是很短的一段时间,但它比有些专学的历史还要长得多,已足够我们总结出某种规律性的东西。下面,我们先对这段历史作一个简单的回顾。

---

① 本文原载于《湖北大学学报(哲学社会科学版)》2001年第5期。

屈复认为,《天问》错简颇多,要重新加以整理。他将全文分为两大部分,以"谁所极焉"为界。前一部分问日月星辰、山川怪异,后一部分问女帝、虞、夏、商、周之历史。在两大部分的基础上又将全文分为九段:一、问"日月星辰";二、问"鲧、禹治水之事";三、问"地理";四、问"山川人物、奇怪之类";五、问"上古之事";六、问"夏一代事";七、问"商事";八、问"周历代之兴废";九、问"楚国事"。当他认为某几句与某段内容不相符时,便将其挪动到相应的段落中去。这种全无根据而以己意为之的做法,理所当然受到朴学代表学者戴震的严厉批评。由于当时戴震的学术地位极高,故有清一代几乎再无人像屈复这样对《天问》进行"错简"整理。然而,进入二十世纪以后,在疑古思潮影响下,《天问》"错简"问题重新被楚辞学界提起,一批学者又动手对《天问》作了整理。

较早的是游国恩先生于《楚辞概论》中对《天问》结尾的整理,整理后的排列于下:

> 荆勋作师,夫何长?吴光争国,久余是胜?
>
> 何环闾穿社,以及丘陵,是淫是荡,爰出子文?
>
> 吾告堵敖,以不长,何试上自予,忠名弥彰?
>
> 薄暮雷电,归何忧?厥严不奉,帝何求?
>
> 伏匿穴处,爰何云?悟过改更,我又何言?

游先生说明曰:"文义必须如此校正,方能贯串。因为《天问》从'兄有噬犬'一韵以上,问古代及他国的事已经完毕,以后即继问本国的事,即楚武王的整军、吴王阖闾的破郢、令尹子文的出生、成王熊恽的篡弑四件事。本篇所有各种问题,至此为止。'薄暮雷电'以下,八句两韵,则为屈子自叙的话。"[①]其后,唐兰先生也在《〈天问〉"阻穷西征"新解》一文中对《天问》中间部分进行了整理[②],变动幅度比游先生的更大,变动的句数也更多。如将"阻穷西征"至"何以迁之"二十四句,前挪至"何续初继业,而厥谋不同"二句后;将"鲮鱼何所"至"而后帝不若"三十二句前挪至"东流不溢,孰知其故"二句后等。

① 游国恩:《楚辞概论》,上海:商务印书馆,1928年。
② 唐兰:《〈天问〉"阻穷西征"新解》,《禹贡》第7卷1937年,第1—3期合集。

在这种思潮的推动下,其后郭沫若对《天问》进行了大规模的整理。郭沫若认为:"古人的书籍是竹简编成,一简写不了多少字。串简的绳索一断,简篇便容易窜乱。因此,这篇诗的次序很零乱,必须加以整理。前清的屈复曾做过这一工作,但很多人反对他。整理的成绩如何,是值得讨论与批评的。但如果根本反对整理,那是保守的见解。在封建的旧时代,为了维护经典的尊严,把经典神圣化,不准随便改动一字,甚至不准随便增减一笔。前人崇拜屈原之余,也曾把屈原的作品作为经典,故一般倾向于反对《天问》的整理。这毫无疑问,是封建思想的孑遗。"①于是,在破除了"封建思想的孑遗"之后,郭沫若对《天问》动了"大手术"。据笔者统计,挪动达二十处之多。限于篇幅,现只将改动后《天问》之前半部分引列如下:(每行由左至右)

遂古之初——曜灵安藏(此段未动)萍号起雨——何以迁之

九州安错——何兽能言雄虺九首——乌焉解羽

登立为帝——孰制匠之干协时舞——何以肥之

不任汨鸿——帝何刑焉阻穷西征——而鲧疾修盈

永遏在羽山——河海何历焉有虬龙——负熊以游

鲧何所营——地何故以东南倾禹之力献功——而能拘是达

皆归射鞫——而交吞揆之白蜺婴茀——不能固臧

天式纵横——夫焉丧厥体惟浇在户——而亲以逢殆

汤谋易旅——汤何殛焉缘鹄饰玉——而黎服大悦

由此可见,经郭沫若"调整"后的《天问》,原结构已被完全打乱,甚至可以说已不见了踪影。《天问》被整理到这一步,似乎已是登峰造极,后面再难超越。

然而,错简整理的思潮依惯性继续向前发展,硬是超越"极限"达到了新的"境界"。1974年,苏雪林先生的《天问正简》出版②。书中认为:"《天问》这篇大

---

① 郭沫若:《天问解题》,《屈原赋今译》,北京:人民文学出版社,1953年,以下所引资料同。
② 该版本现在很难见到,1992年作者请台北文津出版社按原版照相影印制了一百本。

文是'域外文化知识的总汇',不但天文、地理、神话来自域外,即历史和乱辞也羼有不少域外文化分子。"与此相统一,苏先生将《天问》分成天文、地理、神话、历史、乱辞五大段,每大段句数皆为定数。前三大段每段均为四十四句;历史又可分为夏、商、周三小段,每小段七十二句;乱辞二十四句。这样,现貌的《天问》就得作更大的改变,不仅句子之间要调动,有的地方还需要补足。也就是说,《天问》不仅有错简,还有脱简。如苏先生认为凡七言均为"乱辞",于是将诗中的七言句全部集中到诗尾。但一共只有二十三句,由此断定缺了一句,这一句应在"荆勋作师夫何长"一句后。夏、商、周三段,夏代幸有七十二句,商、周二段当然就有脱简。苏先生判断商代部分脱了八句:"该秉季德,厥父是臧"前脱四句,"水滨之木,得彼小子"前脱二句,"不胜心伐帝,夫谁使挑之"前脱二句。而周代部分脱六句:"昭后南游,南土爰止"前脱四句,"吴光争国,久余是胜"后脱二句。至于错简整理,除天文部分四十四句未动外,其余均作了很大调动。现仅将商代部分录示如下:

（接于"何颠易厥首,而亲以逢殆"后）□□□□,□□□□。□□□□,□□□□?

该秉季德——牧夫牛羊? 恒秉季德——不但还来? 有扈牧竖——其命何出?

昏微遵迹——后嗣而逢长? 汤出重泉,夫何罪尤? □□□□,□□□□?

水滨之木——有莘之妇? 成汤东巡——而吉妃是得? 缘鹄饰玉——终以灭丧?

汤谋易旅——汤何殛焉? 帝乃降观——而黎庶大悦? 初汤臣挚——尊食宗绪?

□□□□,□□□□。不胜心伐帝,夫谁使挑之? 彼王纣之躬——箕子佯狂?

从1938年发表《天问整理的初步》起,到《天问正简》问世,苏先生的《天问》

研究,走过了三十六年漫长的路程。其间纷飞的战火,身世的漂泊,社会的动荡,曾数次迫使她中断了研究,但条件无论怎么困难,都无法使她放弃,而最终拿出了认为可以定型的结论,其学术精神实在令人钦佩!但学术研究在某种程度上说也实在是残酷无情的,终身执着研究的成果并不一定会被学界认可,更不敢说一定正确。像苏先生这样将《天问》全部打乱重排,还臆缺补漏,不但认为《天问》无错简的学者不同意,就连赞成对《天问》进行整理的学者也不能接受了。从此,《天问》错简整理的思潮来了个一百八十度的大转弯,整理的勇气不是那么足了。学者们变得小心谨慎起来,多认为《天问》即使有错简,也不会太多太大,行文用语也多是商量、推敲的口气。如林庚、金开诚、周秉高等先生。回顾了《天问》错简整理的历史,基本了解了整理者的整理方法和结论,其共有的根本性缺憾也就自然而明显地凸显出来。

首先,几乎所有的整理者都忽视了对《天问》书写形式的判断,而这恰恰是整理《天问》第一个重要的条件。古人校读古书,凡简策部分,必注意每册多少简,每简多少字。《汉书·艺文志》在叙述孔安国献古文尚书后,言曰:

> 刘向以中古文校欧阳、大小夏侯三家经文,《酒诰》脱简一,《召诰》脱简二。卒简二十五字者,脱亦二十五字;简二十二字者,脱亦二十二字。文字异者七百有余,脱字数十。

清代的一些著名学者,也是深明此理。朱彝尊《江村销夏录序》(《曝书亭集》卷三十五)曰:

> 昔之善读书者,匪直晰其文义音释而已,其于简策之尺寸必详焉。郑康成曰:《易》《书》《诗》《礼》《乐》《春秋》,策皆二尺四寸;《孝经》谦,半之。《论语》,八寸策者,三分居一,又谦焉。服虔传《春秋》,称古文篆书,一简八字;而说《书》者,谓每行一十三字。括苍鲍氏,以之定正《武成》;诸暨胡氏,以之定正《洪范》。

如今,出土的先秦和汉代竹简已有相当数量,足证《汉书·艺文志》记载和郑康成所言不诬。古代每一书的竹简长度必定一致。如"郭店楚墓竹简",《语丛》之竹简长度均为17.2厘米,"包山楚简"之长简为69.5厘米。而《语丛一》《语丛二》绝大多数是二句八字一简。但另一方面,《汉书·艺文志》记载和郑玄之言又不够全面——古代竹简的书写方式并不止一种。除每简字数固定(此多为经典)外,还有句数固定(此多为韵文),字数不固定——随简书写(此多为一般典籍);"旁行句读"——由右向左横写。(如《墨子间诂·经说》上、下,孙诒让考证出这些章节为"旁行句读"方式书写,乃一卓越贡献。)

那么,《天问》的简策书写究竟是何种方式呢? 一般来说,作为韵文,每简句数应当相等,但这仍有竖写和横写两种。即便是竖写,每简的句数还有二、四、六、八、十,种种不等。以目前出土的竹简观察,容下这些句子甚至更多一些完全不成问题——"包山楚简"的长简有达七十多字者。如果不能确定每简的句数,所谓错简的整理就无从谈起。在笔者所见的整理错简的文章中,唯有苏雪林先生提出了每简的句数问题——她认为是四句(见《天问正简·引言·〈天问〉杂乱由于错简说》),并以此批评游国恩先生的整理有误——游先生有两句搬移的情况(其实郭沫若整理的两句搬移也不少)。这个批评应当说是切中肯綮的。只是苏先生的证据亦不足,她曰:"古人于重要的高文大册用长简,文艺遣兴之作,则用短简。短简每片至多只能写四句,且各行独立[钱穆先生云'古人书简皆用竹简……又篇皆别行'(《论语要略》),我以为韵文则行皆别行,如今西洋诗及中国新诗写法]……思想决定工具的运用,工具也决定思想的形式,这是一个显例。"(《天问正简·引言·〈天问〉内容之大概》)苏先生断定每简有固定句数无疑正确,但"每简至多只能写四句"则显然错误。如上所述,句数可以有二、四、六、八等。仅凭一句主观的臆断,很难令人信服。其实,情况可能比这还要复杂。笔者认为,当年刘向校定楚辞时,参本至少有两部,书写形式也不一。而刘向校定后,民间也还有不同的本子在流传,至王逸为《楚辞》作"章句",也仍能见到几种本子,此事后面还将专论之。因此,在不能确定《天问》简策书写状况的情形下判断其错简并进行整理,恕笔者直言,这实在是犯了古籍校勘之大忌。

其次,在研究的指导思想上也存在问题。整理者只将错简看作一个孤立的现象,而作孤立的研究,没有将其看成是整个屈骚研究中的一环,没有从整个研究史的角度全面统一地分析处理问题。作为一位研究者,看到《天问》"文义不次序",力图找出这种"不次序"的原因并加以解决,这只是研究《天问》一个方面。另一方面,还必须从研究史的角度思考问题:屈骚的篇章不少,为何独独《天问》"错简"如此厉害?刘向校书秘阁,王逸距西汉相对而言不远,为何他们都只字未提《天问》的"错简"问题?自王逸以下到屈复之时又有一千多年,为何众多著名学者如柳宗元、朱熹、王夫之等,都不提更不动手去处理《天问》的"错简"?如果研究者这样全面地或曰反向地思维一下,也许就会慎重得多了。

就客观条件而言,历来的错简整理者还不太可能从整理史的角度考虑问题,尽管他们也提到前人整理的情况,而且有的(例如苏先生)还提得较多,但整理史的运动还没有完成一个过程,整理者很难预见后面的发展状况。再加之他们不是用历史的运动的眼光观察问题,而是观念先行:首先肯定前人的动机——《天问》有错简——是正确的,进而还嫌其不足——必须加大整理的力度,接着便加大力度进行整理。这里倒用得着一句过去的老话——"只埋头拉车,不抬头看路"。今天,当我们跳出这个圈子,站在高处眺望这条道路,便很清楚地看出了它的运动轨迹:一个加速的往复曲线运动。从前所引的例子即可以看到,屈复一出来便进行多处整理,但也一出来便撞到了南墙,然后整理运动又回到起点,重新开始。判断和整理错简处的发展轨迹为:

整理→受阻→(回头)几处→七八处→十多处→二十多处→全部打乱重排→(又回头)谨慎处理→又开始加速⋯⋯

从上列运动轨迹可知,苏雪林先生的《天问》研究正处在弯道的顶点,而现实的《天问》研究则正处于"又开始加速期"。如孙作云先生1989年出版的《天问研究》,又认为《天问》"错简"近三分之一。(《前言·天问的错简》)《天问》错简整理的历史和整理运动客观的轨迹,逼得我们不得不这样思考问题:在目前无任何真凭实据的情况下,对《天问》"错简"的判断和整理已经不是研究者单纯的个人行为,而实质近乎一种集体行动,是一种无协商、无意识的集体行为。因为只要断定有错简,就应当允许进行整理;你可以整理几处,就应当允许人家整理十几处。既然你可以整理十几处,人家整理几十处甚至打乱重排又有什么不可以呢?因而,只要你跨入这条道路,你就实际成了整理队伍的一员,被别人推着又推着别人向顶点进发。最后,当这个运动又一次到达顶点,你瞠目结舌地看着那些与自己的初衷完全不相容的结论,感到它走到了反面。绝大多数研究者会这样想:与其这样整理,还不如不整理!

因此,尽管在"学术研究独立自主"的原则下,每位研究者对《天问》的"文义不次序"以及成因、是否是错简都可以独自作出自己的判断,但不能也不应具体动手对所谓的错简进行整理。在目前条件不具备的情况下,只要你朝这方向迈上一步,就实际是朝着相反的方向走,朝着全部否定《天问》的方向走。因为整理史已经得出结论:此路不通!我们必须尊重这个结论。

第三,对屈原创作《天问》的心理及方法实际认识亦有错误。屈原创作《天问》时究竟是怎样一种心理状态?这点在王逸《楚辞章句》中早有回答:"屈原放逐,忧心愁悴。彷徨山泽,经历陵陆。嗟号昊旻,仰天叹息。见楚有先王之庙及公卿祠堂,图画天地山川神灵,琦玮谲诡,及古圣贤怪物行事。周流罢倦,休息其下,仰见图画,因书其壁,呵而问之。"这说明屈原当时处于愤懑、不平、困惑、痛苦的心理状态中,而且已经积蓄了相当的心理能量——他要爆发。王逸的解释,大多数学者一直基本赞同,也一直有少数学者不同意。而在对《天问》进行整理的学者中,更有一个有趣的现象,即错简整理少或较少者,多赞同王逸之说;而整理之处较多者,则全部反对王逸说。前者如林庚、孙作云等,后者如郭沫若、苏雪林等。郭沫若曰:"这篇相传是屈原被放逐以后,看到神庙的壁画,而题在壁上的。这完全是推测之词。任何伟大的神庙,我不相信会有这么多的壁画,而且画出了天地开辟以前的无形无像。"①苏先生则提出三点理由对王说进行反驳:一是《天问》的题目,说是后人所加,则全无证据;"说是屈原自己所加,

---

① 郭沫若:《天问解题》,《屈原赋今译》,北京:人民文学出版社,1953年,第85页。

则屈原临画感兴,题写数句,以抒愤懑,本非有意写作整齐的篇章,则此文何致会有题目?"二是有些问句像"遂古之初,谁传道之? 上下未形,何由考之"之类,根本画不出。三是若屈原见一幅画就在下题几句,则不成系统,又无次序。"《天问》是否有次序,此语再说,现存的本子,通篇有韵,壁上随意涂抹的文句,居然能够如此,岂非文学史上第一大奇迹?"①

其实这些论点都站不住脚。楚有壁画,而且有大型的壁画,不仅有古文献证据,更为当今出土墓室壁画所证实②,已不必赘述。至于苏先生的三点,则并非关键。王逸之说关键在于屈原作《天问》的动机为抒发情志,而引发这个动机的事件是见到壁画。至于是否书其壁,是否为后人所录等书写记录问题,则显然次之,何况后之学者对王说也作了多种修正。当然,对王逸的两个基本观点,也不能作胶柱鼓瑟似的理解。如不能理解为壁上有一画,屈原便在其下题一句;壁上无画,屈原便不会写。见到壁画只不过是引发了屈原的创作欲望,勾勒了《天问》的总体思路,确定了其诗的抒情方式。司马迁曰:"余读《离骚》《天问》《招魂》《哀郢》,悲其志。"他不仅所处时代与屈原接近,更重要的是心与屈原贴得最近,他的理解,我们没有理由不重视。根据这种理解,笔者在《屈骚艺术新研》中特别强调:"王逸指出《天问》创作的目的,不是真对天文地理、人世兴衰突然发生了哲学家的兴趣,不是真想通过一百七十二个问题描绘出一幅上古社会的历史画卷,也不是真要穷究宇宙奥秘对天问出个所以然来,更不是逞其知识渊博甚或是为了自娱。他的创作动机是'以渫愤懑,舒泻愁思'。"③

于是,错简整理史的第三个毛病就明显暴露出来了。既然屈原创作《天问》的主旨是抒情,就不应以叙事文学的标准要求它。试以郭沫若和苏雪林先生的整理为例,按他们要求的方法写作《天问》,可以耗时一年甚至几年,可以这个月写上段,下个月写下段,慢条斯理,从容不迫。这是一种没有痛苦、没有彷徨、没

① 苏雪林:《天问正简·引言·〈天问〉之产生由于壁画说》,台北:广东出版社,1974年。
② 这点前辈学者已有较多论述,如姜亮夫《屈原与〈楚辞·天问〉的写作时间与其缘由》、林庚《天问论笺·天问笺释》。有关考古成果,可参见拙著《诗祖涅槃·情深汉北》(三联书店1996年版,第120页注释①)。
③ 毛庆:《屈骚艺术新研》,武汉:湖北人民出版社,1990年,第83页。

有悲愤的编写,只能成为教科书似的知识灌注型的问题笔记,完全体现不了《天问》的基本特色和独特风格。研究者只要将他们处理后的《天问》与原作对照着读一下,就会明显地感到上述差别。

而且,凡处理错简较多者,实际是将《天问》的每一句看作独立的材料,按照自己认定的次序重新加以排列。这有点类似如"扑克牌小说"——不同的读者,不同的洗牌方式,都可以将小说重新排列。但《天问》不是"扑克牌小说"。任何"扑克牌小说",作者的感情是不能太清楚的,或者说根本就不能掺杂有任何情感。假若作者有着明显的感情掺杂其中,则每张牌的排列就应有固定的次序,整副牌就无法由读者洗后重排。《天问》的感情倾向和抒情特色十分明显,不可能由研究者独自判断随意重排。

即便是认定《天问》为叙述体裁的文学作品,也不能没有根据地随意重排,因为叙述方式也是因人而异的。正如一位西方叙述学家所说的那样:任何故事都可以有一万种叙述方法。这正是处理《天问》错简呈现出五花八门状况的一个重要原因。任何研究者都可以认为《天问》中的神话故事和历史事件应该这样叙述而不该那样叙述,可惜任何研究者都无法断定当年屈原究竟是怎样叙述[①]。

认定《天问》有错简而作了较多处理的学者,大约也清楚以上道理,所以他们总是否定《天问》的抒情特点。郭沫若说:"这是一篇很重要的作品。虽然都是以问题的形式提出,但我们只要把那些问辞去掉,就可得到古代神话传说的一些梗概。……据我的了解,应该是屈原把自己对于自然和历史的批判,采取了问难的方式提出。他是受强烈的创造欲所驱遣,存心作出一首奇特的诗。关于这些事象的知识,他可能另有散文的著作,可惜已经失传了。"[②]郭沫若基本否定《天问》是抒情的作品。这看似讲述《天问》内容的与处理错简无关的两段话,实际却是处理错简的理论基础。尤其值得注意的是,郭沫若认为"屈原可能另有散文著作",《天问》不过是将它以诗的方式再现出来,这就更表明了他的意

---

① 《天问》既是情感的抒发,必有其内在的情感逻辑和情感结果,这点笔者将另有专文考之。

② 郭沫若:《天问解题》,《屈原赋今译》,北京:人民文学出版社,1953年,第85页。

图。但他之所以不指明出来错简与它们的关系,大概还是心存顾忌。苏雪林先生也在反驳陆侃如(陆先生认为《天问》是屈原流放江南于旅途中陆续作成)时说:"我以为《天问》是一篇有首有尾,结构井然的大文章,而且还是一篇通篇有韵的长诗,墙壁上固涂鸦不出,旅行途中也胡诌不来。这是三闾大夫端居多暇的时候,翻阅了无数参考书籍,耗费了无数推敲思索的时间,惨淡经营而后写成的……"①对照苏说与郭说,二者十分相近,即都认为《天问》是屈原经过长期构思准备后所写的大文章,其创作动机在于陈述而非抒发,创作心理沉静而非愤激,这显然不合于司马迁、王逸记叙的《天问》创作实况,也无任何历史之依据。

现在,若将前面分散的结论归纳起来,其实整理史告诉我们的就是一句话:在当前条件不具备的情况下,不论你是否认为《天问》有错简,都不能对它进行具体的整理,哪怕只整理一处! 因而也可以说,对《天问》错简之判断,至少在当前并无实质意义!

以上是对整理运动轨迹的客观描述,对整理史客观的分析和抽绎,不掺入或曰尽力不掺入笔者个人的意见和判断,以求较客观地得到整理史给我们的启示。而若问个人的观点,则笔者认为,《天问》基本没有错简。限于篇幅,以下只简述两点看法。

其一,《天问》错简判断和整理的出现,是与对整个文史资料的判断和整理之历史分不开的。

西汉后期,经文之今、古之争拉开了辨伪学的序幕。东汉前期,王充《论衡》之《儒增》《艺增》《书虚》《正说》诸篇,标志着辨伪学的正式诞生。降及宋代,辨伪之风大盛,司马光、欧阳修、苏轼、王安石、郑樵、朱熹、晁公武、高似孙等,都对辨伪学作有杰出贡献。而疑古之风此时也开始兴起。其后明胡应麟《四部正讹》既可以说是集前代辨伪大成之著作,也可以说是促使疑古派产生之催生剂。清姚际恒《古今伪书考》及《九经通论》(今仅存《诗经通论》),既成功地奠定了他作为一位大学者的地位,同时也宣告了疑古学派的正式诞生。而也正是这时,

---

① 苏雪林:《天问正简·引言·〈天问〉之产生由于壁画说》,台北:广东出版社,1974年。

屈复的《天问校正》问世了。姚际恒生年早屈复二十一年,比夏大霖则更早,以姚在当时的影响和声望,屈复、夏大霖不可能不知道他的学术观点和成就。因此,《天问》错简的判断与整理,一开始就与疑古学派紧紧联系在一起。

其后,民国顾颉刚先生的"古史辨"学派将疑古之风愈煽愈炽,疑古学派也走到了极端。回顾这段历史,辨伪学无疑是应高度肯定的,它在长期发展中所形成的一套方法在今天也仍有借鉴的价值。然而,正如列宁所说:"真理再向前跨进一步,便成了谬误。"姚际恒已经向前跨出了这一步,而"古史辨"学派更是走进了泥潭。它遭到现代出土的大量考古文物接二连三地"轰击",结论一个一个被推翻,基本被宣判了死刑。与疑古派同产生、同发展的《天问》错简整理,作为一种思潮本身就成问题。再回溯汉、宋,精于考辨的一些大学者均熟悉楚辞,苏轼还亲手校定过楚辞,朱熹、高似孙还有楚辞专著,但无一人提出《天问》有错简。明胡应麟也应通晓楚辞,可他也未言及错简问题。精于辨伪学的许多学者均不认为《天问》有错简,而只有此学发展为疑古派时"错简说"才出世,这不能不引起我们深思。

其二,从楚辞文本校点的历史考察,也应无大的错简出现。

楚辞集中成书于刘向,前已叙述过,他在秘阁还校了别的经书。刘向学识渊博,校核精审,又拥有大量简册,其校书之功力与条件,非我们今天能比。但他并未指出《天问》有错简。王逸著《楚辞章句》时,应能看到刘向、扬雄的《天问解》和班固、贾逵的《离骚章句》①,如若任何一人判断《天问》有错简,王逸必说明之。且《楚辞章句》东汉时并未定于一尊,当时和其后还有其他注本流传,至南宋洪兴祖时,还能看得到(至少部分看到)班固的《离骚章句》②,其时还有多种不同于王逸的本子存在。陈振孙《直斋书录解题》说明洪兴祖校书用力之勤时曰:"兴祖少时从柳展如得东坡手校《楚辞》十卷,凡诸本异同皆两出之。后又得洪玉父而下本十四五家参校,遂为定本,始补王逸《章句》之未备者。书成,又得姚廷辉本,作《考异》附古本《释文》之后。其末又得欧阳永叔、孙莘老、苏子容本于

---

① 均可见《楚辞章句》之《序》及"叙"和注解。
② 洪兴祖《楚辞补注·天问》"地方九则,何以坟之"条下注曰:"班孟坚云:坤作地势,高下九则。"

关子东、叶少协，校正以补《考异》之遗。"《离骚》中窜入《抽思》的两句——"曰黄昏以为期兮，羌中道而改路"，《少司命》中窜入《河伯》的两句——"与女游兮九河，冲风至兮水扬波"，都已被洪兴祖校出。洪还校出了一些错讹字，但就是未校出《天问》有错简。

因此，笔者认为，《天问》基本无错简。万一哪一天地下出土文物证明确有错简，也不会超过几处。

《天问》研究四百年综论①

楚辞研究，从来称难，清人吴世尚即有"骚难读于诗，难解于诗"之叹②，姚培谦、张奕枢也有"读庄易，读骚难"之感③。这些多以毕生精力治楚辞亦治《诗经》或《庄子》的学者，所吐当是甘苦之言。楚辞难解，《天问》在楚辞中又"最为难解"。东汉王逸距屈原不远，又是宋玉同乡，其注《天问》已有一些扞格不通之处；宋朱熹博闻强识，学见精纯，释《天问》也不敢轻易下笔，有十二处以"未详"存疑④，可见研究《天问》之不易。但《天问》幽奥神秘，气铄古今，文深体怪，波谲云诡，堪称千古第一奇文，无穷的魅力吸引着历代无数学人探赜索隐，以至绵延两千多年⑤，俨然已成一门专学。

综观两千多年《天问》研究史，大略可分前、后两大段，前段为西汉至明末，成就主要在校刊、整理、训诂、释义上，与传统治经方法大体一致，可说为《天问》

---

① 此文原载于《文艺研究》2004年第3期，《人大复印报刊资料·中国古代、近代文学研究》2004年第10期。文字略有修改。

② 〔清〕吴世尚：《楚辞疏·自序》，清雍正五年（1727）尚有堂刊本。清人贺贻孙亦有同感，可见《骚筏·前言》，《水田居全集》，清道光二十六年（1846）本。

③ 〔清〕姚培谦：《楚辞节注·张奕枢序》，清乾隆五十七年（1792）刻本，此虽为张奕枢言，而姚培谦亦有近似看法。

④ 分别见〔汉〕王逸《楚辞章句》卷三，清同治十一年（1872）金陵书局校勘汲古阁本；〔宋〕朱熹集注《楚辞集注》卷三《天问》，上海：上海古籍出版社，1979年，第57—59、61—64、68、70页。

⑤ 《天问》研究，应从西汉刘向（前79—8）辑校《楚辞》算起。

研究打下了基础;后段为明末至今,学界在继承发展前段传统方法的基础上,开始了多学科、多角度、多层次之探索,新思想、新知识、新理论、新方法引入《天问》研究,呈现一派新局面,成果不断涌现,成就几近辉煌。我们下面要评述的,主要就是这后一段。

一

这逾四百年之后一段,若以年代划之,又可细分为四段。

明末至清末(1600—1900年)为第一阶段。这一阶段两大社会变故(清人入关和西方列强入侵)所引发的危机,反而大大推动了楚辞学的发展,《天问》研究也随之出现了新局面。这局面在形式上的显著标志,是第一次出现了《天问》专著。

有清一代《天问》专著有三本:毛奇龄《天问补注》、屈复《天问校正》、丁晏《天问笺》①。三书中,《天问补注》问世最早。毛奇龄为一代经学大师,特好辨正图书,排击异学,以驳难求胜。该书《总论》开宗明义,要补《集注》之缺,纠朱熹之误。书中列注文三十四条,详引各种典籍史料,于历史本事、地理方位名物故实多有创见,资料运用方法亦有创新,总体来说达到了《总论》所宣称的目的。《天问校正》附于《楚辞新注》(该书后有单行本,如《昭代丛书》本)后,屈复认为,《天问》故典难解,文理不顺,故需"校正"。《天问校正》之最大特点,是启疑古之端,第一次提出《天问》错简说,并动手作了若干整理(后面将详述)。对该书之评价,则因学术见解而异,同意错简说者赞之甚高,否定错简说者则最多只肯定其思路的开阔。《天问笺》出之最后,就学术范围而言,也最全面。无论是古事考证、语意探微,还是字义阐释,该书均有创见和发明。书中特别注意补王逸《楚辞章句》之缺,凡认为王注义有未尽者,多加以申发或补说。书名所以为《天问笺》,也是取郑笺补毛传之意。

然而有清一代《天问》研究之成就更多地体现于楚辞专著中。以清代三大

---

① 〔清〕毛奇龄:《天问补注》,《西河文集》,清康熙庚子(1720)本;〔清〕屈复:《天问校正》,《关中丛书》,陕西通志馆1936年排印本;〔清〕丁晏:《天问笺》,《广雅书局丛书》,清光绪二十六年(1900)刻本。另,王邦采《天问笺略》属《屈子杂文笺略》之一部分,故不计于单本著作内。

楚辞著作为例,王夫之《楚辞通释》重于义理阐发,认为《天问》要旨在于以历史兴衰成败之教训讽谏楚王,"抑非徒渫愤舒愁已也",以此析视《天问》结构,既与前人相异又言之成理,对后代影响较大。蒋骥《山带阁注楚辞》首次将近代地理知识引入楚辞研究。《天问》部分同样有此特点,书中甚至引陆次云《八纮绎史》的"满剌伽四时皆裸,莫斯哥盛夏重裘"来释"何所冬暖,何所夏寒",而以神话释《天问》也为该书一大特点。戴震《屈原赋注》以朴学见长①,《天问序》中公开斥责有的学者为"曲学异端,往往务为闳大不经之语",但又肯定"天地之大,有非恒情所可测者";其注释方法也与《离骚》《九歌》《九章》不同,凡有关天文、地理者皆详细注明,古史、人事则极为简略,有的甚至就不注。考戴震一生思想行事,这显然与当时文字狱有关,由此也体现出鲜明的时代特色。

其他有些楚辞著作的《天问》研究,于取得某种成就的同时,方法路径亦往往有自己的特点。如王邦采注释时于版本取舍上不拘一格;夏大霖阐发大义时重视对文句之感悟;陈本礼就全诗"对汤武多微辞"而深探屈原之忠君思想;胡濬源强调"以意逆志",以超脱态度对文本仅"观其大义";俞樾因声求义常以通假法求得本字②……总之,清代《天问》研究于前人基础上又开出一片天地,研究思想已见新变,各种方法已肇其端。

清末至民国末(1900年—1949年9月)为第二阶段。随着清末民国初年新文化运动的开展,西方各种思潮、理论及学科知识大量涌入。而清代本已确立的全方位、多学科、多角度、多层次的研究思想,一经与之结合,《天问》研究便出现了新变化、新特点。

这一时期形式上的明显特征,就是出现了单篇学术论文。最早的单篇论

① 〔清〕王夫之:《楚辞通释》,上海:上海人民出版社,1975年,第46页;〔清〕蒋骥:《山带阁注楚辞》,上海:上海古籍出版社,1958年,第81页;〔清〕戴震:《屈原赋注·天问序》,《广雅书局丛书》,清光绪十七年(1891)刊本。
② 可见下列专著之《天问》部分:〔清〕王邦采《屈子杂文笺略·天问笺略》,清康熙六十一年(1722)刻本;〔清〕夏大霖《屈骚心印》,清乾隆九年(1744)一本堂刊本;〔清〕陈本礼《屈辞精义》卷二,民国十三年(1924)上海扫叶山房影印裹露轩本;〔清〕胡濬源:《楚辞新注求确》卷三,清嘉庆二十五年(1820)长沙务本堂刊本;〔清〕俞樾《读楚辞》,《春在堂全书·俞楼杂纂》卷二十四,清光绪二十八年(1902)刊本。

文,大约应算1922年徐旭生发表于《努力周报·读书杂志》第4期上的《天问释疑》。其后1925年,游国恩先生便在《国学月报》第四期上发表了《天问研究》①。文中明确指出,屈原之所以能创作《天问》,一个重要原因是南北民族思想的差异:"南方民族思想是革新的,是很解放的,他并不受北方守旧思想的影响。"这种从南北民族思想文化差异推求《天问》创作动因的方法,也许是受刘师培南北文学不同源论的影响,然刘说亦是受了当时新文化、新思想之濡染。随后,1928年,刘盼遂在《中山大学史语所周刊》第三十二期发表了《由〈天问〉证〈竹书纪年〉益干后位启杀益事》一文,对"启代益作后"一段提出截然不同的解释,认为应是"益干启位,启反攻而杀之"。接着,二十世纪三四十年代,顾颉刚、刘永济、闻一多、童书业、唐兰、苏雪林、台静农、林庚等著名学者都先后发表论文。文中多运用新观念、新知识、新方法,使《天问》研究出现了新局面。

这一时期专著有范希曾《天问校语》、闻一多《天问疏证》②。《天问疏证》广搜典籍,间引古籀金文,对王逸注详加评析,颇多新见,其疏证方式对后来一批学者影响极大。其他与《天问》有关的楚辞著作中,特别值得一提的是梁启超《屈原研究》③。该著虽未对《天问》做专门研究,但其提倡的突破注经传统,以新途径、新方法研究屈原和楚辞的主张,对整个第二阶段《天问》研究也影响极大。这一时期的《天问》研究还有一大特点,即古文字和考古材料的运用。王国维利用新发现的殷商甲骨卜辞,考证出"该秉季德"之"该"即殷先祖王亥,使该句考释获得突破性进展,也引领了一代风气。其后闻一多、姜亮夫、朱季海等学者,运用这方面的材料,也取得骄人的成绩。

另一方面,清初兴起的疑古思潮,此时也愈煽愈炽。楚辞学界多有人怀疑《悲回风》《惜往日》《卜居》《渔父》等篇非屈原所作,甚至有人连屈原及其作品全部加以怀疑。这表现在《天问》研究上,则几乎所有楚辞学者均认为《天问》有错简。

新中国成立至"文革"结束(1949年10月—1978年)为第三阶段。第三阶段

---

① 此文后载《国学月报汇刊》第1集,1928年1月。
② 此书原为手稿,由季镇淮等于1979年整理完毕,上海古籍出版社1985年出版。
③ 梁启超:《屈原研究》,《饮冰室合集·文集》第三十九种,北京:中华书局,1932年。

的学术出现一个特有现象——大陆与台湾的《天问》研究各有特点。

这一阶段大陆学术界研究《天问》,1966年以前只有几篇论文。"文化大革命"期间,学术研究基本停顿。好在屈原当时被定为"法家",《天问》也被定为"反天命"之著作,故"研究"还可算得是没有中断。这一阶段仅有的两本专著——《〈天问〉〈天对〉注》《〈天问〉〈天对〉译注》①,并因柳宗元荣膺"法家"而得以撰成出版。两书注释态度尚可算认真,注文也还算平实谨慎。至于报刊上的几篇文章则因异文同腔"反天命"而谈不上什么学术性②。

这阶段一些老专家矻矻孜孜为《天问》研究做着基础工作,或收集资料,或考释文本,当时虽未完成或未能发表面世,却都于其后第四阶段集中体现出来。

至于台湾的《天问》研究,似乎仍沿着民国时期形成的路线进行,数量较多,质量上亦常有新见。著名现代作家台静农的《楚辞天问论笺》③,既善于吸收古代学者成说,也善于融会当代学者新论,间断以己意,常能令人耳目一新。特别要提出的是苏雪林,她坚持民国时期既定的目标,三十年来始终在楚辞园地里辛勤耕耘,《天问》成绩更是斐然可观——台湾《天问》论文大半出自她手,《天问正简》也于此时出版④。苏先生一贯主张在世界大文化背景下研究《天问》,其具体结论虽未必成立,然研究视野的世界性及总体思路常能给人以启发。

"文革"结束后(1978年至今)为第四阶段。十年动乱结束,大陆迎来了学术繁荣,《天问》研究自然也不例外,先让我们看几组数字。1900—2003年,《天问》研究成果:专著十五部。民国时期两部;新中国成立至1978年五部——大陆学者两部,台湾学者三部;1978年至今八部——大陆学者七部,台湾学者一部。有关论文三百四十四篇。民国时期二十四篇;新中国成立至1978年四十二篇——大陆学者十一篇,台湾学者三十一篇;1978年至今二百七十八篇——大

---

① 复旦大学中文系古典文学教研组注:《〈天问〉〈天对〉注》,上海:上海人民出版社,1973年;吉林师范大学历史系等:《〈天问〉〈天对〉译注》,北京:人民出版社,1976年。

② 刘哲夫:《〈天问〉中的反天命思想》,《人民日报》1975年2月5日;田文:《谈〈天问〉中的反天命思想》,《天津日报》1975年2月5日。

③ 台静农:《楚辞天问论笺》,台北:艺文书馆,1972年。

④ 苏雪林:《天问正简》,台北:广东出版社,1974年。

陆学者二百七十篇,台湾学者八篇。

　　数字虽不能全部却能在相当程度上说明问题。1949年至1978年,大陆《天问》研究无论是专著还是论文数均不及台湾,而第四阶段的专著则超过前两阶段之和,论文更是前两阶段的四倍以上！这几个相差悬殊的数字说明,随着政治、经济新时期的到来,《天问》研究得到发展,进入了历史上从未有过的新时代。

　　不单是数量,丰硕的研究成果更多地表现在质量上。二十世纪八十年代初,一批老专家爆发了积压多年的科研能量,纷纷拿出了重量级的研究专著。1982年,游国恩主编,金开诚、董洪利等补辑的《天问纂义》由中华书局出版,该著裒辑了东汉至清末近百家旧注,吸收部分现代学者研究成果,然后以按语形式鉴别、评论,并参以己意。其工程之浩大,资料之完备,为历史所无有,堪称集资料、研究于一体的划时代著作。1983年,林庚《天问论笺》经人民出版社问世。该著较集中地展现了林先生"三读《天问》"之所得,笺释、翻译、历史研究兼备,以精到中肯见长。1989年,孙作云遗著《天问研究》由其子孙心一付梓于中华书局。孙先生二十世纪三十年代即从闻一多修习楚辞,该著可说是汇聚其一生之心血,长于历史研究的他于《天问》神话和本事考证方面多见功力。还有一些老专家虽未有专书,却在楚辞或其他专著中拿出了《天问》研究的卓越成果,如姜亮夫、汤炳正、钱锺书等,此处不一一列述。

　　二十世纪八十年代中期,一批积学有年、造诣深厚的中年学者与志治楚辞、学识俱佳的青年学人登上《天问》研究主台。他们多以论文形式发表成果,思路开阔,方法多样,学术个性鲜明。他们有的循守师承,于传统方法中出新,如褚斌杰、金开诚、聂石樵诸先生;有的引进新知,以他山之石攻玉,如萧兵、翟振业、刘毓庆等;有的借重考古,寻出土文物求新证,如赵逵夫、江林昌等;有的拓展眼光,从文化背景得新识,如潘啸龙、罗漫等;有的以史为鉴,清理学术史探规律,如周建忠、高秋凤等;有的重于理论,透析文本看思想,如聂恩彦、戴志钧……总之是百花齐放,千岩竞秀,呈现出历史上从未有过的新局面。

　　就总体学术特色和趋势而言,二十世纪八十年代以后的《天问》研究有以下数端。

　　一是新学科、新知识、新方法、新理论的引进。大凡考古学、古文字学、神话学、民俗学、民族学、文化人类学、心理学等,只要能用上的,概在引进之列。这种学科交叉还有一新特点,即不单是楚辞学者学习兄弟学科、相邻学科的知识,而本来是这些学科的学者也来研究《天问》,如历史学者孙作云、现代文学学者杨义等;甚至自然科学的学者也加入了这个行列,如遗传学者任本命①。

二是注重资料的裒集、整理及统计、研究。继游国恩《天问纂义》后,一批楚辞学者积十年之努力推出了八百多万字的《楚辞学文库》②,其中《楚辞著作提要》对一半以上的《天问》专著作了长篇评析,其他三卷分别对《天问》的注释、论文、专题作了汇总,堪称最全面、最完备、最系统的集资料与研究于一体的大型学术丛书。在此基础上,有些学者开始了《天问》研究史之研究。周建忠对当代《天问》研究的归纳,翟振业对《天问》问题的回顾与展望,高秋凤对清代、民国《天问》研究的综述等,均取得阶段性的可观成绩③。

三是加强了对《天问》艺术的探讨。《天问》之艺术特色,历代学者注意均不够,有的甚至认为艺术成就不高。尽管有少数学者(如清代学者林云铭、现代学者游国恩等)对其艺术结构作过分析,但得不到大家的响应。进入新时期,学者们愈来愈重视《天问》的艺术研究,发表了一批论文,并于专著中多作探讨。其中特别值得一提的是张宏洪,近十年来,他有计划地发表了三篇论《天问》艺术成就之专文④,计划中的专著虽未出版,但已显示出良好开端。

---

① 杨义:《楚辞诗学·〈天问〉:走出神话和反思历史的千古奇诗》,北京:人民出版社,1998年,第267—370页;任本命:《天对试译》,《唐都学刊》1989年第1期;翟振业编著:《天问研究·任本命同志给翟振业同志的回信》,南京:南京大学出版社,1993年,第344—345页。

② 该丛书为国家社科规划"九五"重点项目,总主编崔富章,共四大卷:《楚辞集校集释》(崔富章、李大明主编)、《楚辞评论集览》(李诚、熊良智主编)、《楚辞著作提要》(潘啸龙、毛庆主编)、《楚辞学通典》(周建忠、汤漳平主编),湖北教育出版社2003年出版。

③ 周建忠、汤漳平主编:《楚辞学通典》,《楚辞学文库》,武汉:湖北教育出版社,2003年,第635页;翟振业编著:《〈天问〉问题研究的回顾与展望》,《山西师大学报(社会科学版)》1994年第1期;高秋凤:《清代〈天问〉研究综述》,《中国学术年刊》第12期,1991年;《民国以来〈天问〉研究综述》,《教学与研究》(台)1991年第13期。

④ 张宏洪:《单一与丰富的有机结合——一论〈天问〉的艺术成就》,《喀什师范学院学报》1993年第4期;《一元与多元的完美相融——二论〈天问〉的艺术成就》,《喀什师范学院学报》1994年第2期;《冷峻与热烈的辩证统一——三论〈天问〉的艺术成就》,《宁波大学学报(人文科学版)》1998年第3期。

　　以上是四百年《天问》研究之鸟瞰,下面再进一步就几个重要问题作具体观察分析。

二

　　若论《天问》之重要问题,当首推错简。

　　《天问》一文,自王逸开始,即认为有文义不顺畅、不连贯之处,王逸将原因归之于"题壁"。即是说,屈原写《天问》是随壁画题诗,后人从壁上录下,图画不连贯,诗义当然也就不连贯。此说经千余年基本无异议,到宋时洪兴祖方巧妙地反驳王说:"王逸以为文义不次序,夫天地之间,千变万化,岂可以次序陈哉?"实际肯定了《天问》文义有序。

　　直至清初,屈复与夏大霖才第一次提出《天问》错简说(夏大霖提出略早于屈复)[①],即认为"文义不次序"是因《天问》一卷简绳烂断、竹简错位所造成。夏大霖于《屈骚心印·发凡》中推测,"帝降夷羿,革孽下民"以下十二句,应挪于"释舟陵行,何以迁之"之后,并特注明:"愚按此十二句,应是错简。"屈复更于《天问校正》中断定,《天问》"文义不序"原因在于错简,必须要重新整理才能使文义通顺。他将《天问》分为问"日月星辰、山川怪异"与问"女帝、虞、夏、商、周之历史"两大部分。在两大部分基础上又将全文分为九段,当认为某几句与某段内容不相符时,便将其挪到他认为相应合适的段落中去,整理范围比夏大霖的要大得多。不过,屈复这种完全无根据,单以己意断之的整理法,立即受到朴学代表学者戴震之严厉批评。由于其时学术环境及戴震的学术地位,其后有清一代几乎再无人像夏大霖、屈复这样认定《天问》有错简并进行整理。

　　进入二十世纪,《天问》错简问题重新被学术界提起,而较早提出这问题的是游国恩先生。1926年《楚辞概论》出版,书中十分肯定屈复对《天问》所做的错简整理,表示了自己的整理倾向;其后于《屈原》中,游先生拿出了整理成果。他对《天问》结尾一段作了大的调动,将第七、八两句("荆勋作师,夫何长")和第十

---

　　① 现学术界一致认定屈复最早提出"错简说",然按理夏大霖应更早。屈复《楚辞新注》最早版本为清乾隆三年(1738)弱水草堂刻本,夏大霖《屈骚心印》最早为清雍正十二年(1734)刻本。

一、十二两句("吴光争国,久余是胜")调到开头,将开头六句及第九、十两句调到末尾,认为只有如此文义才通顺①。其后,1937年,唐兰在《〈天问〉"阻穷西征"新解》②一文中,对《天问》中间部分作了整理,改动幅度较游先生的更大。这以后,"错简说"影响越来越大,《天问》整理进入了加速度阶段。

1953年,郭沫若《天问解题》发表,文中公开将"反对整理《天问》"定为封建思想之"孑遗",并"破旧立新",对《天问》动了大手术③。据笔者统计,该文对之挪动达二十处之多。经郭先生整理后的《天问》,原结构已经完全被打乱,甚至可以说已经不见了踪影。1975年,孙作云《天问研究》完稿,孙先生将《天问》看作历史文献,以历史表述的标准要求之,从而判断《天问》有三分之一章次出了错,改动之处自然比郭先生的还多。

但孙先生还不算对《天问》改动幅度最大者。1974年,台湾苏雪林《天问正简》问世,书中将《天问》分为天文、地理、神话、历史、乱辞五大段,又判定这五大段句数当为定数:前三大段每段均为四十四句;历史一段又可分为三小段,每小段七十二句;乱辞为二十四句。由此,《天问》不但章句之间需要调动,有些地方还需补足。也就是说,《天问》不仅有错简,还有脱简。如历史一段,夏代有七十二句,而商周两段就有脱简:商代脱了八句,周代脱了六句。苏先生又断定"乱辞"均为七字句,于是将诗中七言句全部集中到诗尾。然只有二十三句,由此又断定脱了一句,这一句应在"荆勋作师夫何长"之后。至于错简整理,除天文部分四十四句保持原样,其余都作了大的改变。

苏先生自1938年发表《天问整理的初步》起,直至九十高龄还在进行《天问》的研究工作,其间无论社会发生多大的变动,都未能使她放弃,学术精神令人敬佩。她对《天问》整理的过程,实际成为二十世纪《天问》整理历程的一个代表。但《天问》整理到这一步,就有因整理而亡之危险,学术界大多不能认可了。

---

① 游国恩:《楚辞概论·天问》,北京:北新书局,1926年,第136页。该《屈原》为新中国成立前之版本,现已难寻得,此据苏雪林《天问正简》,见注28。而游先生于《天问纂义》(中华书局1982年版,第483页)中再申己见,其整理次序与《天问正简》所录完全相同,足见苏先生所引有据。
② 见《禹贡》1937年第1—3期。
③ 郭沫若:《屈原赋今译》,北京:人民文学出版社,1953年,第84页。

此后,即令赞成对《天问》整理的学者,在具体作章句间关系的判属时,都十分审慎。如林庚先生在《天问论笺·错字与错简》中言"凡在两可之间的,与其相信它错了,勿宁相信它原来的",并认为集中的错简只有两处。其后金开诚、周秉高等先生①,均认为错简不多,只不过具体整理处与林先生略有区别罢了。这样,几百年的《天问》错简整理,就经历了一个"发生—发展—收缩"的大轮回,现又正处于发展期。

二十世纪初至今,对《天问》错简问题见诸文字的,还有两种见解。一是认为《天问》虽可能有错简,但并不太主张或不具体动手对其整理,如姜亮夫、褚斌杰、杨义等先生②,显现出更为审慎的态度。二是坚持认为《天问》不存在错简,如汤炳正、翟振业、毛庆等③。他们否定"文义不次序"说,认定《天问》有着独特的立体结构和内在的问题逻辑,"段落秩然不紊",后人之错简说是受了王逸的误导。

2001年9月,笔者发表了《析史解难:〈天问〉错简整理史的反思》④,对《天问》错简整理的历史进行了全面观察分析。该文引用《汉书·艺文志》记载"刘向以中古文校欧阳、大小夏侯三家经文"的竹简文字情况,朱彝尊《江村销夏录·序》(《曝书亭集》卷三十五)中对简策尺寸之记录,及包山楚简、郭店楚简等出土实物状况,来证明先秦重要典籍和韵文,每简均有固定字数。而《天问》究竟几句一简还尚待考证,整理之首要条件目前暂不具备,但几乎所有整理者恰恰忽

---

① 金开诚:《屈原辞研究·〈天问〉错简试说》,南京:江苏古籍出版社,1992年,第208—234页。周秉高:《屈原赋解析·天问》,呼和浩特:内蒙古大学出版社,1992年,第105—108页。

② 姜亮夫、姜昆吾:《屈原与楚辞·〈天问〉的内容》,合肥:安徽教育出版社,1989年,第69—71页。褚斌杰:《楚辞要论·情理兼备的咏史之作》,北京:北京大学出版社,2003年,第203页。杨义:《楚辞诗学·〈天问〉解题与祠庙画思维方式》,北京:人民出版社,1998年,第277页。

③ 汤炳正:《楚辞类稿·〈天问〉的段落次序问题》,成都:巴蜀书社,1988年,第279—280页。翟振业编著:《天问研究·论〈天问〉的问题逻辑》,南京:南京大学出版社,1993年,第155—167页。毛庆:《论〈天问〉独特的立体结构与抒情方式》,《南京师范大学文学学报》2003年第3期。

④ 该文见《湖北大学学报(哲学社会科学版)》2001年第5期。以上诸先生对错简整理的较详细情况,亦可见该文。

视了这一最重要的条件①,不能不说是犯了校勘之大忌。该文还指出,即使仅鉴于整理史的经验教训,《天问》的整理也不应该进行——哪怕只整理一两句,至于《天问》究竟有无错简,文中从楚辞成书和校点的历史、屈原之创作心理、《天问》的抒情方式等方面,证明其并无错简。

如果跳开具体问题的争论,从整个学术史角度观察一下,就会发现《天问》错简说与疑古思潮的产生发展有着密切的关系。"疑古"之风"起于青萍之末"之宋代,而疑古派真正产生,当属清姚际恒《古今伪书考》(即《九经通论》,今仅存《诗经通论》)出世之时。也正是这以后不久,屈复、夏大霖著作杀青,姚氏早屈、夏20余年,以姚当时之声望影响,二人不可能不知其学术观点。其后,民国顾颉刚先生"古史辨"学派的疑古之风渐煽渐炽,这正是错简说重新提起并开始发展之时。然而,由于现代大量出土文物接二连三的袭击,疑古派已经走向终结。而宋、明两代著名辨伪学者,如朱熹、高似孙、苏轼、胡应麟等,均未提及《天问》有错简,这些学术史之事实应当引起我们的深思。不过,《天问》错简是个极具学术魅力的问题,中国诗歌史上,没有哪首诗的文本整理魅力有它这样大,故错简仍将会不断地被人提起,其文本的整理也仍将继续下去。

三

《天问》究竟有多少字?多少句?提了多少问题?这些数字虽自明末开始统计,然一直就未统一过。不同学者据不同版本、不同理解、不同统计方法往往得出不同数字。关于字数,清王邦采《屈子杂文笺略·自序》计为1559字,陈本礼《屈辞精义·略例》计为1545字,今人姜亮夫计为1553字(《屈原与〈楚辞·天问〉》)。关于句数,林庚《天问论笺》按双句计算为188句,姜亮夫、王从仁等按单句计为374句②,

---

① 所有整理者中,只有苏雪林先生在《天问正简》引言《近人对〈天问〉文句的移置》中,批评游国恩先生将两句搬移时,提到《天问》是四句一简。尚待考证。

② 姜亮夫、姜昆吾:《屈原与楚辞·天问》,合肥:安徽教育出版社,1989年,第66页;林庚:《天问论笺》,北京:人民文学出版社,1983年,第3页;马茂元主编:《楚辞研究集成·楚辞注释·天问》,武汉:湖北人民出版社,1984年,第293页。

也还有计为353句、376句等的①。至于问题数，则差别更大，明汪仲弘计为150余问，黄文焕计为171问，今人胡小石计为172问，翟振业计为174问②；而大多数学者采用170多问这一较模糊的说法。然在这一说法中，郭沫若的统计又很有意思，他介绍虽为170多个问题，但在《屈原赋今译》之《天问》译文中，却只列出162个问题。笔者曾据王逸《楚辞章句》本作过统计，得到的数字是：1559字，374句，172问。若综合各种数字就其大概而言，1550多字，370多句，170多问，是较为稳妥可靠的。

《天问》所问之170多个问题，上探天文，下核地理，中究人事，可说是包罗万象，贯古索今。由于史事湮灭、典籍散佚、传说中断等因素，屈原所问之本事有些已不知所云，近400年来，许多学者殚精竭虑求索本事真解，取得了令人欣喜的突破性进展。最典型的例句为"该秉季德，厥父是臧，胡终弊于有扈，牧夫牛羊？""该"是什么？"厥父"是谁？"弊于有扈，牧夫牛羊"又指何事？千百年来，众说纷纭。而"该"是四句之关键，一旦"该"字释出，四句将涣然冰释。现代学者王国维以殷商卜辞作考证，参以《史记·殷本纪》及《三代世表》《汉书古今人表》等，证明"该"即为殷先祖王亥，并进一步推论："则该与恒皆季之子。该即王亥，恒即王恒，皆见于卜辞，则卜辞之季，亦当是王亥之父冥矣。"③此考证一出，立即得到学术界一致赞同，千古之谜由此破解。此问题由于笔者在《略述楚辞研究中出土文物的功用与地位》一文中已作过介绍④，此处便不再详述。只是有一点需说明，现在大多数学者不了解这一段研究进程，以为是王国维第一次独立解开了千古之谜，这是误认。

像这样的例子还有一些。如"厥利维何，而顾菟在腹"，王逸、朱熹释"菟"为兔，而释"顾"为动词。清毛奇龄于《天问补注》中引梁简文帝《水月诗》、隋袁庆

① 前者见周秉高《屈原赋解析·天问》，呼和浩特：内蒙古大学出版社，1992年，第100页；后者见王延海《楚辞释论·天问简说》，大连：大连出版社，1997年，第398页。
② 见汪仲弘《天问补注》卷一，附于汪瑗《楚辞集解》[明万历四十六年(1618)刊本]中；[清]黄文焕《楚辞听直》，济南：齐鲁书社，1997年，第587页；《胡小石论文集》，上海：上海古籍出版社，1982年，第6页；翟振业编著《天问研究》，南京：南京大学出版社，1993年，第169页。
③ 王国维：《观堂集林》卷九《殷卜辞中所见先公先王考》，石家庄：河北教育出版社，2003年，第212页。
④ 该文可见《文学前沿》（首都师范大学出版社2000年版）。

《和炀帝月夜诗》及古谚、古诗等大量材料,证明"顾菟"就是兔。后闻一多认为:
"毛奇龄以顾菟为月中兔名,庶几无阂于文义,而刘盼遂云'顾菟,叠韵段绵词',
亦无愧卓识。"在肯定了"顾菟"为一个词后,闻一多引用《诗经》《说文》《尔雅》
《初学记》等文献,证明"顾菟"最初是蟾蜍,"蟾蜍为最先,蟾与兔次之,兔又次
之",故《天问》用它应是指蟾蜍而不是兔(《古典新义·天问》)。二十世纪八十年
代初,萧兵依据马王堆一号、三号汉墓出土的帛画,运用神话学、民俗学知识,论
证"顾菟"为蟾蜍和兔,是氏族社会图腾崇拜的产物[1]。其后,考古学者郭德维根
据曾侯乙墓、马王堆汉墓出土文物,纠正闻一多"蟾先兔后"的结论:"曾侯乙衣
箱上已有兔,而马王堆一号汉墓里已有蟾蜍与兔,因此,应该是先为兔(《楚辞》
里也提到'顾菟在腹'),再演变为蟾蜍,后来就变成蛤蟆与兔了。"[2]其后汤炳正
先生根据曾侯乙衣箱并参考郭文,从音韵学角度,引用郭璞所注扬雄《方言》等
材料,证明对月中阴影,古来有三种说法:兔、蟾蜍、虎。而《天问》所言"顾菟"应
是虎[3]。综观以上研究进程和几位学者的结论,意见虽尚未统一,然而可以大胆
预言,离"顾菟"之确解已经不远了。

自王国维创导以地下出土文物与传世典籍相印证的二重证据法,学者们纷
纷采用此法求解《天问》本事,取得可喜成绩。与此同时,一批学者又运用神话
学、民俗学、民族学知识,审视旧注,对《天问》的问题提出新的解释。而追溯该
方法之源头,也应是从清代开始。

"白蜺婴茀,胡为此堂? 安得夫良药,不能固臧?"自王逸释此为崔文子击王
子侨之故事后,一直未见异议。清蒋骥引《山海经》《淮南子》以"嫦娥奔月"古神
话解之(《山带阁注楚辞·天问》),后丁晏主蒋骥说,进一步将"白蜺婴茀"释为
"此盛言恒娥之装饰也"。现代学者郭沫若、姜亮夫、孙作云、汤炳正均赞同此
说,并作若干补正。林庚更认为《淮南子》正是据《天问》此两问而增说的,何剑
熏又于前述基础上述作考证[4],终使大多数学者肯定了此说。

---

① 萧兵:《马王堆〈帛画〉与〈楚辞〉二则》,《江苏师院学报》1980年第1期。
② 郭德维:《曾侯乙墓中漆箅上日月和伏羲、女娲图象试释》,《江汉考古》1981年第1期。
③ 汤炳正:《屈赋新探·〈天问〉"顾菟在腹"别解》,济南:齐鲁书社,1984年,第261—270页。
④ 何剑熏著,吴贤哲整理:《楚辞新诂》,成都:巴蜀书社,1994年,第157—158页。

"禹之力献功,降省下土四方,焉得彼涂山女,而通之于台桑"四句,由于禹之事迹尚留有少数史料,此四句旧注较为统一。只是学者们大多对于禹的行为不太理解,旧时学者常将禹与涂山女"通之于台桑",解释为留后继嗣。翟振业据民间习俗,考之以《礼记·月令》《周礼·地官》等典籍,推论禹与涂山女是邂逅而结合——禹经过涂山时,当地正举行一年一度的"春社",两人便在桑台"野合",这在上古是很正常的①。何剑熏则依据古文字定"献"为"催",认为"禹除了是治水英雄外,还是一个宗教巫师"②;又据民间催戏,推测"力献功"即"力催工",为打鬼驱役之工③。此类说法当然不敢说是确证,但至少言之成理,更重要的是开拓了新思路。

除本事考证、句义辨释外,还有一些问题的研究,如《天问》释名、"题壁"之说、创作主旨、诗篇结构等,这四百年也都取得很大进展,限于篇幅,不再一一胪述。

四

四百年《天问》研究,积淀了丰富经验,锻造了完型方法,开拓了广阔思路,这不仅有助于《天问》研究今后的发展,也足资整个古代文学学术事业借鉴。

首先,它告诉我们,任何学术都必定受社会环境和政治气候的制约,追求独立于社会之外的学术只能是研究者的个人愿望,即便是《天问》研究这样专之又专的所谓象牙塔中的学问,也不能例外。但另一方面,从史的角度观察,学术事业又有着自己内在的运动规律,一旦外部条件合适它就会加速发展。近二十年来《天问》研究进入了最好时期,值得每位楚辞学者珍惜。其次,它启示我们,学术研究为数代人长期从事的事业,任何个人只是事业中之一环,所谓"横空出世""遮断千山",只能是一种幻想。但它也说明,无论多么扑朔迷离的史事,无论多么艰深难解的文字,只要历代学人坚持不懈钻研下去,结论或正或误都能

---

① 翟振业编著:《天问研究·〈天问〉中禹与涂山氏的婚姻新解》,南京:南京大学出版社,1993年,第71—74页。
② 何剑熏著,吴贤哲整理:《楚辞新诂》,成都:巴蜀书店,1994年,第139—140页。
③ 见《楚辞新诂·天问》。

积聚宝贵经验,终会渐渐接近真理,直至条件时机成熟时一举解决。再次,它提醒我们,要高度重视考古学之进展,重视新的地下文物的发现,注重它们与传世典籍的比照分析,其所得学术创获,往往令人无法想象。最后,近代以来,自然科学、社会科学飞速发展,新学科、新知识、新理论、新方法不断涌现,尤其是神话学、民俗学、民族学、文化人类学等相关学科,引进它们可为我们的研究点明新思路、开辟新途径、拓展新空间,有时更可为我们直接提供新证据。有些学者在王国维二重证据法基础上进一步提出三重证据法,即增加一重田野考查证据的建议,也是基于这方面的考虑,确乎相当有理。

事物总有正反两面,四百年《天问》研究也暴露了学界的一些问题,值得我们认真反思:有的文章承袭(甚至抄袭)前人见解而毫无己意,徒增一些文字垃圾;也有的引用前人观点而不注明,这无论是有意还是不知,均应力求避免。引进新学科、新材料,运用新知识、新方法,无疑是《天问》研究的主要趋势,但这必须从学术出发、取严肃谨慎的态度,不能随便比附,取其一点不及其余,更不应哗众取宠、大言欺人。必须加强对《天问》文本、文体的研究,以别的学科知识研究《天问》与以《天问》为材料进行其他学科研究是两个概念,不能让后者遮蔽了前者,以致模糊了我们的主要方向。

论屈原对《九章》的整体构想及整理①

《九章》有没有整体的结构?或者说,屈原写作《九章》时有没有总体的构想、通盘的考虑?现在通行的说法是没有。此说承朱熹的认识而来,至今已传衍一千多年。《九章》排列究竟有无次序?有人说有,有人说无。而在主张有的人中,亦有两种见解,占多数者认为只有自然的时间性的次序,个别人则认为可能屈原创作时有安排,但又拿不出过硬的证据。这一分歧自王逸后开始,至今已近两千年。因而若要再深入研究《九章》的这类问题,首先必须研究这段

① 此文原载于《文学遗产》2004年第6期,文字略有改动。

历史。

一、研究史形成了单一思路

最早对《九章》作出整体性阐释的,当推王逸。《楚辞章句·九章章句》解题曰:"《九章》者,屈原之所作也。屈原放于江南之野,思君念国,忧心罔极,故复作《九章》。章者,著也,明也。言己所陈忠信之道,甚著明也。卒不见纳,委命自沉。楚人惜而哀之,世论其词,以相传焉。"①这段话说明了以下几点:

《九章》全作于顷襄王时,地点在江南之野。

《九章》有一个相对集中的创作过程,其名为屈原所起。

《九章》的创作目的是向君王进谏,相当于诗的谏文。进谏无效,委命自沉,故其为屈原最后的作品。

《九章》在屈原为国捐躯后即流传开来,其时楚国尚未亡。

王逸此说,历经千年而未见驳议,直至南宋朱熹,方提出不同意见:

> 屈原既放,思君念国,随事感触,辄形于声,后人辑之,得其九章,合为一卷,非必出于一时之言也。②

朱熹此说,虽未明指,实际对王逸阐释的中间两点作了全面反驳。他认为:《九章》的创作并不集中——"非必出于一时之言",原为散篇,乃"后人辑之",其名也当为后人所起;《九章》创作的目的也并非向君王进谏,乃为抒发情志——"随事感触,辄形于声"。至于王逸的第一点,后代学者则多有误解,以为朱熹反对《九章》全作于顷襄王时,而将认定《九章》作于怀、襄两世的观点归于朱熹。其实这点朱熹倒是与王逸的看法相同,他在《楚辞集注·离骚序》中言曰:"王疏屈

---

① 〔汉〕王逸:《楚辞章句》,清同治十一年(1872)金陵书局校勘汲古阁本。

② 〔宋〕朱熹集注:《楚辞集注》卷四《九章》,上海:上海古籍出版社,1979年,第73页。

原,屈原被谗,忧心烦乱,不知所诉,乃作《离骚》……而襄王立,复用谗言,迁屈
原于江南。屈原复作《九歌》《天问》《九章》《远游》《卜居》《渔父》等篇,冀伸己
志,以悟君心,而终不见省。"这说明朱熹也认为《九章》全作于顷襄王时①。而对
于第四点,并未见朱熹提出异议,说明他同意王逸的见解。

自朱熹对《九章》提出新的解释,其后学者多遵从之。明汪瑗对《橘颂》解题
曰:"或曰,《九章》余八篇皆言放逐之事,而独以此篇为平日所作,何也? 曰:《九
章》云者,亦后人收拾屈子之作得此九篇,故总题之曰《九章》,非必屈子所命所
编者也,又安得以此篇为放逐之作乎?"②张京元曰:"原既放,时为愤辞,先后集
之,偶得九章,非有所取义也。"③至清代,蒋骥在此基础上又大大向前发展了
一步:

> 昔人说《九章》,其误有二。一误执王叔师顷襄迁原江南作《九章》之
> 说,而谓皆作于江南。一徒见原平生所作,多言沅湘,又其所自沉,亦于湘
> 水,而执江南以为沅湘之野,故其说多牵强不相合。余谓《九章》杂作于怀、
> 襄之世,其迁逐固不皆在江南。而往来行吟,亦非一处。④

有关《九章》的整体解释,到蒋骥处可谓告一段落,几种主要见解均已具备。以
后虽仍有若干新见出现,然仅为枝节性的,并没有总体格局的改变。

关于《九章》排列的次序,历来也有不同见解。如戴震就推测《九章》排列无
次序,认为考求次序并无必要⑤,显示了非凡的学术胆识。然戴震之前,朱熹对
《九章》的阐述其实就含有这层意思。他既摒弃了王逸有关《九章》创作目的的
观点,认为是随时有感而发,并无计划性,又照搬王逸的排列,不作任何说明,无
非是认为其次序已不可考,姑且从之。然而大多数学者还是认为,《九章》各篇

---

① 这点金开诚先生已在《屈原集校注·九章》(中华书局1996年版)中指出。
② 〔明〕汪瑗撰,董洪利点校:《楚辞集解·九章》,北京:北京古籍出版社,1994年,以下同。
③ 〔明〕张京元:《删注楚辞·九章》,明万历四十六年(1618)刊本。
④ 〔清〕蒋骥:《山带阁注楚辞》,上海:上海古籍出版社,1958年,第217页。
⑤ 见《屈原赋注·九章》,《广雅书局丛书》,清光绪十七年(1891)刊本。

至少在写作时间上应有个先后,其排列次序应当还是可考的。他们考求的原则,是将每篇内容与屈子生平相印证,确定出大致的创作时间,然后排列次序。在具体的考证方法上,各人又有所侧重。

如明汪瑗侧重于将屈子事迹与历史事件相对照,从而认为:《惜诵》"大抵作于谗人交构,楚王造怒之际,故多危惧之词。然未遭放逐也,故末二章又有隐遁远去之志"。《涉江》"其作于遭谗人之始,未放之先欤? 与《惜诵》相表里,皆一时之作"。《哀郢》作于顷襄王二十一年东迁陈城之时。《抽思》因有"悲秋风之动容"句,可以考订作于顷襄王时,应在《哀郢》之后、东迁之秋时作。《怀沙》为屈原迁于长沙时作,"怀者,感也;沙,指长沙。题《怀沙》云者,犹《哀郢》之类也"。《思美人》亦作于《哀郢》之后,《惜往日》"非临绝之音",当作于怀王十六年,其时齐、楚断交,张仪为楚相。《橘颂》"乃平日所作,未必放逐之后之所作者也"。《悲回风》"篇末'骤谏君而不听,任重石之何益'二言,又足以证屈子之实未尝投水而死也",当在《怀沙》之前。

明黄文焕则主要注重各篇中有关时间的诗句所提供的信息,如据《惜诵》"愿春日以为糗芳"句,定其作于始放之年前的冬天,"预计明年春日之欲行";据《抽思》"曼遭夜之方长""悲秋风之动容""望孟夏之短夜"等,定其作于始放之年春后,自夏迄秋,均在流放途中;据《涉江》"旦余济乎江湘""欸秋冬之绪风",判断屈子在南行途中,经秋入冬,故当在《抽思》之后;因橘为冬候之物,大约在溆浦所见,故定《橘颂》作于涉江之后;又据《悲回风》"岁曶曶其若颓"句,定其作《橘颂》当年之岁末;据《哀郢》"至今九年而不复"句,定其作于流放九年之后;又据《怀沙》"滔滔孟夏""汩徂南土"句,定其为屈原投水自沉前一月所作①。

明王夫之则侧重于分析诗中屈原具体的思想、心理,与其生平相对照,他认为《抽思》为"原于顷襄之世迁于江南,道路忧悲,不能自释,追思不得见于君见妒于谗之始",是追思退居汉北之事。《橘颂》"因比物类志为之颂,以自旌焉"。《哀郢》是"哀故都之弃捐,宗社之丘墟,人民之离散,顷襄之不能效死以拒秦,而亡可待也",定其作于顷襄王弃故都以迁陈时。《思美人》:"述其所为国谋之深

① 以上均见《楚辞听直·九章》,清顺治十四年(1657)补刻本。

远,前后一志,要以固本自强,报秦仇而免于败亡。忠谋章著,而顷襄不察,誓必以死,非悻悻抱愤。乃以己之用舍,系国之存亡。不忍见宗邦之沉没,故必死而无疑焉。"《怀沙》:"自述其沉湘而陈尸于沙碛之怀,所谓不畏死而勿让也。……盖绝命永诀之言也。"《惜往日》为:"追述初终,感怀王始之信任,而惜功之不遂。谗人张于两世,国势将倾,故决意沉渊,而余怨不已。"《悲回风》:"盖原自沉时永诀之言也。无所复怨于谗人,无所兴嗟于国事。既悠然以安死,抑念君而不忘。"①

清夏大霖又主要以时地结合文章之语言加以判断,认为:"《九章》之《惜诵》篇,独讼谗人,不及国事,乃上官行谗,王怒见疏之始作。""《思美人》作于汉北无疑,应是二十四年倍齐合秦,言事触怒,见放于汉北乃作。""《抽思》篇有'所陈耿著,岂今庸亡'之语,晚争倍齐合秦事,乃继《思美人》作。""《涉江》《远游》作于始迁江南之时,辞气俱壮。""《橘颂》作于初至江南之秋,自负正多。""六年谋与秦平,七年迎妇于秦,此谓之'回风',谓之'施黄棘之枉策',哀生惨发于行间,不欲生矣。乃相继作《惜往日》、作《哀郢》、作《招魂》,以《怀沙》终焉。"②

至于清蒋骥重于地理(《山带阁注楚辞·九章》),刘梦鹏重于司马迁之论述③,限于篇幅,不再录出。现将以上有代表性的几家对《九章》排列之顺序,列举如下:

王逸:《惜诵》《涉江》《哀郢》《抽思》《怀沙》《思美人》《惜往日》《橘颂》《悲回风》。

汪瑗:《橘颂》《惜往日》《惜诵》《涉江》《哀郢》《抽思》《思美人》《悲回风》《怀沙》。

黄文焕:《惜诵》《思美人》《抽思》《涉江》《橘颂》《悲回风》《哀郢》《惜往日》《怀沙》。

王夫之:《惜诵》《抽思》《橘颂》《涉江》《哀郢》《思美人》《怀沙》《惜往日》《悲

---

① 以上均见《楚辞通释·九章》(上海人民出版社1975年版)。
② 以上均见《屈骚心印·九章》,清乾隆九年(1744)一本堂刊本。
③ 《屈子章句·哀郢九章》,清乾隆五十四年(1789)藜青堂刊本。

回风》。

　　夏大霖:《惜诵》《思美人》《抽思》《涉江》《橘颂》《悲回风》《惜往日》《哀郢》《怀沙》。

　　蒋骥:《惜诵》《抽思》《思美人》《哀郢》《涉江》《怀沙》《橘颂》《悲回风》《惜往日》。

　　刘梦鹏:《哀郢》《抽思》《橘颂》《思美人》《悲回风》《涉江》《惜往日》《惜诵》《远游》。

以上之所以不惜篇幅,将汉至清对《九章》整体性研究之梗概理出,是在于这段研究史给了我们重要启示。

　　其一,《九章》有无整体构想与如何排列次序表面看似两个问题,实际互为因果。如果屈原对《九章》确实没有整体的构想,推求《九章》各篇的次序在当前史料极为缺乏的情况下就几乎不可能,或者说它只能是学者凭借学术热情所进行的一种猜想;如果屈原对《九章》真有整体的构想,那么通过对文本细致深入的研究是可以求其大概的,而排列次序也是应该能够解决的。反过来,《九章》的排序问题若果真能弄清,那屈原对其是否有整体的构想也就一目了然。因而这互为因果的两个问题只能放在一起综合研究,而前代学者恰恰一直是"分而治之",得不出较确定的结论也就只能是一种"必然"。

　　其二,除了前一个单一思路,在具体考订《九章》的排列次序时,前代学者几乎全以单篇内容与屈子生平、历史地理等相印证,这种方法具有极大的不确定性。由于史料有限,屈子生平事迹很多地方是不清楚的,以这些不确定的事迹作考据的基础,不可能得出正确的结论。加之不同的研究者会有不同的侧重面,不同的侧重面将引出不同的次序,不同的次序则显示各篇不同的关系。而想将各个侧面综合起来的努力则是枉费精力,它只会使研究陷于自相矛盾难以自圆其说的一团混乱之中。

　　其三,但这绝不是说前人对《九章》整体性研究无所作为、毫无贡献。如朱熹就打破了自王逸以来千年的固定思维模式,开辟了新的思路和研究方法,推进了《九章》甚至整个楚辞研究的发展。后人在此基础上得出《九章》并非全作于顷襄王时,并非全作于江南等观点,也完全是正确的,足资后人借鉴。但另一方面,由于后代学者几乎全沿着朱熹的研究思路探索,这就又形成了新的模式。而朱说中原就有不准确、不可靠之处(如"后人辑之,得其九章"等),后代学者再加以放大,便形成新的谬误。刘梦鹏索性将《九章》中的《怀沙》抽出,而以《远游》代之,即是一极端之例。但更换亦有更换的理由——既是后人辑之,你可以这样辑,我那样辑又有何不可? 何况司马迁于《史记·屈原列传》中还将《怀沙》单提——"乃作怀沙之赋"。

其四,这一研究思路发展至清末已走到极端,可以说走进了死胡同,现代学者郑振铎、游国恩、郭沫若、陆侃如诸先生,对《九章》各篇都有自己的排列,思路与上述大致相同,说明近百年来《九章》的整体性研究仍未脱出此窠臼,故难有真正切实的新见解,更不用说突破了。

现在,必须重新审视我们的研究思路:对朱熹的结论,我们可以宗其精神,而不必囿其成说;对王逸的阐释,我们只能扬弃,而不能抛弃。既然单一研究、单篇对应的路子走不通,我们就不妨将两个问题综合起来,将研究的主攻方向放到文本自身、放到内证、放到整体上来。其实前人也早有类似论述:"总之,求楚辞于注家,不若求之于史传;求之于史传,不若求之于本辞。"①这当然不是要弃以往注本和史传于不顾,而是提醒研究者要将重点与主要精力放到文本上来。相比于以往单篇的研究,我们更应当注重考察《九章》各篇间的关系,看看他究竟有没有内在的联系,如果有,又是怎样的联系。

二、语言形式所提供的信息

《九章》有着较统一的语言风格,这点前人早有论述,朱熹曰:"今考其词,大多直致而无润色。"明焦竑反驳曰:"读其词,当悲其志,亦何必问工不工焉?"②——这反而从另一角度承认了朱熹的意见。不过,赞同也好,反对也好,"叹其质直"却是大多数学者的共识,尽管"叹"的内涵往往不同。《九章》的创作

---

① 〔清〕胡濬源:《楚辞新注求确》,清嘉庆二十五年(1820)长沙务本堂刊本。
② 〔明〕蒋之翘:《七十二家评楚辞》卷四,明天启六年(1626)刊本。

经怀、襄二世,时间跨度逾三十年,却保持着大致相同的语言风格,这便容易引起人们的猜测:屈原是不是有一个总体的创作计划? 不过,也可以有这样的解释:《九章》出于同一诗人之手,抒发情志相似,结构手法相近,具有大致相同的语言风格便本是很自然的事,未必需要什么总体计划。因而,单凭对语言风格的直觉并不能提供确切的信息,必须作深入一层的分析。

首先,看《九章》的遣词。

与屈原的其他诗篇相比,《九章》的遣词呈现出某种倾向性。如屈骚中使用"志"字共二十四处(《远游》存疑,一处不计)[①],《离骚》仅两处,其余全在《九章》中,即《惜诵》五处、《抽思》二处、《怀沙》四处、《思美人》三处、《惜往日》一处、《橘颂》二处、《悲回风》五处(此处仍按王逸《楚辞章句·九章》顺序排列)。除《离骚》外,《九歌》《天问》等篇均有涉及志向的内容,可屈原都不用"志"字。而《九章》除《涉江》《哀郢》外,又全都有"志"字,大多还反复使用。再如屈骚中使用"信"字有二十二处,《离骚》五处、《九歌·湘君》一处,其余均在《九章》中:《惜诵》三处、《涉江》一处、《哀郢》二处、《抽思》二处、《思美人》一处、《惜往日》六处、《悲回风》一处,与"志"字的使用情况基本一致。

除表现志向、品格一类的词外,这种相对集中还表现于情感、心绪方面。屈骚中"情"字出现有二十二处(《远游》一处不计),《离骚》六处、《天问》一处、《九章》十五处,除《涉江》《哀郢》《橘颂》,其余六篇都有。"哀"字十五处(《远游》一处不计),《离骚》四处、《招魂》一处,其余十处分布于《涉江》《哀郢》《怀沙》《悲回风》中。其他如"伤""悲"的使用情况,与此大同小异。而屈骚中有些特定的重要的名词,如"女",在《离骚》《天问》《九歌》《招魂》中均得以出现,《九章》却一字未有。

这就应该引起我们的注意了。假若说"志""信"等字眼在《九章》中高频率出现有着某种偶然性,那"情""哀""伤""悲"等却是各篇都应该使用的情感类字眼,为何在《九章》中用量如此之大而在其他各篇(除《离骚》外)中或者很少出现

---

① 屈骚二十五篇,笔者与通行的看法一致,即《离骚》《天问》《九歌》《九章》《卜居》《渔父》《招魂》,《远游》一篇存疑。不过笔者较同意《远游》非屈原作的观点。

或者根本就看不到呢？由上述统计可以看出《离骚》与《九章》的密切关系,这点后面结语部分还将论及。但为何"女"这个重要名词,《离骚》中出现八次,《九歌》中出现九次,《天问》中出现七次,就连《招魂》中也出现了三次,而《九章》偏偏一次也不出现,凡需用"女"字出现的地方都以别字代替呢？合理的解释只有一个——屈原对《九章》有着修辞上的统一考虑。

其次,再看《九章》的用语。

"惜诵以致愍兮,发愤以抒情",这《惜诵》中发唱惊挺的首二句第一次在中国文学史上提出了"抒情"的概念,指出"发愤"与创作的关系,透射出屈子对诗歌独特的认识。这一思想影响了中国文学理论两千多年。司马迁"发愤著书"说、韩愈"不平则鸣"说、欧阳修"诗穷后工"说、蒲松龄"寄托孤愤"说,都是对此杰出的继承。尤其是"发愤以抒情",它并非灵感火花偶然迸射出来的佳句,而是长期思索所得的结晶。因为《九章》中类似的用语多次出现:

申旦以舒中情兮。

《思美人》

焉舒情以抽信兮,恬死亡而不聊。
愿陈情以白行兮,得罪过之不意。

《惜往日》

舒忧娱哀兮,限之以大故。

《怀沙》

结微情以陈词兮,矫以遗夫美人。

《抽思》

"舒中情""舒情""陈情""舒忧娱哀""结微情以陈词",表达的意思和程度略有差别,然基本的内容与思想则是相近的,足见屈原对"发愤以抒情"之重视——一经于《惜诵》中确立这一思想,便让其在《九章》各篇中屡屡再现。有意思的是《九章》以外的屈诗中类似的词语却一个也没有。难道屈原于那些诗中不需要表明自己的观点,不需要用这些词语及方式抒发痛苦、忧伤、愤懑、焦虑等感情?合理的解释也只有一个——屈原有意识地把它们集中于《九章》中,有意地避免它们在别的诗中出现。

第三,还可以看看《九章》的篇章形式,例如每篇的句数特征。

屈骚每首诗的句数,就单篇而言并无一定。如《离骚》373句,《天问》188句[①],《卜居》53句,《渔父》38句。但若是组诗,情形就不一样了,《九歌》开头一首——《东皇太一》为15句,末尾一首——《礼魂》为5句,中间除《山鬼》外句数全是偶数,如《云中君》14句、《湘君》38句、《湘夫人》40句、《大司命》28句,等等。但闻一多先生根据《山鬼》用韵的规律,认为在"山中人兮芳杜若,饮石泉兮荫松柏,君思我兮然疑作"三句中,第二句和第三句中脱了一句[②]。今考其句数规律,足证闻先生的判断是正确的——《山鬼》应为28句(现为27句)。首尾句数为奇数,中间全部为偶数,整个组诗句数为偶数充分显示出动态平衡的美,这当然是屈原的精心安排。再看《九章》,《惜诵》88句、《涉江》60句、《哀郢》66句、《抽思》86句、《怀沙》80句、《思美人》66句、《惜往日》76句、《橘颂》36句、《悲回风》108句。全部偶数,无一例外,屈子艺术用心一目了然。将这点体现得最为鲜明的,是《涉江》的前一段:

> 余幼好此奇服兮,年既老而不衰。
> 带长铗之陆离兮,冠切云之崔嵬。
> 披明月兮珮宝璐。
> 世溷浊而莫余知兮,吾方高驰而不顾。

---

① 不同学者对《天问》往往有不同的分句法,此处是按林庚先生《天问论笺》(人民文学出版社1983年版)的分法,若按马茂元先生主编的《楚辞研究集成·楚辞注释》(湖北人民出版社1985年版)之分法则为374句,同样为偶数。《卜居》情况亦类似。

② 见《楚辞校补》,辑入《闻一多全集》第2卷《古典新义》(三联书店1982年版)。但闻先生认为《礼魂》也缺了一句,则显然未注意到《九歌》的句数特点,因这里还有一个动态平衡的形式美的问题。有兴趣者可参阅拙著《屈骚艺术新研·结构语言研究》(湖北人民出版社1990年版)。

请注意第五句,这是一个艺术创意极高明的过渡句,意思属上部,而押韵却属下部。它使诗意豁然贯通,文势跌宕起伏,但由此也形成了不可少的三句组。为与之对称,隔几句后又出现了一个三句组:"登昆仑兮食玉英,与天地兮比寿,与日月兮齐光。"这使全段也使全诗句数终为偶数——屈原巧妙地求得了艺术的平衡与和谐。

综合以上三方面可以看出,屈原对《九章》有着整体构想,对各篇结构形式作过统一调适,对诗中文句亲手进行过整理。如果说这还只是显示了一些信息,提示了一种可能的话,那么下面对诗题的研究将为我提供更确切、更有力的证据。

三、诗题组合排列所呈现的规律

《九章》每首均有诗题,根据诗题词语之特点,可以将其分成四组。

第一组:《橘颂》《惜诵》。《橘颂》题意较明,历来争议不大。《惜诵》则较难理解,歧义纷出。即以"诵"为例,有释为"论也"的(王逸《楚辞章句》),有释为"言也"的(朱熹《楚辞集注》),有释为"诵读古训以致谏也"的(王夫之《楚辞通释》),有释为"公言之也"的(蒋骥《山带阁注楚辞》),有释为"育言之也"的(戴震《屈原赋注》)……各种说法统计起来,有几十种之多。而不论哪种解释,"诵"均与言有关系。且"诵"与"颂"古同音,本可互用,"歌颂"亦作"歌诵"。加之,开首两句"惜诵以致愍兮,发愤以抒情",屈原采用了交错相对手法,"惜诵"对"抒情","致愍"对"发愤","惜诵"应与下句"抒情"对应起来统一理解,应理解为不愿多言、不愿多歌功颂德之意。那么,《橘颂》《惜诵》就都与"颂"有关。

第二组:《抽思》《思美人》,同有"思"字,二诗也均在表达一种思绪。

第三组:《哀郢》《悲回风》,"哀"与"悲"语词亦属同类,情感色彩均非常强烈。

第四组:《怀沙》《惜往日》,"怀"与"惜"情绪亦十分接近,就诗中语境分析,"惜"比"怀"程度更重一些。

《九章》中,唯一采用中性情感诗题的是《涉江》,而既为中性诗题,理应摆于中间位置,我们将其放于一、二组与三、四组的中间。现在,假设不知诗人为谁,也不知其生平,仅据这四组诗题所体现的情感发展线索,亦可得到如下排列:《橘颂》《惜诵》《抽思》《思美人》《涉江》《哀郢》《悲回风》《怀沙》《惜往日》。这种排列一出,诗人的心路发展变化历程就清晰在目:先是意气昂扬地歌颂,后则不愿多言、多诵;接后思绪纷乱,并思念某人;再后经历一段迁徙,情感逐渐变得伤感哀痛,进而变得悲哀;最后只剩下怀念,痛惜往日,一切绝望。

《九章》各篇诗题是谁所取?当然是屈原。因司马迁在《史记·屈原列传》中明言"余读《离骚》《天问》《招魂》《哀郢》,悲其志","乃作《怀沙》之赋",并录《怀沙》全文。既然《离骚》《天问》《招魂》诗名为屈原自己所取,那《哀郢》《怀沙》之名为屈原所取也当无异议。由此推之,《九章》其余各篇之名也当为屈原自己所取。司马迁著《史记》于前,刘向辑《楚辞》于后,刘向辑屈原作品成书时,《九章》各篇篇名当已存在,而且,至今尚未有《九章》任何一篇为后人所取名的记载。既然诗题为屈原所取,屈子创作态度又极其严肃,对《九章》各篇诗题定然推敲再三,以上诗题的组合、排列就无法用偶然、巧合来解释。何况这组合、排列又如此符合屈子的生平事迹和心路发展历程,我们完全有理由认为这是屈原自己精心安排的结果,是整体构思所成。

况且,《九章》诗题还呈现出另一特殊而有趣的规律。《九章》诗篇的取名,有两种形式。一种是根据叙事抒情之主旨,于诗句外另撰一题,如《橘颂》《涉江》《哀郢》《怀沙》;另一种则是以该篇首句首词录上,如《惜诵》首句为"惜诵以致愍兮",《思美人》首句为"思美人兮,擥涕而伫眙",《悲回风》首句为"悲回风之摇蕙兮",《惜往日》首句为"惜往日之曾信兮"。这后一种显然是继承了《诗经》的取名法,但在此基础上又有创造性的发展。《诗经》此类诗之首句、首词多不紧扣主题,如《蓼莪》《羔羊》等。而《九章》此类诗则必扣主题,有的(如《悲回风》)还有象征意味。首句为全诗之主线,首词又为全诗之准的,谋篇布局如此巧妙而严谨,这当然显示了屈子独到的艺术匠心。而凡不以首句、首词作诗题者,首句必无此特点。《橘颂》首句为"后皇嘉树",《抽思》首句为"心郁郁之忧思兮",《涉江》首句为"余幼好此奇服兮",《哀郢》首句为"皇天之不纯命兮",《怀沙》之首句为

"滔滔孟夏兮"，若以其首句为诗题，都无意味，有的还不成话。要么就用首句、首词作诗题，要么诗中的成词诗题一个也不用，这也充分证明了屈原对《九章》诗题有着整体性的考虑。

这里唯一可能有争论的，是《抽思》。《抽思》的取名，应属于第一种类型。但朱熹《楚辞集注·九章》"少歌曰"之后有"与美人抽思兮，并日夜而无正"。这虽非首句，却也是诗中的句子，"抽思"毕竟为成词。不过《楚辞集注》的"思"字是误录，因王逸《楚辞章句·九章》此句为"与美人抽怨兮"，并于该句下注曰："为君陈道，拔恨意也。""拔恨"正是解释"抽怨"，足证王逸本无误。可能后人因诗题为《抽思》，以为是从此引出，又不了解前述规律，擅将此句"抽怨"之"怨"改为"思"，以致造成新的错误。

那么，屈原为诗取名为何要采用两种形式？两种形式诗题的排列有没有什么规律？以前研究者均未言及。这肯定不是学者们不注意——如此明显的区别怎么可能不注意？而估计是无法回答。笔者开始研究屈骚时，此问题即存于心中，但久久不敢动探索之念。及至多年后，对屈骚艺术和楚辞学史有了一定的研究，断定前述之单篇对应的解释思路已进入死胡同，方下决心从文本角度着手破译。依笔者对屈子创作态度和心理的了解，知其决不会将一、二类诗题各自重叠摆在一起，而是会将两类诗题错开排列，以形成错落之美。上举王逸等人的排列，就都犯了这个忌讳，不合屈子的创作心理。那么，究竟应如何错开排列呢？观察前面按诗题词语所组合排列的顺序，会发现规律就存乎其中：每一组的前一篇为第一种取名——于诗句外另撰一题，后一篇为第二种取名——以首句首词为题，无一例外。并且，第一组以《惜诵》结，第四组以《惜往日》结，以"惜"首尾相呼应，使整个《九章》诗题有机地组合在一起。如此错落有致、严整不乱又完全与第一种规律的组合排列吻合同位，这更是无法用碰巧、偶合来强释之，只能视为屈原精心地整体构撰的体现。至此，本段开头的两个棘手问题也就迎刃而解了。

四、篇中与结尾所展现的心路历程

现在，我们暂时抛开诗题组合，再从情志抒发表现的角度对各篇的次序作一个排列。

《橘颂》之主旨在于表达诗人崇高的理想和热爱本土、热爱本民族的坚贞不移的志向，诗中象征形象和意味——"苏世独立，横而不流兮。闭心自慎，终不失过兮。秉德无私，参天地兮"，显然为早年未被疏、被放时所作。《惜诵》未述及放逐后的任何事情，抒发的是为君王所误解、政治理想破灭之愤懑心境："欲僵佪以干傺兮，恐重患而离尤；欲高飞而远集兮，君罔谓汝何之？"表现出继续留任朝廷还是隐居山林的矛盾心态，自然是初被君王疏离时情绪。《抽思》则表现了诗人试图从纠缠一团的万端思绪中理出头绪的心境，对君王的疏斥有解释而无愤慨，有忧愁而无痛恨，"有鸟自南兮，来集汉北。好娉佳丽兮，胖独处此异域"，说明此篇为被疏于汉北时作。《思美人》是《九章》中唯一略微表现出轻松愉快心情的诗篇："开春发岁兮，白日出之悠悠。吾将荡志而娱乐兮，遵江夏以娱忧。"诗中"美人"指谁？屈原为何独于此时有好心境？笔者认为，"美人"是一词双指，既是怀王也是顷襄王，屈原于此时对君王又寄有希望。这当然也是作于汉北。

《涉江》则不一样了，诗人的最后一线希望彻底破灭，"吾不能变心而从俗兮，固将愁苦而终穷"，"余将董道而不豫兮，固将重昏而终身"：明知自己后半生境遇悲惨，而坚持高洁情志决不动摇！这是屈原由汉北被放至江南的作品，它是屈原生平、境遇、心情重要转折的表现，在《九章》中起着承上启下的作用。它当然应排列于《九章》的中心，而中性情感的诗题也是颇为耐人寻味的。《哀郢》是《九章》中争论很大的一篇，好在各种争论对本文影响不大，因不论何见解，均认为此篇是被放江南后作，并且大多认为作于《涉江》之后。《悲回风》为我国古诗中最早的悲秋之作，其衰飒的心境比《哀郢》更进一层，近乎绝望的心情已开始透出，故应排于《哀郢》之后。最后一篇，当数《惜往日》了，那种彻底绝望、死志已决的木然心态，那种对君王的痛斥及辞世的具体行动——"临沅湘之玄渊兮，遂自忍而沉流。卒没身而绝名兮，惜壅君之不昭"，当是绝笔诗无疑。

最后，我们还可将《九章》每篇结尾放至一起观察。我们知道，屈原以抒情为主旨的作品中（《九歌》《招魂》不属此类），结尾总是表明心迹之处，《九章》自然不例外。将结尾按屈原心理发展的历程串连组合起来，也可以得到排列的次序。

《橘颂》(以下均为结尾)"年岁虽少,可师长兮。行比伯夷,置以为像兮":自己将向颛顼之师伯夷学习,建立一番功业①,正是满怀壮志之时。《惜诵》"恐情质之不信兮,故重著以自明。矫兹媚以私处兮,愿曾思而远身":表明心迹后考虑隐居避祸,对政治理想的实现已丧失信心。《抽思》"道思作颂,聊以自救兮。忧心不遂,斯言谁告兮":只能作诗聊以抒情自慰,忧愁痛苦已无处申说。《思美人》"宁则处幽吾将罢兮,愿及白日之未暮。独茕茕而南行兮,思彭咸之故也":新王上台燃起新的希望,又想如殷贤大夫彭咸那样建功立业②。《涉江》"阴阳易位,时不当兮。怀信侘傺,忽乎吾将行兮":终于认识到这是一个黑白颠倒、阴阳错位的社会了,对朝政再不抱任何希望,恍恍惚惚准备被继续放逐前行。《哀郢》"鸟飞返故乡兮,狐死必首丘。信非吾罪而弃逐兮,何日夜而忘之":感到可能永远回不了故乡、回不了郢都了,死亡心理已开始显现。《悲回风》"望大河之洲渚兮,悲申徒之抗迹。骤谏君而不听兮,任重石之何益!心絓结而不解兮,思蹇产而不释"③:追随前贤,辞世自决的方法已考虑好,但又认为没什么作用,是否行动,尚在犹豫之中。《怀沙》"知死不可让,愿勿爱兮。明告君子,吾将以为类兮":死意已决,只等待行动的时机了。《惜往日》"宁溘死而流亡兮,恐祸殃之有再。不毕辞而赴渊兮,惜壅君之不识":赴汨罗自沉前的最后留言。

将《九章》篇中情感抒发和每篇结尾串连起来后,屈原心理发展的线索是非常清晰的:满怀壮志→理想破灭→愁绪万端→重寄希望→希望破灭→绝望而有死意→辞世方法选就→死意已决→投水自沉。这与按诗题词语组合排列的次序完全一致,也与前按语言形式所得出的结论相呼应。至此,对《九章》整体性和排列的次序的研究基本完成。

---

① 自王逸以来注家,多将此伯夷注为殷末孤竹国君长子不食周粟之伯夷,但似与此处诗意不合。

② 笔者认为,《思美人》后半部是寄希望于新上台的顷襄王,可参见拙著《诗祖涅槃·情深汉北》(三联书店 1996 年版)第112—114 页。彭咸,自王逸以来注家,多将其注为投水而死,此注无据。且屈骚中七次提到彭咸,无一处与水死有直接联系。金开诚先生等《屈原集校注·离骚》(中华书局 1996 年版)第36—39 页所论较详,可参。

③ 这最后两句也出现于《哀郢》中,此处似为窜入。

五、结语

现在,将前面散得的结论集中复述于下。

《九章》决非没有照应的单篇散作,决非后人所辑,它只是以单篇形式完成的时间跨度逾三十年的特殊组诗。屈原对九篇诗歌有着大致的规划和整体的构想,对各篇结构形式作过统一调适,对修辞方式有着全面的考虑,对诗中文句亲手进行过整理。对《九章》诗题,屈原巧妙地将两类诗名错综安排,且与按词语组合的排列相吻合,也与其心路历程完全一致,它昭示《九章》各篇次序为《橘颂》《惜诵》《抽思》《思美人》《涉江》《哀郢》《悲回风》《怀沙》《惜往日》。

此排列与后人所有的排列均不同,它说明屈原在世时,《九章》的修改、组合已经完成。顺便说一句,自南宋魏了翁对《悲回风》提出疑问以来,怀疑《九章》某篇(如《思美人》《涉江》《悲回风》《怀沙》等)为伪作者,代不乏人。如今《九章》的整体性和排列次序又一次证明了这些见解的错误,因为抽掉其中任何一篇,都必将破坏它的有机组成和艺术完整性。

应该说明,这种整体构思与"非必出于一时一地之言"并不矛盾。《九章》几乎完整地表现了屈原后半生情感变化历程,清晰地勾勒了他心理发展的轨迹,不可能是集中于短时间内完成的。而且,每一篇都那样真切地抒发出了他或踌躇,或焦灼,或痛苦,或绝望,等等感情,确乎应是"随事感触,辄形于声"。因此,屈原这个整体性的构思,贯穿了他的后半生。从诗体、每句字数的变化分析,大约屈原创作《橘颂》时还未有明确的意向,至《惜诵》时开始有了通盘的考虑。而《离骚》应作于《惜诵》之后,前述语言形式上它与《九章》的密切关系,显示二者属于同一体系,也可以说《离骚》是《九章》之纲,《离骚》收笔之际也就是《九章》整体构想形成之时。及至《抽思》写就,统一计划已经形成——那后面的"少歌曰""倡曰""乱曰"显然留下了诗人摸索、试验的痕迹。从此,每当情感如潮冲荡心扉不吐不快之时,屈原必将其作视为整体构思中的一环,也必将印照前作而通盘考虑,因而《九章》就得以整体的风貌、统一的风格呈现于读者面前。时间跨度如此之长的整体性构思,不仅空前,亦是绝后,它正显现了伟大诗人的大手笔、大气魄!

诗人辞世前(五月五日是早已从容选择好了的),在确定好《惜往日》的诗题后,亲手整理好了全部诗题和篇名,实际将其排列的密码留给了后人,这也是他留给人们的最后一个信息。至于《九章》之名是否为屈原所取,现在尚不敢断定,但亦不敢否定。因西汉刘向的《九叹·忧苦》有"叹《离骚》以扬意兮,犹未殚于《九章》"①之句,说明在他之前《九章》之名已经存在。

随着岁月流逝,《九章》篇次淆乱。王逸知其为屈原整体构思所得,却疑其绵长的时间跨度,将其全部归于谏诗并全部归于被放逐江南后作,明显与文本的精神和情感内容不符。朱熹纠正王说,却同样疑其时间跨度,将其归于后人所辑。二人结论虽相反,而对时间跨度之怀疑却是一致的。后人沿着朱熹的观点继续研究,囿于单篇散作无序之见,形成单一思路,越来越难以得出正确结论,终致《九章》研究进入死胡同。今天我们反思这段历史,回到从《九章》的整体性、从各篇的内在联系进行探索的思路上来,发现了屈原原创意及《九章》排列次序的信息,庶几能还其历史本来面目。这正如南朝大批评家刘勰所言:"有同乎旧谈者,非雷同也,势自不可异也。有异乎前论者,非苟异也,理自不可同也。"②

---

① 见王逸《楚辞章句·九叹》。
② 〔梁〕刘勰著,范文澜注:《文心雕龙注》下册,北京:人民文学出版社,1958年,第727页。

第二部分　十部重要著作评介

通过前面各章节的论述,相信读者已对古代主要楚辞著作之诸多方面,有了相当了解。为使这种了解更为全面,更具统一性和整体性,特对十本最重要的楚辞著作撰写提要,并作如下说明。

一、作者生平事迹简介,与前面往往略有重复,为不影响读者阅读之整体性,也因重复字数不多,故一般保留。

二、著作特色部分,凡不与前面重复的,为让读者对主要楚辞著作有一个整体的了解,则介绍较为详尽,而与前面有重复的,若字数不多,则依旧介绍,例子酌情省略;若字数多者,则注明见前某编某章某节,不再重复介绍。

三、著作之体例、目录,及正文之不足与错误,因前面一般不予涉及,均依例简介之。

四、提要所引材料,前面多已引出过,故只再指明出处,而不繁注版本、出版社等,以使行文简洁明了。

五、每篇提要之观点,绝大多数为笔者细读专著所得,当然其中亦有与其他学者相同者;极少数观点也有其他学者先于我论述,然必为我读专著后认同者。因限于篇幅,不能一一注明,还请见谅。

六、第三部分"十五部代表性著作",第四部分"十九部各具特色著作",其处理原则与基本精神亦与此相同。

一、王逸《楚辞章句》

王逸,字叔师,南郡宜城(今湖北宜城)人,生卒年不详。事迹见《后汉书·文苑传》(卷一百上)。汉安帝元初(114—120)为校书郎。顺帝时为侍中,一说后又为"豫章太守,注楚调"。《楚辞章句》大约作于任校书郎时。著有赋、诔、书、论及杂文二十一篇,所著诗文多散佚。明张溥辑有《王叔师集》。

《楚辞章句》是现存最早的《楚辞》古注本。王逸之前,注《楚辞》者曾有淮南王刘安的《离骚传》,刘向、扬雄的《天问解》,贾逵、班固的《离骚章句》以及马融的《离骚注》等,但大多为单篇注释,且均已亡佚。《楚辞章句》之撰写动机,据《楚辞章句·九思叙》说:"逸,南阳(一作南郡)人,博雅多览,读《楚辞》而伤愍屈原,故为之作解。"又说:"逸与屈原同土共国,悼伤之情,与凡有异。"此说明王逸不仅引屈原为同乡先贤,且更同情其遭遇,故作《楚辞章句》。

《楚辞章句》目录之前有"汉护左都水使者光禄大夫臣刘向集"字样,说明《楚辞章句》以刘向所集《楚辞》为底本,此基本已为学界所认可。刘向原集《楚辞》十六卷,后人又以逸作《九思》续之,为十七卷。其目次顺序为《离骚经》第一、《九歌》第二、《天问》第三、《九章》第四、《远游》第五、《卜居》第六、《渔父》第七、《九辩》第八、《招魂》第九、《大招》第十、《惜誓》第十一、《招隐士》第十二、《七谏》第十三、《哀时命》第十四、《九怀》第十五、《九叹》第十六、《九思》第十七。

至于《楚辞章句》原卷数,可以从王逸叙中得到确切考订。王逸《楚辞章句·离骚·叙》曰:"逮至刘向,典校经书,分(楚辞)为十六卷。孝章即位,深弘道艺,而班固、贾逵复以所见改易前疑,各作《离骚经章句》。其余十五卷,阙而不说。又以'壮'为'状',义多乖异,事不要括。今臣复以所识所知,稽之旧章,合之经传,作十六卷章句。虽未能究其微妙,然大指之趣,略可见矣。"此明确告之,王逸进献安帝之《楚辞章句》原只有十六卷。至于第十七卷《九思》则是后人增益进去的。对此,姚振宗《隋书经籍志考证》曰:"王逸自叙称臣,则当时尝进于朝。

其本十六卷,自序言之甚明,是为经进本。其十七卷者,盖私家别行本也。"又因为《楚辞章句》第十七卷亦有注释,这就引起了后人的怀疑乃至否定。如俞樾《读楚辞》中就说:"《九思》本王逸所作,而逸即自为之注,自作自注,殊属可疑。今以此注考之,则知其决非逸所注也。按此文云:'思丁、文兮圣明哲'……丁者,武丁也;文者,文王也。……文义甚明,而注者乃不知丁为武丁,以当释之。使逸自作自注,何至有此谬乎?"那么,这位注释者是谁呢? 进而再问,又是谁将逸作《九思》增益为《楚辞章句》的第十七卷呢? 这恐怕是同一个人所为。洪兴祖于《九思补注》中推断曰:"逸不应自为注解,恐其子延寿之徒为之尔。"这种说法看来不无道理。

关于《楚辞章句》的编次,今本《楚辞章句》与古本有所不同。今本《九章》在前,《九辩》在后,但在今本《九章》中,王逸在《哀郢》之"美超远而逾迈"下注曰:"此皆解于《九辩》之中。"由此可知,在古本《楚辞章句》中,《九辩》应该排在《九章》之前。对此,《四库提要》则云:"刘向编集《楚辞》十六卷,是为总集之祖。天圣十年,陈说之序谓旧本篇第混并,乃考其人之先后重定。知自宋以来,已非逸之旧本。"这就说得非常明白了。

《楚辞章句》以卷为单位,每篇作品正文之前都有一篇小序,其中《离骚》和《天问》正文之后还各有一篇后叙。

一般说来,《离骚》之后叙可以看作是整部《楚辞章句》的大序。在这篇序文中,王逸首先叙述了楚辞作品的产生、结集以及自己作章句的经过。王逸认为,孔子之后,"战国并争,道德陵迟",独有屈原"履忠被谮,忧悲愁思",而作《离骚》等二十五篇。由于"楚人高其行义,玮其文采,以相教传",所以这些作品跨过了秦代,流传到了汉代。刘向典校经书时将屈原和其他人的作品结集而成十六卷。虽前有淮南王刘安,后有班固、贾逵等人作《离骚章句》,但其余十五卷却阙而不说,且兼有文字上的讹误。于是,"今臣复以所识所知,稽之旧章,合之经传,作十六卷章句"。王逸并言:"今若屈原,膺忠贞之质,体清洁之性,直若砥矢,言若丹青。进不隐其谏,退不顾其命,此诚绝世之行,俊彦之英也。"王逸还批判班固谓屈原"露才扬己""怨刺其上""强非其人"等观点,认为"殆失厥中矣"①。最后,王逸进一步高度评价了《离骚》的意义和屈原在历史上的崇高地位。虽然,王逸以儒家的"五经"来比附《离骚》之文,未必恰当,但他对屈原历史地位的评价,却非常正确:"故智弥盛者其言博,才益多者其识远。屈原之词,诚博远矣。自终没以来,名儒博达之士著造词赋,莫不拟则其仪表,祖式其模范,取其要妙,窃其华藻,所谓金相玉质,百世无匹,名垂罔极,永不刊灭者矣。"

《离骚·叙》对《离骚》的意义作了极高的评价:"《离骚》之文,依《诗》取兴,引类譬喻,故善鸟香草,以配忠贞;恶禽臭物,以比谗佞;灵修美人,以媲于君;宓妃佚女,以譬贤臣;虬龙鸾凤,以托君子;飘风云霓,以为小人。其词温而雅,其义皎而朗。凡百君子,莫不慕其清高,嘉其文采,哀其不遇,而愍其志焉。"尽管后人对以上《离骚》中比喻的分析不完全赞同,但王逸的这些看法也引发了后来人对《离骚》(包括整个楚辞作品)比兴手法的深入探求。

《九歌·叙》曰:"《九歌》者,屈原之所作也。昔楚国南郢之邑,沅湘之间,其俗信鬼而好祠。其祠必作歌乐鼓舞以乐诸神。屈原放逐,窜伏其域,怀忧苦毒,愁思怫郁。出见俗人祭祀之礼,歌舞之乐,其词鄙陋,因为作《九歌》之曲。上陈事神之敬,下见己之冤结,托之以风谏。故其文意不同,章句杂错,而广异义焉。"《小序》精当地说明了《九歌》的来由,以及《九歌》的意义,这些说法自然被学者作为研究的依据。而其对屈原写作动机——寄托说,直到今天则仍有争论。

至于《天问》之叙,前面文中已多有引用②,此处便从略。

当然,各序中的说法,也有一些明显的错误。如前文所引《离骚·叙》中有关比兴的观点,有的就与实际情况不大相符。另外,对有些作品篇名的解释也犯了望文生义的错误。如《楚辞章句·离骚·叙》有:"乃作《离骚》经。离,别也。骚,愁也。经,径也。"《离骚经》中的"经",应为经典之义,为后人推崇屈原而在篇名"离骚"二字后加上去的,并非屈原所拟之原题,王逸之释显然有误。又如

---

① 班固对屈原的评价,有着明显的矛盾,《离骚赞序》和《汉书》相关文字对屈原高度赞扬,而《楚辞序》则贬损屈原。笔者经详细分析考订,前者是班固的真实思想,后者则是违心之言。见上编第二章第一节《所谓"班固贬损屈原"的再考察》。
② 如本编第一部分第二、三文。

《楚辞章句·九章·叙》曰："故复作《九章》。章者，著也，明也。言己所陈忠信之道，甚著明也。"其实，《九章》是屈原九篇作品的总题，"章"即为篇章之意，并没有著、明等含义，王逸这里又望文生义了。

尽管如此，王逸的《楚辞章句》各序，对于后人阅读、理解楚辞作品功不可没。特别是他首次提出的各篇写作时间、地点、动机、背景等说法，尽管也有不尽如人意之处，但其中的许多观点早已成了不刊之论，被人们普遍认同。

王逸的注解方法基本上是以两句为一个单位，先分句（必要时也将两句放在一起），逐字逐词训明，然后疏通讲解两句的意思。如《离骚》中"摄提贞于孟陬兮，惟庚寅吾以降"两句，王氏先在前一句之下注曰："太岁在寅曰摄提格。孟，始也。贞，正也。于，於也。正月为陬。"接着在后一句之下注曰："庚寅，日也。降，下也。《孝经》曰：'故亲生之膝下。'寅为阳正，故男始生而立寅。庚为阴正，故女始生而立于庚。"以上是明训诂。以下是对两句整体的疏通讲解："言己以太岁在寅，正月始春，庚寅之日，下母之体而生，得阴阳之正中也。"全书之注释体例大致如此。《楚辞章句》中还存在另一种注释方法，那就是在《九章·抽思章句》之后所出现的以韵语的形式进行的解说。这种解说在中编第一章第二节第二小节"运用章句之法的成功"有详细的介绍、分析，此处不再赘言。

一般说来，《楚辞章句》之训诂皆较为精当。正如《四库提要》所云："逸注虽不甚详赅，而去古未远，多传先儒之训诂。"正因为王逸去古未远，所以他尚能掌握先儒的许多对经典的训诂，运用这些训诂知识诠解楚辞作品，就能比较接近屈原及其以后之楚辞作家的原意，如《离骚》开头"帝高阳之苗裔兮"句下，王逸注曰："德合天地称帝。苗，胤也。裔，末也。高阳，颛顼有天下之号也。《帝系》曰：'颛顼娶于腾隍氏女而生老僮，是为楚先。其后熊绎事周成王，封为楚子，居于丹阳。周幽王时，生若敖，奄征南海，北至江汉。其孙武王求尊爵于周，周不与，遂僭号称王。始都于郢，是时生子瑕，受屈为客卿，因以为氏。'屈原自道本与君共祖，俱出颛顼胤末之子孙，是深恩而义厚也。"王氏此处注文首先解释字、词的意思，中间引用《帝系》的材料叙述楚国历史，最后见解整句意思且阐发屈原用意。如此注来材料赅备、证据确凿，颇有说服力。又如第二句"朕皇考曰伯庸"之下，王逸注曰："朕，我也。皇，美也。父死称考。《诗》曰：'既右烈考。'伯庸，字也。屈原言我父伯庸，体有美德，以忠辅楚，世有令名，以及于己。"这里的确没有进一步说明，为什么屈原时的"朕"字可解释为"我"，这或许就是《四库提要》之所谓"不甚详赅"，但王逸的原则就是该简则简，不必面面俱到。其实，王逸对此句的解释尽管简略，但其义已基本说明。

对于楚辞作品之训释、解说，王逸下过一番苦功夫。这正如他在《楚辞章句·离骚·叙》中所言："今臣复以所识所知，稽之旧章，合之经传，作十六卷章句。"另《天问·叙》亦言："今则稽之旧章，合之经传，以相发明，为之符验。章决句断，事事可晓，俾后学者永无疑焉。"王氏此说未免过于自信，然如果将此看作是其注释《楚辞》所追求之目标，则充分说明了他用力之勤。

当然，王逸之注释解说也有缺漏甚至错误之处，此为注释工作所不可避免，主要表现在《九章·抽思章句》及其以下作品章句训诂之中。这也是因为他在这里往往只阐明一些句子大致意思，并未详作训诂，由此就留下了许多训诂空白。如《抽思章句》中该注而没有作注的，就有"蹇产""曼""恔""憺憺"，等等。又如因为同样原因，《九辩章句》中也有该注而没有作注之词："憭栗""憯凄""怆恍""慷恨""坎廪""廓落"，等等。

至于注释中出现的错误，多是由于王逸所见文献不足，或历史事件失传而又无出土文物作佐证。如此一来，注释之错误也就不少。如《九章·涉江》中之"露申辛夷，死林薄兮"，王逸注曰："露，暴也。申，重也。丛木曰林。草木交错曰薄。言重积辛夷露而暴之，使死于林薄之中，犹言取贤明君子，弃之山野，使之颠坠也。"这里王逸看到此二句使用了比兴手法，但不知"露申"也是一种芳香植物，故将二字拆开，强为之解。其实它们之间是并列之关系，与前面"鸾鸟凤凰""燕雀乌鹊"是同样的并列手法。

此类注释错误在《天问》中更为突出。造成这一现象除上述原因外，更由于《天问》所涉及的内容包罗万象，再加之全以问句出之，语言又极其简洁，错误自然易多。《天问》："该秉季德，厥父是臧；胡终弊于有扈，牧夫牛羊。"王逸就完全解错。后来徐文靖已考出"该"为人名，刘梦鹏更进一步指出"该乃亥字之误"，已基本接近真相，只是大家并未重视。及至王国维《殷卜辞中所见先公先王考》

一文问世,问题才得最终解决①。

再如,《天问》"黇堆焉处"一句,王逸注云:"黇堆,奇兽也。"这则是因为文献的失证而产生的误注。其实,"黇堆"当为"黇雀",是一种鸟名。《山海经·东山经》中即有所记载:"北号山有鸟,状如鸡,而白首鼠足,名曰黇雀,食人。"王逸未看到《山海经》这条记载,或者看过之后未留心记住,故有此误。同样,《天问章句》中,对"烛龙何照"之"烛龙",对"次于蒙氾"之"蒙氾",其解释均因相似原因而出现了错误。

众所周知,《楚辞章句》另一大特点,即在于指出楚辞中运用的楚方言。此在中编第一章第二节第二小节"运用章句之法的成功"有详细的介绍、分析,同样此处不再赘言。

对于楚地、楚物,包括楚国人名、某些典章制度等,王逸也作了不少注释,为后人阅读楚辞扫除了不少障碍。王逸这类注释也分两种情况:一种是注释时明确指出属于楚国。如《离骚》"夕揽洲之宿莽",王逸注曰:"草冬生不死者,楚人名曰宿莽。""哀高丘之无女",注曰:"楚有高丘之山。"《九章·哀郢》"顾龙门而不见",注曰:"龙门,楚东门也。"另一种情况是,王逸在注释中并未指出其为楚地名物,然稽之其他文献,或以常识观之,这些注释的对象当为楚国名物。如有关楚地则有江湘、鄂渚、方林、枉渚、辰阳、溆浦,以上《涉江》;江夏、夏首,以上《哀郢》。有关楚物则有芷、兰、椒、江离、菌桂、留夷、揭车、杜蘅、芳芷,以上《离骚》;薜荔、杜若、石兰、麋芜、女罗、辛夷,以上《九歌》……以上这种情况下,王逸虽没有指出名物之楚国性质,但其注释都是对的,这为人们阅读《楚辞》作品提供了极大方便。

前文曾提及,王逸已明确指出《离骚》继承了《诗经》的比兴手法,因而在其注释中,碰到有关诗句,便能够在注释了字面意义之后,还指出其比兴的意义。如《离骚》:"扈江离与辟芷兮,纫秋兰以为佩。"王注曰:"扈,被也。楚人名被为扈。江离、芷,皆香草名。辟,幽也。芷幽而香。""纫,索也。兰,香草也。秋而

---

① 笔者对此问题作过专门研究,可见拙著《屈原与中华文化和民族精神》第三章第三节,成都:四川大学出版社,2008年,第309—310页。

芳。佩,饰也,所以象德。故行清洁者佩芳,德仁明者佩玉,能解结者佩觿,能决疑者佩玦,故孔子无所不佩也。言己修身清洁,乃取江离、辟芷以为衣被;纫索秋兰,以为佩饰;博采众善,以自约束也。"《离骚章句》中,像这样的注解还有很多。

屈原作品中还有很多看似荒诞不经的神话传说,王逸往往能够透过字句表面之意,而直指屈原本来用心。如《离骚》"吾令丰隆乘云兮,求宓妃之所在",王注曰:"宓妃、神女,以喻隐士。言我令云师丰隆,乘云周行,求隐士清洁若宓妃者,欲与并心力也。"在今天看来,这种解说基本上都是对的。又如《九章·惜诵》:"昔余梦登天兮,魂中道而无杭。吾使厉神占之兮,曰有志极而无旁。"王注曰:"言厉神为屈原占之曰:'人梦登天无以渡,犹欲事君而无其路也。但有劳极心志,终无辅佐。'"这也是将厉神看得很平常。总之,王逸于《楚辞章句》中,对神话传说题材并不认为怪异,而是努力深入内里,以探讨屈原等作者的本来用心,从而为解读《楚辞》文本找到了较为正确的方法。

但另一方面,由此也造成《楚辞章句》一个重要的不足:有时过于拘泥于以儒家解经的方式来解《楚辞》。这一问题在上编、中编也都论述过,认为这有得有失。前面的"得"似乎谈得多一点,此处便主要结合作品谈其"失"。我们知道《楚辞》,特别是屈原的作品,主要是楚国文化孕育出的杰作。楚国文化在先秦文化中具有相对的独立性,因而屈原的作品也就有许多不同于以《诗经》为代表的北方作品的独特性质。而且,屈原还受到神话以及巫文化的影响,使其作品汪洋恣肆并充满着神奇瑰丽的色彩。有时王逸仍然用解经之方法来解释这些神话,便不免带上了穿凿、生硬的痕迹。

如在前面引用过的《离骚章句》之后叙,在此叙的结尾处,王逸论道:"夫《离骚》之文,依托'五经'以立义焉:'帝高阳之苗裔',则'厥初生民,时惟姜嫄'也;'纫秋兰以为佩',则'将翱将翔,佩玉琼琚'也;'夕揽洲之宿莽',则《易》'潜龙勿用'也;'驷玉虬而乘鹥',则'时乘六龙以御天'也;'就重华而陈词',则《尚书》'咎繇之谋谟'也;'登昆仑而涉流沙',则《禹贡》之敷土也。"像这样以儒家的"五经"来比附《离骚》,实在是穿凿附会,扞格不通。

当然,正如上编第三章第二节所言,为了提高屈原和《楚辞》的地位,自淮南王刘安、司马迁以来，就采取了以儒家解经之策略来注释屈原和《楚辞》，这在当时确然具有一定积极意义。然而到王逸《楚辞章句》，这种策略似乎运用得有点过头。"真理走过了头，就成了谬误。"不仅如此，王逸在《楚辞章句》的注文中也时有类似错误出现。如《离骚》："驾八龙之婉婉兮，载云旗之委蛇。"这本来是屈原幻想第二次上天时的景象，而并没有更深的比喻象征义，但王逸却注曰："言己乘八龙，神智之兽，其状婉婉，又载云旗，委蛇而长也。驾八龙者，言己德如龙，可制御八方也。载云旗者，言己德如云，能润施万物也。"这里的"德""制御"和"润施"，显然是王逸为拔高屈原而硬塞进去的所谓大义。

总之，王逸《楚辞章句》虽有不足之处，但它毕竟是现存最早的《楚辞》注本，在楚辞学史、楚辞研究史上具有里程碑的意义。没有《楚辞章句》，《楚辞》在很多地方我们就可能读不懂。并且，王逸在《楚辞章句》中所表现出的注释思想和研究方法，历来为后人所继承和发展。从这些方面看，《楚辞章句》其功巨伟！

《楚辞章句》历来版本较多，传世善本有：

明正德十三年(1518)戊寅黄省曾校高第刊本。

明隆庆五年辛未(1571)豫章王孙用晦芙蓉馆复宋本十七卷。

日本宽延三年(清乾隆十五年，1750年)庄允益校刊本。

2017年上海古籍出版社《楚辞要籍丛刊》本。

二、洪兴祖《楚辞补注》

洪兴祖(1090—1155)，字庆善，号练塘，丹阳(今江苏丹阳)人。宋徽宗政和八年(1118)擢进士第，赐上舍出身。宋室南渡后，高宗绍兴二年(1132)与人俱被召试，列为第一，除秘书省正字。又出典州郡，知真州、饶州，所至皆有治绩。

后忤秦桧,编管昭州卒①,赠直敷文阁。有《老庄本旨》《周易通义》《系辞要旨》《古文孝经序赞》《楚辞补注》及《考异》等著。事迹见《宋史·儒林传》卷四三三,李心传《建炎以来系年要录》卷一六九。

洪兴祖最为著名的著作是《楚辞补注》,此书初成于宋徽宗宣和五年(1123),为王逸《楚辞章句》之后现存又一部完善之《楚辞》注本,学术价值极高。

《楚辞补注》书成后,洪氏在刊布之时并未署名,致使同时代人晁公武著《郡斋读书志》竟不知撰者为谁,只言"未详撰人"。估计此事亦与奸相秦桧有关。此书撰写经过,陈振孙《直斋书录解题》有明确记载:"兴祖少时从柳展如,得东坡手校《楚辞》十卷,凡诸本异同皆两出之。后又得洪玉父而下本十四五家参校,遂为定本。始补王逸《章句》之未备者。书成,又得姚廷辉本,作《考异》,附古本《释文》之后。其末又得欧阳永叔、孙莘老、苏子容本于关子东、叶少协,校正以补《考异》之遗。洪于是书,用力亦以勤矣。"足见洪氏著此书时态度之严谨和勤奋刻苦。

《楚辞补注》之"补",即是"补章句之未备者",晁公武《郡斋读书志》亦言:"凡王逸章句有未尽者补之。"《四库提要》曰:"汉人著书,大抵简直,又往往举其训诂,而不备列其考据。兴祖是编,列逸注于前,而一一疏通证明,补注于后。于王逸注多所阐发,又皆以'补曰'二字别之,使之原文不乱。亦异乎明代诸人妄改古书,恣性损益。于楚辞诸注之中,特为善本。故陈振孙称其用力之勤,而朱子作《集注》,多取其说云。"这说明,戴震认为,王逸《章句》由于时代的局限和风尚,不免失之"简质"。这或许大致相当于汉儒的注释"五经",而洪氏之《补注》,则又大致相当于唐及后人对儒经注释的"正义"和"疏"。只是对儒家经典的注疏历来有"疏不破注"的传统,而洪氏《补注》对《楚辞章句》,却既有补充疏通,也多有驳正。

又晁公武《郡斋读书志》著录《楚辞补注》时还说:"自序云:以欧阳永叔、苏子瞻、晁文元、宋景文家本参校之,遂为完本。又得姚廷辉本,作考异。且言《辩骚》非《楚辞》本书,不当录。"考之今本《楚辞补注》,在目录之后附有洪氏引鲍钦

---

① 编管,南宋对官吏的一种惩罚制度。被编管官员到指定地点居住,要接受监督,不能迁徙,相当于今天的管制。

止云:"《辩骚》非《楚词》本书,不当录。"数语,可知晁公武所说当为不诬。

由以上诸家所言可推知,《楚辞补注》原书由自序、补注正文、古本《释文》和考异四部分所组成。但今本《楚辞补注》已远非原本面貌,亦即除补注正文之外,其自序、古本《释文》和考异已不复单独存在了。但这三部分的内容,在今本《楚辞补注》中仍可考见它们的踪迹①。

如此,今本《楚辞补注》就只由目录和补注正文组成。本书之目录附有古本《释文》的次第,即《离骚经》第一,《释文》第一,无经字;《九歌》第二,《释文》第三;《天问》第三,《释文》第四;《九章》第四,《释文》第五;《远游》第五,《释文》第六;《卜居》第六,《释文》第七;《渔父》第七,《释文》第八;《九辩》第八,《释文》第二;《招魂》第九,《释文》第十;《大招》第十,《释文》第十六;《惜誓》第十一,《释文》第十五;《招隐士》第十二,《释文》第九;《七谏》第十三,《释文》第十二;《哀时命》第十四,《释文》第十四;《九怀》第十五,《释文》第十一;《九叹》第十六,《释文》第十三;《九思》第十七,《释文》第十七。针对《释文》的编次顺序,洪氏考之王逸《九章章句》在目录之后附论道:"按《九章》第四,《九辩》第八,而王逸《九章》注云'皆解于《九辩》中',知《释文》篇第盖旧本也,后人始以作者先后次叙之尔。"此说有理。

补注正文分为两种情况。一种情况是对王逸《章句》各篇序言作注释,采用的方法是直接在王叙中作注;另一种情况是对王逸《章句》各篇注释再作补注,采用的方法是先列王逸的原注,再作补注,并以"补曰"二字加以区分。这里还必须说明的是,王逸《楚辞章句》在后代的流传中,其注文部分还不断得到后人增补,如引《文选》李善及五臣注,便是王逸以后乃至唐以后人的手笔。另外,在《楚辞章句》中王逸只对《九歌》《九章》的大题作了序,即解题。对其小题,如《东皇太一》《云中君》等,是并没有作序作注的。但今本《补注》中这些小题下都有注文,从注文中的"补曰"可以知道,"补曰"以上的注文是王逸以后的人所作,"补曰"以下的注文才是洪氏所作。至于不见"补曰"的小题注文,则全是王逸以

---

① 关于这些踪迹的考订,后代学者已做了大量工作,读者有兴趣可参阅有关论文或专著,此处限于篇幅则省略。

后洪氏之前人的手笔。

洪兴祖《楚辞补注》的最大贡献,在于在王逸注释的基础上补充证据和阐发义理,另外王逸之注释未备者,也得到了补充。补充证据和阐发义理,这是洪兴祖补注用力最勤、下功夫最大之处。补充证据首先表现在文字、音韵、训诂方面,这是最为细致、烦琐的工作。总的看来,只要是找得到证据,洪氏都不厌其烦地加以引证,以表明王注不诬。如《离骚》"朕皇考曰伯庸",王注曰:"朕,我也。"并未列出证据,而且更未及"朕"字含义的历史变迁。对此,洪补先引蔡邕云"朕,我也",再进一步阐明其义的变化:"古者上下共之,咎繇与帝舜言称朕,屈原曰'朕皇考'。至秦独以为尊称,汉遂因之。"然后又引唐五臣注《文选》,说明古人以"朕"通称我的原因:"古人质,与君同称朕。"洪氏补注的确都是王注未及而必备的,及至洪兴祖补注后,才趋于完备。又如《九歌·湘夫人》"与佳期兮夕张",王注曰:"佳,谓湘夫人也。不敢指斥尊者,故言佳也。张,施也。"但"佳"到底是什么意思,且"张"训"施"时应包含着什么,王注都不甚了了。对此,洪补注曰:"《说文》云:'佳,善也。'《广雅》云:'佳,好也。'张,音帐,陈设也。《周礼》曰:'凡邦之张事。'《汉书》曰:'供张东都门外。'言'夕张'者,就黄昏以为期之意。"洪氏这样从文献征引到字义的阐述,才真正做到了训诂的完备。

在作品义理之阐发上,洪兴祖同样用力最勤。本来,王逸《章句》对《楚辞》诗句的含义都做了一定的讲疏,可惜有的失之于质直和浅表。于是洪兴祖在王注的基础上,对这些诗句之义理做了进一步地阐发。如《离骚》开头之"帝高阳之苗裔兮",王注曰:"屈原自道本与君共祖,具出颛顼胤末之子孙,是恩深而义厚也。"这当然无误,然洪氏觉得还不够,征引刘子玄《史通》曰:"《离骚经》首章,上陈氏族,下列祖考;先述厥生,次显名字,自叙发迹,实基于此。降及司马相如,始以自叙为传。至马迁、扬雄、班固,自叙之篇,实烦于代。"如此就阐明了叙述出身在自叙之篇中之基础地位。又如《离骚》:"虽不周于今之人兮,原依彭咸之遗则。"王逸在字词注释后曰:"言己所行忠信,虽不合于今之世,愿依古之贤者彭咸遗法,以自率厉也。"此略显肤浅。洪兴祖则进一步阐释曰:"按屈原死于顷襄之世,当怀王时作《离骚》,已云'愿依彭咸之遗则',又曰'吾将从彭咸之所居'。盖其志先定,非一时忿恚而自沉也。《反离骚》曰:'弃由、聃之所珍兮,跖彭咸之所遗。'岂知屈子之心哉！"洪氏此论，可谓深得屈子之心！

> 或问：古人有言，杀其身有益于君，则为之。屈原虽死，何益于怀、襄？曰：忠臣之用心，自尽其爱君之诚耳，死生、毁誉，所不顾也。故比干以谏见戮，屈原以放自沉。比干，纣诸父也。屈原，楚同姓也。为人臣者，三谏不从而去之，同姓无可去之义，有死而已。《离骚》曰："阽余身而危死兮，览余初其犹未悔。"则原之自处，审矣！或曰：原用智于无道之邦，亏明哲保身之义，可乎？曰：愚如武子，全身远害，可也；有官守言责，斯用智矣。山甫明哲，固保身之道；然不曰"夙夜匪解，以事一人"乎？士见危致命，况同姓，兼恩与义，而可以不死乎？且比干之死，微子之去，皆是也。屈原其不可去乎？有比干以任责，微子去之可也；楚无人焉，原去则国从而亡。故虽身被放逐，犹徘徊而不忍去。生不得力争而强谏，死犹冀其感发而改行，使百世之下，闻其风者，虽流放废斥，犹知爱其君，眷眷而不忘，臣子之义尽矣。非死为难，处死为难。屈原虽死，犹不死也。……班孟坚、颜之推所云，无异妾妇儿童之见。余故具论之。

这是洪兴祖在《离骚后序》的补注中，对屈原投江自沉的评价。这段话围绕一个"死"字展开论辩，高度评价了屈原之死及意义，对班固、颜之推和刘子玄之言进行了批驳。这当然也流露出专制体制的思想意识，洪氏也不可能体会到班固写《楚辞序》所不得已之用心，但此评论依然值得高度肯定！

关于补王逸之未备，则有各个方面。

其一，文字训诂。前文已论及汉人注书，往往失之简质。因此王逸《章句》就有不少漏注。《离骚》"又重之以修能"，王注曰："修，远也。言己之生，内含天地之美气，又足有绝远之能，与众异也。言谋足以安社稷，智足以解国患，威能制强御，仁能怀远人也。"这里，王逸只解了一个"修"字，重在阐发义理，可说简明。不过对于初读《离骚》者，王注就显得有些空泛。洪兴祖则补注曰："重，储用切。再也，非轻重之重。能，本兽名，熊属，故有绝人之才者，谓之能。此读若耐，叶韵。"此不仅讲了"重""能"二字的音韵，且在训诂上讲透了它们的含义。

又如《离骚》"灵氛既告余以吉占兮"之下,王注阙如。按王注体例虽为两句一注,以下有解,但下注只说"言灵氛既告我以吉占",近于照抄原文。洪氏则补注曰:"灵氛告以吉占,百神告以吉故,而此独曰灵氛者,初疑灵氛之言,复要巫咸,巫咸与百神无异词,则灵氛之占诚吉矣。然原固未尝去也,设词以自宽耳。"由此就将屈原此句的深层含义揭示出来。

其二,楚地方言的揭示。这又可分两方面。一是补注王逸未注出之楚语、词。王逸为何注明了词义而不指出是楚语?中编第一章第二节第二小节曾作过具体研究,说明了原因,阅者可参。而到了宋代,此却成了《楚辞章句》一个缺憾,洪兴祖于是尽力补之。如《离骚》"纫秋兰以为佩"之"纫",王逸仅注曰:"纫,索也。"洪氏则据《方言》补注:"《方言》曰:'续,楚谓之纫。'"《离骚》"喟凭心而历兹"之"凭",王注先引五臣云:"凭,满也。"并注曰"喟然舒愤懑之心",可知王解"凭"为"愤懑"。洪氏补注曰:"《方言》云:'凭,怒也,楚曰凭。'注云'恚盛貌',引《楚辞》:'康回凭怒,皮冰切。'《列子》曰:'帝凭怒。'《庄子》曰:'修溺于凭气。'《说文》云:'凭,懑也。'并音愤。喟凭心而历兹者,叹逢时之不幸也。"这里连用《方言》《列子》《庄子》和《说文》,广征博引,说服力极强。不仅是《离骚》,《补注》对其他《楚辞》作品中之楚语,也指出不少。《九歌·湘夫人》"遗余褋兮醴浦"之"褋",王注曰:"褋,襜襦也。"五臣亦云:"褋,礼襜袖襦也。"似乎都未识其为楚语。洪补则曰:"褋,音牒。《方言》曰:'禅衣,江、淮、南楚之间谓之褋。'"再如《招魂》中频频出现之"些"字,王逸《章句》缺注。洪补则曰:"些,苏贺切。《说文》云:'语词也。'沈存中云:'今夔峡湖湘及南北江獠人,凡禁咒句尾,皆称些,乃楚人旧俗。'"除以《说文》证之外,还用时人的说法加以辅证,即今日所谓之民俗调查,洪兴祖可谓用心良苦!

二是对王逸已指出为楚语之字词,洪氏则进一步用材料加以充实。《离骚》"羌内恕己以量人兮",王注曰:"羌,楚人语词也,犹言卿何为也。"洪氏进一步注曰:"羌,去羊切,楚人发语端也。《文选》注云:'羌,乃也。'一曰叹声也。"再如《离骚》"忳郁邑余侘傺兮"之"侘傺",王注曰:"侘傺,失志貌。侘,犹堂堂,立貌也。傺,住也。楚人名住曰傺。"洪补除进一步注音外,并征引《方言》等材料证之:"侘,刺加切。傺,丑利切。又上劫驾切,下劫界切。《方言》云:'傺,逗也,南楚谓之傺。'郭璞云：'逗，即今住字。'"此是引真正方言材料以证明王注。

其三，是对名物之补充注释，重点是对《楚辞》"纪楚地，名楚物"之索解。关于楚地。《离骚》"济沅湘以南征兮"之"沅湘"，王逸仅注："沅湘，水名。"洪兴祖则反复征引文献加以解说："沅，音元。《山海经》云：'湘水出帝舜葬，东入洞庭下。沅水出象郡镡城西，东注江，合洞庭中。'《后汉·志》：'武陵郡有临沅县，南临沅水，水源出牂牁且兰县，至郡界分为五溪。又零陵郡阳朔山，湘水出。'《水经》云：'沅水下注洞庭，方会于江。'《湘中记》云：'湘水之出于阳朔，则觭为之舟，至洞庭，则日月若出入于其中。'"又如《九歌·湘君》"遗余佩兮醴浦"之"醴浦"，从王注与"五臣云"，可知其仅解"醴浦"为澧水之涯。洪兴祖则遍考文献，引《方言》《水经》《禹贡》(《尚书》)、《史记》等材料证之，可谓狂搜猛引。此外还有如《离骚》中之"苍梧"，《九歌》中之"洞庭"，《九章》中之"辰阳""江夏""汉北"，等等，洪补都作了详尽的文献征引和解说。当然，在这方面洪氏还有当解而缺解的地方，这或许是材料不足才不得已付之阙如。

关于楚物，尤其是关于楚之植物，洪兴祖亦如此索解。《离骚》开头"扈江离与辟芷兮"中之"江离"与"辟芷"，王逸注曰："江离、芷，皆香草名。辟，幽也。芷幽而香。"洪兴祖则反复征引文献加以补说："江离，说者不同。《说文》曰：'江离，蘪芜。'然司马相如赋云：'被以江离，糅以蘪芜。'乃二物也。《本草》蘪芜，一名江离。江离非蘪芜也。犹杜若一名杜荷，杜蘅非杜若也。蘪芜见《九歌》。郭璞云：'江离，似水荠。'张勃云：'江离出海水中，正青，似乱发。'郭恭义云：'赤叶。'未知孰是。辟，匹亦切。白芷，一名白茝，生下泽，春生，叶相对婆娑，紫色，楚人谓之药。"其中对"江离"众解的征引和存疑，表现出洪氏严谨实证的学术态度。

洪兴祖这种态度还集中反映在《离骚》"纫秋兰以为佩"之"秋兰"索解上。王逸仅注此曰："兰，香草也，秋而芳。"洪兴祖则遍引《方言》《说文》《汉书》颜师古注、《本草注》《水经》、陆玑《毛诗草木鸟兽虫鱼疏》、《文选》李善注、《荀子》《本草》、刘次庄《乐府集》、黄鲁直《兰说》等，涉及了兰的名称、产地、习性、外观和用途等方面的内容，简直就像是有关兰的植物学历史资料长编。此外，还有《离骚》中的"木兰""宿莽""申椒""菌桂""蕙芷""留夷""揭车""杜衡"，《九歌》中的"茹""白蘋""辛夷"等，洪补都做了详尽的索解。

前已言及洪补对王注并不遵行"疏不破注"的传统家法,而这正是洪兴祖高明之处。整部《楚辞补注》中,洪补对王注(包括五臣注)多有匡谬。如《离骚》"忳郁邑余侘傺兮"之"忳郁邑",五臣云:"忳郁,忧思貌。悒(即邑),不安也。"洪补驳斥道:"忳,徒浑切,闷也。郁邑,忧貌。下文曰:'曾歔欷余郁邑兮。'五臣以忳郁为句,绝误矣。"此为对五臣注之匡谬。《天问》"鬿堆焉处"之"鬿堆",王注曰:"鬿堆,奇兽也。"而洪补则曰:"《山海经》云:'北号山有鸟,状如鸡而白首,鼠足,名曰鬿雀,食人。'《天对》云:'鬿雀峙北号,惟人是食。'注云:'堆,当为雀。'王逸注误。按字书,鹑音堆,雀属也。则鬿堆即鬿雀也。"这是对王注的纠正。

此外,洪兴祖还考订出了《楚辞》原文错简之处,有的已为学界所接受。如《离骚》:"曰黄昏以为期兮,羌中道而改路。"洪补曰:"一本有此二句,王逸无注。至下文'羌内恕己以量人',始释羌义,疑此二句,后人所增耳。《九章》曰:'昔君与我诚言兮,曰黄昏以为期。羌中道而回畔兮,反既有此他志。'与此语同。"此说极有道理。一是此"羌"在彼"羌"之先,应先释义而不当滞后。二是《九章·抽思》中也有相似的两句"曰黄昏以为期""羌中道而回畔";且分别有王注"且待曰没闲静时也","信用谗人,更狐疑也"。且《九章》在后,《离骚》在前,《离骚》若有此句应先作注释,而不当留待《九章》中。因此,洪氏定"疑此二句后人所增",决然成立。还有《九歌·少司命》:"与女游兮九河,冲风至兮水扬波。"洪氏"补曰"之前有无名氏注曰:"王逸无注,古本无此二句。"洪氏根据以上原则方法,定为衍句,亦能成立。

当然,《楚辞补注》亦有不足与错误之处。尤其是对《天问》之补注,错误较多,这多是资料及当时研究条件与水平所致,我们今天不宜苛求。

总之,洪兴祖《楚辞补注》取得的成就是巨大的,在楚辞学史、楚辞研究史上具有重要意义,尤其是它与王逸《楚辞章句》结合成最早、最完备、最权威的注本,连不久后问世的朱熹《楚辞集注》也多取其说,更证其学术地位不可动摇!

该著传本很多,主要善本有:

明翻刻宋本。

清康熙元年(1662)汲古阁毛表重刊宋本。

日本宽延二年(清乾隆十四年,1749年)柳美启翻刻汲古阁本。

清同治十一年(1872)金陵书局校勘汲古阁本。

商务印书馆《四部丛刊》影印明翻宋本。

2015年上海古籍出版社《楚辞要籍丛刊》本。

三、朱熹《楚辞集注》

朱熹(1130—1200),字元晦,一字仲晦,号晦庵、晦翁、沧州病叟,别称紫阳先生,又称考亭,生于宋高宗建炎四年,绍兴十八年(1148)进士,历仕高、孝、光、宁四朝,曾任转运副使、焕章阁待制兼侍讲、秘阁修撰等职。晚年讲学于福建建阳之考亭,故世亦称考亭先生。《宋史·道学传》有传。

朱熹一生仕途坎坷,虽早年即有声名,但书生气浓、学者气重,加之主张抗金,颇重气节,故落得居官十年、立朝仅数十日之结局。晚年因得罪权臣韩侂胄,被罢官出朝。韩尚恐朱门徒"系知名士,不便于己,欲尽去之",还收买朱熹的学生胡纮(任监察御史),诬蔑朱熹之学为"伪学"。列出他"十罪",必欲置之死地而后快。然朱熹去世后,因其道学有利于专制统治者的集权与统治,朝廷竟于淳祐元年(1241)追封他为"徽国公",谥曰"文",还"从祀孔子庙廷",备极哀荣,远超当年那些权臣,这倒是朱熹生前未曾料到的。

然而朱熹历史地位的确立和真正的贡献,还是在学术上。朱熹二十岁时受业于程颐的再传弟子李侗,研习周敦颐、张载及"二程"之学。后来,他发展了"二程""理气"关系的学说,吸取了佛学(特别是华严宗)和老、庄的思想,形成了自己的一套理学体系(按传统说法是唯心主义的哲学体系)。有人认为自南北朝以来,朱熹第一次具体实现了三教合一论(其实还是以儒学为核心)。

朱熹一生,除十年为官外,其余四十年全力著述和讲学,成果丰硕。他殚精竭虑,将理学思想渗透贯注于对儒家经典的训诂诠释中,终于在儒学领域建立起与汉学相对立的宋学体系,以至到明清两代取汉学而代之,居统治地位。朱熹还将宋学贯穿于对《诗经》的研究,在《诗集传》中提出不少新见,如敢于不遵《毛诗序》之说法,主张从本文追索探究,大胆肯定"国风"为"民俗歌谣之诗",可以说是宋以前少有的坚持"文本原则"之研究者。详情可见上编第三章第三节、中编第一章第三节。

朱熹著《楚辞集注》之动机,前人有一种流行说法,即认为是影射赵汝愚事件。《四库全书总目提要》言:"周密《齐东野语》记绍熙内禅事曰:'赵汝愚永州安置,至衡州而卒。朱熹为之注《离骚》,以寄意焉。'然则是书大旨,在以灵均放逐,寓宗臣之贬,以宋玉《招魂》,抒故旧之悲耳!"宋晁公武也说朱熹作此书是"有感于赵忠定之变而然"(《郡斋读书志》卷五)。赵汝愚与韩侂胄均因拥立新主有功而拜相,韩为外戚重臣,排挤赵而使之罢相,"暴死"于被贬途中衡州船上。赵对朱熹有知遇之恩,当然不可能没有感触。然赵汝愚"暴死"是在庆元二年(1196),而朱熹该书至少"集注"部分完成于庆元元年[①],与此事显然挂不起钩来。

又有人怀疑,朱熹一生以注经为任,对文学不感兴趣,注释儒家经典的著作中突然冒出一本《楚辞集注》来,感到不可理解,甚至有人怀疑该书非朱熹所作。清朱冀《离骚辩·自序》言:"余初读《离骚》,阅诸家评传,庞杂无伦。后得紫阳《集注》,讶其无所剪裁,庞杂如故。每力辨此注决非紫阳所集。何则?紫阳纲目,一笔一削,上继《春秋》,苟事关忠孝大节,虽在匹夫匹妇,不惜为之大书特书。今三闾是何等人品,作《离骚》是何等中情!而徒因袭旧说,以讹传讹。"清王邦采亦同意朱冀之看法:"朱子集注,大半本之王、洪两家,间有改窜,未见精融。天闲氏(朱冀)谓属后人之假托,疑或然也。"[②]而清夏大霖于《屈骚心印》中引毛以阳评,也认为朱熹未暇注《楚辞》。只是这种见解完全经不起事实的检验。庆元元年,《楚辞集注》即有刻本问世,现见日本大正三年(1914)内阁书目。朱熹卒于庆元六年,足见他生前此书已行世。而且,嘉定四年(1211)其门人杨楫也已刻《楚辞辩证》于同安郡斋,今存宋本尚有理宗端平乙未(1235)刊本,为

---

① 可参见郑振铎《楚辞集注·跋》。
② 〔清〕王邦采:《离骚汇订·姓氏六家目后》,清康熙六十一年(1722)刻本。

朱熹孙朱鉴所刻。若有作伪,朱熹本人和后人决不可置之不理。朱熹注楚辞的真实动机,主要有以下三方面。

(一)文学方面。那种认为朱熹对文学不爱好不涉足的观点,完全是误解。朱熹自己曾说:"某旧时,亦要无所不学。禅、道、文章、楚辞、诗、兵法,事事要学。出入无数文字。"①可见朱熹对楚辞早有兴趣,不仅注《诗》、注骚,甚至还想选编一本诗集以继之:"抄取经史所载韵语,下及《文选》汉魏古词,以尽乎郭孝纯、陶渊明之所作,自为一篇,而附于《三百篇》《楚辞》之后,以为诗之根本准则。"(《朱文公集·与巩仲至书》)足见其在文学研究上的雄心不小。而《楚辞集注》的具体撰写,当在他绍熙四年(1193)作牧于楚之后。

(二)学术方面。朱熹于《楚辞集注·序》中有一大段话言明著书之心迹:

> 然自原著此词,至汉未久,而说者已失其趣。如太史公盖未能免,而刘安、班固、贾逵之书,世不复传。及隋、唐间,为训解者尚五六家,又有僧道骞者,能为楚声之读,今亦漫不复存,无以考其说之得失。而独东京王逸《章句》与近世洪兴祖《补注》并行于世,其于训诂名物之间,则已详矣。顾王书之所取舍,而其题号离合之间,多可议者,而洪皆不能有所是正。至其大义,则又皆未尝沉潜反复,嗟叹咏歌,以寻其文词指意之所出,而遽欲取喻立说,旁引曲证,以强附于其事之已然。是以或以迂滞而远于性情,或以迫切而害于义理,使原之所为壹郁而不得申于当年者,又晦昧而不见白于后世。予是益有感焉,疾病呻吟之暇,聊据旧编,粗加隐括,定为《集注》八卷。

由此可见,朱熹有一种强烈的责任感。对王、洪二注的名物训诂,朱熹基本是认可的;而对其思路梳理大义阐发,则认为完全错误,以至"使原之所为壹郁而不得申于当年者,又晦昧而不见白于后世"。于是朱熹决心还屈原的真心真面。骨鲠在喉,必将一吐为快!

---

① 《朱子语类》卷一〇四。

（三）现实方面。南宋小朝廷自偏安江南以来，朝内主战、主和一直争吵不休，但总是主和派占优势。其时韩侂胄虽实行过一次北伐，本意也并非收复失地，不过是企图以此邀功立世，扩大自己的实力而已。在此形势下，主战派屡遭打击迫害，就是必然现象。而朱熹属主战派，有人根据他《戊中封事》中似乎有抗金信心不足之言，以为他多是强调准备而不想真正实行。却不知这些话是针对当时"国贫兵弱"之实情而发，正是认真积极抗金者所言。从朱熹《除秦桧祠移文》及六十九岁时大病濒死之际，还念念不忘救国的言行，充分说明他是一个坚决的抗战派。况且，朱熹之父朱松，为抗金派重要人物赵鼎的好友，因反对秦桧议和而被贬死于路途。其时朱熹方十四岁，应当说少年时即已种下仇恨之种子。朱熹注楚辞，并首次提出屈原有"忠君爱国之诚心"，发掘出楚辞中的爱国精神，将爱国引入楚辞研究，不能说与他的抗金思想没有关系。

今传本《楚辞集注》由三部分组成：集注、辩证、后语。《楚辞集注》首目录，次朱熹序，次正文八卷。正文又分两部分：卷一至卷五为屈原作品，卷名之《离骚经》，以下依次为《九歌》《天问》《九章》《远游》《卜居》《渔父》；卷六至卷八为"续离骚"部分，收入宋玉、景差、贾谊、庄忌、淮南小山的十六篇作品。《楚辞辩证》亦分上、下两部分，上部为《离骚》与《九歌》，下部为《天问》《九章》《远游》《卜居》《渔父》及宋玉等人作品。朱熹在《楚辞辩证》题下说明曰："余既集王、洪骚注，顾其训故文义之外，犹有不可不知者。然虑文字之太繁，览者或没溺而失其要也，别记于后，以备参考。"这实际是"集注"的补充部分。

《楚辞后语》所选作品，均为骚体文学中较杰出者。朱熹于"后语"后有"序"，说明："以晁氏所集录《续》《变》二书刊补定著，凡五十二篇。晁氏之为此书，固主于辞而亦不得不兼于义。今因其旧，则其考于辞也宜益精，而择于义也当益严矣。此余之所以兢兢而不得不致其谨也。"这说明"后语"是在王逸《章句》和晁补之《续楚辞》《变离骚》之基础上增删而成。至于增删的标准，朱熹在"序"中也说得很明白："盖屈子者，穷而呼天，疾痛而呼父母之词也。故今所欲取而使继之者，必其出于幽忧穷蹙怨慕凄凉之意，乃为得其余韵。而宏衍巨丽之观，欢愉快适之语，宜不得而与焉。至论其等，则又必以无心而冥会者为贵，其或有是，则虽远且贱，犹将汲而进之；一有意于求似，则虽迫真如扬、柳，亦不得已而取之耳。"按照此标准，像《七谏》《九怀》《九叹》《九思》这样的作品，"虽为骚体，然其词平缓，意不深切，如无疾痛而强为呻吟者"，乃被删去。而贾谊的《吊屈原赋》《鵩鸟赋》却反而入选。朱熹并不单凭自己的好恶决定取舍，像扬雄，朱熹深恶其人品，但他的《反离骚》仍然被选入；而蔡琰，朱熹以理学家的观点认为她"失节"，却仍然收了她的《悲愤诗》和《胡笳》。其原因在于："岂不以琰之母子无绝道，而雄则欲因'反骚'而著苏氏、洪氏之贬词，以明天下之大戒也。"朱熹还特意在《胡笳》题下说明曰："东汉文士有意于骚者多矣，不录而独取此者，以为虽不规规于楚语，而其哀怨发中，要为贤于不病而呻吟者也。"只是对于晁氏所选宋玉等人之赋，朱熹不免删除过多，像宋玉的《高唐赋》《神女赋》《登徒子好色赋》等，曹植的《洛神赋》《九愁》《九咏》以及陆机、陆云的作品尽数删除。因而作为一个辞赋选本，多少显得不够全面。但作为一个从形式到内容到思想情感对屈骚全面继承的专门化选本，朱熹选得还是成功的。这也多少实践了他早年的愿望，证明他深厚的文学功底和卓越的选家眼光。

如前所言，《楚辞集注》于朱熹生前即已刊行，《楚辞辩证》于其去世后由门人杨楫刊行，而《楚辞后语》则是其子朱在遵其遗嘱于他去世十七年后才刊行的（现在这个本子也亡佚了）。再过十六年，朱熹孙子朱鉴才将这三个本子合成一书，即是今天通行之本。

《楚辞集注》取得了很大成就。确如朱熹在序中所言，版本、训诂方面他以王、洪二家为基础，而在思想、情感、内蕴、意境等方面，则几乎完全不取王、洪之说。序中有这样一段著名的话：

原之为人，其志行虽或过于中庸而不可以为法，然皆出于忠君爱国之诚心。原之为书，其辞旨虽或流于跌宕怪神，怨怼激发而不可以为训，然皆生于缱绻恻怛，不能自已之至意。虽其不知学于北方，以求周公、仲尼之道，而独驰骋于变风、变雅之末流，以故醇儒庄士或羞称之。然使世之放臣、屏子、怨妻、去妇，抆泪讴吟于下，而所天者幸而听之，则于彼此之间，天性民彝之善，岂不足以交有所发，而增夫三纲五典之重？此予之所以每有味于其言，而不敢直以"词人之赋"视之也。

这段话每句之前半句,今天看来并不正确,也有人据此认为朱熹对屈原并不理解或理解错误,而大加挞伐。然仔细体会朱熹的用词,特别是那些转折连词,再结合时代背景及朱熹当时的处境,也许能体会到他的一番苦心。每句之前半句,很可能是当时流行的对屈原的指责,甚至很可能是投降派借此对抗金派别有用心的一种压制。南宋小朝廷对金人处处妥协退让,对国内的抗金派却是时时事事施以高压。朱熹要高度肯定屈原,恐怕也只能采取这种方式。

这段话的重点,在于肯定了屈原的忠心,肯定了屈骚的思想意义和社会意义,肯定了其文学成就和艺术价值。从对扬雄的态度,可以帮助我们了解朱熹在屈原问题上的思想意蕴。朱熹在该书《反离骚》题下按曰:"然则雄固为屈原之罪人,而此文乃《离骚》之谗贼矣,它尚何说哉!"又在《胡笳》题下按曰:"琰失身胡虏,不能死义,固无可言。然犹能知其可耻,则与扬雄'反骚'之意又有间矣。今录此词,非恕琰也,亦以甚雄之悉云尔。"朱熹对屈原的高度肯定和对扬雄的过于激烈的否定,同洪兴祖一样,是借古讽今,是在表明政治态度。联想到北宋司马光于《资治通鉴》中对扬雄的肯定,而朱熹在其《通鉴纲目》中对扬雄的鄙视;司马光在"通鉴"中以曹魏为正朔,而朱熹在"纲目"中以蜀汉为正朔,这种用意就一清二楚了[①]。在艺术性的评价上,宋熹借用钟嵘"滋味"说(见《诗品序》)给予屈骚高度肯定,亦借用扬雄"诗人之赋丽以则,词人之赋丽以淫"(见《法言·吾子篇》)确定屈原在文学史上之崇高地位。另一方面,朱熹并不认为屈原性格十全十美,行为一切正确,其细行不能无弊。但又认为与大节相比,则微不足道:"君子之于人也,取其大节之纯全,而略其细行之不无弊","论其大节,则其他可以一切置之不问"。(均见《楚辞辩证》)这方面,朱熹则比洪兴祖显得客观一些。

在具体作品的理解上,朱熹常能指出王逸不足之处。如《九章》之题解,王逸认为《九章》是屈原集中于一时成系统的作品。并言:"章者,著也,明也。言己所陈忠信之道,甚著明也。"此说不太符合《九章》写作之实际情况,可信度较

---

① 这是因为二人所处时代不同,章学诚《文史通义·文德》已指出:"(司马光)生于北宋,苟曹魏之禅让,将置君父于何地?"而朱熹则"惟恐中原之争天统也"。

低。而朱熹则曰:"《九章》者,屈原之所作也。屈原既放,思君念国,随事感触辄形于声。后人辑之,得其九章,合为一卷,非必出于一时之言也。"只要将《九章》各篇之间的关系与内容与《九歌》作一比较,就会发现朱熹的说法有部分切合《九章》的实际情况。当然,朱熹的"后人辑之"之说,则未必正确①。

在作品理解方面,朱熹一个明确的指导思想是切合实际,反对穿凿。《楚辞辩证》"《离骚》条"下曰:"此篇所言陈词于舜,及上款帝阍,历访神妃,及使鸾凤飞腾,鸩、鸩为媒等语,其大意所比,固皆有谓。至于经涉山川,驱役百神,下至飘风云霓之属,则亦泛为寓言,而未必有所拟伦矣。二注类皆曲为之说,反害文义。"朱熹还就某些具体诗句针对王逸注进行反驳。如《离骚》"飘风屯其相离兮,帅云霓而来御"二句,王逸注为:"飘风,无常之风,以兴邪恶之众。""云霓,恶气,以喻佞人。"而朱熹则曰:"望舒、飞廉、鸾凤、雷师、飘风、云霓,但言神灵为之拥护服役,以见其仗卫威仪之盛耳,初无善恶之分也。旧注曲为之说,以月为清白之臣,风为号令之象,鸾凤为明智之士,而雷师独以震惊百里之故使为诸侯,皆无义理。至以飘风、云霓为小人,则夫《卷阿》之言'飘风自南',孟子之言'民望汤、武如云霓者',皆为小人之象也焉?"(《楚辞辩证·上》)王逸未注意到屈原此处只是使用整体象征的手法(朱熹言此为"比兴"),只是重在表现一种意境气氛,朱熹的理解自然要恰当一些。像这样破穿凿的例证,书中还颇多。如《楚辞辩证·上》论《九歌·河伯》曰:"旧说'河伯位视大夫屈原,以官相友,故得与之'。其凿如此。"又云:"河伯之居,沉没水中,喻贤人之不得其所也。夫谓之河伯,则居于水中固其所矣,而以为失其所,则不知使之居于何处,乃为得其所耶? 此于上下文义,皆无所当,真衍说也。"此驳十分有理。再如《离骚》"余以兰为可恃兮""椒专佞以慢慆兮"之"椒"与"兰",王逸以为是指代司马子兰和大夫椒,而朱熹则曰:"初非以为实有是人,而以椒、兰为名字者也。"当然,王逸之理解以后有学者加以发展,此说还可商榷,然朱熹的说法更符合离骚的艺术氛围一些。

朱熹不但善于纠正旧说,还善于探寻诗人言外之意、味外之旨,善于体会微词奥义,往往独具只眼。《离骚》:"闺中既以邃远兮,哲王又不寤。怀朕情而不发

---

① 关于这点,可参见本编第一部分之《论屈原对〈九章〉的整体构想及整理》。

兮,余焉能忍而与此终古。"朱熹注曰:"终古者,古之所终,谓来日之无穷也。闺中深远,盖言宓妃之属不可求也。哲王不寤,盖言上帝不能察,司阍壅蔽之罪也。言此以比上无明王,下无贤伯,使我怀忠信之情,不得发用,安能久与此暗乱嫉妒之俗终古而居乎?意欲复去也。"而王逸此处注为:"言我怀忠信之情,不得发用,安能久与此暗乱之君,终古而居乎?意欲复去也。"两相对比,朱熹的领会,就要深刻一些。"屈心而抑志兮,忍尤而攘诟"二句,注曰:"言与世已不同矣,则但可屈心有抑志,虽或见尤于人,亦当一切隐忍而不与之校。虽所遭者或有耻辱,亦当以理解遣,若攘却之而不受于怀。"这种体会,显然与朱熹所处之环境及所遭受的打击有关,使其能与屈原之心相通。不仅对屈赋,对其他楚辞作品,朱熹往往也有独到体会。如《九辩》"有美一人心不绎",王逸和《文选》李善注均认为"有美一人"是指怀王,而朱熹独具只眼,认定是指屈原,这就比较符合《九辩》之题旨。而开头至"登山临水兮,送将归"一段,注曰:"秋者,一岁之运,盛极而衰,肃杀寒凉,阴气用事,草木零落,百物凋悴之时。有似叔世危邦,主昏政乱,贤智屏绌,奸凶得志,民贫财匮,不复振起之象。是以忠臣志士,遭谗放逐者,感事兴怀,尤切悲叹也。萧瑟,寒凉之意;憭栗,犹凄怆也。在远行羁旅之中,而登高望远,临流叹逝,以送将归之人。因离别之怀,动家乡之念,可悲之甚也。"这一段感慨深沉的赏鉴之文,非有极强之共鸣而不能。

朱熹还将其理学积极的一面渗入楚辞研究中,从而在屈原研究的理论上卓有建树。前已言及,朱熹第一次从屈骚中发掘了"爱国"的观念,努力阐发爱国内涵,并对洪兴祖涉及这方面的阐述极力加以肯定。如洪氏在《九章·怀沙》"知死不可让,愿勿爱兮"句下注云:"屈子以为知死不可让,则舍生而取义可也。所恶有甚于死者,岂复爱七尺之躯哉?"朱熹于《怀沙》篇中将此全文引入,实际上是表明了自己的态度。自朱熹以后屈子爱国精神在历代先进的知识分子中得到阐发和弘扬,尤其是南宋末、明末清初、清末以及抗日战争时期,屈原和他的作品成为爱国人士之精神支柱。屈子爱国精神之发掘研创之功,当首推朱熹。

朱熹文学创作和鉴赏功底深厚,因而在屈骚之艺术理论方面,也常有建树。朱熹以《诗经》赋比兴说《离骚》,固有生搬和呆滞之嫌(这点后面将论述)但朱熹对汉儒之"比兴说"实有相当之发展,包含之内容已相当丰富。在对屈骚的艺术研究中,有些已不是《诗经》"比兴说"所能包容的,如《楚辞辩证·上》言:"《离骚》以灵修、美人目君,盖托为男女之辞而寓意于君,非以是直指而名之也。灵修,言其秀慧而修饰,以妇悦夫之名也。美人,直谓美好之人,以男悦女之号也。今王逸辈乃直以指君,而又训灵修为神明远见,释美人为服饰美好,失之远矣。"朱熹实际已发现了屈原的象征手法,只不过未像现代给予专有术语而已。

名物考释和训诂方面,朱熹也提出了一些新见解,对以后之楚辞研究产生了较大影响。著名的如《离骚》"摄提贞于孟陬兮"之"摄提"之解。王逸认为"摄提"就是"摄提格",并引《尔雅》"太岁在寅曰摄提格"为证。据此推论,屈原就应生于寅年寅月寅日,此说言之成理,影响很大。朱熹则提出一个新的见解,认为"摄提"只是一个星名:"以今考之,月日虽寅,而岁则未必寅也。盖摄提自是星名,即刘向所言'摄提失方,孟陬无纪',而注谓摄提之星,随斗柄以指十二辰者也。其曰'摄提贞于孟陬',乃谓斗柄正指寅位之月耳,非太岁在寅之名也。必为岁名,则其下少一'格'字,而'贞于'二字亦为衍文矣。故今正之。"此说亦有一定道理。虽然按此说屈原于诗中就只点明了自己的出生月日,未点生年,而为一些学者所反对,但至今仍是一些观点的起源。

对于楚辞中一些习俗的考证,朱熹也比较留意。如招魂之俗,朱熹认为古时不仅招亡人之魂,而且也招生人之魂,并引杜甫《彭衙行》"暖汤濯我足,剪纸招我魂"为证。他认为:"盖当时关陕间风俗,道路劳苦之余,则皆为此礼,以祓除而慰安也。"后来清林云铭深赞此说,并以之作为屈原自招生魂之证据。

对于某些形义均相近的字词,朱熹常注意它们之间细微意义的差别。如《楚辞辩证·上》言:"'惟庚寅吾以降''岂维纫夫蕙茝''夫唯捷径以窘步'。据字书,惟从心者思也,维从系者系也,皆语辞也。唯从口者专词也,应词也。三字不同,用各有当。然古书多通用之。此亦然也,后放此。"朱熹的意思是这三个字据字形结构,声符同而意符异,本应有区别,但古书一般通用,流传下来的楚辞也如此,就不宜过于求深了。再如《离骚》"余固知謇謇之为患兮""謇吾法夫前修兮""汝何博謇而好修兮"等之"謇",与"吾令蹇修以为理""望瑶台之偃蹇兮""何琼佩之偃蹇兮"之"蹇",二字均可训"难",但它们细微的差别及组词时的不同意义,王、洪二人并未注出,而朱熹则注得较为清楚:"謇,难于言也;蹇,难于行也。"

《楚辞集注》中表现出的不同于前人又富有创造性的研究方法,很值得今天学者参考和借鉴。同治经一样,朱熹很注意使用综合归纳的分析方法。《楚辞辩证·上》言:"骚经'女嬃之婵媛',《湘君》'女婵媛兮为余太息',《哀郢》'心婵媛而伤怀',《悲回风》'忽倾寤以婵媛',详此二字,盖顾恋留连之意,王注意近而语疏也。"统统将"婵媛"解释为"顾恋留连",而不考虑其在诗句中具体意义之细微区别,当然不一定合适。这里要注意的是朱熹的研究方法,将分散于各篇中的有相同词的句子抽出来,综合考察它们的意义,这对清代的朴学研究者有很大的指导意义。

更难能可贵的是,朱熹在那个时代就敢于和善于使用反向思维的方法。关于《九歌》,朱熹曾言:"《九辩》,不见于经传,不可考。而《九歌》著于《虞书》《周礼》《左氏春秋》,其为舜、禹之乐无疑。至屈子为骚经,乃有启《九辩》《九歌》之说,则其为误亦无疑。王逸虽不见《古文尚书》,然据《左氏》为说,则不误矣。顾以不敢斥屈子之非,遂以启修禹乐为解,则又误也。至洪氏为《补注》,正当据经传以破二误,而不唯不能,顾乃反引《山海经》三嫔之说以为证,则又大为妖妄,而其误益以甚矣。然为《山海经》者,本据此书而傅会之,其于此条,盖又得其误本,若它谬妄之可验者亦非一。"(《楚辞辩证·上》)其时学者多以为《山海经》在前,屈赋在后,只敢以《山海经》证屈赋,而不敢以屈赋破《山海经》。朱熹独敢断言《山海经》在后,甚至认为后来之人据屈赋中之神话故事附会出《山海经》,真是一个大胆的却是有根据的"估计"!同在此部分,朱熹又言:"《东君》之吾,旧说误以为日,故有息马悬车之说。疑所引《淮南子》,反因此而生也。"应当说,朱熹对古代典籍是精熟而有多年研究的,所言虽确实大胆,但想必有其根据。故陈振孙于《直斋书录解题》中高度评价此论:"其于《九歌》《九章》,尤为明白痛快。至谓《山海经》《淮南子》殆因《天问》而著书,说者反引二书以证《天问》。可谓高世绝识,毫发无遗恨者矣。"

毋庸讳言,《楚辞集注》明显错误和不当之处亦不在少数。首先,朱熹将理学观念理论引入楚辞研究,其效果必定具有两面性:一方面使他取得了以上成就,而另一方面则使他出现一些错误。在当时历史条件下,为了强调屈原及其作品所具有的重要作用和意义,他将屈原按当时专制社会的理学标准理想化,强调屈原对君王的所谓"忠爱",将屈子对君王之"怨怼"说成仅仅是言辞过激,而屈原作品之主要意义在于"增夫三纲五典之重"。楚辞中有些涉及义理方面的词句,朱熹也常用理学之义解之,往往冬烘气浓。《天问》甚至直接引用周敦颐、"二程"哲学论述。如"舜闵在家,父何以鳏?尧不姚告,二女何亲"四句,直接引:"程子曰'舜不告而娶,固不可;尧命瞽使舜娶,舜虽不告,尧固告之矣。尧之告也,以君治之而矣'。"过强的理学观念也影响到作品的遴选,《楚辞后语》之编选基本是成功的,但有个别选目仍不够理想。张载《鞠歌》、吕大临《拟诏》,附于那些杰出作品之后,简直就是狗尾续貂。

其次,艺术理解方面,因朱熹过于推崇儒家经典,以《诗经》为正宗,试图将屈赋完全纳入《诗经》的轨道,结果就出现一些不切实际的分析。如屈赋中引用了大量神话传说,朱熹则要"悉以文理正之"。《天问》中一些神话传说,朱熹或是言"此其无稽亦甚矣",或是说"皆可以一笑而挥之",不理解这恰恰是屈骚浪漫主义(暂借此术语)艺术特色之绚丽处,这比刘勰《文心雕龙》中的观点还要走得远得多。

另外,朱熹虽已感觉到屈骚的象征手法和体系,也感觉到楚辞艺术特色异彩纷呈。但毕竟还是只凭着大量阅读作品后的直觉,一旦进行分析,他便又用理学理论来桎梏思维,将楚辞丰富多彩的艺术手法全部用《诗经》"赋""比""兴"来圈定。硬性规定某某属于"赋",某某属于"比",某某属于"兴",这就未免胶柱鼓瑟,将杰出艺术作品活生生的"圈"死了。这种做法自然遭到后代学者的激烈批评,如陈廷焯曰:"后人强事臆测,系以'比''兴''赋'之名,而《诗》意转晦。朱子于楚辞亦分章系以'比''兴''赋',尤属无谓。"(《白雨斋论证词》卷六)

第三,由于认识及知识方面的原因,某些题义和注解有错误。对于《九歌》题旨,朱熹主张寄托说,此已不够准确。而将《山鬼》全以君臣之义为说,则就全失诗味了:"子慕予之善窈窕者,言怀王之始珍已也。折芳馨而遗所思者,言持善道而效之君也。处幽篁而不见天,路险艰又昼晦者,言见弃远而遭障蔽也。……"(《九歌·山鬼》注)

最后,由于宋儒多不知古今语音是发展演变的,以为只是异音而已,给诗歌韵文注音,多是采用临时变通之法。朱熹亦如此,他以"叶音"法给楚辞注音,自然难以准确,后代音韵学家多有批评。当然,这是历史之局限性,不应苛求。

此书版本颇多,以下只登录主要几种:

宋庆元四年(1198)刻本,日本大正三年(1914)《内阁目》。

宋嘉定六年(1213)江西刊本。

宋理宗端平(1235)刊本,人民文学出版社1953年影印本。

元至正二十三年(1363)高日新刊本。黎庶昌在日本见此本,据此复刻,收入《古逸丛书》。

明崇祯十年(1637)沈云翔《楚辞集注评林》本。

清康熙三十年(1691)重刊陈洪绶绘画本。

乾隆五十三年(1788)吴堂听雨楼朱墨套印本。

光绪元年(1875)崇文书局《三十三种丛书》本。

民国元年(1912)湖北书局重刊本。

1979年上海古籍出版社点校本。

2016年上海古籍出版社《楚辞要籍丛刊》本。

四、汪瑗《楚辞集解》

汪瑗,字玉卿,新安(今安徽歙县)人。由于材料缺乏,其生平事迹难以考订,据焦竑《楚辞集解序》(万历四十三年,1615年):"君即逝之五十年,子文英欲梓行之,以公同好,而属余为弁。"则汪瑗的卒年当是嘉靖四十五年(1566)前后。汪瑗之子汪文英亦于《天问注跋》中曰,他"甫离襁褓"时其父就"中道摧折"。据此,则汪瑗卒时大约仅四五十岁。故汪瑗当主要活动于嘉靖年间。

　　汪瑗幼时聪颖好学,治经之余,饱读了家中各类藏书。后与其弟汪珂同去苏州求学,曾同学于明著名学者归有光门下,颇受其赞赏:"新安汪玉卿者,平生博雅,攻古文辞,恬淡自修,不慕浮艳,优游自适,无意功名,以著述为心。与其弟鸣卿偕游余门。三吴有双丁、二陆之称,非凡士也。……精五经,通六艺,能歌诗、古文辞。注李杜、南华文,注离骚。此非大涵养、非大识力者畴能及?"清桐城派代表人物之一刘大魁所修《歙县志》亦曰:"为诸生,博雅工诗,与弇州、沧溟友善,所著有《巽麓草堂诗集》《楚辞注解》。"弇州为王世贞,沧溟为李攀龙,二人均是明代文坛"后七子"之代表人物,汪瑗兄弟与二人友善,可见其文坛地位。

　　在归有光门下游学三年返家后,汪氏兄弟一边从事著述,一边向家乡士子传授诗与古文辞,然此举却受到父亲极力反对。最终汪珂弃文从商,"挟箧而贾游"。汪瑗被迫"屈首经艺",用功数年,终学有所成,屡次考试名列前茅,正当"期以经艺显"之时,却又遭不幸"出师未捷身先死"——中年身亡。

　　《楚辞集解》是明代《楚辞》注本中质量较高、较有特色的一部著作。《楚辞集解》撰成于嘉靖二十七年(1548),归有光是年曾为此书作序。书成后未能立即刊行。汪瑗死后,家人曾一度准备刻印,却不知何故又中途而废。又过了数十年,其家族日益衰落。为维持生计,"家人挈藏书权以售之"。汪瑗之侄汪仲弘闻知,"借他手倍值以购",才使《楚辞集解》得以保全,未至湮灭(均见汪仲弘《楚辞集解补纪由》)。

　　然汪仲弘此说令人颇有疑问。《楚辞集解》版本今所能见者的主要是两种:一为万历四十三年(1615)乙卯刊本,一为万历四十六年戊午刊本。万历四十三年刊本为汪瑗之子汪文英出资刊刻。那么,汪仲弘说汪瑗去世后,直系家属因穷困使《楚辞集解》一直未能刊刻,岂不是误言?然汪仲弘《楚辞集解补纪由》一文至今仍在,相信他不敢谰言,且也未见汪瑗之子汪文英反驳,加之两个版本问世时间如此之近,而差异又如此奇怪。据此大概可作如下推测:汪元英得到汪仲弘购"版权"费后,先行将《楚辞集解》出版,由于这也是不合当时规定的,于是便出现版本差异。乙卯本有焦竑序、汪文英《天问注跋》、《楚辞》大小序、《集解》八卷、《蒙引》二卷、《考异》一卷。《天问》部分无汪瑗之完整注文,只刻印了汪瑗附于朱熹《天问集注》上之眉批。但归有光序明言:"至于《天问》,聚丝赞锦,纶绪分之,一目而领其概,再目而得其详,读之令人一唱三叹。"可见汪瑗原书确有完整的《天问》注。那刊本为何缺此注?据汪文英跋是原稿被"近属辈所藏匿",而"从之祈求,不啻再三,卒匿其稿,不付剞劂",只得把汪瑗当初读朱熹《楚辞集注》所做眉批付刻,"使读者因一斑而窥全豹"。而戊午本增加了归有光序、汪瑗自序、汪仲弘《楚辞集解补纪由》和《天问补注》。

这确实令人好奇!按理乙卯本应有归有光序和汪瑗自序,为何至戊午本才出现?据说这两序是汪文英之子汪麟从"败篋"中搜出,此话只能哄三岁小孩!分明是乙卯本只能以不完全本面目出现,好对汪仲弘有个交代。至于汪瑗的《天问》注为何在"近属辈"手里,又为何坚决不拿出?目前有两种观点。一种认为"近属辈"就是汪仲弘,而后来汪仲弘所谓的《天问》自注,实际就是汪瑗的;此说若成立,则他不拿出是不满于汪文英的违规。另一种则认为戊午本之《天问》注,确实是汪仲弘的,有其文为证,而且文字、语气也不类汪瑗;如果此说无误,那么"近属辈"不拿出汪瑗《天问》原注,就是气愤汪文英独吞了汪仲弘的"购书款"①。而不论据于何说,从资料角度看,戊午本均略强于乙卯本,故以下介绍均以戊午本为据。

《楚辞集解》分序言、正文、蒙引与考异三部分。序言部分,首焦竑《楚辞集解序》,次归有光《楚辞集解序》,次汪瑗《自序》,次汪仲弘《楚辞集解补注由》,次《楚辞大序》,次《楚辞小序》。正文部分,为作品注解,首《离骚》,次《九歌》,次《天问》,次《九章》,次《远游》,次《卜居》,次《渔父》。正文只注解屈骚二十五篇,且无《招魂》。蒙引部分,分《离骚》卷上、卷下,另《楚辞考异》。

焦竑序除肯定朱熹《楚辞集注》外,对王逸《楚辞章句》亦加以肯定。这点体现了学术的时代性,在上编第一章第三节第二小节关于明代后半期的楚辞研究概况有详细论述,读者可参。此外,焦氏高度肯定了汪瑗之注,并夸其《楚辞蒙引》:"诚艺苑之功人,楚声之先导已。"归有光序除上引内容外,同样高度赞扬汪

---

① 据前一种观点者,有姜亮夫,见《楚辞书目五种》,上海:上海古籍出版社,1993年,第73页。后一种则有黄灵庚,见《楚辞著作提要》,《楚辞学文库》,武汉:湖北教育出版社,2003年,第54页。〔明〕汪瑗集解,〔明〕汪仲弘补辑,熊良智等点校《楚辞集解》,《楚辞要籍丛刊》,上海:上海古籍出版社,2017年,第14页。

瑗之注:"今观《离骚》之注,发人之所未发,悟人之所未悟。发以辩理,悟以证心,千载隐衷,借玉卿一朝而昭著。……是集行,当如日月之明,光被四表,连城之璧见重当时。"汪瑗《自序》慨叹屈原之"不遇",生时不遇明主,死后屈骚又不遇圣贤。随后说明自己注骚原则:"其有洞而无疑者,则从而遵之;有隐而未耀者,则从而阐之;有诸家之论互为异同者,俾余弟珂博为搜采,余以己意断之。宁为详,毋为简;宁芜而未剪,毋缺而未周。务令昭然无晦,卓然有征,以无失扶抑邪正之意。"①《自序》还简括了屈骚各篇特点:"《离骚》之篇明而达,《九歌》之篇简而洁,《天问》之篇博而雅,《九章》诸篇通而畅,《远游》《卜居》《渔父》诸篇或奇伟,或浑雄,或冲淡,尤不可以一律拘。"汪仲弘序前已多引,重点介绍了汪瑗身世及该书出版诸问题,此处不再多言。《楚辞大序》辑录了前人有关楚辞之总论、书序,计有班固《离骚解序》②《离骚赞序》、王逸《楚辞章句序》、洪兴祖《楚辞总论》《楚辞补注》、朱熹《楚辞后语》《六义》《楚辞集注序》、刘勰《辨骚》、何乔新《重刻楚辞序》,王鏊《重刊王逸注楚词序》,共十一篇。《楚辞小序》搜集了前代注家对屈骚各篇之论述,主要辑录王逸、洪兴祖、朱熹三家之说,末尾录明代吴讷《文章辨体》关于屈骚之论述。

　　《楚辞集解》正文凡八卷,目次上文已介绍。每篇均有简明解题。

　　《楚辞集解》为明代重要楚辞著作,刊行以后,曾对楚辞学者产生很大影响。然清代乾隆以后,却影响日微,流传也渐少。这可能与《四库提要》所作负面评价有关,故全录于下:

　　　　是书集解八卷,惟注屈原诸赋,而宋玉、景差以下诸篇弗与。《蒙引》二卷,皆辨正文义。《考异》一卷,则以王逸、洪兴祖、朱子三本互校其字句也。《楚辞》一书,文重义隐,寄托遥深,自汉以来,训诂或有异同,而大旨不相违舛。瑗乃以臆测之见,务为新说,以排诋诸家。其尤舛者,以何必怀故都一语,为《离骚》之纲领,谓实有去楚之志,而深辟洪兴祖等谓原惓惓宗国之

---

　　① 此句疑有误。或为"扶抑正邪",或为"抑扶邪正",因无版本根据,只能原文照录。
　　② 即《楚辞序》。

非。又谓原为圣人之徒,必不肯自投于水,而痛斥司马迁以下诸家言死于
汨罗之诬。盖掇拾王安石《闻吕望之解舟诗》李壁注中语也。亦可为疑所
不当疑,信所不当信矣。

首先应肯定,《四库提要》所批汪瑗的两大错误观点,准确得当。汪瑗的两种观
点均不能成立。但"提要"说他"疑所不当疑,信所不当信",则未免是以偏概全,
否定过度了。事实上,《楚辞集解》有几个突出的特点。

其一,不受传统或名家见解的束缚,敢于提出新说。如汪瑗认为,《离骚》
"余既不难夫离别兮,伤灵修之数化",是"此《离骚》之所以名也";"昔三后之纯
粹兮"之"三后",为"楚之先君";"夏康娱以自纵"之"康娱",应连读,"犹言逸豫
也"。他认为"《九歌》之词,固不可以为无意也,亦不可以为有意也。"反对王逸
《九歌》"寄托"说:"字字句句为念君忧国之心,则《九歌》扫地矣。"又认为《礼魂》
"固前十篇之乱辞"。又说《九章·哀郢》作于顷襄王二十一年(前278),白起破
郢,楚都东迁陈城之时。这些新见,多为后代学者继承,有的甚至开了一派见解
之首(如《哀郢》为白起破郢说),其学术功劳,不可抹杀!

由此,我们可以看出汪瑗之"务为新说"积极面了。汪瑗之前,楚辞研究积
淀已厚,而注解不清之处,误见、错见、谬见不在少数。《四库提要》所谓"自汉以
来,训诂或有异同,而大旨不相违舛"的说法,并不符合研究史的实际情况。故
若无破旧之勇气,那永远也无法实现学术突破;而若无"务为新说"之心理驱动
力,则新说也可能永远创立不出来。所以焦竑的书序说:"余窃观其书,殆有意
错综诸家而折衷之,非苟然也。今读之,有同于昔谈者,非强同也,理自不得异
也。有异乎前论者,非好异也,理自不可同也。"焦竑将刘勰《文心雕龙·序志》中
的一段名言,改变一下用在这里,倒是恰如其分。一般说来,在一个积淀厚重的
专学中"务为新说","十发中一"就是很理想的了。而汪瑗新说中有这么多为后
代学者继承、倡发,几乎达到"十发中五"之命中率,已经很了不起了!

其二,注意楚风、楚俗、楚文化的研究。这并非汪瑗所倡发,至少从王逸就
开始了。王逸对楚风俗、楚地方言的研究,开创了一条研究路径,其后这方面研
究代代不绝。不过,汪瑗的追溯更远、更大胆。如关于端午习俗,"龙舟竞渡"起

源,一直传说是哀祭屈原。汪瑗之前,古人已有质疑,然只泛论而已。而汪瑗
则曰:

> 今观龙舟之戏、角黍之馈,自中原以至于吴越瓯闽莫不皆然,以此可以
> 决知其为古之遗俗,而非肇自屈原,亦非独楚俗为然也。[①]

端午节吃粽子、赛龙舟等习俗,最早确实不起自屈原,现在这些都已考订得很清
楚了。今天我们知道,北方端午节祭奠屈原之习俗,是从南方楚地一步步向北
推广开的,然而当时人们并不知道这点。不过他的关注点显然是正确的。汪瑗
据北方有端午习俗而推定它并非起自屈原,错误的推定得到了正确的结果——
可说是"歪打正着"!

其三,字句训诂多有创见。如以上提到过的对《离骚》中"三后"的解释,说
到汪瑗注的价值,仍要回过头来讲他的创说,以及这些创说对后世《楚辞》注家
的启发作用。因为汪瑗比较注意从总体上,从各方面的联系入手来分析屈原作
品,所以他的注释眼界比较开阔,往往能够说出一些前人没有想到的观点。例
如《离骚》"昔三后之纯粹兮"的"三后",汪瑗以前的注家或解释为"禹、汤、文
王",或解释为"少昊、颛顼、高辛",这是沿儒家道统说和"法先王"政治主张的思
路作出的解释。汪瑗另辟蹊径:

> 瑗尝疑其俱非是。此只言"三后"而不著其名者,盖指楚之先君耳。先
> 言楚之先君,而后及尧舜,在屈子则得立言之序也。朱子疑为少昊、颛顼、
> 高辛,固皆是黄帝之子孙,而少昊、高辛又为楚先人之别派也。吾尝谓颛
> 顼、高阳氏为楚之鼻祖矣,其余如祝融氏、季连氏、鬻熊氏及熊绎为受封之
> 始,熊通为称王之始,熊赀为迁都之始,皆楚之先君有功德所当法焉者也。
> 但不知其所指耳。昔夔不祀祝融、鬻熊,而楚成王灭之,则二氏为楚尊敬者
> 久矣。然则所谓三后者,以理揆之,当指祝融、鬻熊、熊绎也。昔周成王举

---

① 〔明〕汪瑗撰,董洪利点校:《楚辞集解》,北京:北京古籍出版社,1994年,第335页。

文武勤劳之后嗣，而封熊绎于楚蛮，封以子男之田，则是熊绎为楚之始祖，其必祀也无疑矣。今亦无所考证，姑志其疑，以俟君子。而指楚之先君则决然矣。①

接下汪瑗还引《诗·大雅·下武》为证，该诗所言"三后"，"即指周族之太王、王季、文王耳"。他分析了《离骚》此句上下文及屈原的创作思路，认为"三后"当指楚国的三位先君"祝融、鬻熊、熊绎"，并且认为只有这种解释才符合屈原的立言之序，这就给后人提供了一个新思路。

又如，《离骚》"夕餐秋菊之落英"的"落英"，吴仁杰等人（见《离骚草木疏》等）囿于秋菊不落之成见，把"落"训为"始"，把"落英"解释为"始开之花"，并引经据典加以证明。此后颇有研究者欣赏这一说法，还加以引申发挥。汪瑗则没有人云亦云，批驳了此说后，从文义和情理出发作出解释："夫落者不必自落而后谓之落，采而取之，脱于其枝，即可谓之落；如取露于木兰之上，亦可谓之坠也，若果谓坠之于地，则露岂可饮乎？"应该说，关于"落"之诸解中，此说最为通畅合理。

其四，引录周全，内容详尽。前所引汪瑗自序曰："宁为详，毋为简，宁芜而未剪，毋缺而未周。务令昭然无晦，卓然有征，以无失扶抑邪正之意。"通观全书，汪瑗确实遵循了此原则，注释力求清楚明白，不避重就轻，不留难点。其体例为先释句中语词，再串讲章句大义。屈骚各篇重出语词较多，凡重出者皆能不厌其烦详尽解说。此无疑有琐屑之嫌，然亦无疑为阅者提供较大方便。

当然，必须指出的是，《楚辞集解》失误之处亦不少。"瑗乃以臆测之见，务为新说，以排诋诸家。"前已说明，《四库提要》这一结论未必准确。汪瑗注书，主要不凭"臆测之见"，也不有意"排诋诸家"，而"务为新说"之心理则是有的。由此创见虽多，错误当也不少。如《九歌》之解，定湘君、湘夫人为一对"配偶神"，此说已为学界广为认可。但将《大司命》《少司命》两篇定为"二司彼此赠答之词"，认为《大司命》："此篇乃大司命赠少司命者也。凡曰吾、曰予、曰余者，皆大司命

---

① 〔明〕汪瑗撰，董洪利点校：《楚辞集解》，北京：北京古籍出版社，1994年，第312—313页。

自谓也。曰君、曰汝者,皆大司命谓少司命也。"(《大司命》题解)而《少司命》题解则曰:"此篇乃少司命答大司命之词……然曰予、曰余者。皆少司命自谓也。曰君、曰汝、曰荪、曰媵人者,皆少司命谓大司命也。"此纯属臆测之词,不合楚人祭祀之习俗。

还有仅凭臆测而擅自改字的。《离骚》"路不周以左转兮",汪瑗疏曰:"不周,北方之总名也。右转,承赤水而言也。谓既行此流沙无所遇矣,遂循乎赤水之南,又无所遇矣,于是又从右转于东北二方以求之,而将复归于西方焉。旧作左转,非是。"于是汪瑗便将"左"改为右,改为"路不周以右转兮"。如此在没有版本、文字等直接材料的根据下,仅凭主观臆断就擅改文本,实不能提倡。况且此处"左"为关键字,它直接涉及对屈原于《离骚》中所表现思想、心理的理解,可谓"牵一发而动全身"。

由于以上原因,建议初次涉足楚辞研究者,先读本章推荐的其他重要楚辞著作,然后再读《楚辞集解》,往往可收事半功倍之效。

有明万历四十三年乙卯(1615)汪文英刻本。
明万历四十六年戊午(1618)汪仲弘修版补刻本。
1994年北京古籍出版社董洪利点校日本上野图书馆藏戊午本。
2017年上海古籍出版社《楚辞要籍丛刊》本。

五、王夫之《楚辞通释》

王夫之(1619－1692),字而农,号姜斋,衡阳(今湖南衡阳)人。明末崇祯举人。张献忠攻陷衡州,招夫之。王夫之逃匿南岳,献忠军执其父为人质。他自刺肢体易父,后父子终得脱。尝起义师以抗清,后为瞿式耜荐于南明桂王,授行人。后因反对朝中吴党首领王化澄结党营私,几陷大狱,乃赴桂林依瞿式耜。

桂林失陷，瞿式耜殉难。他隐姓埋名，辗转于郴州、永州、衡阳等地。康熙间吴三桂起兵反叛于衡阳，又隐身遁迹于深山幽谷中，后隐居湘西金兰乡石船山，杜门著书，人称"石船先生"。拒不出仕，自题门联"六经责我开生面，七十从天乞活埋"，遂终老于荒山野岭。

王夫之深恶晚明心学末流的"束书不观""空谈误国"，力倡实学，主张恢复汉、宋儒学传统，尤推崇张载《正蒙》之说，建构"天下惟器"哲学理论，与顾炎武、黄宗羲同为明末清初三大思想家。王夫之著述颇丰，有《周易外传》《尚书引义》《读四书大全说》《张子正蒙注》《读通鉴论》《楚辞通释》等。然其著作当时并未能流传，直到一百五十年后，道光二十二年(1842)，由后代子孙王世佺结集刻成《船山遗书》①，后又曾国藩、曾国荃兄弟加以补刻，才渐渐流传开来(现有三百二十四卷)。众所周知，1840年鸦片战争爆发，从此列强侵略中国，内忧外患使中国渐渐陷入深重的民族危机，而具有高昂民族精神、切实读书体会、进步哲学思想的船山各书，恰于此时流行，想来不是偶然。《碑传集》卷五〇三、《清史列传》卷六十六、《清史稿》卷四八七皆有传。

《楚辞通释》成于清康熙二十四年(1685)，为船山晚年之作，凡十四卷：卷一《离骚经》，卷二《九歌》，卷三《天问》，卷四《九章》，卷五《远游》，卷六《卜居》，卷七《渔父》，以上为屈原作；卷八《九辩》，卷九《招魂》，为宋玉作；卷十《大招》，景差作；卷十一《惜誓》，贾谊作；卷十二《招隐士》，淮南小山作；卷十三《山中楚辞四篇》，卷十四《爱远山》，为江淹作；卷末附以王夫之自作《九昭》。删去原《楚辞》本的东方朔《七谏》、严忌《哀时命》、王褒《九怀》、刘向《九叹》、王逸《九思》五篇，理由是"俱不足附屈宋之清尘"(《山中楚辞》题解)。全书计十一万五千余言。

《楚辞通释》训释方式为分段释文。每篇前有解题，或考释屈子生平，或阐发微言大义，或订正前人错误，亦有时说明社会、时代背景。该书为著名楚辞著作，为楚辞研究者必读之书。主要有如下特点。

一是研究方法和思路的创新。这是最该值得称道的特点，却历来为人所忽

① 《楚辞通释》有清康熙四十八年(1709)刻本，今藏湖南图书馆。比《船山遗书》早了一百三十多年。

略。上已言及，王夫之为明末清初三大思想家之一。该书作于他晚年，其时先进的思想体系已形成，这必然会引入他的楚辞研究中。他不但善于运用"直觉感悟"的方法，还开始注意从社会文化角度研究楚辞。如屈原《九歌》究竟有无兴寄，历来是争论未决的问题。关于此，王夫之有段精彩的议论：

> 今按逸所言"托以风谏"者，不谓必无此情。而云"章句杂错"，则尽古今工拙之词，未有方言此而忽及彼，乖错瞀乱，可以成章者。熟绎篇中之旨，但以颂其所祠之神，而婉娈缠绵，尽巫与主人之敬慕，举无叛弃本旨，阑及己冤。但其情贞者其言恻，其志菀者其音悲，则不期白其怀来，而依慕君父、怨悱合离之意致，自溢出而莫圉。故为就文即事，顺理诠定，不取形似舛鹜之说，亦令读者泳泆以遇意于言之表，得其低回沉郁之心焉。
>
> 按逸言沅湘之交，恐亦非是，《九歌》应亦怀王时作。原时不用，退居汉北，故《湘君》有"北征道洞庭"之句。逮后顷襄信谗，徙原于沅湘，则原忧益迫，且将自沉，亦无闲心及此矣。

应该指出，"题解"定《九歌》作于怀王之时，地点在汉北，属于误定。《九歌》仍应据王逸所言，作于顷襄王时，地点在沅湘之间。但他的其他评论，则不能轻易否定了。王夫之生长于楚地，终老于沅湘，不但对楚文化十分熟悉，而且对苗、瑶、壮等少数民族的文化也很了解。因而他研究《九歌》，既同意王逸对沅湘宗教文化的描述，又根据自己对楚地祭祀内容形式的把握，不同意王逸的寄托说。王夫之认为，《九歌》纯粹是娱神的乐章，其中屈子情感并非没有流露，但是不自觉的，不能错误地把它当作主旨。

这一理解和分析方法一直贯穿整个《九歌》的阐释。如谓《东皇太一》："但言陈设之盛，以徼神降，而无婉恋颂美之言，且如此篇，王逸宁得以冤结之意附会之邪？则推之它篇，当无异旨，明矣。"如释《云中君》"思夫君兮太息，极劳心兮忡忡"二句，曰："前序其未见之切望，后言其响后之永怀，肫笃无已，以冀神之鉴孚。凡此类，或自写其忠爱之恻悱，亦有意存焉，而要为神言。旧注竟以夫君为怀王，则舛杂而不通矣。"再如释《湘君》"交不忠兮怨长，期不信兮告余以不闲"二句,曰:"望石濑之浅浅而不返,待飞龙之翩翩而不集,将无神之心不与我同,恩于我而不甚邪?抑我交不忠而致怨,故虽有期不信,而托言不闲以相拒邪?望之迫,疑之甚,自述其情,以冀神之鉴。凡此类皆原情重谊深,因事触发,而其辞不觉如此,固可想见忠爱笃至之情。而旧注直以为思怀王之听己,则不伦矣。"如释《山鬼》"雷填填兮雨冥冥"以下四句,曰:"此章缠绵依恋,自然为情至之语,见忠厚笃俳之音焉,然非必以山鬼自拟,巫觋比君,为每况愈下之言也。"关于《礼魂》,则释为《九歌》前十神之"送神曲",曰:"凡前十章,皆各以其所祀之神而歌之。此章乃前十章之所通用。而言终占无绝,则送神之曲也。旧说谓以礼善终者,非是。以礼而终者,各有子孙以承祀,别为孝享之辞,不应他姓,祭非其鬼,而篇中更不言及所祭者,其为通用明矣。"此说亦多为后世学者采用,且与汪瑗的《礼魂》为"乱辞"之说,精神一致。

二是思想大义阐发,往往有独到之见。王夫之身处明、清易代之际,其时民族矛盾尖锐,国家危机深重,他一腔热血抗清,屡遭失败;而南明小朝廷多数臣子,不仅不合力抗清,反而置国家利益于不顾,各怀鬼胎,内讧不断。王夫之饱受排挤打击,以至"愤而咯血,因求辞职"。清朝建立后,他隐居深山,多次坚决拒绝清廷馈赠和聘请,表现了高尚的民族气节,可敬可佩!相似的处境,使他与屈原心境相近,加之思想与屈原相通,故最能体会到屈原的感情,以及屈骚中隐含的各种深意。

如《序例》中有一段话:

> 或为怀王时作,或为顷襄时作,时异事异,汉北沅湘之地异。旧时释者或不审,或已具知而又相刺谬。其瞀乱有如此者。彭咸之志,发念于怀王,至顷襄而决。远游之情,唯怀王时然。既迁江南,无复此心矣。必于此以知屈子之本末,薇屈子以一言曰忠。

这段话准确地把握了屈原心态的变化。屈原之忠,随时期不同是有变化的。《离骚》作于怀王之时,"怀王虽疏屈原,而未加窜流之刑,其后复悔而听之,欲追杀张仪而不果",屈原虽"退居汉北,犹有望焉"。此种情势下作《离骚》,自然"其词曲折低回"，"言讽而隐，志疑而不激"。而《九章》大多作于顷襄王时，襄王放逐屈原，"窜原于江南，绝其抒忠之路"，屈原料定"身之终锢，国之必亡，无余望矣，决意自沉"，表达情感无容再隐，"故《九章》之词直而激，明而无讳"。(引文均见《九章解题》)正因为王夫之与屈原情感心理相通，再加上他能以实事求是的态度及科学的方法进行分析，方能从创作心理入手对《离骚》与《九章》之区别，进行深层次的剖析。

正如该著张仕可序文所言："船山王先生旷世同情，深山嗣响，赓著《九昭》，以旌幽志。更为《通释》，用达微言。攻坚透曲，刮璞通珠，啸谷凌虚，抟风揭日，盖才与性俱全于天，故古视今借论其世。"王夫之于《序例》中亦称"复缀《九昭》于卷末，匪曰能贤，时地相疑，孤心尚相仿佛"；而于《九昭序》中言"有明王夫之生于屈子之乡，而遭闵戢志，有过于屈者"。这说明张仕可等人及王夫之自己，都已非常明了与屈子"心心相印"在楚辞研究中的重要作用。正是由于与屈原心心相印，王夫之在《楚辞通释·九章·悲回风》，多次体悟到屈原的濒死体验。这在中编第二章第三节有详细论述，此处便从略。

还有，王夫之窜迹深山，最后隐居湘西。屈原当年流放地溆浦等，他必定经历过、生活过。故在注《涉江》"入溆浦余儃徊兮"至"云霏霏而承宇"一节曰："沅西之地与黔粤相接，山高林深，四时多雨，云岚垂地，檐宇若出其上。江北之人习居旷敞之野，初至于此，风景幽惨，不能无感。被谗失志之迁客，其何堪此乎？"王夫之注书到此，看到《涉江》这段描绘，正与所历所见之景契合，不免触景生情，感慨万千！故这段注释，类似于散文诗，特别感人！

再者，王夫之善借屈骚诗句，悼发亡国之哀思。如，注《离骚》"日月忽其不淹兮"至"何不改乎此度"一节曰："至于怀王，秦难益棘，疆宇日蹙，有陨坠之忧。君之起衰振敝，当如救焚拯溺，不容濡迟。盍不用自强之术，弃邪佞之说，以改纪其政而免于倾丧？以上言己所必谏之故，以国势之将危也。"这实际也是在总结明朝亡国的教训。注"陟升皇之赫戏兮"至"蜷局顾而不行"四句，曰："抑考郭景纯不屈于王敦，颜清臣不容于卢杞，皆尝学仙以求远于险阻，而其究皆以身殉白刃，则远游之旨，固贞士所尝问津，而既达生死之理，则益不昧其忠孝之心。是知养生之旨，非秦皇、汉武所得有事。而君子从容就义，固非慷慨轻生、奋不顾身之气矜决裂者所得与也。审乎进退者裕而志必伸,原之忠,岂忠之过乎?"说明屈原有远游之思,然而最终慷慨赴死。故《远游》之文不必是,而远游之思未可非。这最后一句,明显是反驳朱熹言屈原"忠而过之"之论。注《惜往日》"乘骐骥而驰骋兮"至篇末一节曰:"追念受知怀王见任之始,中被谗谤,至于今日,非国之不可为,君之不可寤,而群臣壅闭,以至于斯。则虽死而有余惜。贞臣一以君国为心,所云伊、吕、戚、奚者,惜君之不王不伯,岂以身之不遇为愤怒,如刘向诸人之所叹哉?"此处则分明有王夫之被王化澄一党攻讦中伤,而"愤而咯血"的影子。

三是字句之诠释时有新意。此又可分为两种。一种为前人之说不得当处,另创新说。《离骚》:"汝何博謇而好修兮,纷独有此姱节?"王逸释"博"为"博采往古"(《楚辞章句》),朱熹释"博謇"为"广博而忠直"(《楚辞集注》),汪瑗释为:"博者骂其立志太高远广大,而謇者骂其不避艰险,独为人之所难为也。"(《楚辞集解》)王夫之则释为:"博,过其幅量之谓,犹言过也。"即便不宜说王、朱、汪三氏所释为错,然总觉不太得当;相较而言,船山之说就更为恰切一些。又如,《离骚》"日康娱而自忘兮,厥首用夫颠陨"之"自忘",王逸释为"忘其过恶",汪瑗释为:"自忘,谓忘其修身之道也。"王夫之则释为:"自忘,忘其身之危也。"显然,王夫之说更为合理。再如,《离骚》:"余以兰为可恃兮,羌无实而容长;委厥美以从俗兮,苟得列乎众芳。椒专佞以慢慆兮,樧又欲充夫佩帏。"王夫之注曰:"兰、椒,旧说以为斥子椒、子兰。按子兰,怀王之子,劝王入秦者,素行顽愚,固非原之所可恃。且以椒、兰为二子之名,则樧与揭车、江离,又何指也? 此五类芳草,皆以喻昔之与原同事而未入于邪者,当日必有所指而今不可考尔。"在诸说中,以王夫之说最为学者所赞同。这还仅是以《离骚》为例,其他各篇亦颇有此类例。

另一种为前人已有定论,但王夫之仍觉不满意,从而据文义而大胆推论,独创一说,言之成理。还是以《离骚》为例。"皇剡剡其扬灵兮,告余以吉故",王逸释为:"皇,皇天也。剡剡,光貌。""言皇天扬其光灵,使百神告我,当去就吉善也。"汪瑗释为:"剡剡,犹焰焰,辉光貌。"其解释应属通顺。而船山另创新说:"剡剡犹冉冉,仿佛之貌。狐疑不欲从卜,故因巫以要神告,此下神告之辞。"此与传统说法完全不同,可谓另辟蹊径,然亦言之成理。再如,"汨余若将不及兮,恐年岁之不吾与"，王逸释云："汩，去貌，疾若水流也。""言我念年命汩然流去，诚欲辅君，心中汲汲，常若不及。"洪兴祖补注云："岁月行疾，若将追之不及。《方言》云：'疾行也，南楚之外曰汩。'"朱熹、汪瑗等也均释为"水流疾去之貌"。王夫之却曰："汩，聿也，语助辞。""若将不及，忠业既正，欲及时利见也。"与传统注释全然不同，亦能言之成理。

《离骚》之注，这类例子还颇多：如"三后，旧说以为三王，或鬻熊、熊绎、庄王也"；如"灵，善也；修，长也。称君为灵修者，祝其所为善而国祚长也"；如"九死，言十有九死，势必不能容也"；如"芳与泽，泽，垢腻也"；如"被服强圉，负强捍众也"；如"荣华未落，喻君犹听己之时；高丘无女，在位者不可与谋。故相下女，求草泽之贤"；如"宓妃，盖始为媒氏者；理，合二姓之好也"；谓"筳，折竹枝；等，为卜算也。楚人有此卜法，取蔓茅为席，就上以筳卜也"。至于《九歌》《天问》《九章》等篇之注，可自成一说的，还有一些，就不赘举了。

同其他楚辞专著一样，船山《楚辞通释》，也颇有错误与不当之处。这相对集中于《远游》之阐释中。如《序例》阐释《远游》主旨："黄老修炼之术，当周末而盛，其后魏伯阳、葛长康、张平叔皆仿彼立言，非有创也。故取后世言玄者铅汞、龙虎、炼己、铸剑、三花、五炁之说以诠之，而不嫌于非古。"《远游题解》亦云："所述游仙之说，已尽学玄者之奥，后世魏伯阳、张平叔所隐秘密传，以诧妙解者，皆已宣泄无余。盖自彭、聃之术兴，习为淌洸之寓言，大率类此。要在求之神意精气之微，而非服食、烧炼、祷祀及素女淫秽之邪说可乱。故以魏、张之说释之，无不吻合。"《远游》是否为屈原所作亦颇令人怀疑，船山以道教神仙、方术之说解之，则更近于荒诞。

不仅如此，船山还据此以释《离骚》最后一段。如"折琼枝以为羞兮，精琼靡以为粻……吾将远逝以自疏"六句，释曰："所以自旌高贵而殊于俗也。君心已离，不可复合。则尊身自爱，疏远而忘宠辱。修黄老之术，从巫咸之诏，所谓爱身以全道也。以下皆养生之旨，与《远游》相出入。"船山既以自认的《远游》主旨释《离骚》这最后一段，于是"屯余车其千乘兮，齐玉轪而并驰。驾八龙之婉婉兮，载云旗之委蛇"四句之题下注曰："八龙，八卦之精，阴阳水火山泽雷风，惟其所御而行。不沉不掉，如西子之离金阁，杨妃之下玉楼，婉婉、委蛇，和气守中，长生之玄诀也。"阐释到这里,我们真有点怀疑船山走火入魔了!

该著版本较多,主要有:

清康熙四十八年(1709)刻本。

清道光二十二年(1842)王世佺刊《船山遗书》本。

清同治四年(1865)曾国藩、曾国荃增辑重刊《船山遗书》本。

1975年上海人民出版社排印本。

2018年上海古籍出版社《楚辞要籍丛刊》本。

六、李陈玉《楚辞笺注》

李陈玉,字石守,号谦安,吉阳(今江西吉水)人,生卒年不详。明崇祯七年(1634)进士。据《吉水县志》及其他记载①,少年时与许初鸣、曾其宗同号为"河上三奇"。崇祯时曾为嘉善令,政声卓著,以政绩擢为监察御史。又因刚正不阿、直言敢谏,倾动一时。后季父李邦华为都御史,以回避例归居乡里。明后拒不出仕,往来粤、楚之间,隐居山林以终。李氏博学多才,早年以经术文章著称于时,加之家中藏书万卷,隐居后便专心著述,曾注《诗经》《易经》《尚书》和《春秋》"三传"等,《楚辞笺注》也是其力作之一。

该书四卷。首自序,次陈子觊序,次钱继章序,次魏学渠序及附记,最后为正文。自序于书中占有极重要之地位。开首李氏即发表独特见解,对训诂术语"笺""疏""传""注"作了独特解释,本书中编第四章第三节已作详细论评,此处不赘议。接下自序介绍了著《楚辞笺注》之动因。"癸巳复过云阳,门人执楚辞为问,因取而观之,为注家涂污极矣。《天问》一篇,云雾犹甚。"于是决意笺释楚辞。而李氏认为:

---

① 李陈玉,《明史》无传,《吉水县志》记载较详。

"屈子千古奇才,加以纯忠至孝之言,出于性情者,非寻常可及,而以训诂之见地通之,宜其蔽也。且夫骚本诗类,诗人之意,镜花水月,岂可作实事解会? 唯应以微言导之。"值得注意的是,该书注释之详略及方法体例,与诸书皆不同。而李氏也在序中详细叙述之:"于是笺《离骚》次《九歌》《九章》,及宋子《九辩》《招魂》《大招》诸篇。独是《天问》,既被人解坏,笺则愈益不解,乃为注以明之。自《天问》有注,又念《离骚》为楚辞开篇,不妨为中下人,入泥入水,使开篇便知大意,则以后曲折,竟如破竹矣。是以《离骚》有笺而复有注,《天问》则有注无笺,《九歌》以下,则笺详而注略。《招魂》《大招》,则笺略而注详,各有所取尔也。"此书之注释方法,虽可说前无古人,后无来者,不足效法。但因前代之著述甚丰,完全同前人一样,则既失个性,又无必要。故李氏之作法,亦有一定道理。序之最后,李氏感叹道:"自古聪明圣智之士,不见之功业,必见之文章。见之功业者,必与皋、伊并价;见之文章,其不幸也。然亦必与六经相上下,史氏所谓争光也。向令屈遭时遇主,则其文章全发于丝纶谋议之地,后世乌从而知之? 惟其有才而无命,有学而无时也,是以长留后世之悲歌,而亦无所见其不幸焉。呜呼! 使余而亦为训诂之文者,岂非屈子时命之累,更数千年尚相波及也哉!"李氏承接欧阳修"文穷而后工"的思想,认为正是屈原的不幸造就了他辉煌的成就,颇有一点艺术辩证法之眼光。同时,李氏亦以此为据,证明他不以训诂为主之正确性。

门人陈子觐之序,说明李氏曾以此书亲自教授于他。陈氏曰:"至于诠释,汉有不能尽得之刘、王,宋有不能尽得之朱、洪,何以故? 岂其学、识、才之尔殊也哉!"即认为笺注楚辞,不仅要学识,而且还要一种心灵的感应,一种理解和领悟。此见解秉承了其师之思想,门人钱继章之后序,对于了解李氏生平,有一定帮助。钱氏首先阐述江浙一带的历史背景:"江与楚介,春秋时隶吴,吴亡遂折入于楚,今称兄弟之国。士大夫率刻厉名节,持论亮亢。而楚则锋巨尤甚焉,其风土激壮,有固然者。……"此是从历史文化氛围方面,肯定李陈玉与屈原有着相同之文化背景。随后,再从身世遭际方面展开评述:"吾友魏子存视楚学政归,得之(指《楚辞笺注》),喜动颜色,而余则为之涕下不已也。叹曰:伤哉,先生之志乎! 先生家藏万卷,胸具五岳,拭其廉,可以大用于世,屈子之扈离而纫也。……既而遁迹空山,寒林吊影,乱峰几簇,哀猿四号,抱膝拥书,灯昏漏断,屈平之《抽思》而《惜诵》也。先生之志,非犹屈平之志乎?"以此为基础,钱氏进一步推定李陈玉有一种对屈子的精神感应。他认为屈原终生心系国家,抱负不得施展,怀恨沉江;而李陈玉则"壮年筮仕,逮老而未获一展,终身岩穴,穷愁著书,其遇虽不同,而似有同者。宜其精神注射,旷百世而相感者哉!"钱氏此段话很重要,他实际指出了明清之际屈学研究所出现的一种新的方法——感悟法。此提法出现,在研究史上有着划时代之意义。

魏学渠之序,其文虽较长,却无甚新义。无非认为庄屈之作与经相合,《离骚》为言情之书,最后略述受托成书之过程。不过该序从另一侧面证明了李陈玉在崇祯朝确实以经术文章著名。较有意义的倒是魏学渠之《附记》,从中可看出,《楚辞笺注》成书后曾流传较广——"楚士之从游者皆得见之"。并且,魏氏指出当时流传有赝本:"先生笺注自《大招》而止,赝本于宋玉以下,俱有所著,并为辩正,恐后之学者,不悉其详,则续貂者至乱真也。"

正文共四卷:卷一《离骚》;卷二《天问》;卷三《九歌》《九章》《远游》《卜居》《渔父》;卷四《九辩》《招魂》《大招》。李氏认为,前三卷为屈原所作,而第四卷则为宋玉所作。该目录排列与通行本略有不同,李氏的理由是:"(《离骚》与《天问》)俱为屈子集中大篇,若鸟双翼,若车轮,使读者先观其大,则屈子至性与屈子之奇情,触目如有闻。"其笺注之体例,先是小序,后则分段阐释。每段又先标明旨义,再训释句意。唯《九歌》以后,又不再分章节,笺释亦很简略。

该书于段落结构划分方面,主要是《离骚》之划分与各书均不同。李氏将《离骚》分为十四段,其起讫与大意于下:

第一段,首句至"字余曰灵均","言其为同姓亲臣,恩深义重"。

第二段,"纷吾既有此内美兮"至"纫秋兰以为佩","言其才行自负,一味修洁,焉有可离之端"。

第三段,"汨余若将不及兮"至"恐美人之迟暮","言欲乘时效用,赞助吾君,早建大业"。

第四段,"不抚壮而弃秽兮"至"夫唯灵修之故也","言其谏君之诚,不畏人妒,乃衅由起"。

第五段，"曰黄昏以为期兮"①至"伤灵修之数化"，"言君不见信，始则暂听，终则回惑，始知妒已入矣"。

第六段，"余既滋兰之九畹兮"至"虽九死其犹未悔"，"言为君树芳去秽，作许多事而为众妒所夺，然我自信法前修而无悔也"。

第七段，"怨灵修之浩荡兮"至"固前圣之所厚"，"言众妒已起，衅已成，忠臣受困矣"。

第八段，"悔相道之不察兮"至"岂余心之可惩"，"言妒衅既深，便有抽身引退之思，然犹徘徊踟蹰不忍去，尚冀觉悟"。

第九段，"女嬃之婵媛兮"至"夫何茕独而不予听"，"托女嬃见众妒之必不容"。

第十段，"依前圣以节中兮"至"溘埃风余上征"，"历举前世善败，非好为直，以犯人情，直是事君之道当然尔"。

第十一段，"朝发轫于苍梧兮"至"余焉能忍与此终古"，"言既不为众所容，则固往叩重华，将游于四表上下，求索一遇，岂便无相合者"。

第十二段，"索藑茅以筳篿兮"至"周流观乎上下"，"言求女如此其难，人事全不可问，请决之神"。

第十三段，"灵氛既告余以吉占兮"至"蜷局顾而不行"，"言从此便割绝矣，人间不可往，且以天游自疏"。

第十四段，"乱曰"至"吾将从彭咸之所居"，"收结一篇之意，从彭咸所居，盖将誓以一死自明也"。

李氏之十四分法，虽与其他人均不同，然仍应属八分法一类，清朱冀《离骚辩》即为八分法，另有董国英的十一段分法、鲁笔的十二段分法、张德纯的十三段分法，李氏与他们略有不同。在各种楚辞著作中，李氏之分法应属于最高之列了。

在对屈骚结构的理解与分析方面，李氏独出机杼之处，还表现在《天问》的分段上。一般学者多将《天问》分为两段，而李氏却将《天问》分为三段："《天问》

① 此应为衍文。

当分作三大段:自'曰遂古之初'起至'曜灵安藏'止,为上段,共四十四句。是问天上事许多不可解处。自'不任汩鸿'至'鸟焉解羽'止,共六十八句,为中一段,是问地上事许多不可解处。自'禹之力献功'起至末'忠名弥彰'止,共二百六十一句,为最后一段,是问人间事许多不可解处。"李氏将《天问》中自然界之事一分为二,将地上事中涉及神话传说和人事之部分,与天上部分分开来,便于理解,其实与二分法毫无矛盾。

有些评论称,该书之一大特色为思想大义之阐发,固然不错。如《悲回风》"施黄棘之枉策"一语,李氏阐释为:"盖秦楚尝盟于黄棘,后怀王遂被执武关,祸始于黄棘之盟,楚以此受枉,故曰枉策。"此见将"黄棘"与"黄棘之盟"联系起来,颇有道理,以后持此见解者,无不受李氏之影响。由此可见"一斑"。然该书另一大特色,却少有人论及,即独到之艺术鉴赏眼光。

《九歌》部分,思想大义之阐发不为突出,然艺术分析却极具特色。李氏于《礼魂》题后按曰:"然屈子文章变化,各各不同。《东皇太一》高简严重,《云中君》飘忽急疾,《湘君》《湘夫人》缠绵婉恻,《大司命》雄倨疏傲,《少司命》轻俊艳冶,《东君》豪壮奇伟,《河伯》飘逸浪宕,《山鬼》幽倩细秀,《国殇》酸辣悲烈,《礼魂》短悼孤洁。中间有迎神送神降神全者,《云中君》《大司命》《少司命》《东君》《河伯》是也;有迎神降神无送神者,《东皇太一》是也;止有迎神无降送者,《湘君》《湘夫人》是也;无迎无送无降者,《山鬼》《国殇》《礼魂》是也。微细工巧不失分寸,有似汉赋者,有似晋魏乐府者,有似六朝人子夜读曲等作者,有似初、盛、中、晚人佳句者,甚有似宋、元人词曲者。何以包括千古一至此,真才士哉!"此段按语,高度概括而不失细致,极为简练而不失深湛,堪称评《九歌》之妙品。

另李氏于《山鬼》之题下按中,也有类似品评:"此章与他篇皆不同。他篇皆为人慕神之词,此篇则为鬼慕神之词。盖鬼与神不同,神阳鬼阴,阳德为生民福,诚感即应;阴类难感,惟各以情致之。如《山鬼》则动其幽闲窈窕之情,《国殇》则动其战斗赴敌之情,《礼魂》则动其终在无绝之情,此鬼之所以来飨亦能为人福也。非善通鬼神之情者,不知所以。三篇皆与前不同,既深于体裁而其变化不测。各篇机轴不同处与风华隐秀处,自汉魏六朝唐宋至今,拾其膏沉未有尽也。"此处说明李氏观察之细腻,发现屈原对祀神与祀鬼之描写刻画的差别,这与他常年来往于粤楚之间,深谙楚风楚俗颇有关系。

另外,于各篇单句之后,是书品评亦常有点睛之笔,如《东皇太一》"穆将愉兮上皇",按曰:"穆将愉三字,俨有一笑河清之意。""璆锵鸣兮琳琅",按曰:"上帝之容,想象剑佩之间,可谓善于形容。""奠桂酒兮椒浆",按曰:"珍御芳洁,俨然溢人鼻眼中。"《云中君》"烂昭昭兮未央",按曰:"俱言神之芳洁。'连蜷'二字确是云态,且写鬼神蓄缩情状如见。""横四海兮焉穷",按曰:"即李长吉'遥望齐州九点烟,一泓海水杯中泻'之意,盖云在天中地处高耳。"此不仅能点出艺术特色,还能看出后代诗歌对其之继承,眼光确实不凡。

该书于语音训诂、名物考释等方面,亦偶有可取之处。李氏认为,《招魂》尾音词用"些",而《大招》尾音词则用"只",二者区别在于:"些"是楚人土音,而"只"本古韵。《大招》大索上下四方,不能用楚方言,只能用通行之古韵。此见解有一定道理。不过,如此分析,就将《招魂》判为了"小招",虽合于李氏的体系——因他认为《招魂》为"宋玉为屈子招魂,或亦戏作,以相慰于寂寥之中耳",但仍不可取。他于《哀郢》之题下按曰:"篇末'憎愠愉之修美',解者多不明'愠愉',胸中嫉妒外面不觉也。"《抽思》题下注曰:"少歌,乐章音节之名,荀子《佹诗》亦有小歌,倡亦少歌之意,即所谓发歌句者也。"《怀沙》"古固有不并兮"之"不并",历来注家多注为圣贤不并世而生。而李氏注为:"有君无臣、有臣无君,谓之不并。"这些注释都有一定的参考价值。

再如《怀沙》篇名,历来多根据司马迁《屈原列传》释为"怀石",李氏则据汪瑗说进步断言曰:"怀沙,寓怀长沙也。"后蒋骥在此基础上发挥之,证据更为充分,现学者多信此说。关于《离骚》中"女媭"之解,李氏不同意王逸之说,他认为美人为屈原自指,而"女媭"则为"美人使唤下辈",为证此说,李氏展开大力反驳:"从来诠者,谓女媭为屈原姊,不知何所根据。盖起于袁崧之误。袁崧因夔州秭归县有屈原旧田宅在,遂谓秭归以屈原姊得名。不知秭归之地,志称归乡,原归子国,舜典乐官夔封于此,故郡名曰夔州。《乐纬》曰:昔归典叶声律。然则归即夔,后人乃读为归来之归。宋忠曰:归即夔,归乡盖夔乡矣。郦道元好奇而不能辨,遂两志之《水经注》,故世互相沿习。"指出王逸、洪兴祖根据均不足,郦道元所据地理凭证亦有误,所言有一定道理。然由此,秭归为屈原故里之说也证据不足了。这点李氏虽未敢明言,但已开其衅。

该著亦颇有错误与不足。如《离骚》之句,李氏曰"骚乃文章之名",其实"骚体"是因《离骚》而得名,此说本末倒置,大谬。"九疑缤其并迎"之"九疑",李氏以为是舜之妃,错得莫名其妙。解释"上下求索"一段,曰:"按当日怀王,屈子劝勿西行,是故篇之中,上下求索,言县圃、崦嵫、咸池、琼台、白水、湆盘,皆西行之路,所谓魂魄犹应眷此。"此说穿凿比附,也实不可取。再如《涉江》题下注曰:"此是屈子一篇行程记,端直怀信,是其俯仰自得处。篇中虽说无乐不豫,其实自发舒其乐与豫也。"此对《涉江》中屈原感情之领会,与诗意出入甚大。

另外,全诗注解也不够平衡,如《九章》之艺术品鉴,比之《九歌》就差很多。

有清康熙十一年(1672)武塘魏学渠刊本。

七、钱澄之《屈诂》

钱澄之(1612—1693),初名秉镫,字饮光,号田间,安徽桐城人。明诸生,明末清初学者、文学家。钱氏少即以名节自励,少时有宦官党羽为御史巡按,至安徽声势赫赫,并谒孔子庙,诸生迎之门外。钱氏止其车,立车前抗声揭其秽行,由此名闻四方。崇祯时以明经贡京师,屡屡上书言时政之得失。后游吴越间,与复社、几社名流雅相引重,并组云龙社,联系吴淞地区文人,以接武东林。与方以智、陈子龙、夏允彝、魏学渠等交友,喜谈经世济民之策,思冒危难立功名。曾向著名学者黄道周请教易学。福王时,马士英、阮大铖逮捕复社名士,辗转逃往福建。唐王时,曾任吉安府推官等。桂王时,授翰林院庶言士,官至编修、知制诰,朝中诏令多为其起草。钱澄之身居要职,仍撰文指陈时弊,因此为当权者所忌,故乞假间道归乡里①,结庐先人墓旁,环庐皆田,因号田间,著述以终。

钱氏著述甚丰,有《田间易学》十二卷、《田间诗学》十二卷、《田间诗集》二十八卷、《田间文集》三十卷,另有《庄屈合诂》《所知录》《藏山阁诗存文存》等。事迹见《清史列传》卷六十八《儒林传》,《清史稿》(关外二次本)卷五百《遗逸传》。

《屈诂》(亦称《屈子诂》《楚辞屈诂》)成书于晚年。此时,钱氏饱历社会之动荡、朝代之更替,眼见明末政治黑暗、宦官专权、党人内讧,清初统治高压政策及人民之抗清斗争,种种遭际使其对屈原、庄周有独到的深刻见解,而认为二人在本质上十分相同,将《屈诂》与《庄诂》合为一书。正如《四库全书总目提要》所云:"盖澄之丁明未造,发愤著书,以《离骚》寓其幽忧,而以《庄子》寓其解脱。不欲明言,托于翼经焉耳。"这看到问题的一方面,而其中所寄托之民族情绪和不屈精神,戴震或不敢言②。

此书首《庄屈合诂序》,蜀唐甄撰。次《庄屈合诂自序》,次《庄子内七诂自引》,次《楚辞屈诂自引》,次《庄子诂》,次《屈子诂》。唐甄之《庄屈合诂序》,先言钱氏忠直立身,以藏为用,著此书之目的在于以庄继《易》,以骚继《诗》。唐氏认为以庄继《易》,以骚继《诗》,均为相宜。然序末却认为屈原应学蔺相如,"以颈血溅秦王,事若不济,得其死所矣。不然,弃其家室,从渔父于沧浪,孰得而非之。乃呜咽悲泣,自捐其躯,吾嫌于近于妇人也"。唐氏处于明末清初之时,此处表面是对屈原的行为不赞成、不理解,实则另有所寄,不敢明言而已。

钱氏之《自序》,先点明著书之大旨,在于以继《易》《诗》二经。次说明庄子与《易》之精神相通处,接下言屈子与《诗经》的相类处。文中高度赞扬屈原精神:"屈子忠于君以谗见疏,忧君念国发而为词,反复缠绵不能自胜。至于沉湘以死,此其性情深致,岂直与凡伯家父同日而语哉!"接下并引淮南王刘安之赞语,以证屈与《诗》同。若唐氏之序写钱氏生前,则钱氏此言似乎为针对唐而发。后半部分针对"庄、屈不同道"之说而驳之,肯定屈子、庄子均为天下至性之人,进而言道:"天下非至性之人不可以悟道,非见道之人不可以死节也。"最后推

---

① 另一说为钱氏在桂林被清军攻占后一度落发为僧,号西顽,后归故里。

② 戴震为《四库全书》纂修官,《楚辞》提要主要为其所撰。

定:"庄子、屈子之所为,一处潜,一处亢,皆时为之也。"结论为:"庄、屈无二道。"

《自引》则重点阐明诂屈之法。于前人著作中,肯定王逸、朱熹之注,说明自己的原则:"故因朱子之集注,更加详绎,不立意见,但事诂释。"其后简言对《天问》《九歌》《九章》之理解,为以后各章题解之纲。

正文专释屈原作品。前人之注释,酌采朱熹及黄文焕、李陈玉、张凤翼、王慎中、焦竑等,以取《楚辞集注》为多。因钱氏认为:"《集注》之善,在遵王逸之《章句》,逐句解释,不为通篇贯串,以失于牵强也。"(《楚辞屈诂·自引》)其目次为《离骚》《九歌》《九章》《远游》《卜居》《渔父》,无《招魂》(遵王逸之见)一般每四句后(《卜居》《渔父》则不等),先列旧说于前,后以"诂曰"陈述己见。唯《离骚》全篇后,又有"总诂"。

由于钱氏一生崇尚气节,所经历之社会剧变与屈原有类似之处,且亲身参与晚明政治之最高决策层,亲见其黑暗与腐败,故对屈原及屈骚有独特的体会,此为该著第一大特点。如钱氏对《离骚》中,芳草之象征意义及体系体会理解犹深,于《离骚·总诂》最后专以一大段论述之:"又曰:篇中称芳不一,其谓扈芷纫兰者,独行之芳也。搴木兰揽宿莽,所共事之芳也。滋九畹树百亩,所培植之芳也。原之芳既已委弃,众芳亦从而芜秽矣。而原惜芳不已,饮其坠露,餐其落英,与共朝夕焉。从而结之、贯之、矫之、纫之,虽为当时所弃,原犹欣赏而珍存之。而恶者益以此重原之罪。其曰'既替余以蕙𬙂兮,又申之以揽芷'是也。"钱氏将散见于《离骚》各处之芳草,汇聚拢来总体观照,从而揣摩出屈原之创作心理,见解高前代注家一筹。他还能进而由此体会《离骚》有关诗句中深切细微之意,揣摩屈原当时的心绪:"彼党人谓幽兰不可佩,谓申椒其不芳,民性不同,好恶相反,固无足怪。独是时俗变易,椒兰不能自立,而皆变而不芳,化为恶草,此原所尤不堪也。原初纫兰为佩,以为其臭味也。追折琼枝以继之,复有取于玉焉。盖玉能入火而质不变,孔子所谓'磨而不磷,涅而不淄'是也。自众芳委厥美以历兹,原惟琼佩之是贵。盖从此绝口不及兰、蕙矣。"这不仅由细致观察得来,更在于情感之相通,确能给人以启发。

再如对屈原政治理想之核心,钱氏看得很准,体会亦很深,在《离骚》最后两句后诂曰:"美政,原所造之宪令,其生平学术尽在于此。原疏而宪令废矣,所最痛心者,此也。"在《惜往日》题后亦诂曰:"惜往日者,思往日王之见任而使造为宪令也。始曰'明法度之嫌疑',终曰'背法度而心治',原一生学术在此矣。楚能卒用之,必且大治,而为上官所谗终废,其事为可惜也。原之惜,非惜己身之不见用,惜己功之不成也。"可以看出,钱氏不仅感慨很深,而且明显有所寄托,即不仅感叹屈原之遭际,亦感叹自己之功名无成。

对《离骚》女嬃詈原之理解,亦颇为独特:"原自信心不可惩,忽述女嬃之詈,通国惟一姊关切耳。言女嬃知原终鲜兄弟,此身关系非轻,故深虑其夭死也。原志体解不惩,嬃乃欲以死惩之。凡原之自命为德美者,姊皆詈之为祸端,原一无可置辩,盖于姊情之切,益见原志之贞白,是女嬃实语,非设词也。"即是说,女嬃并非真心否定屈原的高操独行、清介自持及嫉恶如仇,而是担心其弟由此夭死,故意以相反之标准对之。此说较合情理,确有价值。

屈赋各篇之解题,钱氏亦有自己之看法,即主张随文解题,反对穿凿附会。朱熹解《九歌》之题曰:"又因彼事神之心,以寄吾忠君爱国不忘之意。"而钱氏明确反对寄托说:《九歌》只是祀神之词,原忠君爱国之意,随处感发,不必有心寓托,而自然情见乎词耳。"朱熹承王逸"上陈事神之敬,下见己之冤结,托以讽谏"之说而来,可谓有根有据。朱熹以后钱氏以前学者,有不同意王、朱看法者,常以折中办法处理。如《屈诂》所引张凤翼曰:"原见祝祠鄙陋,因为更定,且以事神之言,寓忠言之意。然词之所指,惟在神耳,旧注殊牵合附会。"而钱氏敢于完全否定寄托说,大约在于本身亦是文学家,知实际创作未必如此。钱以后之学者,有的亦承钱氏完全反对寄托说,如王邦采即是。

再如《天问》之题诂,钱氏同意"题壁"说,并对文无次序解释曰:"曰文无次序,只是就壁上所见随问发端,不必求其伦次。先儒谓原杂书于壁,楚人辑成之,理或然也。屈原许多愤懑,觉天道人事,往往惧不可解,故借此问发掘。后儒欲一一详对,以释其疑,亦愚矣。"钱氏同意先儒之说,可算通达之论。因其最反对穿凿附会。如言《九章》总题曰:"《九章》之义,具于命题,按题以诂,大略可见,正不俟牵强穿凿以为之也。"(《楚辞屈诂·自引》)

在一般文句之训释中,钱氏亦贯穿上述原则。凡能结合气节而有所寄托者,必如此之。其释《远游》"内惟省以端操兮,求正气之所由",曰:"曰端曰正,是大道根本。先有端操,而后有正气。天上神仙,皆是世间忠臣孝子所成。求道者必求正气,则自内省端操始。"此不仅见钱氏之注释,更重要可映现其忠诚故国、坚持民族气节之节操。至于其他句子,解释多平实稳妥。《离骚》"纷吾既有此内美兮,又重之以修能"二句,注曰:"内美以质言,修能以才言,重之言既有质,又有其才也。""余虽好修姱以羁兮,謇朝谇而夕替"二句,注曰:"修姱羁,盖居身芳洁而动循礼法者,虽自知不能见容,亦不意朝谇而夕废,如此其速也。"均明澈易懂,不为深晦之解。故钱氏《自序》中"不立意见,但事诂释""依文释义,使学者章句分明"之诂旨,不为虚立。

然钱氏阐释中并非无独到有价值之见。《离骚》"济沅湘以南征兮,就重华而陈辞",诂曰:"至是始喟然知己之愤懑为过,所以备历此穷困耳。姊所言娿婢者,舜也。试济沅湘就重华而叩之,鲧以婞直见诛,岂伏清白以死直者,亦在所诛乎?"以往大多数注家未注意屈原为何独向舜陈词,钱氏联系女嬃所言,认为屈原特有用意,而以下陈词内容亦被贯串,确有见地。同篇"何所独无芳草兮,尔何怀乎故宇"二句,诂曰:"原惓惓于楚,不惟念君,亦恋此芳草耳。但得哲王一寤,即所树之芳草犹可进用,总之不能离楚也。'何所独无'破其恋也。"此处探索屈原不愿离楚,除对乡国、君王有恋,还恋他"所树之芳草",此说亦可言之成理。

在具体字句训诂方面,亦可见钱氏之功力。《离骚》"汝何博謇而好修兮",钱氏以前诸家,均未有确切之解,而该书注曰:"謇,难于言而必欲言也。博謇,知无不言也。博謇而兼好修,可谓纷有姱节矣。"此解最合屈原之性格,此性格最易招祸,故女嬃詈之,其后学者多受此启发。再如《天问》"阻穷西征,岩何越焉?"王逸注曰:"阻,险也。穷,窘也。征,行也。言尧放鲧羽山,西行度越岑岩之险,因堕死也。"王逸此注矛盾明显,羽山在今山东蓬莱一带,"西征"不应解作"西行",上文有"永遏在羽山,夫何三年不施?"又与解作"堕死"相矛盾。以后学者或指出矛盾,或设法解释之。如洪兴祖曰:"羽山东裔,此云西征者,自西徂东也。上文言永遏在羽山,夫何三年不施?则鲧非死于道路,此但言何以越岩险而至羽山耳。"朱熹则存疑:"此章似又言鲧事,然羽山东裔,而此云西征,已不可晓。或谓越岩堕死,亦无明文。"其后学者有言羿与鲧的(李陈玉《楚辞笺注》),

有言禹与鲧的(王远,附见王萌《楚辞评注》)。钱氏则解曰:"阻穷,犹禁绝也。羽山东裔,永遏在东,不容西征。岩何越焉,谓羽山之岩,不得过一步也。"比之以前之注,此解可谓合理通达。

不足之处主要有以下三方面。

一是阐释有误。《离骚》"悔相道之不察兮",注曰:"悔吾之道夫先路者,其相道容有或差,故使君不见信,至于迷路也。"此与诗中原意相去甚远。"指西海以为期"一句,《总诂》中说明曰:"西为万物归宿之地,原生平万念于此尽矣。"《离骚》中屈原远逝高驰所表现之情志,在于去国他就,并非为万念俱尽,此处显然错会屈子原意。再如《九歌》,释"东皇太一"为:"太一之佐五帝,始分五方,而太一不可分,方其曰东皇太一,楚俗之陋也。屈子开章即称上皇以正之,此亦其更定之一端矣。"说屈子称"上皇"是为更定楚俗之陋,不合当时楚文化之实况,此处不过是尊称而已。关于湘君、湘夫人二神,朱熹原注大致不错,而钱氏仍主湘君为舜正妃娥皇,湘夫人为舜次妃女英,此说亦不合《九歌》实情。《山鬼》之解题亦成问题:"一则曰若有人,再则曰山中人,自惑之者言之也。述其居处服食,则分明鬼趣矣。至欲留灵修使之忘归,鬼情甚可畏也。意楚俗淫祀,山鬼亦与原为此辞,使人惧而远之,故无迎神降神之祠,所以黜其祀也。"屈原笔下山鬼分明为一美丽善良少女,所描绘为一场人神相恋之悲剧,钱氏却言"鬼情可畏",要人"惧而远之",分明为不了解楚宗教和楚风、楚俗的迂曲之解。

二是钱氏希望"以骚继《诗》"。若角度合适,分析中肯,本不失为一种研究视角。然钱氏有时"以《诗》解骚",且以说经之方式解释,就弄得牵强失当了。如《离骚》中每当出现凤凰,便以儒家解诗的观点解之。"吾令凤鸟飞腾兮",解曰:"圣人生则凤凰见,益能识时以隐见者,原思取法焉,故篇中每引之。"在"凤凰翼其承旗兮"句后说得更明白:"叩帝阍则凤凰为之飞腾,穷西游则凤凰翼其承旗。凤凰文明之鸟,有道则见,狂接舆以是讽圣人之隐见,故原欲依为行止耳。""凤凰出,圣人则出,天下有道",屈原之所以写凤凰,原为取法它。但此说不合诗意。再如钱氏认为《离骚》"求女"一节即《诗经·车辇》:"恶褒姒乱国,思得贤女以为内助之意。"《九歌·东皇太一》"吉日兮辰良"四句后,诂曰:"《礼记》'致斋三日,思其居处'《笑语志》'意斋三日,乃见其所为'。斋者,《商颂》谓之'绥我思成',则凡祀神,皆应如此。"如此解法,均不太合适。

三是亦有牵强附会之解。《离骚》:"何昔日之芳草兮,今直为此萧艾也。岂其有他故兮,莫好修之害也。"此四句本明白易懂,然钱氏却诂曰:"芳盖有不得不变者。即芳之不得已而变,则好修之不能见容可知。而(巫)咸犹勖以中情之好修,岂知好修之为害乎? 莫字为疑词,令咸审知。"屈原本义是人才变质是因不好修之故,此处却释不得不变。释"莫"为疑词,则不好修变为莫非好修,意思完全相反。另解"遭吾道夫昆仑,路修远以周流"为:"昆仑在西,西为日没之方,由昆仑以益西,所谓日暮途穷也。"此不仅为错断,且与前"西为万物归宿"相矛盾,二者均为求深求曲而附会。好在钱氏力反穿凿附会,此类例子较少。

有清康熙《田间遗书》中《庄屈合诂》本。
清同治三年(1864)刊《饮光先生全书》本。

八、吴世尚《楚辞疏》

吴世尚,字六书,贵池(今安徽池州)人,生于康熙年间,卒于乾隆年间,具体生卒年不详。年少时勤奋好学,手抄六经、子、史之书以至腕脱,改左手书写。特好《易》与老、庄,名其居曰"易老庄山房"。然一生科场失意,老于诸生。除本书外,尚著有《老子宗指》《庄子解》《易经注解》《春秋义疏》。

该书八卷。首为雍正五年(1727)吴世尚自序,次目例,目例含目录、叙目、凡例三项,再次为正文。

《自序》从始至终,将楚辞与《诗经》相比较。吴氏先从文学文化发生角度观察:"或问余曰,六经谁始乎? 余曰:'莫先于《诗》。'庖牺未作,燧人未生,污尊抔饮,蒉浮土鼓,此倡彼和,有词有音,此诗之始也,特今无传耳。"这见解以今天眼光观之,固然略嫌粗浅,然大致无错。"或曰:'孔子殁而微言绝,七十子丧而大义乖,然乎?'余曰:'唯诗未亡,楚有骚,故曰诗、骚一乎?'"以下从赋比兴,从感情抒发等方面说明二者同一。如:"《诗》曰'是以有衮衣兮,无以我公归兮,无使我心悲兮'①,此非骚之音节乎? 特时不同耳。"吴氏看到《诗》、骚相同之处,也看到它们的不同之处,认为:"骚难读于《诗》,难解于《诗》。"因为"《诗》章离节促,骚浩浩千言,成片滚去。《诗》触怀托兴,事在目前;骚浮六极,绵络十代"。这是说骚的篇章结构抒情方式、艺术手法都比《诗》要复杂得多。但吴氏认为其核心还是在于君臣之义,这就有点以偏概全了。

目录后为《叙目》,说明目次排列,"其去取皆遵朱子所论定。其篇次唯六、七两卷,今从林②说"。《叙目》对朱子极为推崇,甚至说:"略一移置,非敢背朱也。理有可通,谅亦朱子之所不深罪也。"其后大段征引朱熹《楚辞集注》序言,从"原之为人,其志行虽或过于中庸"至"而不敢直以词人之赋视之也"全文引下,全然同意朱熹的见解,足证吴氏对屈原和楚辞的理解很有局限。但他又认为,正是朱熹此论,道出了"原之所以千古,骚之所以千古"之原因。

《凡例》十七条,较为重要。它实际为吴氏对楚辞各篇主旨和要点的总体把握和理解,而书中的有关技术性问题,却很少涉及。如前三条专评《离骚》。第一条曰:"离骚用意精深,立体高浑。文理血脉,最难寻觅。故先逐句悉其诂训,乃逐节清其义理。上下有接续,前后有贯通。初学开卷,不至蒙于五里雾中也。"这不仅是训释《离骚》的方法,也是解译其他篇章的途径。第二条将《离骚》分为两大部分,"而其中实径路绝而风云通,则如中间'跪敷衽以陈辞'至'索藑茅以筳篿兮'之一大段文字也"。第三条曰:"故余于《离骚》止概以三言。曰:不去、曰死、自信,要言不烦。"吴氏的这些看法,单独而言虽算不上十分新颖独特,然自成一系统,就体系而言,亦能给人以启发。

《凡例》十七条中,《九歌》《天问》各占三条,《九章》《远游》《卜居》和《渔父》《招魂》《大招》《九辩》各占一条,《惜誓》以下五篇占一条。通过这些条目,吴氏将自己对各篇的理解鲜明托出,全无含糊之处。如言《九歌》,认为是:"最为按

---

① 出自《豳风·九罭》。
② 林,指林云铭。

脉切理之作……可谓善言鬼神之情状者矣。"《九歌》中如《湘君》《湘夫人》及'大少司命',虽各有乐章,而意相承顾,读者须细玩其血脉之暗相注处也。"认为《九歌》各篇有内在血脉暗相联系,且如此鲜明表述的,前人少有。对《天问》亦是如此:"《天问》之文,世皆谓其不可解,余独看得最有次第。"吴氏"故为之细分段落,又为之发明其隐而不言之故"《凡例》中,吴氏举了一例,认为是道出其隐情的:"《天问》末路,屡及吴事,而于秦止暗及一事。秦楚之深仇,原不敢言,不忍言也。"此说亦有一定道理。

对于《远游》和《招魂》,吴氏亦有自己独到之见。他认为《远游》为屈原闲居无聊时作,"而实不过以畅《离骚》中后两段未竟之意也。然其中述王子言处,与末路结处数语,即为后世丹炼家之祖。而与《南华》所载,广成子之告黄帝者,若合符节"。将《远游》之影响推尊到"后世丹炼家之祖"的地位,也确实少有。至于《招魂》,吴氏认为是屈原自招生魂,且引《庄子》为证:"《庄子》有之矣。'昔者庄周梦为蝴蝶,栩栩然蝴蝶也。'自喻适志。'俄然觉,则蘧蘧然周也。'此即《招魂》之机轴也。"发现庄周梦蝶与屈子《招魂》在内在精神方面有相通之处,可谓有见解,但将庄周梦蝶与屈子《招魂》等同起来,则显然过头了。另外,吴氏认为,《卜居》为屈原初放时作,《渔父》则作于沉渊前不久。《大招》应是屈原所作,"林西仲以为招怀王,尤属细心巨眼"。"《九辩》比兴居多,最得风人之致。""《惜誓》《哀时命》,《雅》与骚近。而贾得骚之精,庄得骚之气。《招隐士》绝不与骚似,而小山独得骚之神。"这些见解,均有参考意义。

正文注释较为详细,每句基本有注释、串讲,文字校勘与音读,写在眉页上。每章节有大义,卷末有"论曰",以总结全文。自《远游》以后,各篇篇末亦有"论曰",作为一篇之结。

该著最大特点,在于对屈原创作心理的分析,而以对《离骚》的分析最为突出。这部分已于中编第二章第四节详细论述之,此处从略。对屈原其他创作心理状态,吴氏往往能给以切实精到的分析。如对《九章·惜诵》之首句"惜诵以致愍兮,发愤以抒情",二句释曰:"惜诵者,欲言而不忍言也。发愤者,欲不言而不得不言也。致愍者,恐彰君之过;抒情者,以白己之冤。"分析确乎准确到位。吴氏不但擅长创作心理分析,具体名物事类训释往往也有可取之处。《九歌·东皇太一》之索解，历来争论颇大，吴氏本王、洪、朱之说而发挥之："古者天子，以立春之日迎春东郊，祭帝太皞，配以勾芒，所谓东皇，则太皞也。诸侯受正朔于天子，则无此祭矣。于太一，则中宫天极星。其一明者，太一常居，即所谓上帝，诸侯更不得祭者也。楚僭祀东皇，又不曰东皇太皞，而曰东皇太一，盖阳避上帝之名，阴窃上帝之实，辞遁而志谲者也。祠在楚东。"对于东皇，吴氏颇有自己的见解。他不认为其为楚独有之神，而是天子所祭之帝"太皞"。楚王本为诸侯，不能僭越祭之。故以"太一"名之，实窃上帝之实。他反映了楚人的雄心，但吴氏以专制正统观念判别，似略有贬义。再如《九歌·大司命》之"折疏麻兮瑶华，将以遗兮离居"二句，王逸注"离居"为隐者，朱熹注下句为"此以神既去而思之"，而吴氏注为："离居谓将离去此世而不居，乃死之别名也。"对下句"老冉冉兮既极，不寝近兮愈疏"，则进一步注道："极，至也；寝，近也；疏，远也；言人之生而必有死也，乃天地自然之常理，非人之所能为也。故我将折此疏麻之瑶华，用以赠彼辞世之人。"此说紧扣大司命之职权，也切合诗句之意，言之成理，可为一说。

　　该著训诂很注意简明，尤其是《九章》诸篇，往往以单字对注。《惜诵》"众骇遽以离心兮，又何以为此伴也？同极而异路兮，又何以为此援也"四句，注曰"伴，侣；极，至援，引也"，然后作串释。《涉江》"被明月兮佩宝璐"，注曰："在背曰披，在腰曰佩。"对《哀郢》开头两句，注曰："纯，常；震，动；愆，过也。"《惜往日》"心纯庞而不泄兮"，注曰："纯，一；庞，厚；泄，漏也。"《悲回风》"上高岩之峭岸兮"至"吸湛露之浮源兮"六句，注曰："峭，峻；标，杪；颠，顶；摅，舒；扪，抚；湛，厚也。"对训大多准确，对楚辞能如此以一字训解，颇有汉儒之古风，同时亦显示了吴氏的训诂能力。

　　该著对于文义的理解也有可称道之处。如对《天问》诗题之理解："天问者，非倒其文而问天也，亦非天尊不可问也，更非见庙宇图画呵而问之，仰而问之，以深愤懑也。原自以忠而见放，信而见疑，因遂思天地之内，古今以来，有多少可知不可知，可信不可信者，因遂作为此篇。其名《天问》者，言天下事原有不可究问者也。故其篇中之词，曰'谁'、曰'何'、曰'孰'、曰'安'、曰'焉'、曰'胡'……"吴氏解题为"天无法问"，虽有增字解诗之嫌，倒也与诗中文意相合，言之成理。《九歌·东君》"青云衣兮白霓裳，举长矢兮射天狼"，上句解为："又国有喜庆,则青云如衣而在日上,国有凶祲,则白虹如裳之带而贯日中也。"此注粗看似过于求深,仔细推敲则发现颇有道理,"东君"实与国家之安危息息相关。下句"举长矢兮射天狼"即明显含有此意。

吴氏对《离骚》之解释也颇有独到之见。屈原求教于巫咸之一段,看似意义明了,然要得其深意亦不容易。从"曰勉升降以上下兮,求矩矱之所同"至"宁戚之讴歌兮,齐桓闻以该辅"一节,该书注曰:"巫咸告我曰,勉之,勉之,道固不可执,事固自有时也。子且从俗浮沉,与时俯仰,以待一心一德之人焉。自古明君求贤以图治,原有甚于贤士得君以行道。彼汤于伊尹,禹于咎繇,君臣相遇,何其志同而道洽也。故天下苟有中心好贤之君,则其于贤也,自有梦寐兆之,鬼神通之,声气达之也者。又何待左右为之先容、先达,为之荐引,如女之必用夫行媒乃相知名也哉。是故傅说操筑,武丁用之;吕望鼓刀,周文举之;宁戚牛歌,齐桓任之。盖君求士,士无求君,自古而然矣。此以上皆劝其从容待时之意也。"此段剖析,十分精妙,符合春秋战国时期"士"之地位和特有的自矜心理,也切合屈原当时矛盾的心理。再如《离骚》"夫孰非义而可用兮,孰非善而可服"二句,注为:"言我前瞻往古,后顾今兹,再四思维,其所以为民之至计,决未有非议非善而可用可行者。此固无论其为君、为臣,而其理皆莫之或易者也。"此说通达有理,较前人注说更为贴切一些。

注意篇章结构,讲究艺术分析,可说是该著的第四个特点。这方面,吴氏往往以清代散文之法分析,常有不贴切、不恰当,甚至扞格不通之处,受到后来学者的批评[①]。但有些地方的分析还是相当精妙的。如《九歌·礼魂》后面之总按:"论曰:《九歌》首二章择日斋沐,末章成礼传芭,乃一篇大章法也。其间有二篇相成而为章法者,则首二章与《湘君》《湘夫人》及《大司命》也。至各篇各自为章法,则因人人之所能知矣。"从《九歌》的整体着眼,从"二湘""二司命"入手,吴氏终于理出其两两相对的总体结构,析出其统一的章法,这对楚辞之艺术研究是一大贡献。

对于《离骚》,吴氏将其分为四十三节,亦十分注意全篇和各节间的内在联

---

① 姜亮夫批评他"亦不免以分析时文之法论古文"。见姜亮夫《楚辞书目五种》,上海:上海古籍出版社,1993年,第158页。

系。如第一节(从开头至"字余曰灵均")注曰:"首原远祖,以见宗臣无可去之义;次本天亲,以见忠孝乃一致之理;次叙所生之月日,以见己之所得于天者隆;次及所锡之名字,以见亲之所期于己者厚,盖通篇大意,皆隐据于此矣。"在第四十三节(结尾一段)按曰:"一篇《离骚》止有三个字,前文'不去'二字也,乱词一个'死'字也。……屈原之忠,忠而过者也;屈原之过,过于忠者也。吾则曰:屈原之忠,忠以文显者也;屈原之文,文以忠传者也。"一头一尾,相互呼应,概括得十分精练。《离骚》第二节("纷吾既有此内美兮"至"恐美人之迟暮")注云:"前六句是言汲汲以修其在己,后六句则言汲汲以上佐其君也。"而第三节("不抚壮而弃秽兮"至"来吾道夫先路")则注云:"前二句承上文前六句之意,作反言以明之";"后二句则承上节后六句之意,作反言以明之。"如此前后照应,虽少数章节略嫌机械,但对理解领会《离骚》之文义,却大有帮助。

对于《九章》,吴氏常于篇尾按语总括全文章法。《惜往日》篇后按曰:"通篇音节悲矣。始,惜受命之臣,不得成其功。中惜靡君之情不著于当时,而使君一寤。末惜靡君之祸不传于后世,而无所鉴戒。其言可谓深切著明矣。"此类分析,都较确切,而极具参考价值。

吴氏还善于从艺术手法方面探求作者的思路。如《九辩》,吴氏认为是宋玉为哀悯其师屈原而作,并首先在《凡例》中概括它的艺术风格:"《九辩》比兴居多,最得风人之致。其于世道衰微,灵均坎壈,止以一秋字尽之,何其言简而意括也!"然后于正文中具体分析宋玉是如何围绕此中心而展开描写的。于第一辩注曰:"此篇总止写一'秋'字,而以原之情事掩映其中,虽不明言原,而句句是秋,已句句是原矣。"第二辩注曰:"此篇总止写一屈原,更无一语及秋,然而句句是原,句句是秋也。"第三辩注曰:"此篇乃合秋与屈原而言之。而前两节先句句言秋,惟各节末句乃及于原,后一节先句句言原,惟末二句乃及于秋,则交映之妙也。"明确点明宋玉采用的是"交映"之法。吴氏还注意将楚辞艺术手法与后代诗作各篇比较。如将《云中君》与杜甫之《梦李白二首》相对照:"云有形而无质,出乎山川,开乎虚空,浮乎栋宇,若游若留,弥乎天壤,无穷无极。写云至此,笔有化工矣。末二句,写杜子美诗,'浮云终日行,游子久不至',同一言不能尽之悲。"这种比较,也有意义,清代注楚辞者常为之,形成一种风气。

该书错误缺点亦较明显,多为文义理解阐发之误。一种是对关键字理解错误,导致一段全误。《离骚》中屈原问卜于灵氛一段,灵氛于开头曰:"思九州之博大兮,岂惟是其有女?""女"究何指?诸家有异,然此"女"与前"求女"之女显系同一对象,这点一般无争论。而吴氏却将此"女"训为"汝",定为屈原自指,结果文义全理解反了:"二句乃灵氛意中之言,所以玥破屈原皇皇如也之意,而不声之于口者也。盖屈原命占之时,必有如《卜居》之所云云,无限牢骚,满腔哀泣。故灵氛以此刺之,谓九州之博大,贤而用者有几?贤而不用者,更不知有几,岂唯是其有汝乎?而乃如是其皇皇乎?"这种解释几乎达到可笑地步。

另一种是刻意求隐求深,以至穿凿附会。《离骚》"周流乎天余乃下"后按云:"宓妃,未字之女,以比圣人,此最上一等,故在天求之。有娀,已字之女,以比君子,则其次也,故曰余乃下。"此说几近荒谬。《九歌·湘君》"将以遗兮下女"后,注曰"盖原以湘君喻怀王",过于穿凿附会。《天问》"兄有噬犬,弟何欲?易之以百两,卒无禄"四句,一般认为指秦景公事,而吴氏则更向深处考求,主张此是指楚绝齐而贪商於之地,又进一步发挥道:"屈原之最叹息痛恨者,商於之事也,故不忍斥言,而于此一微及之。谓秦之为人,于犬如此,于地可知;于弟如此,于邻可知。何怀、襄之甘为所欺而不悟也!而此外更不复言,愿忠讳尊之意,曲而尽矣。"此揣测成分太大。难以成立。

有清雍正五年(1727)尚友堂刊本。
2018年上海古籍出版社《楚辞要籍丛刊》本。

九、蒋骥《山带阁注楚辞》

蒋骥(1678—1745),字涑塍,武进(今江苏常州)人。蒋氏少时勤奋好学,后与兄蒋文元、蒋芳洲、蒋鹏翮、蒋汾功俱有文名,里人曾有言:"里中五蒋,后来居上。"其兄四人先后取得功名,然蒋氏只于二十岁时补县学生,终困于此。又自述二十三岁时得头目之疾,"毕生不痊。畏风若刀锯。凡春花秋月人世嬉游之事,概不得与。……自念少时读书课文,每为时辈所推叹,及老犹不废学"。蒋氏平时对古文词时有论撰,评注经史子集之书亦不少,但自认"独于《离骚》功力颇深"。足见该书为其得意之作。此书共十卷。其撰写开始于康熙四十七年戊子(1708),六年后注文方完成。康熙五十九年庚子(1720)又完成《余论》和《说韵》。到雍正五年丁未(1727)才将两部分合刊于世,历时近二十年。对于此书,蒋氏可以说倾注了毕生之心血。

此书以注释为主,亦含其他方面的研究,其目次为卷首:《序》《后序》《采摭书目》《屈原列传》《屈原外传》《楚世家节略》《考正地图》;注六卷:卷一《离骚》,卷二《九歌》,卷三《天问》,卷四《九章》,卷五《远游》《卜居》《渔父》,卷六《招魂》《大招》;余论二卷:卷上《总论》《离骚》《九歌》《天问》,卷下《九章》《远游》《卜居》《渔父》《招魂》《大招》;《说韵》一卷。以下分三部分评介。

一

卷首之《序》为一篇之总纲。蒋氏首先对屈原之思想、才能作了高度评价:"夫屈子王佐才也。当战国时,天下争挟刑名兵战纵横吊诡之说以相夸尚。而屈子所以先后其君者,必曰五帝三王。其治楚,奉先功,明法度,意量固有过人者。《大招》发明成言之始愿,其施为次第,虽孔子、孟子所以告君者,当不是过。使原得志于楚,唐虞三代之治岂难致哉?"接下序中以相当的篇幅论述屈原死因。蒋氏力主"寤主"说,认为屈原是:"故处必死之地而求为有用之死,其势不得不出于自沉而?"蒋氏深感有些学人暗于知骚,"而成眩于章法之变幻,则无以知本旨之所存。昧于字义之深隐,则无以知意理之所在。不能研索融会于文之中,旁搜博览于文之外,则亦无以知其时地变易,与命意措词次第条理之所以然"。故"始发愤论述其书。顾以束于制举,困于疾病忧患。贫贱奔走,时作时辍,六阅年始成。凡训诂考证多前人所未及"。可见他颇以此书自矜,而事实证明所言不诬,序中还阐述了对屈骚的研究方法:"而大要尤在权时势以论其书,融全书以定其篇,审全篇以推其节次、句、字之义。"综合全书观之,蒋氏著论确合此言。

《后序》则着重陈述了著该书之艰难及意志之坚定。蒋氏自述云："余老于诸生逾三十年,场屋之苦,下第之牢愁,殆与身相终始。"加之疾病缠身,其困苦之状可想而知。更可贵的是蒋氏能拒绝功名利禄的引诱:"甲午,游京师,有睹是书者。窃议曰:方今文教大行,苟从事经籍理学及诗章算术,皆可立致青紫。顾穷年毕精为此凶衰不祥之书奚取焉?"但蒋氏不为所动。终将此书完成,而寄托其志于其中。

蒋氏仿林云铭之《楚辞灯》,"复辑楚世家怀、襄二王事迹著于篇"。但他认为:"若林反取原赋二十五篇,凿空而分注之,则吾岂敢。"这说明他在屈骚时代背景的考研上,态度相当谨慎。然单就史实的考订和认识而言,蒋氏亦常有独立见解。如怀王十一年(前318),引《楚世家》:"苏秦约纵,六国共攻秦,楚为纵长。至函谷关,秦出兵击六国,六国皆引归。"蒋氏按曰:"按《战国策》齐助楚攻秦,取曲沃,当在是年之前后。盖屈子为怀王左徒,王甚任之。故初政精明如此。《惜往日》所谓国富强而法立也。"史诗互证,颇有新见。再如,怀王十六年,用洪兴祖《楚辞补注》引新序:"秦欲吞灭诸侯,屈原为楚东使齐以结强党。秦患之,使张仪之楚,赂贵臣上官靳尚之属,内赂夫人郑袖,共谮屈原。原放于外,乃作《离骚》。"蒋氏接下云:"当怀王之十六年,张仪相楚。《集注》①遂谓屈原放在十六年。余按结齐本屈子谋,屈子不去,仪必不敢行其诈。而屈子于王,受知有素,去之亦未易易也。味《惜诵》致愍,及《离骚》九死未悔之言,盖始而见疏,既而去朝,固非一朝一夕之为矣。然则仪之行赂谮原,岂俟十六年至楚之时。而原之得必在十六年哉。本传屈平既绌,其后秦欲伐齐云云,其非同时可知矣。"以屈原见疏非一朝一夕之事驳朱熹之说,确有一定道理。又如顷襄王十六年(前283),蒋氏按云:"黄维章谓原死于顷襄十年。林西仲谓死于十一年。皆以《哀郢》有九年不复之言故耳。然岂必《哀郢》甫成,即投渊死哉?今考《哀郢》在陵阳已九年,其后又涉江入辰溆,又由辰溆东出龙阳,遇渔父,遂往长沙作《怀沙》。其秋又有《悲回风》任石何益之言。后以五月五,毕命湘水。则在长沙亦

---

① 《集注》,指朱熹《楚辞集注》。

非一载也。故约略其死,当在顷襄十三四年,或十五六年。若王姜斋论《哀郢》,谓指襄王徙陈,则为时太远,未必及见矣。且其时长沙曾为秦取,原得晏然安身其地乎?"将《涉江》放于《哀郢》之后,固然尚可商榷,而其反驳黄文焕、林铭、王夫之之论据,亦有一定道理,可作一家之言。

《楚世家节略》,从楚怀王元年(前328)张仪相秦始,至顷襄王三十六年(前263)顷襄王卒,孝烈王立止,共附按语十三条,双行夹注三十条左右。

《考正地图》共收图五幅:1.《楚辞地理总图》(自注:图中止取与本书相发明者以为方域,非按楚之封境也);2.《抽思、思美人路图》(自注:怀王时斥居汉北);3.《哀郢路图》(自注:顷襄初年迁江南);4.《涉江路图》(自注:即《招魂》发春南征时,系顷襄九年后事);5.《渔父、怀沙路图》(自注:《涉江》后事。自淑浦东出龙阳遇渔父,遂南徂长沙卒以自沉)。蒋氏小序曰:"余所考楚辞地理,与屈子两朝迁谪行踪。既散著于诸篇,犹恐览者未察其详也。"这说明五幅图只是蒋氏研究楚辞地理的一部分,只是将后面分散的结论集中于图中形象地显现。从图中亦可看出蒋氏对先秦古地理有着深入的研究,而有目的地系统地以地理学研究楚辞,应当说是发端于蒋氏(具体评介见后)。

二

注六卷,为该书之正文,颇有独到之见。在辞义的阐发上,蒋骥广参前人见解,或批谬,或释疑,或综述,或发挥,合而观之,可成一家之言。如诗题。对《离骚》之解释仍取王逸之说:"离,别也;骚,愁也。"汪瑗《楚辞集解》引诗中"余既不难夫离别兮"作证,蒋氏亦引之。而《九歌》解题云:"本祭祀侑神乐歌。因以寓其忠君爱国,眷恋不忘之意,故附之离骚。或云楚俗旧有辞,原更定之,未知其然否也。"对于后一种说法,蒋骥认为证据不足,然亦无证据能推翻,故采取客观的态度,存疑录之。再如《国殇》解题,蒋氏注为"谓死于国事者,不成丧曰殇",并按曰:"按古者战阵无勇而死。葬不以翣,不入兆域。故于此历叙生前死后之勇,以明宜在祀典也。"这就解释了为何屈原既描绘楚军之败,又极写楚军士之勇,见解独到。而《礼魂》之题释:"盖有礼法之士,如先贤之类,故备礼乐歌舞以享之,而又期之千秋万祀而不祧也。"虽内证尚不足,亦不失为一家之言。至于

《怀沙》之题义的诠释,则更体现了蒋氏善于吸收前人成果,据实考证,加以发挥,并敢于批驳权威旧说的精神。由于蒋氏论证较有力,此后"怀长沙"之说便成为主要之说。

蒋氏还善于结合题解,考辨阐释作品之写作时地及先后顺序。如定《哀郢》中屈原的流放地为陵阳:"陵阳,在今宁国池州之界,《汉书》丹阳郡陵阳县是也。以陵阳山而名。至陵阳,则东至迁所矣。……南渡者,陵阳在大江之南也。"在《哀郢》研究史上,蒋骥是第一个具体指出陵阳地点的学者,对于这一学术贡献,当代楚辞学者金开诚给予了很高评价。这部分已于中编第四章第四节详论之,故从略。

再如名物考释,蒋骥亦注意上述方法的应用。《九歌·湘君》"吹参差兮谁思"之"参差",一般注家只注出"参差"为"箫"即止。而蒋氏依据传说进一步释为:"洞箫,舜所作。其形参差不齐,像凤翼也。迎之而仍不来,见其吹箫如有所思,而未测其为谁也。"释洞箫为舜所作,显然考虑到舜与娥皇、女英的那段神话故事,而与题解所注湘君为舜妃娥皇相应。《离骚》"椒专佞以慢慆兮,樧又欲充夫佩帏"之"椒"与"樧",朱熹《楚辞集注》释"樧"为"茱萸",但又认为:"茱萸固为臭物。"蒋氏则从诗意出发,引《尔雅》证椒、樧均为香草。并在《楚辞余论·上》里引《南都赋》、周孝侯《风土记》、范成大《成都古今记》证:"樧本椒类,亦辛香之物,非谓不足充帏也,罪在欲耳。故与椒之专佞,均有干进务入之讥。集注训为臭,误也。"

词义训释方面,新见亦不少。即以《离骚》为例。释"皇览揆余初度兮"之"初度",为"初年之器度";释"彼尧舜之耿介兮"之"耿介",为"耿,明;介,守也";释"恐修名之不立""修名"为"修治之名";释"相下女之可诒"之"下女",为"指下宓妃诸人,对高丘言,故曰下";释"吾令蹇修以为理"之"理",为"媒使也"。此类新见,有十余处之多。而《九歌·湘夫人》"目眇眇兮愁予"之"眇眇",释为"见神之远立凝视,其目纤长,有情无情,皆未可测";"荒忽兮远望"之"荒忽",释为"思极而神迷"也。《九章·哀郢》之"皇天之不纯命兮"之"不纯命",释为"谓天福善祸淫,而今使善者蒙祸,是其命不常也";《九章·抽思》"何回极之浮浮"之"浮浮",释为"动貌,言秋风之狂,使天之枢极,亦为浮动也"。此类释义独到而较合理者,亦不在少数。

　　文意阐发方面,注文中也有一些创见,然大多未展开,而放入《楚辞余论》部分深入论述。估计蒋氏在作注时,即有统一安排。故这部分本文亦留待后面评介。

　　不可避免,蒋氏在注文中也偶有错误,这种错误主要来自两方面。一是对词义本身的训释,这方面又可分两种。一种是解释有误,如《离骚》"哀民生之多艰"之"民",释为"民,人也,原自谓。下民心同"。此处解释,已有不合之处,因后面即有"民生各有所乐兮,余独好修以为常","民生"与"余"相对,显然不能再训为"原自谓"。同一诗中相隔不远的同一词,屈原不会使其有截然相反的两义。而《楚辞余论·下》中,言《哀郢》之民"与骚经民生、民心同,皆原自指",统而言之,则亦有误。至于有的书评将此观点进一步扩展到全部屈赋,并肯定为"笃实精核",则相去更远了。另一种是训释无误,但与屈诗中的实际对不起来。如《涉江》"年既老而不衰"之"老"字,释为"七十曰老",训解无误,然屈原此时实无七十岁,不合诗中实情。二是训释有前后矛盾之处。如《离骚》之"哀高丘之无女",蒋氏释:"女,神女,喻贤诸侯也。"而于后"何所独无芳草兮",将"芳草"训为贤士,并于《楚辞余论·上》阐曰:"离骚以女喻贤君,以芳草喻贤臣,首尾一线,不相混淆。旧训何所独无芳草,即上岂惟是其有女意,语复而义杂矣。"单就一句,"女"喻"贤诸侯","芳草"喻贤臣均为一解,然若二者联系起来,则显得不一致。若将"求女"解为"通君侧之人",则下"芳草"可解为贤臣;若将"求女"释为求贤君,则"芳草"应为贤诸侯,因此处"芳草"与上句"岂惟是其有女"之"女",均为同一象征意义。

三

　　《楚辞余论》上下两卷。上卷《总论》《离骚》《天问》《九歌》,下卷《九章》《远游》《卜居》《招魂》《大招》。此部分为蒋氏研屈多年心得和见解的较系统之阐发,其总体思想和研究方法在此也得到较集中的体现,可视为该书的精华部分。

　　有意识有目的地批注驳正前人的谬误,为余论的一大特色。而批驳中又以朱熹的《楚辞集注》较多。如《总论》中,指出朱熹以赋、比、兴注骚,开始详细,后来粗疏,最后以致阙如,并指出朱熹所以前细后粗,在于以注赋、兴、比的简单化的方法,无法涵盖屈骚浑沦变化的丰富的艺术特色,而决定摈弃它以更恰切方法代替之。对于《离骚》的脉络条理,蒋氏对《楚辞集注》亦不满意:"说《离骚》者,言人人殊。纷纶舛错,不可究诘。惟朱子《集注》,特为雅驯。然窃尝循览其解,茫乎不得其条理,辄颓然舍去。"对朱子考证历史事实的失误,蒋氏也毫不客气地指出:"襄王二十一年,秦白起拔郢,《集注》附之怀王失考。钱饮光(澄之)又沿其误而分疏之,可为一噱。"对于诗文的理解,蒋氏也常明指朱子之非:"朱子论《九歌》,谓以事神不答而不忘其敬,比事君不答而不忘其忠,斯言误矣。"朱子以专制礼教比附屈原《九歌》,其错处显而易见。蒋骥基于对楚俗、楚文化的理解,对《九歌》的解释就较为切合实际:"盖《九歌》之作,专主祀神。祀神之道,乐以迎来,哀以送往。欲其来速,斯愈觉其迟;欲其去迟,斯愈觉其速,固祭者之常情也。作者于君臣之难合易离,独有深感,故其辞尤激云耳,夫岂特为君臣而作哉!"

在名物考释方面,蒋氏也常反驳旧注。如《离骚》"摄提贞于孟陬兮",王逸释"摄提"为"摄提格",并曰"太岁在寅曰摄提格";朱熹反驳此说,认为"摄提"为星名;蒋骥又反驳朱熹:"朱子以摄提为星名,驳王氏太岁在寅之说。吴郡顾宁人非之曰:'既叙生辰,岂有置年止言月日之理。'余按顾说良是。且古人删字就文,往往不拘。如《后汉·张纯传》'摄提之岁,苍龙甲寅'。时建武十三年,逸尚未生,已有此号。可知摄提为寅年,其来久矣。朱子谓若以摄提为岁,便少格字,非通论也。况《史记·天官书》,摄提星何尝不名摄提格乎?""摄提"究竟是"摄提格"还是星名,至今仍有争论①。但蒋骥为王逸说补充了扎实有力的史料,巩固了其主要解释的地位。

另外,在人名、神名的考释方面,蒋氏亦驳旧说。《九歌》中之"大司命""少司命",朱熹引《周礼》证"大司命"为"上台","少司命"为文昌第四星,蒋骥驳道:"然按《隋志》,虚北二星亦曰司命,主举过行罚,灭不祥,故在六宗之祀。则司命非徒有两而已。《集注》言近凿空。"对作品次序及创作时地的考证,为余论的另一大特色。在前面《楚辞篇目》的附记中,蒋氏已将作品次序作了一个排列:"窃

---

① 林庚仍主张"摄提"为星名,可见其《诗人屈原及其作品研究·摄提与孟陬》。

尝以意推之。首《惜诵》，次《离骚》，次《抽思》，次《思美人》，次《卜居》，次《大
招》，次《哀郢》，次《涉江》，次《渔父》，次《怀沙》，次《招魂》，次《悲回风》，次《惜往
日》，终焉。"并对各诗创作时地，作了大略的推断。

余论中，蒋氏对《九章》的创作时地作了较详细的论证。如《余论》卷下，开
篇即云：

> 昔人说《九章》，其误有二。一误执王叔师顷襄迁原江南作《九章》之
> 说，而谓皆作于江南。一徒见原平生所作，多言沅湘，又其所自沉，亦于湘
> 水，而执江南以为沅湘之野，故其说多牵强不相合。余谓《九章》杂作于怀、
> 襄之世，其迁逐固不皆在江南。而往来行吟，亦非一处。诸篇词意皎然，非
> 好为异也……九章当首《惜诵》次《抽思》，次《思美人》，次《哀郢》，次《涉
> 江》，次《怀沙》，次《悲回风》，次《惜往日》。惟《橘颂》无可附，然约略其时，
> 当在《怀沙》之后。以死计已决也。其详附著各篇，然亦不敢率意更定，以
> 昭不知而作之戒。故目次仍依旧本。

可见，蒋氏对作品时地的考证，是以《九章》为中心，其余以意类推。故不避重
复，前两次论及后，仍详加考证，其中以考《涉江》《哀郢》《怀沙》最有特色，此在
中编第四章第四节已详论之。以《九章》为中心推论其他各篇作时，在余论中得
到充分体现。蒋氏从结构和语意方面观察，将《离骚》与《抽思》《思美人》对比分
析："《抽思》《思美人》，与骚经语意相近，《抽思》不特黄昏数语复见也。其言'望
三五以为象'，即'及前王之踵武'意。'指彭咸以为仪'，即'依彭咸之遗则'意。
《思美人》则与《离骚》结构全似。欲变节从俗以下，即'长太息以掩涕'数段意
也。自勒骐骥至居蔽闻章，与'步余马于兰皋'至昭质未亏，语意亦同。其卒章
归于思彭咸，又骚经'乱词'之意。"而蒋骥考《抽思》《思美人》作于汉北之时，《惜
诵》应作于《离骚》之前，由此确定《离骚》所作时间，比单纯就《离骚》作分析，要
科学而可信得多。

尽管考证严谨、材料扎实，蒋氏还是十分审慎，于《楚辞篇目》附记和《楚辞
余论·九章》两次言明篇目仍依其旧。而于《九歌》《天问》《远游》《橘颂》，则言

"文辞浑然,莫可推诘,因弗敢强为之说云",态度难能可贵。

细析文理脉络,探究结构特点,为余论的第三大特色。蒋氏云:

> 楚辞章法绝奇处,如《离骚》本意,只注从彭咸之所居句,却用将往观乎四荒,开下半篇之局,临末以"蜷局顾而不行"跌转。与《思美人》本意,只注思彭咸之故句,却用"聊假日以须时"开下半篇,临末以"愿及日之未暮"跌转。《悲回风》本意,未欲遽死,却用"托彭咸之所居"开下半篇,临末以"任重石之何益"跌转。《招魂》本意,只注"魂兮归来哀江南"句,却全篇用巫咸口中,侈陈入修门之乐,临末以乱词发春南征跌转。机法并同,纯用客意,飞舞腾挪,写来如火如锦,使人目迷心眩,杳不知町畦所在。此千古未有之格,亦说骚者千年未揭之秘也。故于骚经以求君他国为疑,于《招魂》以谲怪荒淫为诮,而不知皆幻境也。观云霞之变态,而以为天体在是,可谓知天乎?

此是余论中极重要的一段,它总结了屈骚的两大特色:跌转与幻境。即今天所说的结构上对比转换和艺术上的想象虚构。虽然这两点梁刘勰的《文心雕龙》及以后楚辞学者亦有提及,然如此清晰明确并结合具体篇章阐述,还是应首推蒋骥。如对《离骚》结构的分析,细致指出:"通篇以好修为纲领,以从彭咸为结穴。自篇首至众芳芜秽,序其以好修而获罪也。自'众皆竞进'至'前圣所厚',序获罪而不改其修也。提出'依彭咸'句为主,大意皆以死自誓,然语各有次第。"接下便分析主线的发展。自"众皆竞进"以下至"欲求君四方"为上半篇,分别以"顾颔缄""九死""宁溘死流亡""徒死无益"为情感心理核心。下半篇则分为"女婴"一段、"中间上下求索"二段、"灵氛"一段、"巫咸"一段,以及其后之文"以实巫咸之言也",最后"乱曰"为结尾。分段详悉以后曰:"如此通篇结撰,如天造地设之不可易。极变化,皆极明了。"

再如,朱熹认为《招魂》为宋玉的作品,其重要根据之一是"谲怪之谈,荒淫之志",并言"昔人已误其讥于屈原"。蒋骥则言《招魂》:"通首数千言,浑如天际浮云,自起自灭。"其所以如此,在于屈原是用"幻境"。又言《离骚》下半篇,"翻

出无限烟波","皆如海市蜃楼,自起自灭","《天问》一篇,多漫兴语","盖寓意在
若有若无之际。而文体结撰,在可知不可知之间",均体现了幻境的特点。

当然,余论中亦有不足之处。如说屈骚结构时,称"亦说骚者千年未揭之秘也",
显然有些过分。言"余按屈子之文,大抵原本六经",既不准确,亦与蒋氏自己的研
究方法有一定矛盾。尤其是《涉江》,由于蒋骥定《涉江》作于《哀郢》之后,并与《招
魂》相联系——"《涉江》之济江湘即《招魂》之发春南征",在写作时间的确定上便
有困难。故他猜测:"《涉江》作于未行之时,故曰将济。南征在发春,此应作于冬
杪,曰秋冬绪风。举目前之景也采鄂渚以下,皆预拟之词。"此猜测与《涉江》之本
文,显然不大相符。然《四库全书总目提要》批评蒋氏"其间诋词旧说,颇涉轻薄"
之语,亦过于严厉。《提要》言"如以《少司命》为月下老人之类,亦几同戏剧",《余论》
中言"《少司命》主缘,故以男女离合为说,殆月老之类也",蒋的"主缘"说虽可商榷,
但不能斥为"轻薄","几同戏剧"。

四

《楚辞说韵》一卷,为该书最后之部分。此卷列出屈赋之韵读、韵部,并对古
韵今韵之变、楚辞韵部之分、通转及假借等问题,详述己见。然《四库全书总目
提要》评价甚低:

> 《说韵》一卷,分以字母,通以方音。又博引古音之同异。每部列通韵、
> 叶韵、同母叶韵三例,以攻顾炎武、毛奇龄之说。夫双声互转、四声递转之
> 二例,沙随程迥已言之,非骥之创论。然实不知先有声韵,后有字母。……
> 盖古音本无成书,不过后人参互比较,择其相通之多者,区为界限。犹之九
> 州列国,今但能约指其地而不能一一稽其犬牙相错之形。骥不究同异之
> 由,但执一二小节,遽欲变乱其大纲,亦非通论。

应当承认,《楚辞说韵》有明显错误。如蒋氏认为古(指上古)有韵书,只是未流
传下来,为《四库全书总目提要》所指出批评。再如不了解语音的声韵随时代的
发展而变化,而断言:"自律韵既兴,古韵遂废。"又如,言"《诗》三百篇,自商及春

秋,更涉千余年"。大约他将《诗经·商颂》认为商朝人所作,此说早已定为误断。

然该部分并非全无可取之处。其中对转注的论述,就很值得重视。蒋氏承王鲁斋之说,认为:"转注者,形之变也。假借者,声之变也。自叔重康成以来,相沿如是。……郑渔仲所谓互体别声、互体别义,犹恨语焉未详。且拘于楷体,亦未足穷其变。余尝取因文成象图,以为转注之证。而后其义始全。其说有倒取倒百为早之类,反取反 ⼎ 为 ⼫ 之类,向取向 ⼔ 为 ⼙ 之类,相向取户相向为门之类……"再如作者认为通转在于方音,而重视方音之考,也很有道理。而其驳顾炎武的某些观点,并非妄说。如"(顾炎武)又云:方音未足为据,夫《诗》《易》不可据,天下更有可据之书耶?"对《诗经》《易经》在古音研究中的重要地位,加以强调和肯定。

应该指出的是,《楚辞说韵》并非该书重点,甚至算不上主要部分。《四库全书总目提要·山带阁注楚辞》提要撰者为戴震,戴氏亦为著名楚辞学者和语言学家,但此处以一半以上篇幅批评此段,而重要部分一笔带过,显然有失公允和确切。

该书主要版本有:

清雍正五年(1727)原刊本。

民国二十二年(1933)来薰阁影印原刊本。

1958年中华书局上海编辑所排印本。

1972年台北宏业书局影印中华书局聚珍本。

1979年台北广文书局影印本。

2019年上海古籍出版社《楚辞要籍丛刊》本。

十、戴震《屈原赋注》

戴震(1724—1777),字东原,安徽休宁(今安徽黄山)人,著名思想家、学者。

戴氏少时即好学深思,精研注疏,不主一家,实事求是。曾与同郡人郑牧、汪梧凤等拜会江永,戴以学相询,江永为之惊叹。二十八岁补诸生,其时家中日益贫困,而学业日益进步,与吴县惠栋、吴江沈彤为忘年交。后避仇入京师,著名学者纪昀、钱大昕、王鸣盛、卢文弨等均折节与之相交。乾隆二十七年(1762)举乡试,乾隆三十八年任《四库全书》馆纂修官。乾隆四十年,受命与会试中试者同赴殿试,赐同进士出身,改翰林院庶吉士。

戴震为一代朴学大师,精通音韵、训诂,对语言学、经学均有重大贡献。此外,他对数学、天文学、历史地理以及典章制度均有深入研究,成就为学界所公认。戴氏一生著述颇丰:语言学方面有《六书论》《声韵考》《声类表》《方言疏证》等;数学、天文方面有《原象》《勾股割圜记》《续天文略》等;经学及典章制度方面最为丰富,有《(诗经·二南)补注》《毛郑诗考》《尚书义考》《仪礼考证》《大学补注》《中庸补注》《原善》《孟子字义疏证》《尔雅文字考》等;对《水经注》亦有研究,校有《水经注》四十卷。有关著作,后人编有《戴氏遗书》。戴氏去世后,语言学方面由王念孙、段玉裁继承,数学由孔广森继承,典章制度之学由任大椿继承,几人均为著名学者,可见其学术影响之大。

戴震之生平事迹,详见《清史稿》卷四八八《儒林传》、《清史列传》卷六十八《儒林传》。段玉裁并编有《戴东原先生年谱》。

戴震哲学思想在哲学史上亦有较重要之地位。他遵循宋代张载元气论,提出"气流行"自然观,认为"阴阳五行"为世界物质本体,各类事物与人各得"五行"一部分,而形成自身物质存在。戴震猛烈抨击程朱理学,全面反对程朱的哲学思想、认识论、伦理观等,代表作为《孟子字义疏证》,如书中言:"孟子言人无有不善者,程子、朱子言人无有不恶……孟子就人言之者程子、朱子乃离人而空论天理。"(卷中)又如:"宋儒程子、朱子、易、老、庄、释氏之所私者而贵礼,易彼之外形体者而咎气质。其所谓理依然如有物焉。宅于心,于是辨乎理欲之分。谓不出于理,则出于欲。不出于欲,则出于理。虽视人之饥寒号呼,男女哀怨,以至垂死冀生,无非人欲。空情欲之感者,为天理之本然。"(卷下)戴震生当乾隆之世,其时清朝专制统治已基本稳定,反封建色彩的进步思潮已处于低谷,清王朝统治者再次抬出程朱理学,奉为官方哲学。戴震虽以考据学名世,后又任

《四库全书》馆纂修官,但他自己认为一生最重要之著作,乃是《孟子字义疏证》。由此可见其真实思想是带有进步性与民主色彩的,此亦是著《屈原赋注》之动机与指导思想。戴震"自幼为商贩,转运千里,复具知民生隐曲"(章炳麟《释戴》)。作为学者,这种经历实属难得,而这些也均在《屈原赋注》中体现出来。

撰此书时,戴震生活极为困窘:"家中乏食,与面铺相约,日取面为饔飧,闭户成《屈原赋注》。"乾隆十七年(1752)该书著成,其孜孜不倦的治学态度十分感人。乾隆二十五年,《屈原赋注》刻成问世。该书共十二卷:《赋注》七卷,《音义》三卷,《通释》二卷。卷首有卢文弨序,卢序后戴震自叙,卷末有汪梧凤题跋。

此书《音义》之作者,有两说。《安徽丛书》本《屈原赋注·音义》后有汪梧凤跋云:"右据戴君注本为《音义》三卷。自乾隆壬申秋得《屈原赋》戴氏注九卷读之,常置案头,少有所疑,检古文旧籍详加研核,兼考各本异同……次成音义,体例略拟陆德明《经典释文》也。"又清乾隆二十五年汪梧凤刻本亦载此跋。据此,《音义》三卷应为汪梧凤作。然段玉裁《戴东原先生年谱》云:"(乾隆)十七年壬申三十岁,是年注《屈原赋》成,歙汪君梧凤庚辰仲春跋云'自壬申秋得《屈原赋》戴氏注九卷读之'可证也……此书《音义》三卷亦先生所自为,假名汪君。"许承尧跋影印戴注初稿本曰:"《音义》三卷,段氏谓先生所自为,托名为汪君。此本音义、通释,尚未析出,知段说不谬。汪跋殆亦先生自作,检《松溪文集》无之也。"综上,依许氏所断,当定《音义》为戴震作。考《音义》三卷,订音详明,校审精当,文义据实考证,言之有据,可取处甚多。其治学风格全类戴震,亦与全书相合。据段玉裁年谱,戴震曾馆汪梧凤家,托名汪作,不无可能。加之段玉裁为戴震弟子,所言不会无据。今通行本删去汪氏的跋语,是否删者亦认为《音义》非汪所作?然汪梧凤当年曾与戴震同访江永,学识当亦不弱,在无确凿证据之前,也不能断然否定汪作。

《通释》着重训释屈赋中的地名地貌和动植物。地理部分有屈原故宅(女嬃庙)、羽山、沅水、苍梧、白水等。植物部分有江离(芎)、芷(药)、秋兰、木兰、申椒、菌桂等。动物部分有鸾、皇、凤鸟、鹤、雄鸠、鹈鴂等。

《赋注》目次为《离骚》《九歌》《天问》《九章》《远游》《卜居》《渔父》。《赋注》注释屈原作品二十五篇,其余楚辞均不入录,戴震于《自序》中云:"《汉·艺文志》,

《屈原赋》二十五篇。自《离骚》迄《渔父》,屈原所著书是也。汉初传其书,不名《楚辞》,故志列之赋首。又称其作赋以风,有恻隐古诗之义。至如宋玉已下,则不免为辞人之赋,非诗人之赋矣。"《自序》结尾亦云:"今取屈子书注之,触事广类,俾与遗经雅记合致同趣。然后赡涉之士,讽诵乎章句,可明其学、睹其心,不受后人皮傅,用相眩疑。书既稿就,名曰《屈原赋》,从《汉志》也。"

《赋注》部分有如下特色。朴学注释风格。戴震治学门径,是以声音文字以求训诂,由训诂以求义理,认为义理不可空凭己意臆断,必求之古经古训。可以说,朴学在戴震那儿重又得到发扬光大。他注屈赋亦如此。如《九歌·湘君》"薜荔柏兮蕙绸",王逸《楚辞章句》释"柏"为"搏壁",此说虽无误,但后人多不知"搏壁"为何物。戴震引刘熙《释名》:"搏壁,以席搏著壁也。"此词方注通。再如《离骚》"及荣华之未落兮,相下女之可诒"二句,"荣华"王逸、朱熹均释为"喻颜色",此说无错,然终嫌不透彻。洪兴祖看出这点,补注云:"游春宫折琼枝,欲及荣华之未落也。"释"荣华"为琼枝,指出"喻颜色"之本,进了一层,但"荣华"仍未确释。戴震据《尔雅》"草谓之荣,木谓之华",释曰:"所折琼枝,当及其荣华未落。"这就指出了"荣华"的本原,此即以文字求训诂。又如"心犹豫而狐疑",释曰:"犹豫双声,凡叠韵、双声字,其义即存乎声。"这是由声音以求训诂。

据经、据古训而训者,亦颇有特色。如释《离骚》中之"女嬃",王逸谓为屈原姊,后歧义不少,戴震注曰:"贾侍中说楚人谓姊为嬃",洪兴祖注曰:"贾侍中说,楚人谓女曰嬃。"按此注实出《说文》"嬃"字条,戴震所引正确,而洪氏将"姊"作"女",误。后段玉裁推断贾语盖释楚辞之女嬃。戴震不依洪注而依《说文》,显示了朴学家严谨的学风。再如篇尾文的"乱曰",王逸、洪兴祖、朱熹、吴仁杰、蒋骥等说法均不同,戴震则引古人注书之故实以证实之:"韦昭注《国语》云,凡作篇章篇义既成,撮其大要为乱辞。"韦昭为东吴时人,所言先秦时人的写作习惯,应有所据,戴震引之则证实可信。

该书对前人的解释,多择善而从,不主一家。《离骚》之"夏康娱以自纵",历来不少注家释"夏康"为"夏太康",汪瑗《楚辞集解》对此已有辩正,指出"康娱"为连文。戴震主此说,并举出篇中三例,以作内证。而"昔三后之纯粹兮"之"三后",则取汪瑗、王船山说,指楚之先君,不取一般旧注所说的禹、汤、文王。由于治学态度严谨扎实,戴震在词句注释中常能指出前人的错误。《离骚》"不抚壮而弃秽兮",《屈原赋注》无"不"字,戴震注曰:"'抚壮',俗本作'不抚壮'。按王逸云:'言愿君抚及年德盛壮之时。'又《文选》注①云:抚,持也。言持盛壮之年。此汉唐相传旧本,无'不'字之证。洪兴祖作补注,不详核此字为后人所加,而云谓其君不肯当年德盛壮之时,弃远谗佞也,宋以来遂无异说。盖由'美人'二字失解,故改古书,以就其谬,而不顾失立言之体。"再如"聊假日以媮乐"之"媮"字注曰:"媮,他侯切。苟且也。愉音俞,乐也。二字多错互。洪氏补注,媮,皆音俞,云乐也,非是。"又如《九歌·云中君》之"烂昭昭兮未央",注云:"央,王(逸)云已也。按央,中也。凡物以未中为盛,过中则就衰。"此处从"央"字本义训释,显得更为贴切。

《赋注》部分虽以词句训释为主,但亦时在题意、文意之阐解上提出新见。如将《离骚》分为十大段②,每段附评语,述其段落大意,现详介如下。

第一大段,篇首至"反信谗而齌怒"。"自叙生平大略,而终于君之信谗。"

第二大段,"余固知謇謇之为患兮"至"愿依彭咸之遗则"。"申言被谗之故,而因自明其志如此。"

第三大段,"长太息以掩涕兮"至"固前圣之所厚"。"言君信谗之故,而己终不随流俗,以申前意也。"

第四大段,"悔相道之不察兮"至"岂予心之可惩"。"设为退隐之思,言事君虽不得而好修不变。"

第五大段,"女嬃之婵媛兮"至"沾余襟之浪浪"。"借女嬃之言,而因之陈辞……申前未尽之意。"

第六大段,"跪敷衽以陈辞兮"至"好蔽美而嫉妒"。"托言往见古先哲王之在天者以自广……因以叹混浊之世。"

---

① 为《五臣注文选》。

② 《离骚》全文分段,历来有异,朱熹甚至就不分段。但至清时分法已有多种,粗略统计有近四十种之多。大而言之,则可归为三分法、八分法、十分法三大类。阅者可见本编第一章第一节,此处从略。

第七大段,"朝吾将济于白水兮"至"好蔽美而称恶"。"托言欲求贤女以自广。"

第八大段,"闺中既以邃远兮"至"谓申椒其不芳"。"命灵氛为卜其行","而因念世之弃贤如此"。

第九大段,"欲从灵氛之吉占兮"至"芬至今犹未沫"。"言不独世弃贤,向所称贤者,亦往往因之自弃,惟己则不随流俗迁改。"

第十大段,"和调度以自娱兮"至"蜷局顾而不行"。"托言远逝所至,犹思不解,志在眷顾楚国终焉。"

在其他诗篇注释上,该书亦不乏创见。戴震坚持认为《九歌》有喻义、有寄托,屈原不单是把民间祀神歌词艺术化、高雅化。据此,他对《九歌》主题提出了完整、系统的解释,认为《九歌》为迁于江南后作,"昭诚敬作《东皇太一》,怀幽思作《云中君》","致怨慕作《湘君》《湘夫人》","正于天作《大司命》《少司命》","顷襄继世作《东君》","从河伯水游作《河伯》,与魑魅为群作《山鬼》,闵战争之不已作《国殇》,恐常祀之或绝作《礼魂》。"(见其书《九歌》题解)认为《九歌》有寄托虽不自戴震始,如朱熹即认为其有寄忠君爱国、眷念不忘之意,但如此系统、完整的见解,却应当说是创见。

对《九歌》之"东皇太一",历来解释不一。有认为星名,有认为神名。戴震承朱熹说并进一步考释道"以太一为神名,殆起于周末","盖自战国时奉祈福神,共祀最隆,故屈原就当时祀典赋之,非祀神所歌也"(见其书卷二),进一步发展了该说。"举长矢兮射天狼"之"天狼",王逸解为"以喻贪残",洪兴祖说"为野将,主侵掠",李光地(《离骚经九歌解义》)进一步释为"井鬼为秦分,篇末射狼,意有在矣"。戴震则断定"此章有报秦之心,故举秦分野言之"。此说确为创见,得到后世相当一批学者的赞同。

戴震反对宋明理学,其思想也贯穿于《屈原赋注》中。宋明理学主张"存天理,灭人欲",而戴震则言:"凡事为皆有于欲,无欲则无为矣。有欲而后有为,有为而归于至当之不可易之谓理。无欲无为,又焉有理?"(《孟子字义疏证》卷下)故朱熹说屈原"过于中庸""抒怨愤而失中",戴震则高度肯定屈原的"怨愤"之情,肯定他之"忧思不解",是在于"志在眷顾楚国终焉"。注《天问》时亦云:"遇事称文,不以类次,聊舒愤懑也。"这里戴震看出,屈原爱国的"至理",正是存在和表现于怨愤之情中,从而比朱熹看得更深刻。

然而,《屈原赋注》的不足之处也是较明显的。

首先是囿于时代局限。《天问》之注释,十分耐人寻味。戴震于《天问·序》指斥前代有的学者为:"曲学异端,往往务为闳大不经之语,及夫好诡异而善野言,以凿空为道古。"但又肯定:"天地之大,有非恒情所可测者。"而他之注释方法与注《离骚》《九歌》《九章》等不同,"篇内解其近正,阙所不必知。虽旧书雅记,其事概不取也"。详考其注,凡有关天文、地理等,皆详细征明。古史、古人事皆极为简略,"启棘宾商""桀伐蒙山"这样重要的史事甚至就不注。像"彼王纣之躬"四句,仅注"习用曰服"四字;"比干何逆"八句,仅注"方犹道也"四字。这种情况与明后期、明末清初时期之楚辞学者如黄文焕、周拱辰、王夫之等,在注释《天问》时借古讽今、以古证今,以抒发对国家民族危亡的忧愤之情,恰成鲜明的对照。在清廷大兴文字狱、实行文化钳制之时,语涉朝代更替、民族矛盾等史实必须万分小心,戴震在如此心理重压下注屈已属不易,今人不必过于苛求。

其次是囿于思想之局限。戴震于《自序》中言曰:"(屈原)其心至纯,其学至纯,其立言旨要归于至纯。二十五篇之书,盖经之亚。"此明是蹈袭前人以骚配经的老路。戴震服膺儒术,总想把屈子拴在儒家的战车上。然屈原并非儒家,屈骚亦绝非儒家经典。

第三为学术理论之局限。既服膺儒术,往往容易以儒家之文学理论规范甚至桎梏丰富的文学作品。戴震注《离骚》时言:"战国时仙者,托之昆仑,故多不经之说,篇内寓言及之,不必深求也。"将屈原于《离骚》中引神话以抒情看作寓言,早已有人。但前人多是肯定,而戴震则以不经之说否定之。注《九歌》时,又一次表露这种思想。

> 《湘君》七章。《史记》始皇问博士曰:"湘君何神?"博士对曰:"闻之,尧女,舜之妻而葬此。"盖统言之,但曰湘君,分别言之,正妃称君,次妃降称夫人。楚人因二妃之葬在黄陵,奉以为湘水神。本民间不经之说,二妃因不

随愚民俗议,而享其褒越之祭矣。屈原为歌辞,托意于神既不来,巫犹竭诚
尽忠思之,用输写其君之幽思如是也。

《天问》注释中,亦有类似之话。民间故事与神话传说,均被戴震斥为不经之说,
"义非近正",这种理论局限不仅表现于戴震,很多坚持儒家文艺观的学者亦不
能幸免。

《楚辞通释》之两部分中,以地理考释较有特色。戴震精于典章制度,对地
理亦有一定研究。由于年代久远,屈赋中之地名,诸说多有不同。戴震或取一
说,或独立考证,一般不并列歧义。如《天问》"焉得彼涂山女"之"涂山",各家说
法不同,方以智《通雅》言涂山有四,而戴震专取九江当涂:"盫山氏之虚,汉九江
当盫也,有山曰盫山,在今江南凤阳府怀远县东南八里,淮之东岸。"再如《离骚》
"说操筑于傅岩兮"之"傅岩",诸家说法亦多,莫衷一是。戴震据《书》孔传和阎
若璩《四书释地》释为:"傅岩,《史记》谓之傅险,在河东大阳北,今山西解州平陆
县东北二十里。"此说较为通行。

《通释》中有的地名考证准确扼要。原王逸《楚辞章句》本《九歌》《少司命》
与《河伯》中两次出现"九河",戴震释为:

> 九河在《禹贡》沇州与青州分界。据《尔雅》,徒骇、太史、马颊、覆鬴、胡
> 苏、简、絜、钩盘、鬲津是为九河。《汉书·沟洫志》云:许商以为古说九河之
> 名,有徒骇、胡苏、鬲津,今见在成平东,光鬲县界中。自鬲津以北至徒骇
> 间,相去二百余里。汉成平故城,在今交河县东;东光故城,在今县东,并属
> 直隶河间府。鬲故城在今德州北,属山东济南府。阎百诗云:"某尝往来燕
> 齐,西道河间,东履清沧,熟访九河故道。"

此段考证,既引《尔雅》《汉书》,亦引阎百诗亲身经历证之,姜亮夫先生于《楚辞
通故》中认为,诸家九河考证中,以戴震的"言之最扼要"。再如《九章·涉江》"乘
鄂渚而反顾兮"之"鄂渚",王逸仅注"鄂渚地名",洪兴祖补注"鄂州武昌县地是
也,隋以鄂渚为名",朱熹注亦同。以后各家注释均大致相同。然古武昌、鄂州

均为今鄂州市,诸家所言仍嫌不明。戴震考证:

> 为鄂渚在今湖北武昌府江夏县西江中,黄鹄矶上三百步,汉之江夏沙羡界,楚东鄂不远矣。刘子政《说苑》所称昔鄂君乘青翰之舟,下鄂渚,浮洞庭,即此也。

这就正确具体地指明了地点。武昌府江夏县即今武汉市武昌区,黄鹄矶即黄鹤山,今名蛇山,自唐以来上有黄鹤楼。此与屈原《涉江》之行走路线完全吻合。文中所引鄂君当年行走路线,与"鄂君启节"所载亦同。

也有历来不认为是地名的,戴震结合语言学等有关知识,而考证为地名。如《天问》"会朝争盟,何践吾期"之"盟",以前均认为"会盟"之意,戴震却考证为地名:

> "盟"之为"孟"语转也。其地有津渭之"盟津"。《春秋传》:王与郑田,盟其一也,后属晋为河阳。盟津在南,汉属河内令河南怀庆府孟县,津在县南十八里。

对于武王伐纣之"会盟",主要有二说:一说各路诸侯都于甲子日早晨到殷都附近牧野会合;一说各路诸侯于某渡水之地会合,盟会后伐纣,故此地名曰"盟津",后音讹作"孟津"。戴震依据第二说,故言之成理。

然地理考释中亦有个别不确之处。《离骚》"朝发轫于苍梧兮"之"苍梧",戴震考释为:"苍梧南越之地,汉为郡,今广西梧州、平乐、郓州三府分有其地。"单就地名而言,戴震并未错。只是综观全部屈诗,此处"苍梧"应为舜安葬之地,当为苍梧山,亦即九嶷山,此处仅言"苍梧南越之地",便不确。

《安徽丛书》第六期影歙县许氏藏《屈原赋注》初稿本三卷(至《天问》为止),其中许氏跋文对于了解戴震撰写该书的态度,很有帮助:

> 此为初稿,前无《抱经序》,"恐美人之迟暮"下,亦不引纪晓岚说。正文

与刻本异者数十事。刻本多胜,盖先生后据各本校正者也。其中亦有出先
生改定者,如《天问》"焉有虬龙",此本作龙虬,与下协韵。"环理天下",此本
从江慎修先生说"环里"。刻本则皆仍旧文。可见先生著书体例之谨严矣。
注文亦互有详略异同。如《离骚经》,刻本作《离骚》,训"离"为"隔"。此本
从王逸《章句》,有"经"字。谓离牢一声之转,犹今天言牢骚。又谓经之名
起于周末,如音之凡首,织之有经。不取洪兴祖后世尊之为经之说。他如
说兰蕙、说启、说萧钟,二本皆异。且此本驳正旧注,皆直斥其非。刻本则
词较简浑,但申己见而已。先生之治学矜慎,不护前非如此。

刻本与抄本之差别,许氏跋文交代得十分清楚。一是付刻时戴震据各本重新校
正过。二是对某些重要注释作了修改。所谓离牢一声之转,离骚即牢骚,今天
仍有某些学者据抄本而赞之为见解精辟,发前人所未发。其实戴震本人后来对
此已有怀疑,于刻本中作了修改。三是刻本虽对前人注释作了一些修改,指出
某些错误,但用语简和、谨慎,不像抄本直斥其非。由此可见戴震著此书之严
谨、认真、不护前非的可贵的治学态度。这种态度,单从刻本也可看出。如《离
骚》中注"彭咸":"彭咸,未闻,盖前修之足为师法者,书阙不可考矣。"再如"启
《九辩》与《九歌》兮"之《九辩》,注为"《九辩》未详"。作为著名学者,这种坦诚精
神十分可贵。

　　此书流传甚广,主要版本有:
　　清乾隆二十五年(1760)汪梧凤不疏园刊本。
　　清光绪十七年(1891)《广雅书局丛书》本。
　　民国十二年(1923)沔阳卢氏编印《湖北先正遗书》影印精钞本。
　　民国十九年(1930)商务印书馆《万有文库》本。
　　民国二十五年(1936)《安徽丛书》影歙县许氏藏《屈原赋注》初稿本三卷。
　　民国间商务印书馆排印《国学基本丛书》本。
　　1970年台北世界书局印本。
　　2018年上海古籍出版社《楚辞要籍丛刊》本。

第三部分　十五部代表性著作

一、吴仁杰《离骚草木疏》

吴仁杰,字斗南,一字南英,别号蠹隐居士。其先祖为洛阳人,生于昆山(今江苏昆山),生卒年不详。淳熙五年(1178)进士。历官罗田令、国子学录。好古博洽,博学深思,勤研经史,著述甚富,有《洪范图》《汉通鉴》《陶渊明年谱》《杜甫年谱》等,今均佚。唯存《古周易论》《周易图说》《两汉刊误补遗》及该书。

此书成于宋宁宗庆元三年(1197)。其自跋云:"《离骚》以芳草为忠正,莸草为小人。荪、芙蓉以下凡四十又四种,犹青史氏忠义独行之有全传也。萝、菉、蒁之类十一种,傅着卷末,犹佞幸奸臣传也。彼既不能流芳后世,姑使之遗臭万载云。"此时韩侂胄专权,致使赵汝愚贬死;又大兴"伪学",攻击朱熹。吴氏与朱熹过往甚密,两人曾几次讨论《楚辞》中草木的名物训诂等问题。因此,后人以为"意其时侂胄用事,奸佞盈庭,立伪学之目,绝正人之路,薰莸倒置,不免蒿目藏心,特著书以示微意。所谓其文则史,而非徒以示绪余,夸多识也"①。

正文四卷,全释草木,吴氏曰:"独取诸二十五篇之文,故命曰《离骚草木疏》。"第一卷有荪(荃)、芙蓉、菊、芝、兰等十四种;第二卷有茶、薜荔、女萝、菌、茹、菰等二十种;第三卷有橘、桂、椒、松、柏、辛夷、木兰等十种;第四卷有萝、菉、蒁、艾、茅、萧等十一种,为恶草。共五十五种。卷末有吴仁杰《自跋》,方灿

---

① 祝德麟《〈离骚草木疏〉辨证·吴仁杰自跋》。

《跋》。鲍廷博《跋》。

　　正文，每列一草木名，皆先引屈骚原文，次引王逸、洪兴祖、沈括、郭璞、陆玑、《尔雅》等各家之言，凡数十家，再次有"仁杰按"，杂引《山海经》《尔雅》《神农本经》《说文解字》《礼记》《抱朴子》及郭璞、陶弘景、邢昺、孔颖达等诸家之语，亦有数十家之多。《四库全书总目提要》曰："实能补王逸训诂所未及，以视陆玑之疏《毛诗》、罗愿之翼《尔雅》，可以方轨并驾、争骛后先，故博物者恒资焉。"应该说，评价是公允的。

　　不过《四库提要》也批评了吴氏好奇务新，多以《山海经》寓言为实证之说。如《离骚》"朝搴阰之木兰兮，夕揽洲之宿莽"，王逸释"宿莽"为"草冬生不死者"，基本与文义相合。吴氏则曰："《山海经》，朝歌之山，有莽草焉，可以毒鱼。"又引陶弘景关于莽即蒗，可以毒鱼，"古方皆用蒗草，今医家取其叶，用之甚效，此木也"的说法；武断认为"三闾所称草木，多出于《山海经》"，遂定"宿莽"为《山海经》木类之莽草，并将"莽草"条列入嘉木一类。其说虽新奇，然与文义不合。此类例子还有一些，故《四库提要》曰："若夕揽洲之宿莽句，引朝歌之山有莽草为据，驳王逸旧注之非，其说甚辨。然骚人寄兴，义不一端，琼枝若木之属，固有寓言，澧兰沅芷之类，亦多即目，必举其随时抒望，触物兴怀，悉引之于大荒之外，使灵均所赋，悉出伯益所书，是泽畔行吟，主于侈其博赡，非以写其哀怨，是亦好奇之过矣。"细析吴氏之说与《四库提要》批言，《提要》所言有理，吴氏所言确有穿凿之嫌。

　　但该著特色也还是明显的。

　　其一，该著重在屈骚草木象征喻义的阐发。所引各条，除名物考证外，着重于辨别其所象征的品质善恶。如"荪"条，吴氏认为"药有君臣佐使，而此为君，《离骚》又以为君谕，良有以也"。此条后来在谢翱《楚辞芳草谱》中继承和发展，形成较为完善的一套解释，是比较明显的例子。再如"芙蓉"条，引周濂溪《爱莲说》云："予独爱莲之出淤泥而不染，濯清涟而不妖，中通外直，不蔓不枝，香远益清，亭亭净植，可远观而不可亵玩焉。"又如"菊"条，引沈括"菊性喜寒，惟寒则开早"、白居易"禁宇寒气迟，孟冬菊方拆"、苏轼"菊黄中之色，香味和正"等语，进而推言："菊性介烈，不与百卉盛衰，须霜降乃发……其天姿高洁如此，宜其通仙灵也。"

其二,在名物考证方面,该著也常有新说。如"艾"条,王逸以为"艾,白蒿也",吴氏则云:"《尔雅》艾,一名冰台,郭璞注,即今蒿艾也。逸以为白蒿。按艾蒿与白蒿不同。白蒿,《诗》所谓繁也,《诗》有采繁,有采艾。《本草》有白蒿条,又别出艾叶条。《嘉祐图经》云,艾初春布地生苗,茎类蒿,而叶背白;又云白蒿叶上有白毛,从初生至枯,白于众蒿,颇似细艾。按艾与白蒿相似耳,便以艾为白蒿,则误矣。"再如《离骚》"揽茹蕙以掩涕兮,沾余襟之浪浪",王逸云"茹,柔耍也",洪兴祖亦训为柔。吴仁杰以为"茹,香草名也",亦可备一说。

此书版本较多。最早有宋庆元六年(1200)罗田方氏原刊本,据杨绍和《楹书隅录》记载,同治年间其书尚存。

另有清乾隆四十四年(1779)海昌祝氏刊本。

清乾隆四十五年(1780)知不足斋覆邵晋涵藏宋刊本。

清光绪三年(1877)崇文书局《三十三种丛书》覆《知不足斋》本。

民国元年(1912)鄂官书局重雕本。

商务印书馆《国学基本丛书》和《丛书集成初编》本。

2018年上海古籍出版社《楚辞要籍丛刊》本。

二、陈第《屈宋古音义》

陈第(1541—1617),字季立,号一斋,连江(今福建连江)人。明万历时为诸生,后都督俞大猷招至幕下,教以兵法,出守古北口①。又受知于谭纶、戚继光,历苏、镇游击将军。在镇十年,后谭纶死,戚继光废,于是绝意仕进,解甲归田,潜心著述。陈第为著名音韵学家,文学上亦有相当造诣。著有《毛诗古音考》

---

① 位于北京市密云区东北部,长城重要关口之一。

《读诗拙言》，又著有《寄心集》《五岳游草》等，总编为《一斋诗集》。

陈第于古音韵学方面的卓越贡献，主要是论证了古今音的不同，而破除叶音之论。《诗经》《楚辞》，本为古音，然古音不传，至汉时有些诗句已不押韵。汉以后文人，对其以今音读之，然又不明古、今音有差别。于是凡不押韵处，就临时改读，以求协韵，此即是"叶音"。北周沈重《毛诗音义》创"叶韵"之说后，"叶韵"遂为风气。此风至宋代尤盛，朱熹注《诗经》《楚辞》即主"叶韵"说。陈第对语音演变原理，作了深入研究。他发现："时有古今，地有南北，字有更革，音有转移。故以今之音读古之作，不免乖刺而不入，于是悉委之叶。"（《毛诗古音考》自序）于是，陈第以系联法详考《毛诗》古音，作《毛诗古音考》，并以古音读屈原、宋玉的作品，觉得声韵谐和，亦往往与《诗》《易》相合。而《诗》《易》所无者，陈氏将其与周、秦、汉、魏歌谣诗赋相合，又著《屈宋古音义》，与《毛诗古音考》堪称姊妹篇。

该著前有焦竑序，称此书："不特与楚词声韵厘然当心，而与《毛诗》古韵相为印证，学者当益自信不疑矣。"焦竑序后为自序。陈第于自序中深慨以往注屈宋者，"率不论其音，故声韵不谐，间有论音者，又率以叶韵概之。何以不思之甚也？……颜师古、太子贤岂不称博雅之士，但未尝力稽于往古，合并乎群书，是以一时之误，而阶千载之愦愦耳！余实深慨而叹息之。往年编辑《毛诗古音考》，已灾木矣。窃念少好楚辞，楚辞之中尤好屈宋。一一以古音读之，声韵颇谐，故复集是编，公之同好"。这实际直接表明了自己的心迹。

凡例四则，对该著大旨及体例等略作说明。陈第曰："曩余辑《毛诗古音考》，其音合于古而异于今者，凡五百字。检屈宋音与《毛诗》同者，八十余字。……其《毛诗》所无者，辄旁引他书，以相质证，俾读者一游目于此，已得其大旨。"陈第还说明了接受友人建议为楚辞作注，说明以韵为标准分段作注，但如《惜往日》《悲回风》有二十句、二十二句乃至二十四句为一韵者，则只能分段作注。另外还特说明版本以王逸《楚辞章句》为主，以朱熹《楚辞集注》参校，而依朱熹者居多。

该著还有张海鹏之跋。跋文只是大略介绍了该书基本情况，意义不大。且开首言该书是陈第为证明《毛诗古音考》而作，显然错会了陈第著书主旨。

正文三卷。第一卷为屈原、宋玉辞赋三十八篇中的韵与今音不同者,共二百三十四字,其中音与《毛诗》同者八十余字,均注见《毛诗古音考》。如"降"下注"音洪,详见《毛诗古音考》",又引《离骚》"帝高阳之苗裔兮,朕皇考曰伯庸;摄提贞于孟陬兮,惟庚寅吾以降",《九歌·云中君》"灵皇皇兮既降,焱远举兮云中",以及宋玉《风赋》"故其清凉雄风,则飘举升降"为例。又如"尤"字注"音怡,详见《毛诗古音考》",以《九章·惜诵》"欲僮侗以干傺兮,恐重患而离尤,欲高飞而远集兮,君罔谓汝何之";《惜往日》"信谗谀之溷浊兮,盛气志而过之。何贞臣之无辜兮,被离谤而见尤"为例。另有《毛诗》所无之一百五十余字,则旁引见于周、秦、汉、魏以来歌谣辞赋及经传者证之。如"为"下注:"音怡。《老子》:'爱民治国,能无为乎。天门开阖,能无雌乎。明白四达,能无知乎。'王延寿《王孙赋》:'原天地之造化,实神伟而崛奇。道元微以密妙,信无物而不为。'《羕穋歌》:'临当相别时烹乳鸡,今适富贵忘我为'。"陈第还主张从《说文》形声字考求古音:"自周至后汉,音已转移,其未变音者实多。愚考《说文》,讼以公得声,福以逼得声。"如在本书第一卷"跖(蹠)"下注:"音鹊。《说文》从足,庶声。庶古读鹊。《诗·楚茨》'为豆孔庶,为宾为客'。"这些亦对后代特别是清代音韵学家以很大启发。第二卷为屈骚二十四篇(除去《天问》),以王逸《楚辞章句》、朱熹《楚辞集注》参校,主要依《集注》,每篇系以《总题》。如上介绍凡例所言,主要依韵分段。第三卷录宋玉所作,《九辩》、《招魂》①、《高唐赋》、《神女赋》、《风赋》、《登徒子好色赋》,共十四篇。注法同卷二。每篇皆有《总题》。唯《九辩》为总题二篇。

《屈宋古音义》对于后人歌咏《楚辞》确实有很大帮助,但也有其不足之处。其一是以"直音"注音,而注音字与被注字二者在上古并不在一个韵部。如"亩"条谓"亩音米",而"亩"古在之部,"米"古在脂部;"蕊"条谓"蕊,音里","蕊"古在歌部,"里"古在之部。如此例子,还有很多。其二为有时一字数音,漫无条理。如"华"注"音敷,(又云)读为狐","化"注"音嬉,一音讹","云"注"音银,又音延",等等,容易让读者无所适从。

---

① 陈第断《招魂》为宋玉作。

有明万历四十二年(1614)焦竑校刊《一斋著书》本。

清道光二十八年(1848)《一斋全书》本。

1937年商务印书馆《丛书集成初编》本。

三、赵南星《离骚经订注》

赵南星(1550—1627),字梦白,号侪鹤,高邑(今属河北)人。万历二年(1574)进士。曾除汝宁推官,后迁户部主事,再任吏部考功,后以疾归。再起历任文选员外郎,因疏陈天下四大害而得罪权贵,遭构陷而以疾归。后又起历考功郎中等职。赵氏为官清廉公正,刚直不阿,敢于抗言直谏,曾多次当面指斥宦官魏忠贤及其死党,魏忠贤等深恨之。最终被其陷害,贬死戍所。甚至凡与赵氏交好者咸遭打击,凡攻击赵氏者一律升官。崇祯初赠太子太保,谥忠毅。

该书首《自序》;次《史记·屈原列传》,并将正义、索隐合于传文;再次即《离骚》正文;后有《跋》。该书特点主要在《序》和《跋》。《自序》中值得注意者有两点:一是重视屈原及传屈原者之心理分析;二是认为学屈骚仍可作仕进之途。《自序》开首即言:"屈子以神妙殊绝之才,处郁邑无聊之极,肆为文章,以骋志荡怀,出入古今,翱翔云雾,恍惚渺茫,变化无端,匪常情之攸测,迂儒曲士所必不能解。"在强调了对屈子心理了解之重要性后,接下说明还需了解司马迁的心理:"司马子长天才侔于屈子,而愤世嫉俗之意,异代一揆,故为之立传。叙次及事,才及数行,不胜怆悯,辄为论议,又复叙次,未几复论议焉。且泣且诉,且唱且叹,子长以前作史者,亦无此体也。"赵氏从心理的角度剖析《史记·屈原列传》之结构,认为其所以写成这样,乃是司马迁对屈原的心理共鸣使然。此见解确实独到精辟,可以说开辟了另一条研究《屈原列传》的道路。赵氏另一极为新颖之见解,是论述屈骚对科举的作用。历来学者,从未有人持赵氏之看法,都认为读屈骚与做官,完全是风马牛不相及。然而赵氏之看法并非全无道理,他主张为官正直,清廉利民,屈子正是榜样。何况学楚辞还可增强写作能力——"使学者能读万过,令不思而诵于口,瘄疧而悦于心,为文不摹拟而得其似,则亦可以动有司,取青紫矣"。

《跋》亦有两个特点值得注意:一是对当时楚国形势之分析,强调在此基础上认识理解屈原;二是对《离骚》中"求女"意义之探索。《跋》之开头即曰:"孟子谓诵《诗》读《书》,宜论其世,善哉乎其言之也。非论其世,乌知《诗》《书》之所谓哉?余读屈原所作《离骚》,不能无疑,则以司马子长所为传,反复细绎。"赵氏曾认为:"六国之中,怀王最愚且贪。欲其绝齐,则绝齐;欲其入秦,则入秦;受欺于张仪,既来而复释之。"但他平心观之,发现不能单责怪怀王:"六国之臣,皆听张仪割其主之地,以市于秦。楚之臣尤利怀王之易欺,而用之媚秦,以苟终身之富贵,不顾社稷之倾覆。内复有郑袖,相与愚弄其君。屈原用则诸臣当失富贵,袖当失宠,是以必不能容。"赵氏此言,颇有见地。他以其切身体会,充分理解楚怀王当时之处境,说明人们将一切责任归之于怀王,显然有失公允。赵氏并进一步批驳班固指责屈原之论:"屈原以同姓之臣,坐视中国之败亡,不得出一言,虽沉江不亦可乎?且非独此也,天下之势,已将一于秦,虎狼统人群,此鲁连所以蹈海也。屈子之沉江,其即鲁连之志乎。而班固辈以为露才扬己,非明哲之器,此怀王之谐臣,而靳尚之知己也。"赵氏因为自己有着与屈原相类似之经历,故对班固等人的言论十分痛恨,出言亦重。当然赵氏也不可能知班固评屈原矛盾之由来①。此时赵氏尚是前期受小人谗毁,并未达到后期的受害程度,不然赵氏当有更深刻之见解。

对《离骚》"求女"之义,序中亦有独到新颖之见。赵氏认为:"昔者幽王信用褒姒,谗巧败国。其大夫伤之,思得贤女,以配君子,故作《车辇》之诗曰:'四牡骓骓,六辔如琴。觏尔新昏,以慰我心。'屈原患郑袖之蛊惑,亦托为远游,求古圣帝之妃,以配怀王,而高丘无女,宓妃纬繣,鸩与雄鸠,不可为媒,终不能得,无可以慰心者,此屈子之意也。"历来学者研究"求女",都从屈原的角度出发,或以为求贤君,或以为求贤臣,或以为求于东宫太子,或以为求通君侧之人。赵氏一

---

① 关于这点,读者可参上编第二章第一节之论述。

反传统看法,认为屈原不是为自己,而是为楚王,为怀王求贤妃,尽管此见解与诗中情感不太吻合,但联系到郑袖恃宠误国,此见确也有一定道理,可作一家之言参考。

正文之注释,确如书中所言,绝大多数是用王逸注,少数地方穿插自己的见解。某些词语之训诂,亦有可参考之处。如"忳郁邑余侘傺兮,吾独穷困乎此时也"二句,训"忳"为"自念貌,闷也,乱也,忧也";"侘犹堂堂,立貌也";"傺,音与胎同,犹住也"。此类训释既结合了王逸注,如王逸于两处训"忳"为"忧貌,自念貌",又增加"闷也,乱也"之注释,就更为贴切易懂些。再如"女媭之婵媛兮"之"婵媛",王逸注为"犹牵引也",而赵氏注曰:"婵媛,枝相连。引,犹牵引也。"对王逸注作了补充,便显得较全面一些。"曾歔欷余郁邑兮"之"歔欷",王逸注为:"惧貌。或曰,哀泣之声也。"而赵氏补释为:"歔,出气也。欷与唏同,哀而不泣也。歔欷,悲泣气咽而抽息也。"如此一补充,便较为完善。

《离骚》诗句内在含义的分析方面,赵氏亦有自己独到的见解,且这些见解多为前面《自序》或《跋》中观点的阐释和延伸。如"及荣华之未落兮,相下女之可诒"二句,释曰:"遗之玉帛,冀以上达淑女,求配君王也。"显然,这是呼应《跋》中求贤女以配怀王的观点。赵氏注意到这种统一性,以使自己的几个关键论点能形成一家之言,只可惜这样的地方在书中不多。

有明万历四十一年(1613)刊本。

四、毛奇龄《天问补注》

毛奇龄(1623—1713),本名甡,字大可,一字齐于,号初晴、秋晴,学者称西河先生。浙江萧山(今浙江杭州)人。明诸生,明亡窜身山野,读书土室中。康熙中召试鸿博,授翰林院检讨,纂修明史。通晓音律,博阅群书,尤邃于经学。

著述甚多,后人编为经集、文集二部,凡二百三十四卷,亦有《西河合集》本。事详《清史列传》卷六十八《儒林传》。

此书结构极简单,总论后即为对《天问》之补注三十四条。总论亦简短。毛氏先叙著书之缘由:"汉王逸注《楚辞》,唯《天问》一篇不经据。宋洪兴祖补之,又庞杂无所取。"又认为"朱子缜慎拘检",以至"一篇之中三疑阙焉",于是决心补注:"予不揣猥陋,取凡朱子之所为未详者,概依文索义,求所解会,且从而证据之。"其后说明补注之原则:既要持慎重的态度,以免闹出"后之注《毛诗》者,更引据《尔雅》,且谓《尔雅》一书为《毛诗》辞所以出"之笑话。又不能过于谨慎,以致像朱熹那样缺疑过多。

该书补注体例为,先列正文,共三十四条,后列朱熹《集注》,再列毛氏《补注》。其目次如下:"顾菟","鸱龟曳衔""石林""龙虬、负熊""靡萍九衢,枲华安居""玄趾""胡为(维)嗜不同味,而快鼌饱""射鞠""阻穷西征,岩何越焉","咸播秬黍,莆雚是营""释舟陵行""登立为帝""厥身不危败""吴获迄古,南岳是止""胡终弊于有扈""平胁曼肤""击床先出""焉得夫朴中""何繁鸟萃棘,负子肆情""其位安施""逢彼白雉""妖夫曳炫""何冯弓挟矢""载尸""伯林雉经""彭铿斟雉,帝何飨""中央共牧,后何怒""惊女采薇,鹿何佑""薄暮雷电""荆勋作师""悟过改更""何环穿自闾社丘陵,爰出子文""吾告堵敖以不长","何试上自予"。毛氏学富五车,为一代经学大家,且工于诗词,又特好辨正图书,排击异学,以驳难求胜。故补注中多以王逸、朱熹注之不详、不清或毛氏认为错误处补注之,又因毛氏将《天问》看成一篇统一的文学整体,每一句都是其中一有机组成部分。这就比那些将《天问》看作语无伦次、文义混乱,仅仅呵壁发问的无序之文的学者要高明,故补注中时有真知灼见,于王逸、朱熹之外,足可成一家之言。

如"阻穷西征,岩何越焉"一句,王逸注为:"言尧放鲧羽山,而西行度越岑岩之险,因堕死也。"朱熹注为:"此章似又言鲧事。然羽山东裔,而此云西征,已不可晓。或谓越岩堕死,亦无明文。"王逸注有两个矛盾,一个已为朱熹指明;另一个则为洪兴祖指出:"上文言永遏在羽山,夫何三年不施?则鲧非死于道路。"对此,钱澄之有一通达之解释:"阻穷,犹禁绝也。羽山东裔,永遏在东,不容西征。"（《屈诂·天问》）毛氏则于史料中另寻解释："此羿事也。阻,当作鉏,地名。穷即有穷国也。岩,险也。越,过也。羿自鉏迁穷,急于西征,其岩险何所过于他国也。此特指迁穷一事。"按《左传》："魏庄子曰:昔有穷,急于西征,其岩险何所过于他国也？夏之方衰也,后羿自鉏迁于穷石,因夏民而代夏政。"又《帝王记》云:"帝羿有穷氏,其先世封于鉏,羿自鉏迁于穷石,逐帝相,徙子商丘,依斟灌斟寻氏。据《地志》,故鉏城在滑州卫城东,商丘在东郡濮阳。"后羿由鉏迁穷石,正好由西向东。其后毛氏又引《晋书》《竹书纪年》,证明之。此说较好地解决了王逸注的两个矛盾,所引史料确凿,正好连接上下文,可说是除钱澄之之外的另一合理解释。

对于朱熹未能解出的地理名物,毛氏亦努力搜寻证据,以求得合适之解。如"黑水玄趾,三危安在"一句之"玄趾",王逸注为"玄趾、三危,皆山名也,在西方";朱熹注曰"趾,一作沚。黑水三危,皆见禹贡,玄趾未详"。毛氏则从李善（见《文选》李注）、洪兴祖之注,进一步证实曰:"玄趾,玄沚也,即黑水。张衡《西京赋》云:'乃若昆明灵池,黑水玄沚。因黑水所渚,原名玄沚。故记载有其名,汉宫亦拟其形也。'若陆机《赴洛诗》云'南望泣玄渚',则正指其地。渚、沚,字之通耳。"虽然此解未必为确,尤其陆机诗之"玄渚",未必确指,更不可能指昆明灵池。然毛氏寻求确解之研究精神,仍可嘉叹。

对于《天问》中之名物,凡朱熹注为"未详"者,毛氏均尽力考证,以求得出较确切之结论。如"靡蓱九衢"之"靡蓱",王逸注为:"九交道曰衢,言宁有蓱草,生于水上无限,乃蔓延于九交之道。"蓱草实际未注出,朱熹则注为"未详何物"。毛氏则注曰:"靡蓱,蔓藊也。其叶九出,为九衢。《吕览》曰:'菜之美者,昆仑之藊。'藊,即蓱也。又释氏说,昆仑山下有蓱沙国,其地产蓱,即靡蓱。王巾《头陀寺碑文》有云'九衢之草千计',是也。若《山海经》有建木在弱水西,青叶紫花,而赤实,百仞无枝,上有九欘,下有九衢。则此九衢,又似与靡蓱不同,此是木类,非草类。然其曰百仞无枝,又曰下有九衢,则木枝无九衢可知。其云下有者,或即在弱水中所云靡萍者。"以下,毛氏又引沈约《郊居赋》《八咏诗》、梁元帝《为姜弘夜姝谢东宫赉合心花钗启》及《山海经》证之。虽洪兴祖已引《尔雅》"萍蓱"注,证为水中浮萍,且亦引《山海经》。但毛氏所引资料则丰富得多,对于拨正前人的误解,对后人的《天问》研究,提供了重要的资料。在明清两代楚辞著作中,《天问补注》这点是非常突出的。

对于朱熹已作注释而认为有错误的,毛氏所引之材料更注意翔实,其驳正往往合理有力。如"厥利维何,而顾菟在腹"之"顾菟",毛氏引证大量资料,证明了"顾菟"即兔,得到闻一多的高度肯定。只是因材料太多,此处只能省略。读者有兴趣可直接查阅该书。

除了注重史料,毛氏必要时也注意音训和版本的运用。"妖夫曳衒,何号于市"之"曳衒",王逸注为"执而曳戮之于市也",似解"曳衒"为"曳戮";朱熹注引为"执而戮之";洪兴祖则注为:"曳,牵也,引也。衒,荧绢切,行且卖也。曳衒,言夫妇相引,行卖于市也。"洪兴祖之解释似较合理。毛氏则进一步补充曰:"曳,牵,援也。衒,卖也。《广雅》云:'自媒也。'矜衒者必自媒,故亦作卖。或谓与'鸱龟曳衔'衔字相近,以为字形误,非也。曳衒者,曳而衒之;曳衒者,曳而卖之。所谓号市者,正谓呼卖于市耳。"其后指出王逸、朱熹将"曳衒"作"曳衔"之误。毛氏引《广雅》释"衒",可谓准确得当。经他补充后,此句终于解通。

除史料资料的运用方法上有参考价值,该著作为史料本身亦有价值。"厥利维何,逢彼白雉"之注曰:"按《竹书纪年》:昭王之季,荆人卑词致于王,曰愿献白雉。昭王信之,而南巡,遂遇害。"后许多学者已指出,现存《竹书纪年》无此段文字。只是毛氏博览群籍,决不会虚构,当有所据,应慎重对待之。

《天问》辞义艰深难解。任何学者注之,都难免有估摸、猜测甚至玄想之处,该著自然不会例外。补注中对"恒秉季德,焉得夫朴牛""惊女采薇、鹿何佑""薄暮雷电,归何忧"等之解释,仍大有可考虑之处。且《补注》相当数量的条目,实际并非补朱熹之注,而是补别人如洪兴祖等之注,毛氏却未言明,这也是不足之处。不过,《四库全书提要》评之曰:"奇龄喜撼朱子之失,故为之补注……然语本恍惚,事尤奇诡,终属臆测之词,不能一一确证也。"显然过于低估该书价值,有失公允。

有清康熙庚子(1720)《西河文集》本。
萧山陆凝瑞堂刊《西河合集》本。

五、林云铭《楚辞灯》

　　林云铭(1628—1697),字道昭,号西仲。侯官(今福建福州)人。林氏少时好学成癖,常因探索精思而整日不食。曾在暑天因凝神聚思,而和衣泡进仆人准备好之洗澡水里,由此得"书痴"雅号。林氏顺治十五年(1658)中进士,官徽州通判。在徽九年,所见所闻,皆非素习,常遭上司呵斥,故读骚则失声痛哭,读《庄子》则强抑哀愤,于是有感而发,对二书并作评释。《庄子因》先成刊行于世,《楚辞》之评释则命途多舛。未成之时恰遇裁缺,林氏遂归故里,时逢耿精忠之乱,被囚一年半之久,后清兵破闽方得释。《楚辞》评释稿本却全部丢失。后迁寓杭州,四方书贾对之求《楚辞》详释甚急,惜再注未就又毁于火灾。林氏深感注骚之难,且悟到似乎阴有督迫,于是下决心杜门追记,又花一年多时光,终在康熙三十六年(1697)春完成全书,并补未注诸篇。林氏著述较丰,除该著外,尚有《庄子因》《韩文起》《吴山蛪音》《损斋焚余》和《挹奎楼文集》等。

　　《楚辞灯》四卷,正文前列有《自序》《凡例》《史记·屈原列传》和《楚怀、襄二王在位事迹考》等文。

　　《自序》追述了此书撰写之艰难曲折经历。并对该著何以名《楚辞灯》作了说明:"二千年中读骚者,悉困于旧诂迷阵,如长夜坐暗室,茫无所睹。"而自己"万驳千翻,止求其大旨吻合,脉络分明,使读者洞如观火,还他一部有首有尾,有端有绪之文"。于是"亟命余子沉录分四卷,颜之曰'灯'。庶屈子之文,可以烛照无遗,即其志亦可以昭垂勿替"。

　　《凡例》相当详细,共十二则。涉及楚辞研究诸多问题,如经传问题,作品次序问题,题目位置问题,绍骚作品问题,思想艺术问题,神话问题乃至注释体例,其中多有发前人之所未发者。如楚辞经传问题,林氏批评王逸等人的观点后曰:"盖传所以释经,从无自作自释之例。而王逸'章句'以经字解作径字之义,又与诸篇加传之意不合矣。径,小路也,屈子岂由径之人耶? ……总之绝世奇文,添一经字,未必增光;去一经字,岂遂减价。余惟以太史公之言为主,将'经''传'二字,及晦庵每篇加'离骚'二字,一概删去,以还其初而已。"林氏如此处理,就比王逸、朱熹通达。《凡例》还申述了删除后代绍骚作品,独留屈作的理由,而读骚方法应是:"总要理会全局血脉,再寻出眼目来。任他如何摇曳,如何宕跌,出不得这个圈子。不用一毫牵强,自然杂而不乱,复而不厌。"如此等等,多有独见。

该著正文四卷,前有目录。第一卷《离骚》,第二卷《九歌》《天问》,第三卷《九章》,第四卷《远游》《卜居》《渔父》《招魂》《大招》。《九歌》之篇数,该著《九歌总论》曰:"至于《九歌》之数,至《山鬼》已满,《国殇》《礼魂》似多二作。五臣云'九者阳数之极',取'箫韶九成'之义,涉于附会荒唐。姚宽谓'如《七启》《七发》之类,不论篇数。'但《九章》又恰符其数,亦非确论。盖《山鬼》,与正神不同,《国殇》《礼魂》,乃人之新死为鬼者。物以类聚,虽三篇实止一篇,合前共得九。不必深文可也。"林氏以《九歌》之"九"为确数,见解新颖,虽未必如实,然可作一家之言。林氏还同意同里黄文焕《楚辞听直》之订正见解,对《九章》进行排序,但错误较多。至于将"二招"的作者定为屈原,也是本于黄文焕之见。

由此,林氏认定的屈原作品是:《离骚》一篇,《九歌》九篇,《天问》一篇,《九章》九篇,再加上《远游》《卜居》《渔父》《招魂》和《大招》刚好二十五篇,此正合《汉书·艺文志》屈赋二十五篇之数。而《楚辞灯》实际是专为屈骚作注之书。

该著在段落结构分析上,亦有一定特色。如分《离骚》为十六段,属分段最多者之一(具体分法从略)。再如《九歌·大司命》,林氏将其分为三段;《九章·惜诵》则分为七段。林氏对屈原其他作品的分段和归纳段意,其作法均与《离骚》相同。

该著训诂一般遵从王逸、朱熹注,然亦时有突破。《离骚》"杂申椒与菌桂兮"之"椒",王、朱都释为"香木"。林氏则曰:"椒桂带辣气,以其香犹用之,不但用纯香之蕙茝而已。喻逆耳之言亦能受也。"此足可成一家之说。又如《离骚》"怨灵修之浩荡兮"之"浩荡",王、朱均解作"无思虑貌",而林氏则曰:"放纵于规矩绳墨之外,如水之横溢。"此即将楚王之放纵与水之浩浩荡荡之联系揭示出来。还有诸如对"驾飞龙兮北征"之"驾飞龙"(《九歌·湘君》),"哀南夷之莫吾知兮"

之"南夷"(《九章·涉江》)等,林氏均有自己独到之解释。

另外,林氏于《离骚》《九歌》《九章》的总论,每篇作品后所发议论,以及其子林沄的"附识",常能从总体上把握作品的精神。如《离骚》篇后论曰:"三闾大夫是古今第一等人物,其文章亦古今第一等手笔。最难读者,莫如《离骚》一篇。以其变幻瑰异,眩其重复,且有疑其行媒求女等语,有涉侮亵。但要知行者是何许人,处何许地位,便知当日如何存心,如何落笔。兹寻出头绪,分出段落,以己之好修,君之美政作眼,清直为好修之实,贤能绳墨为美政之用,其立言大意,以为吾止直之质,本之于性,而济之以学。"接着林氏依次叙述了《离骚》中的大致情节,随即总结道:"此篇自首至尾,千头万绪,看来只是一条线直贯到底,并无重复。"如此解析,大有利于读者理解《离骚》。

《楚辞灯》最大失误可说是对《离骚》中"求女"的解释。林氏在"哀高丘之无女"之后注云:"……故有求女一着。且是时郑袖专宠,缘君不明其德相配,故以古贤后为感讽之微词。"林氏认为此"求女"是屈原针对当时郑袖专宠而发,是比喻为求贤后的。故在"来违弃而改求"之后注云:"此女(指宓妃)勿论不易求,亦不愿求也。骄傲无礼等句明刺郑袖。"在《离骚》篇后的议论中,林氏对"求女"作了进一步说明:"明明当日党人与袖表里,贪婪求索,残害忠直。举朝皆袖私人,奈党人可以明言,而袖必不便形之笔墨。篇中先借一女嬃出头,说出许多没道理的话,令人逃又逃不去,辩又辩不来,见得仕途中却是妇人为政,凭她如何颠倒,无可置喙也。其叙求女皆古贤后,如宓妃骄傲,既不足求;而有娀二姚,又不能求;所以成其为贤后。原意谓牝鸡无晨,君所听信者,必如古贤后则可,不然,未有不为夏嬉、殷妲、周褒、晋骊之续。"这里刻意求深,且持"女人是祸水"固见,便将"求女"完全解错。

本书注释力求简洁明了,实为长处,然也容易对名物训诂有所忽视,这本来就是两难选择。但《四库提要》曰:"然观所著诸书,实未能深造。是编取楚辞之文,逐句诠释;又每篇为总论,词旨浅近,盖乡塾课蒙之本。"这就未免有失公允了。

有清康熙三十六年(1697)挹奎楼刊本。

日本宽政十年(1798)大阪池内八兵卫刊本。

清同治十二年(1873)孔氏岳雪楼抄本。

六、方苞《离骚正义》

方苞(1668—1749),字凤九,一字灵皋,号望溪。桐城(今安徽桐城)人。清初著名文学家,桐城古文学派创始人。少年时家境清寒,以致饔飧不继,然能刻苦勤学。二十二岁始补桐城县学弟子员(即秀才),奔走四方教书糊口。后游京师,大学士李光地极为推崇,惊为“韩欧复出”,并与名士戴名世、刘言洁、万季野等交往。康熙四十五年(1706)中进士,康熙五十年戴名世因《南山集》案发,方苞因其集序列名被牵连入狱。戴于狱中读书自若,方在狱中著述不辍。后戴被论斩,方因李光地力救得免死为奴。然因其声名,得入值南书房,后又授武英殿修书总裁。雍正即位获救,渐升至内阁学士兼礼部侍郎。乾隆七年(1742),托病离朝回乡,著述以终。著有《周官辨》《春秋通论》《礼记析疑》等,有《方望溪先生全集》。事详《清史列传》卷十九《大臣画一传》。

该著以阐释义理为主,不重音韵、训诂,多以四句为一段阐释,亦有八句一段(如开头)、十六句一段(“忽奔走以先后兮”以下)、二句一段(“世幽昧以眩曜兮”二句)的。比之其他研骚著作,该著有如下特点。

一是由于方氏为古文名家,重义法重行文简洁,故阐释义理常能通顺明了,易懂易通。如“阽余身之危死兮”以下四句,释曰:“秉义服善而不求苟合于世,吾之初心也。以是而阽于危死,何悔之有!枘喻己之操,凿喻君之度也。不量君之度而惟正己之操,持方枘以内圆凿,前修因以是菹醢矣。既法前修焉能辞世患哉。”当时辅就小学即使是未读过楚辞者,也能一阅而明白。

由于方氏深研先秦古文,注意创作之整体性,释《离骚》自然亦注意联系屈原其他作品。如“结幽兰以延伫兮”,释曰“古人以言致人,多用物结之。下文解佩纕以结言"，《九章》"'烦言不可结而贻'①是也"。再如"吾令鸩为媒兮"以下四句，释曰："语意与《九章》'令薜荔以为理②，惮举趾而缘木。因芙蓉以为媒，惮褰裳而濡足'，相似。"如此对照解释，既使人易于理解，也加强了读者对屈原作品之整体性的认识，可多少了解一些《离骚》与屈原其他作品的内在的有机联系。

二是由于方氏有丰富的创作实践经验，故注意研究屈原之创作心理，特别善于从诗句之前后对比中，从细节方面之差异，揣摩其心理。如方氏将《离骚》中所有表现屈原对君王态度之句子加以对照，发现只有一处有所怨怼："怨灵修之浩荡兮。"其余则是称美人、称灵修、称哲王，说明屈原对楚怀王感情深挚，为人亦忠厚之至。再如"余既以兰为可恃兮，羌无实而容长。委厥美以从俗兮，苟得列乎众芳。椒专佞以慢慆兮，樧又欲充夫佩帏。既干进而务入兮，又何芳之能祇"。方氏看出屈原对"兰"与"椒""樧"的不同态度，而在指责时有程度的差别："于兰曰'无实'，曰'委厥美'。于椒则直指其专佞慢慆，盖其恶有浅深，而责之亦有轻重也。"从而揭示出屈原在驰骋想象、抒发激烈情感的同时，又十分注意表现之细微差别及尺度分寸之把握。

三是《离骚正义》大约作于方氏晚年。其时，方氏饱受民族之压迫，深尝文字狱之恐怖，又历三朝京官，教读皇子，扈跸行宫，对专制社会最高统治者集万权于一身、猜忌专断、乍喜乍怒等种种特殊性格、心理深有体会，对朝臣之你嫉我妒、离间倾轧、党同伐异、卖友求荣等眼见身历，故对《离骚》中表现屈原与君王关系之诗句，特别善于领会其话外之音、味外之旨，这突出表现于"求女"之阐释中。如"溘吾游此春宫兮，折琼枝以继佩。及荣华之未落兮，相下女之可诒"四句，释曰："以众女比谗邪，则下女乃喻亲臣重臣能为己解于君者，原之屡摧于谗妒，已无意于人世矣。及反顾高邱，而不能忘情于宗国，则精神志趣，勃然兴起，而有与物皆春之思，故以游春宫为喻也。众女虽多嫉妒，然下女中独无好贤乐善，而可诒以琼枝之佩者乎？不可不多方以求济也。""求女"之义，王逸解为求贤臣，朱熹解为求贤君，两解都有一批学者跟从。方苞此处解为"亲臣重臣能

---

① 应无"烦"字，见《思美人》。

② 此句掉"兮"字，后"因芙蓉以为媒"句亦同。

为己之解于君者",实即以后胡文英所言之通君侧之人,此为有创见之解释。方氏如此解后,其下求女之各方面解来亦皆通达有理。如"保厥美以骄傲兮"以下四句,解曰:"人臣无德而怙其势宠,犹女之无礼而恃其色美也。康娱淫游尚何美之有?曰'保厥美',曰'信美者',盖以色言之,为怙其势宠之喻也。"方氏认为,宓妃是喻怙其势宠之臣。此种佞臣不可能为屈原说话,将屈原推荐于君。而"望瑶台之偃蹇兮,见有娀之佚女"句后,解曰:"览观四极,周天而下,喻君侧无一可与言者。故复有望于瑶台之佚女,盖以喻王之亲昵,未在位而为王所信,或故旧之臣,已去位而为王所重者。于宓妃实指其恶,曰'骄傲',曰'康淫'。而有娀无讥焉。则宓妃以喻上官、靳尚辈,而有娀非其伦也。"方氏此解极当,如此解即看出"有娀之佚女"与宓妃之区别。从下文分析,对如此非在位而有力之臣,屈原却找不到得当得力之人引荐。而此不在位之贤臣,就战国历史而言,又极易为他国君王所求募而去,即是"凤凰既受诒兮,恐高辛之先我"之意。至于"及少康之未家兮,留有虞之二姚",方氏解释亦甚有理:"少康喻君之嗣子也。帝阍既不可叫,左右莫肯为言,欲远逝以自疏,而又无可托足,故欲浮游逍遥,以有待于嗣君。嗣君未与邪佞相合,或尚能亲忠直,如少康未有室家之时,庶或留有虞之二姚也。"由此,方氏将《离骚》之整个求女过程解为四个层次。第一层为直接求见君,而"帝阍"不开门;第二层为求能通君侧之贤臣,而此辈却"保厥美以骄傲兮,日康娱以淫游";第三层为求非在位而为王所重之臣,而"鸩""鸠"均不合适;第四层为求君王嗣子之亲信,却又"理弱而媒拙兮,恐导言之不固"。屈原最终山穷水尽、报国无门,而苦叹曰"闺中既已邃远兮,哲王又不寤。怀朕情而不发兮,余焉能忍而与此终古",解曰:"四句总结上文。闺中既以邃远,谓帝阍不可叫,而左右亲近又莫肯为言也。哲王又不寤,恨君又不能自觉,而若寐者之忽寤也。'安能忍而与此终古',隐含少康未家,未然不可必之事,亦不可以久待意。"

应该肯定,在前代所有"求女"之解释中,方氏之解最为切合诗意。根基于"求女"之解释,就能正确理解方氏注《离骚》之两个"基本思想"。一为屈原思想本于忠孝。此说较为极端,亦不全合屈原之实际。方氏所以如此,有论者归之为笃信程朱之学。其实方氏所谓笃信理学,只不过是一种做官之风向,梁启超早已指出趋炎附势之实质①。而方氏因"《南山集》案"入狱,硬赖说书序为戴冒他的名所写,李塨为"颜李学派"代表人物,为方氏好友,而方氏曾对其进行人身攻击,请事学者惜为"白玉微瑕"。故方氏于文字狱恐怖气氛笼罩之时著《离骚》之书,不得不表此态度。从"求女"解释知其颇能体察屈原之心理,更证明此非方氏由衷之言。二为屈原著《离骚》主旨在指责党人。方氏曰:"导君以捷径者,何人哉!惟此党人耳。日行幽昧险隘中,有不败绩者乎?"党人偷一身之乐,而导君于邪径。径既邪,有不幽昧险隘者乎?方氏居官晚年时,因权佞阻道,使报国之议尽被阻挠,由此对屈原之遭遇深有体会。此话倒确为肺腑之言,也符合《离骚》创作之旨。

该著亦有一些错误,主要有以下三类。一是文义阐发方面。有的与诗义不太符合。"飘风屯其相离兮,帅云霓而来御"二句,释曰:"而执意忽为奸邪所阻,如飘风云霓之来御也。"此承王逸之说,而朱意已驳之。此本系描绘上天之景象,并无对立的寓意,方氏未细审。"朝发轫于天津兮"以下十六句,解云:"曰昆仑,曰西极,曰流沙,曰赤水,曰西皇,曰不周,曰西海,皆以西为言,何也?原既反复审处,知浊世不可以终变,旧乡不可以久留,而决意远逝以自疏。盖日暮途穷,将以彭咸之所居矣。日薄西山,万物归暝,故托出游于此。"即是说,屈原往西是准备自决。但这不合于屈原想象中西行之盛况,《离骚》描绘的分明是光明而远大之出路。同时代人李光地之《离骚经九歌解义》认为,屈原往西可能暗喻秦国,当时秦既为强国,又广为收纳天下贤士。李氏之说显然较合理,方氏也应看过此书,而仍采纳钱澄之《屈诂》之说法。另外,有的属于牵强附会。方氏解"驷玉虬以乘鹥兮,溘埃风余上征"为:"驷虬采鹥,喻己之材美可用也。溘埃风余上征,喻己为同姓亲臣,虽遭时浊乱,义不可以苟止也。"此说则较为牵强,屈原幻想自己乘龙驾凤,是一种象征,并非因此直接比喻自己。再如"前望舒使先驱兮"以下四句亦是如此,方氏将望舒、飞廉、鸾皇、雷师一一对应诸贤,全失诗味。二是对个别句段结构理解有误。如"依前圣以节中兮"一段四句,解为"此原答姊之词也",实际此为屈原之自述,是

① 梁启超:《中国近三百年学术史》,上海:上海古籍出版社,2014年,第108页。

一种诗歌表现方式。诗与古文有别,此处以文章照应之法解之,则不合适。三是个别诗句失考。"指九天以为正兮,夫唯灵修之故也"二句后,该著仍录有"曰黄昏以为期兮,羌中道而改路"两句。宋洪兴祖早已考订此二句为衍文,古本无此,洪说有理。若认为两句仍应保留,则应说明道理,而该著无任何说明,显是失考。

有清康熙《抗希堂全书九种》本。

清乾隆十一年(1746)方氏家刻《望溪全集》本。

清光绪二十四年(1898)琅嬛阁重刻活字本。

七、徐焕龙《屈辞洗髓》

徐焕龙,字友云,宜兴(今江苏宜兴)人,约生于清顺治二年(1645),卒年不详,然康熙三十七年(1698)尚在世。康熙五年举人,后屡试不第,于是淡于仕进,读书更勤,五十岁后闭门著书。除该著外,尚有《大易象解》《诗经辨补》。

该书全为屈骚之注释,故名"屈辞"。至于"洗髓",大约是通过注释解析,使屈骚之精髓显露之意。

该书首储欣《序》,次目录,目录五卷:卷一,《离骚》;卷二,《九歌》;卷三,《天问》;卷四,《九章》;卷五,《远游》《卜居》《渔父》。次序全按王逸《楚辞章句》,唯将题下"经""传"等字删去。再次为《屈辞简明音释》,为徐焕龙侄徐瑶所作。

正文以两种方式作注或解说。一种是随文注,另一种是眉批。二者略有分工:随文作注以训诂为主,兼及大义阐发;眉批以阐述大意为主,兼及章法。

注释则以王逸《楚辞章句》和朱熹《楚辞集注》为宗。总的来说持论慎重,亦时有己见,且表述简洁。如关于《九章》解题,徐氏不取王逸九篇集中作于江南的观点,而取朱熹"非必作于一时一地"之说,曰:"原之杂著,后人集之有九,因体为一卷,曰《九章》。"①而对屈骚比兴手法的阐释,则取王逸之说,并加以发挥。如《离骚》:"纷吾既有此内美兮,又重之以修能。扈江离与辟芷兮,纫秋兰以为佩。"其句后注曰:"纷,盛貌。民之初生,莫不各有元亨利贞之美德纷然内蕴。故曰'吾既有此',非人无吾独有之谓,但内美天所赋,修能人自为,我则又加之以修能矣。能,兽名,绝有力,故力是过人曰能。修可以德言,能可以才言。能修其德而曰修能,修其所能而曰修能皆可。"如此在王逸注释基础上加以申发,颇能给人以启迪。

随文注虽以训诂释句为主,而文义阐发亦时有独到之见。《离骚》"吾令羲和弭节兮,望崦嵫而勿迫",王逸认为屈原所以不迫近日入之山,是"冀及时遇贤君";朱熹也认为"求索,求贤君也","冀及日之未暮,而遇贤君也"。而徐氏则注曰:"惟恐日之将暮,故令羲和按节徐行,虽崦嵫之山,幸勿迫近其地,盖以吾之路途方漫漫修远,吾将上天下地,求索美女,日暮斯难偏索矣。"徐氏的意见是,所以"望崦嵫而勿迫",不是"求贤君",而是"求美女"。虽然徐氏于后面眉批中说"求女"为求君,但此处作"求美女"还是显得圆通一些。

又如,《离骚》"瞻前而顾后兮,相观民之计极。夫孰非义而可用兮,孰非善而可服?"徐氏注曰:"瞻前圣所由兴,顾后王所自失,而以此相观民之计极。夫属非义之事,可用于世,非善之法,可服诸身者乎?计极,人事计谋之究竟。惠吉逆凶,善福淫祸,目前未见,其极无差。义以事宜言,善以心德言。用者,行于一世;服者,依以终身。"此不但将这段大意解得很明白,还将"计极"、义、善在该诗中的特定含义也解析得很清楚。

除大义阐发外,随文注还有一点值得肯定,即是对屈骚艺术特色的深入分析。上引对比兴特色之分析即为一例。另外,对屈骚中神话题材之运用,徐氏也有自己独到看法,即是将神话传说与寓言结合起来。如《离骚》:"饮余马于咸池兮,总余辔乎扶桑。折若木以拂日兮,聊逍遥以相羊。"对此,徐氏有一大段注解,特录部分如下:

---

① 屈原《九章》所作之时地,王逸与朱熹所言可说是各对一半。可参见下编第一部分之《论屈原对〈九章〉的整体构想及整理》。

于是饮马咸池,总辔扶桑,身就其所浴所处之地,折若木以拂拭之,而语之聊逍遥以相羊,无疾驰而遽幕。盖抚慰大明之词,非三闾聊以遨游也。圣贤豪杰惟以时日易迈为忧,故承上而反复寓言,以极致其爱日惜阴之志。乃寓言中又有寓意,国有王,犹天有日。楚怀贪秦地,轻绝齐;信张仪,死异土,皆因刚愎鲁莽。三闾欲以柔顺文理之若木,拂拭其旧染,令其逍遥、相羊,然后能从容以详事理耳。

这注解的意义在于,徐焕龙发现屈原将神话与寓言相结合,将神话参以人物行动而赋以寓言之寓意,而又以寓言之形式、内涵解析这赋予了人物行动的新的神话。《离骚》的这一特点其他学者很少注意到,徐氏可谓是只眼独具!至于说屈原是想以此让楚怀王有所改变,那倒未必,只能是一种观点而已。

前已言及,该著眉批与随文注有一分工,眉批以阐发文意为主,形式上则十分灵活。何处出现眉批,全看注者有无感触,且有话则长,无话则短。因而其中时出独到或较新颖之见。

如《离骚》"众女嫉余之蛾眉",上批曰:"此又以美女自况。君臣之交若男女相得如夫妇。故时以美人比君,时或自比,无所不可。如后又许多求女,明比求君,而蔽美嫉妒,蔽美称恶,则又忽比于己,总属寓言,固不可拘而泥也。"《离骚》中"美女"有时比君,有时自喻,徐氏认为"不可拘而泥也",其原因就在于它们是寓言。这与随文注中的观点是一致的。本着这一观点,徐氏断定这手法与庄子相通。在《离骚》主人公第一次上天处徐氏批曰:"自此以下,尤多寓言,与南华相类。"

再如《九歌》,徐氏在《东皇太一》上批曰:"首节恍惚之交,如见所斋。次节供设品味之盛,末节歌舞音容之盛。东皇神最尊,故歌词亦极肃穆,更不比他歌。"这从语言特色上揭示了《东皇太一》与其他诸篇之区别。而《少司命》眉批曰:"天无二命,有大司复有小司,亦祭统祭义之无可确证者。其神或有或无,或来或不来,皆未可知。是以一篇之中,但借男女相思相忆,比神人之乍合乍离。"这指出了楚人祀神以人间男女之情对应的特点。

又如《九章》,徐氏在《抽思》上批曰:"自起至'遗夫美人',总叙作词之因也。

自'若君'至'不实有获'，备述怀王之所以怒己，皆由信谗。己之所以致疏，特因爱主。而'少歌'则约言以结前词也。'倡曰'一段，则极言被放之苦，思归之甚，欲襄王怜查其冤而反之。'乱曰'一段则又承'倡曰'之意，唱叹以结之也。一篇之中，旨分两截，故有'少歌'与'倡'与'乱'以为之节，《九章》中又另一体。"《九章》中，《惜诵》《橘颂》《思美人》《惜往日》无"乱曰"，《涉江》《哀郢》《怀沙》有"乱曰"，《悲回风》为"曰"，而《抽思》则既有"乱曰"，又有"少歌曰""倡曰"，形式独特。为何如此？历来有各种说法。徐氏认为是在这首诗中，屈原有两个旨意：一是总结、回忆怀王为何疏远自己；二是向顷襄王致意。"少歌曰"是"约言以结前词"，"倡曰"是"欲襄王怜查其冤而反之"，"倡曰"才是"唱叹以结之也"。此看法符合作品实情，言之成理，可作为主要解释之一。

该著当然也有一些错误。随文注中，《离骚》"路不周以左转兮，指西海以为期。"注曰："西海茫茫，日入之处，生也有涯，同归于尽，有不西海为期者乎？彼腾本径待与我不周左转者亦一耳。篇将终而日至西极，诏西皇指西海，皆矢死之词，投江志已决矣。"这里完全领会错了屈原的诗意，将"诏西皇指西海"当作"矢死之词"，将其第二次上天的经历断为"赴死"，其判断思路确实令人奇怪。

字句诠释方面，也有些错误。《离骚》"夕归次于穷石兮"，注为"穷山之石"；"驾八龙之婉婉兮"，注为"八龙，八方之龙"，均明属望文生义。眉批中，《大司命》上批曰："语语慕神，语语慕性命。节节言祭，节节言学问。结句指归犹显，修身以俟，其如命何？无一不在语中，直入孔孟门墙，岂曰骚人、才鬼。"本意是夸赞屈原，可非要将其纳入"孔孟门墙"；明明是民间祭祀，可非要与学问扯上关系，实在太过牵强！

有清康熙三十七年(1698)无闷堂刊本。

八、王邦采《离骚汇订 屈子杂文笺略》

王邦采,字贻六,无锡(今属江苏)人。康熙间诸生。中年弃科举,专攻经史,好为古诗文辞,尤工于画,喜笺注前人遗篇,亦精于金石及宋刻版本。研究《离骚》多年,往往独有所解。

《离骚汇订》《屈子杂文笺略》二书,后合名为《楚三闾大夫赋》。王氏题曰:"此屈子之书也。不称屈子,而称三闾大夫者何?昭其职也。职为贵卿之卿,谊矢靡他,故系之于楚也。然则曷为不以楚词名?楚词者,统宋玉、景差而言之,非屈子之专书也。此为屈子之专书,例不得统言也。若夫不曰词而曰赋,从汉志也。"

《离骚汇订》四帙。第一帙为"卷首",首为自序,次为"屈子三闾大夫赋",次以"汇订目录"六帙:第一帙为卷首,第二帙至第六帙为二十五篇目。其中二至四帙为"离骚汇订",第五以后为"笺略",次之以"楚三闾大夫像"及"像赞"四言八句。次以"离骚汇订姓氏",即王逸、洪兴祖、朱熹、徐焕龙、林云铭、朱冀六家,后并有小序,言六家得失。次以司马迁《屈原列传》、沈亚之《屈原外传》、贾谊《吊屈原赋》。次以"离骚读本",即《离骚》正文。次以《书离骚后》一文,《读离骚有感》七绝二首。次之以《总跋》。再为《离骚汇订》正文。文中注释,凡引诸家说,皆用墨钉阴文,与正文各自为行,不相连接。

《自序》大致分三部分。第一部分先言自己读屈骚理解之过程:"曩予少时,尝读屈子离骚矣。字多奇,声多楚,义多奥,如听古乐然。读未数行,辄昏昏欲睡。稍长,率读之,渐觉有回味,如啜佳茗焉。因反复读之,又如饮醇醪,令人醉心也。"但王氏后阅诸家评注探索,反而如坠云雾之中。由此,王氏提出研屈"七病":"屈子自命高,以庸俗求之则陋。措辞婉,以粗鄙求之则悖。取径曲,以艰深求之则晦。头绪繁,以拘牵求之则乱。采用博,以凿求之则舛。罕譬多,以色相求之则诬。意言隽,以尘腐求之则困。坐此'七病',而《离骚》不可得而读矣。"此处所提"七病",至今对研屈者仍有借鉴意义。第二部分,王氏认为:"骚之为体,自子倡之。汉魏而降,长卿子云之徒,代相慕习,尽态极妍,无有能肖之者。……苏长公(苏轼)有言:吾文终其身企慕,而不能及万一者,惟屈子一人耳! 以长公之才之学,犹自屈若此。"故作者认为能读屈骚者极少:"所贵乎能读者,非徒诵习其词章声调而已也。必审其结构焉,寻其脉络焉,必考其性情焉,结构定而后段落清,脉络通而后词义贯,性情得而后心气平。若诸家评注,其于三闾大夫意指所在,尚多纰缪弗安,吾未见其能读也。"第三部分说明著该书之原意,在于"从弟姬辈之请",帮助他们学习屈子之词。这里并归纳出"屈子之情生于文"和"屈子之文生于情"的杰出见解。

于姓氏六家目后,王氏又曰:"右所探六家,朱子集注,大半本之王、洪两家,间有改窜,未见精融。天闲氏(朱冀)谓属后人之假托,疑或然也。林氏西仲自谓可烛照无遗,而读之如闻梦呓。天闲氏力辟之,皆当。惜其拘牵臆凿诸病,更甚于前人。而才情横溢,又足以文其背谬,迷人心目。其误后学,尤非浅浅。因俱用直笔标于旁,而详加辨正焉。"这表明该著主要攻林云铭《楚辞灯》与朱冀《离骚辩》,而对其他楚辞研究著作,除徐焕龙的《屈辞洗髓》"将其有当者,节采之"外,均评之甚低。认为有的"多纰缪",有的"无甚发明",有的"甚为疏漏""余子琐琐,益不足道",此态度有欠客观。研屈著作,水平固然有高有低,然低者并非全无可取。注者或囿于个人兴趣,或限于条件,不能尽取,亦可理解。却不能反言未取者皆不可取。

《离骚》正文后,有《书离骚后》,王氏体会屈原心理,认为其忧谗畏讥,故"正则隐其名""灵均隐其字",此与王逸等家解释不同,可为一解。而王氏感叹:"嗟乎,文字之祸,自古为然哉! 坤爻之六四曰'括囊无咎',《鸿雁》之卒章曰:'维此哲人,谓我劬劳。维彼愚人,谓我宣骄。'"屈原遭谗当然不能简单看为文字之祸,此处王氏显然是有感于时事而发,这充分显示了他的爱国之心和胆量。

第二、三、四帙为正文,先间采六家之说,后加按语,除梳理文义,对六家说其中尤其是林、朱二家,多有驳正,确于六家目后文中所言。该著分《离骚》全文为三大段,每帙录一段。第一大段从首句至"岂余心之可惩",第二大段从"女嬃之婵媛兮"至"余焉能忍与此终古",第三大段从"索藑茅以筵篿兮"至篇末。此三大段分法较为简明,既合《离骚》的外部结构,亦合屈原创作之心理轨迹,故至今仍为不少人所采用。

该书最大特点,在于承继林云铭、朱冀着重从文学本身阐释、评论《楚辞》之路径,对林、朱之说的某些不足或错误,加以补充或驳正,并在辩驳中拓展这一路径,提出一些新的见解。如"路漫漫其修远兮,吾将上下而求索"之"求索",历来解说颇多。王逸作"求贤人",朱熹解为"求贤君",林云铭极责其误:"此一句作下文见帝求女总引。旧注皆作求贤君,是以与国存亡之箕比,认为朝秦暮楚之苏、张,岂不辱杀!"朱冀认为林氏辨"求君"之误为确,但又认为其解释为"求志同道合"极错,责为"一派鬼话,全无实义"。他主张屈原是欲求"折中"之人。而王氏则曰:"西仲氏辟旧注,天闲氏辟林注,皆是也。而训解皆失之,只缘又错看求索两字耳。求索,求天帝之所在也。天帝广莫,冲居无联,以喻君门万里,欲叩无由。盖大夫既遭放斥之后,不能再近天颜。虽一念思绝尘离世,独作飞仙;而一念旋忧及君国,不能自已。"王氏善于结合上下文义,分析屈原心理,所言很有新意,亦很有道理。

除对林、朱二家之说辩驳外,对前人之说,即使是相当权威者,王氏往往也能指出其误。如"瞻前而顾后兮,相观民之计极",王逸释为"前谓汤武,后谓桀纣",朱熹释为"前谓往昔之是非,后谓将来之成败",朱冀则斥:"朱林两说皆大谬。盖此又承前四章亡国之大成,而言不善则失之也。"王氏从创作实际出发,作较客观的解释:"前后,只是古往今来耳,不必粘定禹汤桀纣,亦不必以是非贴往昔,以成败贴将来。"显然,此说较为合理。王氏曾于《楚三闾大夫赋》(广雅书局本)之《屈子总目叙目》的结尾,特引苏东坡《书鄢陵王主簿所画折枝二首》说明从创作实际出发的重要:"呜呼!'言诗必此诗,定知非诗人。'[①]此意正可与知者道也。"

在独立进行文义阐发上,该著亦有可取之处。如"及余饰之方壮兮,周流观乎上下",注为:"及此芳未亏,方未沫之时,而周流四方,以观乎上下,或者于有意无意间,以庶几其一遇,未可知也。"联系上文,如此理解则显得恰当一些。"皇

---

① 言,应为"赋"。

剡剡其扬灵兮,告余以吉故",历来注家多将"吉故"解为灵氛吉占之故。而该著则云:"告余以吉故者,是会下文之意以立言。大夫欲求吉之故而不得,百神告以如下文架之同云云也。"独标新说,可为一解。

字句训诂方面,此书亦有独到合理之解。如"览察草木其犹未得兮,岂珵美之能当?"对于"当"字,前人有多种解释,王逸解为"当知",朱熹解为"得当",均能解通,而王氏认为:"当如《司马相如传》云'恐不得当也',注云'当,谓对偶之'。珵美之能当,乃所以两美其必合也。"训"当"为"对偶",则更为贴切一些。

当然,在注释阐发中错误之处亦较多。"欲少留此灵琐兮,日忽忽其将暮。"朱冀曰:"言非不欲少留神灵之门,以待折中,其奈时光有限,我事孔棘何也?"王邦采批之甚有力:"此与折中有何干涉? 若欲折中,灵琐独不可少留焉?"然他的解释也并不得当:"仙府神居,方思少憩,忽念及宗社将倾,流光易逝,一片丹心,又非白云所能留住矣。"将"日忽忽其将暮"解释为宗社将倾的危机感,未免是将以后发生之事提前并嫌牵强。类似此例者还有一些。

《屈子杂文笺略》二帙。首《屈子杂文序》(即《自序》);次《九歌笺略》,前有小序,后有跋。次《天问笺略》,体例与《九歌笺略》同;次《九章笺略》,次《远游笺略》,次《卜居笺略》,最后《渔父笺略》,以上体例均与《九歌笺略》同。

《自序》之首,王氏即提出与大多数楚辞学者不同之观点:"骚既付梓,客有谓子者曰:屈子之文,传于世者,如《九歌》《天问》诸篇,意寓之隽,琢炼之工,俱擅其胜,千古词赋之祖。《离骚》虽二千余言,然犹一脔尝鼎,片山玉耳。"而王氏则认为:"屈子之文,旧传二十四篇,而其精神之凝聚,学问之归宿,胥于《离骚》大篇发之,外此则皆其散见之文耳。《九歌》之音思以慕,《天问》之音思以荒,《九章》之音思以激,《远游》之意思以旷,以至《卜居》《渔父》,惝恍愁凄郁结之始,缠绵莫解。"客将《离骚》比之为"一脔尝鼎",言虽过度,其精神却无大错。《离骚》虽伟大,却毕竟只是屈赋之一部分,《九章》《九歌》《天问》同样伟大。王氏所言反而失之允当。《离骚》并不能代表全部屈赋,其他屈赋也并非《离骚》所散见之文。至于其后"思以慕""思以荒"等归结性词语,总略显失之笼统。《天问》部分,注释多较平实。《九歌》注解较为切实,这与王氏笺注指导思想有关。王氏不同意王逸的"托讽"说,认为《九歌》为"祀神之乐章",不应字字牵强于屈原之忧国忧民的思想。这种思想只是一种自然流露,并在《九歌笺略》跋文中引徐焕龙《屈辞洗髓》一段话以申己意:"徐友云氏有言曰:'《九歌》非《离骚》诸篇比。诸篇自写忧思,无不可以寓言。《九歌》神将听之而专以鸣不平,是即慢神,三闾未必出此,但忠爱血肠,遭谗放废,出口便多哀怨,似言寓慨尔。不然,《东皇》《云中》篇何又绝无感慨邪?'斯言得之矣。"

《九章》之笺释,在义理阐发上则有特色,与《离骚》篇相似。王氏努力揣度、体察屈原心理,结合自己的认识,往往能自出机杼。《惜诵》:"吾谊先君而后身兮,羌众人之所仇也;专惟君而无他兮,又众兆之所雠也。"一般注家将句意注出即可,而王氏则从心理上加以阐发"先君后身以事言,专惟无他以心言",并进一步对"仇""雠"加以细分:"相怨曰仇,必报曰雠。"而"晋申生之孝子兮,父信谗而不好。行婞直而不豫兮,鲧功用而不就"四句,则阐发其意为:"忽引入此两案者,意以申生之死,其父听信谗姬,素不之好。而我则君尚好我之无功,其行婞直,不和悦于人,而我亦未尝婞直。无伴无援至此岂有他哉,不过因忠致怨耳。须于言外,味之上下,文方浃。"此段分析堪称精辟,王氏从屈原与申生、鲧之不同处入手,深入作心理挖掘,更体现出屈原因忠而致怨之痛苦,道出此处引用典故之妙。《九章》中,这样的分析还有一些,读者若直接阅读,自可体会。

《离骚汇订》四帙、《屈子杂文笺略》二帙,有清康熙六十一年(1722)刊本。

清乾隆九年甲子(1744)二帙合刊本。

清光绪二十六年庚子(1900)二帙合刊《广雅书局丛书》本。

九、夏大霖《屈骚心印》

夏大霖,字用雨,号梅皋,衢州西安(今浙江衢州)人。生于康熙中期,卒于乾隆初年,具体生卒年不详。

该书成于清雍正十二年(1734),《四库全书总目提要》言"是编成于乾隆甲子",是指乾隆九年的一本堂刊本,言"成于",大约因未见雍正本而误。

是书五卷。扉页题"屈骚心印",下有《心印总约》七言韵语一首。次之"雍正十二年所定毛云孙序",次之"总目",目后有《史记·屈原列传》、年表、《史记·楚顷襄王世家》,次为《七国舆图》,图后有《七国图说》。再次之以"参与姓氏",曰"鉴可官师"等七人,又有"参阅姓氏"十九人,次之以"发凡"十八则,次之以《参阅评论》,后为正文。正文后书末为《注屈骚书后》、子景颀《跋》。

该书名目烦琐,而较重要者,或较有价值、有奇特见解者,倒在非正文之此类名目中。夏氏将其对屈赋各篇总的理解,写于《心印总约》中:"《离骚》求女意归着,祀神《九歌》俱比托。《天问》错陈治乱原,神行意贯通连络。《九章》分写寄幽忧,《渔父》和光悲世浊。邪正相形绘《卜居》,《远游》正气高磅礴。《招魂》自悯刺奢淫,《大招》王极明居约。目极湘江一片心,千年独搴汀洲若。"将《远游》《大招》作为屈原作品,学界一直有争论,言"九歌俱比托",亦未必合适,然其他各篇所咏,基本抓住了核心,大致准确。

毛云孙之序,首先肯定朱熹之序《诗经》与胡文定之传《春秋》,认为二人虽不依古说,"亦各就本文,因其辞而得其情,即其文而绎其义。情辞两洽,文义相权,有得乎作者之性情,有当乎经常之大义,故自生于千古之下,不必古人复作,其之一,心相印也"。接下高度肯定夏氏此书,认为它"一洗前人之谬说"。第二部分介绍自己与夏氏之交情,二人数年诗文交往,感情深笃,并言:"读书案无杂册,经传子史之外,不关性道名教者,虽博览必别置之,常言《战国策》不宜置案头,训童子,恐坏人心术。"说明夏氏"养心正而约礼纯",此是以"心印"屈骚之根本,而必能与屈子心心相印,进而证明夏氏善学二大贤之注书。

《七国图说》说明夏氏亦注意以地理学之知识研究楚辞。此文开头即说明置《七国舆图》之用意:"备《七国图》于卷首,一以观纵、横之形势。"夏氏认为,楚绝齐之失策,不仅楚国遭灾,而且祸及六国;其意为楚若能统一中原,六国就不必遭暴秦之祸;认为楚完全有统一天下的条件,且统一后将会施仁政有利百姓。但夏氏将此全归于"以郑袖释张仪败之",则未免太简单片面。夏氏绘舆图之目的,还在于了解屈原行踪。"一以考秦楚构兵之地,流放江南之区。所就重华陈

词,目触湘君,托比见放行程,汨罗完志。洛神指郑,鸟集汉北。披图一览,读其
文如见其地矣。"对屈原的行踪注意以地图据实按之,此为夏氏高明之处。然认
为屈赋中一些神话亦可按图索骥,则未免有以虚作实之嫌。

《发凡》十八条,为全书之核心。全书纲领,可说尽在于此,故详介于下。该
《发凡》之内容,大致可分几部分,然略显散乱。如第七条谈篇次,第十六条亦谈
篇次;第二条谈理,第九条亦谈理。极粗略分来,大致前七条谈理解,后十一条
谈注释。其理解部分,又重在屈赋结构、文体之法,以探讨屈原为文之用心。

关于屈原篇章系年,夏氏认为实无从考据。但因"黄维章(黄文焕)变换九
章各篇次序",夏氏亦"因文按时,姑妄言之"。由于所排自成体系,故照录于下,
以供参考。

> 《九章》之《惜诵》篇,独讼谗人,不及国事,乃上官行谗,王怒见疏之始
> 作。《卜居》言事妇人,则靳尚党成,乃怀王十八年作。《思美人》作于汉北无
> 疑,应是二十四年倍齐合秦,言事触怒,见放于汉北乃作。《抽思》篇有"所陈
> 耿著,岂今庸亡"之语,晚争倍齐合秦事,乃继《思美人》作。《天问》篇言爱出
> 子文,乃顷襄初立,以子兰为令尹作。《涉江》《远游》,作于始迁江南之时,辞
> 气俱壮。《橘颂》作于初至江南之秋,自负正多。《离骚》济沅湘就重华,乃至
> 衡州谒舜庙作。《九歌》继作,《渔父》又继作。顷襄三年,怀王归葬,其系心
> 者绝望矣,出全副抱负而作《大招》。其年秦楚绝,原心所幸,大招之意,实
> 寄后王。六年谋与秦平,七年迎妇于秦,此谓之"回风",谓之"施黄棘枉
> 策",哀生惨发于行间,不欲生矣。乃相继作《惜往日》,作《哀郢》,作《招
> 魂》,以《怀沙》终焉。此据篇中之时地,辞气之缓急而想见者也。然则《九
> 章》者,始《离骚》,终《离骚》者也。余篇之微辞而隐,《九章》之辞显而章,取
> 其章者专集之,得九焉,曰《九章》。外《渔父》《卜居》亦章也,收而合之,数
> 与《九歌》相符,各十一篇。

此将全部屈赋系年,大抵以作品内容与诗中情绪情感与史实相印证,自成体系,
颇具参考价值。其不足有二:一是某些作品系年失据,如将《离骚》之"济沅湘以

南征兮，就重华而陈词"，当作真实之事，以为屈原真亲往衡岳谒舜庙，且以幻想为实据，判定《离骚》作于流放江南之时；二是将《渔父》《卜居》合于《九章》，也显得牵强。

后十一条大致属注释部分。夏氏于第八条提出总原则为"顺理成章"，认为："心印屈子幽思之作，必无不顺之理，必无不成之章。"《屈骚心印》书名即据此而来。夏氏重视屈原心理，主张以心揆心，一字一句均从心从理抒发注释，与朴学家由字推句，由句推篇之法完全相反，显示清代楚辞学研究之另一路径，此派研究亦值得重视。

某些具体而重要问题，《发凡》中亦涉及。如第十条谈及《天问》错简。现在学术界一致认为，最早提出错简说的，是清初屈复，而实际应是夏大霖。屈复《楚辞新注》最早版本为清乾隆三年（1738）弱水草堂刻本，夏大霖《屈骚心印》最早为清雍正十二年（1734），至少早屈复四年。其错简处夏氏不是如通常所认为的在"并驱击翼""何以将之"及"受礼天下，又使至代之"二处后，而是在"帝降夷羿，革孽夏民"至"何羿之射革，而交吞揆之"十二句，夏氏认为应往后挪，挪至"释舟陵行，何以迁之"之后，"惟浇在户，何求于嫂"之前。然夏氏未作详考，只注"愚按此十二句，应是错简，今移置于后"。

《发凡》还以十二、十三两条相当之篇幅专门说明对楚辞音韵的见解。夏氏认为："古人非以不叶之字，强叶之也。盖从其方音之叶以叶之尔。"并举《离骚》之"下"字为例，其读音"户"同于夏氏地方之方音。"他如'行'字音'寒'、音'孩'、音'恒'，'明'字音'门'、音'蛮'、音'芒'，'风'音'分'，'红'音'魂'，类不胜举。方音亦不胜识也。"夏氏发现屈骚以方音相叶并不错，屈赋本以楚语创作，但言其以方音相押具有随意性，则显然错误。至于言"自晋沈约作韵书，而后字有定音，音有定韵"，则错处较多。沈约非晋人，《四库提要》已指其误。最早韵书，并非沈约所作，以现存典籍考之，当为三国时魏李登之《声类》及晋吕静之《韵集》。而统一全国之音韵，做到"字有定音，音有定韵"，亦非沈约韵书所完成，能当此任的，只有其后隋陆法言之《切韵》，足见夏氏于上、中古语音史，不甚了然。第十三条言音韵不必过泥，以《大招》之"只"，《招魂》之"些"为例。认为"只"如《诗经》"母也天只，不谅人只"（《鄘风·柏舟》），读为"止"即可，"些"读上声亦太硬，音棱为平声较宜,此说倒较合方音。

其余方面,《发凡》亦多有交代。如认为"经""传"为后人所加,一概删去。原王逸《楚辞章句》中,《九歌》与《九章》之题均放于诗后,而夏氏认为《九歌》为一体系,仍先文后题;《九章》非作于一时一地,应先题后文,而照林云铭《楚辞灯》之体例,等等,不再一一列举。

乾隆九年(1744)本还有夏氏自述。除说明成书缘受毛云孙支持鼓励外,再强调《天问》乃有章有法之作。自述中还说明参考著作甚少,除林云铭《楚辞灯》外,仅有来钦之与黄维章本,还有朱注《离骚》《九歌》(应是朱熹之本)两篇,故自己"因心陈说,亦不附和前人"。结尾曰:"二千年来,讲家不少,暗明显晦,纲领犹述。吾愿好古修儒,息心抑气,更为千古孤忠,一竭其心力焉。"既陈述著书之旨,亦有自负之意。

另于正文后,有夏氏《注屈骚书后》一文,文用骚体,其意趣一般,而对其体裁之掌握,可说已到熟稔自如之程度,足见夏氏对楚辞确下过一番琢磨练习的苦功夫。其子夏景颐亦有《跋》,首述家君教导之恩,次述印书之谨慎。中所述夏氏以《离骚》训子之语,倒可见其政治态度与人格见解。

正文部分,因所见楚辞著作不多,见解颇与他人雷同。然对文义之阐发,亦有见解独到、体会细微之处。如《离骚》"擥木根以结茞兮,贯薜荔之落蕊。矫菌桂以纫蕙兮,索胡绳之缅缅"四句,夏氏注曰:"擥、结、贯、矫、纫、索及木根、薜荔、胡绳等皆有立根坚固着力收束之意,而众芳乃并集也;一驰骛追逐则反是矣。木根是根本上立得深固,薜荔是枝节到处坚固,贯、纫、绳索又在人力加工之牢固。"此处将"擥""结"等动词与芳草类综合对比观察,发现均有"坚""牢""固"之意,屈原写作之用心也就凸显出来。尽管木根究为何物尚未有定论,但多数均作为芳草之根,夏氏着眼于根无误。由此可见其体会之细微,亦可见多年揣摩之功。

再如《天问》"干协时舞,何以怀之? 平胁曼肤,何以肥之"四句,所指何事,诸家说法亦不同。朱熹认为是指舜舞干戚以怀有苗,黄文焕认为是"思禹德",而林云铭却认为是"禹当苗逆命,舞干而怀之",不知何据? 夏大霖则认为是启服有扈之事。夏氏虽不能确知前条"该秉季德"之意,但看出此条前后皆谈有扈之事,应为一系统,可算颇有眼力。

　　字词训释方面,亦偶有可取之处。如《卜居》"喔咿儒儿以事妇人乎"之"喔咿儒儿",王逸释为"强笑噱也",后世多沿王注发展变化,而夏氏则曰:"喔咿儒儿,各考字义之训,于本文未洽。据四字接连,乃乳孩娇媚其母之声,妇人所悦。言作儿童态,求媚妇人较妥。"此注亦合文义,可作一家之言。夏氏阐释中还注意文章脉络之探寻。如《惜诵》开首"惜诵以致愍兮"四句后,注曰:"此首一句,明《惜诵》所由作,即明《九章》之所由作也。"《思美人》"登高吾不悦兮,入下吾不能。固朕形之不服兮,然容与而狐疑"四句后,注曰:"自开春发岁至此,文却离题说开,此用狐疑一转,起下仍结归本题。"从而指出《思美人》文脉之特色。足见夏氏下了一番体味琢磨功夫。

　　正文之错误,亦较明显,多出现于文义理解方面。如对《天问》总体的理解与把握,就颇有问题。夏氏于《天问》题后注曰:"《天问》之文,今策问之式也。杂举是非之说以为问,要读者察其孰是孰非为去取耳。注此篇,要如射策一般,求其主意之纲领,关其异说之歧题,归于一理之大同,则得之矣。"言《天问》如同射策,观点虽新,却与文意极不相合,也完全误解屈原之创作心理。再如《卜居》之"黄钟毁弃,瓦釜雷鸣",注曰:"弃雅乐而尚新声,亦乘人好恶之乖。"屈原是以此比喻贤士不得重用,卑下庸俗之士,反而得到信任之丑恶现实,因后有"谗人高张,贤士无名"之句。若求另解,恐怕充其量只能言弃高雅之声而就鄙俗之乐。而夏氏言"弃雅乐而就新声",明显以儒家经典误解之。

　　有清雍正十二年(1734)刊本。

　　清乾隆九年(1744)一本堂刊本。

　　齐鲁书社1997年印《四库全书存目丛书》本。

十、刘梦鹏《屈子章句》

刘梦鹏,字云翼,蕲水(今湖北浠水)人。具体生卒年不详。乾隆十六年(1751)进士,官直隶饶阳县知县,因丁忧归,不久去世。著有《屈子章句》《春秋义解》,事迹可简见《清史列传》卷六十六《儒林传》。

该书七卷。首为乾隆二十五年刘氏自序,次为乾隆五十四年谢锡位序,次目录,次《屈子纪略》,其后为正文。而章学诚曾因该书为谢氏撰序,其文今刊本均无,存于《章氏遗书》卷八中。

自序有三点值得注意。一是强调以孟子"以意逆志"之原则理解研究屈原:"不逆其志,其人不可得而知也;不论其世,其志不可得而逆也。屈子以彼其才,游诸侯,何国不容。卒不为此,死而不以自悔,中有所不忍故也。"二是认为屈赋精神与《诗经·小弁》相通:"夫屈子以深仁笃挚之性,抒其幽忧蹇产呼号不应之情,孝子仁人之所以用心,千载不见桑梓之敬也。……其遇《小弁》之遇,其志《小弁》之志,又何间然乎贾生痛哭激已!"三是断定"是书各本,异同颇多,而序次亦复凌乱无纪",刘氏认为应当重新整理,"窃不自揣,考其沿误,订其编次,务求其安,虽于屈子之志未敢自信吻合,亦庶几令后之读者明于所遇之不齐,不复怀'忿懑沉江,露才扬己'之疑"。

谢锡位之序以骈文写成,主要写与刘正斋之友情,对屈赋亦作一般歌颂,无甚实质性之内容。

而章学诚之序,虽现存版本未录,有几点却很重要。章氏引司马迁言"好学深思,心知其意",以证了解作者心理之重要。然"读古人书而求其意,盖难矣哉!"章氏还认为:"然《春秋》而后,继以'左图',而传者遂多。'变雅'以后,继以屈辞,而知者愈少。何哉?史体犹直,而诗旨更婉也。太史公曰:'余读《离骚》,悲其志。'夫读屈子之文而知悲其志,可谓知屈子矣。然未明言其志,而后人悬揣其意而为之说者,则纷如。"由此,章氏对求屈子之志过于穿凿和附会者加以指斥,并推测:"夫屈子之志,以谓忠君爱国,伤谗疾时,宗臣义不忍去,人皆知之;而不知屈子抗怀三代之英,一篇之中,反复致意,其孤怀独往,不复有《春秋》之世宙也。"章氏认为若清楚了解屈子之志,则对屈原之诗意理解就不致于穿凿,不致于句句求隐、字字求深。"夫人即清如伯夷,未有一咳唾间即寓怀高饿。忠如比干,未有一便旋间亦留意格君。大意不明,而铢铢作解,此治书者之不如无书也。"章氏言其素持此论,"而与词章之士言之,则徒溺于文藻;与理义之士言之,则又过于胶执"。序之结尾对刘氏之书大加推崇,认为能知古人之意,"与余夙所疑者,不啻冰而节解也"。刘氏主张知人论世,探求古人心理,独立研习,不拘于前人成说,原则显无误。但另一方面,就具体研究成果而言,章氏未免言过其实。首先肯定"骚雅"同源亦不准确;其次推崇"可以一空前人之支离附会",更不得当。即如该书目录编次,就存在很大问题。

目录载正文七卷。第一卷《离骚》,第二卷《九歌》,第三卷《卜居》,第四卷《天问》,第五卷《招魂》,第六卷《哀郢九章》,第七卷《怀沙》。此目录编次已与诸家不同,而具体安排,更多怪异。《九歌》一卷,刘氏将《东君》紧排于《东皇太一》后,认为:"前篇既以臣之事君,犹人之奉帝,而以东皇太一为比矣。此篇复申其未尽之旨,而致属望之情。"又将《湘夫人》之篇名删去,与《湘君》合称《湘君》前后篇,理由是:"洞庭君山,帝二女居之,曰湘夫人,则二女皆可称夫人。《荆州图经》:洞庭湘君所游,故曰君山。则二女又皆称君,称君称帝子皆统称之词,乃一歌前后二篇耳。"《少司命》篇名也删去,与《大司命》合称《司命前后篇》,理由亦是:"司命亦一歌二篇,与湘君同。旧大司命、少司命,一属上台星属文昌宫者谬。"第六卷以《哀郢》为名,《九章》中抽出《怀沙》,又加入《远游》,且将其他各篇篇名全部删去,以第一章、第二章署之,目次为《哀郢》《抽思》《橘颂》《思美人》《悲回风》《涉江》《惜诵》《远游》。其理由为:"太史公读《离骚》《天问》《招魂》《哀郢》,悲其志,怀沙又其绝命之词乎? 固知此篇作于江南之野者,洵不诬。惜乎编次凌乱,仅以《九章》之一当《哀郢》,又入《怀沙》而出《远游》,遂不无沿讹耳。余观《九章》,皆《哀郢》之词也。"《怀沙》则单作一篇,名为《怀沙赋》,又将《渔父》篇名删去,合于《怀沙赋》中且置于前,认为:"爰设为问答,以发其端而作《怀沙》之赋。"并断定"旧误分为以前为《渔父辞》后为《怀沙赋》,今依史改正"。为便于二篇相接;刘氏还将《渔父》中之渔父歌删去,接以《史记·屈原列传》之"乃作《怀沙》之赋,其辞曰",下接《怀沙》全文。又因《大招》与《离骚》诸篇全不相似断为非屈原所作,删去不录。以上改动,除对《大招》的处理可说有一定道理外,其余全难成立。《九歌》改动之依据,为传说等几个旁证材料。而《九章》则依据对《史记·屈原列传》之错误理解,既无版本等文献依据,亦无训诂等阐释道理乱改古籍,强古书以就己意,为文献考据之大忌,实不足取。

《屈子纪略》对屈原生平及作品系年作了大致考订。"屈子远祖瑕,楚武王熊通庶子也。食邑于屈,遂为氏。"其后有些说法与历来诸说不同:"平生于楚宣王四年甲寅岁正月庚寅日。年方二十得事宣王,年四十余为怀王左徒……张仪来相时,平年五十,留楚者十余年,年六十余矣。作《离骚》,冀王一悟,卒不可得。怀王受秦欺,客死武关时,平年六十有四。子顷襄王立,愈益疏绝,十二年甲戌遂放平时平年七十有六。刘氏定《九歌》作于被放后,八十岁时作《卜居》《天问》。顷襄王二十一年(前278)作《招魂》《九章·哀郢》,是年四月赋《怀沙》,为绝命之辞,五月五日沉汨罗,死时八十有五。"按此说,屈赋均作于屈原五十岁后,且大多作于七十六岁以后,似不合创作规律,且考屈原享年太长,又不知所据为何,只可聊备一说。

正文大义之阐释方面,刘氏亦有以上痼病。如《九歌》创作主旨,断为:"眷怀楚国,不忘欲返,于是托于歌咏,赋比兴以道达己志。"且定各篇主旨为:"《东皇太一》表忠爱之情也。《东君》致必仇之旨。《云中君》思贤达之遇也。《湘君》告语同志待时后图也。《司命》讽喻朝贤,悲所志之不酬或冀幸于万一也。《河伯》伤寥寂也。《山鬼》遗所思也。《国殇》痛楚兵挫哀死事,语慎戎也。《礼魂》讽隆禋祀,和神人也。"全以《诗经》之赋比兴解《九歌》,已属胶柱鼓瑟,而各篇之主旨更属附会穿凿,正合了章学诚指斥之病。章氏序文中言:《东皇太一》,不过祀神,而或以谓思君。《橘颂》嘉树,不过赋物,而或以为疾恶。"大约章氏仅读了刘氏自序,并未详阅正文,高度肯定却闹了自相矛盾的笑话。也大约因此之故而刘氏后人不将此收入书中。

具体字词注释方面,该著亦有一些错误。如《哀郢》"甲之朝吾以行",注曰:"甲之朝,追忆被放之年也,原放在顷襄十二年。"然刘氏又定《哀郢》作于顷襄二十一年,若全为回忆,其说尚可通。但下文注释反映出刘氏理解为作于当年。如"过夏首而西浮兮,顾龙门而不见",注曰:"夏首,即江水别流为夏之处。原既远迁,还郢必须由江入夏。今郢为秦拔,原过夏首不敢由夏归郢,故逆江西浮,回顾而不见楚也。"此即与前注相矛盾。

《四库全书总目提要》评曰:"是书就诸本字句异同,参互考订,亦颇详悉。然不注某字出某本,未足依据。至于篇章次第,窜乱尤多。如二卷《九歌》内,《湘君》《湘夫人》《大司命》《少司命》,本各自标题,而删除《湘夫人》《少司命》之名,称《湘君前后篇》《司命前后篇》……均不知何据。又误以《史记》叙事之文,为屈平之语,遂合《渔父》《怀沙》为一篇,删去'渔父歌'而增入'乃作怀沙之赋,其辞曰'九字。尤以意为之也。""提要"批评可谓中肯。不过所需注意的是,"提要"将书名误作《楚辞章句》,"参互考订、亦颇详悉",也评之过当,该书改定篇次亦不止所言之数。

该书虽有讹误或不足,其价值却不可低估。首先,刘氏勤研文本,独立思考,敢于发前人之未发,关键处往往有精到之见。最值得称道者,乃《天问》"该秉季德,厥父是臧。胡终弊于有扈,牧夫牛羊"四句之解。上二句历来注解纷纭。王逸认为"父"指"契",洪兴祖认为"秉季德者,谓夏启也",朱熹认为"详此该字,恐是'启'字"。其后各种说法,均嫌不确。刘氏亦认为前解不确,而另辟蹊径独立考证:"或疑该为启字之讹,此缘下有扈,疑事与启涉,故云。然今以下文考之,该乃亥字之误,有扈当作有易。有易有扈,并夏时诸侯传写讹耳,下扈字并做此。"刘氏还详考"亥"之世系并对四句诗作出串释:"亥,契八世孙,上甲微之子也。秉,持也。季,犹《周礼》山虞服耜斩季材之季。季德,谓少时之德。厥父,上甲微也。臧,善之也。弊,败也。牧牛羊者,有易拘留子亥,困辱之使为牧竖也。言亥少时秉德,其父善之,何终败于有易,见辱殊方乎?"可以肯定,比之前代诸解,此说最为合理。后经王国维以甲骨卜辞考订,此说便最后确立。不过亥父为冥,即是季不是上甲微,上甲微反是亥之子。此千古疑案最终得以冰释,刘氏功不可没。

其次,全书阐释结构之安排上,也较为合理。有总论、有分论、有章旨、有节义、有考校、有训释,纲目清晰,有条不紊。如卷二《九歌》,于大题后有总论,每篇后则有分论,每篇又分若干小节(并非机械的四句一节),每节后亦有意义阐释,文字通顺畅达。尤其是某些带欣赏意味者,文笔已臻优美之境。如《湘夫人》(此书作《湘君后篇》)开篇"帝子降兮北渚"四句,阐释曰:"承前篇,言湘君弭节北渚,若回顾而愁予也。袅袅,风摇木貌。言帝子既去,已捐玦遗佩江皋澧浦,徘徊迢望,而秋风脱叶,寒涛触岸,满目凄其不能为怀之甚。"可见,刘氏颇能体味屈赋之意境。

第三,文义阐发方面,该书也有可取之处。《悲回风》"借光景以往来兮,施黄棘之枉策",对下句文义,历来说法有二。王逸认为"黄棘"为棘刺,"枉"为曲也,"施黄棘之刺以为马策,言其利用急疾也"。洪兴祖则认为借指楚怀王与秦昭王二十五年盟于黄棘,其后楚受制于秦。"今顷襄信任奸回,将至亡国,是复施行黄棘之枉策也。"朱熹反对洪说:"(洪)说虽有事证,然与此文理绝不相入,不若旧说之为安也。"而后之学者宋吴仁杰、明黄文焕、清蒋骥等多从朱熹说。而刘氏则承洪说,且理解更深一层:"施,陈也。枉策,策之不善。黄棘,地名。楚怀王迎妇于秦,会于黄棘,即其处也。按楚怀与秦和亲客死武关;顷襄与秦和亲,窜于陈城,覆辙相寻,隳义速寇。"洪兴祖看出屈原是引历史教训警醒顷襄王,但言怀王是与秦结盟,而顷襄则是"信任奸回",针对性不强。刘氏认为应指与秦和亲,毁合纵之约,从而连续招致败绩,怀、襄二王均如此,连贯性很强,从而更有深义。虽楚怀王迎妇为怀王二十四年(前305),黄棘结盟为怀王二十五年,然从政策之一贯性而言,刘氏所言仍属无误。

在个别字之注释方面,该著有时亦能给人以启发。如《悲回风》"曰:吾怨往昔之所冀兮"之"曰"字,历来解说纷纭。刘氏释曰:"曰者,别于上文而更举之词。"其说颇富参考价值。《惜往日》"心纯庞而不泄兮"之"泄",洪兴祖、朱熹均释:"泄,漏也。"后之注者多无异议而刘氏释曰:"纯不泄,言心真纯浑厚,蕴结中诚而不散也。"此释"泄"为散,确也可备一说。

有清乾隆五十四年(1789)藜青堂刊本。

清嘉庆五年(1800)藜青堂重印本。

　　清嘉庆五年重刊本。据姜亮夫先生记载①,此本又名《楚辞灯章句》。而姜氏旧藏屈复《楚辞新注》亦称《楚辞灯新注》。皆书商无识,误以林云铭之《楚辞灯》代楚辞所致。

　　另有齐鲁书社1997年印《四库全书存目丛书》本。

　　2019年上海古籍出版社《楚辞要籍丛刊》本。

十一、鲁笔《楚辞达》

　　鲁笔,字雁门,号蘸青,亦号榆谷,雷州(今广东雷州)人,生年不详,卒于乾隆十二年(1747)前后。一生科场失意,闭户著书,广阅博览,通晓六书音韵文字,擅书法,且勤于创作,有《见南斋诗文集》。

　　该书各版本均为一卷,《序》《跋》略有不同。乾隆刊本前有钱唐梁同书乾隆三十一年序。序文高度评价该书:"后之读者,不过掇拾其美人香草之词,而究莫得其旨蕴之所在。即自王逸以下,注者不乏,或达其文而不达其辞,达其辞而不达其志。有能疏通证明,使当日屈子之用心,千古若揭者,谁乎? 雷川鲁子雁门②,深于《离骚》,著读骚三十七条,于文章之道,曲尽其变。其注骚也,取旧时影响附会之解,辩论而订正之,又自为融贯而条晰之,命之曰《楚辞达》。"此言有些过头。该版本后有鲁笔同乡方城跋文,简介其生平和此书刊刻过程。

　　嘉庆刊本于梁氏序言前,有自号"金华山樵"之赵州师范嘉庆九年(1804)序文,介绍作序之缘由曰:"今年春,鲁子悼斋以其族祖雁门先生《楚辞达》见投,予再四讽诵,其'指略'也,奇而法,微而显;其释骚也,婉而多风,曲而有直,体三千余年之大文,至是昭若发蒙,洞若观火。"此序且记载鲁笔创作之特殊环境与心理:"先生自序其时艺曰:间尝独往深山空谷中,四顾无人,划然一啸,忽心关震

---

　　① 姜亮夫:《楚辞书目五种》,上海:上海古籍出版社,1993年,第197页。

　　② 川,当为"州"。

动，如乐出虚然。则此书之成，要亦当其划然一啸时欤？”则此事与朱冀之病中梦与人相诘难而作《离骚辩》，同属研究中之潜意识作用与灵感现象。序文末尾从另一角度对该著给以极高评价：“抑知曩日之以科甲明经傲先生者，俱已草亡木卒，而先生长同楚辞以不朽！则凡将相之贵，金紫之荣，皆腐鼠耳，乌足以为先生吓哉？”

光绪重印本前有师范序、梁同书序，后无方城序，有章世臣光绪九年(1883)《重印楚辞达序》。言总角时曾受读《南斋诗集》，为其师先世鲁雁门所作，后见《二余堂丛书》中有《楚辞达》，“其解释多与旧注殊，而于朱子说尤多驳辩[①]，初不敢信，徐思之，卒无以易”。章氏惧是书之沦亡，遂用活字板印行数百部。然章氏序文中言“二十七条读骚之法”当为三十七条。

该书由两部分组成。第一部分为《见南斋读骚指略》，分为总论、篇章、段落、气脉、神吻、章法、笔法、句法、字法、骨法、辞法、补法、过文法、倒掉法、隔类相照法、移步换形法、兮字法、虚字法、从古韵十九项。

《读骚指略》为研究《离骚》艺术特色之重要文献，为前代及清代所独有之文。总论涉及离骚之总体特征、文体特质、情感特色、意境特点，而篇章、段落、气脉、章法属于结构方面，神吻、骨法属于风格方法，笔法、补法、过文法、倒掉法、隔类相照法、移步换形法属于手法、技巧方面，句法、字法、辞法、兮字法、虚字法属于语言方面。特于中编第三章第四节详论之，此处不再重复。

《离骚》正文部分基本每四句一释，类同朱熹、朱冀，然极少数处例外。如“曰黄昏以为期，羌中道而改路”二句下注，一般认为此二句衍，鲁笔未辩而保留。再如“女媭之婵媛兮”以下八句作注，“索藑茅以筳篿兮”以下六句作注。注中除引朱冀注外，一般不引他人注。而引朱冀注，则多作批驳。如“怨灵修之浩荡兮”四句下注：“朱悔厂[②]痛斥集注、林注，言怨君，谓大夫岂可有怨君之语，只宜作怨美政，反引《小弁》诗以证之。不但文义不当，试问亲之过大而不怨，是愈疏亲……《史记》明云：‘屈平嫉王听之不聪也’，嫉即怨也[③]。又云：‘屈原之作《离骚》，盖自怨生也。

① 实为驳辩朱冀之说。

② 厂，音 ān，同“庵”。

③ 嫉，当为“疾”。

信而见疑,忠而被谤,能无怨乎^①?'"朱冀本着晚期专制社会之正统思想,批驳朱熹、林云铭;鲁氏以《史记》司马迁之言驳朱冀,有理有力。一般来说,鲁氏所驳多得当。

再如"女嬃之婵媛兮"以下八句后,注曰:"原不过借女嬃言为引起下文之端,乃文章开一步起一峰之法。西仲(林云铭)不必横加指责,悔厂(朱冀)不必极力推尊。即就其词玩之,只识全身远害之情,尚未知清白死直之道。遽以为知几之神,金石不刊之至论,何其谬也!"此处鲁氏从文章气脉走向,文学形象特点反驳林云铭和朱冀,指出他们不论是对女嬃的指责还是推尊,都是着实过于粘著,不理解《离骚》写作特点。

故此书最大特点乃是将《离骚》实实在在作为文学作品,从文学创作、章法结构方面深入分析,从而阐释其文义。如"皇览揆余于初度兮"四句,注曰:"此章叙名字之正,伏下灵修。一则本心之明善得自天生,一则本心之明善尚赖人事。"又如"彼尧舜之耿介兮"四句,注曰:"尧舜遵道亦必有众芳为导,可知桀纣窘步亦必有党人为导,可知俱藏在上下文,分照对出,章法妙。"如此前后联系,并加以合理之联想,极力探索《离骚》精微之义,确能给人以较大启发。比之就句阐释,眼光就开阔得多。再如"忽驰骛以追逐兮"四句,注曰:"驰骛有三层。始乘骐骥驰骋,乃恐美人迟暮,欲导君如圣帝,其志甚高,虽急犹缓。继忽奔走先后,则恐皇舆败绩,惟欲导君如前王,其情稍卑而较急。终忽驰骛追逐,但恐修名不立,只欲效忠,如彭咸遗则,其意愈下而益苦。皆一层紧一层,一层痛一层,三恐字亦叠照有情。"此段分析极为精彩!鲁氏仍然运用前后对照联系之法,将屈原有意三次运用"驰骛"、运用三个"恐"字的深层创作心理揭示出来,确为一层比一层紧迫,一层比一层感情更痛苦。鲁氏以前的研屈著作中,艺术分析少有达此水平者。

对于关键字词的理解,鲁氏亦坚持此法,往往独有创见。"怨灵修之浩荡兮,终不察夫民心"之"民"的解释,历来聚讼纷纭。王逸释"民"为"万民",即黎民百姓。朱熹将范围缩小,释为"众人"。周拱辰释为"屈原自谓",徐焕龙将"民心"合起来解释,释为"邪正之民心"。诸家之解释,均有合理一面,亦有难自圆其说之处。鲁

---

① 引文次序颠倒。

氏则云:"意民心作人心,邪正俱在,虽原自指,亦兼指党人,所以接众女二句。"此说较确。若简单只释"民"为"人",与王逸说并无太大差别。而鲁氏结合周、徐二人之说,说明此"人"既包括屈原,亦包括党人,即正直之心与邪恶之心均含之。这样,楚王对两种心都不能明察,使屈原被"朝谇夕替",而下文"众女嫉余之蛾眉兮,谣诼谓余以善淫"也联系起来,于是上下文气贯通,对诗义之理解亦更为深入。

一般字句之训诂,鲁笔亦注意结合诗之韵味解释。"何桀纣之昌被兮"之"昌被",一作"猖披",前人多注"意同"。而鲁氏独注曰:"昌被,衣不带貌,二字俊妙,若改为猖披,则粗浅无味。"一般注家多注"猖披"同于"昌被",鲁笔注意二者字形不同,而细加区别,从形义结合来看,"昌被"确更有诗味一些。乾嘉学派主张"音近义同",从训诂学看,自然是一个重大的贡献,然从诗学角度而言,音同义近或音近义同之字在使用时还不可不辨其形,鲁氏此注对研究者亦是一有益启示。

总而观之,该书在训诂方面较平实细致,取说多有据,其弊病主要在文义之阐发,患在求隐求深时有穿凿附会,于追求微言大义之中,亦有完全解错者。如"冀枝叶之峻茂兮"以下四句,注为:"承上培植善类,原欲极其道德才华之盛,以待时取,为国家之用。今我既见疏,彼亦定齐归毁弃。我岂自惜,不能不为诸贤叹也。"屈原此处是痛惜他所培养的人才变质,而鲁氏则言是因屈原自己被疏而人才见弃,这就完全错解了诗之原义。"擥木根以结茝兮"以下四句,注曰:"次须将贤才之散布失职者贯串起来,令维持庶政……更用刚正不阿之人,矫革其风,以便纯修之儒引类扶持君身,如贯穿兰而佩服之也。"结合以下诗句,屈原此处明明是讲自己之修养,依法前修而洁行高操。鲁氏却注为引贤才为君服务,对象完全搞错。不过,全书此类错误不多,多为穿凿附会之失。

有清乾隆三十一年(1766)年见南斋刻本。

清嘉庆九年(1804)赵州师范编《二余堂丛书》本。

清光绪九年(1883)重印见南斋活字本。

十二、胡文英《屈骚指掌》

　　胡文英,字质余,号绳崖,武进(今江苏常州)人,生卒年不详。乾隆三十年(1765)贡生,曾官直隶高阳县知县。

　　该书四卷。为屈原作品注释本。首乾隆二十六年王鸣盛序,次乾隆五十一年自序,次《凡例》十二则,次司马迁《屈原列传》、次沈亚之《屈原外传》,其后为《屈骚指学目次》:卷之一《离骚》,卷之二《九歌》(《湘君》《湘夫人》合一歌、《大司命》《少司命》合一歌)、《天问》,卷之三《九章》,卷之四《远游》《卜居》《渔父》《招魂》《大招》。篇目次序与林云铭《楚辞灯》、蒋骥《山带阁注楚辞》诸书相同。《招魂》《大招》之作者,历来归属不一。司马迁定《招魂》为屈原作,而王逸否之;王逸定《大招》为屈原作,而附以“或曰景差,疑莫能明也”;宋晁补之《重编楚辞》十六卷,《大招》列入前八卷屈原作品内,谓“词义高古,非原莫能及”;明末黄文焕《楚辞听直》宗司马迁、晁补之诸家说,认定二招皆屈原作品。清林云铭、高秋月(《楚辞约注》)、蒋骥(《山带阁注楚辞》)、吴世尚(《楚辞疏》)、屈复(《楚辞新注》)、姚培谦(《楚辞节注》)、夏大霖(《屈骚心印》)、许清奇(《楚辞订注》)等并宗之。胡氏认为,《九歌》十一章实为九篇(出自明初周用《楚辞注略》),合以《招魂》《大招》,正是《汉书·艺文志》著录“屈原赋二十五篇”之数,即所谓“屈骚”。“指掌”者,语出《礼记·仲尼燕居》:“子曰:‘明乎郊社之义、尝禘之礼,治国其如指诸掌而已乎?’”比喻事理易明,了如指掌。胡氏批评以往的“屈骚之注,一坏于穿凿,再坏于诡随”,“余注屈时,不看诸解,惟求其理之是,神之顺,情之曲挚,无所不到,而铢黍不失乎正”。胡氏稽之往籍、按之目验,曾“两涉楚南,三留楚北”,实地考察,真知确见。诚如王鸣盛所云“余读其书,于地理名物考索最精,不为空言疏释,而骚人之旨趣自出”,是亦胡氏书命名之意也。

　　胡氏认为:“屈赋中多有错简,缘古者竹帛分裂,师承各异,遂失正定。”在不改变次序的前提下,于所认为错简处注曰“此句疑应在某句下”“此二句脱简,宜作某某"等。如《离骚》"余固知謇謇之为患兮,忍而不能舍也",注曰:"此二句疑应在'宓妃之所在'下,'解佩纕'句上。""长太息以掩涕兮,哀民生之多艰",注曰:"此二句脱简,宜作'哀民生之多艰兮,长太息以掩涕'。"如此判断之处,还有一些。胡氏判断错简,主要依据文意;判断脱简,主要根据韵脚。

关于屈子行踪及诗中涉及的地理问题,胡氏用力颇勤,曾"两涉楚南,三留楚北,询之耆宿,按之众图,绎之屈子之书,仿佛之所涉",类似现代社会调查和田野考察。故其对屈赋中地理的考辨,常能切实合理。如《涉江》题解曰:"《涉江》篇,由今湖北至湖南途中所作,若后人述征纪行之作也。按屈子由今之武昌府启行,将济临湘县江,故曰'将济江湘'。不忘郢都,望武昌高处以望荆州府,则为反顾矣,故曰'乘鄂渚而反顾'。由武昌之通山县、崇阳县、通城县,至岳州府之临湘县渡江,至方台山,舍车就舟,故曰'邸车方林'。由方林乘舟溯沅江而上,故曰'乘舲上沅'。经过常德府城南枉山渚,故曰'朝发枉渚'。由枉渚穷沅水而上,即为辰州府城西南,故曰'夕宿辰阳'。由城西南入溆浦县溪河,故曰'入溆浦,余僔偟'。然玩末句'忽乎吾将行',则溆浦乃过径也。旧说错乱,今为参以现在郡县之名,庶观者了然焉。"

该书另一大特色是名物考释。胡氏认为:"古人博物,如扬子云、郑康成、郭景纯、张揖、陆玑,极为留心,尚多谬误。余与书中鸟兽草木,必闻见确切,曲释其形,并考南北土名。俾博物君子,知其是而然之,知其非而辨之。其有旧说游移混淆者,必缺疑而不敢仍袭。"本着这一原则,凡屈赋所涉及的动植物,胡氏多就其名称、形状、产地及性质功用等详加考辨。如《离骚》"薋菉葹以盈室兮,判独离而不服",注曰:"许氏《说文》,'薋,众草也。'愚按:薋,聚也;菉,王刍也,楚名淡竹叶,又名竹叶菜,豫名菉草,秦名翠娥儿,吴名水淡竹。葹,卷施也;《尔雅》:卷葹草,拔心不死,未详其形。独离,离南也。《尔雅》:'离南,活莌。''倚商,活脱。'一物也,又名通脱木,今妇人取以为通草花。女嬃引之,盖欲其学通脱以自全,非欲其为恶行也。自王叔师强以'薋'为'茨',遂令嬃蒙屈千载,且使'纷''独''有'三字,义无归宿。通脱木,楚中产。"按《说文》"薋,草多貌",胡氏所引略有误。释"薋"为聚,与段玉裁说解相同。然段氏《说文解字读》成书于乾隆五十九年(1794),《说文解字注》成书于嘉庆十二年(1807),而于嘉庆二十年才得以刊行。《屈骚指掌》成书于乾隆二十六年(1761)以前,印行于乾隆五十一年,早于段氏。胡氏据《尔雅》释"蔍"为卷蔍草,亦与王逸以来诸家不同,可备一说。下句将"独离"释为"离南",又名"通脱木",较合诗意,亦言之成理。

关于各篇写作时地,该书亦自成体系。胡氏认为《离骚》作于初疏被放,回秭归故居时。而《九歌》诸篇,不作于一时一地。如《河伯》是屈原经过黄河时,见当地百姓祭河神,"因为作乐章以寓意";《国殇》《礼魂》则作于郢都。《九章》诸篇,写作时地跨度更大。《惜诵》作于《离骚》后,自郢都往汉北时[1],《悲回风》作于郢都,《涉江》为武昌至辰州时中途所作,《哀郢》为怀王将入秦,迁屈子于岳州时作,《抽思》《思美人》作于今之江南,《怀沙》作于顷襄王时今湖南之地,《惜往日》系垂死之音亦作于今之湖南,《橘颂》则不知作于何地。《卜居》作于郢都怀王时,《远游》继《惜诵》后作于今之江南。《渔父》《招魂》于怀王时作于今之江南,为招怀王生魂;《大招》作于今之湖南,作于荆沔之间,为招怀王亡魂。

文意阐发上,此书亦不乏可取之处。如《涉江》之"吾与重华游兮瑶之圃",一般注明"重华"为"帝舜"即止,胡氏则注曰:"《离骚》中,始则曰'就重华而陈词',末则曰'奏《九歌》而舞韶',此则曰'与重华游兮瑶之圃',则屈子之生平,所得力而可见诸行事者,亦可想见矣。"将此处独与舜游的含义训释得较确切。《离骚》"求女"一段,解说纷纭,大体划之,则主要有两说,一谓求贤臣,王逸主此说,洪兴祖、刘梦鹏、戴震等从之。一谓求贤君,朱熹主此说,汪瑗、李陈玉、徐焕龙等从之。胡氏则于"见有娀之佚女"后注道:"有娀逸女,高辛世妃,皆不妒之人。故欲求以达吾忧也。"于"留有虞之二姚"后注道:"有虞二姚,中兴夏室者。宓妃,帝者之祥;有娀,王者之祥;二姚中兴,霸者之祥。《易》,妻道也,臣道也,故屡以贤女喻贤臣,求达吾忧也。"即胡氏认为"求女"为求通君侧之人,自成一家之言。

然胡氏对文意阐发亦时有迂曲不通之处。如《离骚》"欲少留此灵琐兮,日忽忽其将暮",注曰:"日将暮,托言时之晚也。盖是时强秦并吞之势已成,若不

---

[1] 胡氏认为汉北在当时称江南,今之湖南一带当时并非江南,详见卷三《抽思》"有鸟自南兮,来集汉北"注。

早图,噬脐无及也。""纷总总其离合兮,斑陆离其上下",注曰:"纷总二句,皆飘风云霓交相为蔽之象也。太白诗'总为浮云能蔽日,长安不见使人愁',即此意也。"均嫌牵强,而与原意不合。"理弱而媒拙兮,恐导言之不固",注曰:"理弱媒拙,托言之也。导言不固,则虽欲小就近功而不能矣。盖霸术本非所愿,故微及之,而不甚切也。"故求深解,反显迂曲。

字句训诂方面,偶有可取。如《哀郢》"憎愠愉之修美兮",注曰:"愠愉,浑沦也。愠字吴音鸟陨切,楚音呼混切。屈子岂不虑秦伏兵之诈,然未敢明言。但曰秦虎狼之国,不可信,是浑沦其辞也。众谗人岂有不憎之者哉《尔雅注》:言蕴浑,即浑沦也。"此处据《尔雅注》,用音训,且注意到吴音与楚音,有一定道理,可为一说。又如《橘颂》"淑离不淫",注曰:"淑离之离,应作丽,故下接以不淫字。"胡氏认为"离"为"丽"之通假,故读破。联系下文,此注亦有一定道理。故字句方面可取处多在音训,然义训个别亦有可取者,如《涉江》"哀南夷之莫吾知兮"之"南夷",注为:"自楚南以迄粤东西,皆在郢都之南,重华卒于粤西,故承上而言南夷岂能知我?然今将济江湘而就之,宁不哀哉?观下文'哀吾生之无乐兮,幽独处于山中'[①]可见。旧注谓屈子斥楚为南夷,误于未识地形故也。"此注与王逸以来诸家不同,可备一说。

然该书之最大不足,亦在字句训诂方面,错误时出,甚或有荒谬之处。如《离骚》"九疑缤其并迎",注曰:"百神备降,则可以决其疑。九疑并迎,则献疑多而难决矣。故必须巫咸扬灵而致辞也。"篇末之"乱曰"注云:"取所未尽之意,不择次序而并言之,故谓之乱。"均属望文生义,附会穿凿。"凭不厌乎求索"之"凭",训为依据;"长顑颔亦何伤"之"顑颔",训为"或仰视,或额之",均失训诂依据,而妄断之。"鸷鸟之不群兮"之"鸷鸟",训为"雏也,即鹰隼之类。毛诗传:雏,夫不,一宿之鸟。夫不,不与妇同宿;一宿,独宿也。前世,古来也。喻己之刚鸷,故不入群也",如此训释"鸷鸟"之义,未免迂腐。

有些重要字词漏释。如《哀郢》"皇天之不纯命兮"之"纯命","凌阳侯之泛滥兮"之"凌阳侯",均未释义。王序谓"从来注屈,当以此为第一",显系过誉

---

① 于,当为"乎"。

之词。

　　有清乾隆五十一年(1786)富芝堂刊《武进胡氏所著书》本。

　　1979年北京古籍出版社缩小影印清乾隆五十一年本。

十三、陈本礼《屈辞精义》

　　陈本礼(1739—1818),字嘉会,号素村,江都(今江苏扬州)人。陈氏有别业名“匏室”,家中藏书丰富,若得宋版,必珍藏之。善诗文,曾于城南角里庄立诗社,名流多与酬唱,后编为《南村鼓吹集》。陈氏治学勤奋,著述颇丰,有《汉乐府三歌注》《协律钩元》《急就探奇》,与本书合称《匏室四种》,另著有《焦氏易林考证》《扬雄太元灵曜》等书。

　　此书为陈氏倾其毕生心血之作。据《自序》,“幼即嗜骚,苦无善本”,三十岁时曾写《江上读骚图》小影,友人石飘山人(张曾)见之大为感动,“不惜蒲团午夜,苦吟三日夕,为赋读骚长歌”。而陈本礼四十四年后,还“不惮眼昏笔拙,复检旧读,研其精义,正其伪误”,先后五易其稿,完成此书,其治学精神十分感人。

　　该书在资料上有一独特之处,即所修改之稿本尚有《离骚精义》部分留存,此稿在姜亮夫处保藏多年,后经他整理,1955年由上海出版公司影印出版,名为《离骚精义原稿留真》。据姜先生研究,此稿至少已经过三次修改,然仍与定稿有较大差异,从中可见陈氏研屈之苦心。该稿本出版后分为四部分。(一)《离骚精义原稿留真》,为陈氏原稿之影印件。(二)《离骚精义原稿综合校记》,为陶秋英校,姜亮夫订。将原稿中有修改痕迹的,尽量辨认注明。原稿中的勾、画、圈、点处,皆用夹注说明。(三)《离骚精义原本第三稿译读》。凡原稿斑驳不清楚处,均细为审辨,根据前后文义清理条贯。(四)《跋》。跋文较长,首为作者简介,后分为三论:1.稿本内容分析,三次修改方法与要义;2.稿本与最后定本异同,其主要用意所在;3.整理此稿方法与结果之说明。

为弄清陈氏撰写《屈辞精义》的思路变化及全书的修改过程,姜先生在"跋"文中详细比较了该稿本与定本的差异,此对今日屈学研究有很大的参考借鉴价值,特介绍如下。形式上,前后体例有很大差别:(一)初稿每章下皆计章数,如"惟庚寅吾以降"下有"一章"二字,"字余曰灵均"下有"二章"二字,以下以此为例,全篇皆然。在第一次修改时,已全部删除。(二)初稿引用各家皆称姓氏,而改稿则全部易为书名。如"李安溪(即李光地)曰"改"解义","宋天闲曰"①改"骚辩"等。然第一次修改所增入的眉注,仍称其名,如"张南松曰",后易为"节解",应在第二次修改后。(三)初稿有"礼案"一例,如"皇览"章、"屈心抑志"章等,后在改稿中均删去(只有"皇览"章未删)。(四)初稿从洪兴祖说,把"曰黄昏以为期,羌中道而改路"两语删去,改稿又重新加上。(五)前述"一章""二章"处,常有小注,而这些小注常有反复修改的痕迹。内容上,字词训诂、章句要义、思辨发微,前后也多有不同,此处便不一一对照。

该书定本六卷。目次为首陈氏自序,并附张曾《江上读骚图歌》;次为《略例》十七则;次录《史记·屈原列传》,又录唐沈亚之《屈原外传》;次《参引诸家》;再次为正文;卷末有陈氏所题四首七绝及小序,最后为陈氏跋一篇。

自序内容分三部分。第一部分为对屈原之评价,作者承孟子"故天将降大任于是人也"之思想,认为屈原所以遭受如此磨难,是天欲使之成器。第二部分为感叹屈骚奥义,千载莫明。第三部分为讲述作者四十多年注骚之诚笃,且颇以此书自矜:"虽不敢自命注骚,然于骚之命脉,窃有窥于一管。不揣固陋,略为诠释。庶庐山面目,得以一洗尘昏于二千年后,不致沉埋于霾云宿雾中。"序后志日期为"嘉庆辛未长至日",离辞世之年不远。

《略例》十七则,篇幅较长,内容亦丰富,实为全书大纲,具体可分为两大部分。前六则为对屈骚之基本理解。第一则言王逸《离骚经章句》之"经"字乃汉儒所加,并认定淮南王刘安之《离骚传》传文已佚,《史记·屈原列传》中"国风好色而不淫"之五十二字为《离骚传》中语。第二则说明篇目编次,历来注家前后

---

① 宋,应为"朱"。

移易,各成其是。但因汉儒去古未远,"当以太史公所读古本为定"。此书篇目次序即按司马迁所言编排。第三则为作者之独特"发现",认为:"骚有赋序,自'帝高阳'起至'故也',乃骚之赋序,汉人三都、两京赋序之祖。"并断言"遥遥两千年来,读者皆如梦中"。第四则中亦载陈氏特异之见,认为《天问》中:"于汤武多微辞,特伸大义于当时,以弭楚寇周之谋也。"更为突出的是,陈氏发现:"楚自熊通称王,楚庄问鼎,世有无君之心。迨怀王在位三十年,未闻有此举者,焉如非屈子之言,潜移默夺之焉!"陈氏对此发现十分得意:"此义历来注家,从无齿及。故特为发明,以告世之读《天问》者。"五、六两则,陈述对各篇主题的理解,为后面笺释之纲。

后十一则,为笺释体例要点,皆针对他人注骚弊病而设。如认为屈赋艺术之妙,如鬼斧神工,巧妙入微。"然又皆从至性中流出,非斤斤以篇章字句矜奇炫巧也。"采辑前人注说,"要在机神切中肯綮",不然一概不录。对前人论著,陈氏多有非难,"如黄文焕之十八听,蒋涑塍之余论,林西仲之说例,鲁雁门之读法,非不娓娓动听,然语多穿凿,未臻上乘,非真三昧"。值得注意的是,第十五则记载了一些屈赋图绘情况,除陈洪绶《九歌图》外,有清萧尺木作的《九歌》《天问》等共六十六幅,乾隆命内廷补绘的八十六幅。于今此图多数失传。第十五则记载练湖女子陈银著有《楚辞发蒙》五卷,而此书无刊本。第十六则特说明本书的笺释,乃仿郑玄注毛诗之例。

《参引诸家》,列刘安、王逸、刘勰、刘知几、《文选》六臣注、柳宗元、洪兴祖、朱熹、吴仁杰、钱杲之、陆时雍等三十七家。参引面较广,且凡重视楚辞要义阐发者,几乎全部引入。

正文六卷,按《略例》中所定的司马迁所言编次,即《离骚》第一卷、《天问》第二卷、《招魂》《大招》第三卷、《九章》第四卷、《九歌》第五卷、《远游》《卜居》《渔父》第六卷,故目次与诸家所编均不同。

笺注体例为发明、笺、正误、汇订、选评。发明为陈氏自认独到的见解和精研出的奥义。笺为对一段文字之大义及总体评价。正误为对前人错误之纠正。汇订为前人见解之选汇,选评为参引诸家中选出。然并非各篇中均有此五部分。如《离骚》《天问》《招魂》《大招》《九章》《九歌》《远游》各篇篇名之后,均有

"发明",而《九章》《九歌》中各篇《卜居》《渔父》篇名下,则只有"笺"。大多篇目都有引诸家之说部分,而《大招》《九章》则没有。

各篇先分段注释,再以"笺"陈述己说,然后引各家之言,最后是"正误"。各卷均有夹注,此多为解释字义、句义或注音。第一至第三卷还有眉批,眉批主要用于说明文法章法。

此书之第一特点在屈赋"奥义"之阐发,这从书名和前述稿本与定本之差异即可知。仅《离骚》一篇,便有多处可体现陈氏殚精竭虑探索之诚。如"启九辩与九歌"以下,陈氏曰"娱以自纵,实紧就怀王对症发药""淫游田猎,此又怀王膏肓之疾"。陈氏看出,屈原这是借古讽今,是针对怀王的毛病而发。而所以陈词时贬斥太康、浞、浇等十分激烈,也是希望怀王以古为鉴:"其所以激烈如此者,盖是对齐秦吴魏之兵交攻于外,而怀王内宠郑袖,外畋云梦,巫山云雨,至形于梦寐。"再如《离骚》"览草木其犹未得兮,岂珵美之能当。苏粪壤以充帏兮,谓申椒其不芳"四句,笺曰:"上章醒大夫之迂,此章笑党人之愚。粪壤充帏,其言其好恶之异,似党人有嗜痂之癖,以粪壤为别有风味也,嘲之之词。"陈氏能不拘于此四句,而从诗歌总体脉络、从前后段落、诗句联系入手,领略其弦外之音、言外之意,可说得了三昧之旨。

由于陈氏重诗歌章法,重精微之义,故见解常能独到,而成一家之言。《九歌·大司命》题下笺曰:"前《湘君》《湘夫人》两篇,章法阐递,而下分之为两篇,合之实一篇也。此篇《大司命》与《少司命》两篇并序,则合传体也。"陈氏认为大、小司命并序,此看法未必正确(后面将评介),然认为两篇关系类似二湘,确有一定道理。

陈氏探求奥义之法,值得一提者,尚有赋、比、兴之运用。其中"比"义的探讨,较为成功。如《离骚》"朝吾将济于白水兮"一章,眉批曰:"'求女'之端,一篇水月镜花文字,读者勿认为实有其事,则痴人说梦矣。"陈氏认为,《离骚》此处之真义不能从实在的"言上"理解,因并无其事,而应从"比"义着手:由"求女"联想到"求贤",由前面的"道夫先路"联想到"师保自任",等等。

陈氏既为研屈之学者,亦是富有特色之诗人,具有诗歌创作实践经验,因而探求创作心理,剖析篇章结构,鉴赏作品艺术便成为该书第二大特色。

该书篇后《跋》云：

> 屈则自抒悲愤，其措语之难，有甚于庄。盖忠既不见亮于君，内而郑
> 袖，则王之爱姬；外而子兰，则王之爱子。且满朝党人，皆王之亲信。中外
> 棋布，稍涉国事，有干诽谤，得咎更甚，不得不托诸比兴，以申其悒郁之怀。
> 故运思落笔，都借寓于奇险之径，使言之无罪，闻之足以戒。

可见，陈氏十分注重屈原创作心理之探索。在书中《自序》中，他感叹："当时及
门如宋、景辈，讳楚之忌，不敢发明其铸辞本义，以致微文愈隐，幽怨莫宣。"他将
创作心理探研程度，作为衡量研屈者成就大小、水平高低的重要标准之一。如
《离骚》题后之《发明》曰："千古以来，善说骚者，惟淮南与龙门二人而已。余如
子云反骚，孟坚序骚，直门外汉也。他若叔师章句，刘勰辩骚，柳州天对，固勿庸
琐琐矣。"所以如此品评，在于陈氏认为扬雄、班固等未能注意探其创作心理，以
进而研其大意，只不过是些烦琐的注释。由于陈氏注重这方面的探索，故理解
往往贴切深刻，如《九章》题后《发明》曰："屈子之文，如《离骚》《九歌》，章法奇
特，辞旨幽深，读者已目迷五色。而《九章》蹊径更幽，非《离骚》《九歌》比。盖
《离骚》《九歌》犹然比兴体，《九章》则直赋其声，而凄音苦节，动天地而泣鬼神，
岂寻常笔墨能测。朱子浅视《九章》，讥其直致无润色，而不知其由蚕丛鸟道巉
岩绝壁而出，而耳边但闻声声杜宇啼血于空山夜月间也。"若就手法语言而论，
朱熹所言并未大错。陈氏之批评，主要着眼于屈原心理感情的宣泄抒发，其表
现方式则不能说"直致"。

在篇章结构剖析上，陈氏亦常能中其肯綮，令人会心。《离骚》之注解，相当
篇幅用以说明诗人文思，勾勒脉络。如第五节，"女嬃之婵媛兮，申申其詈予"至
"揽茹蕙以掩涕兮，沾余襟之浪浪"，笺曰："己以女嬃陈词，遥承上文'悔相道'章
来，草蛇灰线至此一结。以下层峦叠翠，重复开障，大有山断云连之势。"此段关
联作用，阐述较为明了，确能显示陈氏艺术眼光。这方面，陈氏批评前人也常能
切实中肯。如《涉江》诗，笺曰："昭明取此人选，独刷去乱曰一段，使屈子之文有
首无尾，是不知此乃专为哀南夷莫吾知而设也。"陈氏看出《涉江》之"乱曰"为呼

应开头而设,尽管未必完全如此,其见识也比昭明太子高一等。

该书的笺注,还注意到艺术鉴赏,而陈氏之艺术鉴赏力确也较高。最能体现这点的,是《九章·涉江》一篇。"乘鄂渚而反顾兮,欸秋冬之绪风。步余马兮山皋,邸余车兮方林"四句,注曰:"一幅秋山行旅图。""乘舲船余上沅兮,齐吴榜以击汰。船容与而不进兮,淹回水而凝滞"四句,笺曰:"此又一幅清江泛棹图也。一叶孤帆,沙汀夜泊,淹回难进,能不令迁客魂销于江上耶?""余将董道而不豫兮,固将重昏而终身"二句,笺曰:"如置身在淑浦山中,听哀猿夜叫也。"全篇贯串着鉴赏,说明陈氏不仅注重大义奥义,而且注重艺术分析,这在以前的研屈著作中实不多见,值得高度肯定。与这种鉴赏相配合,陈氏还常引屈原以后名诗人之句,以诗注诗,来补注之不足,使读之者加深艺术理解。如《抽思》"愿径逝而未得兮,魂识路之营营"二句,注曰:"沈约曰:'梦中不识路,何以慰相思?'此怪魂之频于往来也。"《怀沙》"滔滔孟夏兮,草木莽莽。伤怀永哀兮,汩徂南土"四句,笺曰:"孟夏时犹清和,草木莽莽,此犹渊明所谓'盛夏草木长,绕屋树扶疏'之意。"所引两诗,均很贴切,此法其他研屈著作亦很少采用。

该书虽以阐发大义为主旨,然名物训诂亦有可取之处。如《九歌·东皇太一》,对"东皇太一"历来解释亦多。洪兴祖引《文选》六臣注,认为"太一"为星名,此说王夫之、戴震、蒋骥均不同意,认为为楚国最尊贵之神。陈氏于《笺》中曰:"太乙非星辰名……其曰东皇者,太乙木神,东方岁星之精,故曰东皇。"此说亦反对太乙为星名,但它以之为"东方岁星"之精,说明其名与岁星有关,将两说结合、统一起来,不失为一种恰当的解释。

该书所引三十七家注释,总体有以下几个特点。(一)绝大多数为阐发文义之著作,而注屈名著李陈玉《楚辞笺注》、钱澄之《屈诂》、王夫之《楚辞通释》、戴震《屈原赋注》均未入录,大约作者认为这些著作中阐发文义不足或无可取。(二)所引诸家有所侧重,且因诗而不同。如《离骚》以方苞《离骚正义》、张德纯《离骚节解》为多,《九章》以蒋骥《山带阁注楚辞》为多,《九歌》以何义门《文选评》为多,《天问》则多为自《笺》。值得注意的是,陈氏对唯一的女子注骚者陈银之《楚辞发蒙》高度重视,全书共引六条——《离骚》四条、《九歌》两条。(三)所引之注,必为作者认为有特点者。而一般注释,即令与所引诸家相同,也自行笺注。有的诗,大约陈氏认为诸家注均无可引,如《九歌》之《东君》《河伯》,则只有自注。

书后有《自识》与《跋》。《自识》分两部分。前为识文,说明该书五易其稿,并颇为自负:"实扫尽前人一切卮言蔓语,独开生面,差以自喜。"接叙年迈写作之艰辛:"然冰砚雪窗,黎明即起,篝灯而止。拥炉自写,指为之肿,目为之眩。"

《跋》文大致分四部分。第一部分将庄、屈对比:"文自六经外,惟庄、屈两家,素称大宗,庄文灏瀚,屈词奇险。"并认为屈子创作更难。第二部分对历代注家作概括性的简评,评价甚低。甚至认为前儒无当于作者(指屈原)之心,"余若诸家则肤辞剩语,冗蔓满纸"。第三部分表达了对屈子的尊崇,充满深情。最后说明选取诸家之用心:"一言之合,必慎所择取,冀其广播士林,不肯令昔人一片心血,埋没千古也。"

该书之不足与错误亦较为明显。

首先,研究方法上,陈氏以《诗经》之赋、比、兴手法研究屈赋,尚属恰当,其中且有新见。然由此真理再跨前一步,则成了谬误。陈氏对屈赋某些部分的分析,采用了"以《诗》证骚"之法,从而得出错误甚至荒谬的结论。"以《诗》证骚"之法并非陈氏之发明,由来已久,明清时有的学者更将其推向极端。如龚景瀚在其《邶风说》中认为《离骚》与《诗经·柏舟》相同,且句句相对比附,已遭学界之讥,而陈氏之错误与龚氏如出一辙,甚至断定《离骚》与《诗经·简兮》主旨全同。

其次,在结构脉络分析上,亦有大误。陈氏认为屈赋有赋序,将《离骚》分为"序"和"经"。并从《天问》中看出,楚怀王未有无君之举,当得力于屈子之言(见前《略例》第三、第四则介绍)。此说全无道理。至于信史几乎不引,而喜多录野史杂录,逞其诗人之爱好,则显得不够严谨。

第三,在具体诗句训解上亦有错误之处。认为《九歌》为屈原寄托政治情结而作,从王逸即肇端,朱熹亦发展之,言其:"因彼事神之心,以寄吾忠君爱国眷恋不忘之意。"后来注家主此寄托说者亦多,然较谨慎,具体诗中并不坐得过实。但陈氏将此说发挥到极端,每篇均指出具体寄托何意,则不免揣测过分,反失其真。

有清嘉庆十七年(1812)襄露轩刊本。

陈氏读骚楼刊《陈氏丛书·匏室四种》本。

民国十三年(1924)上海扫叶山房影印襄露轩本。

1955年上海出版公司影印《离骚精义原稿留真》本,此乃《屈辞精义·离骚》部分原稿。

2017年上海古籍出版社《楚辞要籍丛刊》本。

十四、俞樾《读楚辞》

俞樾(1821—1907),字荫甫,晚号曲园,德清(今浙江德清)人。道光二十四年(1844)举人,道光三十年殿试二甲,赐进士出身,改翰林院庶吉士,授编修,曾提督河南学政。后罢官归,侨居苏州,曾主讲苏州"紫阳"、上海"求志"、德清"清溪"、归安"龙湖"等书院,亦主讲杭州"诂经精舍"三十一年。光绪二十九年(1903),下旨复编修原官。

俞樾为晚清著名语言学家,其学主承高邮王氏父子,著作《群经平议》承继王引之《经义述闻》,《诸子平议》则公认为与引之父王念孙之《读书杂志》相抗衡,《古书疑义举例》亦为朴学名著。所著总称为《春在堂全书》,共二百五十卷。《读楚辞》一卷收入《春在堂全书·俞楼杂纂》卷二十四。

该著作为读书札记形式,凡序、跋、目录、略例等均无。全书重在字句之诠释,间及名物、制度、史实之考辨。篇目不仅限于屈原、宋玉、景差之作品,亦有汉人拟骚之作如《九叹》《九思》《七谏》等,共四十一条。每条内容均有标目,如《离骚》"字余曰灵均"之"灵均"、"朝搴阰之木兰兮"之"阰"、"不抚壮而弃秽兮"全句、"愿依彭咸之遗则"之"彭咸"(加一条"彭祖")等。

俞氏以朴学方法治"经"与"子",取得很大成就,他亦以此法治楚辞。该著主攻王逸《楚辞章句》,其"因声求义",通古文假借、审文义、明句读等法均运用得卓有成效,往往能辨千古之疑难,给人以启迪。如《橘颂》"淑离不淫,梗其有理兮",王逸注云:"淑,善也。梗,强也。言己虽设与橘离别,犹善持己行,梗然坚强,终不淫惑而失义也。"俞氏云:"愚按:王解淑离之义甚为迂曲。淑离乃双声字,犹寂历也。《文选》江淹杂体诗'寂历百草晦',注曰'寂历,雕疏貌',是其义也。淑与寂并从叔声,同声而通用。离与历一声之转。离得转为历,犹郦食其之丽音历也。"王逸将"淑离"一词作两单音词解,而俞氏看出此为双声联绵字,应作一词解释,显然比王逸正确。同时认为淑离即寂历,"淑"与"寂"同声通用,"离"与"历"为一声之转,乃乾嘉学派常用之音韵训诂之法,亦十分有理。

类似以上音训之例,在该著中占有较大比例。如《离骚》"字余曰灵均",王逸注曰:"灵,神也。均,调也。"俞氏则曰:"愚按:屈原名平,自取高平曰原之义。此均字当读畇。畇,原隰之畇。"《惜诵》"忠何罪以遇罚兮,亦非余心之所志",王逸注曰:"言己履行忠直,无有罪过,而遇放逐,亦非我本心宿志所望于君也。"这是将"志"释为"宿志"与"希望",而俞氏据音训断为"志即知也",并认为:"屈子之义盖言得宠得罪皆非己之所知耳。以为忠而遇罚非宿志所望则转浅矣。"从情感表达与创作心理方面观之,俞氏注释似更合屈原本意。

俞氏还善于通过判定通假字以寻求正确解释。《离骚》"朝搴阰之木兰兮",王逸注曰:"阰,山名。"俞氏云:"愚按:下句'夕揽洲之宿莽',非水名。阰者,坒之假字。《说文·土部》:'坒,地相次比也。'地相次谓之坒,水中可居者谓之洲,皆非实有可指之地也。"俞说显然较合理。

该著以朴学治楚辞之另一特点为形训。先秦古籍在传抄过程中,字形易发生讹误。发现误字,寻出本词,为清代学者所作卓越贡献。俞氏《古书疑义举例》,摘出古代典籍中因形、意诸方面致误例子,显示出精深的功力,其对楚辞的研究亦如此。《湘夫人》"葺之兮荷盖",历来注家均据字训释。但俞氏认为此句中"芷"字缺坏,只余下部之"止"字,而古篆"止""之"相近,故误作"之"字。又因文不成义,后人将"葺"字移于"之"之上,以便语句通顺,故原文应为"芷葺之荷盖"。俞氏并引《考工记》《说文》《尔雅》为据,证明:"葺也,盖也,皆草屋之名。以芷为葺,以荷为盖,极言其清洁也。"俞氏并就文索证:"下文云'芷葺兮荷屋',与此文法相同,可据以订正此句之误矣。"此见极具参考价值。

该著第三个特点为辨文法。俞氏对王逸、洪兴祖之注释,凡认为文法不通之处,必详加分析,找出关键字、词,认真求解,务使文义通顺,并广搜旁证,以求确切。如《离骚》"屈心而抑志兮,忍尤而攘诟"二句,王逸注曰:"抑,案也。""尤,过也。攘,除也。诟,耻也。言己所以能屈案心志,含忍罪过而不去者,欲以除去耻辱,诛谗佞之人,如孔子诛少正卯也。"俞氏则认为:"按上句曰'屈心而抑志兮',抑志与屈心同,则攘诟必与忍尤同。如王注则是屈心、抑志、忍尤六字,共为一义,而攘诟自为一义,于文理殊不可通。"俞氏看出王逸之注不合文法,可谓切中肯綮,但此"攘"字要索求正确之解颇为不易。于是其广为搜证,终于在《管子》一书中找到合适解释:"《管子·任法篇》曰:'皆囊于法,以事其主。'尹注曰:'囊者,所以敛藏也。'以藏释囊,义存乎声。攘与囊声同,亦得有藏义。忍尤而攘诟者,容忍其尤,而含藏其诟,实一义也。"此解显然比王逸之解确切。

实际上,俞氏辨文法仍是以音训为基础。除以上例子外,其余各例莫不如此。如《招魂》"土伯九约,其角觺觺"二句,俞氏认为王逸释"约"为"屈","殊不成义",推断"约"乃"觕"之通假字,再通过《尔雅·释诂》知其本义为"新出之角",由此得出与前人截然不同之新解。刘向《九叹》"驱子侨之奔走兮",俞氏不同意王逸的注释(王逸认为为王子侨),因从对句"申徒狄之赴渊"及以下四句之申生、卞和、伍子胥、比干,皆两人并举,判定"驱"不应为动词,则"驱子侨"应为人名。俞氏进而认为是《左传》中之"舟之侨"(见《闵公二年》),"驱子"乃"舟之"之误。

由于俞氏广阅博览,熟谙先秦典籍,对楚辞中某些涉及史料之理解,常有独到之处。如王逸《九思》"思丁文兮圣明哲,哀平差兮迷谬愚,吕傅举兮殷周兴,忌嚭专兮郢吴虚"四句,《楚辞章句》于第一句下注曰:"丁,当也。文,文王也。"俞氏怀疑此注非王逸所作:"《九思》本王逸所作,而逸自为之注,自作自注,殊属可疑。今以此注考之,则知其决非逸所注也。……四句中,每句有两古人,而四句实止两事。丁者,武丁也;文者,文王也。吕者,吕尚也;傅者,傅说也。忌者,费无忌也;嚭者,宰嚭也。"俞氏所疑无疑正确,此注决非王逸所注,显系后人所为。从四句结构观之,"丁"当指"武丁",由此可见俞氏研判之精细。

该著之条目多较为简短,亦有几条较长者,相当短篇论文。除文义、文法之分析与史料、典实之考证外,俞氏亦善于以骚证骚,关于彭咸之大段考证即如此。《离骚》"愿依彭咸之遗则",王逸注曰:"彭咸,殷贤大夫,谏其君不听,自投水而死。"俞氏对彭咸"水死"说颇为怀疑,根据对前句之分析及前后句相承之关系,认为:"彭咸必古之贤人,屈子素所师法者,岂必法其投水而死者乎?"接下即从屈子当时心理分析,认为《离骚》应作于怀王时或顷襄王初立时,"屈子尚冀幸君之一悟,俗之一改",不可能早有死志。即令死志早定,而死法亦多,何必定投水而死。接下又引屈骚多次提到之彭咸为证,即《离骚》"吾将从彭咸之所居"、《抽思》"指彭咸以为仪"、《思美人》"思彭咸之故也"、《悲回风》"夫何彭咸之造思兮""昭彭咸之所闻"均未必指绝世。文中又对《悲回风》之"凌大波而流风兮,托彭咸之所居"。具体分析,指出下句屈子义有登山之举,"既思投水又何思登山乎?"后又通过对文法的分析,证明:"屈子之从彭咸止是取法前贤,即夫子窃比老彭之意。"后人因屈原是投水而死,遂附会彭咸也是水死。文之结尾,俞氏推测:"然则屈子何以惓惓于彭咸也? 彭咸疑彭祖之后,与屈子同出高阳,故一再言之亲切而有味也。"此论虽不能说绝对驳倒"彭咸水死"说,但其多方求证之法,确可供研屈者认真参习。

该著相对集中而成就最高部分,应属对《天问》之考辨。《天问》共考订五条,数量为除《离骚》外最多者(《离骚》七条),每条文字不多但精审、材料不多但切实、证法不多但有力。如"释舟陵行,何以迁之",王逸注承上二句"鳌戴山抃,何以安之"而来:"释,置也。舟,船也。迁,徙也。舟释水而陵行,则何能迁徙也? 言龟所以能负山若舟船者,以其在水中也;使龟释水而陵行,则何以能迁徙山乎?"解龟负山若舟船,本已属牵强。而"释舟"二句从文义分析,应起启下作用,如此解释则下句起得突兀。历来注家均认为王注不确,而寻求新解。王夫之、毛奇龄、徐文靖均已发现与"奡"(即浇)有关,俞亦同意此说,而更为完备之:"此二句当属下为义,下云'惟浇在户,何求于嫂',注曰:'浇,古多力者也。'《论》曰:'浇荡舟。'然则此二句即谓荡舟。《论语》孔注曰:奡多力,能陆地行舟。此云释舟陵行,谓置舟于陆地而行之也。"俞说切合本义而较完备,已为学界普遍接受。

由于俞氏精通乾嘉学派"因声求义"之法,在先秦典籍研究中往往能解前代学者之惑,《天问》研究自然亦如此。"稷维元子,帝何竺之",王逸解"竺"为"厚"

也。此解颇为牵强,历来许多学者不予赞同,对"竺"寻求其他解释。洪兴祖释为"笃",朱熹释为"祝""柷",蒋骥、王邦采已发现应通"毒","天竺亦曰天毒"。俞氏赞同此说,证明古字"竺""毒"通用。并引《广雅·释言》:"毒,憎也。"从而将此句解通。

该著亦有不足之处。

一为过于拘泥实解,忽视诗歌艺术创作特色,以对经之法对诗,反曲解诗意。突出表现在《离骚》"仆夫悲余马怀兮,蜷局顾而不行"之索解中。王逸注曰:"仆,御也。怀思也。""屈原设去世离俗,周天匝地,意不忘旧乡,忽望见楚国,仆御悲感,我马思归,蜷局诘屈而不肯行。"王逸所注,本无不确。而俞氏认为:"以怀思属马,言甚为无理。'怀',当读为'瘣'。《说文·病部》:'瘣,病也。'引《诗》曰'譬彼瘣木',今《诗》作'坏本'。以怀为瘣,犹以坏为瘣也。'仆夫悲余马瘣兮,蜷局顾而不行',盖托言马病而不行耳。《诗》云:'陟彼砠兮,我马瘏兮;我仆痡兮,云何吁矣。'骚人之辞,即本之诗也。"《离骚》极富浪漫色彩,诗中鸩、鸠、凤凰均有人之感情。马怀故土,即便不将其拟人化,亦完全合于生活。而俞氏认为马不应有人之感情,训为瘣,并引《诗》证之。"以《诗》证骚",由来已久,明清时有的学者将其推向极端,便不可取,而俞氏认为"骚本之《诗》"而以《诗》求解,则往往错之更远。《远游》"仆夫怀余心悲兮,边马顾而不行","顾"即体现"怀"意。《远游》即便非屈原所作,作时亦应离战国末期不远,作者当能体会屈原之意。如俞氏所解,则诗味索然。

二是个别条目辗转相训,显得过于烦琐。如刘向《九叹》"逐下袟于后堂兮",王逸注曰:"下袟,谓妾御也。"俞氏则云:"愚按:下袟未知何义。洪氏补注曰:'《集韵》袟,音秩,祭有次也。'则亦与妾御何涉乎?《说文》《玉篇》均无'袟'字,'袟'疑'袟'之误,即'袠'字也。'袠'从衣失声,变而为左形右声,又误衣旁为示旁耳。下袟,即下陈也。《广韵》:'陈,直珍切。袠,直一切。'陈与直双声,袠与直亦双声,故陈得转而为袠。世人习见下陈,罕见下袠,王注之义,遂不可晓矣。"此虽经辗转相训说明了"袟"为何作"妾御"之义,然实是过于烦琐,且无切实文字资料证明,终究为一种推测。

俞氏其他杂纂、笔谈中,亦有论及楚辞者。《俞楼杂纂》卷三十四"楚人谓冢曰琴"条：

> 《水经·沘水篇》注："楚人谓冢曰琴。"初不知何所取义，《续汉郡图志·铜阳侯国》注引《皇览》曰："县有葛坡乡，城东北有楚武王冢，民谓之楚王岑。"乃知"琴"者"岑"之假字。琴、岑并从今声，古音同也。

此条弄清了楚人称"冢"为"琴"的原因，指出"琴"乃"岑"之通假字，使此谜涣然冰释。《宾萌集》中有两条。卷一《论篇》中有一条，此条表现了俞樾对屈原之不理解：

> 屈原，贤者也，然而未若柳下惠焉。柳下惠不羞污君，不卑小官，遗佚而不怨，厄穷而不悯……彼屈原者，一为上官大夫、令尹子兰所谮，则幽愁憔悴，继之以死，何其小也。太史公曰屈原之作《离骚》，盖自怨生焉。今读其词，乃如妇人女子失意于人所为者。君子不怨天不尤人，知我者其天乎，又何怨之……原之死吾惜之。

这充分反映了俞氏的思想局限。作者仍承汉儒温柔敦厚之说，对屈原加以指责。虽与扬雄、班固态度有所不同，但其人格理想大致属同一类型。而卷三《释篇·释荆楚》则较有价值，俞氏认为"荆"与"楚"本一回事，先秦时人有时称"荆"，有时称"楚"。"是荆楚为当时之通称，而非夫子之特笔明矣。诗曰：'奋伐荆楚'，盖荆楚之名，犹殷商也。合言之曰荆楚，而分言之则或为荆或楚。"这与那种认为"荆"与"楚"是两个意义的观点截然相反，亦持之有故，言之成理。《第一楼丛书·湖楼笔谈》卷六有两条：一是《离骚》称经解，二是《离骚》为赋体问题。所见前人均已谈过，又无甚发展，故略去不录。

【附】楚辞人名考

《楚辞人名考》一卷，亦收入《俞楼杂纂》中，为专考楚辞人名之著作。书中对《楚辞章句》所涉及之人物鬼神，集中加以考订。计有古帝王二十条，古诸侯二十四条,古人物六十七条,古妇人十九条,神四十六条。

> 古帝王如伏羲、女娲、轩辕、高阳、高辛、尧、舜、禹等。
> 古诸侯如康回、有娀、崙山、有扈、弈、纯狐、有莘等。
> 古人物如蹇脩、风后、离娄、咎繇、稷、契、后益、巧倕等。
> 古妇人如王后、嫫母、有娀佚女、二女、二姚、女岐等。
> 神人如上皇、五帝、太一、羲和、望舒、东君、云中君等。

在该著中作者所花费的精力及所显示的功力均不及《读楚辞》,这从三方面可以看出。

一是重复。古人物条之"吴光"与古诸侯条之"吴光",俞氏都注为出自《天问》,乃吴公子光,显系重复。而"吴光"即"阖庐",阖庐又专立一条,且互相间又不注明。再如"纯狐",古诸侯条与古妇人条均有,亦都出自《天问》,显然重复。足见俞氏归纳条目时顺手拈出,并未勘对,且考时亦未注意,竟重复注之,注完后又未核查,不够经心。

二是错误。"咸池",《离骚》《九歌》中均有,王逸于《九歌》中注曰:"咸池,星名,盖天池也。"于《离骚》中注曰:"咸池,日浴处也。"但于《七谏》"属天命而委之咸池"句,注曰:"咸池,天神也。"言己自哀不能修人事以见爱于君,属禄命于天,委之神明而已。此处王逸仅根据自己对该句之理解将咸池解为天神,并无根据,应仍作"天池,日浴处"解为是。洪兴祖已看出王逸之误,特于《离骚》该句补注,曰:"又《七谏》云:'属天命而委之咸池。'注云:'咸池,天神。'按下文言扶桑,则咸池乃日所浴者也。"又于《七谏》该句补注,曰:"言己遭时之不幸,无可奈何,付之天命而已。逸说非是。……《淮南》云:'咸池者,水鱼之囿也。注云:水鱼,天神。'"洪兴祖暗示王逸将"水鱼之囿"当成了"水鱼"。俞氏未注意王逸之误,仍将咸池作天神,又不作考辨,实为粗疏之处。

三是失辨。楚辞中有些人物,历来有不同说法,有的俞氏作了简短的辨析,但有很重要的却未作考辨。如《礼魂》,本《九歌》篇名,王逸未注,洪兴祖补注曰:"礼,一作祀。魂,一作蒐。或曰:礼魂,谓以礼善终者。"后朱熹、蒋骥、胡文英等认为属"人魂",而王夫之、吴世尚、王邦采等认为是送神之曲。从洪兴祖补注看,当时即两说并存。从《九歌》全组诗结构分析,王夫之说较为合理。然俞氏将"礼魂"作神人,只引洪兴祖补注,其他诸说,概不引录,实际未"考"。

当然,由于俞氏广闻博见,熟谙先秦典籍,随手所引之处,有时亦有发现,可备参阅。如"女岐"。该著"女岐"亦两出,一出自"古神人"条,一出自"古妇人"条,且均出《天问》。好在考文不同。"古神人"条曰:"按《天问》有二女岐。其一云'女岐无合焉,焉取九子',注云神女。其一云'女岐缝裳,而馆同爰止',注云浇嫂。古事无考,姑如其说两存之。""古妇人"条曰:"见《天问》注,浇嫂也。按上云'惟浇在户,何求于嫂',故以女岐为浇嫂。然襄四年《左传》云'浞因羿室生浇及豷',又云'少康灭浇于过,后杼灭豷于戈,有穷由是逐亡'。则浞止二子,长浇次豷,无兄而有嫂,何欤?"两条参照,有一定价值,或王逸注错,或所据资料已佚。再如"湘灵"条,"蒯聩",均有一定见解,读者可阅。有的条目,若不能判明,则不强为之解,以客观态度存疑,此亦是该文一大特点。

故无论其不足还是可取处,俞氏该注均应为考楚辞人物者必阅之参考资料。

《楚辞人名考》,收入《春在堂全书·俞楼杂纂》卷三十。

十五、王闿运《楚辞释》

王闿运(1833—1916),字壬秋,号湘绮,湖南湘潭人。咸丰二年(1852)举人,清代著名学者、文史学家。王氏幼年勤奋好学,然资质驽钝,日背诵不及百言,乃发愤自责。史载"所习者不成诵不食,夕所诵者不得解不寝",后终于学成。擅经学,工文。曾参曾国藩幕府,后讲学四川、湖南、江西等地,先后主掌成都尊经书院、长沙思贤讲舍、衡州船山书院,亦曾任江西高等学堂总教。光绪三十四年(1908)授翰林院检讨,加侍读。辛亥革命后任清史馆馆长。王氏主治经学,于《诗》《书》《礼》《易》均有成就,尤擅长《公羊》之学。诗文上溯汉魏,为晚清拟古主义代表人物。所著有《周易说》《尚书义》《尚书大传》《诗经补笺》《礼记笺》《春秋公羊传笺》《论语注》《尔雅集解》等,另有《湘军志》《湘绮楼诗文集》《湘绮楼日记》等。门人辑其著作为《湘绮楼全书》。事迹详见《清史稿》卷四八二(关外二次本)。

该书十一卷。仅收屈原、宋玉之作(《大招》王氏认为是景差之作,汉以后拟骚之作,一概删削)。卷首、卷末无题跋,卷首标明目录,目次如下:卷一《离骚经》,卷二《九歌》,卷三《天问》,卷四《九章》,卷五《远游》,卷六《卜居》,卷七《渔父》,卷八《九辩》,卷九《招魂》(王氏以为宋玉作),卷十《大招》(景差),卷十一《高唐赋》(宋玉)。

该书每卷先引王逸《楚辞章句》,后列己之解题,然后句下注释,其句数亦不等。有的一句即释,有的几句后方释。卷十一《高唐赋》则先引李善注,再列己之解题、注释,全书故定名为《楚辞释》。

该书为清代楚辞学中最大胆之作,立论之新怪亦为历代楚学著作所罕见。由于王氏学问渊博,经学精深,小学功底亦十分扎实,加之对楚辞的深切体察感受,其说奇而有学,非一般学识浅薄者所能道,故既能启人思路,也易导人误入歧途。解说屈赋,王氏的主要观点:(一)楚辞二十五篇,均作于怀王客秦以后;(二)屈原谋求怀王归国,因而亦主张与秦和好;(三)屈原曾密谋废顷襄王,另立新主。此类观点均与《史记·屈原列传》和传统说法相反,且均体现于解题之中,故以下详列各解题说明之。

《离骚》解题中,王氏认为《离骚》应称"经":"依《章句》所言,则《离骚经》犹《逍遥游》,以三字为名,史公不容翦去'经'字,而云作《离骚》也。屈子此作,托于《诗》之一义,故自题为'经',言此《离骚》乃经义,百代所不变也。"涉及《离骚》写作年代,王氏则云:"顷襄时,原年四十有六,名高德盛。新王初立,势不能不与原图事。原乃结齐款秦,荐列众贤,诋毁用事者,众皆患之。乃潜以为本欲废王,又以怀王得反,将不利王及令尹。王积前怒,因欲远之,而无以为名,因是诬其贪纵专恣,放之江南,而反以忘仇和秦为其罪。原因托其所荐达者于令尹,而所荐者趣时易节,附和阿俗,国事大变。"由此,"原忠愤悲郁,无所诉语,故行吟湖皋,作为此篇。不敢斥王之不孝,乃致切怨于子兰"。以此为基点,联系怀、襄二王历史本事,王氏大胆设想:"子兰得见此词(《离骚》),乃始大怒原,使靳尚诬以款秦误国,复徙之于沅。徙十六年而楚亡郢。"于是,屈原"乃悉舒其愤而作《九章》焉"。最后,王氏便推出屈赋二十五篇均作于怀王客秦后的结论。

《九歌》解题为:"此《九歌》十一篇。《礼魂》者,每篇之'乱'也。《国殇》,旧祀所无,兵兴以来新增之,故不在数。皆顷襄元年至四年初放未召时作,与《离骚》同时。"

此处除《礼魂》每篇乱辞说承王夫之而发外,其余全是新论。

《九章》解题为:"《史记》专谓之《哀郢》,将死述意,各有所主。故有追述,有互见,反复成文,以明己非恧死也。"

《远游》解题为:"圣人贵舍生而恶自杀,屈原不胜其愤,至于自沉,虽反复序明其故,犹惧论者谓其穷而复之,智不全身,又尝受真道可托尸解,略述其术以示知者。但吐纳驻颜,存神一气,既不可传说,又可案文而悟,不烦注释。今悉刊去旧说,但分三章明之。"

此处不但肯定《远游》为屈原所作,还以为屈原会吐纳之术、尸解之法,俨然九洞仙人也。

《卜居》解题为:"此篇在怀王薨后,顷襄定立,悉还前放逐诸臣,而原以名德见重,有复用之机,故自明其不能随俗取富贵也。"

《渔父》解题为:"时原再放于沅,而渔父歌《沧浪》。沧浪,汉水所钟,在均郧之境,盖楚旧臣,避地沅、潭,故劳相问也。"

此说虽新,却极有价值,解清了为何身处沅、湘之渔父,却要歌处于汉北之沧浪,为一些学者所承袭。

《招魂》解题为:"此当楚去郢之后。原自沅暂归,忽悟悔而南行,君臣相绝,流亡无所。宋玉时从东徙,闻原志行,知必自死,力不能留之,因陈顷襄奢惰之状,托以招原,实劝其死,自洁以遗世,不得已之行。"

《大招》解题为:"《大招》之作,与《招魂》同时。《招魂》劝其死,《大招》冀王之复用,原对私招而为大也。若命已终,宜有哀情,不得盛称侈靡。或以为屈原招怀王,则魂兮魂兮,大不敬矣。今定以为景差之作,虽知顷襄之昏,而犹冀其一悟,忠厚之至也。"

此两篇之解,可令人大吃一惊。关于两篇之作者并无新说,皆承王逸而来,而其主旨则至目前为止可说是前无古人而后无来者。宋玉于《招魂》中鼓励屈原去死而流芳百世,景差于《大招》中劝阻屈原离世而耐心等待时机。此说虽将《招魂》与《大招》作区别且颇有艺术韵味,惜其毫无根据,亦不符合楚文化实情。

至于《高唐赋》之解题,更是令人不敢想象。其赋之作者,王氏仍肯定为宋玉。其主旨,李善于《文选》注中言:"此赋盖假设其事,风谏淫惑也。"而王氏则断为宋玉追思屈原之安国大谋,探究楚国危亡之因。王氏先否定旧说,然后认为人们不理解宋玉的真实意图:"读《离骚》《回风》之篇,得屈子之忠谋奇计,在据夔巫以扼巴蜀,使秦舟师不下,而后夷陵可安,五渚不被暴兵。"王氏将"高唐"定为地名"高唐邑",然后以"高唐邑"在齐地而"揭"开矛盾,进而认为破译了《高唐赋》之密码。然王氏不知"高唐"非地名,古音"唐""阳"相通,"高唐之观"即"高阳之观"[①],又置开首两句文义于不顾,全凭大胆想象推测,方法及结论实不可取[②]。

具体在文句训释上,该书呈现出截然相反的两点:具体字、句意之解释,往往平实而有据,承继朴学传统,不作怪奇之言。一旦涉及义理,皆照应解题中之思想,多为不经之谈。

---

① 可参见饶宗颐《楚辞地理考》。
② 本书中编第一章第四节后附《成就与影响错位》,对此有详细论述,读者可参。

如《离骚》"吾令羲和弭节兮"二句,注曰:"崦嵫,日所入,喻怀王已去位也。迫,急也,怀王归谋愈急,则愈不成。""吾令帝阍开关",注曰"帝,怀王也;关,秦武关也","已知王望归,故谋令阍开出之,而志不得遂"。至于"求女",更是以宓妃隐喻齐女,求有娀之佚女、留有虞之二姚,则暗示废顷襄王、另立新主之事。甚至在"吾令鸩为媒"句,注曰:"鸩,毒药,潜杀人者。废立之事甚秘,故必令鸩而媒之。"又如《九章·涉江》"苟余心其端直兮"至"乃猿狖之所居"六句,注曰:"初未至沅,以为不妨僻远。然既见五溪毒瘴,乃又伤感也。"将此六句合在一起注释,本来就不太得当。而言先不妨僻远,后又伤感,则完全错误理解诗意。《天问》之附会,则更为甚。"何所冬暖,何所夏寒"句,注曰:"顷襄新立,谀臣甚众,能令冬暖;怀幽已放,在夏犹寒。"释"一蛇吞象"为"蛇,喻秦;象,喻怀王。""天何所沓? 十二焉分? 日月安属? 列星安陈?"王氏阐释曰:"日月喻东西周时,秦惠王初称王。王赧治西周,楚送太子咎治东周。二周微弱,日为秦所侵。楚救之不时,反以致怨,所以将安属乎? 列星谓山东诸侯,亦无救者。"如此附会,《天问》几近政治谜语。至于《高唐赋》篇中注释,自然处处照应解题,附会为联齐之事,如开头"昔者楚襄王与宋玉游于云梦之台,望高唐之观"二句,注云:"望高唐言楚当求齐也。齐楚从亲,怀王惑张仪之间,折符闭关,是其曲在楚。"

王氏所以对楚辞独发此论,除他为《公羊》学派,借古讽今,倡言新说,专求微言大义,不惜穿凿附会之外,恐怕还有个人遭际之原因。陈子展云:"(王闿运)凡所云云,则近凿矣。彼盖自伤其一生纵横计不就,而有托焉者也。"此说明王氏对晚清政治、军事、外交均有己见,可能借释楚辞之"酒杯"浇心中之块垒。尽管主观臆断、穿凿附会过多,然却不能说《楚辞释》毫无用处,对于研屈者,它至少有以下两方面的作用。

其一为启人思路。除前已述《卜居》《渔父》之解题外,《九辩》之解题亦有启发作用。

　　此作于《离骚》《卜居》之后,《九歌》《渔父》之前,原被召再放,送之而作也。《九章》多采其言,是其证矣。《天问》曰:"启棘宾商,《九辩》《九歌》。"商为秋故,故以秋发端,亦记时也。

王氏此段话有三个观点值得注意。一是认为《九辩》作于屈原在世时,而不是去世后。二是屈、宋二人互相有交往,创作亦互相有影响。三是宋玉既可能引用屈赋原句,而屈原亦可能引用宋作之原句,《九章》即多采《九辩》之言。此说虽与传统说法相悖,其思路却确有意义。

具体训释方面,亦有可取之处。如《离骚》"吾将从彭咸之所居"句,注云:"远逝驾龙,徒高驰也。欲还秭归依旧,都终隐以老也。"王逸《楚辞章句》释此句,谓暗示将自沉汨罗。其后学者多从王说,此处言回秭归隐居,可为一合理解释,至少可算一家之言。

再如《哀郢》"当陵阳之焉至兮,淼南渡之焉如"二句,注云:"陵阳今池州地也。乘舟下江,不知所往,闻君在陈,乃于陵阳过东坝入中江也。"此段地理考证,倒是一反该书风格,据理而平实,可为一解。"彼尧舜之抗行兮"至"美超远而逾迈"八句,注云:"此皆采宋玉之词,以著己被放之由。谗者言怀王反,不利顷襄,子兰不知王传国。高世明远之见,决无不慈之事。又谮原款秦主和,不若言战之忧慨,故使顷襄疏远修美之臣。嫌于自矜,故直用弟子之词。"叔师于此无注,云:"此皆解于《九辩》之中,是亦知此作在《九辩》之后,然不言所以是其疏也。"此八句《九辩》中亦基本相同。一般认为,宋玉是引屈原的。而王氏则断为屈原引宋玉的,此结论确乎新怪。王氏所以如此断言,在于看到《楚辞章句》一奇怪现象,《哀郢》此句后王逸注确实如王氏所言,而在《九辩》中王逸注释又确实具体。如"憎愠愉之修美兮"句,注曰"恶引叔敖与子文也";"好夫人之慷慨"句,注曰"爱重囊瓦与庄跻也"。且《楚辞章句》中,《哀郢》在前,《九辩》在后,若无特殊情况,应在《九辩》中注"见前《哀郢》"。虽不能断定王逸这种特殊作法含义即如王说,然王说毕竟可为一有力之解释。

有清光绪十二年(1886)丙戌成都尊经书院刊本。

清光绪二十七年(1901)辛丑衡阳刊《湘绮楼全书》本。

民国十二年(1923)刊《湘绮全集》本。

2019年上海古籍出版社《楚辞要籍丛刊》本。

第四部分　十九部各具特色著作

一、晁补之《重编楚辞》

晁补之(1053—1110),字无咎,济州巨野(今属山东)人。苏门四学士之一。神宗元丰二年(1079)进士,曾任澶州司户参军等职。哲宗时一再遭贬,徽宗时复召为著作郎,官至礼部郎中兼国史编修、实录检讨官,还家修葺归来园,自号归来子。大观末起知达、泗二州卒。晁补之为苏门四学士之一,博览强记,工书画,善属文。有《鸡肋集》《晁氏琴趣外篇》。其事详见《宋史》卷四四〇。

北宋时期,有些人颇感王逸"学陋"[1],认为《楚辞章句》目录顺序淆乱,想重新排定《楚辞》作品之顺序,然未能成功。晁氏重编《楚辞》的原意也如此,晁贻端(晁氏第二十九世孙)在刊行《重编楚辞》一书时曰:"谨依序例次之,以承重编之志,俾海内藏书家咸知《楚辞》有此善书也。"(《重编楚辞后跋》)这就道出了晁补之的用意。

《重编楚辞》十六卷,卷首有《离骚新序》三篇,通论全书有关的问题。又将全书分旧录、新录两大部分。旧录《楚辞》十六卷试图极力恢复刘向所集之原貌,包括屈原以及西汉以前人之文,王逸《九思》被编入了新录部分之中。

晁氏将旧录十六卷分为上、下两个部分,上八卷为屈原的作品,下八卷为宋玉直到汉刘向之作品。《重编楚辞》目录后另有按语:"按《新序》中篇曰:刘向《离

---

[1] 如黄庭坚、楼钥等,详见上编第一章第二节之"北宋时期"小节。

骚》,《楚辞》十六卷,王逸传之,卷首曰;'离骚经',后篇皆曰'离骚',余皆曰'楚辞'。"于是晁氏《重编楚辞》之目录上八卷为《离骚经》第一、《远游》第二、《九章》第三、《九歌》第四、《天问》第五、《卜居》第六、《渔父》第七、《大招》第八。其所以如此排定顺序,晁氏在《离骚新序》下中说得明白:"今迁《远游》《九章》次《离骚经》,在《九歌》上,以原自叙其意,近《离骚经》也。而《九歌》《天问》乃原既放,揽楚祠庙鬼神之事,以据愤者,故迁于下。《卜居》《渔父》其自叙之余意也,故又次之。《大招》古奥,疑原作,非景差作,沉渊不返,不可如此也,故以终焉。为《楚辞》上八卷。"其说表明晁氏对屈原作品之总的看法,不过未必尽然,下八卷为《楚辞·九辩》第一、《楚辞招魂》第二、《惜誓》第三、《七谏》第四、《哀时命》第五、《招隐(士)》第六、《九怀》第七、《九叹》第八。晁氏于《离骚新序》下曰:"《九辩》《招魂》,皆宋玉作,或曰《九辩》原作,其声浮矣。《惜誓》弘深,亦类原辞,或以为贾谊作,盖近之。东方朔、严忌,皆汉武帝廷臣。淮南小山之辞,不当先朔、忌。王褒,汉宣帝时人,皆后淮南小山。至刘向最后作,故其次序如此。此皆西汉以前文也,以为《楚辞》下八卷。凡十大卷,因向之旧录云。"如此排序,有一定道理,然是否即刘向《楚辞》原序,恐未尽然。

《重编楚辞》新录部分又有《续楚辞》和《变离骚》两种。晁氏《离骚新序》上曰:"曰《续楚辞》二十卷,曰《变离骚》二十卷,新录也。使夫缘其辞者存其义,乘其流者反其源。谓原有力于《诗》亡之后,岂虚也哉!若汉、唐以来所作忧悲楚人之绪则不录。"

《宋史·艺文志》虽未著录《重编楚辞》一书,却著录有《续楚辞》和《变离骚》,但时至今日,经遍检《晁氏丛书》总目一百八十四种,仍不得此二书。看来,《续楚辞》和《变离骚》已经失传。但是,考晁贻端跋语乃可得些许信息。晁贻端《重编楚辞后跋》曰:"至新录二书,按《读书志》所载,自宋玉、荀卿逮宋玉令辈,计六十四人,通一百五十六首。朱子《楚辞后语》删为六卷,去过半矣。其仅存者,各篇小序耳。今就《续楚辞》《变离骚》自序中考之,尚知三十余人,约文得五六十首,他日录出,再刊行焉。于其所不知,则阙如也。"晁贻端为清代道光时人,以他当时掌握的材料,尚可刊出三十余人的作品,然而,不知何由,晁贻端终未能完成这一心愿。

有清道光十年(1830)晁贻端刻《晁氏丛书》本。

二、杨万里《天问天对解》

杨万里(1127—1206),字廷秀,吉州吉水(今属江西)人,世称诚斋先生。高宗绍兴二十四年(1154)进士。历任太常博士,尚书左司郎中兼太子侍读,秘书监等职。主张抗金,正直敢言。宁宗时因不满宰相韩侂胄专权,辞官家居十五年不出,后韩侂胄率师草率北伐,杨氏知其必败误国,写下《绝命书》,忧愤而死。

杨万里与陆游、范成大、尤袤并称南宋诗坛四大家。其作诗初学"江西派",后学晚唐,最后谁都不学而师法自然,独创"活法"。其诗清新多趣,被称为"诚斋体"。有《诚斋集》。事迹见《宋史》卷四三二《儒林传》。《天问天对解》收在《诚斋集》卷九十五中。

该著一卷,正文前有短序:"予读柳文,每病《天对》之难读。少陵曰:读书难字过。然则前辈之读书亦有病于难字者耶? 病于难,前辈与予同之,初病于难而终则易焉。予岂前辈之敢望哉! 因取《离骚》《天问》及二家旧注释文,而酌以予之意以解之,庶以易其难云。"故而杨氏常在王逸章句之基础上删繁就简,即是《四库提要》所言"训诂颇为简易"。

该著将《天问》与《天对》之文,交叉编排进行注解:先列屈原《天问》问句并加以注解,再列《天对》中相应答辞加以注解,间杂以《楚辞章句》注,略加评论。这样的形式简易清晰,便于理解。因《天对》要回答《天问》的问题,柳宗元首先得弄清《天问》问句之意思,故柳氏虽未对《天问》作注,但《天对》对句中实含对《天问》之理解。因《天问》《天对》为一问一答,杨氏作注需顾及内容之统一。

由于《天问》奇崛瑰诡,许多本事难以求证,故出现一有趣现象——杨万里跟着柳宗元广搜博览,转了一圈最后还是回到了王逸那里。如《天问》"雄虺九首,倏忽焉在"之"倏忽",王逸注曰:"虺,蛇别名也。倏忽,电光也。言有雄虺,一身九头,速及电光,皆何所在乎?"但《天对》的回答却不同:"南有怪尫,罗首以噬。倏忽之居,帝南北海。"柳氏的对答似乎已纠正了王注之误,定倏、忽分别为南海与北海之神,这自然是出自《庄子》,故杨氏在此注云:"《庄子》:南方之帝曰倏,北方之帝曰忽。王逸以为电,非也。"其实,《招魂》中也有:"雄尫九首,往来倏忽,吞人以益其心些。"王逸注:"倏忽,疾急貌也。""倏忽"本来就是形容神速的,庄子拿来作为南、北海神之名,不过只是寓言,不能当真。所以,柳、杨虽然找到"倏忽"出处,却并没有最终完成其解释,我们还得回到王逸那里。王逸以"电光"解"倏忽",虽略有失误,但言雄尫"速及电光"之"速",则显然是对的。

还有的地方,柳宗元似乎"纠正"了王逸的"错误",杨万里也跟着柳宗元"纠正",其实却还是未有证明。《天问》"鲮鱼何所? 鬿堆焉处?"王逸注云:"鲮鱼,鲮鲤也,四足,出南方。鬿堆,奇兽也。"杨万里径直引出王注;但柳宗元的答词却是:"鲮鱼人貌,迩列姑射。鬿雀峙北号,惟人是食。"杨万里对此注曰:"旧注:《山海经》:鲮鱼在海中,近列姑射山。堆当为雀。鬿雀在北号山,如鸡,虎爪,食人。王逸注误。"但柳宗元答词中的鲮鱼不一定就是屈原笔下之鲮鱼,这姑且不说。单就"鬿堆"而论,柳氏在答词中将其改为"鬿雀",且说它生活在北号山,会吃人。其出处固然可追溯到《山海经》,然而"鬿堆"为何就是"鬿雀"? 柳氏也许囿于答词体例,未能加以说明,而杨氏也缺乏进一步的考证,就这么在"鬿堆"与"鬿雀"间画了等号。

但该著仍有其特点。

一是与屈原、柳宗元的唯物思想一脉相通,解释更为清晰。如《天问》"天命反侧,何罚何佑?"这显示屈原就已不太相信天命了。《天对》答曰:"天邈以蒙,人么以离。胡克合厥道,而诘彼尤违!"柳宗元回答的意思是天道和人道相去甚远,并无直接关系。杨万里则在注释中结合齐桓之事而言:"天远而幽,人小而散,何可以合天人而论之,又从而责其罚佑之不常哉! 齐桓之事,皆自取尔,天何与焉! 挟其大以号合天下,而忽于属任之人。故幸而得良臣,则能成九合之功;乃不幸而遭嬖孽小人,则坏矣。皆人事,非天命也。"如此一补充,屈、柳之意更是鲜明了。

二是正如《天问天对解序》所言,杨氏于注解中常能"酌以予之意以解之"。

《天问》："冯翼惟象,何以识之? 明明暗暗,惟时何为?"王逸曰："言天地既分,阴阳运转,冯冯翼翼,何以识知其形象乎?"王逸对"冯冯翼翼"语焉不详。杨氏以《汉书·礼乐志》颜师古注"桂华冯冯翼翼"为证,进而释曰："天地之冯冯而盛满,万形之翼翼而众多。何以然也? 其像初谁识而命之者? 人物之明明,鬼神之暗暗,是又谁为之者? 时,是也。冯冯,盛满。翼翼,众多。"如此解释"冯翼"较为圆满,在王注的基础之上进了一大步。

三是提供另一解释。如《天问》"顾菟在腹",王逸注曰："言月中有兔,何所贪利,居月之腹,而顾望乎?"王逸根据神话注为月中有兔,柳宗元《天对》曰："玄阴多缺,爰感厥兔。不形之形,惟神是类。"他的意思是月中不平之处形成了阴影,其神志使人感到像只兔子。杨万里则进一步注释曰："以缺为体也。以阴感阴,兔者,阴之类也。以缺感缺,兔者,缺之形也。"杨氏认为月中之兔只是月之缺、月之阴给人造成的一种感觉,而不是真正的兔子,由此提供了另一种解释。

有明崇祯十年(1637)古香斋刻本。

文澜阁《四库全书》本。

上海涵芬楼《四部丛刊初编》本。

三、谢翱《楚辞芳草谱》

谢翱(1249—1295),字皋羽,号晞发子,福安(今属福建)人,后徙浦城(今属福建)。宋末爱国志士、学者。翱倜傥有大节,又性嗜山水,足迹遍及雁荡、天姥、四明诸山。曾为文天祥谘议参军,后文天祥壮烈就义,翱悲不能自禁,作《西台恸哭记》。所著曰《晞发集》。又有《天地问集》《浦阳先民传》《浙东西游记》等。《新元史》卷一百三十八《隐逸传》有载。

谢翱《楚辞芳草谱》一卷,共收花草二十三种:江离、薰草、菌、兰、蕙、杜若、茝、蘼芜、卷施、菉、菊、荃、薜荔、款冬、艾、葂、莎、匏、蓼、茨、陵、蘋、萍。谢氏按每种花草为一条进行解释。

首先,此谱弥补了王逸《楚辞章句》解释之不足。如"荃",王逸云:"荃,香草,以喻君也。人君被服芳香,故以香草为喻。恶数指斥尊者,故变言荃也。"这里王逸揣摩屈原的用心是:因为以上多次指责了怀王,由此对怀王就不尊,紧接着以香草喻怀王,如此可望折中。然屈骚引用了那么多花草,为何独要以荃喻君呢?王说终嫌不足。谢氏则在此条下注曰:"荃,昌蒲也。一名荪。楚辞曰'数惟荪之多怒兮','荪侻聋而不闻'。辞言香草皆以喻臣,唯言荪者喻君,盖荪于药者为君也。"谢氏此解就解到了真正的关键处,读者的疑虑也就涣然冰释了。当然,谢氏此解仍有不足,即缺乏"荪于药者为君"的文献材料[①]。

其次,该著对《楚辞》作品文句义理也时有引申,亦能给人以启迪。如《离骚》"夕餐秋菊之落英"之"菊"。王逸释为:"暮食芳菊之落华,吞正阴之精蕊,动以香净,自润泽也。"应该说,王逸颇动了番脑筋,说明"秋菊之落英"确是美好之物,然此句前有"老冉冉其将至",人们必将对下文之"菊"与人之寿命联系起来,但对其效用,王逸还是没有解透。谢氏则曰:"菊,季秋寒露后五日始有华,华得土之正色。《离骚》:'夕餐秋菊之落英。'观崔实费长房《九曰采菊》语,则茹菊延龄,自古已然。"谢氏所言理,如此释解,文气方能贯通。

再如"杜若"。王逸仅以"香草"释之,谢氏则云:"杜若,一名杜蘅,苗似山姜,花黄赤,子大如棘。《九歌·湘君》曰:'采芳洲兮杜若,将以遗兮下女。'《湘夫人》云:'搴汀洲兮杜若,将以遗兮远者。'杜若之为物,令人不忘搴采而赠之,以明其不相忘也。"谢氏在王逸注的基础上,进一步揭示出为何湘君、湘夫人均以杜若相赠之原因——杜若采之不易,以之相赠可使对方睹物思人。

《楚辞芳草谱》二十三条中,绝大多数条目均直接引用《楚辞》作品原文,少数几条虽未引原文,但也引用了《楚辞章句》之注文。可以说,每条均有助于阅者深入理解《楚辞》作品中芳草之含义。

---

① 这一问题,似乎历来所有关于楚辞植物的著作,均未能解决此问题。笔者特遍查资料,发现罗愿《尔雅翼》:"盖荪于药性为君也。"当是此说之来源。读者可参阅中编第四章第一节之"补充"。

　　当然，《楚辞》中芳草不止这二十三种，究其原因，或为谢氏搜罗不全，抑或为姜亮夫所言——"为谢氏未竟之业"①。

　　有明刊《说郛》本。
　　民国《香艳丛书》本。

四、钱杲之《离骚集传》

　　钱杲之，宋晋陵（今江苏常州）人，生卒年及生平事迹不详。

　　《离骚集传》一卷，专释《离骚》。钱曾《读书敏求记》则曰："解《离骚》而名为集传者，不敢同王叔师之注也。然其旨一禀于叔师，旁采《尔雅》《山海经》《本草》《淮南子》诸书。"这大约是名为"集传"的原因。钱氏"集传"虽大体承袭王逸《楚辞章句》而来，然本人亦下了一番功夫。

　　钱氏重点利用了《尔雅》《山海经》《本草》《淮南子》等典籍，在名物训诂方面做了不少工作。如"扈江离与辟芷兮，纫秋兰以为佩"，对句中花草的解释，王逸只云："江离、芷，皆香草名。辟，幽也。芷幽而香。""兰，香草也，秋而芳。"钱氏则旁征博引："江离、芷、兰，皆香草。……许叔重《说文》云：'江离，蘼芜。'《本草》：'蘼芜，一名江离，即芎䓖苗也。'司马相如《赋》云'被以江离，糅以蘼芜'，则以一物为二物矣。芷，白芷，一名白茝，楚人谓之药。辟，犹幽也。兰多种可纫而佩，则似今泽兰。"注得更为详细、透彻。

　　又如"杂申椒与菌桂兮，岂惟纫夫蕙茝？"王逸只注曰："申，重也。椒，香木也。其芳小，重之乃香。菌，薰也。叶曰蕙，根曰薰。""蕙、茝，皆香草，以喻贤者。"钱氏亦旁征博引："申椒，椒也。《淮南子》云：'曰椒、杜茝，美人之所怀服。

———————
　　① 见姜亮夫编《楚辞书目五种》。

菌桂,桂之薄卷者。'《本草》云:'菌桂,薄卷若筒,亦名筒桂。厚硬味薄者名板桂。'蕙,薰草,即今零陵香。《山海经》云:'薰草,麻叶,方茎。气如蘼芜,可以已疬。'陶弘景云:'即零陵香也。'陈藏器云:'薰即蕙根。茝,白芷也。'喻贤才不同皆聚于朝。"该书此种名物训诂之研究颇为突出,亦为后人专研楚辞芳草拓宽了思路。

同样的拓宽亦表现于义理之阐释。如"三求女",王逸分别解释之:宓妃"以喻隐士",但"无有事君之意";有娀之佚女则"以喻贞贤";有虞之二姚也是为了得之而"以成显功"。这些释法均有一定道理,但各自孤立,缺乏内在联系。钱氏之释基本源于王逸,但将此三者联系起来。钱氏认为,宓妃"次而濯发喻隐士遁世洁清不仕"——比王逸进了一步;于有娀之佚女,则认为是"虑帝喾先我而得简狄,喻贤士或为他国所用"——比王逸看得开且解得活。而于"留有虞之二姚"之后,钱氏将三者总结解释:"意喻贤士如宓妃不可得见,其大贤如娀女,次贤如二姚,当及其未用而求之。"由此,王、钱之说虽不能言为定论,然言之成理,可为一说。

在文句义理的阐释上,钱氏有些说法亦较王逸更为通达。如《离骚》"吾将从彭咸之所居",王逸前于"愿依彭咸之遗则"下有:"彭咸,殷贤大夫,谏其君不听,自投水而死。"此处则云:"我将自沉汩渊,从彭咸而居处也。"王逸此说一直通行而少有疑者。钱氏则另辟新说:"从彭咸所居,犹言相从古人于地下耳。旧说谓彭咸投江,原沉汩渊,为从咸所居。案:原作《离骚》,在怀王时,至顷襄王迁原江南,始投汨罗,不当预言投江事也。"钱氏大约看出王逸之说有倒因为果之嫌,即因有屈原之沉江而倒推彭咸之投江,彭咸未必有投江之事也。钱氏之说比王逸说较为通达,当然,钱氏之说立论依据为《离骚》作于怀王时,这点可能会招致驳难。但钱氏之依据确有道理。

《离骚集传》之版本于楚辞学史上亦有意义。此书序、跋众多,知其是从宋版承袭而来,保持了较早的楚辞版本。王逸《楚辞章句》,"夫唯灵修之故也"后有"曰黄昏以为期兮,羌中道而改路"二句,然此二句下无注,故洪兴祖疑此二句为后人所增,此论大多数人赞同,只是苦于无版本依据。对此,钱氏《离骚集传》可作为版本依据。此版本中,"夫唯灵修之故也"后就没有"曰黄昏"二句,钱氏且注曰："一有'曰黄昏以为期兮,羌中道而改路'凡十二字。"这说明,钱氏当时所见即有两种版本,而他取此无二句的本子,即认为此本才是善本。

　　有宋刻本;明影宋抄本,见汲古阁珍藏秘本书目。

　　清乾隆四十五年(1780)歙鲍廷博辑《知不足斋丛书》本。

　　清光绪三十年(1904)南陵徐氏《随庵丛书》景抚宋本重刊本。

五、周用《楚辞注略》

　　周用,字行之,吴江(今江苏苏州)人,明弘治年间(1488—1505)进士,授行人,后官至吏部尚书。有史料称其端亮有节概,卒谥恭肃。有《周恭肃集》行世。

　　该著首闵孝生序,次为周用自序,再即正文。

　　闵序先将该著与王逸、朱熹之著等量齐观,后则引别人之见,认为周用生于盛明之时,位居冢宰,应学山涛、毛玠,从容所替,以进退人才为己职,"固不得悃款如屈原,憔悴江皋,被发而狂吟"。后赞周用:"在嘉靖间为名公卿,其勋策彪,载在彝鼎,固非屈原所望。"显然有过谀之词。但闵氏叙自己"十载投荒,亦同迁窜,每览《卜居》《天问》诸篇,潸然涕陨",足见其对屈骚颇有感悟,故肯定周用与屈原为"忠良之一致"。

　　周用《自序》开首即认为《离骚》为屈子放逐之作,并认为:"(屈子)其心忠,故终始以贞信自许,而不敢少忘其君。其情哀,故每作则纠缠郁塞,往复再四,而不可离。其志穷,故周旋迫切而无所容其身。"对于屈子伟文之形成,周氏认为:"又其学本博极,故汗漫横肆,足以明其心,宣其哀,而达其志,必如是而后已,非以文辞也。"故认为后世词人徒摹拟屈骚形式,未得屈子之志。"岂惟后世,自宋玉以下,亦或以轻举放志为乐,则自其当时师弟子之间,已失其旨。"由此周氏感慨:"人生相知之难,岂直君臣哉!"最后,周氏说明书中所注者,主要在两方面,一是朱熹《楚辞集注》中少数"大义已陈,尚不得领其要者",二是"或旧说相仍,而终不能祛其疑"者。

正文仅录屈赋二十五篇,但《九歌》之《东皇太一》《云中君》《橘颂》《礼魂》及《渔父》几篇无注,无注者又只录题目。

关于屈赋编年,周氏之见与各家略有不同。他于《离骚》总论中言:"《史记》曰:屈平虽放流,眷顾楚国,系心怀王,不忘欲返。冀幸君之一悟……一篇之中,三致志焉。然终无可奈何,故不可以反。……则是原在怀王时已放流,故作《离骚》。《九歌》之作,疑亦在是时,其辞犹有望焉。至襄王,又迁江南,复有《天问》以下等篇,则悲痛殆绝矣。"周氏此段话显然不合《史记·屈原列传》原文实情。司马迁于"王怒而疏屈平"后接着写道:"屈原疾王听之不聪也,谗谄之蔽明也,邪曲之害公也,方正之不容也,故忧愁幽思而作《离骚》。'离骚'者,犹离忧也。"明确记载《离骚》是作于见疏之后,怀王之时。而周氏所引一段则在后,在怀王已卒,顷襄继位后。大约周氏认为"一篇之中"之"一篇",当指《离骚》,明人唐顺之即持此观点(《史记评林》引),然此论不确。屈原于怀王朝是否被放,始终未能有确论。以此不确之论证之,则难以成立。至于《九歌》,当作于被放江南时,而《天问》,又当作于汉北。故周氏所考各篇系年,难以成立。

该著分析注说屈赋,独到之处不多,所析各篇具有之特点亦少,故分篇述说之。

《离骚》,周氏分每四句为一章,且认为:"离骚此篇每章皆四句,惟'曰黄昏以为期'一章二句,意与下文亦重复,当仍旧删去。"从这个角度断定此二句为衍文,亦有一定道理。在阐释句意时,周氏善于将不同章节或篇章类似之句联系起来理解。如"'既替余以蕙纕兮,又申之以揽茝'。谓既废其蕙又废其茝,一无所用其意也。与《九辩》'秋既先成之白露,又申之以严霜'句同。'鲧婞直以亡身'与《惜诵》'行婞直而不豫',皆以婞直为善辞。"又如:"'朝发轫于苍梧'与本篇'朝发轫于天津',《远游》'朝发轫于太仪',皆取辽远之意。王逸独取苍梧义系于舜,未然。"如此联系考索,所得结论均与常解不同,其结论虽未必可取,然其方法确实值得参考。

《九歌》,全书唯《九歌》有解题。周氏认为:"《九歌》迎神、享神、送神之词。

《湘君》《湘夫人》《山鬼》言迎神,《东皇太一》《国殇》《礼魂》言享神,余兼迎送。"具体每章分论中,主要指明何句为迎神,何句为送神等。如《湘君》,论曰:"'扬灵',凡诸篇言灵皆谓神也。盖兴起感发其神之意。'女婵媛',所与迎神者"《湘夫人》之论曰:"'九疑缤其并迎',谓神之来而群神往迎之九疑山,故云尔。"《大司命》之论曰:"《大命司》'广开'四章,言迎神与神之来而去也。"每篇分论基本作了此类阐述,集中说明一个问题,确可补朱熹注之缺。

《九章》,为该书篇幅较大之部分,重点在概括章节大义,长短亦不均。《惜诵》《抽思》《惜往日》较长,而《涉江》则极短。其中有概括得较好者,如《惜诵》。周氏认为《惜诵》"终篇是誓辞",并具体分章明义曰:"'竭忠诚而事君'二章,言尝见知于君,可与质其言也。'吾谊先君而后身'以下七章,言己笃事君之义,期以是得君而不敢以富贵宠利为心,卒以此罹谤,欲申其情而进退无由也。'昔余梦登天'以下五章,设为占梦者言之验,且劝己之他适,无蹈于祸。……《天问》,周氏对其基本理解尚有问题。如总论开篇即认为:"屈原此篇,盖取古昔世代明白可鉴之迹,间以巫史鬼物诪张不经之书,俚俗口耳茫昧无稽之说,美恶杂陈,先后易置,是以历世既久,其文遂多不可解。"《天问》确有楚国和上古的神话传说成分,但决非取之"诪张不经之书""茫昧无稽之说",更不应断为"美恶杂陈,先后易置"。而周氏将《天问》难解归于以上原因,更经不起事实之检验。近百年的《天问》研究,一些学者结合出土文物及有关史料,证明《天问》并非不可解,相反有着极重要的科学史、民族史及文化史之价值。只是周氏并不因许多事不可知而贬低《天问》,认为亦是"风雅"之再变,"必欲文义事物求之,犹足为屈子病者,则过矣"。对于初学楚辞者而言,如此分章剖析确较为好学易懂。

该著于词语训释中有极少数可取者。如《惜往日》"乘骐骥而驰骋兮"之"骐骥",本是指良马,而王逸却释为"驽马",朱熹也居然按王逸之注作解。其原因,乃在于第三句为"乘泛泭以下流"。"泛泭"既为木筏无疑,"骐骥"与之相对,则不好释为"良马"。其后许多学者觉得此说实在不妥,仍作"良马"解释,然对下面"泛泭"又不好处理。周氏则认为:"'乘骐骥'若泛云乘马意亦是,不必顿作'驽马'与'泛泭'对。楚辞措词,往往参错礧硊,岂抑郁所泄不平之音,固若乎?若《卜居》《渔父》,彼此相语之辞又不然,盖亦以体裁云。"主张不必硬将"骐骥"

与"泛淋"相对,主张根据不同体裁不同写作背景来训释词句,其精神无疑正确,亦合训诂要则。再如,《卜居》"将呢訾栗斯、喔咿儒儿以事妇人乎?……将突梯滑稽、如脂如苇以絜楹乎?"二句,其"呢訾栗斯""喔咿儒儿""突梯滑稽""如脂如苇"之解释,历来解说虽有异,然均作普通词解。而周氏则认为它们均为联绵字,理解其义就行,不必拆解。此作为一种释词方式,除"脂""苇"都作联绵字不确外,其余亦可成立。

有明万历刊本。

六、张之象《楚骚绮语》

张之象(1496?—1577),字月麐,又字玄超,华亭(今上海松江)人。由诸生入国学,嘉靖中授浙江按察司知事,后归隐,晚居秀林山,勤于著述,有《楚范》《太史史例》《彤管新编》《唐雅》《唐诗类苑》《古诗类苑》等。《明史》卷二八七《文苑三·文征明传》后有简介。

该著六卷,首为凌迪知序,次目录,次正文。

凌迪知序较简短,且以一半篇幅引王安石与欧阳修因《离骚》诗句而互相讥刺之逸事,曰:"昔人谓荆公文章盖世,而妄讥欧老,经曰:'朝饮木兰之坠露兮,夕餐秋菊之落英',原盖假此以见志,谓木兰仰生,本无坠露,菊秋就枝而陨,亦岂有落英哉。……荆公祖此,有'残菊飘雪'之句。欧阳文忠公以诗讥之曰:'"秋英不比春花落,为报诗人仔细看"。……荆公闻之,以为欧老不学,岂其然哉。'"据此,凌迪知于该序结尾言道:"然余窃有惧焉。学如荆公,尚为欧老讥,而且未悟。则骚之奇而玄者何如?苟徒以词,而不本其悲惋凄怆之意,岂特如落英之误用已哉!余故为读《骚》者惧之。"凌序委婉警告读者,切不可本末倒置,只知摭拾《离骚》之丽词绮语,而忘其忠爱情怀之本。

目录六卷,具体如下:

卷一:斡维、皇天、冲天、寥廓、下土、接径、峻高、裋氛、遂古、代序。

卷二:前圣、皇羲、登立、国家、法度、圣明、思君、感时、谬愚。

卷三:曼著、诽俊、不耦、中情、罹殃、袗怀、思虑。

卷四:临睨、乐康、瑞图、吉占、问师、索合、芙蓉、情质、雕题、天禄、上帝、天道、帝宫、修幕、承云。

卷五:桂舟、水车、云旗、伐器、巨室、帝服、肴馐、草木。

卷六:凤凰、麒麟、蛟龙、灵龟、虫豸、龙举、翱翔、慕予、自修、相和、是继、一见、日娭、难当、考之、所在、愿进、有芷、无私、固然、未形、莫贵、何为、不阿、若日。

正文中,每卷又分若干篇,如卷一分十篇。每篇以第一词冠以篇名,如《斡维篇》《皇天篇》《冲天篇》等。每篇大致均为同类词,然不甚严格。所收词基本为双音词,然也有极少数三音、四音词。每词后面以小字录出该句。所收词多数出自屈赋,亦有少数收自其他楚辞作品。所收词中,只有极少数有注释,何词注,何词不注,似无一定规则。

《四库全书总目提要》评此书为:"是书摘楚辞字句,以供捃扯,已为剿剟之学;又参差杂录于二十五赋,不复著出何篇,亦与黄省曾《骚苑》同一纰陋。"就当时情况而言,《四库提要》所评并不为过,只是以今天之学术眼光观之,该书尚有一定价值。

如对于古代语言学研究,由于该书将大致同类的词语汇集到一起,便为研究提供了便利。仅从楚辞中大量的双音词即可得知,我国词汇从单音向双音演进趋势很早就已形成。且双音词之构词方式已趋多样化,同类词汇十分丰富,可供选择余地较大。如《中情篇》关于"情"之词,就有"中情""真情""微情""抚情""抒情""舒情""白情""历情""陈情""肆情""写情""情素"共十二个之多,也由此可看出屈原掌握词汇之富博,语言表现能力之强。

该著对从语言角度研究屈原心理也有裨益。如《自修篇》中与"自"组词的便有"自修""自强""自慎""自清""自处""自省""自申"等五十二个,充分体现出屈子"世溷浊而莫余知兮,吾方高驰而不顾""举世皆浊我独清""众人皆醉我独醒"的清介自持之个性心理。再如《圣明篇》以"纯""洁""忠""正""直"五字为核心构词最多,《中情篇》中以"志"字为核心组成"坚志""效志""陈志""申志""著志""托志"等亦很多,由此可从一个角度探视屈子之人格、性格心理。

另外,还可归结出屈原选词之癖好。像《无私篇》以"无"字为核心组成的"无私""无求""无他""无亏"等有八十四个,而《不阿篇》"不"字则更多,有二百多个。这也从一个侧面说明屈原心中涌动着的对当时社会的强烈的否定情绪。

戴震(《四库全书总目提要》楚辞部分撰稿人)大约并未细读该著,只是针对其总纲、总目下评断。然若就具体条目而言,该著确尚有如下不足。其一是选词只看字,凡有相同字便归为一类,未注意字、词义之区别。如《索合篇》中将"离别""离合""别离""分离"与"离忧"合为一类,显然不妥。前者之"离"为分离之义,而后者之"离"为"遇到"之义。另外,"离忧"也不宜作为一固定词。其二是有的组合已完全不是词,即便以"绮语"之标准衡量,亦不合适,《帝宫篇》之"君之门""此德之门"即此类。其三是词后选句不当,《法度篇》"遗风"后,标为"窃慕诗人之遗风兮"句,未选《哀郢》"悲江介之遗风"句;《康乐篇》"翱翔"后,标为"随真人之翱翔"句,未选《离骚》"高翱翔之翼翼"。此类不当之选句尚不止以上二例。

有明万历五年(1577)凌迪知编《文林绮绣》本。

清光绪六年(1880)八杉斋巾箱本。

清光绪二十二年(1896)鸿宝斋《文林绮绣》石印本。

【附】楚范

张之象另有《楚范》六卷,现将有关材料附于后。

《浙江采集遗书总录》:"乃论楚骚体裁及造句用韵遗宗诸义,例分十二门。"

《四库全书总目提要》:"是编割裂楚词之文,分标格目,以为拟作之法。分十二编,曰辨体,曰解题,曰发端,曰造句,曰丽词,曰叶韵,曰用韵,曰更韵,曰连文,曰叠字,曰助语,曰余言。屈宋所作,上接风人之遗,而下开百代之辞赋。性情所造,音律自生,所谓文成而法立者也。之象所摘其某章某句,多立门类,限为定法,如词曲家之有二尺。以是拟骚,宁止相去九牛毛乎!"

　　同《楚骚绮语》一样,《四库全书总目提要》所评并不为过。只是就供今天研究之参考而言,该书亦有一定价值,读者可参《楚骚绮语》提要而得之。

七、黄文焕《楚辞听直》

　　黄文焕,字维章,永福(今福建永泰)人,生卒年不详。明天启五年(1625)进士。崇祯中由山阳知县擢翰林院编修,与黄道周同下诏狱。后获释,曾寓居淮上,晚年流寓白下(今江苏南京附近),"憔悴约结,视屈百倍"。清顺治十四年(1657)尚在世,但已"抱病濒危"。尚著有《诗经考》《陶诗析义》《赭留集》等。

　　此书含《楚辞听直》八卷和《楚辞合论》。所以名曰"听直",因取屈原《九章·惜诵》"命咎繇使听直"之语,且因作于狱中,以之寄托自己冤屈不平之情。卷首《自序》,详细记录著书缘由和成书过程。《凡例》则主要说明评注体例和收录篇章的原则。王逸、朱熹的注本,在《离骚》下有"经"字。而《远游》及《天问》《九歌》《卜居》《渔父》《九章》,王逸本俱系"传"字于每题之下。朱熹本虽无"传"字,但加"离骚"于每题之上。黄氏将"经""传""离骚"字样概加删除,并将宋玉《九辩》和汉代拟骚诸作,尽加删汰。《大招》一篇,从晁补之"词义高古,非原莫能及"之说,断为屈原所作。《招魂》一篇,王逸断为宋玉作,黄氏据《史记·屈原贾生列传》定为屈原作。

　　正文八卷。卷一《离骚》,卷二《远游》,卷三《天问》,卷四《九歌》,卷五《渔父》,卷六《卜居》,卷七《九章》,卷八《大招》《招魂》。

　　《楚辞合论》一卷,附《楚辞听直》之后,成于清顺治十四年(1657)。首《自序》谈《合论》成书经过,正文分两大部分。前半部分有《听忠》《听孝》《听年》等十篇。后半部分有《听离骚》《听远游》《听天问》等七篇。总的来看,前半部分以义而分,后半部分以篇而分。

黄氏于《凡例》中言:"朱子因受伪学之斥,始注《离骚》;余因钩党之祸,为镇抚司所罗织,亦坐以平日与黄石斋前辈讲学立伪,下狱经年,始了《骚》注。屈子二千余年中,得两伪学,为之洗发机缘,固自奇异。而余抱病狱中,憔悴枯槁,有倍于行吟泽畔者。著书自贻,用等'招魂'之法。其惧国运之将替,则尝与原同痛矣。惟痛同病倍,故于《骚》中探之必求其深入,洗之必求其显出。"故此意在为黄道周和自己鸣冤。因对屈原之冤屈感同身受,他激烈地批驳了朱熹等人关于屈原过忠的论调。

该著有两大特色。

其一为对作品的理解,颇能体会屈骚之文心。如对《九章·悲回风》之主线,黄氏抓住"死"与"愁"二字。其论"死"曰:"从'悲回风'至'托彭咸之所居',繇不欲死说到必当死。'悲摇蕙',不欲死也;'统世自贶',不欲经也;掩哀逍遥,惆惆遂行,种种不欲死也。至不忍尝愁,则当死;始于'造思'者,继则以'昭闻',则当死;欲望远自宽,而眇眇默默,总无佳况,则当死;'物有纯而不要为',则当死;非托居何以昭闻,则必当一死矣。从'上高岩'至'任重石之何益'不解、不释,又繇可以死说到不忍死,'托彭咸'曰'凌大波',则见'波声之汹汹',可以死;'睹潮水之相击',可以死;'入海',可以死;'望河',可以死;而凌波之后,亟曰'上高岩',是避彭咸之所居也,不忍死也;涌湍曰惮,益怯彭咸之所居也,不忍死也。伯夷之死,子推之死,未尝不出山岩,而徒尔吊古怨悼也,又一不忍死也。徘徊河海洲渚间,则非复高岩矣,彭咸之所居,催人矣,乃宗子胥而又排申徒,曰'负重石之何益',久欲为彭咸,复不肯遽为申徒也,又一不忍死也。前后两截,文阵工于互绕。"如此论述,紧扣屈子在"死"与"不死"之间徘徊的心理,可谓知屈子者。

黄氏论"愁"曰:"就中言'愁',复语百出,而愈复愈清;处处擒应一线到底,不外两意。一曰愁之散者,欲共聚而销之也。'冤结内伤''隐伏思虑''轶鞿不开''缭转自缔''调度不去''著意无适''维结塞产',皆结聚难破之愁况;'于邑不止''踊跃若汤''眇眇无垠''芒芒无仪''漫漫不可量''绵绵不可纡''容容无经''漫漫无纪''驰委蛇也''漂翻翻也''遥遥也''潏潏也',均为四散难收之愁绪。"其下大量引证后感叹道:"晦庵谓《悲回风》颠倒、重复,疏卤试以篇法两截之互绕、句法两意之互擒,细细寻之,变化无穷,一丝不乱。求只字之颠倒,片语之重复,纤隙之疏卤,俱无羕摘矣。甚哉《骚》之深,而未易读矣。"黄氏如此细读文本,体察屈原之创作心理,确实值得后人认真学习!

其二,此书对屈原的生平行迹和作品的写作年代详加考索。洪兴祖持屈原两次流放说,而黄氏以《史记》"王怒而疏原"等语考之,认为屈原在怀王时未被放逐,只是失去了怀王信任而被疏远,虽不任左徒之位,但仍在朝中。因而诸家谓屈原怀王时被放均误。由此,便与《史记·屈原列传》所载谏释张仪、谏怀王毋入秦等事不相矛盾。此说极为有理,因而影响较大。另外,关于屈原卒年,黄氏据《九章·哀郢》"至今九年而不复",则顷襄王九年(前290)之时,屈原尚未死。又越孟夏,怀沙自沉,"固属之十年矣"。以为屈原自沉于楚顷襄王十年。此说虽亦未必准确,但比之定屈原卒于顷襄王三年四年的观点要合理些。

黄氏还对二十五篇之作年具体进行考订:"《离骚》作于怀王时,其余俱作于顷襄时。"《天问》作于怀王初死时,因为结句明言"吾告堵敖以不长。何试上自予,忠名弥彰"是"罪己之知王不返,未以死谏也"。《九章》不是一时所作,《惜诵》结尾曰"愿春日以为糗芳",应作于被放那年的冬天。《思美人》曰"路阻",结尾曰"独茕茕而南行,思彭咸之故也",疑为被放初行时之作。《抽思》曰"曼遭夜之方长""悲秋风之动容兮",又曰"望孟夏之短夜(兮)",则是由春以后,孟夏迄初秋时作。《涉江》曰"将济乎江湘"[①],则既宿之后,复派以行矣;曰"欸秋冬之绪风",则在舟间者,由秋而冬矣;曰"上沅",则溯之之区矣;又曰"宿辰阳",曰"入溆浦余僮佪(兮)",派者复暂止矣。《橘颂》则其冬候遭回之所见,即物生感者;其曰:"愿岁并谢,与长友兮。"固是岁于此终矣。《悲回风》曰"岁曶曶其若颓(兮)",明言是岁之终;而其云"观炎气之所积"[②],"悲霜雪之俱下(兮)",又合是岁之夏、秋、冬总言之,以志夫途间舟间之愁况焉。首篇作于被放初年之冬;《思美人》《抽思》《涉江》《橘颂》《悲回风》作于被放之四季。《哀郢》是被放九年后之作,其

---

① 将,应为"旦余"。
② 所积,应为"相仍兮"。

事其景,皆属追溯被放之次年。《惜往日》显言追溯,则也是九年以后之作。屈原以《惜往日》为《九章》之第八,《怀沙》曰"滔滔孟夏""汩徂南土",此就死之前一月所作。

黄氏又以为屈原在被放逐之第三年,作《卜居》;"既放三年"即是明证。《渔父》曰"行吟泽畔,枯槁憔悴"自属第三年以后。其曰"宁葬鱼腹",则为将死前之决意。

另外,《远游》当作于怀王在秦而尚未死时。屈原虽不为顷襄所用,但未被放逐,故其语但云仙游,无大悲恨。黄氏还以为,《大招》发端曰"青春受谢","春气奋发";《招魂》之殿末曰"献岁发春(兮),汩吾南征",曰"目极千里兮,伤春心",均不及夏月。屈原被放,是春天出发的,"盖当出门之日,即为决死之期,魄存而魂散久矣,夫是以指春而两自招也"。

黄氏以上这些说法,未必完全正确;某些地方,纯属臆测悬断之词。但是,他将屈原的作品与史料相印证,从而探索屈原的行迹,考察其作品的写作时地,为后人开了很好的风气。他的这些结论,也大体为林云铭、王邦采等人所本,产生了较大的影响。

此书也有不少穿凿附会的说法。如认为《离骚》等篇"多言女","盖寓意在斥郑袖耳。惟暗斥郑袖,故多引古之妃嫔,欲以此为吾王配焉。……使有贤妃,何致脱(张)仪于国中,反劳师于远伐耶?是以首篇之《骚》,专言求女"。还以为"怀王之送死,顷襄之忘仇,总以求女为始终之败局。秦则昔所虚言,后所实行,亦总以予女为始终之巧计。原安得不痛心于求女,反复低徊哉?"这些说法,过于牵强。在作品的注释中,也颇有荒诞之处。如《离骚》"不顾难以图后兮,五子用失乎家巷",黄氏释曰:"叹五子之失家,(屈)原以自比也。宗臣与国共存,国破而家亦亡。忧国所以忧家,未闻有独存之身也。五子之作歌,原之作《骚》一也。"再如释《离骚》"保厥美以骄傲兮,日康娱以淫游",以"骄傲淫游"为屈原自道等,都是令人难以想象的。

有明崇祯十六年(1643)刻本。

清顺治十四年(1657)补刻本。

2019年上海古籍出版社《楚辞要籍丛刊》本。

八、陆时雍《楚辞疏》

陆时雍,字昭仲,桐乡(今浙江桐乡)人,生卒年不详。明崇祯六年(1633)贡生。与周孟侯酬唱于语溪,时人称"双龙"。除本书外,另著有《庄子影史》《公羊墨史》等,多亡佚。

该书列唐世济序,次陆时雍自序,再次周拱辰序、门人张炜序,再次为《史记·屈原列传》,再次为《楚辞条例》,再次为《楚辞姓氏》,再次为《楚辞目录》,再次为《读楚辞语》,再后为正文,末附《楚辞杂论》。

陆氏《楚辞条例》,谈及《楚辞》篇目、作者、次序等问题,简要介绍作品大义。《楚辞姓氏》录此书之评注者:"注"王逸、洪兴祖、朱熹;"疏"陆时雍;"别注"周拱辰;"评"孙矿、张炜如、李挺、李思志、张焕如;"榷"唐元竑、张存心;"订"陆元瑜、张炜如、张寄瀛。《读楚辞语》一卷,强调屈原忠君爱国思想,于各篇作意亦做概括说明,兼及一些艺术欣赏问题。《楚辞杂论》引魏文帝、沈约、刘勰、洪兴祖、朱熹、叶盛、王世贞、陈深、周拱辰等九家的评论,其中以朱熹之语为最多。

正文十九卷。卷一《离骚经》,卷二《九章》,卷三《远游》,卷四《天问》,卷五《九歌》,卷六《卜居》,卷七《渔父》,卷八《九辩》,卷九《招魂》,卷十《大招》,卷十一《反离骚》,卷十二《惜誓》,卷十三《吊屈原赋》,卷十四《招隐士》,卷十五《七谏》,卷十六《哀时命》,卷十七《九怀》,卷十八《九叹》,卷十九《九思》。陆氏认为,自《离骚》至《渔父》,正合二十五篇。(《九歌》作十一篇计)《九辩》《招魂》为宋玉所作。《大招》寒俭苦涩,断非屈原之辞,以为景差作。篇次改易的理由是:"《九章》即《离骚》之疏,而《远游》者,自《离骚》中'倚阊阖''登扶桑'一意逗下,至《天问》《九歌》《卜居》《渔父》,则原所杂著也。朱晦翁因《九章》中有《怀沙》一篇,乃原之卒局,而《悲回风》颠倒繁絮,以为临绝失次之音故耳。然奈何以《卜居》《渔父》终也。"因此,他改变了次第,"觉其脉络相承,使观者一览而自得也"。

注释体例为每篇首列小叙,再分段注疏,次列"旧话",再冠以"陆时雍曰",

还有一些眉批。

此著有以下三点特色。一是突出屈原忧国忠君思想。陆氏认为,"《离骚》非怨君也,而专病党人"。而在注释中,陆氏也强调此点。陆氏指出,《离骚》厉言类规,温言类讽,缓言类诉,狂言类号,都发自于忠爱之心,因此"虽激昂愤懑,世莫得而訾也"(《离骚》目下小序)。《惜诵》注疏中,陆氏又曰:"人臣得罪于君,犹可言也;得罪于左右,不可逭也。左右能移君心而用君之意者也。百亲君未必见忠,而一得罪于左右,则祸立至,此《离骚》所以嫉党人也。"二是精于艺术特色之评论。评楚辞诸篇,多有警语。如谓"《涉江》一笔两笔,老干疏枝;《哀郢》细画纤描,着色着态,神韵要自各足"。谓"《怀沙》意绝绪之歌",《悲回风》"叮咛繁絮而恫有余悲",《渔父》:"如寒鸦数点,孤云匹练,疏冷绝佳,至语标会,总不在多矣。"陆氏还将宋玉《九辩》与屈骚作多方面的比较,认为《九辩》不及屈骚者有三:"婉转深至,情弗及也。婵娟妩媚,致弗及也。古则彝鼎,秀则芙蓉,色弗及也。"宋玉及得上屈原者亦三:"气清、骨峻、语浑。清则寒潭千尺,峻则华岳削成,浑则和璧在函,双南出范。"这些评论,有的未必尽合作品实际,然出于陈氏读骚之真切体会,能给读者以启迪。三是该著天头录有五家评论,以取张焕的为多。如张焕评《湘夫人》曰:"风流萧瑟,袅袅秋风,水波木下,愁绪当与湖水相量尔。"再如孙矿曰:"袅袅二句,《月赋》得此,一篇遂增色,可见楚骚写景之妙。"总的来说,这些评论也还精当。

此著不足处亦有如下三点。一为刻意求新,有脱离作品实际之嫌。如定《九歌》并非祭神之词,而是"因物咏之,随意致情"之作,类似于唐人"感怀""漫兴"之诗。无论从作品实际、历代文献还是民俗资料,均证明《九歌》为祭祀神祇之词。陆氏此说虽独创新解,实不可能成立。二为该著论作品大义主旨,虽的确有真切体会,然纯主观臆断者也有一些。如对屈骚次第之重新排列,将扬雄《反离骚》置于拟骚诸作之首等。三为对部分诗句的阐释主观臆测成分过大。如《离骚》"及年岁之未晏兮"至"恐嫉妒而折之"一节,陆氏释曰:"老冉冉其将至,恐修名之不立。此名一立,则君与臣共享之。鹈鴂先鸣,百草不芳,则皇兴败而芙蓉之裳凋矣。搴木兰而揽宿莽,朝夕勤渠,将安用之,能无沾襟之浪浪乎?"明显有穿凿附会之嫌。

陆时雍另有《楚辞榷》八卷,实际上即《楚辞疏》的一部分,其中包括屈原作品七卷,并将淮南小山《招隐士》、扬雄《反离骚》和陆氏自撰之《短招》合成一卷,共为八卷,末附《读楚辞语》。

有明末辑柳斋刻本。

清康熙四十四年(1705)有文堂刊本。

2020年上海古籍出版社《楚辞要籍丛刊》本。

九、屈复《楚辞新注》

屈复(1668—1745),字见心,号悔翁,晚号金粟道人,蒲城(今属陕西)人。屈复为清代文学家、诗人,与李因笃、李柏二人为挚友①。乾隆初,以博学鸿词征召,不赴,唯以诗文自娱。有《玉溪生诗意》《弱水集》等,《楚辞新注》为其晚年所作。《清史列传》卷七十一《文苑传》有载。

屈氏自称屈子后裔,自序曰:"幼好楚辞,多不解;稍长,读诸家所注,愈不解。然往往一吟其可解者,则回风雨雪,身置沅湘。夫吾家自汉迁关中,至今已忘乎为楚人矣。……遥望荆郢郁葱之气,涌耀夕阳乱石间,若咫尺可到。此非吾二千年之故国耶? 将扬帆破浪,问'江介之遗风'与所谓'两东门'者不果,而美人芳草,益渺渺兴怀,乃集《楚辞新注》。始戊午正月,三月而毕。略诸所共解者,而详予向所愈不解者,欲令吾党同解焉。然恐终未当于三闾意中之言,言外之意,亦仅斯章句而已。呜呼! 四十五年之奔走,盖出于跋涉艰辛穷愁迫厄之余者也。"此段自序,道出了屈复写作该书之深层心理。

该著八卷,卷一《离骚》,卷二《九歌》,卷三《天问》,卷四《九章》,卷五《远

---

① "二李"与李颙,世称"关中三李",以重气节,甚有声望。

游》,卷六《九辩》《卜居》《渔父》,卷七《招魂》,卷八《大招》,不尽与旧本同。是书卷首列崔继亭《楚辞新注后序》①,有屈复自序、凡例等,卷末附班固《离骚序》等,且有《天问校正》,或独立成一卷,或附见《天问新注》末。

《凡例》十二条,说明著者著书之缘由、主旨、思想、体例等,较有意义及特色者,有以下数条:

> 天下事创始难,继者差易。《离骚》有注,自王叔师始。后诸家论著,即有详细处,要自王氏发之。兹集先王而后诸家,大哉筚路蓝缕之功也。(第一条)

> 楚辞惟《离骚经》最难解。句有同者,意自各别,并非重复。长篇大作,原有条贯。和氏之璧,御玺材也。槌碎作零星小玉,连城失色矣。兹分五段,庶得要领。(第四条)

> 《离骚》难解在大意,《天问》难解在故典。《四库书目》诸史,《经籍志》所载,汉以后书不传者甚多。况汉以前乎? 王叔师所引,尚未尽见,而"三问"所用,安能尽知? 从何处拨正? 夫子曰:"吾犹及史之阙文也。"(第七条)

> 文人相轻,自古皆然。痛诋他人,以申己说。若必后贤以必吾是者,著书各成一家。天之生才不尽,后人自有心眼。别裁是非,岂在吾今日之哓哓哉! 况我所论,亦自前贤开悟。操戈入室,何其薄也。往者可欺,来者难诬。(第九条)

这几条确值得楚辞研究者深思。

该著特色有如下数端。

屈复是诗人,唯以诗文自娱,一生坎坷,"虽晚以金粟布衣自号,而长安落

---

① 《关中丛书》本删此文。

叶,谓水西风,亦仅形之诗歌,托之梦寐"①。故其对楚辞艺术特色往往有独到的领悟,并能吸取前人的研究成果,阐发出独到之论。如诠释《九歌》之作,谓:"诗有寄托,非比兴赋也。汉张衡《定情》,班婕妤《团扇》,曹植、王粲《三良》,乐府《去妇词》,六朝《子夜》等歌,唐宫词闺情无题古意,上而《毛诗》之《有女同车》诸什,朱晦翁所谓'淫奔'之类者,或君臣朋友间,言不能尽,借酒杯浇块垒,言在此而意实在彼,隐乎字句之中,跃乎字句之外,千载下令人思而得之,无论赋比兴俱可以寄托,而寄托非赋比兴也。三闾《九歌》,即楚俗祀神之乐,发我性情,篇篇祀神而眷恋君国之意存焉。若云某神比君,某神比臣,作者固未尝一字明及之,是读者心领神会耳。"此段广引前代之诗,以证将《九歌》"某神比君,某神比臣"的胶柱鼓瑟之嫌,实有见地。

再者为注重结构分析。屈复分《离骚》为五段,对为何如此划分及各段大义,均作了说明。如篇首至"字余曰灵均"为第一段,"叙世系祖考,生时名字,有木本水源,顾名思义之意。言外见分,当与国存亡也";自"纷吾既有此内美兮"至"夫何荧独而不予听",为第二段;谓"自未疏说到既疏,自既疏说到既废,反复纷纭,言己之上不见知于楚君,下不见知于盈朝,外不见知于党人,内不见知于骨肉,一片孤忠,无可告语,不得不折中于前圣矣",所言均有一定道理。其他三段亦如此。再如屈复论《天问》,亦从分段始,将其分九段。以篇首至"曜灵安藏"为第一段,是问天;自"不任汩鸿"至"地何故以东南倾"为第二段,是问鲧禹治水事;自"九州安错"至"何所夏寒"为第三段,是问地……然后展开对《天问》的分析,此处便不多言。

第三为提出《天问》错简说。屈复于《天问校正》中言:"通篇起结尽人了然。细玩中间屡起屡结,次序井井,其为错简明甚,因少校正。每见前人妄改古书,窃为不可,岂可效尤? 今仍列旧文于前,更定附后。"现学界均认为屈复为提出《天问》错简第一人,而实际夏大霖早于屈复四年,他在《屈骚心印》中明确提出《天问》有错简②。但屈复未必见到夏氏该书,很可能是两人各自独立提出,只不

---

　　① 崔希骃《楚辞新注后序》。
　　② 可见本编第三部分《九、夏大霖〈屈骚心印〉》。

过夏大霖略早。屈复认为"日安不到,烛龙何照"四句,以为问日之事,遂移于"自明及晦,所行几里"下;"女歧无合,夫焉取九子"四句,事涉怪异,则移于"何所不死,长人何守"下;自"白蜺婴茀"至"三危安在"十六句,为远古神话,故移至"延年不死,寿何所止"下。……如此校正,还有一些。然屈复所校,多依主观认为之时间先后,并不合《天问》结构特点,难以成立①。但屈复"《天问》错简"论影响很大,后世一批学人宗之,遂形成《天问》研究之一派。

该书亦有失误之处。如既以《远游》四方云游为"自沈"汨罗之"寓言",然则又以《离骚》西行求女为"不惟怀王在秦,言外盖欲灭复仇之志也",则有自相矛盾之嫌。谓《大招》为屈子"痛怀王之文",招怀王之魂,尽为臆断之词。又如释《离骚》"偭规矩而改错"之"偭"为"向",且谓"明有规矩在前,而方圆任其错置"云云,然"偭"字古有向、背二义,正反同词,此当从旧说训"背"。

有清乾隆三年(1738)弱水草堂刻本。

同年居易堂刻印本。

十、丘仰文《楚辞韵解》

丘仰文(1696—1777),字襄周,号省斋,滋阳(今山东兖州)人。雍正进士,曾官四川定远县知县。精于易学,有《省斋自存草》。《碑传集》卷一〇九有传。

该书八卷。首自序,次凡例,次古韵表,次目录,最后为正文。该著有一异事,即陆耀《切问斋集》中有《楚辞韵解序》,而书中却无。此书于乾隆壬辰(1772)出版,此时丘氏尚在世。

考陆氏之序,似无对丘氏不利之词。该序开首言:"古者言音不言韵,而韵

---

① 关于这点,读者可参阅本编第一部分之二、三文。

之必出于音，音之必有所准。六书中转注谐声，固韵学之权舆也。"并认为古者
应有类似之书，如补《周礼·冬官》之《考工记》，不然屈赋不会与中华音韵如此相
协。中间言："至国朝萧山毛检讨①，始因郑庠《古音辨》，创为五部三声两界两合
之说。"但因毛氏主张通押，学者多遵邵子湘之《韵略》，陆氏认为这些人："不知
其书实发千古不传之秘，而非诸家所及也。"此言显然过头，因其时顾炎武之《音
学五书》，古韵研究成就显然超过毛奇龄。此事实陆氏并非不知，因该序结尾部
分亦言"余尝服膺顾昆山、李富平之论韵"，这里所以如此评价，大约因丘氏："由
《易》韵通诸楚辞，独以检讨之韵读之。"且"进退出入，无不就范。节解句释，厘
为八卷，名曰《楚辞韵解》。信乎毛氏之功臣，而韵学之符契矣"。为肯定该书，
必须高度肯定毛奇龄之古韵研究。

　　《自序》大致分三部分。开首一段，说明《楚辞韵解》即就楚辞纪韵，并略述
韵部研究及韵书之历史。然其中亦有误，如只字未提《广韵》，反言："今所行韵，
乃宋理宗朝刘渊所并唐试韵也。"丘氏似乎不明白，《平水韵》所据之书，就是《切
韵》，所谓"唐试韵"，不过是将《切韵》之二〇六韵规定哪些"同用"，哪个"独用"
而已。而且《平水韵》在音韵研究方面，远不及《广韵》重要。第二部分主要介绍
毛奇龄之"五部三声两界两合"之说："其说大要祖宋郑庠《古音辨》，以今三十韵
分宫商角徵羽五部。通以三声，谓平上去三声通用也。分以两界，有入无入不
相奸也。联以两合，无入之去独通入也。三声通不通入声，挽入则叶；二声通不
通平上，挽平上则叶，叶止二例，此外无叶。"并介绍毛氏："深病夫材老（吴棫）叶
音之为古韵害，并深以朱子用之者为非。"接下，丘氏略述作《楚辞韵解》之由，在
于朱熹对楚辞的叶韵多误："见文公注本，有不必叶而叶者，如三声是也。有应
叶无叶者，如三声犯入声是也。有阙其义以为未详者，如有入无入不相通是也。
有叶而不得其说者，如两合犯三声是也。窃自喜为格物之一端，于是纪以终
卷。"然丘氏又不尽废叶音，他认为："尽废叶音，通不一类，亦终口吃。故三声之
叶可尽省，通而不类必存叶音。"对于此种矛盾现象，丘氏在第三部分作了解释：
"或曰：既是通韵，又用谐音，不两歧与？曰：有之。是知其一不知其二也。不谐

① 即著《天问补注》之毛奇龄。

而不可用也。通韵以部分,叶音以类更,西河之所通,即才老之所叶。"并言:"《诗》音旧传九家,即用叶音,陆德明谓不应更字。"虽然如此辩说,但叶音实是在古韵部研究尚未完善情况下之一种权宜之计,根据现在古韵研究的情况,实大可不必。

《凡例》十六条,主要是将序言中所引毛奇龄之说详介之。大致可分两部分,前十条主要言通韵,后六条主要言类韵。如第一条介绍五部,按《平水韵》的平声韵,东、冬、江、阳、庚、青、蒸为宫部,真、文、元、寒、删、先为商部,鱼、虞、萧、肴、豪、歌、麻、尤为角部,支、微、齐、佳、灰为徵部,侵、覃、盐、咸为羽部。一部之中,均可通韵。第三条则介绍:"本韵三声(平、上、去)通,通韵三声例并通。"其余几条,有介绍两界者——宫、商、羽三部为一界,角、徵两部为一界;有介绍两合者——无入之去通入。后六条,如丘氏所言:"分别类韵,专为改音谐声而设。"第十一条言:"叶有定韵,非可臆为。东、冬、江、阳、庚、青、蒸七韵,与鱼、虞、肴、豪、尤六韵叶。故御、遇、啸、效、号与屋、沃、觉、药为两合。"第十三条曰:"韵类,宫部三类;东冬一类,江阳一类,庚青蒸一类。商部二类:真文元一类,寒删先一类……"

《凡例》依毛奇龄之古韵说,本身问题即不少。分古韵为五部,过于粗略,其"三声两界两合"之说,前人已有研究。而毛氏之说尚无法概括楚辞之韵,丘氏不得已通以叶音。为防止叶音之随意性,丘氏制定了一些韵类之原则,这比朱熹等要前进了一步。但叶音说之理论乃建立于古今语音无大变化之基础上,此基础之错误今已确证。丘氏当时尚不明此,如第十一条中批驳周德清之《中原音韵》:"而《中原音韵》竟以屋、沃为鱼、虞之入,觉、药为萧、肴、豪之入。"《中原音韵》总结者乃近音音韵,离上古甚远,其将"屋、沃"配"鱼、虞","觉、药"配"萧、肴、豪",固然不合上古韵部,但它并非上古韵书。丘氏不明古今音之变,同量而相概,自已反误。

由于毛氏之古韵说在当时已非先进,故丘氏以之治楚辞韵,亦未尝有非常之特色。有的地方,只不过是用例较广、取证较详而已。如《离骚》开首四句,后释韵曰:"冬江之合,字典云:凡'降'以去声,为正音,自《玉篇》始。《唐韵》正古音'洪'。凡'降下'之'降',与'降服'之'降',俱读为平声。自秦汉以上之文,无读为去声者。《集韵》收入绛韵,非也。《九歌》'灵皇皇兮既降,猋远举兮云中'。《天问》'皆归射籲,而无害厥躬。何后益作革,而禹播降',并同。《诗·草虫》《出车》之'我心则降',《旱麓》《凫鹥》之'福禄攸降',《礼记·月令》之'天气上腾,地气下降''天地闭塞而成冬',并皆读'洪'。余初以降在绛韵,作冬、江三声通,后易之。"此段考释,可称详细。能公开承认过去之错谬,亦反映了丘氏之严肃态度。至于"庸""降"二字,先秦构拟音是否为洪,则另当别论。

另一方面,丘氏对于毛奇龄之两合,运用却较为得体。《离骚》:"抑志而弭节兮,神高驰之邈邈。奏《九歌》而舞《韶》兮,聊假日以媮乐。"后释韵曰:"邈,觉韵,江之入;乐,药韵,阳之入。宫部入声,合。"《惜诵》:"令五帝以折中兮,戒六神与向服。俾山川以备御兮,命咎繇使听直。"后释韵曰:"服,屋韵,东之入也。直,职韵,蒸之入也。宫部入声,合。"对于入声之押韵,解释较为合理,至少可成一家之言。

该著在章句大义之阐释方面,个别地方也倒有可参考之处。如《九章》部分,《惜诵》题下注曰:"愚按《九章》之作,虽非一时之言,然而此篇之词,则固《九章》之发端也,然犹在国之音也。"丘氏不黏滞于某一结论,能以辩证之眼光看待《惜诵》与其他八篇之关系,对人多少有所启发。再如《哀郢》开头四句,丘氏按曰:"怀王弃忠直,信谗佞,内惑于郑袖,外欺于张仪,此怀王之不能敬天安民,罪之大者也。屈原不敢斥言,无所归咎,而曰此皇天不能纯命也。"此说未必能成立,然确可开拓思路。而"当陵阳之焉至"至"孰两东门之可芜"四句后按曰:"陵阳,地名也。焉至,言不能至其处也。按楚封卞和为陵阳侯,其地在汉丹阳郡,今属江南池州府,为石埭县也。不能至陵阳故南渡大江,猋不知其所适也。"此承陆时雍说,而有所发展。虽卞和究封"陵阳"还是"零阳"尚不能铁定,然陵阳为地名毕竟有理有据。

有清乾隆三十七年(1772)硕松堂刊本。

十一、张诗《屈子贯》

张诗,字原雅,嘉定(今上海嘉定)人。约生活于康熙年间,具体生卒年不详。

该书五卷。首为从叔祖张大受序、次张士琦序,次自序,次凡例,次目录,最后为正文。

张大受序首介绍张诗曰:"我宗原雅,平生不趋时而好古,研精刻苦,思以著述传世。……诗古文外,取屈子二十五章,会其大意,蝉联而注解之,名曰《屈子贯》。"其后有一比喻和比较颇有意义,即"昔苏若兰璇玑织锦,尺幅之中,诗千余首,循环反复,错综变化,浅识者且不能寻其端绪,究其脉络,况屈大夫之争光日月者,欲一以贯之,难矣!"但大受认为张诗之阐释,可说达到了此境界——"得其所以断,得其所以乱,因以得其断而不断,乱而不乱",可谓评价极高。

张士琦之序,大部分为对屈骚评价之文。后面论及张诗六载精思力索,著成此书,其研究勤奋而严谨。但评价则吹捧过头,认为:"其功岂复区区王洪诸家比拟万一乎?"序尾说明张诗与屈子心境相通之处:"抑其怀才不遇,黄钟毁弃,有与三闾大夫同一愤懑不平者,故能与古人腑肺融若水乳耶。"足见张诗著此书,亦颇有寄托。

具体就屈骚研究而言,《自序》比前二序要贴切深入得多。序中主要总结概括研屈者揣摩领会屈骚思路发展的几个过程。张诗强调必须会心,此为研屈之基础:"唯会心者即其文,得其意;即得其意,得其志,而因以得其郁埋徘侧,惓惓悃悃,念君忧国之至情。"体会了屈原的情感,则可进一步想象感触他创作时的情状和心理:"恍目系三闾当年,彷徨踯躅,涕洟谣吟于湘滨沅渚间,不自觉喜者怒,舒者惨,和平者愤激,叫呼而继之以号啕。"至此,对屈子之文可以说已会于心,然而还不能说已传之口。序之后部,张诗详言了自己试图传之口的过程:"岁辛巳,长夏无事,偶读屈子,有会于心。因取王氏、洪氏、考亭夫子之'集注',

损益去取,参以己见,联缀其词,以贯穿其意而已。而凡草木、山川、鬼神、邑都之类,则不必深究其所由然,取自谓能解之哉!譬之丹青者,绘楼台、宫阙、人物、鱼鸟,则有定,绘云霞则无定。然一日之间,偶见夫烂焉蔚焉者,悠然心会,振笔以存之,虽未云得其真,其不致去而不留乎? 苏子云:振笔直遂,以追其所见,必兔起鹘落,少纵则逝矣。余于屈子,恐其逝也,故姑就一人之解,与一时之解存之,而名之曰贯,未知贯否也?"此段话揭示了研究过程中的灵感现象,肯定了直觉感悟之作用,也说明为何花六年的功夫著成此书。同时,它对于了解清人的研屈方法,也有很大帮助。

《凡例》七则,再次强调了阐释主旨:重在联络其神气,而不像朱熹"仅详于物类音释,与其意之大都耳";点明了注释重点:不在山川、草木、鬼神、都邑之类而在段落结构;说明注音标准:依朱熹协韵标准;解释删省之篇目:"《卜居》《渔父》两篇,家诵户习,故不复注释。"并再次倾诉著此书辛劳:"是编虽属稿于辛巳夏,而斟酌纤微,融贯始末,则历三年,六脱稿始成。知吾者谅其苦心!"张氏刻苦研究之精神确实令人叹佩。

正文分节为注,先释大意,后训诂,如《离骚》一般每四句一注。每一类文前有题解,如《离骚》《九章》《天问》等,而《九歌》则每篇均有题解。

该书最大特点,确如张氏所说,在于精神气脉之连贯。此于初学楚辞者最为有利。由于省去一些具体名物与细节的注解,一篇读完,可得其诗之梗概。对于章节、段落的大义的阐释,一般较为平实公允,极少怪异之谈。可见张氏于文本,确实是多年反复吟咏体味,殚精竭虑,得其大义而为之。具体注释方面,张氏态度极为审慎。凡不能确解者,宁可以"未详"存之。如《九歌·湘君》释"湘君"曰:"湘君或谓尧之二女,死于湘水,有神名奇相者配焉,谓奇相为湘君,二女为湘夫人。或谓尧之长女娥皇为舜正妃,故称君;次女女英,为舜次妃,故降称夫人。或又谓湘君,泛谓湘江之神;湘夫人,即湘君之夫人,俱无实指。三说未知孰是、并存之。"此审慎态度在《天问》注解中表现最为突出。如从"中央共牧"至"夫何长"一段,注为"以上皆未详"。有的作部分注释,如"阻穷西征,岩何越焉? 化为黄熊,巫何活焉?"四句,注曰:"上二句未详。《左传》言化为黄熊、《国语》作黄能;能,三足鳖也。"前两句确为注家一直争论之所在,张氏不强为之解,注求有据,态度可称严肃。还有史料可勘者,但其意义不清,张氏亦老实承认未详。如"悟过改更,我又何言?吴光争国,久余是胜?"注曰:"吴光即阖庐,义亦未详。""何环穿自闾社丘陵,爰出子文?吾告堵敖以不长。"注曰:"子文,即斗谷于菟,义亦未详。"

该著第二个特点为通俗易懂。《离骚》从"朝饮木兰之坠露兮"至"愿依彭咸之遗则"一段,张氏阐述为:"承上言,惟恐修名不立,故朝饮木兰之坠露以止渴,夕餐秋菊之落英以克饥。诚使余之中情,信然姱美。而所修精练,所守要约,即长处饥饿,而面目颇颔黄瘦,亦何伤乎?此言饮食之廉洁也。又言揽取香木之根,约结香草之茝,贯串薜荔所落之花蕊,矫揉菌桂使之柔易,纫续蕙草使之缀属,索绞朝绳之细而长好者,用心竭力,惟效法前代修德之圣贤,非如世俗之所被服也。此言服饰之芬芳也,言如此者虽不合于今世之人,亦愿不违于昔日彭咸之遗法而已。"此段对屈原于诗中饮芳食洁,贯花结草之象征意义,作了深入又通俗的说明,今天读来亦无甚障碍。类似解说在《九章》中更多,不一一例举。

除以上特点,该著阐发中亦偶有独到可取之见。《九歌·东皇太一》解题曰:"东皇太一,天之尊神也。天神贵者太一,犹太极云,两仪四象,生生不已,皆起于太极;十百千万,推衍无穷,皆始于太一,是造化之权舆也。曰东皇者,天地之气,始于东;皇者,尊之之词。""太一犹太极",确有见地,其地位无上在于万变之基础,万物起于太极,万数起于太一。此注完全可自成一说。再如《九章·哀郢》之"当陵阳之焉至兮,淼南渡之焉如?曾不知夏之为丘兮,孰两东门之可芜"四句,解曰:"盖此时则已渡江矣。又言沧桑变易,在瞬息间,即今夏水已远,苟其变为丘陵,吾曾不知也。而又安知郢之两东门,不已芜秽乎?然孰谓其可以芜秽者乎?陵阳即阳侯,夏之为丘,向诸家皆训楚之夏屋,已为丘墟。夏字觉无根。愚意原借上夏水衬起两东门耳,故易之以俟知者。郢都东关有两门,故曰两东门。"夏训为夏水,确实少见。但此比王逸训夏为大殿,洪兴祖训夏为大屋,似乎要准确一些。推之屈原当时所处情景,也似乎要更合理一些。夏水与东门相对,思路也来得自然。而以下对两东门的训释,也完全正确。

然该著之错误亦不少。一类属于注释方面。如《离骚》"杂申椒与菌桂兮"之"申椒",注为:"椒生重累丛簇,故曰申椒。"这是将王逸之解释变化而成。王逸曰："申，重也。椒，香木也。其芳小，重之乃香。"王逸之说，多数学者认为不确（如王夫之），而张氏之注则错得更远。

另一类则属于文义理解方面。《离骚》"余固知謇謇之为患兮"至"失唯灵修之故也"四句，解曰："直以君臣之大义，无所逃于天地之间，而此心不能舍也。"《九歌·山鬼》题下按曰："余即不敢怨公子而思之乎，亦已怅然忘归、徒抱此离别之忧已矣。此皆寓言楚国之乱也。"前者用后来专制社会之君臣关系解释屈原之心理，不合当时屈原之真实思想状况。后者过于黏滞于"九歌寄托"说，脱离原作之实际情况。均属主观意愿过重，忽视历史客观条件与人物特定时期之特定的思想状态。

张氏偶尔有将一整段意思都理解错误了的。《离骚》"悔相道之不察兮"至"及行迷之未远"四句，解曰："言至此乃追悔前日相视道路，不能明察，而轻犯世患，遂延伫以将返。然所反之途，虽不犯世患，实迷途也。因旋转吾车复于前日之路，以及此迷误未远之时焉。"此四句以及整整下面一段，屈原表达的都是退隐之思。所谓"迷途"，实指原之仕途；所谓"复路"，指回家乡安居之路。张氏将此意解释反了，故将后面之诗句完全弄得扞格不通。

有清康熙四十年（1701）刊本。
清嘉庆三年（1798）嘐城重刊本。

十二、朱冀《离骚辩》

朱冀，字天闲，号悔庵，吴县（今江苏苏州）人。生卒年及事迹不详。该书扉页及正文均题有"吴门朱冀悔厂先生论述"[①]，《离骚辩序》后署曰"秦余山樵朱冀

---

① 厂，同"庵"。正文"先生"作"氏"。

悔厂氏题",则朱冀别号当为"悔厂"。

该书出版于清康熙丙戌(1706)。首《离骚辩序》,次《小引》,次《凡例》,次《管窥总论》,次为对林云铭《楚辞灯》之总评,再次为辩前贤论《离骚》二则,最后为正文。

自序分两部分,每部分又可分两段。第一部分首段即表示对朱熹《楚辞集注》的怀疑:"余初读《离骚》,阅诸家评释,类厖杂无伦。后得紫阳《集注》,讶其无所剪裁,厖杂如故。"朱氏认为,凡事关忠孝大节,朱熹必认真对待,而注《离骚》却"徒因袭旧说,以讹传讹,甚至以求索为求贤君,且指求女数章为求大君,而不之遇。此竟将同姓世卿一腔热血,扫地无余。孰谓笔削出紫阳而顾若是乎!"二段分述对林云铭《楚辞灯》由信而疑之过程:"余悚然惊异,不敢亵视。正襟危坐,伏而读之,果能自出新裁,不袭旧说。其痛辟求君处,尤为先得我心,如遇知己。所自负为千百年眼者,余几几乎信之。及翻阅再三,而不免疑信相半矣。又寻绎数回,则疑义益多。"

第二部分首段讲述自己读骚梦中所得:"适岁在丙戌,秋冬之交,忽疽发于腰臀间,足不能窥户者两阅月。每借读骚以自遣。下元之夕,梦中恍惚,手执是编,与一老人互相辩证,久之欣欣若有所得。"于是朱氏:"顿觉心目之前,迥乎其不同于前此之所知所见……于是兴会所至,忘其固陋,随得随书,并不计辞句之工拙。"二段为书成后朱氏之反思和揣测:"虽然,余究不知梦寐之中之若或启之者,为果有其人耶? 将昼有所思,即夜有所梦耶? 又不知余一时之兴到笔随,果有合于当年之属辞比事否耶? 抑又不知后之见是编者,其指余摘余,不犹余今日之指摘前人否耶?"[①]此四句涉及研究的共性与个性,研究者的心理积淀与潜意识,研究中的继承与创造,学术成果之批评与反批评等重要问题,在楚辞研究史上有一定意义。

《小引》主要说明为何多指林云铭之谬。朱氏曰:"非故为吹毛索瘢而取罪前辈也;亦非务为诡谲怪诞,翻案求新,而好与陈篇作敌也。特以旧注之背谬,

---

① 此段的意义在于"直觉感悟法"之建构,详情可见中编第二章第三节《清代楚辞研究中"直觉感悟法"之确立及卓越贡献》。

林子业已摘之于前；而林说之背谬，不减于旧注者，计其最甚，盖有二端。"《小引》以下乃着重批驳此二端。一端为林云铭承旧说，认为屈原怨君，重点在"怨灵修之浩荡兮，终不察夫民心"之理解。二端为林云铭认为女媭乃屈妇，朱氏极为反感："何端林子竟侪之于彼妇，又横加以极诋，一若所言，全不入耳。大夫闻之，不胜其怒，悻悻而去。诉神灵以摅其怨憾不平之气者，非诬大夫以不弟乎？"林氏此论倒确实可以商榷，但朱氏完全从封建礼教人伦出发，认为自己是在维护屈原之尊严。则不免过于偏执，甚至在《小引》结尾声明道："然则予之管见，岂徒为《离骚》争文章之得失哉！直欲为三闾辩终古不白之厚诬而已矣！"

《凡例》主要谈《离骚》读法，关于书中体例涉及较少。朱氏认为："读《离骚》须分段看，又须通长看。不分段看，则章法不清。不通长看，则血脉不贯。旧注之失，在逐字逐句求其解，而于前后呼应阖辟处全欠理会。"朱氏还主张："读骚先须认得三闾与姊媭是何等人物，具何等心肠。""读骚需要活泼泼地，一切引用典故，皆行文时偶然假借。"朱氏并言自己之读骚见解："与旧说同者十一，异者十九。"对于这些见解，朱氏具有一定的自信："况余不敏，虽不至自护其短，亦无由自觉其非。"

《管窥总论》为对《离骚》主题及筋络之分析。朱氏认为，"守死善道"为全篇骨子，"与为美政"为文中之眼目。而文气之放束则有多层。开头至"哀众芳之芜秽"为一层，以下又分四层收束。从"众皆竞进以贪婪兮"至"愿依彭咸之遗则"为一束，从"长太息以掩涕兮"至"固前圣之所厚"又为一束，从"悔相道之不察兮"至"岂余心之可惩"再为一束，而"女媭之婵媛兮"至"余焉能忍与此终古"为第四束。朱氏认为，"行文至此，文已穷，山已尽，更无转笔处矣。不意天外奇峰，忽又飞来当面"。从此文意大转。而《离骚》文气运转变化及段落划分，历来诸家说法不一，朱氏以两大层分之（实际分为八大段），每层又有若干收束，亦有一定道理。

正文部分，大致以朱熹的一解四句为一段，引朱熹、林云铭两家之注，自己注以"愚按"标明，或对朱、林二注加以申发、驳难，其驳林注尤多。总言之，所驳难、所创新，多有不当及纰缪。

如"羌内恕己以量人兮，各兴心而嫉妒"，按曰："谓党人恕己量人，此叛道之甚者也。一言终身可行,无忠则恕不出。世岂有心存忠恕之人,而反为妨贤病国之事者乎? 盖此章承上文而言,自此辈用事以来,一切奔竞之徒,皆以贿赂进身,所以贪风日甚,财利已满,犹求索无厌。不图我内存恕心,外揆人事,以进说于君,止期引君于当道。初未尝与党人争利,而若辈嫉妒之心,一旦忽然并兴,诚有莫测其何故者也。""恕己量人",历来解释为指党人而言,而朱氏一反众说,认为是屈原自指,显然大错。其误在错解"恕"与"量"。王逸原解本正确:"以心揆心为恕。量,度也。……言在位之臣,心皆贪婪,内以志恕度他人,谓与己不同,则各生嫉妒之心,推弃清洁,使不得用也。"屈原此处明指党人"以小人之心度君子之腹"。后有学者将"恕"释为宽恕,不知此为后起之义。而朱氏以儒家"恕"道释之,则无法自圆其说,故反释为屈原自指,将"恕己"释为:"见所言内反己心,去其过激,使君为可爱。""量人"释为:"见所言外察时变,务求其当,不拂乎人情。"完全以相反的方向去解释,违背了朱氏自己的要注意前后呼应、贯其血脉的宗旨。

具体语词的训释上,该著错误亦不少。如"夫维圣哲以茂行兮,苟得用此下土",朱氏按曰:"非苟且侥幸,得有此下土,而遂谓可以逞其意欲,惟所用之者也。"将"苟"释为"非苟且侥幸",增字释义,犯训诂之大忌。"跪敷衽以陈辞兮,耿吾既得此中正。"释曰:"耿,不安也,心有所存,不能忘之貌。"显误。

故姜亮夫于《楚辞书目五种》中评曰:"其攻朱说,固已多纰缪。其攻林说,亦夹以时文义例,同为明季以来陋习。其袭旧说,既多讹传。其创新义,又多失当。"总体而言,姜氏所言得当。

然该著可取之处亦不少,特别是在研究方法方面。

首先,朱氏注重从文学角度研究楚辞,其肯定林云铭之最成功处,亦在此方面。朱氏于序文、《凡例》、《管窥总论》中均强调,研究《离骚》需以一主线贯穿之,肯定林云铭"为之提纲挈领,缕析条分,不遗余力"之绩,又惜其所作不够。而对旧注不顾章法,不贯血脉之病,痛加针砭。《离骚辩》中几乎处处注意脉络结构、章法文气,亦颇有见解合理之处。

其次,朱氏注意屈原心理之分析,力图深入屈原内心,揣摩他于其时其境与创作时之心态。序文中朱氏梦中所见,实即此方面追求所致。体现于书中,确实多有此类分析。如"依前圣以节中兮,喟凭心而历兹",宋、明注家多只就字义注出。清初钱澄之、王夫之等开始注意屈原心理,注意此二句放于屈原听过女媭之言后。然唯朱氏分析最详:"大夫此时,守初服而不变,则恐伤贤姊之心;闻懿训而改图,又重违宗臣之谊。进退维谷,千难万难,而国无其人,莫可控诉,故不得已而折中于前圣。此真无可奈何之至情,亦极奇极幻之妙文也。凭,依也,托也。历兹者,谓历此进退两难之境也。"朱氏抓住屈原此时极端矛盾之心理,而解"兹"为"进退两难之境",可谓创见,颇有道理。

第三为注意分析具体写作手法,尤重倒装句法。"忳郁邑余侘傺兮,吾独穷困乎此时也。"朱氏注曰:"此用倒句法,若顺解之,当云我失志而逗留于此,故闷闷若是也。"以前注家多作顺解,虽能解通,文气总嫌不顺,朱氏此解则较为通顺。再如解"夏桀之常违兮"之"常违",认为应为"违常",屈原此处用了倒字法。朱氏于注中还指出有"藏针法""生波澜法"等,有的虽不贴切,其探求之苦心,却也感人。

《离骚辩》后有《山鬼》之注,并有题文。朱氏之《九歌》九篇说亦与诸家不同,认为《九歌》为原旧时乐歌,中列有祀鬼一章,屈原在此章中设了三篇,即《山鬼》《国殇》《礼魂》。《山鬼》之宗旨,在于招隐士。"夫欲求折中,必待隐处之奇士,故意在乎招隐也。惟大夫胸中,先有招隐主意,因借山鬼以命题,从山间之鬼,而想到山间避迹畸人。"而屈原作《国殇》《礼魂》,也是先有主题,"缘胸中先有鼓士气,作敌忾主意,方借《国殇》命题。先有睦邻息兵,使民得养生丧死主意,方借《礼魂》命题"。这些说法,除《山鬼》可算一家之言,其余均过于穿凿。

有清康熙四十五年(1706)绿筠堂刊本。

十三、贺贻孙《骚筏》

贺贻孙(1603—1685后),字子翼,江西永新人。明末诸生,明亡不仕,隐居深山。虽饥寒交迫,流离困顿,而其志不移。闭门潜心研学,著书四十年,有《易触》《诗触》《诗筏》《激书》《典故掌录》《心远堂诗集》《水田居文集》等,其精神气节,令人钦叹。事迹简见《清史列传》卷七十《文苑传》。

该著收屈骚二十五篇,以《招魂》属宋玉,并收其《九辩》及《大招》,共二十八篇。专记研读心得,不注少释。首为作者自序,次五世孙贺珏跋,次族弟贺云黻《诗骚二筏序》,次族孙贺继升跋,次正文,最后为全书总评。

贺氏《自序》极简略。首言二十年前曾作《诗筏》,以涉水之筏喻之。二十年后取视之,几不知为谁人之语,因作者已舍之。于是贺氏问曰:"予既舍之,而欲人之用之可乎?"而且,"河桥之鹊,渡则去焉;葛陂之龙,济则掷之,又奚以筏为?"但贺氏又言:"君其涉于江而浮于海,望之而不见所极,送君者自涯而返,君自此远矣,是为用筏耶?为舍筏邪?为不用之用不舍之舍邪?夫苟如是,而后吾书可传也,亦可烧也。"此以辩证思想看待渡海之筏,以之喻该书,巧妙而合适,亦足见作者对此书颇为自爱。

贺珏之跋虽较长,而具体内容则不多。首赞美其祖:"天姿卓荦,博学淹贯,年少两中副车。当明季鼎革时,匿迹韬晦,结茅山中,惟以著述自娱。"中段尽述其成书过程及著作名目,末尾曰:"而或且不及珥笔明廷,作为诗歌,和声鸣盛。不知公之所以不朽者在彼不在此。不然,公即身都通显,不过掞藻摛华,咏歌太平已耳。安能穷前贤之奥窔,竖后学之津梁,有如是者!"整篇跋文中,此段最有意义,不仅赞颂了其祖之气节人品,且深刻阐述了学术之历史价值,与开头"古称三不朽,其次立言"相应,反映出清代一些学者高尚的学术观。

贺云黻《诗骚二筏序》之核心,在中间一段:"昔圣门中惟西河(子夏)、端木(子贡)二人善于言《诗》。夫子一以为知来,一以为起予。而子舆氏以意逆志一语,遂为千古说《诗》之宗。此三贤之言,烂熟于后儒心口间。自今观之,似皆已言也,似皆人所共言与所能言者也。然自三贤之言而外,求为人所能言共言者,或鲜矣。吾乃知惟能言人所能言,然后能言人所不能言,能言人所共言,然后能言人所不及言。"贺云黻认为,其祖之《诗筏》《骚筏》,已臻"人所不能言""不及言"之境。若就《骚筏》部分成就而言,此评尚不为过分。若不囿于书评范围,以更广之视角观之,则该段文字之意义倒在于点明了学术研究之共性与个性、普识与独见之辩证关系。

贺继升之跋,则重点阐明作者思想经历与屈原相似之处:"昔欧阳永叔有云'诗穷而后工',太史公曰:'《离骚》者,犹离忧也。'故夫工《诗》与《骚》者,皆得其平者也。是天之困抑之者,正所以玉成先生著作之功也。而先生所作,不下百十卷。《诗》《离骚》,则尤其得力独深者。盖先生生平穷困,忧愁之日多,故二书之论,发前人所未发,不啻举作者之经营惨淡,揭以示人。故其命名直以渡迷之宝筏自许也。"细读《骚筏》,可知此为有眼光之论。

该著作者主导思想,于篇首前言及篇末总评中已得体现。前言曰:"东坡教人作诗云:熟读《毛诗·国风》与《离骚》,曲折尽在是矣。此语甚妙。但《国风》曲折,深于《三百篇》者能言之,而《离骚》则鲜有疏其曲折者。余故将《离骚》及诸家楚辞一并拈出。倘由吾言以学诗,则知屈宋与汉唐诗人相去不远也。"此即是说,"疏其曲折",乃本书主旨。而所谓曲折,不仅指艺术结构而言,同时亦指屈原心理之抒泄、情志之表达等。书末之《楚辞总序》,则就屈骚之文体及地位概而言之:"学者分《诗》与骚、赋为三,不知《诗》有比、兴、赋,则赋乃《诗》中一体。……屈宋当日,未尝分为两种名目,骚即宋子作赋之心,赋即屈子作骚之事。意其与风人之诗虽有异名,其本于至性,可歌可咏,则一也。后人尊《离骚》为经,或疑为过。经者常也,骚者变也,变因未可为经。然《离骚》为古今第一篇忠爱至文,忠爱者逆子之常,屈子履变而不失其常,变风、变雅,皆列于经,则尊《离骚》为经,虽圣人复起,宁有异辞。"从抒发情性而言,《诗》(尤其是《国风》)与骚赋确实相类。然从文体言之,三者又确有区别,不能因内容而混淆体裁。历来学者并非不知《诗》有赋、比、兴,贺氏所言未免过之。至于贺氏尊骚为经之意,无非想为屈赋争得与儒家经典同等地位,可谓用心良苦。以当时社会思想意识论之,此情足可理解。只是屈子光昭日月之地位,在士人心中早已定之,不必非要以经来衡量。

正文部分,可取处较多,归纳起来,大约有四方面。

一是对屈原心理的揣摩、体察与分析。贺氏处于明末清初之际,其民族气节、思想意识、情感气质均与屈原相通,故揣摩、体察屈原之心理,领会其通过诗文透现出的曲折情志常有独到之处。如《离骚》开篇四句,前人注疏甚多,贺氏注意到司马迁《史记·屈原列传》之"人穷反本"之说,而有独到分析:"《离骚》开首云'朕皇考曰伯庸',即子长之所谓'人穷反本'也,未有知有君不知有父者,竭智尽忠不过求无愧于皇考而已,况'庚寅吾以降',天既授我以刚德,而父复命我以正则乎!若曰:吾非不知为上官大夫、令尹子兰所为,可以保禄而因宠,但保禄因宠是叛父也,是违天也,不敢叛父、不敢违天是以不敢欺君误国云尔。即此数行真实语,是《离骚》一篇本领,是屈子一生本领。"历来注《离骚》者,均注意开首四句,但多将注意力放于王族嫡系出身、光辉显赫世系及天生特质等,贺氏则将天、王、父结合起来考察,发现三者的统一性,叛国即是叛父、叛族、叛天,从而从内在的根子上说明屈原宁死也不离楚国的原因。此段评语还能从人之常情出发,说明屈原并非不知如上官、令尹之流可以保禄因宠,而是不愿也不能如此,贺氏能认识到伟人亦有常人心理,并以此分析屈原,实是难能可贵。

贺氏强调对楚辞原文的整体理解,主张通过直觉领悟、体会作者之心理感情。如《九辩》之《二辩》后评析曰:"楚骚汉诗皆不可以训诂,求读骚者须尽弃旧注,止录白文一册。日携于高山流水之上,朗读多遍,口颊流涎,则真味自出矣。"此论看似玄妙,其实无非强调不要耽溺于字句之间。面对"高山流水",去净化灵魂,脱除世俗干扰,直接把握全篇,体味整体含义。说法虽略显过之,其精神实质则足可参考。

二是抒情手法、方式及特色之探讨。探讨《离骚》的抒情艺术,在本书中占有较大比重,亦颇有成就。如对其手法之探讨,评《九歌·湘夫人》"闻佳人兮召予"至"灵之来兮如云"一段云:"此段更奇。佳人指湘夫人也。不言召湘夫人,反欲湘夫人召余;不言湘夫人腾驾而来,反欲驾而与湘夫人偕逝。"对此段理解可能有争论,然就抒情手法而言,贺氏看出此处为反向表现,确有见地。评《九歌·大司命》一段曰:"'老冉冉兮既极,不寝近兮愈疏',又因神去后而思之慕之。忠爱深挚本是骚中正意,借以作喻,妙甚。"此指出"借此寄彼"之手法,并指出忠爱深挚为屈原情之根本。

对其抒情方式,该书亦多论述。"《湘夫人》篇妙于繁,《礼魂》篇妙于简,二十七字,包括无穷。首三句,情文悉备;传芭兮代舞,无限节目,他人数十字不能了者,五字了之。"此指出屈骚繁简均宜。"'吾不能变心以从俗兮,故将愁苦而终

身'①,不变心不从俗,是屈子一生得力处,故反复言之。"此指反复重沓的抒情
方式。

该书亦注意了抒情特色的研究。《九歌》《九章》,历来学者喜从艺术方面加
以轩轾,也历来有学者反对此做法。该书《〈九章〉总评》,则专门就此发表意见:
"《九章》文字明白疏畅,不如《九歌》之苍郁,故昭明师之,独选《涉江》一首。但
文以达情为至。《九歌》之取,点缀乐章,以寄忠爱,故其辞工妙独绝。若《九章》
多绝命辞,满腹烦冤。含泪疾书,情至之语,不知所云,岂区区从词句论工拙乎?
韩子作文,戛戛乎难之,独《祭十二郎文》,明白疏畅,一往情深。吾不敢以《祭十
二郎文》,拙于《淮西碑》及《原道》《原毁》诸篇,而况屈子乎?"《九章》与《九歌》,
就抒情方面而言,手法、方式有同有异,其主要区别在于抒情特色,此特色又由
情感内容所决定,忽视此根本而仅从表面形式轻论二者孰高孰低,只能是一种
浮泛之论。贺氏能从根本处观察分析,且恰当地举出韩愈文章为例,艺术批评
之态度,可说十分严肃。

关于抒情中之练字练句,贺氏亦十分注意体会,《惜诵》之评述在这点上特
别突出。如开头即评曰:"'惜诵'上字甚奇。中有不平,必诵言之,既以爱惜而
不肯诵言,恐遂致感,故发愤以抒情,则发愤焉可矣。乃烦冤号呼,仅指苍天为
证,又历指诸神以共证,可遂为发愤耶! 只此数行,血泪迸流矣!"将"惜诵"二字
纳入诗中体味,可谓深得诗家"三昧"。

三是对屈骚艺术影响的探讨及文体流变轨迹的追寻。该著《九歌》总评中,
有关于《九歌》对后代诗歌影响的一大段文字,现全录于下:

　　"穆将愉兮上皇","灵之来兮如云",汉人《郊祀歌》也。"疏缓节兮安歌"
"传芭兮代舞""芳菲菲兮满堂""五音纷兮繁会""君欣欣兮乐康",晋人《拂
翔白纻辞》也。"揽冀州兮有余,横四海兮焉穷",《大风歌》也。"令沅湘兮无
波,使江水兮安流",《瓠子篇》也。"心不同兮媒劳,恩不甚兮轻绝","交不忠
兮怨长","君思我兮不得闲",《子夜》《读曲》《捉搦歌》也。"悲莫悲兮生别

_____

① 身,当为"穷"。

离,乐莫乐兮心相知",《东飞伯劳歌》也。"满堂兮美人,忽独与余兮目成",
"思公子兮未敢言",《定情篇》《同心歌》也。"举长矢兮射天狼","操余弧兮
反沦降","首身离兮心不惩","魂魄毅兮为鬼雄",唐人《从军行》也。"东风
飘兮神灵雨","雷填填兮雨冥冥,猿啾啾兮狖夜鸣",太白《蜀道难》也,《梦
游天姥吟留别》也。"山中人兮芳杜若,饮石泉兮荫松柏",刘安《招隐》也。
"既含睇兮又宜笑,子慕余兮善窈窕","折芳馨兮遗所思","君思我兮然疑
作",古《艳歌行》也。

其下还引"老冉冉其将至兮""不浸近兮愈疏"等句为韩愈《琴操》之本,但已非
《九歌》之辞句。该段最后言:"读其词者,如取光如日月,酌水如苍海,愈用愈无
穷,真奇文也。"此段文字将《九歌》对唐以及唐以前的诗歌之影响作了粗略的梳
理,足见屈骚确为中华诗歌源头之一,从而从一个侧面证明了篇首前言所引的
苏东坡的箴言。尽管梳理较粗略,贺氏以前的学者却还未这样大规模地做过,
首创之功,功不可没。而其对屈骚无限艺术内涵的感叹,千古学者均心相应之。

　　四是以屈证屈或以屈印屈。该著中以屈赋自身互相印证处亦不少,贺氏既
注意单篇及句段之深入挖掘,也较注意将屈骚作一整体全面观照。此既是该书
之一大特点,亦为清初楚辞研究的一大特色。例如《涉江》的评述之首即云:
"《涉江》篇首云'余幼好此奇服兮,年既老而不衰',已具骚经前数行大意矣。"
《橘颂》述评亦云:"'闭心自慎'与前篇'纯庞不泄',皆是圣贤学问,未有不圣贤
而可为忠臣也。"

　　该著亦有错误和不当之处。如贺氏对《天问》,虽认为"自是宇宙间一种奇
文",但对其结构和脉络完全做了错误的理解;又如对《九辩》中出现的屈赋原
句,但贺氏以"古人诗文不避旧""如自出杼柚"作解,却无论如何说不通,且有搪
塞之嫌。好在著中此类错误极少。

　　有清道光二十六年(1846)《水田居全集》本。
　　清道光二十六年敩书楼重刊本。

十四、张德纯《离骚节解》

张德纯,字能一,号松南,长洲(今江苏苏州)人,康熙庚辰(1700)进士,具体生卒年不详。曾官浙江常山知县。

该书首为张氏自序,次《离骚正音》,次《离骚本韵》,次《离骚节指》,次为《离骚节解》正文。乾隆本最后有张氏之孙张松孙跋。另有一本曰《离骚四种》,书目次序略有变动,《离骚正音》《离骚本韵》放于《离骚节解》正文后。

张氏自序主要说明著书之动机及成书之过程。言小时由其父传投《离骚》,"及年渐长,出游文场,见诸名流,每有称引。与曩时所闻,不甚契合。偏求自汉以来各家疏注,错综观之,亦离合相半。终觉胸中所怀,格格未尽"。其后张氏以一半篇幅,细叙成书过程,颇嫌琐碎。细究之,无非惧当时"文字狱",反复说明无所用意,以避祸而已。

张松孙跋文倒值得注意,该文着重介绍他祖父张德纯的文才、文名及家族成就,言其"幼有神童之目,经史诸书,不待翻阅,便能背诵";七岁时,人每试以诗文,拂纸立就。成进士后,"偕何义门(何焯)、朱竹垞(朱彝尊)诸名流扬风扢雅,结诗酒之社,执牛耳盟"。所言虽有夸大之嫌,然张德纯学识不俗,当为事实。

了解《离骚节解》,可先了解《离骚节指》,此为《离骚节解》之总论。该章分《离骚》全文为十三节,而以一句概括其大意。

第一节,篇首至"来吾道夫先路","溯其初而叙言之也"。

第二节,接上至"伤灵修之数化","解探其本而正言之也"。

第三节,接上至"愿依彭咸之遗则","表其实而昌言之也。自此以上《离骚》之大指已备,下文皆本此以立言"。

第四节,接上至"固前圣之所厚","素怀既定而反复以坚其愿也"。

第五节,接上至"岂余心之可惩","自反无缺而从容以广其志也"。

第六节,接上至"沾余襟之浪浪","盖既坚之愿而历证以明其守也。此上俱法语之言,以下率皆寓言也"。

第七节,接上至"结幽兰而延伫","盖即欲广之志而号呼以致其情也"。

第八节,自"朝吾将济于白水兮"至"余焉能忍与此终古","不胜瞑孤之惧而曲尽其缱绻之思也"。

第九节,接上至"谓申椒其不芳","设为去就之端而旁叠其刺讥之指也"。

第十节,接上至"恐嫉妒而折之","再稽异同之说而大放其幽愤之辞也"。

第十一节,接上至"周流观乎上下","合吉凶趋程之见第,信之于理而决志于群辞也"。

第十二节,接上至"蜷局顾而不行","极纵横瑰诡之观仍束之于义而归情于悱恻也"。

第十三节,为乱辞,"乱辞独得一解,综全篇,离忧之绪而撮共大凡,仍坚矢于毕命之期以为归宿也"。

《离骚》全文分段,历来差异较大。张氏之十三分法,似是将十分法与三分法结合,分段虽细却考虑较全面,自成体系,可为研屈者参考①。

《离骚节解》实为"节指"之细探与发挥。"节解"仍将全文分为十三节,每节又分若干解。如第一、二节均分六解,第三、四节均分七解。一般每四句为一解,少有改变。且大多数是一解即作注解阐释,也有两解合在一起解释的。"节解"对于关键处、歧义较大处之解释,往往有可取之义,颇具参考价值。如"求女"之解,历来聚讼纷纭。综而合之,可分两大类:一谓求贤臣,一谓求贤君。而胡文英于两说外又创求"通君侧之人"之说,亦颇有理。张氏之说实为求贤臣与求"通君侧之人"之结合,且张氏应早于胡氏,只是未能如胡氏那样鲜明而已。如"哀高丘之无女"后解曰:"以谓贤人也,承上言。世之污浊如此,我其将离俗而远矣乎?忽焉眷顾宗国,不能不恻然于君侧之无人,固将及我未死之年,冀得

---

① 楚辞研究史上《离骚》分段详情,本编第一部分之《〈离骚〉的层次划分及结构的奥秘》已作了细致研究,可参阅。

一同志之人,出而图吾君耳。"张氏并言明此为"求女"一节之本。此重点虽在
"君侧之无人",然亦寓含需"通君侧"之义。对于"三求女"之对应具体含义,张
氏也一一作出解释。

由于张氏注意《离骚》表现方式与内在结构,"节指"中言及此类者偶可给人
以启发。如第三节"愿依彭咸之遗则"后释曰:"右第三节凡七解,表其实而昌言
之也。先子言自此以上《离骚》之大指已备,下文缠绵往复或托端寄意,要皆本
此以立言。读者循其脉格会其指归,则不患于汗漫而难入矣。"此言主旨确立与
情感抒发在结构上的关系。而第五节"岂余心之可惩"后释曰:"上节之语惋愤
激切而心则平,此节之语蔓衍纡徐而志弥竣,此屈子之文不可以迹象求,不可以
端倪定者也。"此看出情感抒发与语言运用反向相配之特点,乃屈原运用对立规
律之一典范事例,张氏艺术眼光可谓不俗。

该著亦有一些错误。如以儒解骚,而张氏则尤喜以孔子之言印证屈子之思
想。如《离骚》"老冉冉之将至兮,恐修名之不立",注曰:"孔子曰'君子疾没世而
名不称也'(也当为焉),岂务名哉? 务其有是名者而已。"于"虽不周于今人兮,
愿依彭咸之遗则"后注曰:"孔子有言:'志士不忘在沟壑,勇士不忘丧其元。'"①
不可否认,屈原思想与孔子思想确有相通之处,将屈赋中有的诗句与儒家经典
相印证,以说明其思想的正确,亦未尝不可。然大量地专以儒家思想材料相印
证,给人以屈原属孔门弟子之感,则明显不合适。本书中编第一章第二节对此
有详细论析,读者可参。

该著串解亦有误解其义之处。如"余既滋兰之九畹兮"至"哀众芳之芜秽"
一段,解曰:"此二解乃喻己之广植善类。凡与己之同其臭味者,本欲待其成熟
而收其美利,而今过时不采,且日就荒落,为可哀也。盖一善人见疏,同类为之
丧气,纵不以摧折自惜,其如邦国之珍瘁何哉?"所解前半截无误,后半截言"过
时不采",言"同类为之丧气",均不合原意。《离骚正音》部分,名为正音,实则与
通常注音大多相同,只有个别字稍异。《离骚本韵》部分,张氏本意为恢复《离骚》
之原韵,但张氏不知,先秦古音只可摹拟,无法重建,于楚音更其如此。即使是

---

① 张氏记忆有误,此是孟子的话,见《孟子·滕文公下》。

韵部,也只能判断某字与某字同在某部,而很难准确确定某音究竟如何,故张氏所定之"原韵"多不合适,又无甚意义。

有清康熙五十三年(1714)读书松桂林精刊本。
清乾隆五十年(1785)梓州郡署重刊本。

十五、王萌《楚辞评注》

王萌,字逊直,竟陵(今湖北天门)人,诸生,生卒年及事迹不详。

该书十卷。首自序,次目录,次选篇说明,次正文。

自序首先言明其注骚之法:"穷老读骚,终日不厌。一切注疏束而不观。反复吟咏,偶有所通,即笔之于下,不敢以凿说戾之,不敢以迂解滞之。"此法并非王萌独秉,清人解骚,许多亦如此。至于前人注释,主要取王逸、朱熹及洪兴祖之安稳确然不可易者,时缀于各篇之下。接下为对历来楚辞作者之评价。王氏认为宋玉继屈原而起,"皆楚山川艮奇之所钟",但宋玉与屈原才近,却是言他人之愁;贾谊与屈原情近,才又不如。而淮南小山以下,则更不用言。自序第三部分,重点批驳了扬雄、班固、颜之推对屈原之偏见。

目录将《离骚》《九歌》《天问》《九章》《远游》《招魂》《卜居》《渔父》八题二十六篇作屈原作品,另选录《九辩》《大招》《惜誓》《吊屈原》《鹏鸟赋》《招隐士》六题十四篇。王氏所选篇目,较为精练,只是屈原之后之楚辞作品,删除过多。

正文之注释,参加者较多。然主要是王萌评注、王远(王萌侄,字带存)考音,又于扉页左右署曰:"商安朱可亭(名朱轼)、竟陵王逊直两先生注订。"各篇校订者亦多,分别为精安朱轼、荆门胡克宽,族子价修,云间朱琦,后学唐建中等。

对屈赋之创作年代,王氏定《离骚》为屈原见疏于怀王而作,其余《九歌》以下七篇，为屈原见放于顷襄王而作。除《九歌》《招魂》明言放于江南时作，其余均未指出放逐地点。

此书注释多依王逸、洪兴祖，其次依朱熹，其余几乎没有涉及，而在王、洪二注之基础上加以补充申发，其意见常有可取处。如《九歌·湘君》："鸟次兮屋上，水周兮堂下"，王逸注为："言己所居，在湖泽之中，众鸟舍止我之屋上，流水周旋己之堂下，自伤与鸟兽鱼鳖同为伍也。"而该书"远按"则补充曰："言其候神之久也。朝非一朝，夕非一夕，鸟次水周，惟见景况之凄凉耳。"此在王注之基础上前进了一步，且更合诗意。再如《离骚》"夕归次于穷石兮，朝濯发乎洧盘"，王逸注为："言宓妃体好清洁，暮即归舍穷石之室，朝沐洧盘之水，遁世隐居，而不肯仕也。"解释很不确切。王萌则注曰"二语正见宓妃遨游自恣之意"，此注显然较切合诗意，因下有"保厥美以骄傲兮，日康娱以淫游"，屈原认为其"信美而无礼"，于是"违弃而改求"。

在《天问》之注中，该书注意晓畅易懂。王萌于篇首解题曰："《天问》原不必对，置对甚难，尤非迂板先生所能对也。其怪妄之事，与骚难通解之词，屈子定非妄作，不得徒以阙疑了之，使其义遂漫灭而不得显也。"据此思想，王萌对柳宗元之《天对》多加揣摩，"觉有窥于屈子之意，十固已得其八九矣。今逐段录附于下，间亦缀解一二，以通其意，与为古之士共赏之"。此态度较为客观。

该书另一个特点，是在注释解析时，注意了艺术性，其中还有一定的艺术欣赏成分。《九歌·湘夫人》首四句："帝子降兮北渚，目眇眇兮愁予。袅袅兮秋风，洞庭波兮木叶下。"王萌注曰："眇眇，细小貌，微蹙其目以望神也。愁予者，望之不见故使我愁也。袅袅，长弱之貌，秋风起则洞庭生波，而木叶下矣，盖记其时也。"此注释已经注意到描写之特点，而王远的按语更掺和着艺术欣赏中之想象成分："此亦神未来而想望之，与《湘君》首章微别而实同。前言不行，此偏言降，其实北渚之降，止是悬空摹拟，与中州之留无异也。目眇眇属己，既拟其将降，遂含睇而远望之也。前篇愿无波安流，所以迟夫君之来。此以木落风生，知帝子之不降，意同而文法变换如此。"此段解析，已接近今天之艺术鉴赏。接下"可亭(朱轼)曰"又注意到文学史的传承关系："秋风二语，开六朝唐人无数奇句。"该见解前人虽已叙及之，然于书中此处点出，仍颇具启发性。

　　王氏诸人在评注时,还注意将屈赋与其他诗歌相比较,以诗解诗。引用最多者为杜诗。这当然并非偶合,大约他们亦认识到杜诗与屈赋颇多相通之处,以杜解屈,可得双重效果。如《招魂》之解题,王萌认为屈原是自招生魂,以杜甫《彭衙行》"暖汤濯我足,剪纸招我魂"证之。《招魂》结尾"湛湛江水兮上有枫",引《秋兴八首》"玉露凋伤枫树林"解之。《怀沙》:"眴兮杳杳,孔静幽默。郁结纡轸兮,离愍而长鞠。""可亭"曰:"读上二句,令人忽忆老杜'两边山木合,终日子规啼'语。"而其他诗歌偶尔也有引用者,如《悲回风》之"邈蔓蔓之不可量兮,缥绵绵之不可行。愁悄悄之常悲兮,翩冥冥之不可娱"四句,朱轼注为:"连用叠字甚有逸态,'青青河畔草'等诗祖此。"

　　该著不仅以诗解诗,还善于以楚辞解楚辞,兹略举几例如下。《离骚》"驷玉虬以乘鹥兮,溘埃风余上征"两句,王萌注云:"驷虬乘鹥等说,皆假托之词,不必云上与天通,无所间隔云云,反觉呆迂也。本不欲去,却为多方远去之词。又托于灵氛巫咸,教以远去,上下周流,无境不历,而卒归于怀其故都。文字诘曲盘旋,驰骤往复,真旷世惊才也。《远游》及《九辩》末章,皆如此命意。《哀郢》"发郢都而去闾兮,怊荒忽其焉极?楫齐扬以容与兮,哀见君而不再得"四句,王萌注云:"言鼓棹者亦欲去也。自己踟蹰,却说鼓楫容与,亦仆悲马怀之意。"《思美人》"窃快在其中心兮,扬厥凭而不俟",王萌注云:"即《抽思》'善不由外来'二句意。"《悲回风》尾段二句"骤谏君而不听兮,任重石之何益",王萌亦注云:"任重石即所谓'怀沙'也。"以楚辞证楚辞,前代固已有之,然像该著如此大量者,确乎少见,实为一大特色。

　　字词之训诂方面,虽主要依王逸、洪兴祖、朱熹,然也时出己意。其特点一为更细,二为注意通俗。如《惜诵》"吾谊先君而后身兮,羌众人之所仇也。专惟君而无他兮,又众兆之所雠也"四句中"仇"与"雠"。王逸注"仇","怨耦曰仇。言在位之臣,营私为家,己独先君后身,其义相反,故为众人所仇怨";释"雠","交怨曰'雠'",二者几乎没有差别。朱熹释"仇"与王逸同,而释"雠"则为"谓怨之当报者"。而王远按曰:《尔雅》'仇仇,敖敖,傲也'。""雠有必报之义。先君后身,众之所厌恶;专惟君而不知有身,则举国之人视为私怨,而思报之矣。"按"仇"引《尔雅·释训》,郭璞注为"皆傲慢贤者"。"雠"在朱熹注之基础上表述更准确一些,"仇""雠"的区别就较为明确而合理。

该著特色较为鲜明,但缺点和错误亦不少。

首先是某些字的注音成问题。《九歌·湘夫人》"荪壁兮紫坛",坛,注音为"善"。此乃据洪兴祖补注:"《淮南子》曰:'腐鼠在坛。'注云:楚人谓中庭为坛。《七谏》曰:'鸡鹜满堂坛兮。'注云:高殿敞阳为堂,平场广坦为坛。音善。"前引《淮南子》无误,而引《七谏》则不当。因《七谏》之"坛"与《湘夫人》此处之"坛"意义不一。《七谏》之"坛"意同"墠",故读"善"。《湘夫人》中之"坛"为"中庭"之义,故应读"tán"。且洪氏所引《七谏》注为王逸注,注音却是洪氏自己的,自注不当为证。而《文选·湘夫人》,李善未对"坛"字注音,说明仍为通常读音。王远未细审,考音有误。

二是当注未注,当说明而未说明。如《招魂》"路贯庐江兮左长薄","庐江",王逸仅注地名,而洪兴祖补注曰:"《前汉·地理志》:庐江出陵阳东南,北入江。"此"庐江"具体地点为理解《招魂》之要点之一,历来注者十分注意,除洪说外,尚有"青弋江"说(顾观光《七国地理考》),有湖南境内桂阳县之庐水或泸溪县之泸水(徐文靖《管城硕记》)。王夫之则认为当在襄汉之间(《楚辞通释》),而不同的地点,则对《招魂》之内容有不同理解。该著主张《招魂》作于屈原被放江南时,为自招生魂,当取湖南说。然王萌仅只采王逸注为地名,有避重就轻之嫌。

三是有的文句理解有误。《惜诵》:"吾闻作忠以造怨兮,忽谓之过言。九折臂而成医兮,吾至今乃知其信然。"这本是说,屈原多次亲身体验,证明了"作忠以造怨"这句话,即久病成良医之义。王萌却注为:"臂之见折可医也,忠之见摧不可医也,医则容默而已矣。何顺而已矣? 既谓之过,复信其然,怪叹不情之言也。"此将著者本人之体会当作该句之注释,而本意又不作注,容易使读者产生误解。

有清康熙十六年丁巳(1677)刊本。日本西村硕园藏(见饶宗颐《楚辞书录》)。

清乾隆二年丁巳(1737)鲈香居士刊本(见饶宗颐《楚辞书录》)。

清乾隆三十五年(1770)刻本。

清乾隆四十四年(1779)三和堂刊本。

十六、奚禄诒《楚辞详解》

奚禄诒,字苏岭,一字克生,湖北黄冈人。顺治己亥(1659)进士,官至常州府同知。奚氏好学博识,为文力追西汉,曾纂修《黄州府志》,有《知津堂集》。《楚辞详解》生前未能问世,身后由其孙奚南川于乾隆九年(1744)刊行。

该书五卷。首为豫章书院掌教梁机序,次王士瀚序,次自序,次目录,次正文,最后为奚氏自作之跋。

梁氏序文首先对屈骚及楚辞作一简述。其后,梁氏点明奚氏注骚之用心,在于以"三闾之乡人,感先贤之忠正,取骚而注之",并特点明奚氏高祖奚世宽,为明嘉靖丁未进士,守福建延平,"尽忠倭难,从祀忠祠"之事迹。夸赞奚氏有三闾之家风。对于注释,梁氏认为:"笺释之学,于经传尤易,于幽隐小物较难。"由此说明奚氏注骚之不易,且对奚氏于王、洪二家旧注引用不及"什之一二"高度肯定,评价其注:"分章别句,疏名纪数,一裁于心匠。精考详核,使其义昭然若揭。无少渗漏,于后学深有裨益焉。"梁氏对奚氏注释评价,虽略嫌过之,尚合情理。而夸赞奚氏有"三闾家风",则显为谀捧之词,奚氏趋登顺治进士,必为当时志士所讥,注楚辞估计为补过,很难说是耀祖。

王氏之序,开首便言古籍注评之作用:"尝思左太冲之《三都赋》,追配屈子为六经鼓吹,于是有孟阳渊林分为之注。刘孝标则谓姑托胜流,张其光价。而余谓不然。有是人为是书,必赖如是人为是解,而后其书益著,非尽张声价之谓也。"王氏此言,可谓真知灼见。接下高度评价屈骚,肯定淮南王刘安所言不诬,"汉宣嗟叹以为皆合经术"亦为至言。王氏还认为,注屈骚者,"必胸罗万象,学贯古今,而兼有古君子之遗风",方能领"矙然不缁之义"。王氏还以此标准衡量王逸和洪兴祖之注,觉得究未完善;朱熹之注,也仍然不够理想。惟奚氏之注,"体合渊微,精研刻骨,觉前人有发焉而未逮者,无不订正"。此评价亦显然过之。

奚氏之序可分为三部分。开首即深责扬雄等人,接着认为屈骚与六经之义同,硬推屈骚合于六经,略嫌拘执,然所探讨屈骚意义之深广内涵,却确有见地。对于王逸、洪兴祖、朱熹三家注,奚氏亦不以为然,并于序言之尾提出自己的注释原则:"过中之言不敢捃摭。铭目不厌其纬,浚源必本于经。"态度可称认真严肃。

该书目录为《离骚》《九歌》《天问》《九章》《远游》《卜居》《渔父》。故书名虽为《楚辞详解》,实则完全研究屈原作品。而且奚氏认为,《招魂》为宋玉所作,非屈原作品,故未录入。正文一般四句一注。注解分二部分,前部分大多选录王、洪、朱三家注,后部分为奚氏自己之笺释。比之其他楚辞研究著作,该书有三个显著特点。

一是努力结合易经,分析"挖掘"阐释屈骚的哲学内涵和文化意义。以易解骚,以易证骚,前代较为少见。奚氏在研究中独辟此径,常将屈骚诗句与易经之卦辞、爻辞对照,互相印证,挖掘屈骚的哲学底蕴。如《离骚》"名余曰正则兮,字余曰灵均",注曰:"此《乾》之所谓刚健中正也。名字已包平生。"再如"长顑颔亦何伤",注曰:"《易》之《蒙》《蹇》二卦,坎在艮下为《蒙》,称君子果行育德;艮在坎下为《蹇》,称君子反身修德,如水之滋润。即此二章不倦之意。"又如"及行迷之未远",注曰:"《易》,《大过》之初六,借用白茅,无咎。盖过于敬审,可以不败,故无咎。至上六,过涉灭顶,凶,无咎。盖其事虽凶,于义无咎,惟其时而已。夫初六,事之端,故贵审察。上六,事之极,极则不可有为矣。故以杀身成仁为正道。怀王之时,上六之时也,原之心可白于天地矣。"以《易》之《大过》卦分析怀王之时的形势,今人看来可能神秘莫测,甚至觉得荒谬可笑。但从义理《易》之角度观察,怀王时之形势确与其《大过》之卦象相类,尤其是上六之爻,事凶而义明,屈原处于此时,若要坚持正道直行,以身殉义必不可免。奚氏的结论虽不敢说即能成立,但作为一种研究方法和研究路径是可以借鉴的。

奚氏还以《易》理挖掘《离骚》特定意象后的象征义和隐喻义。如"哀高丘之无女",注云:"《归妹》之六五,君位也。故前爻皆言贤之待君,而六五独言帝乙归妹,是君女下嫁矣。词曰,其位正中,以贵行也。言正以中德之君,行下贤之礼,则高丘之无神女,断指君说。"此处用《易》之《归妹》卦,似乎有些牵强,结论也难以令人信服。所值得肯定者,仍是奚氏的那种探索精神。

不仅在《离骚》中运用《易》理进行分析,在屈骚的其他作品中,奚氏也坚持使用这种方法。奚氏力图从哲理角度挖掘,思路正确,方法对路,于我们今天之研究亦颇有启迪。

二是善于结合后代历史,加以印证阐发。如《离骚》"哀众芳之芜秽",注曰:"愀然有一君子退,众君子皆退;一小人进,众小人皆进之感。汉之党锢,唐之朋党,宋之钩党,何代无之?"又如《惜诵》"愿侧身而无所",注曰:"武后开告密之法,而周兴、来俊臣以罗织娱之。必娄师德之唾面自干,方能容身也。"此类笺释,书中甚多,基本准确而有意义,它帮助阅者领悟屈骚那深沉厚重的历史感,从而挖掘出屈骚之历史内涵。

三是注意与杜诗相比照,分析杜甫诗法对屈骚之继承关系。杜诗对屈骚之承继关系,宋明两代学者已经论及,奚氏于前人研究基础上进一步发展,将着重点放在诗法部分,从而形成自己的特色。如"忳郁邑余侘傺兮"一句,注云:"忳郁邑叠用,见屈抑之甚。又加侘傺。如此叠用,杜少陵能用此法,如'白头吟望苦低垂'之类。诗词练句,莫如屈宋。"又如《九歌·湘君》"桂棹兮兰枻"至"恩不甚兮轻绝"六句,注曰:"'桂棹'四句,以物情比;心不同二句,以人情比。行文如连山断岭,暗中过峡。惟杜甫古诗能有此。"《九歌·少司命》"入不言兮出不辞"至"乐莫乐兮新相知"四句,注云:"杜拾遗《北征》'拜辞诣阙下,怵惕久未出',足当此二句。"《九章·怀沙》结尾"曾伤爰哀"至"吾将以为类兮"八句,注曰:"曾伤二句,叠用字法有八层。总以写其抑郁之极至。杜甫诗:'万里悲秋常作客,百年多病独登台'二句,分看各有四层,合看又有四层,正从原词脱胎。杜诗往往皆然也。"如此一分析,杜诗在艺术手法方面继承屈骚之脉络,便明晰可见。

除集中分析杜诗对屈骚的承继关系,奚氏偶尔也将其他古诗与之对照。如《离骚》"惟草木之零落兮,恐美人之迟暮"二句,注曰:"美人喻君,即指怀王。汉以下诗人多仿此。乐府《君马黄》'美人驰以南,佳人驰以北'是也。念美人之迟暮,言臣子之心恐君年衰耄,不得及其壮时而事之以治政也。望之初,言之悲矣。前三句昭下美人,是倒装文法。"

另外,该书还有几点,也很值得借鉴。一是段落结构的分析。《离骚》的段落,历来学者分法不同。朱冀分为八段,戴震分为十段,而以后学者有分为五段、八段的,甚至还有十一段、十三段的。而奚氏则分为七段,细观奚氏之七分法,与十分法区别并不大,只是将某些地方作了合并。但这种分法较十分法简略明晰,有一定的参考价值。除分段特点外,奚氏常于结构关键处,以简要文字加以点拨,且往往有独到见解。如"怀朕情而不发兮,余焉能忍而与此终古"句,注曰:"总承游春宫以下九章,申明其旨也。"一般认为,此应总承求女之一大段,而奚氏将"哀高丘之无女"撇除在外,是服务于结构的安排。又如,"何琼佩之偃蹇兮,众薆然而蔽之",注曰:"自此至终篇皆原之词。""既干进又务入兮,又何芳之能祗",注曰:"二句承'苟得列乎众芳'来。"

二是常对王逸旧注提出异议,其中不乏有道理者。《九歌·云中君》"龙驾兮帝服"一句,奚氏按云:"王注谓云兴而日月暗,云散而日月明,则是掩光而非齐光也。"《九歌·湘君》"驾飞龙兮北征"至"横大江兮扬灵"六句,按曰:"王注谓此六句,是屈原自己念楚国,还故都,何其不近情也。岂有方礼祀神灵,忽然弃祭而思归之理。"应该承认,奚氏这些见解,较之王注,更为准确一些。

三是在注释中,奚氏努力发掘屈骚语句中的多层意义,探赜索隐,务求精深。《离骚》"余既滋兰九畹兮"至"杂杜蘅与芳芷"四句,注曰:"上二句,喻己之修身不倦;下二句,喻己之收罗贤才,以待进用。是两层,旧止作自勉说,与下四句不洽。"《抽思》"曾不知路之曲直兮"至"魂识路之营营"四句,奚氏注曰:"此四句,赋而比也。比之中,有微文隐义焉。月自东而西行,不可言南,列星亦不止于天也。盖天文南宫太微者,天帝之庭也。月五星,顺入轨道,司其所守。列宿其逆入,若不轨道以所犯命之,皆群下从谋也。"其后还有一大段论述,均是从天文天象方面,证明:"屈原博洽,以楚躔喻楚事。因南旋指南宫。"虽略显烦琐迂曲,然其努力索解之研究精神,却令人叹佩。

对屈骚中某些地名的考证,也较为细致准确。如,《渔父》之"沧浪",王、洪、朱均据《尚书·禹贡》注为汉水,而奚氏注曰:"沧浪水在今常德龙阳县,非《禹贡》均州之沧浪也。"显然,此说较为合理。再如,《天问》"桀伐蒙山,何所得焉",王逸注云:"蒙山,国名也。言夏桀征伐蒙山之国,而得妹嬉也。"奚氏则注曰:"蒙山在泰山郡,即今之费县。""复舟斟寻,何道取之",王逸注云:"斟寻,国名也。"

奚氏则注曰："史书后相二十八年浞杀相,使浇灭斟灌与斟寻。斟寻,唐虞嵎夷地,今登州。"这两个地名考释吸取了前人成果,虽不能说十分正确,但确实可给后人以启发。

该书有一些解说值得商榷。如"悔相道之不察兮"至"及行迷之未远"四句,奚氏注曰："承上清白死直言。前者相视死道,未能明审,今将欲背此道以行遁乎? 然我无可去之意,乃回车以还正道,趁迷误欲去之路犹未远也。"奚氏束于正统思想,将屈原欲退隐的思想表露说成是仍回死直正道,显然不合诗义。再如奚氏于《九歌·东皇太一》篇末注曰："君欣欣兮乐康,俨然乐以天下之象,即此见原无时无事而非敬君勤民之意,以下诸篇皆以神比君。"言屈原无时无事而非敬君勤民固然无误,但言《九歌》诸篇均以神比君,这比王逸的寄托说走得更远,理解当然有误。

另外,该书校考也不够精严。如"余"多作"予",语意上虽可相通,文字上却不能随意互换。《九章·怀沙》"曾伤爰哀"之"爰",该书作"恒",则显然错误。

有清乾隆九年(1744)知津堂刊本。

十七、龚景瀚《离骚笺》

龚景瀚(1747—1802),字惟广,一字海峰,福建闽县(今福建福州)人。乾隆三十六年(1771)进士。曾官甘肃靖远、平凉二县知县,史载其兴修水利、发展商业、创建书院、重文重教,百姓咸享其利。嘉庆时官合州知州,后转任兰州知府,有政绩,两年后送部引见,卒于京师。龚氏擅古文辞赋,有《澹静斋文钞》。事迹可见《清史稿》卷三七八《循吏三》,《清史列传》卷七十四《循吏传一》。

该书二卷。首为龚景瀚自叙,次即为正文,正文后为通论,篇目结构较简练、紧凑。

　　自叙亦较为简略。龚氏首先肯定:"楚辞以王叔师'章句'为最古,至洪氏'补注',朱氏'集注'而备矣。然《离骚》一篇,皆随文训诂,未能贯通其意义也。"龚氏遂决定纠其未能"贯通"之病:"因公余,集三家之注,名物音训详焉。别以鄙意笺其大义脉络,井然如丝联而绳贯也。"龚氏用以"绳贯"之指导思想,仍是孟子"以意逆志",且推求较为谨慎,正如其在自序中所言:"屈子距今二千余年矣,未敢谓其必有合也,庶使儿曹易晓焉已。"

　　该著第一大特色,为在通论中对《离骚》段落之划分,龚氏分《离骚》为三大节,每节又分若干小节。第一大节由篇首至"沾余襟之浪浪",认为"正言之也";主要运用"赋"之手法。第二大节自"跪敷衽以陈辞兮"至"余焉能忍与此终古",认为"放言之也",主要运用"比"之手法。第三大节由"索藑茅以筵篿兮"至篇末,认为是"假言之也",主要运用"兴"的手法。第一大节龚氏认为乃叙说朝野上下以至亲人都不理解之苦衷,抒发"国人莫我知"之感慨,"故其辞哀而愤"。第二大节龚氏认为是"引彼以例此",以"求女"喻求君之识,以实现其美政,"其心已无所望,而犹庶几于万一也,故其辞哀而息"。第三大节龚氏认为是"皆言何怀乎故都,而将从彭咸之所居也",并认为"有其言而无其事也,其望已绝矣,故其辞哀而咽"。至于"乱曰",龚氏认为极为重要:"通篇大旨,'乱'之数语尽之,亦犹《诗》之小序也。"

　　龚氏之三分法,充分注意了屈赋叙事抒情之特色,考虑了其内在脉络及文气运行,同时还兼及屈原创作心理的独特之处,确有一定道理,对后世产生了相当的影响,今天亦不失借鉴参考之价值。然而,他以三大节分别对应赋、比、兴三法,则过于机械而牵强,比朱熹走得更远;又认为"乱曰"犹《诗》之小序,某些方面显然不合,有皮附之嫌。

　　以上这种以儒家经典强解屈赋之弊,亦时时体现于正文之笺释中。加之龚氏为乾隆时有政绩之循吏,遂使其对《离骚》所体现屈原思想之分析,带有二重性。一方面,他看出屈原忠君、爱国思想之历史进步内涵,给予高度肯定。如释"皇览揆余初度兮"时,曰:"初度者,性之受于天者不可易。其初如是,其终亦如是也。""使困于谗佞而改易,非独不忠,亦不孝矣。"其分析屈原思想亦言:"恐年岁之不吾与,忧其身也。恐美人之迟暮,忧其君也。恐皇舆之败绩,忧其国也。"龚氏看到叩阖求索中所反映的忠奸斗争,"此一节言己多方悟主,而小人多方以败之也"。对于"求女",龚氏则承李光地、方苞说而认为指嗣君事。在第二大节二小节("朝吾将济于白水兮")后注曰:"而怀王已绝望矣。草野之间,不乏贤哲。嗣君继起,收罗以为辅导,国事尚可为也。"又言:"春宫以喻东宫。东宫,指嗣君也。……前欲君之及时致治,此欲嗣君之及时得人也。下女者,或沉沦于末秩,或伏处于田间。相而治之,将收之以为用也。"李光地、方苞多年伴君,参与最高统治决策,龚氏亦善为统治集团谋划大事,其共同之嗣君的见解,值得认真考虑。只不过李、方二氏以少康氏代指嗣君,龚氏以春宫代指嗣君,相较而言,龚氏发展了二人的见解。

另一方面,龚氏则又不适当地将屈原的忠君思想提到专制社会末期的"时代高度",以为二者等同,未能历史地看问题。如其在第一大节三小节("余既滋兰之九畹兮")后笺曰:"君心无常,则善类无所恃,皆将化而为党人矣。"在第一大节四小节("长太息以掩涕兮")后注道:"君心无常,而民俗亦变矣。风俗日薄,则生理益艰。故太息掩涕而哀之也。"在第一大节五小节("悔相道之不察兮")后曰:"官风、民风,败坏至此,皆相道之不察致之也。君其悔之乎?"如此强调君之高于一切、决定一切,不敢丝毫有弃君、怨君之情绪,并非合于战国时代及屈原本人思想。另外,对某些诗句为切合见解,有求之过深过迂之嫌。如"驷玉虬以乘鹥兮,溘埃风余上征"二句,龚氏解曰(于第二大节第一小节后):"此以下皆无聊之思,作万有一然之想。《史记》本传所谓'眷顾楚国,系心怀王,不忘欲反,冀幸君之一悟,俗之一改也'。""谗佞不摈则忠直不进,故必掩之而上征也。"此类形象、意象,不排除具有某种象征意义,然龚氏均作比喻义,一一对应,显然迂凿。

正文之训诂,较为平实,往往善于中和,结合前人之注,使读者兼得之。如"余固知謇謇之为患兮,忍而不能舍也",龚氏释"謇謇"为:"《玉篇》,謇,难也,吃也。朱说为本义,王训为忠贞,则转义也,兼之始备。"①指出一为本义,一为转义,读者应兼知,确有见地,也说明龚氏训释据实而灵活。再如"指九天以为正兮,夫唯灵修之故也",释为:"修为修治、修饰,训远非也。在君为灵修,在臣为好修,其义一

---

① 朱,指朱熹;王,指王逸。

耳。朱为妇悦其夫之称,亦未必然。"此既不赞同王逸训"修"为"远",亦反对朱熹
"妇悦其夫"之说,而综合汪瑗、王夫之之说且出以己意,注得较为稳妥。

　　龚氏注释中亦偶有不同于前人而独出机杼又确有新意者,如"荃不察余之
中情兮,反信谗而齌怒"之"齌",注为:"《说文》,齌,炊铺疾也。《玉篇》,炊,釜也。
王(王逸)但训为疾,似未尽其义。盖其中有物,而气不可遏,怒之蓄于心者深,
而见于色者也。"此句王逸注为:"言怀王不徐徐察我忠信之情,反信谗而疾怒己
也。"两相比较,龚注显然切实具体而易理解,所训亦有本。

　　最后,通论亦有两点值得肯定。一为《离骚》之作年。一般学者据《史记》定
为屈原刚被疏之时,因《史记》于"王怒而疏屈平"之后不远,即言"故忧愁幽思而
作《离骚》"。龚氏认为,此是对《史记》记载之误解。"其实《离骚》之作,非在此
时。其下曰:'楚人既咎子兰以劝怀王入秦而不返也。屈平既疾之……其存君
兴国而欲反复之,一篇之中三致志焉。然终无可奈何,故不可以反,卒以此见怀
王之终不悟也。'是《离骚》之作,在怀王不返,顷襄未立之时。故曰'令尹子兰闻
之大怒',顷襄王立,始以弟子兰为令尹,《离骚》之成,子兰已为令尹矣。"以下龚
氏对《离骚》本文作具体分析,对司马迁所言之屈原的"疾""怨""忧"三情,一一
对应其对象深入剖析,最后确定此作期无误。并于通论末尾感叹道:"千古以
下,善读《离骚》者,太史公一人而已!"龚氏于《离骚》作年,下了一番考析功夫,
虽与诸家所言不同,却能言之成理,自成一家之言。再如针对"飘风屯其相离
兮"一段而注云:"飘风屯而与我相离,若冰炭之不相容矣,且非一二人已。帅云
霓而来御,其党盛矣。总总离合,陆离上下,变幻诡诈不可测度也。谗谄蔽明,
而君听因以不聪。"

　　二为《离骚》章法特色之探讨。龚氏具体阐明了其呼应、照应、繁简、开合、
起伏跌宕、互映互衬等法。龚氏指出:"篇首高阳苗裔二句,宁死不可去之故,其
义已明,故篇末不复再言,而但以临睨旧乡逡然而止,既繁简之得宜,亦首尾之
相应也。""前半篇曰'愿依彭咸之遗则',曰'虽九死其犹未悔'……多必死之言,
而实非有必死之志。……至于开关求女,俱不可为,而其望始绝。曰'余焉能忍
与此终古',死志决矣。然后半篇,乃无一言及于死,所谓哀之至者不言哀,其情
为至情,而变幻不测,其文亦为至文欤?"此类见解,可谓独到。

　　龚氏还指出:"首节之末,折中前圣人,不能知而求之于神,作非非想,已为下节扣关求女张本。中节敷衽陈辞,紧承首节以折衷于重华者,即以上扣乎帝阍。似寓言又似设譬,如是而求女,如是而降神,如是而道昆仑指西海,惝恍迷离,烟云一片矣。"龚氏又指出:"非独三大节也,其各小节亦皆有起伏照应之妙。如日月不淹,欲君之及时致治,而先言年岁不与己之及时进修以引之,而后之曰'老冉冉其将至',为己言也。"文中还特拈出《离骚》对党人前后的描写,明有深浅之别;拈出其对芳草的描写,明有详略之别;拈出其对历史的陈述,明有遥相对应之妙。龚氏对《离骚》中比喻、象征的一些细微变化亦有深察。如看出"前半篇言好修,多取喻于芳草,至众芳芜秽,则曰'长余佩之陆离''芳与泽其杂糅',兼芳草与玉而言之,以芳草可变而玉不变也。"应该承认,在清代研屈著作中,龚氏对《离骚》之艺术结构之分析,是颇为杰出的。

　　有清乾隆五十九年(1794)刊本。

　　清道光六年(1826)《澹静斋全集》本。

　　清光绪三年(1877)崇文书局《三十三种丛书》本。

　　上海文瑞楼石印《离骚三种》本。

十八、姚培谦《楚辞节注》

　　姚培谦,字平山,号鲈香居士,华亭(今上海松江)人,约生于康熙中期,卒于乾隆中期,具体生卒年不详。为诸生,雍正中曾被保举,不赴。

　　《楚辞节注》七卷。首为张奕枢序,次为例言,次为目录,再次为正文,最后附叶音一卷,结构较为紧凑。

　　张奕枢序较为简短,内容约可分四部分。篇首认为:"昔人庄骚并称,然读庄易,读骚难。"何以如此?张氏释曰:"(庄子)其情舒,故其辞易达。若三闾大夫,谊关贵戚,势处忧谗,伤国步之多艰,冀君心之一悟。则有若讽若商,如怨如慕,或思穷天际,或想入幽冥,或仰企于古皇,或驰骋乎六合,倜傥诡奇,言重词复,遂令读者无从问津。"此说虽与常解有异,但于初读入门者,从文字训诂、本事阐释、本义理解方面而言,亦可称经验之谈。第二部分肯定朱熹《楚辞集注》,赞其:"明大义,阐幽思,意深远矣。"指出姚氏对于楚辞诸书,独宗集注。第三部分引姚氏之言,说明庄骚并读的特殊意义:"《南华》最奇恣,楚辞最幽峭,二者原不可偏废。读《南华》者期于开拓心胸,读楚辞者宜于打扫心地。"最后说明学楚辞之原则:"古之人有言曰:'得鱼者忘荃,得兔者忘蹄。'当其既得,荃蹄可忘也。若其未得,荃蹄正攸赖也。"而读楚辞之所谓荃蹄,即是朱熹之《楚辞集注》。此虽是为该书之体例方法寻找理论根据,不可谓不用心良苦,然终究过于极端,实不可取。另一原则则为孟子知人论世之读书法:"易曰'神而明之,存乎其人',孟子曰:'以意逆志,是为得之。'"此无疑为正确之法。统观全序,一以贯之者,为读学楚辞之法,这正是该书之特色。

　　例言八则,前五则为对朱熹《楚辞集注》取拾采录之原则。第一条曰:"楚辞朱子集注,章条明晰,意趣通贯,无复可以拟议。后人强作解事,往往失之。兹悉用朱子元文,节繁举要,以为家塾课本。"此为该书之纲,亦是《楚辞节注》书名之由来。然对朱注之夸赞,亦犯前评之病。第二条说明间采王逸注之原则:"然非与朱子上下文吻合,读之足相发明者,不滥增也。"第四条认为:"《天问》最为难通,朱子多以未详置之,盖深以穿凿为戒也。"且认为王逸之注,也未必然。所以引朱熹之注释,在于开释童蒙,有所帮助,不可以为实然。因《山海经》一书,"朱子尚谓出楚辞之后,况于其他"。至于朱熹以《诗经》之赋、比、兴比附《离骚》,该书未有照录。但不照录的原因并非认为有何不妥,而是因"熟读《三百篇》后,自能知之,今姑从略"。姚氏特于第五条说明之。六、七两条,专门说明为何附一叶音表于后。姚氏认为:"古音通转,楚辞与《三百篇》一也,其中自有条理。即不以今韵叶之,亦似无所不可。"此见解似已看出古今音有所变异,态度可称通达。关于"二招",姚氏于第八条较为详细说明之。太史公以《招魂》为屈子作,王叔师以为宋玉。《大招》则王以为作于屈原,又曰景差。疑以传疑。明代黄维章(黄文焕)始取二招并归之屈原。近林西仲(林云铭)又谓:"《招魂》自招,《大招》招怀王。间取两篇细读之,信然。"故姚氏将二招亦放于二十五篇之后。然如此处理,屈赋则成了二十七篇。对此,姚氏亦未作考辨甄别。

目录为卷一《离骚经》,卷二《九歌》,卷三《天问》,卷四《九章》,卷五《远游》《卜居》《渔父》,卷六《招魂》《大招》,并附《叶音》)。

正文之注释确如例言所说,基本原文录用朱熹《楚辞集注》之注。不同之处是朱熹多是四句或四句以上一注,而该书则多是一句或两句一注。由此则需将朱熹原注拆开,分属于各句之下。如《离骚》开头,朱熹在四句后一并作注,姚氏则一句一注,《离骚》之注大多如此,少数地方两句一注,是因原朱熹注文很少。如"日月忽其不淹兮,春与秋其代序"两句合注,因原注文只有:"淹,久也。代,更也。序,次也。"如此处理,确实方便初学者阅读学习。而例言中所说之"节繁举要",则未必做到。《楚辞集注》之绝大多数注文,该著照录,故不能言节繁。而姚氏所删部分,则有两种情况,未必能全言举要。一种情况为注释确可省去。如《九歌·河伯》最后四句,朱熹四句合注,该书前两句分注,后两句合注,而删去:"晋宋间犹如此也。"《九歌·湘君》篇注,将原文之"若聘礼"至"而主不拜也"二十五字删去。如此确使注文简练紧凑一些,有利于初学。另一种情况,所删节则未必合适。这主要在于题解。如《九章》题解,朱熹原解只取至"非必出于一时之言也",以下全删。《卜居》只取至"以警世俗",《渔父》只取至"屈原之所作也",《招魂》只取至"假巫语以招之",《远游》只取至"于是作为此篇",《大招》只取至"或曰景差"。然所删部分,多较重要,代表了朱熹的观点,此为该著之不足。

该书除引朱熹注外,极少引他注及自己附注,然偶为之,则确有参考价值。如《惜往日》"谅聪不明而蔽壅兮",朱熹注为:"聪不,一作不聪,或疑无不字,而明下而字,当作之。"可知,朱熹怀疑此处有误,而从原文方面找原因。王逸注为:"君知浅短,无所照也。一云,不聪明。"洪兴祖补注云:"《易》噬嗑、夬卦皆曰:聪,不明也。"王逸以意译无误,但终未能将此句字字落实训通。洪兴祖以《易》之"聪,不明"作解,意为"聪"即"不明",解释虽通,而"聪"成衍字,仍不理想,故朱熹未接受。而此书"附注"曰:"聪不明,按孔颖达释《夬·四爻·小象》:'聪,听也。言听之不明也。'"姚氏找出此句关键词,而以孔颖达之释解之,使此句涣然冰释。现代学者闻一多引《广雅·释诂》释"聪"为"听"①，亦与此见相同。

书后所附《叶音表》，为刘维廉(字友萍)者所作。以叶音法读古诗文，乃宋人不了解语音发展变化情况而为，并无必要，明清学者对此已有认识，姚氏已于前例言中表明类似看法。当然，此叶音表还并非因上下句韵脚而临时改读，所列韵脚有相对的稳定性。如"降"读"红"、"英"读"央"、"明"读"忙"、"下"读"户"、"行"读"杭"等，有着一种归纳韵部的意味。而且注音多以直音法，很少用反切，颇有利于初学。

有清乾隆五十七年(1792)刻本。

十九、胡濬源《楚辞新注求确》

胡濬源，号乙灯，分宁(今江西修水)人。具体生卒年不详，以该书序文等材料考之，当生于乾隆中期，卒于道光初期，一生以教私塾为业。

该书十卷。首胡氏自序，次目录，目录后有王逊直《旧目录序》，接后有《濬按》，再次为《求确凡例》，最后为正文。

胡氏序文较简短。首先从正反两面概评清代楚辞著作："国朝蒋骥山带阁注、萧云从《离骚图》，此外又若林云铭《楚辞灯》之类，虽多执滞，亦间有所长，诸家详赅已无微不搜矣。……后之读者，以其恢奇奥衍，不得不乞灵于注。而注家或专疏其辞，或浑括其指，或牵于古而曲为之说，遂致有累复扞格，龃龉不合，揆之情理，不安不确者。"胡氏认为一些错误注释，使"千古奇文，几成怪文"。随后提出其主要观点："总之，求楚辞于注家，不若求之于史传；求之于史传，不若求之于本辞。"最后，胡氏说明此书是在注《韩集五百家旁参》时，见儿辈案头：

---

① 见闻一多《九章解诂》。

"又有近时王逊直同侄带存所注《楚辞评注》十卷,因取阅之。随阅随批,不觉竟其卷。"故实际为他人注本之批点本。

该书目录为卷一《离骚》,卷二《九歌》,卷三《天问》,卷四《九章》,卷五《招魂》,卷六《卜居》《渔父》,卷七《九辩》,卷八《大招》,卷九《远游》,卷十《惜誓》《吊屈原》《鹏赋》《招隐士》。

王逊直《旧目录序》考订楚辞主要篇目之归宿。王氏认为:"《九章》《远游》,或谓辞人所拟,非是。《招魂》,王逸诸本俱谓宋玉作,迁史以为原作,刘勰论亦同。玩其气调,良是。《九辩》《大招》,或谓俱原作,非是。《惜誓》,王逸以来谓贾谊作,亦无明据。"而东方朔《七谏》、王褒《九怀》、刘向《九叹》、王逸《九思》,王氏以"晦翁谓词气平缓,无病呻吟,不当以累篇帙,俱删去"。

《潏按》亦接王氏之言,对屈赋篇目作辩证:"史(迁)明谓读《招魂》《哀郢》,又谓作《怀沙》之赋,《哀郢》《怀沙》,俱在《九章》内,则《招魂》与《九章》,皆原作可知。"胡氏还认为:"屈原赋二十五篇,计二十五篇之数。有《招魂》则无《远游》,有《远游》则无《招魂》,必去一篇其数乃合,大抵《远游》之所辞人所拟,玩其辞意亦然。"胡氏从史料出发,以二十五篇为定数,于《招魂》《远游》二者之间选取,方法可谓高明合理。胡氏并于正文《远游》篇后按曰:"《远游》一篇,犹是《离骚》后半篇意,而文气不及《离骚》深厚真实,疑汉人所拟。此亦如《招魂》之与《大招》,细玩却有不同。"胡氏还认为:"(《远游》)朱子病其直,非惟直也,病乃太认真。盖《离骚》之远逝,本非真心,不过无聊之极想。而兹篇太认真,转成闲情逸致耳。"言"朱子病其直",恐是失检,朱子并未对《远游》下此断言。对《九章》倒是有"大抵多直致无润色"之语,然并无"病"意。不过胡氏从创作心理分析《远游》与《离骚》之区别,断定《远游》非屈原所作,确有一定道理。

《求确凡例》七条,较为简略。第一条强调对屈骚总体的把握:"读楚辞当于天晴日午,明窗下,一目十行,静心观之。若黑夜暗室,索萤火之灯,逐字照去,照得一句而忘上下句,照完一篇而忘他篇,便自以为确解,谬矣。故注楚辞者,有以灯名,殊大可笑也。"第二条对历来注书者详略失当表示不满:"注是书从来有当详反略,当略反详者。当详反略,如《离骚》但详字句,而略节旨次序,遂使章法井井者,反成重复迷混,渎聒可厌也。"并指斥柳宗元《天对》为"当略反详"

之书，"却昧此篇四大段主意，搔不着痒处"。胡氏强调整体的理解，当然无误，但全盘否定柳著，未必合适。其他几条见解一般。

该著有如下几个特点。

第一个特点，为对史料之运用及据史料所作分析。胡氏十分重视《史记》，全部屈赋的注释阐明可以说以此为基础。如胡氏考《离骚》为被放后作，曰："即《太史公自序》因正明曰屈原放逐著《离骚》，又《报任安书》曰：'屈原放逐，乃赋《离骚》。'"《汉志》："屈原被谗，放流作《离骚》诸赋以自伤悼，则楚辞皆既放后作也。"胡氏认为："从来注家以《离骚》为见疏怀王而作，《九歌》以下，乃见放于顷襄而作，是泥《史记》文前后执而分之。"胡氏遂据《屈原列传》考之："不知《离骚》一篇，《史记》传原于王之怒而疏后，即接作此，重是篇也。故极赞之与日月争光，然后再补序既绌后楚事，以见原之忠，而复曰既疾之，与前疾王遥接。即又曰，虽放流，眷顾楚国，一篇三致意云云。作骚当在此时，史笔不过急所重而先之耳。读者不察，遂认为未放时作，不知篇中一则曰'依彭咸遗则'，再则曰'从彭咸所居'，是明矢志汨罗矣。假不放于江南，将安能预为此语乎？"胡氏对"依彭咸遗则"及"从彭咸所居"理解过于呆板，但对《屈原列传》该段文字的辨说，亦可成一家之言。

第二大特点，胡氏于自序中所言"求之于本辞"之主张，在正文中亦全力实行之。如《卜居》后，胡氏将屈赋主要作品排列次序，主要即据内证："既放三年，犹能往见太卜，是尚未绝迹故都也。下篇《渔父》，相与寒温，识为三闾大夫，是尚未禁锢人事也。故犹有返国复用之望，情辞不极哀恸。作《九歌》，赋《离骚》当在此后，至《九章》则又经顷襄怒迁，忧极不可解矣。《天问》当在其后，《招魂》则披发行吟，若在若迷矣。《哀郢》《怀沙》即在其时，通玩各篇情词气调便知之。"将《离骚》放在《卜居》《渔父》之后，注家少有如此排法，然可作一参考。

该著第三个特点，为总体的统计方法的运用。清代学者普遍注意以楚辞解楚辞，胡氏亦为较突出者。如对《离骚》"美"字之统计，于"惟草木之零落兮，恐美人之迟暮"句，按曰："篇中内美、保美、信美、茷美、两美、求美、理美、委美、又委美终以美政，美字公用也。"再如结尾"蜷局顾而不行"句，按曰："忽临睨，忽字始逼到尽处、结处。篇中凡七忽字，冠首句自忽奔走至此，皆有层次脉络，犹文中用不意、不觉、讵知等字法也。"将篇中关键字集中起来观察,发现它们的共同义项,本是清代训诂学家常用的方法,胡氏将此运用于楚辞研究,也取得较好效果。不唯单字,在概念甚至句子的理解上,在整篇整章整组诗的析解方面,胡氏也常用此法,此处便不再举例。

文章脉络之剖析,该著较为一般,《天问》之注析尚可参考。"天命反侧,何罚何佑? 齐桓九合,卒然身杀"四句,按曰:"以前亦未尝呆语问天,但至此始明言耳。"接下"彼王纣之躬,孰使乱惑? 何恶辅弼,谗谄是服"四句下又按曰:"明是讽怀、襄惑郑褒①,听子兰、靳尚、上官,此以下至于末,明比怀、襄,终篇点出楚事。吾告堵敖,自己忠国之本志也。讽意渐显。"随《天问》写作进程,屈原心理之发展,情绪之转换,显之于文中之处,以前少有注家注意。胡氏所言"呆语问天""讽意渐显",多少作了此类探索,有着补缺之意义。

该著错误亦较为明显。关于屈骚所引寓言神话,胡氏多有误见,《天问》中较为集中。胡氏于《凡例》第五条言"(虽)《天问》博引荒唐",于《天问》终篇后按曰:"通篇所引,本指战国时野语小说,荒怪无稽之词,借以设问寄讽耳。""借以设问寄讽"本无误,而断言通篇所引为"战国时野语小说"则大误。"不任汨鸿,师何以尚之"句,注曰:"此以下至'释舟陆行',晓异闻无稽者,意谓讹传之怪诡,不可凭也。"胡氏深受索解儒家经典之影响,全不理解神话传说蕴含之意义,统统斥之,显然不当。有的句子释义亦不允当。如《离骚》结尾"国无人莫我知兮",胡氏按曰:"国无人,俗之不改也;莫我知,君之不悟也。"将一句意思连贯之完整句子硬要与篇中主旨分别对应,显得生硬牵强。且该句"人"字后多一"兮"字,虽从朱熹《楚辞集注》本,仍是失考。

另外,该书引旧注不注书名,亦不严谨。

有清嘉庆二十五年(1820)长沙务本堂刊本。
2019 年上海古籍出版社《楚辞要籍丛刊》本。

---

① 褒,当为"袖"。

参考书目

一、楚辞类

〔汉〕王逸《楚辞章句》,清同治十一年(1872)金陵书局校勘汲古阁本。

〔东晋〕郭璞撰,胡小石辑《楚辞郭注义征》,《胡小石论文集》,上海古籍出版社1982年。

〔宋〕谢翱《楚辞芳草谱》,明刊《说郛》本。

〔宋〕杨万里《天问天对解》,《诚斋集》,《四部丛刊初编》本。

〔宋〕钱杲之《离骚集传》,《知不足斋丛书》,清乾隆四十五年(1780)本。

〔宋〕晁补之撰,〔清〕晁贻端刻《重编楚辞》,《晁氏丛书》,清道光十年(1830)刻本。

〔宋〕吴仁杰《离骚草木疏》,《丛书集成初编》本。

〔宋〕朱熹集注《楚辞集注》,上海古籍出版社1979年。

〔宋〕洪兴祖撰,白化文等点校《楚辞补注》,中华书局1983年。

〔明〕周用《楚辞注略》,明万历刊本。

〔明〕赵南星《离骚经订注》,明万历四十一年(1613)刊本。

〔明〕张京元《删注楚辞》,明万历四十六年(1618)刊本。

〔明〕黄文焕《楚辞听直》,清顺治十四年(1657)补刻本。

〔明〕来钦之《楚辞述注》,清康熙三十年(1691)重刻本。

〔明〕陆时雍《楚辞疏》,清康熙四十四年(1705)有文堂刊本。

〔明〕周拱辰《离骚草木史》,清嘉庆八年(1803)重刻本。

〔明〕张之象《楚骚绮语》,《融经馆丛书》,清光绪十三年(1887)本。

〔明〕林兆珂《楚辞述注》,《楚辞汇编》本,台北新文丰出版公司1986年。

〔明〕汪瑗撰,董洪利点校《楚辞集解》,北京古籍出版社1994年。

〔明〕刘永澄《离骚经纂注》,《四库全书存目丛书》,齐鲁书社1997年。

〔清〕李陈玉《楚辞笺注》,清康熙十一年(1672)武塘魏学渠刊本。

〔清〕高秋月、〔清〕曹同春《楚辞约注》,清康熙二十八年(1689)刻本。

〔清〕林云铭《楚辞灯》,清康熙三十六年(1697)挹奎楼刊本。

〔清〕徐焕龙《屈辞洗髓》,清康熙三十七年(1698)无闷堂刊本。

〔清〕朱冀《离骚辩》,清康熙四十五年(1706)绿筠堂刊本。

〔清〕李光地《离骚经九歌解义》,《安溪李文贞公解义三种》,清康熙五十七
　　年(1718)本。

〔清〕毛奇龄《天问补注》,《西河文集》,清康熙庚子(1720)本。

〔清〕吴世尚《楚辞疏》,清雍正五年(1727)尚有堂刊本。

〔清〕奚禄诒《楚辞详解》,清乾隆九年(1744)知津堂刊本。

〔清〕方苞《离骚正义》,《望溪全集》,清乾隆十一年(1746)方氏家刻本。

〔清〕陈远新《屈子说志》,清乾隆十四年(1749)慎余堂刊本。

〔清〕鲁笔《楚辞达》,清乾隆三十一年(1766)见南斋刻本。

〔清〕丘仰文《楚辞韵解》,清乾隆三十七年(1772)硕松堂刊本。

〔清〕王萌《楚辞评注》,清乾隆四十四年(1779)三和堂刊本。

〔清〕祝德麟《离骚草木疏辨证》,清乾隆四十四年(1779)祝氏悦亲楼刊本。

〔清〕张德纯《离骚节解》,清乾隆五十年(1785)重刊本。

〔清〕姚培谦《楚辞节注》,清乾隆五十七年(1792)刻本。

〔清〕张诗《屈子贯》,清嘉庆三年(1798)重刻本。

〔清〕陈本礼《屈辞精义》,清嘉庆十七年(1812)裛露轩刊本。

〔清〕梅冲《离骚经解》,清嘉庆二十年(1815)刊本。

〔清〕胡濬源《楚辞新注求确》,清嘉庆二十五年(1820)长沙务本堂刊本。

〔清〕董国英《楚辞贯》,清道光二十五年(1845)本。

〔清〕贺贻孙《骚筏》,《水田居全集》,清道光二十六年(1846)本。

〔清〕钱澄之《屈诂》,《饮光先生全书》,清同治三年(1864)本。

〔清〕龚景瀚《离骚笺》,清光绪三年(1877)本。

〔清〕朱骏声《离骚补注》,《朱氏丛书》,清光绪八年(1882)本。

〔清〕谢济世《离骚解》,《梅庄杂著》,清光绪十年(1884)重刊本。

〔清〕戴震《屈原赋戴氏注》,《广雅书局丛书》,清光绪十七年(1891)刊本。

〔清〕丁晏《天问笺》,《广雅书局丛书》,清光绪二十六年(1900)刻本。

〔清〕王邦采《屈子杂文笺略》,《广雅书局丛书》,清光绪二十六年(1900)刻本。

〔清〕王树枏《离骚注》,清光绪间文莫室铅印本。

〔清〕俞樾《读楚辞》,《春在堂全书·俞楼杂纂》,清光绪二十八年(1902)刊本。

〔清〕马其昶《屈赋微》,《集虚草堂丛书》,清光绪三十二年(1906)本。

〔清〕王闿运《楚辞释》,《湘绮全集》,民国十二年(1923)本。

〔清〕屈复《楚辞新注》,《关中丛书》,民国二十五年(1936)本。

〔清〕陈昌齐《楚辞辨韵》,《丛书集成初编》本。

〔清〕江有诰《楚辞韵读》,四川人民出版社1957年。

〔清〕蒋骥《山带阁注楚辞》,中华书局上海编辑所1958年。

〔清〕王夫之《楚辞通释》,上海人民出版社1975年。

〔清〕胡文英《屈骚指掌》,北京古籍出版社1979年。

〔清〕王念孙《古韵谱二卷》,《续修四库全书》,中华书局1996年。

〔清〕方楘如《离骚经解略》,《四库全书存目丛书》,齐鲁书社1997年。

〔清〕顾成天《离骚解 楚辞九歌解》,《四库全书存目丛书》,齐鲁书社1997年。

〔清〕林仲懿《离骚中正》,《四库全书存目丛书》,齐鲁书社1997年。

〔清〕刘梦鹏《屈子章句》,《四库全书存目丛书》,齐鲁书社1997年。

〔清〕夏大霖《屈骚心印》,《四库全书存目丛书》,齐鲁书社1997年。

梁启超《屈原研究》,中华书局1926年。

廖平《楚辞新解》,四川存古书局1934年。

陆侃如《屈原与宋玉》,商务印书馆1935年。

闻一多《楚辞校补》,国民图书出版社1942年。

郭沫若《屈原研究》,群益出版社1946年。

饶宗颐《楚辞地理考》,商务印书馆1946年。

何天行《楚辞作于汉代考》,中华书局1948年。

郭沫若《屈原赋今译》,人民文学出版社1953年。

姜亮夫《屈原赋校注》,人民文学出版社1957年。

游国恩《楚辞论文集》,古典文学出版社1957年。

游国恩《屈原》,中华书局1963年。

苏雪林《天问正简》,台北广东出版社1974年。

苏雪林《楚骚新诂》,台湾编译馆1978年。

王力《楚辞韵读》,上海古籍出版社1980年。

苏雪林《屈赋论丛》,台湾编译馆1980年。

姜亮夫《楚辞今绎讲录》,北京出版社1981年。

林庚《诗人屈原及其作品研究》,上海古籍出版社1981年。

林庚《天问论笺》,人民文学出版社1983年。

刘永济《屈赋音注详解》,上海古籍出版社1983年。

汤炳正《屈赋新探》,齐鲁书社1984年。

闻一多《离骚解诂》,上海古籍出版社1985年。

闻一多《天问疏证》,上海古籍出版社1985年。

闻一多《九章解诂 九歌解诂》,上海古籍出版社1985年。

黄中模《屈原问题论争史稿》,北京十月文艺出版社1987年。

汤炳正《楚辞类稿》,巴蜀书社1988年。

孙作云《天问研究》,中华书局1989年。

林河《九歌与沅湘民俗》,三联书店上海分店1990年。

姜亮夫《屈原与楚辞》,安徽教育出版社1991年。

苏雪林《屈原与九歌》,台北文津出版社1992年。

姜亮夫《楚辞书目五种》,上海古籍出版社1993年。

李大明《汉楚辞学史》,电子科技大学出版社1994年。

李中华、朱炳祥《楚辞学史》,武汉出版社1996年。

郭建勋《汉魏六朝骚体文学研究》,湖南教育出版社1997年。

郭维森《屈原评传》,南京大学出版社1998年。

褚斌杰等编《屈原研究论集》,湖北美术出版社1999年。

潘啸龙、毛庆主编《楚辞著作提要》,《楚辞学文库》,湖北教育出版社
    2003年。

李诚、熊良智主编《楚辞评论集览》,《楚辞学文库》,湖北教育出版社
    2003年。

周建忠、汤漳平主编《楚辞学通典》,《楚辞学文库》,湖北教育出版社
    2003年。

褚斌杰主编《中国学术文库——屈原研究》,湖北教育出版社2002年。

鲁瑞菁《楚辞文心论》,台北里仁书局2002年。

褚斌杰《楚辞要论》,北京大学出版社2003年。

黄灵庚疏证《楚辞章句疏证》,中华书局2007年。

刘永济《屈赋通笺 笺屈余义》,中华书局2007年。

孙巧云《元明清楚辞学史》,浙江工商大学出版社2013年。

二、其他中文著作

《四库全书总目》,中华书局1965年。

《春秋左传集解》,上海人民出版社1977年。

《十三经注疏》,中华书局1980年影印本。

〔汉〕刘向辑录《战国策》,上海古籍出版社1978年。

〔汉〕司马迁《史记》,中华书局1982年。

〔汉〕班固《汉书》,中华书局1982年。

《曹子建集》,《四部丛刊》本。

《嵇中散集》,《四部丛刊》本。

《陆士衡集》,《四部备要》本。

《陆世龙集》,《四部备要》本。

《潘黄门集》,《四部备要》本。

〔魏〕阮籍著,黄节注,华忱之校订《阮步兵咏怀诗注》,人民文学出版社
　　1957年。

〔魏〕何晏集解,高华平校释《〈论语集解〉校释》,辽海出版社2007年。

金涛声点校《陆机集》,中华书局1982年。

〔西晋〕陈寿撰,陈乃乾校点《三国志》。中华书局1959年。

〔东晋〕陶渊明著,逯钦立校注《陶渊明集》,中华书局1979年。

〔东晋〕陶渊明著,郭维森、包景诚译注《陶渊明集全译》,贵州人民出版社
　　1992年。

〔南朝宋〕鲍照著,钱仲联增补集说校《鲍参军集注》,上海古籍出版社
　　1980年。

〔梁〕萧统编,〔唐〕李善注《文选》,中华书局1977年。

〔梁〕刘勰著,范文澜注《文心雕龙注》,人民文学出版社1978年。

〔唐〕房玄龄等《晋书》,中华书局1974年。

〔后晋〕刘昫等《旧唐书》,中华书局1975年。

〔宋〕杨万里《诚斋集》,《四部丛刊》本。

〔宋〕司马光著,胡三省音注《资治通鉴》,中华书局1956年。

〔宋〕朱熹集注《诗集传》,中华书局1958年。

〔宋〕严羽撰,郭绍虞校释《沧浪诗话校释》,人民文学出版社1961年。

〔宋〕欧阳修等《新唐书》,中华书局1975年。

〔宋〕苏轼《东坡乐府》,上海古籍出版社1979年。

〔宋〕朱熹《四书章句集注》,中华书局1983年。

〔元〕脱脱等《宋史》,中华书局1977年。

〔元〕辛文房《唐才子传》,古典文学出版社1957年。

〔元〕辛文房《唐诗纪事》,中华书局1965年。

〔明〕张溥著,殷孟伦注《汉魏六朝百三家题辞注》,人民文学出版社
　　1981年。

〔明〕胡震亨《唐音癸签》,上海古籍出版社1981年。

〔清〕张廷玉等《明史》,中华书局1974年。

〔清〕刘熙载《艺概》,上海古籍出版社1978年。

〔清〕王夫之等《清诗话》,上海古籍出版社1978年。

〔清〕陈沆《诗比兴笺》,上海古籍出版社1981年。

〔清〕段玉裁《说文解字注》,上海古籍出版社1981年。

〔清〕郭庆藩《庄子集释》,中华书局1981年。

〔清〕何文焕辑《历代诗话》,中华书局1981年。

〔清〕王文诰辑注《苏轼诗集》,中华书局1982年。

〔清〕袁枚《随园诗话》,人民文学出版社1982年。

〔清〕丁福保辑《历代诗话续编》,中华书局1983年。

〔清〕章学诚著,叶瑛校注《文史通义校注》,中华书局1985年。

〔清〕刘宝楠《〈论语〉正义》,河北人民出版社1988年。

〔清〕王先谦撰,沈啸寰等点校《荀子集解》,中华书局1988年。

〔清〕孙诒让《墨子间诂》,中华书局2001年。

〔清〕皮锡瑞《经学历史》,中华书局2008年。

许文雨《文论讲疏》,正中书局1937年。

赵以炳《巴甫洛夫和他的学说》,中国青年出版社1955年。

朱自清《诗言志辨》,古籍出版社1956年。

王瑶《中古文学史论集》,上海古籍出版社1956年。

陈迩冬《苏轼诗选》,人民文学出版社1957年。

姜亮夫《陆平原年谱》,古典文学出版社1957年。

梁启雄《韩子浅解》,中华书局1960年。

刘永济《文心雕龙校释》,中华书局1962年。

陆宗达《训诂浅谈》,北京出版社1964年。

任继愈主编《中国哲学史》,人民出版社1964年。

任继愈主编《中国哲学史简编》,人民出版社1973年。

郭绍虞《中国文学批评史》,上海古籍出版社1979年。

钱钟书选注《宋诗选注》,人民文学出版社1979年。

王元化《文心雕龙创作论》,上海古籍出版社1979年。

高亨注《诗经今注》,上海古籍出版社1980年。

郭绍虞主编《中国历代文论选》(4册),上海古籍出版社1980年。

王力《楚辞韵读》,上海古籍出版社1980年。

杨伯峻译注《论语译注》,中华书局1980年。

杨伯峻译注《孟子译注》,中华书局1980年。

周大璞《训诂学要略》,湖北人民出版社1980年。

马茂元《古诗十九首初探》,陕西人民出版社1981年。

王朝闻《美学概论》,人民出版社1981年。

王国维著,滕咸惠校注《人间词话新注》,齐鲁书社1981年。

燕国材《先秦心理思想研究》,湖南人民出版社1981年。

杨伯峻编注《春秋左传注》,中华书局1981年。

陈鼓应注译《庄子今注今译》,中华书局1983年。

陈子展著,徐志啸编《诗经直解》,复旦大学出版社1983年。

郭绍虞编选《清诗话续编》,上海古籍出版社1983年。

蒋伯潜《十三经概论》,上海古籍出版社1983年。

陆宗达《训诂方法论》,中国社会科学出版社1983年。

燕国材《汉魏六朝心理思想研究》,湖南人民出版社1983年。

洪诚《训诂学》,江苏古籍出版社1984年。

弘征《司空图〈诗品〉今译、简析、附例》,宁夏人民出版社1984年。

徐震堮《世说新语校笺》,中华书局1984年。

叶朗《中国美学史大纲》,上海人民出版社1985年。

罗宗强《隋唐五代文学思想史》,上海古籍出版社1986年。

赵尔巽等《清史稿》,中华书局1977年。

吕俊华《艺术创作与变态心理》,三联书店1987年。

燕国材《唐宋心理思想研究》,湖南人民出版社1987年。

燕国材《明清心理思想研究》,湖南人民出版社1988年。

易中天《〈文心雕龙〉美学思想论稿》,上海文艺出版社1988年。

沙少海、徐子宏译注《老子全译》,贵州人民出版社1989年。

郝志达主编《国风诗旨纂解》,南开大学出版社1990年。

唐异明《魏晋清谈》,台湾东大图书公司1992年。

陈顺智《魏晋玄学与六朝文学》,武汉大学出版社1993年。

刘禹昌《司空图〈诗品〉义证及其他》,武汉大学出版社1993年。

邬国义等《国语译注》,上海古籍出版社1994年。

张皓《中国美学范畴与传统文化》,湖北教育出版社1996年。

孔繁《荀子评传》,南京大学出版社1997年。

《刘师培中古文学论集》,中国社会科学出版社1997年。

曹道衡《南朝文学与北朝文学研究》,江苏古籍出版社1998年。

曹旭《诗品研究》,上海古籍出版社1998年。

方勇、陆永品《庄子诠评》,巴蜀书社1998年。

褚斌杰注《诗经全注》,人民文学出版社1999年。

陈顺智《魏晋南北朝诗学》,湖南人民出版社2000年。

傅刚《〈昭明文选〉研究》,中国社会科学出版社2000年。

黄侃《文心雕龙札记》,上海古籍出版社2000年。

吕培成《司马迁与屈原和楚辞学》,陕西人民教育出版社2000年。

汤志钧《近代经学与政治》,中华书局2000年。

陈鼓应、白奚《老子评传》,南京大学出版社2001年。

梁启超《论中国学术思想变迁之大势》,上海古籍出版社2001年。

王文锦译解《礼记译解》,中华书局2001年。

王启兴主编《校编全唐诗》,湖北人民出版社2001年。

胡太玉《破译〈山海经〉》,中国言实出版社2002年。

施觉怀《韩非评传》,南京大学出版社2002年。

魏昌《楚国史》,武汉出版社2002年。

杨鑫辉《中国心理学史论》,安徽教育出版社2002年。

许威汉《训诂学导论》,北京大学出版社2003年。

黎鸣《西方哲学死了》,中国工人出版社2003年。

刘再华《近代经学与文学》,东方出版社2004年。

敏泽《中国美学思想史》,湖南教育出版社2004年。

唐异明《魏晋文学与玄学》,长江文艺出版社2004年。

郭在贻《训诂学》,中华书局2005年。

汪洪章《〈文心雕龙〉与二十世纪西方文论》,复旦大学出版社2005年。

罗宗强《魏晋南北朝文学思想史》,中华书局2006年。

高志明、梁扬《〈史记〉的文学语言研究》,中央文献出版社2007年。

张双棣等译注《吕氏春秋》,中华书局2007年。

张丽珠《中国哲学史三十讲》,台北里仁书局2007年。

王文生《中国美学史——情味论的历史发展》,上海文艺出版社2008年。

叶朗《美学原理》,北京大学出版社2009年。

章权才《清代经学史》,广东人民出版社2010年。

曹道衡《中古文学史论文集续编》,中华书局2011年。

苏慧霜《宋代骚雅词论》,台北文津出版社2011年。

梁启超《中国近三百年学术史》,上海古籍出版社2014年。

李立信《〈昭明文选〉分三体七十五类说》,台北文史哲出版社2017年。

三、外国译作

[德]黑格尔著,王造时译《历史哲学》,三联书店1956年。

《马克思、恩格斯论浪漫主义》,人民文学出版社1958年。

[德]黑格尔著,贺麟译《小逻辑》,商务印书馆1980年。

[美]杜·舒尔茨著,杨立能等译《现代心理学史》,人民教育出版社
1981年。

[苏]A.科瓦廖夫著,程正民译《文学创作心理学》,福建人民出版社
1983年。

[美]雷·韦勒克、[美]奥·沃伦著,刘象愚等译《文学理论》,三联书店
1984年。

[苏]列·谢·维戈茨基著,周新译《艺术心理学》,上海文艺出版社1985年。

[英]奥兹本著,董秋斯译《弗洛伊德和马克思》,三联书店1986年。

[奥]弗洛伊德著,孙恺强译《弗洛伊德论创造力与无意识》,中国展望出版
社1986年。

[苏]J.列夫丘克著,吴泽林译《精神分析学说和艺术创作》,北京师范大学
出版社1986年。

[英]特里·伊格尔顿著,伍晓明译《二十世纪西方文学理论》,陕西师范大学
出版社1986年。

[奥]阿尔弗莱德·阿德勒著,苏克、周晓琪译《生活的科学》,三联书店
1987年。

[美]弗兰克·戈布尔著,吕明等译《第三思潮——马斯洛心理学》,上海译文
出版社1987年。

[奥地利]弗洛伊德著,陈放编撰《梦的解析》,陕西人民出版社1987年。

[日]井上惠美子、[日]平出彦仁等编著,林秉贤译《现代社会心理学》,群众

出版社1987年。

[德]H·G.伽达默尔著,王才勇译《真理与方法》,辽宁人民出版社1987年。

[美]刘若愚著,田守真、饶曙光译《中国的文学理论》,四川人民出版社
1987年。

[瑞士]荣格著,黄奇铭译《探索心灵奥秘的现代人》,社会科学文献出版社
1987年。

[美]乌尔利希·韦斯坦因著,刘象愚译《比较文学与文学理论》,辽宁人民出
版社1987年。

[日]早坂泰次郎著,李树琦等译《现代人生心理学》,河北人民出版社
1987年。

[美]珍妮特·希伯雷·海登等著,范志强等译《妇女心理学》,云南人民出版
社1987年。

[美]诺尔曼·丹森著,魏中军等译《情感论》,辽宁人民出版社1989年。

[美]杰克·斯佩克特著,高建平等译《艺术与精神分析》,文化艺术出版社
1990年。

[瑞士]荣格著,成穷等译《分析心理学的理论与实践》,三联书店1991年。

[法]雅克·马利坦著,刘有元等译《艺术与诗中的创造性直觉》,三联书店
1991年。

[瑞士]荣格著,冯川译《心理学与文学》,三联书店1992年。

[美]乔治·桑塔亚那著,华明译《诗与哲学》,广西师范大学出版社2002年。

[美]阿恩海姆等著,周宪译《艺术的心理世界》,中国人民大学出版社
2003年。

[美]马斯洛著,成明编译《马斯洛人本哲学》,九州出版社2003年。

[美]戴维·迈尔斯著,侯玉波等译《社会心理学》,人民邮电出版社2006年。

[奥]阿德勒原典,刘烨等编译《阿德勒的智慧》,中国电影出版社2007年。

[奥]弗洛伊德著,杨韶刚等译《弗洛伊德心理哲学》,九州出版社 2008年。

后　记

　　自二十世纪八十年代以来,我国学术界一直在思考一个重要问题——如何建构有中国特色的现代学术研究体系? 这当然是极其宏伟的工程,需要几代、十几代从事各学术分支的研究者,作长期的、艰苦的、不懈的努力。不用说,中国文学研究领域亦如此。

　　有段时间,人们首先将精力集中于建构有中国特色的文学理论上,在中国古代文论著作、资料中爬梳剔抉、探赜索隐。后来发现仅此还不够,因为在浩如烟海的中国文学作品中,还含有丰富的文学理论思想,而且有时显得比某些理论主张更切实,更具有可操作性,于是增加了文学思想一维研究空间。不过,照笔者看来,仅增加文学思想一维空间是不够的,还必须增加学术史、学术研究史一维空间——如《诗经》研究史、楚辞研究史、杜诗研究史等。即以楚辞研究史而论,它已有两千多年历史,在汗牛充栋的研究著作和资料中,同样蕴含着丰富的文学理论、思想、研究方法等,如果读者在接触这篇后记前就已读了拙著的正文,相信更能深切地体会到这点。因而,只有文学理论、文学思想、文学研究史三个维度共同拱立,方能支撑起独具特色的中国文学研究体系! 并且,若专就建构研究体系方面而言,研究史可说比理论和思想更重要,可这最重要的恰恰又是最薄弱的! 正是有感于此,笔者才不揣谫陋,奋力撰写了这本不算太小的书,无非是想奉献点"涓埃"之劳而已。

　　这里,笔者还想就几组重要概念再作点区分或说明,尽管它们在正文中已经直接或间接地辨明过了。

　　其一,辞、赋、骚。在汉代,这三者未有明显区分,如屈原作品既可称辞,亦可称骚、称赋。但未作明显区分不等于没有区别,现当代学者对此已做了大量研究工作,至今意见尚未统一。加之这点对本书的研究影响不大,此处便不再赘述。

其二,楚辞与屈骚。楚辞包括楚辞文体和全部楚辞作品,因此大而言之,应包括屈骚;屈骚则单指屈原全部作品。不过现在有些学者指出,屈骚中《天问》《卜居》《渔父》等,并不属于"辞",故从文体角度观察,"骚体"与"辞体"还不能完全等同。

其三,楚辞学与屈学。以往人们认为,楚辞学是包括屈学的。然而现今学术研究的发展,已经将这方面细化了。如上述,楚辞学包括楚辞文体和全部楚辞作品,主要隶属文学领域,而屈学中相当一部分——屈原的精神、思想、理论,以及人格魅力、政治主张等,特别是这些对中华民族精神、文化、气质等的影响,更难以纳入楚辞学中。如人们尊屈原为"国魂""民族魂",但不能说楚辞是"国魂""民族魂"。本书之所以如此定名,除因有宋玉等作家之作品外,更重要的原因是所考察的范畴和范围主要在文学领域,故称《楚辞研究史》较为合适。

其四,楚辞学史与楚辞研究史。如今这是同类而又有区别的两个概念。顾名思义,楚辞学史是专学的历史,较多地注重于专著等材料的考订、整理、描述方面,客观性较强;而楚辞研究史则专注于研究规律、思想、方法、路径等方面的总结、反思,以及教训的吸取,主观性较强。当然,二者也有互相涵盖、渗透的部分,然而区别还是很明显的。本书上编第一章研究概况部分曾介绍,楚辞研究史开始的历史早于楚辞学史,由此可见"一斑"。

还有几组范畴、概念,这里便不一一辨明了。

记得一位西方哲人说过,人到了老年,属于他的财富,只有记忆而已。确实,自1980年于《武汉大学学报》发表第一篇学术论文以来,已过了四十二个年头;而在《屈原研究论集》上发表第一篇屈学论文,也已历经四十个春秋。四十余年来,凭着对传统文化和文学的热爱,跋涉在屈学、楚辞学这条艰难曲折的道路上,吃了多少苦,受了多少挫折,只有自己知道——"如人饮水,冷暖自知"。我不知道在这条路上还能走多久、走多远,唯一能知道的是自己还在走——那就继续走下去吧!

　　在本书即将出版之际,我要感谢成都文理学院张晓菲女士,是她在担任科研处长时,积极支持我申报四川省后期资助课题;还要特别感谢湖北人民出版社祝祚钦编审,是他大力支持并具体帮我申报国家出版基金项目;也还要感谢湖北人民出版社朱小丹女士,是她完成了全书的编辑工作;最后,还要对所有支持、帮助拙著出版的学术同道们,一并致以衷心的感谢!

　　　　　　壬寅年十二月感染奥密克戎九天后记于武汉汤逊湖畔